AF554015

راج کمل پرکاشن

بے پناہ شادمانی کی مملکت

'[ارندھتی رائے] زبان کی برق سے مادی حقیقت کے گنجان گوشے جس جس طرح سے روشن کرتی ہیں اس میں کم ہی ادیب ان کے مدِمقابل ہوں گے۔....'بے پناہ شادمانی کی مملکت' کا جہاز مسلسل رواں رہتا ہے، گو کہ بعض قارئین کو، ذرا رکنے کے خیال سے، عرشے سے کود جانے کی خواہش کو دبانا پڑ سکتا ہے۔'

تابش خیر، دی ہندو

'ناول اپنے تخلیقی پیمان کو بیک وقت ایک تخریبی عمل میں پورا کرتا ہے... 'منسٹری' ایک کتاب، ایک دنیا، ایک وجود ہے جو ہمارے جاگتے لمحوں کے خوفناک خواب ہمیں دکھائے گی، ہمارے مستقبل کے شامیانے تانے گی، ہمیں تحریکوں میں بدل ڈالے گی، آفتوں کے ٹوٹنے پر ہمیں دلاسہ دے گی، افق سے ہمارے ذہنوں پر سایہ فگن ہوگی۔

دِویا دویدی، ویک

'2017 کا سال ابھی آدھا ہی گزرا ہے: لیکن مجھے قطعی طور پر معلوم ہے کہ 'بے پناہ شادمانی کی مملکت' نہ صرف اس برس کے لیے بلکہ آئندہ کسی بھی برس کے لیے میری پسندیدہ کتاب ہوگی۔'

کیتھرین ڈن، وینیٹی فیئر (اٹلی)

'شاندارا... جتنا انتظار کرایا اتنا ہی اہم۔ غربت، انسانی سفاکی، جدید جنگ کی ہر طرح کی لغویت پر رائے بے باکانہ نگاہ ڈالتی ہیں، اور اسے شاعری میں ڈھال دیتی ہیں۔'

کیٹ گرے، لائبریری جرنل

''مملکت' اسی روایت میں وارد ہوا ہے جس کے ہم تمنائی تھے — ڈکنس اور ٹالسٹائے کی روایت کا ایک شاعرانہ، بھراپرا معاصر ناول... اپنے نادر متحرک طرز کہانی گوئی سے ارندھتی رائے اذیتوں اور بدعنوانیوں کے مناظر کو مزاح، تلملاہٹ اور یہاں تک کہ ماورائیت کے کوندوں سے متوازن کر دیتی ہیں۔'

ڈافنے بیل، واگ (امریکہ)

'رائے، جو بہت سے اضطرابوں کی گواہ رہی ہیں، بہت ہی مناسب موقع رکھتی ہیں کہ مختلف تحریکات کے باہمی اتحاد کو نمایاں کریں۔ وہ ہمیں احتجاج کے حقیقی کاؤنٹر کلچر سے روشناس کرانا چاہتی ہیں۔'

کرن مہاجن، نیو یارک ٹائمز

'یہ کتاب کی ایک حیران کن اور بے لگام دنیا ہے، بے نظیر اور متضاد دنیا، اسی برصغیر کی مانند جس کی تصویر کشی اس میں کی گئی ہے۔'

کیٹرینا سوفیسائی، ٹیوٹولائبری-لا اسٹامپا (اٹلی)

'اثر انگیز... پرقوت... ایک ایسی کتاب جو آپ کو محسوس کراتی ہے کہ آپ نے کئی جنم جی لیے... 'مملکت' دنیا کو چاک کر کے پیش کرتی ہے تاکہ ہمیں دکھا سکے کہ اس میں کیا کچھ خیرہ کن حد تک خوبصورت اور سفاکی کی حد تک بدصورت ہے... ہندوستان کی ثروت مندی اور پیچیدگی کے نام ایک لازوال محبت نامہ... رائے ہندوستان کا ہیرا ہیں اور ساری دنیا کا بھی۔'

انیتا فیلی سیلی، لا ریویو آف بکس

'ارُندھتی لوٹ آئی ہیں، اپنے دوسرے ناول 'بے پناہ شادمانی کی مملکت' کے ساتھ۔ اور انھوں نے ہمیں کیا دکھایا ہے؟ وہ لوٹی ہیں، پہلے سے کہیں زیادہ شان کے ساتھ۔'

مارنکس وَرپلانکل، ڈی مارجین (بیلجیئم)

بے پناہ شادمانی کی مملکت

بے پناہ شادمانی کی مملکت

ارُندھتی رائے

انگریزی سے ترجمہ

ارجمند آرا

राजकमल प्रकाशन

راج کمل پرکاشن

ناول *The Ministry of Utmost Happiness* کا ترجمہ

ISBN : 978-93-88933-01-8

قیمت : 995 روپے

پہلا ایڈیشن : 2019

ناشر : راج کمل پرکاشن پرائیویٹ لمیٹیڈ
1-B، نیتاجی سبھاش مارگ، دریا گنج، نئی دہلی- 002 110

شاخیں : اشوک راج پتھ، سائنس کالج کے سامنے، پٹنہ- 006 800
پہلی منزل، درباری منزل، مہاتما گاندھی مارگ، الہٰ آباد- 001 211
36-A شیکسپیئر سرنی، کولکاتا- 017 700

ویب سائٹ : www.rajkamalprakashan.com

ای میل : info@rajkamalprakashan.com

مطبع : لیش پرنٹو گرافکس، نوئیڈا- 301 201 (اتر پردیش)

BEPANAH SHAADMAANI KI MUMLIKAT
A Novel by **Arundhati Roy**
Translated by **Arjumand Ara**

اُن کے لیے

جنھیں قرار نہیں

پیش لفظ

اپنے پہلے ناول *The God of Small Things* کے ساتھ عالمی شہرت پانے والی ارُندھتی رائے برصغیر اور خصوصاً ہندوستان کی سیاست اور تہذیب و معاشرت پر بے باک نظریات اور بے لاگ آرا رکھنے والی ایک نہایت نمایاں آواز ہیں — اتنی نمایاں کہ بیدار ذہن، انسان دوست اور جمہوریت پسند لوگ ہر اہم مسئلے پر ان کے خیالات، ان کے مخصوص انداز میں سننے اور پڑھنے کا بیتابی سے انتظار کرتے ہیں — ہر ملک میں، ہندوستان کی سرحدوں سے باہر بھی، کہ ارُندھتی رائے کی مملکت بھی، ان کے زیرِنظر ناول کے کردار تِلوتما کی مانند، کوئی سرحد، کوئی سفارت خانہ نہیں رکھتی۔

The Ministry of Utmost Happiness ارُندھتی رائے کا دوسرا ناول ہے جو ان کے پہلے ناول کے بعد، بیس سال کے وقفے سے، جون 2017 میں شائع ہوا۔ ''بے پناہ شادمانی کی مملکت'' کے عنوان سے اس کا اردو ترجمہ خود ارُندھتی رائے کے ایما پر 5 جون 2017 کو شروع کیا گیا، جو 14 اگست کو مکمل ہوا، اور 14 ستمبر تک اس پر نظرِ ثانی کا کام ختم ہوا — عزلت نشینی کے تین مہینے دس دن کی مدت میں، مدتِ عدت کی طرح۔

یہ دستاویزی ناول ہندوستان کی جس تہذیبی اور سیاسی فضا کے پس منظر میں تحریر کیا گیا ہے اس کا تعلق بنیادی طور پر ہندوستان کے ہندی اور اردو بولنے والے شمالی خطے سے ہے۔ اس خطے کے لوگوں سے مکالمہ قائم کرنے کے لیے ضروری ہے کہ ناول کا ایک معیاری متن، منشاے مصنف کے عین مطابق یہاں کی زبانوں میں منتقل ہو، اسی لیے ارُندھتی رائے ان تراجم میں گہری دلچسپی لے رہی ہیں۔ جب

اردو ترجمے پر نظرِ ثانی کا مرحلہ آیا تو میں نے ان سے پوچھا کہ کیا وہ بعض اقتباسات یا ابواب کا ترجمہ سننا چاہیں گی؟ اور انھوں نے ہامی بھر لی۔ طے ہوا کہ اکتوبر میں بیٹھا جائے۔ ساتھ پڑھنے کا سلسلہ شروع ہوا تو ان کی دلچسپی اتنی بڑھ گئی کہ ناول کو اوّل تا آخر سننے کی مشتاق ہو گئیں۔ انھوں نے اپنے دوست سنجے کاک سے درخواست کی تھی کہ وہ بھی ان سیشنز میں شریک ہوں۔ سنجے کاک سماجی وسیاسی مسائل پر عوامی ردِعمل کے موضوعات پر دستاویزی فلمیں بناتے ہیں۔ 'مملکت' کی قرأت میں ان کی شمولیت ناول کے موضوع پر بول چال کے لہجوں کے ایکسپرٹ جیسی تھی۔ خیر، ٹیم ورک شروع ہوا اور اٹھارہ بیٹھکوں میں سارا متن حرف بہ حرف پڑھ اور سن لیا گیا۔ ظاہر ہے یہ کوئی مشینی عمل نہ تھا۔ پڑھنے اور سننے کے دوران زبان و بیان اور اسلوب کی باریکیاں، فقروں کی نشست میں ردو بدل، اور لہجوں اور تیوروں کا خیال وہ خطوط تھے جن پر بنیادی توجہ دی گئی۔ کشمیری زبان کے الفاظ، جگہوں کے نام، ان کے صحیح تلفظ، اور کشمیر میں مستعمل اردو اصطلاحات تک رسائی کے لیے ان کے دوست اعجاز حسین، جو ایسوسی ایٹڈ پریس سے وابستہ ہیں، کشمیر میں بیٹھ کر ہماری ان نشستوں میں مستقل شریک رہے۔ اور اس طرح ایسی اغلاط جو پڑھنے والے کو بدمزہ کر دیتی ہیں، درست ہو گئیں۔

ایک اہم تخلیق کار کے ساتھ کام کرنے اور سیکھنے کا یہ تجربہ نجی طور پر میرے لیے کسی نعمت سے کم نہ تھا۔ اظہار کی لطافتوں کی تلاش میرے لیے، بجائے خود ویسی ہی 'بے پناہ شادمانی' کا باعث تھی جو مصوری کے شاگرد کو اپنے استاد سے برش اسٹروک سیکھ کر ہوتی ہوگی—اورحان پامک کے ناول ''سرخ میرا نام'' میں ہرات اور اصفہان کے مینیاتوری مصوری کے استادوں کے ورکشاپ میں فن کی باریکیاں سیکھنے والے شاگردوں کی طرح۔ ترجمے کی خوبیوں میں، اس 'ترجمہ ورکشاپ' کے استاد مصوروں کے برش کی سپاس گزاری میرے لیے ممکن نہیں۔

اس ناول کی مقبولیت کا اندازہ اس سے لگایا جا سکتا ہے کہ صرف ہندوستان ہی میں پہلے تین مہینوں میں ایک لاکھ کے قریب کاپیاں فروخت ہوئیں۔ یورپ اور امریکہ میں انگریزی کے متعدد ایڈیشن شائع ہو چکے ہیں۔ اس کا ترجمہ کئی درجن عالمی زبانوں میں شائع ہو چکا ہے اور توقع ہے کہ کل ملا کر پچاس سے زیادہ زبانوں میں شائع ہوگا۔ اردو، ہندی کا ترجمہ راج کمل پرکاشن سے ایک ساتھ شائع

ہو رہا ہے، جب کہ پنجابی، بنگلہ، مراٹھی، گجراتی، تمل، ملیالم اور تلگو سمیت ہندوستان کی درجنوں زبانوں میں کام جاری ہے۔ لیکن ان میں اردو ترجمہ خاص اہمیت کا حامل ہے کیوں کہ ارندھتی رائے کا کہنا ہے کہ ناول کے بہت سے حصے بنیادی پر اردو میں ہی سوچے گئے۔

ایک دن جب ہم لوگ 'خواب گاہ' والے باب کی قرأت کر رہے تھے تو میں ایک منظر پر رک گئی جس میں خواب گاہ کی ٹرانس جینڈر مکین ٹیلیویژن پر دہشت گردانہ حملے میں ورلڈ ٹریڈ سینٹر سے طیاروں کے ٹکرانے کا منظر حیرت اور خوف کے ساتھ دیکھ رہی ہیں۔ نیوز میں منظر بار بار دکھایا جا رہا ہے، اور ٹیلیویژن والے بتا رہے ہیں کہ یہ کوئی فلم نہیں، یہ سچ مچ واقع ہو رہا ہے، امریکہ کے شہر نیویارک میں۔ خواب گاہ کی تاریخ کی سب سے طویل خاموشی بالآخر بسم اللہ توڑتی ہے: ''کیا وہاں بھی لوگ اردو بولتے ہیں؟'' ظاہر ہے کہ یہ نہایت غیر متوقع ردِعمل ہے۔ میں نے ارندھتی رائے سے پوچھا کہ انھیں واقعے کو یہ موڑ دینے کا خیال کیونکر آیا، کیا ان کا مقصد مزاح کا پہلو پیدا کرنا تھا؟ وہ مسکرائیں اور بولیں کہ امریکہ کائنات کا مرکز تو نہیں ہے۔ ہر شخص کی اپنی اپنی دنیا اور اس کا کوئی نہ کوئی مرکز ہوتا ہے۔ بسم اللہ کے نزدیک دنیا کا مرکز اردو اور اردو بولنے والے لوگ ہیں۔ چنانچہ بسم اللہ کے نقطۂ نظر سے دیکھیں تو 'بے پناہ شادمانی کی مملکت' کا مرکز بھی اردو ہی ہے۔ اور اس ترجمے کی صورت میں یہ ناول اپنے مرکز کو لوٹ رہا ہے۔

ارجمند آرا

غرض کہ یہ سب دل کا معاملہ ہے

— ناظم حکمت

ترتیب

1. بوڑھی چڑیاں مرنے کے لیے کہاں جاتی ہیں؟ 19

2. خواب گاہ 23

3. ولادت 113

4. ڈاکٹر آزاد بھارتیہ 145

5. دھیما تعاقب 155

6. بعد کے لیے چند سوال 161

7. مکان مالک 165

8. کرایہ دار 241

9. مس جبین اوّل کی بے وقت موت 343

10. بے پناہ شادمانی کی مملکت 439

11. مکان مالک 471

12. گوہِ کیوم 479

سحر انگیز گھڑی میں، جب کہ سورج غروب ہو جاتا ہے لیکن روشنی معدوم نہیں ہوتی، قدیم قبرستان میں چمگادڑوں کی ٹکڑیاں برگد کے درختوں سے چھوٹتی ہیں اور شہر بھر میں دھویں کی مانند پھیل جاتی ہیں۔ جب چمگادڑیں رخصت ہوتی ہیں تو کوّے گھر لوٹتے ہیں۔ ان کی گھر واپسی کا تمام تر شور بھی اُن گھریلو چڑیوں کی چھوڑی ہوئی خاموشی کو نہیں توڑ پاتا جو غائب ہو چکی ہیں، نیز ان سفید پشت بوڑھے گِدھوں کا بھی صفایا ہو چکا جو سو ملین سال سے بھی زیادہ عرصے سے مُردوں کے نگھبان تھے۔ وہ ڈائیکلوفینک کی زہر خورانی سے مر چکے۔ ڈائیکلوفینک، گایوں کی اسپرین، جو مویشیوں کو اعصابی راحت کے لیے دی جاتی ہے، درد کم کرنے اور دودھ کی مقدار بڑھانے کے لیے، سفید پشت گِدھوں پر زہریلی گیس کا کام کرتی ہے —کر چکی ہے۔ دواؤں کے ذریعے راحت پانے والی، دودھ دینے والی گائیں یا بھینسیں جب جب مریں، گدھوں کا زہریلا چارہ بنتی گئیں۔ جیسے جیسے مویشی بھتر ڈیری مشینوں میں تبدیل ہوتے گئے، جب شہر نے زیادہ آئس کریمیں کھانی شروع کر دیں، بٹر اسکاچ کرنچ، نَٹی بڈی اور چاکلیٹ چِپس، جب وہ زیادہ مینگو شیک پینے لگا تو گِدھوں کی گردنیں جھکنے لگیں، جیسے تھک گئے ہوں اور مزید بیدار نہ رہ سکتے ہوں۔ ان کی چونچوں سے رطوبت کے تار، چاندی کی داڑھیوں کی مانند ٹپکنے لگے اور وہ یکے بعد دیگرے اپنی شاخوں سے لڑھکتے گئے، مرگئے۔

ان مہربان قدیم پرندوں کے جانے پر کچھ زیادہ لوگوں نے توجہ نہیں دی۔ آخر اتنی چیزیں تھیں جو آنے والے دنوں میں دیکھنے کو باقی تھیں۔

1

بوڑھی چڑیاں مرنے کے لیے کہاں جاتی ہیں؟

وہ قبرستان میں کسی درخت کی مانند رہتی تھی۔ بھور ہوتے ہی کوّوں کو وداع کرتی اور لوٹنے پر چمگادڑوں کا استقبال کرتی۔ جھٹپٹا ہونے پر اس کا اُلٹ کرتی۔ درمیانی وقفوں میں گِدھوں کی روحوں سے باتیں کیا کرتی جو اُس کی بلند و بالا شاخوں میں منڈلاتی تھیں۔ ان کے پنجوں کی نرم گرفت اسی طرح محسوس کرتی جیسے بدن کے کٹے ہوئے حصے کا درد۔ اس نے بھانپ لیا تھا کہ جانے کی اجازت لے کر اور کہانی سے نکل کر گدھ کچھ ایسے ناخوش بھی نہیں۔

شروع میں جب وہ یہاں آئی تھی تو معمول کے ستم اس نے مہینوں تک اسی طرح برداشت کیے تھے جیسے کوئی درخت کرتا ہے — سہرن کے بغیر۔ وہ یہ دیکھنے کو کبھی نہیں پلٹی کہ کس بچے نے اس پر پتھر پھینکا ہے، اس نے گردن جھکا کر کبھی نہیں جھانکا کہ اس کی چھال پر کون سی گالیاں کھدی ہیں۔ جب لوگ دشنام طرازیاں کرتے — بغیر سرکس کا مسخرہ، بغیر محل کی ملکہ — تو وہ اس زخم کو اپنی شاخوں میں سے بادِ نسیم کی مانند گزرنے دیتی اور اپنی سرسراتی پتیوں کی موسیقی کو مرہم کی مانند درد سے راحت پانے کے لیے استعمال کرتی۔

جب نابینا امام ضیا الدین، جو کسی زمانے میں فتح پوری مسجد میں امام رہ چکے تھے، اس کے دوست بن گئے اور ملاقات کو آنے لگے، تب جا کر اڑوس پڑوس والوں نے طے کیا کہ اب اسے اس کے حال پر

چھوڑ دیا جائے۔

عرصہ پہلے ایک انگریزی کے جانکار آدمی نے اسے بتایا تھا کہ اگر اس کے نام کو حروف الٹ کر لکھ دیا جائے (انگریزی میں) تو 'مجنو' بن جاتا ہے۔ اس نے بتایا تھا کہ لیلیٰ مجنوں کی داستان کے انگریزی قالب میں مجنوں کو رومیو کہا جاتا ہے اور لیلیٰ کو جولیٹ۔ یہ بات اسے بڑی ظریفانہ لگی تھی۔ ''تمھارا مطلب ہے میں نے ان کی کہانی کی کھچڑی بنا دی ہے؟'' اس نے پوچھا تھا۔ ''وہ کیا کریں گے اگر انھیں پتا چلے کہ لیلیٰ اصل میں مجنوں ہو سکتا ہے اور رومی دراصل جولی ہے؟'' اگلی بار جب وہ ملا — وہی انگریزی کا جانکار آدمی — تو کہنے لگا کہ اس سے غلطی ہوئی تھی۔ انگریزی میں اس کے نام کو الٹ کر لکھنے سے 'مجنا' بن جائے گا، جو کوئی نام نہیں اور کوئی معنی نہیں رکھتا۔ اس پر وہ بولی تھی، ''کیا فرق پڑتا ہے! مجھ میں یہ سب ہیں۔ میں ہی رومی اور جولی ہوں، میں ہی لیلیٰ اور مجنوں ہوں۔ اور مجنا کیوں نہیں؟ کون کہتا ہے میرا نام انجم ہے؟ میں انجم نہیں، انجمن ہوں۔ محفل۔ ہر شخص کی اور کسی کی نہیں۔ ہر شے کی اور کسی شے کی نہیں۔ اب کون بچا جسے تم شریک کرنا چاہو گے؟ یہاں ہر ایک کو دعوت ہے۔''

اس پر انگریزی کے جانکار آدمی نے کہا تھا کہ یہ بڑی ہوشیاری کی بات ہے جو اس نے ایسے معنی نکالے۔ وہ بولا کہ وہ خود کبھی اس طرح نہیں سوچ پاتا۔ وہ کہنے لگی، ''تمھاری اردو کا جو حال ہے، اس میں سوچتے بھی کیسے؟ تمھیں کیا لگتا ہے؟ کیا انگریزی انسان کو خود بخود عقلمند بنا دیتی ہے؟''

وہ ہنسا تھا۔ اس کی ہنسی پر وہ بھی ہنس پڑی تھی۔ انھوں نے ایک فلٹر سگریٹ مل کر پی تھی۔ اس آدمی نے شکایتی لہجے میں کہا تھا کہ وِلز نیوی کٹ سگریٹیں چھوٹی اور ٹھگنی ہوتی ہیں اور قیمت کے حساب سے بالکل ردّی۔ وہ بولی تھی کہ فوراسکوائر پر وہ بہرحال اِنھی کو ترجیح دیتی ہے، بلکہ نہایت مردانی ریڈ اینڈ وائٹ پر بھی۔

اس آدمی کا نام اسے اب یاد نہیں تھا۔ شاید کبھی معلوم ہی نہ تھا۔ وہ عرصہ پہلے جا چکا تھا۔ وہی انگریزی کا جانکار آدمی — جہاں کہیں بھی اسے جانا تھا، وہیں۔ خود وہ سرکاری اسپتال کے عقب والے قبرستان میں رہتی تھی۔ ساتھ دینے کے لیے اس کے پاس اسٹیل کی گودریج الماری تھی جس میں وہ موسیقی کا ساز و سامان رکھتی — کھرونچیں پڑے ریکارڈ اور ٹیپ، ایک پرانا ہارمونیم، اپنے کپڑے اور

زیور، اپنے ابا کی شاعری کی کتابیں، اپنے فوٹو البم اور اخبار کے چند تراشے جو خواب گاہ کی آگ سے بچ گئے تھے۔ الماری کی چابی وہ اپنی گردن میں پڑے کالے دھاگے میں لٹکائے رہتی، چاندی کی مڑی تڑی خلال کے ساتھ۔ ایک پھٹے پرانے ایرانی قالین پر سوتی، جسے دن کو تالے میں بند کر دیتی اور رات کو دو قبروں کے درمیان کھول کر پھیلا دیتی (نجی مذاق کے طور پر کہا جائے تو اس نے دو کے ساتھ مسلسل دو راتیں کبھی نہیں گزاریں)۔ وہ اب بھی سگریٹ پیتی تھی۔ نیوی کٹ ہی۔

ایک صبح جب وہ اخبار پڑھ کر سنا رہی تھی، بوڑھے امام، جو ظاہر ہے کچھ نہیں سن رہے تھے، روا روی میں پوچھ بیٹھے، ''کیا یہ سچ ہے کہ تم میں جو ہندو ہوتے ہیں وہ بھی دفنائے جاتے ہیں، جلائے نہیں جاتے؟''

مصیبت کا احساس کر کے وہ ٹالنے کی غرض سے بولی تھی، ''سچ؟ کیا ہے سچ؟ سچائی کیا ہے؟''

امام، جو اپنے استفسار کا رخ مڑنے نہیں دینا چاہتے تھے، جواب میں مشینی انداز میں بڑبڑائے تھے، ''سچ خدا ہے۔ خدا ہی سچ ہے۔'' دانش بھرا کچھ ویسا ہی قول جو اُن ٹرکوں کے پیچھے لکھا ہوتا ہے جو چنگھاڑتے ہوئے شاہراہوں پر گزرتے ہیں۔ پھر انھوں نے اپنی اندھی سبز آنکھیں سکیڑی تھیں اور اپنی سیانی سبز سرگوشی میں پوچھا تھا، ''یہ تو بتاؤ کہ جب تم میں کوئی مرتا ہے تو تم لوگ اسے کہاں دفن کرتے ہو؟ میت کو غسل کون دیتا ہے؟ نمازِ جنازہ کون پڑھاتا ہے؟''

انجم دیر تک کچھ نہیں بولی۔ پھر وہ آگے کو جھکی اور اس نے سرگوشی میں جواب دیا، نادرخت کی مانند: ''امام صاحب! جب لوگ رنگوں کی باتیں کرتے ہیں — لال، نیلے، زرد رنگ کی، جب وہ ڈوبتے سورج کے آسمان کا نقشہ کھینچتے ہیں یا رمضان میں چاند دیکھنے کا ذکر کرتے ہیں — تب آپ کے ذہن میں کیا ابھرتا ہے؟''

اس طرح ایک دوسرے کو تقریباً جان لیوا گہرے چرکے دے کر وہ دونوں خاموش بیٹھے رہے، ایک دھوپ بھری قبر کے پاس، رِستے ہوئے زخموں کے ساتھ۔ بالآخر انجم نے ہی خاموشی توڑی۔

''آپ ہی بتایئے،'' وہ بولی، ''امام صاحب آپ ہیں، میں نہیں۔ بوڑھی چڑیاں مرنے کے لیے کہاں جاتی ہیں؟ کیا وہ آسمان سے کسی پتھر کی طرح ہمارے اوپر گر پڑتی ہیں؟ کیا سڑکوں پر ان کی لاشیں

ہماری ٹھوکروں میں آتی ہیں؟ کیا آپ کو نہیں لگتا کہ سب کچھ جاننے والا اور دیکھنے والا پروردگار جو ہمیں اس دنیا میں لاتا ہے، وہی ہمیں بلانے کا بھی معقول انتظام کرتا ہوگا؟''

اس دن امام کی ملاقات معمول سے پہلے ختم ہوگئی۔ انجم انھیں جاتے دیکھتی رہی۔ قبروں کے درمیان راستہ ٹھک ٹھکاتی ہوئی ان کی چشمِ بینا جیسی چھڑی راہ میں پڑی شراب کی خالی بوتلوں اور متروکہ سرِنجوں سے ٹکرا کر موسیقی پیدا کر رہی تھی۔ انجم نے انھیں روکا نہیں۔ اسے معلوم تھا وہ لوٹیں گے۔ تنہائی کے چہرے کا نقاب کتنا ہی دبیز کیوں نہ ہو، وہ جب بھی اسے دیکھتی، پہچان لیتی تھی۔ کچھ عجب، محسوس ڈھنگ سے اس نے بھانپ لیا تھا کہ امام کو بھی اس کے سائے کی ویسی ہی ضرورت ہے جیسی خود اسے امام کی ہے۔ اور تجربے نے اسے سکھایا تھا کہ 'ضرورت' ایک ایسا گودام ہے جس میں بے رحمی کے لیے بھی خاصی گنجایش نکالی جاسکتی ہے۔

خواب گاہ سے انجم کی روانگی حالانکہ خوشگوار بالکل نہ تھی لیکن وہ جانتی تھی کہ اس جگہ کے خواب اور راز تنہا اُسی کے نہیں ہیں کہ ان کے ساتھ کسی طرح کی دغا کرے۔

2

خواب گاہ

پانچ بچوں میں وہ چوتھے نمبر کی تھی۔ وہ جنوری کی ایک سرد رات کو پیدا ہوئی، چراغ کی روشنی میں (پاور کٹ) دہلی کے فصیل بند شہر شاہجہان آباد میں۔ احلام باجی، یعنی زچگی کرانے والی دائی نے دو شالیں اس کے گرد لپیٹیں اور اس کی ماں کی گود میں دیتے ہوئے کہا تھا، ''لڑکا ہے۔'' حالات کو دیکھیں تو ان کا یہ سہو سمجھ سے بعید نہیں۔

جہاں آرا بیگم کے پہلے حمل کو ابھی مہینہ بھر نہیں گزرا تھا کہ انھوں نے اور ان کے شوہر نے طے کیا کہ اگر لڑکا ہوا تو اس کا نام آفتاب رکھیں گے۔ لیکن ان کی اوّلیں تین اولادیں لڑکیاں نکلیں۔ اپنے آفتاب کا انتظار وہ لوگ گزشتہ چھ برس سے کر رہے تھے۔ جس رات وہ پیدا ہوا، وہ جہاں آرا بیگم کی زندگی کی سب سے مسرت بخش رات تھی۔

اگلی صبح جب سورج طلوع ہوا اور کمرے کی فضا نرم اور گرم ہو گئی تو انھوں نے ننھے آفتاب کے کپڑے اتارے اور اس کے ننھے بدن کی پڑتال کرنے بیٹھیں — آنکھیں، ناک، سر، گردن، بغلیں، انگلیاں، انگوٹھے ایک سیری اور بے تعجیل خوشی کے ساتھ ٹٹولے۔ تبھی اس کے مردانے اعضا کے نیچے لگا ایک چھوٹا، ادھورا، لیکن بلاشبہ زنانہ حصہ نظر آیا۔

کیا یہ ممکن ہے کہ کوئی ماں اپنے ہی بچے سے دہشت زدہ ہو جائے؟ جہاں آرا بیگم ہو گئیں۔ ان کا

پہلا ردِعمل یہ تھا کہ انھوں نے اپنے دل کو سکڑتے اور اپنی ہڈیوں کو راکھ میں تبدیل ہوتے محسوس کیا۔ دوسرا ردِعمل یہ تھا کہ انھوں نے دوبارہ دیکھا، کہیں ان سے دیکھنے میں غلطی تو نہیں ہوئی۔ تیسرا ردِعمل یہ تھا کہ صدمے کے مارے انھوں نے اپنی تخلیق سے منھ موڑ لیا اور عین اسی لمحے ان کی آنتوں میں مروڑیں اٹھیں اور دست کی ایک پتلی سی دھار ان کی ٹانگوں کے درمیان سے بہہ نکلی۔ اپنے چوتھے ردِعمل میں انھوں نے خود کو اور بچے کو مارنے کے بارے میں سوچنا شروع کر دیا۔ پانچواں ردِعمل یہ ہوا کہ انھوں نے بچے کو اٹھایا اور اسے کس کر سینے سے لگا لیا، جب کہ وہ خود اپنی مانوس دنیا اور اُن دنیاؤں کے درمیانی شگاف میں گرنے لگیں جن کے وجود سے وہ انجان تھیں۔ پاتال کے اندر تاریکی میں چکر کاٹتے ہوئے، ہر وہ شے ان کے نزدیک اپنے معنی کھو بیٹھی جس کے متعلق وہ اب تک پُریقین تھیں، چھوٹی سے چھوٹی اور بڑی سے بڑی شے۔ اردو میں، اس واحد زبان میں جو وہ جانتی تھیں، تمام اشیا کی جنس مقرر ہے۔ صرف جاندار ہی نہیں بلکہ تمام اشیا کی — قالین، کپڑے، کتابیں، قلم، آلاتِ موسیقی۔ ہر شے یا تو مذکر ہے یا مونث، مرد ہے یا عورت۔ ہر شے، ان کے اپنے بچے کے سوا۔ بے شک انھیں معلوم تھا کہ اس جیسوں کے لیے بھی ایک لفظ موجود ہے — ہیجڑا۔ بلکہ دو لفظ ہیں — ہیجڑا اور زنخا۔ لیکن محض دو لفظوں سے مل کر کوئی زبان تو نہیں بن جاتی!

کیا زبان سے باہر جینا بھی ممکن ہے؟ ظاہر ہے یہ سوال الفاظ میں ڈھل کر نہیں آیا، یا کسی فصیح جملے کی صورت میں۔ یہ شکم سے نکلی ایک بے صوت، ازلی چیخ کی صورت میں مخاطب ہوا تھا۔

چھٹا ردِّعمل یہ تھا کہ وہ نہائیں دھوئیں اور اپنے دل میں طے کیا کہ فی الحال کسی کو کچھ نہیں بتائیں گی۔ اپنے شوہر کو بھی نہیں۔ ان کا ساتواں ردِّعمل یہ تھا کہ وہ آفتاب کے قریب لیٹ گئیں اور آرام کیا۔ جس طرح اہلِ کتاب کے خدا نے کیا تھا، آسمان اور زمین کی تخلیق کے بعد۔ فرق صرف اتنا تھا کہ خدا نے اپنی تخلیق کردہ دنیا کو شعور عطا کرنے کے بعد آرام کیا تھا جب کہ جہاں آرا بیگم نے تب کیا جب اس شے نے — جو ان کی اپنی تخلیق تھی — ان کے شعورِ دنیا کو گڈمڈ کر دیا۔

خیر یہ سچ مچ کا زنانہ حصہ تو ہے نہیں، انھوں نے خود کو سمجھایا۔ اس کا سوراخ کھلا ہوا نہیں ہے (انھوں نے جانچ لیا تھا)۔ محض پیوند ہے، ننھی سی شے۔ شاید خود بخود بند ہو جائے گی، ٹھیک ہو جائے گی یا

مندمل ہو جائے گی کسی طرح۔ وہ جتنی درگاہیں جانتی ہیں سب پر جائیں گی اور پروردگار سے رحم کی بھیک مانگیں گی۔ وہ رحم کرے گا۔ وہ جانتی تھیں کہ کرے گا۔ شاید اس نے کیا بھی، ان طریقوں سے کیا جنھیں وہ پوری طرح سمجھتی نہ تھیں۔

جس دن جہاں آرا بیگم نے محسوس کیا کہ وہ گھر سے نکلنے کے قابل ہوگئی ہیں، اسی دن وہ ننھے آفتاب کو لے کر حضرت سرمد شہید کی درگاہ پر گئیں جو اُن کے گھر سے دس منٹ کے فاصلے پر تھی۔ تب تک وہ حضرت سرمد شہید کی کہانی نہیں جانتی تھیں اور انھیں کچھ اندازہ نہ تھا کہ کس نے ان کے قدم اتنے ایقان کے ساتھ ان کی درگاہ کی جانب موڑ دیے ہیں۔ شاید انھوں نے خود اپنے پاس بلایا تھا۔ یا شاید ان عجیب وغریب لوگوں کی کشش نے جنھیں وہ مینا بازار جاتے وقت راستے میں ڈیرا ڈالے دیکھتی تھیں۔ یہ وہ لوگ تھے جن پر اپنی گزشتہ زندگی میں وہ شاید ایک نظر ڈالنا بھی گوارا نہ کرتیں، البتہ سامنے ہی پڑ جاتے تو دوسری بات تھی۔ یہ لوگ اب اچانک انھیں دنیا کے اہم ترین انسان لگنے لگے تھے۔

حضرت سرمد شہید کی درگاہ کے بیشتر زائرین کو اُن کی کہانی معلوم نہ تھی۔ بعض کو کچھ حصے معلوم تھے، بعض کو کچھ بھی پتا نہ تھا اور بعض نے اپنی کہانیاں خود گڑھ لی تھیں۔ بیشتر لوگوں کو معلوم تھا کہ وہ یہودی نسل کے آرمینی تاجر تھے جو اپنی محبت کا پیچھا کرتے ہوئے فارس سے دہلی آئے تھے۔ کم لوگوں کو معلوم تھا کہ ان کا یہ محبوبِ زندگی ابھے چند نام کا ایک نوعمر ہندو لڑکا تھا جس سے وہ سندھ میں ملے تھے۔ بیشتر لوگ جانتے تھے کہ انھوں نے یہودیت ترک کر کے اسلام قبول کر لیا تھا۔ کم لوگوں کو معلوم تھا کہ ان کی روحانی تلاش نے آخر کار ان سے روایتی اسلام بھی ترک کرا دیا تھا۔ بیشتر لوگ جانتے تھے کہ برسرِ عام سزائے موت سے پہلے وہ فقیر بنے شاہجہان آباد کی گلیوں میں ننگ دھڑنگ گھومتے تھے۔ کم لوگ جانتے تھے کہ ان کی سزائے موت کا باعث برسرِ عام عریاں گھومنا نہیں تھا، بلکہ مرتد ہونا ان کا جرم تھا۔ اس زمانے کے بادشاہ اورنگ زیب نے انھیں اپنے دربار میں بلوایا اور کہا کہ کلمہ پڑھ کر ثابت کریں کہ وہ سچے مسلمان ہیں: لا الہ الا اللہ محمد الرسول اللہ۔ کوئی معبود نہیں سوائے اللہ کے، اور محمد اللہ کے رسول ہیں۔ لال قلعے کے شاہی دربار میں قاضیوں اور مشائخ کی جماعت کے سامنے سرمد عریاں کھڑے تھے۔

انھوں نے جیسے ہی کلمہ پڑھنا شروع کیا، آسمان میں بادلوں نے تیرنا بند کر دیا، پرندے بیچ اڑان میں منجمد ہو گئے اور قلعے کی ہوا وزنی اور ٹھوس ہو گئی۔ لیکن کلمہ شروع کرتے ہی وہ رک گئے۔ انھوں نے کلمے کا بس پہلا حصہ پڑھا: لا الٰہ۔ کوئی معبود نہیں۔ وہ اس سے آگے نہیں پڑھ سکتے، انھوں نے زور دے کر کہا، جب تک کہ وہ اپنی روحانی تلاش ختم نہ کر لیں اور وہ اللہ کو صدقِ دل سے قبول نہ کر لیں۔ انھوں نے کہا کہ اس منزل کے بغیر کلمہ پڑھنا، اس کی تضحیک کے مترادف ہے۔ اپنے قاضیوں کی تائید سے اورنگ زیب نے سرمد کو موت کی سزا سنادی۔

اس سے یہ فرض کرنا غلط ہوگا کہ جو لوگ کہانی جانے بغیر حضرت سرمد شہید سے اظہارِ عقیدت کے لیے آتے تھے وہ حقائق اور تاریخ کو جانے بغیر، نادانی میں ایسا کرتے تھے۔ کیونکہ درگاہ کے اندر سرمد کی سرکش روح، جو تاریخی حقائق کے کسی بھی انبار سے زیادہ قوی، مرئی اور حقیقی ہے، ان لوگوں پر ظاہر ہو جاتی تھی جو اُن کی دعائیں چاہتے تھے۔ انھوں نے روحانیت کو ظاہر داری پر، سادگی کو امیری پر ترجیح دی اور امکانی موت کے سائے میں ایک خودسر، وجدانی عشق کا جشن منایا تھا (کبھی تبلیغ نہیں کی تھی)۔ جو لوگ ان کے پاس آتے، سرمد کی روح انھیں یہ کرنے دیتی تھی کہ وہ ان کی کہانی میں جس طرح چاہیں، حسبِ ضرورت پھیر بدل کر لیں۔

جہاں آرا بیگم جب درگاہ کی ایک جانی پہچانی صورت بن گئیں تو انھوں نے بھی یہ کہانی سنی (اور پھر اسے عام کیا) کہ کس طرح جامع مسجد کی سیڑھیوں پر، بلکہ صحیح معنوں میں ان لوگوں کے جمِ غفیر کے سامنے سرمد کا سر کاٹا گیا جو اُن سے محبت کرتے تھے اور انھیں رخصت کرنے جمع ہوئے تھے۔ یہ کہ تن سے جدا ہونے کے بعد بھی کس طرح ان کا سر عشقیہ اشعار پڑھتا رہا، اور یہ کہ انھوں نے کس طرح اپنے اپنے بولتے سر کو ہاتھ میں یوں سرسری انداز میں اٹھا لیا جیسے آج کے زمانے میں موٹر سائیکل سوار اپنا ہیلمٹ اٹھاتا ہے، اور پھر سیڑھیاں چڑھتے ہوئے جامع مسجد میں داخل ہوئے اور پھر اتنے ہی سہج ڈھنگ سے سیدھے جنت میں چلے گئے۔ جہاں آرا بیگم بتایا کرتی تھیں (جو بھی سننے کو تیار ہو جائے، اسی کو) کہ اسی وجہ سے حضرت سرمد کی چھوٹی سی درگاہ میں (جو جامع مسجد کی نچلی مشرقی سیڑھیوں سے گھونگھے کی طرح چمٹی ہوئی ہے، اسی جگہ جہاں ان کے خون کا تالاب بن گیا تھا) فرش لال ہے،

دیواریں لال ہیں اور چھت بھی لال ہے۔ وہ کہا کرتی تھیں کہ تین سو سال سے زیادہ گزر گئے لیکن حضرت سرمد کا خون دھویا نہیں جا سکا۔ وہ بہ اصرار کہتی تھیں کہ درگاہ پر کوئی بھی رنگ پوت دو، وقت کے ساتھ وہ اپنے آپ لال رنگ میں تبدیل ہو جاتا ہے۔

درگاہ جانے کے لیے جہاں آرا بیگم جب پہلے پہل بھیڑ سے گزریں — عطر اور تعویذ فروش، زائرین کے جوتوں کے محافظ، اپاہج، بھکاری، بے گھر بے در لوگ، عید پر ذبیحے کے لیے فربہ کیے جاتے بکرے، نیز بوڑھے ہیجڑوں کی پرسکون ٹولی جس نے درگاہ کے باہر ایک ترپال کے نیچے گھر بسا رکھا تھا — اور چھوٹے سے لال حجرے میں داخل ہوئیں تو انھیں قرار آ گیا۔ سڑک کا شور مدھم پڑ گیا اور یوں لگنے لگا جیسے کہیں دور سے آ رہا ہو۔ سوئے ہوئے بچے کو گود میں لٹائے وہ ایک گوشے میں بیٹھ گئیں اور دیکھتی رہیں کہ لوگ، جو مسلمان بھی ہیں اور ہندو بھی، ایک ایک، دو دو آتے ہیں، مزار کے گرد جالیوں میں لال دھاگے، لال چوڑیاں اور کاغذ کی پرچیاں باندھتے ہیں اور سرمد سے منتیں مانگتے جاتے ہیں۔ جہاں آرا بیگم کا دھیان جب ایک نورانی بزرگ کی طرف گیا جن کی جلد خشک و کاغذی اور داڑھی نور کی کڑھی اور سبک تھی، اور جو ایک گوشے میں بیٹھے جھول رہے تھے اور خاموشی سے کچھ یوں رو رہے تھے جیسے ان کا دل ٹوٹ گیا ہو، تو جہاں آرا بیگم نے بھی اپنے آنسوؤں کو بہنے دیا۔ **یہ میرا بیٹا آفتاب ہے،** انھوں نے حضرت سرمد سے سرگوشی میں کہا، **میں اسے یہاں آپ کے پاس لائی ہوں۔ اس کا خیال رکھیے اور مجھے سکھائیے کہ کس طرح اس سے محبت کروں۔**

حضرت سرمد نے ایسا ہی کیا۔

❄

آفتاب کی زندگی کے چند ابتدائی برسوں تک جہاں آرا بیگم کا یہ راز محفوظ رہا۔ جتنے دن وہ اس کے زنانے حصے کے ٹھیک ہونے کا انتظار کرتی رہیں، انھوں نے آفتاب کو اپنے قریب رکھا اور جی جان سے اس کی حفاظت کی۔ جب ان کا چھوٹا بیٹا ثاقب پیدا ہوا تب بھی وہ آفتاب کو تنہا خود سے زیادہ دور نہیں جانے دیتی تھیں۔ ایک ایسی عورت کے لیے اسے غیر معمولی رویہ نہیں سمجھا گیا جس نے بیٹے کی پیدائش کا اتنا

طویل اور صبر آزما انتظار کیا ہو۔

جب آفتاب پانچ برس کا ہوا تو وہ چوڑی والان میں واقع اردو ہندی کے مردانے مدرسے میں پڑھنے لگا۔ ایک سال کے اندر وہ قرآن اچھا خاصا پڑھنے لگا، البتہ یہ واضح نہیں کہ سمجھتا کتنا تھا— یہی بات بقیہ لڑکوں پر بھی صادق آتی تھی۔ آفتاب اوسط درجے کے طلبہ سے بہتر تھا، لیکن جب بہت چھوٹا تھا تبھی سے یہ ظاہر تھا کہ موسیقی اس کا اصل ہنر ہے۔ اس کی آواز شیریں اور صحیح معنوں میں مترنم تھی اور ایک بار سن کر ہی وہ سُر پکڑ لیتا تھا۔ اس کے والدین نے طے کیا کہ اسے استاد حمید خاں کے پاس بھیجیں گے جو ایک نوجوان ممتاز موسیقار تھے اور چاندنی محل میں واقع اپنے تنگ سے مکان میں بچوں کی ایک ٹولی کو کلاسیکی ہندوستانی موسیقی سکھایا کرتے تھے۔ ننھے آفتاب نے ایک دن بھی ناغہ نہیں کیا۔ نو برس کی عمر تک وہ راگ یمن، دُرگا اور بھیرو میں 'بڑا خیال' بیس بیس منٹ تک گانے لگا اور راگ پوریہ دھناشری کے کومل رکھب میں اپنی شرمیلی آواز اس طرح بالا ہی بالا نکال لے جاتا جیسے کوئی پتھر جھیل کی سطح سے بالا ہی بالا گزر جائے۔ چیتی اور ٹھمری وہ لکھنوی طوائف کی سی مہارت اور توازن سے گاتا تھا۔ شروع میں لوگ محظوظ ہوتے اور اس کا حوصلہ بڑھاتے تھے لیکن جلد ہی بچوں نے اس کا مذاق اڑانا اور چھیڑنا شروع کر دیا: **ارے زنانہ ہے۔ مرد نہیں، عورت نہیں۔ مرد بھی ہے، عورت بھی۔ زنانہ مرد۔ مردانی عورت۔ ہی! ہی! ہی!**

جب ان کی چھیڑ چھاڑ ناقابلِ برداشت ہوگئی تو آفتاب نے موسیقی کی تعلیم ترک کر دی۔ لیکن استاد حمید، جو اس پر جان چھڑکتے تھے، خود ہی الگ سے سکھانے پر راضی ہو گئے۔ اس طرح موسیقی کے سبق تو جاری رہے لیکن آفتاب نے اسکول جانے سے انکار کر دیا۔ تب تک جہاں آرا بیگم کی امیدیں تقریباً دم توڑ چکی تھیں۔ اس کے ٹھیک ہونے کی کوئی علامت افق پر دور دور تک نہ تھی۔ چند برسوں تک وہ نت نئے بہانے تراش کر اس کے ختنہ رکواتی رہی تھیں۔ لیکن ننھا ثاقب اپنی باری کا منتظر تھا اور وہ جانتی تھیں کہ وقت ان کے ہاتھ سے نکلا جا رہا ہے۔ بالآخر انھوں نے وہی کیا جو انھیں کرنا ہی تھا۔ انھوں نے ہمت بٹوری اور اپنے شوہر کو بتاتے وقت دکھ اور راحت کے آنسو رو پڑیں کہ آخر کوئی تو ہے جسے وہ اپنے دہشت انگیز خواب میں شریک کر سکتی ہیں۔

ان کے شوہر ملاقات علی پیشے سے حکیم تھے — نیز اردو فارسی شاعری کے عاشق۔ ساری عمر انھوں نے ایک اور حکیم خاندان کے لیے کام کیا تھا — حکیم عبدالمجید کے ہاں جو شربت کے معروف و مقبول برانڈ 'روح افزا' کے بانی تھے۔ خرفہ کے بیج، انگور، سنترے، تربوز، پودینہ، گاجر، تھوڑے پالک، خش خش، کنول، دو قسم کے سوسن کے پھولوں اور دمشقی گلاب کے عرق سے بنا روح افزا بطور ٹانک استعمال ہوتا تھا۔ لیکن لوگوں نے دیکھا کہ چمکیلے یاقوتی رنگ کے اس شربت کے دو چمچ اگر ٹھنڈے دودھ میں یا صرف سادہ پانی میں گھول دیے جائیں تو نہ صرف خوش ذائقہ ہوتا ہے بلکہ دہلی کی جھلسانے والی گرمی اور ریتیلی ہواؤں میں اڑنے والے عجیب وغریب بخارات کا بھی اچھا توڑ ہے۔ جو مشروب بطور دوا شروع کیا گیا تھا، جلد ہی اس علاقے میں گرمیوں کا مقبول ترین شربت بن گیا۔ روح افزا ایک کامیاب صنعت اور ہر گھر میں معروف ہو گیا۔ چالیس برس تک اس نے بازار پر حکمرانی کی۔ پرانی دلّی کے ہیڈ کوارٹر میں تیار روح افزا دور دور تک بھیجا جاتا — دکن میں حیدرآباد سے لے کر مغرب میں افغانستان تک۔ پھر بٹوارہ ہو گیا۔ ہندوستان اور پاکستان کے درمیان نئی سرحد پر خدا کی شہ رگ کھل گئی اور دس لاکھ لوگ نفرت کا شکار ہو گئے۔ ہمسائے ایک دوسرے پر یوں ٹوٹ پڑے جیسے کبھی باہم آشنا نہ رہے ہوں، شادی بیاہ میں شریک نہ ہوے ہوں، ایک دوسرے کے گیت نہ گائے ہوں۔ فصیلِ شہر میں دراریں پڑ گئیں۔ قدیمی خاندان (مسلمانوں کے) فرار ہونے لگے۔ نئے خاندان (ہندوؤں کے) آ کر فصیلِ شہر کے اردگرد بسنے لگے۔ روح افزا کو شدید نقصان پہنچا لیکن جلد ہی وہ بحران سے نکل آیا اور پاکستان میں اس کی شاخ کھل گئی۔ ایک چوتھائی صدی گزرنے پر، مشرقی پاکستان میں قتلِ عام کے بعد اس نے ایک شاخ نوزائیدہ ملک بنگلہ دیش میں بھی قائم کر لی۔ لیکن روح کو تازگی دینے والا روح افزا جو جنگوں اور تین تین ملکوں کی خونیں پیدائش جھیل کر بھی بچ گیا تھا، دنیا کی بیشتر اشیا کی طرح بالآخر کوکا کولا سے مات کھا گیا۔

ملاقات علی حالانکہ حکیم عبدالمجید کے بھروسہ مند اور اہم ملازموں میں تھے لیکن جو تنخواہ پاتے تھے وہ ان کی ضرورتوں کے لیے ناکافی تھی۔ چنانچہ ملازمت کے بعد خالی اوقات میں گھر میں ہی مریض دیکھتے تھے۔ جہاں آرا بیگم سفید سوتی کپڑے کی گاندھی ٹوپیاں بناتیں اور انھیں چاندنی چوک کے ہندو

دکانداروں کو تھوک سپلائی کر کے اپنی گھریلو آمدنی میں اضافہ کرتی تھیں۔

ملاقات علی اپنا نسب براہِ راست منگول بادشاہ چنگیز خان سے ملاتے تھے، اس کے دوسرے بیٹے چغتائی کے وسیلے سے۔ ایک بوسیدہ چرمی پارچے پر لکھا ان کے خاندان کا تفصیلی شجرہ ان کے پاس موجود تھا، اور ٹین کا ایک چھوٹا سا ٹرنک بھی جس میں زرد، بھربھرے کاغذات رکھے تھے جنھیں وہ اپنے دعوے کا دستاویزی ثبوت مانتے تھے اور جس کے مطابق یہ واضح تھا کہ صحرائے گُبی کے قبیلۂ شمن کے لوگ، جو 'ابدی نیلے آسمان' کی پرستش کرتے تھے اور کبھی اسلام کے دشمن سمجھے جاتے تھے، کس طرح اُس مغلیہ خاندان کے اجداد تھے جس نے ہندوستان پر کئی صدیوں تک حکومت کی، نیز خود ملاقات علی کا خاندان کس طرح انھی مغلوں کی ایک شاخ ہے جو سنّی تھے لیکن بعد میں شیعہ ہو گئے تھے۔ بعض دفعہ، شاید کئی برس میں ایک بار، وہ ٹرنک کھولتے اور اپنے کاغذات کسی ملاقاتی صحافی کو دکھاتے، جو اکثر و بیشتر ان کی بات نہ تو توجہ سے سنتا اور نہ سنجیدگی سے لیتا۔ زیادہ سے زیادہ یہ ہوتا کہ ان کا دیا ہوا طویل انٹرویو کسی اخبار کے ہفتہ واری خصوصی فیچر (پرانی دلی پر) میں ایک تمسخرانہ، پرلطف تذکرہ بن کر رہ جاتا۔ اگر دو صفحوں پر پھیلا ہوتا تو ملاقات علی کی ایک چھوٹی سی تصویر بھی مغلیہ کھانوں کے کلوز اپ، دلی کی گندی تنگ گلیوں سے گزرتے سائیکل رکشہ پر بیٹھی برقعے والی عورتوں کے لانگ شاٹ اور جامع مسجد میں صفیں باندھے، نماز میں مصروف سفید ٹوپیوں والے ہزاروں مسلمانوں کی بلندی سے لی ہوئی تصویر کے ساتھ شائع ہو جاتی۔ ان اخباروں کے بعض قارئین اس طرح کی تصویروں کو سیکولرازم اور بین مذہبی رواداری کے تئیں ہندوستان کی وابستگی کی کامیابی کا ثبوت مانتے۔ بعض دوسرے اس پر تھوڑی راحت محسوس کرتے کہ دہلی کی مسلم آبادی اپنے پُرہنگام گھیٹو محصور بستی میں بند خاصی مطمئن لگتی ہے۔ بعض دیگر اس کا ثبوت مانتے کہ مسلمان ملک میں 'ضم ہونا' نہیں چاہتے اور بچے جننے اور خود کو منظّم کرنے میں مصروف ہیں، نیز وہ جلد ہی ہندو بھارت کے لیے خطرہ بن جائیں گے۔ اس نظریے کو درست سمجھنے والوں کا دائرۂ اثر تشویش کن رفتار سے بڑھ رہا تھا۔

اخباروں میں کیا چھپتا ہے اور کیا نہیں، اس سے بے نیاز ملاقات علی اپنی ہی سنک میں گم، اپنے ملاقاتیوں کا استقبال اپنے چھوٹے چھوٹے کمروں میں، اشرافیہ کی محو ہوتی ہوئی تمکنت کے ساتھ ہمیشہ

یوں ہی کرتے رہے۔ ماضی کے متعلق وہ ایک وقار کے ساتھ باتیں کرتے تھے، ہوک کے ساتھ کبھی نہیں۔ وہ بتاتے کہ کس طرح تیرھویں صدی میں ان کے اجداد نے اُس سلطنت پر حکمرانی کی تھی جو آج کے ویت نام اور کوریا سے لے کر ہنگری اور بلقان تک پھیلی تھی، نیز شمالی سائبیریا سے ہندوستان میں دکن کے پٹھار تک محیط تھی۔ دنیا نے جتنی بھی حکومتیں دیکھی ہیں، یہ ان میں عظیم ترین سلطنت تھی۔ انٹرویو کا خاتمہ وہ اکثر اپنے پسندیدہ شاعر میر تقی میرؔ کے اس شعر پر کرتے تھے:

جس سر کو غرور آج ہے یاں تاج وری کا
کل اس پہ یہیں شور ہے پھر نوحہ گری کا

ان کے بیشتر ملاقاتی، نئے حکمراں طبقے کے بدسلیقہ ایلچی، اپنی باتوں سے جھلکتے ابھتے غرور سے بمشکل آگاہ، شعر کے تہہ دار معنی کو پوری طرح سمجھ نہ پاتے تھے، جو انھیں کچھ یوں سنایا جاتا جیسے وہ بھی ناشتہ ہو اور انگشتانے کے برابر کپ میں انھیں پیش کی گئی گاڑھی میٹھی چائے کے ساتھ حلق کے نیچے اتارنا ہو۔ وہ اتنا تو یقیناً سمجھ لیتے تھے کہ یہ ایک ایسی شکستہ سلطنت کا نوحہ ہے جس کی بین الاقوامی سرحدیں سکڑ کر اس غلیظ بستی تک محدود رہ گئی ہیں جو ایک پرانے شہر کی بوسیدہ فصیلوں میں محصور ہے۔ اور ہاں، وہ یہ بھی سمجھ لیتے تھے کہ یہ ملاقات علی کی ذاتی خستہ حالی پر ایک سوگوار تبصرہ ہے۔ لیکن جو نکتہ ان سے بچ نکلتا، یہ تھا کہ یہ شعر کنائے کا ناشتہ، فریب کا سموسہ، نوحے میں لپٹی ہوئی تنبیہ ہے، جو مصنوعی انکسار کے ساتھ ایک ایسا دانا شخص پیش کر رہا ہے جسے اپنے سامع کی اردو سے ناواقفیت پر کامل یقین ہے، ایک ایسی زبان میں جو اپنے بولنے والوں کی مانند بتدریج گھیٹو بند کی جا رہی ہے۔

ملاقات علی کا شعری ذوق ایسا نہ تھا کہ بطورِ حکیم ان کے پیشے سے الگ کر کے اسے محض شوق سمجھا جائے۔ ان کا ماننا تھا کہ شاعری شفایاب کرتی ہے، یا کم از کم تقریباً ہر مرض میں شفا کی راہ پر ہم قدم ہوتی ہے۔ وہ اپنے مریضوں کو نسخے میں اشعار یوں لکھ کر دیتے تھے جیسے حکیم دوائیں لکھتے ہیں۔ اپنے مرعوب کن ذخیرۂ اشعار سے وہ حسبِ ضرورت ایسا شعر چنتے جو ہر بیماری، ہر موقعے، ہر موڈ اور سیاسی ماحول کے لطیف ترین تغیر پر چسپاں ہو جاتا تھا۔ ان کی اس عادت کے سبب گردو پیش کی زندگی مزید گہری لگتی اور ساتھ ہی اتنی امتیازی بھی نہیں جتنی وہ فی الحقیقت تھی۔ ان کے اشعار ہر شے میں ٹھہراؤ کا ایک لطیف

احساس بھر دیتے، یہ احساس کہ جو کچھ ہو رہا ہے، پہلے بھی ہو چکا۔ ایسا پہلے بھی لکھا جا چکا، گایا جا چکا، تبصروں کا موضوع بن چکا اور تاریخ میں درج ہو چکا۔ کچھ بھی نیا ممکن نہیں۔ شاید یہی سبب ہو کہ ان کے آس پاس کے اکثر نوجوان اس وقت ہنس کر بھاگ نکلتے جب وہ محسوس کرتے کہ بس اب کوئی شعر نازل ہونے ہی والا ہے۔

جہاں آرا بیگم نے جب انھیں آفتاب کے بارے میں بتایا تو ملاقات علی کو شاید اپنی زندگی میں پہلی بار حسبِ موقع کوئی شعر یاد نہیں آیا۔ ابتدائی صدمے سے نکلنے میں انھیں تھوڑا وقت لگا۔ جب نکل آئے تو بیوی کو ڈانٹا کہ پہلے کیوں نہیں بتایا تھا۔ وقت بدل چکا ہے، انھوں نے کہا۔ آج نیا زمانہ ہے۔ انھیں یقین تھا کہ ان کے بیٹے کے مسئلے کا کوئی سیدھا سادہ میڈیکل حل ضرور موجود ہے۔ وہ نئی دہلی میں کوئی ایسا ڈاکٹر ڈھونڈ نکالیں گے جو پرانے شہر کے محلوں میں پھیلنے والی افواہوں اور سرگوشیوں سے دور ہو۔ قادرِ مطلق انھی کی مدد کرتا ہے جو اپنی مدد آپ کرتے ہیں، انھوں نے اپنی بیوی سے ذرا سخت لہجے میں کہا۔

ایک ہفتے بعد اپنا بہترین لباس پہن کر انھوں نے ناخوش آفتاب کو سرمئی پٹھانی سوٹ پر زردوزی کی سیاہ واسکٹ پہنائی، سر پر گول ٹوپی رکھی اور سلیم شاہی جوتیاں پہنا کر، تانگے پر سوار ہو نظام الدین کے لیے چل پڑے۔ دن بھر باہر رہنے کا مقصد یہ ظاہر کیا گیا کہ وہ اپنے بھتیجے اعجاز کے لیے دلہن دیکھنے جا رہے ہیں — ملاقات علی کے بڑے بھائی قاسم کے چھوٹے بیٹے کے لیے، جو ملک کے بٹوارے کے بعد پاکستان ہجرت کر گئے اور کراچی میں روح افزا کی برانچ میں کام کرتے تھے۔ اصل وجہ یہ تھی کہ ڈاکٹر غلام نبی سے، جو خود کو ''ماہرِ جنسیات'' بتاتے تھے، انھوں نے ملاقات کا وقت لیا تھا۔

ڈاکٹر نبی خود ہی اس پر نازاں تھے کہ وہ دوٹوک بات کرنے والے، خالص سائنسی مزاج کے آدمی ہیں۔ آفتاب کی جانچ کے بعد انھوں نے کہا کہ میڈیکل کی زبان میں وہ ہیجڑا نہیں ہے — یعنی مردانے قالب میں قید عورت، لیکن عملی ضرورت کے تحت یہ لفظ استعمال کیا جا سکتا ہے۔ انھوں نے بتایا کہ آفتاب ہرمیفروڈائٹ (Hermaphrodite) کا ایک نادر نمونہ ہے جس میں مردانہ اور زنانہ، دونوں طرح کی خصوصیات ہوتی ہیں، لیکن ظاہراً مردانہ خصوصیات غالب تر محسوس ہوتی ہیں۔ انھوں

نے کہا کہ وہ ایک سرجن کا نام بتائیں گے جو اس کے زنانہ حصے کو بند کر کے ٹانکے لگا دے گا۔شاید کچھ گولیاں بھی تجویز کرے۔لیکن مسئلہ اتنا سیدھا سادہ بھی نہیں ہے، انھوں نے کہا۔علاج سے یقیناً فائدہ ہوگا لیکن ہیجڑے پن کی فطرت برقرار رہے گی، جس کے معدوم ہونے کا امکان نہیں۔ وہ پوری کامیابی کی ضمانت نہیں لے سکتے۔ ملاقات علی، جو تنکے کا سہارا لینے کو تیار بیٹھے تھے، حوصلہ پا کر مسرور ہو گئے۔ ''فطرت؟'' وہ بولے،''فطرت کوئی مسئلہ نہیں۔ ہر آدمی کی کوئی نہ کوئی فطرت ہوتی ہے فطرت پر قابو پایا جا سکتا ہے۔''

حالانکہ ڈاکٹر نبی کو دکھانے سے اُس مسئلے کا کوئی فوری حل نہیں نکلا جسے ملاقات علی آفتاب کی بدبختی سمجھتے تھے، لیکن اس سے خود ملاقات علی کو بہت فائدہ ہوا۔ خود کو منظّم کرنے میں، اپنے جہاز کو متوازن کرنے میں انھیں رہنمائی ملی، جو اشعار کے بغیر عدم تفہیم کے سمندر میں ہچکولے کھا رہا تھا۔ وہ اب اس قابل ہو گئے کہ اپنے اندوہ کو ٹھوس مسئلے کا روپ دے سکیں اور اپنی ساری توجہ اور توانائی اس بات کی جانب موڑ دیں جو وہ بخوبی سمجھ سکتے تھے: جراحی کے لیے مناسب رقم کس طرح جمع کی جائے؟

انھوں نے گھریلو اخراجات کم کر دیے اور ایسے لوگوں اور رشتہ داروں کی فہرست تیار کرنے لگے جن سے وہ پیسہ ادھار لے سکتے تھے۔ ساتھ ہی انھوں نے آفتاب میں مردانہ اوصاف بھرنے کی ثقافتی مہم چھیڑ دی۔ انھوں نے آفتاب کے دل میں شاعری کا عشق اتارا اور ٹھمری اور چیتی گانے کی حوصلہ شکنی کرنے لگے۔ وہ رات میں دیر تک جاگتے اور آفتاب کو اپنے جنگجو اجداد کے، نیز میدانِ جنگ میں ان کی بہادری کے قصے سناتے۔ آفتاب پر ان کا مطلق اثر نہ ہوتا۔ لیکن جب اس نے یہ کہانی سنی کہ تموجن یعنی چنگیز خان نے اپنی خوبصورت بیوی بورتہ خاتون کا ہاتھ کس طرح جیتا، ایک دشمن قبیلے نے اسے کس طرح اغوا کیا، اسے واپس لانے کے لیے تموجن نے کس طرح تقریباً تن تنہا پوری فوج سے لوہا لیا کیونکہ وہ اس سے بہت محبت کرتا تھا، تو اس پر آفتاب نے محسوس کیا کہ وہ خود بورتہ خاتون بننا چاہتا ہے۔

جب آفتاب کے بھائی بہن اسکول چلے جاتے تو وہ اپنے گھر کی چھوٹی سی بالکنی میں بیٹھا چتلی قبر کو دیکھا کرتا جو چتکبری بکری کا چھوٹا سا مزار ہے اور جس کے متعلق کہا جاتا ہے کہ اسے غیبی قوتیں حاصل تھیں۔ وہ اس پر ہجوم سڑک کو دیکھتے گھنٹوں گزار دیتا جو آگے جا کر مٹیا محل چوک سے مل جاتی ہے۔ اس

نے جلد ہی محلے کے آہنگ کو پکڑ لیا جو اردو کی گالیوں کے تانتے پر مشتمل تھا— تیری ماں کی چوت، جا بہن چود، ماں کے لوڑے— جس میں خلل دن میں پانچ مرتبہ اس وقت پڑتا جب جامع مسجد اور پرانی دلی کی دوسری مسجدوں سے اذان کی آوازیں آنا شروع ہوتیں۔ دن بدن کڑی نظر رکھتے ہوئے— کسی مخصوص شے پر نہیں— آفتاب نے دیکھا کہ تندمزاج مچھلی فروش گڈو بھائی چمکیلی تازہ مچھلیوں سے بھرا اپنا ٹھیلا منھ اندھیرے چوک کے بیچوں بیچ لا کھڑا کرتا، اتنی ہی پابندی سے جیسے سورج مشرق سے نکلتا اور مغرب میں ڈوبتا ہے۔ دوپہر کے بعد اس کی جگہ طویل قامت اور ملنسار وسیم آجاتا جو نان خطائی بیچتا تھا۔ شام کے وقت اس کی جگہ دبلے پتلے، منحنی سے میاں یونس چلے آتے جو پھل بیچتے تھے، اور رات ہوتے ہی وہ پھول کر کپا ہو موٹے تازے بریانی فروش حسن میاں میں تبدیل ہو جاتے، جو مٹیا محل کی بہترین بریانی تانبے کی بڑی سی دیگ سے نکال کر دیتے تھے۔ موسمِ بہار کی ایک صبح آفتاب نے دیکھا کہ ایک دراز قد، پتلے کولھوں والی عورت، چمکیلی لپ اسٹک لگائے، اونچی ایڑی کے سنہری سینڈل اور ساٹن کی چمکدار سبز شلوار قمیص پہنے، چوڑی فروش میر سے، جو شام کو چٹلی قبر کی دیکھ بھال بھی کرتا تھا، چوڑیاں خرید رہی ہے۔ رات میں اپنی دکان بڑھاتے اور مزار کو تالا لگاتے وقت وہ اپنی چوڑیوں کا ذخیرہ مزار کے اندر محفوظ کر دیتا تھا۔ (خیال رکھتا تھا کہ یہ دونوں کام بیک وقت انجام پائیں۔) آفتاب نے لپ اسٹک والی ایسی لمبی عورت پہلے کبھی نہیں دیکھی تھی۔ وہ زینے کی کھڑی سیڑھیاں تیزی سے اترتا ہوا گلی میں چلا آیا اور محتاط فاصلے سے اس کا پیچھا کرنے لگا۔ اس نے دیکھا کہ عورت نے بکری کے پائے خریدے، پھر بالوں کے پن اور امرود خریدے، اور اپنے سینڈلوں کے تسمے ٹھیک کرائے۔

وہ اب وہی بننا چاہتا تھا۔

اس نے گلی کے نکڑ سے ترکمان گیٹ تک اس کا تعاقب کیا اور اس نیلے دروازے کے سامنے دیر تک کھڑا رہا جس میں داخل ہو کر وہ غائب ہوئی تھی۔ کسی معمولی عورت کو ہرگز یہ اجازت نہ ہو سکتی تھی کہ وہ اس طرح کا لباس پہن کر شاہجہان آباد کی سڑکوں پر یوں کولھے مٹکاتی گھومے پھرے۔ شاہجہان آباد کی عام عورتیں برقع اوڑھتی تھیں یا کم از کم سر اور بقیہ جسم ڈھانپ کر رہتی تھیں، ہاتھ پیروں کو چھوڑ کر۔ جس عورت کا پیچھا آفتاب نے کیا تھا وہ ایسا لباس پہن سکتی تھی اور ایسی مخصوص چال چل سکتی تھی کیونکہ وہ

عورت نہیں تھی۔ وہ جو بھی تھی، آفتاب وہی بننا چاہتا تھا۔ کچھ ایسے وہی بننا چاہتا تھا کہ اتنی شدت سے اس نے بورتہ خاتون بھی نہیں بننا چاہا تھا۔ اس نے چاہا کہ اسی کی طرح وہ بھی گوشت کی ان دکانوں کے سامنے سے جھلمل کرتا گزرے جن پر سالم بکرے گوشت کی ایک لمبی دیوار بنے لٹکے ہوئے تھے۔ وہ 'نیو لائف اسٹائل مینز ہیئر ڈریسنگ سیلون' کے سامنے سے مٹکتے ہوئے گزرنا چاہتا تھا جہاں الیاس نائی دبلے پتلے نوجوان قصائی لیاقت کے بال کاٹنے کے بعد انھیں برِل کریم سے چمکا رہا تھا۔ اس نے چاہا کہ اپنے پالش لگے ناخنوں اور چوڑیوں بھری کلائی والے ہاتھ سے، نزاکت کے ساتھ مچھلی کا گلپھڑا اٹھا کر دیکھے کہ وہ تازہ ہے یا نہیں اور پھر مول بھاؤ کرے۔ اس نے چاہا کہ جب پانی کے کسی گڈھے کو پھلانگے تو اپنی شلوار تھوڑی سی اچکالے — بس اتنی کہ اس کی چاندی کی پازیبیں نظر آجائیں۔

آفتاب کا زنانہ حصہ محض پیوند نہ تھا۔

اس نے اپنا وقت موسیقی کی کلاس اور گلی دکوتان کے نیلے دروازے والے گھر کے باہر منڈلانے میں تقسیم کرنا شروع کر دیا جس میں وہ دراز قد عورت رہتی تھی۔ اسے پتا چلا کہ اس کا نام بامبے سلک ہے اور اس جیسی سات اور ہیں: بلبل، رضیہ، ہیرا، بے بی، نمّو، میری اور گڑیا — جو نیلے دروازے والی حویلی میں ساتھ ساتھ رہتی ہیں۔ یہ بھی علم ہوا کہ ان کی ایک گرو ہے، استاد کلثوم بی، جو سب سے عمر دراز اور گھر کی سربراہ ہے۔ آفتاب کو یہ بھی معلوم ہوا کہ حویلی کا نام 'خواب گاہ' ہے۔

شروع میں اسے وہاں سے بھگا دیا جاتا تھا کیونکہ خواب گاہ کی مکینوں سمیت ہر شخص ملاقات علی سے واقف تھا اور کوئی بھی انھیں ناراض کرنا نہیں چاہتا تھا۔ لیکن ہر طرح کی ڈانٹ پھٹکار اور سزا سے بے نیاز آفتاب ڈھیٹ پن سے روزانہ اپنے ٹھیے پر لوٹتا رہا۔ اس کی دنیا میں یہی واحد جگہ تھی جہاں آکر وہ محسوس کرتا کہ ہوا اس کے لیے راستہ بنا رہی ہے۔ جب وہ آتا تو محسوس کرتا کہ جیسے ہوا سرک رہی ہے، اس کے لیے جگہ بنا رہی ہے، جیسے کلاس کی بنچ پر کوئی دوست جگہ بناتا ہے۔ چند مہینوں تک ان کے چھوٹے موٹے کام کرکے، جب ساکنانِ خواب گاہ شہر کے دورے پر نکلتیں تو ان کے بیگ اور موسیقی کے ساز اٹھا کر، دن بھر کے کام کے بعد شام کو ان کے تھکے ہوئے پیروں کی مالش کرکے آفتاب نے آخر کار خواب گاہ میں ربط ضبط بڑھا لیا۔ آخر وہ دن بھی آیا جب اسے داخلے کی اجازت مل گئی۔ وہ اس معمولی

سے، ٹوٹے پھوٹے گھر میں یوں داخل ہوا جیسے جنت کے دروازے میں داخل ہو رہا ہو۔

نیلا دروازہ اینٹوں کے کھرنجے والے صحن میں کھلتا تھا جس کے گرد اونچی دیواریں تھیں، ایک کونے میں ہینڈ پمپ اور دوسرے میں انار کا پیڑ۔ کشادہ برآمدے کے ستونوں پر کٹاؤدار دھاریاں، برآمدے کے پیچھے دو کمرے۔ ایک کمرے کی چھت بیٹھ چکی تھی اور دیواریں مسمار ہو کر ملبے کا ڈھیر بن چکی تھیں، جس میں اب بلیوں کے ایک خاندان کا بسیرا تھا۔ جو کمرہ ابھی سلامت تھا، کشادہ تھا اور خاصی بہتر حالت میں بھی۔ اس کی اُدھڑتی، پستئی دیواروں سے لگی لکڑی کی چار اور گودریج کی دو الماریاں ایک قطار میں کھڑی تھیں جن پر فلمی ستاروں کی تصویریں چسپاں تھیں — مدھو بالا، وحیدہ رحمان، نرگس، دلیپ کمار (جن کا نام اصل میں محمد یوسف خان ہے)، گرو دت اور مقامی چھوکرا جانی واکر (بدرالدین جمال الدین قاضی) جو دنیا کے اداس ترین آدمی کو بھی مسکرانے پر مجبور کر دیتا ہے۔ ایک الماری پر ایک دھندلا قدِ آدم آئینہ لگا تھا۔ دوسرے گوشے میں بوسیدہ سی پرانی ڈریسنگ ٹیبل۔ اونچی چھت پر لٹکا ہوا ایک شکستہ فانوس جس کا ایک ہی بلب جلتا تھا۔ گہرے کتھئی رنگ کا پنکھا چھت پر ایک لمبی چھڑ سے لٹکا ہوا تھا۔ پنکھے میں انسانوں کے اوصاف تھے، — شرمیلی، تنک مزاج اور پل پل مزاج بدلتی لڑکیوں جیسے۔ اس کا ایک نام بھی تھا، اوشا۔ اوشا اب جوان نہ رہی تھی اور اکثر لمبے دستے والی جھاڑو سے اسے ٹھوکے دینے پڑتے، خوشامد کرنی پڑتی تھی، تب جا کر وہ اپنا کام شروع کرتی اور اس طرح ہچکولے کھا کر گھومتی جیسے دھیرے دھیرے ناچنے والی پول ڈانسر ہو۔ حویلی کے واحد پلنگ پر استاد کلثوم بی سوتی تھیں، اپنے طوطے بیربل کا پنجرہ سرہانے لٹکا کر۔ اگر رات میں کلثوم بی اس کے قریب نہ ہوتیں تو وہ اس طرح ٹائیں ٹائیں کرتا جیسے کوئی اس کا گلا کاٹ رہا ہو۔ جب جاگا ہوتا، تب کے لیے بیربل کے پاس چند گالیوں اور پھٹکاروں کے ہتھیار تیار رہتے، جن سے پہلے کچھ طنزیہ اور کچھ چلبلا ''آئے ہائے'' ہمیشہ سننے کو ملتا۔ یہ اس نے اپنے شریکِ گھر ساتھیوں سے سیکھا تھا۔ بیربل کی پسندیدہ گالیاں وہی تھیں جو خواب گاہ میں سب سے زیادہ سننے کو ملتی تھیں: سالی، رنڈی، ہیجڑا۔ بیربل کو ان گالیوں کے سارے لہجے یاد تھے۔ کبھی بڑبڑا کر، کبھی ناز و ادا سے، کبھی مذاق میں، کبھی محبت سے اور کبھی سچ مچ تلخ غصے سے۔

بقیہ سب برآمدے میں سوتی تھیں۔ دن میں ان کے بستر گول لپیٹ کر بڑی بڑی مسندوں کی

طرح رکھے رہتے۔ سردیوں میں، جب برآمدے میں سردی بڑھ جاتی اور کہرا چھانے لگتا تو سب کلثوم بی کے کمرے میں ڈیرا جماتیں۔ بیت الخلا کا راستہ ٹوٹے ہوے کمرے کے ملبے سے ہوکر جاتا تھا۔ سب باری باری سے ہینڈ پمپ پر نہاتیں۔ کھڑی سیڑھیوں والا بے تکا سا تنگ زینہ پہلی منزل پر بنے باورچی خانے کو جاتا تھا۔ باورچی خانے کی کھڑکی باہر کی طرف ہولی ٹرینٹی چرچ کے گنبد کو تکا کرتی۔

خواب گاہ کے ساکنوں میں صرف میری ہی عیسائی تھی۔ وہ چرچ نہیں جاتی تھی لیکن گلے میں ایک ننھی سی صلیب پہنے رہتی۔ گڑیا اور بلبل ہندو تھیں اور کبھی کبھی ان مندروں میں ہو آتی تھیں جہاں اندر جانے دیا جائے۔ باقی سب مسلمان تھیں۔ وہ جامع مسجد جاتیں اور ان درگاہوں پر بھی جہاں اندرونی حجروں تک داخلے کی اجازت مل جائے (کیونکہ پیدائشی عورتوں کی طرح مہینہ نہ آنے کی وجہ سے ہیجڑوں کو نجس نہیں سمجھا جاتا)۔ البتہ خواب گاہ کی سب سے مردانی شخصیت کو حیض آتا تھا۔ بسم اللہ باورچی خانے کی چھت پر سوتی تھی۔ وہ ایک چھوٹی، چھریری، سانولی عورت تھی جس کی آواز بس کے ہارن جیسی تھی۔ چند برس پہلے اس نے اسلام قبول کیا تھا اور رہنے کے لیے خواب گاہ آئی تھی (دونوں باتوں کا باہم کوئی تعلق نہیں) جب اس کے شوہر نے، جو دہلی ٹرانسپورٹ کارپوریشن میں بس ڈرائیور تھا، بچے نہ ہونے کی وجہ سے اسے گھر سے نکال دیا تھا۔ ظاہر ہے، یہ خیال اسے کبھی نہیں آیا کہ بچے نہ ہونے کا سبب وہ خود بھی ہوسکتا ہے۔ بسم اللہ (پرانا نام بملا) باورچی خانہ سنبھالتی اور ناخواستہ گھس پیٹھیوں سے خواب گاہ کی حفاظت ایسی درندہ خوئی اور بے رحمی سے کرتی جیسے وہ شکاگو کا کوئی پیشہ ور ڈکیت ہو۔ اس کی اجازت کے بغیر خواب گاہ میں جوان مردوں کے داخلے پر سخت پابندی تھی۔ مستقل گاہک بھی اندر نہیں آسکتے تھے، مثلاً انجم کا مستقبل کا وہ گاہک — وہی انگریزی کا جانکار آدمی — اور انھیں اپنی رومانی ملاقاتوں کا انتظام خود کرنا پڑتا تھا۔ چھت پر بسم اللہ کی ساتھی رضیہ تھی جس کا دماغ الٹ چکا تھا، یادداشت جا چکی تھی اور جسے قطعاً یاد نہ تھا کہ وہ کون ہے اور کہاں سے آئی ہے۔ رضیہ ہیجڑا نہیں تھی۔ وہ مرد ہی تھی لیکن اسے عورتوں کے لباس میں رہنا پسند تھا۔ البتہ وہ یہ نہیں چاہتی تھی کہ کوئی اسے عورت سمجھے، بلکہ خواہاں تھی کہ اسے ایسا مرد سمجھا جائے جو عورت بننا چاہتا ہے۔ عرصہ ہوا اس نے لوگوں کو (جن میں ہیجڑے بھی شامل تھے) دونوں باتوں کا فرق سمجھانا چھوڑ دیا تھا۔ رضیہ اپنا وقت چھت پر کبوتروں کے

دانے پانی میں گزارتی تھی اور اس کی تمام باتوں کا رخ ایک خفیہ، غیر نافذ سرکاری اسکیم (جسے وہ داؤ پیچ کہتی تھی) کی جانب ہوتا تھا جس کے متعلق اس نے پتا لگایا تھا کہ ہیجڑوں اور خود اس جیسے لوگوں کے لیے ہے۔ اس اسکیم کے مطابق ایسے سب لوگ ایک ہاؤسنگ کالونی میں ساتھ ساتھ رہیں گے اور انھیں سرکاری پنشن ملا کرے گی۔ پھر گزارے کے لیے انھیں وہ سب نہیں کرنا پڑے گا جسے رضیہ بدتمیزی کہتی تھی۔ رضیہ کی گفتگو کا ایک اور موضوع تھا، آوارہ بلّیوں کے لیے سرکاری پنشن کا۔ نہ جانے کیوں اس کا بے حافظہ، بے لنگر ذہن بے خطا سرکاری اسکیموں میں ہی بھٹکتا رہتا تھا۔

خواب گاہ میں آفتاب کی پہلی سچی دوست نمّو گورکھپوری تھی جو سب سے کم عمر تھی۔ وہ تنہا فرد تھی جس نے ہائی اسکول پاس کیا تھا۔ نمو گورکھپور میں اپنے گھر سے بھاگ آئی تھی جہاں اس کا باپ بڑے ڈاک خانے میں سینئر ڈویژن کلرک تھا۔ نمو حالانکہ بڑوں کا سا سلوک کرتی لیکن آفتاب سے وہ چھ یا سات سال ہی بڑی تھی۔ پستہ قد اور گول مٹول، بال گھنے اور گھنگریالے، بھنویں تلوار کی طرح خم دار اور پلکیں غیر معمولی گھنی۔ وہ بہت حسین لگتی، مگر اس کے چہرے کے بال بہت تیزی سے بڑھتے تھے جس سے شیو کرنے کے بعد بھی اس کے رخساروں کی جلد میک اپ کے باوجود نیلی نظر آتی۔ نمو کو مغربی عورتوں کے فیشن کا چسکا تھا اور فیشن کے جو رسالے جمع کرتی انھیں کسی کو ہاتھ نہیں لگانے دیتی تھی۔ یہ رسالے وہ دریا گنج کے سیکنڈ ہینڈ کتابوں کے اتوار بازار سے خریدتی تھی جو خواب گاہ سے پانچ منٹ کے پیدل فاصلے پر تھا۔ کتب فروش نوشاد یہ رسالے اُن ردّی والوں سے خریدتا تھا جو شانتی پتھ پر واقع غیر ملکی ایمبسیوں سے ردی خریدتے تھے۔ رسالے وہ الگ رکھ لیتا اور نمو کو بھاری رعایت پر فروخت کرتا تھا۔

''پتا ہے، خدا نے ہیجڑے کیوں بنائے؟'' اس نے ایک دن سہ پہر کو ووگ (*Vogue*) کے کٹے پھٹے کناروں والے 1967 کے شمارے کی ورق گردانی کرتے اور عریاں ٹانگوں والی ان گوری عورتوں کو دیر تک دیکھتے ہوئے پوچھا جو اسے مسحور کرتی تھیں۔

''نہیں، کیوں؟''

''ایک تجربہ تھا۔ اس نے طے کیا کہ کچھ ایسا بنائے، ایسی زندہ مخلوق جس میں خوش رہنے کا مادہ ہی نہ ہو۔ اسی لیے اس نے ہمیں بنا دیا۔''

اس کے الفاظ نے آفتاب کو ایسی شدید ضرب لگائی جیسے کسی نے سچ مچ گھونسا مارا ہو۔ ''تم یہ کیسے کہہ سکتی ہو؟ تم سب یہاں خوش ہو! یہ خواب گاہ ہے!'' اس نے بڑھتی ہوئی وحشت سے کہا تھا۔

''کون خوش ہے یہاں؟ یہ سب دھوکا اور جھوٹ ہے،'' نمو نے رسالے سے نظریں اٹھانے کی پروا کیے بغیر نپا تلا جواب دیا تھا۔ ''یہاں کوئی بھی خوش نہیں۔ ممکن ہی نہیں۔ ارے یار! ذرا سوچو کہ تم نارمل انسان کن کن چیزوں کو لے کر ناخوش رہتے ہو؟ میرا مطلب تم سے نہیں، تمھارے جیسے بالغ لوگ — وہ کس بات پر پریشان رہتے ہیں؟ بڑھتی قیمتیں، اسکول میں بچوں کے داخلے، شوہروں کی مار پیٹ، بیویوں کی بے وفائیاں، ہندو مسلم فساد، انڈو پاک جنگ — سب باہری معاملے جو آخر کار ٹھنڈے پڑ جاتے ہیں۔ لیکن یہاں بڑھتی قیمتیں، بچوں کے داخلے، ظالم شوہر، بے وفا بیویاں، سب کے سب ہمارے اندر ہیں۔ جنگ ہمارے اندر ہے۔ انڈو پاک ہمارے اندر ہے۔ یہ جنگ کبھی نہیں تھمے گی۔ تھم ہی نہیں سکتی۔''

بری طرح بے چین ہو کر آفتاب اس کی بات کاٹنا چاہتا تھا۔ وہ اس سے کہنا چاہتا تھا کہ وہ بالکل غلط کہہ رہی ہے، کیونکہ آفتاب خوش ہے، اتنا خوش کہ پہلے کبھی نہیں تھا۔ کیا وہ اس کا جیتا جاگتا ثبوت نہیں کہ نمو گورکھپوری غلط ہے؟ لیکن وہ کچھ نہیں بولا، کیونکہ اس پر اسے بتانا پڑتا کہ وہ 'نارمل انسان' نہیں۔ اور ایسا کرنے کو وہ ابھی تیار نہ تھا۔

جب آفتاب چودہ سال کا ہو گیا (تب تک نمو خواب گاہ چھوڑ کر ایک اسٹیٹ ٹرانسپورٹ بس ڈرائیور کے ساتھ فرار ہو چکی تھی، جو بعد میں اسے چھوڑ کر اپنے گھر لوٹ گیا) تب جا کر وہ پوری طرح سمجھ سکا کہ نمو کی مراد کیا تھی۔ آفتاب کے بدن نے دفعتاً اس کے خلاف جنگ چھیڑ دی۔ وہ لمبا اور مانسل ہونے لگا۔ اور بال دار۔ وحشت میں اس نے اپنے چہرے اور بدن کے بال برنول سے ہٹانے کی کوشش کی — جلنے کی دوا نے اس کی جلد پر کالے دھبے ڈال دیے۔ پھر اس نے این فرنچ کریم سے بال صاف کیے جو اس نے اپنی بہنوں کی چرائی تھی (لیکن جلد پکڑا گیا کیونکہ اس میں گندے نالے جیسی سڑاند تھی)۔ اس نے اپنی جھاڑ جھنکاڑ بھنووں کو گھر کی بنی بال نوچنی سے، جو چمٹا زیادہ لگتی تھی، نوچ نوچ کر دونا ہموار، باریک ہلالوں میں تبدیل کر لیا۔ اس کا نرخرہ ابھر آیا جو ہچکولے کھاتا تھا۔ وہ چاہتا تھا کہ

اسے اپنے گلے سے نوچ پھینکے۔ اس کے بعد بدترین دغا سامنے آئی — جس کا وہ کچھ نہ بگاڑ سکتا تھا۔ اس کی آواز ٹوٹ گئی۔ ایک بھاری، مردانی آواز نے اس کی شیریں، باریک آواز کی جگہ لے لی۔ وہ کراہت محسوس کرتا اور جب بھی بولتا خود ہی ڈر جاتا۔ وہ خاموش رہنے لگا اور مجبوری ہی میں منھ کھولتا، جب کوئی اور چارہ نہ رہ جاتا۔ اس نے گانا چھوڑ دیا۔ جب وہ موسیقی سنتا، اس وقت اگر کوئی دھیان دے تو اس کے ساتھ ساتھ ایک باریک، بمشکل سنائی دینے والی مچھروں جیسی گنگناہٹ سن سکتا تھا جو یوں لگتی کہ آفتاب کی کھوپڑی میں سے سوئی جیسے کسی مہین سوراخ سے نکل رہی ہو۔ اس سے کتنا بھی کہا جاتا، وہ گانے کو راضی نہ ہوتا، استاد حمید کے کہنے سے بھی نہیں۔ اس نے پھر کبھی نہیں گایا، البتہ ہندی فلموں کے گیتوں کی بھونڈی نقل بے سُرے ہیجڑوں کی محفل میں کر لیتا تھا، یا اس وقت جب وہ (پیشے کے تقاضے سے) تقریبوں میں جا پہنچتے — شادیوں میں، بچوں کی پیدائش پر، نئے گھروں میں منتقل ہونے کی تقریبات میں۔ وہ ناچتے، اپنی بھدی، کھرکھری آوازوں میں گاتے، دعائیں دیتے اور میزبانوں کو پریشان کرنے کی دھمکیاں دیتے (اپنے مسخ شدہ خفیہ اعضا دکھا دکھا کر) اور موقعے کی شادمانی کو گالیوں اور ناقابلِ تصور فحش اشاروں کی نمائش سے تباہ کرنے لگتے، حتیٰ کہ انعام دے کر ان سے نجات پائی جاتی۔ (یہی باتیں تھیں جنھیں رضیہ ''بدتمیزی'' کہتی تھی اور نمو گورکھپوری نے جن کی طرف یہ کہہ کر اشارہ کیا تھا، ''ہم لوگ ایسے گیدڑ ہیں جو دوسروں کی خوشیاں کھا کر زندہ رہتے ہیں۔ ہم 'خوشی خور' ہیں۔'')

جب موسیقی آفتاب کا ساتھ چھوڑ گئی تو کوئی وجہ باقی نہ رہی کہ وہ اس دنیا میں رہنا جاری رکھتا جسے عام لوگ حقیقی دنیا سمجھتے ہیں — اور ہیجڑے صرف 'دنیا' کہتے ہیں۔ ایک رات اس نے کچھ روپیہ اور اپنی بہنوں کے نفیس لباس چرائے اور خواب گاہ میں آبسا۔ جہاں آرا بیگم، جو بے جھجک خاتون کے طور پر معروف تھیں، اسے ڈھونڈتی ہوئی خواب گاہ پہنچ گئیں۔ اس نے ساتھ جانے سے انکار کر دیا۔ آخر کار وہ کلثوم بی سے وعدہ لے کر چلی گئیں کہ کم از کم ہفتے کے آخری دن وہ اسے عام لڑکوں کا لباس پہنا کر گھر بھیج دیا کریں گی۔ استاد کلثوم بی نے اپنا وعدہ نبھانے کی کوشش کی، لیکن یہ اہتمام چند مہینوں سے زیادہ نہ چل سکا۔

اور یوں پندرہ برس کی عمر میں، اس جگہ سے چند سو گز کے مختصر فاصلے پر جہاں آفتاب کا خاندان صدیوں سے آباد تھا، وہ ایک عام گھر کے دروازے سے نکل کر دوسری ہی کائنات میں داخل ہو گیا۔ خواب

گاہ کے مستقل باشندے کے طور پر اپنی پہلی رات آفتاب نے سب کی پسندیدہ فلم مغلِ اعظم کے مقبول ترین نغمے ''پیار کیا تو ڈرنا کیا'' پر صحن میں رقص کیا۔ دوسری رات ایک چھوٹی سی تقریب میں اسے خواب گاہ کا سبز دوپٹہ اُڑھایا گیا اور وہ طور طریقے سکھائے گئے جن سے وہ ہیجڑا فرقے کا باقاعدہ رکن بن جائے۔ وہ آفتاب سے انجم بن گئی، دہلی گھرانے کی کلثوم بی کی شاگرد۔ دہلی گھرانہ ملک بھر کے سات ہیجڑا گھرانوں میں سے ایک تھا، جن میں ہر گھرانے کا ایک نایک یا سردار ہوتا ہے اور ان کے اوپر ایک سردارِ اعلیٰ۔

جہاں آرا بیگم اس کے بعد حالانکہ خواب گاہ کبھی نہیں آئیں لیکن وہ برسوں تک روزانہ تازہ کھانا بھیجتی رہیں۔ ایسی واحد جگہ جہاں وہ اور انجم ملتیں، حضرت سرمد شہید کی درگاہ تھی۔ وہاں کچھ دیر ساتھ بیٹھتیں۔ تقریباً چھ فٹ لمبی انجم اپنے سر کو متانت کے ساتھ سبز چمکیلے دوپٹے سے ڈھکے آتی اور چھوٹی سی جہاں آرا بیگم، جن کے بال پکنے لگے تھے، سیاہ برقعے میں آتیں۔ بعض دفعہ وہ چوری سے ایک دوسرے کے ہاتھ تھام لیتیں۔ ملاقات علی اس صورتِ حال کو اتنا قبول کرنے کا بوتا نہ رکھتے تھے۔ ان کا ٹوٹا ہوا دل کبھی نہ جڑ سکا۔ وہ اپنے انٹرویو تو دیتے رہے لیکن نجی طور پر یا لوگوں کے بیچ میں انھوں نے اس بدبختی کا ذکر کبھی نہیں کیا جو دودمانِ چنگیزی پر ٹوٹی تھی۔ انھوں نے طے کر لیا تھا کہ اپنے بیٹے سے ہر تعلق ختم کر ڈالنا ہے۔ اس کے بعد وہ انجم سے کبھی نہیں ملے، نہ کبھی بات کی۔ کبھی راہ چلتے آمنا سامنا ہو جاتا، نظروں کا تبادلہ ہوتا لیکن علیک سلیک نہیں۔ قطعی نہیں۔

وقت گزرنے کے ساتھ انجم دہلی کا مشہور ترین ہیجڑا بن گئی۔ فلم ساز اس کے لیے آپس میں جھگڑتے، غیر سرکاری تنظیمیں اسے گھیرے رہتیں، غیر ملکی پریس کے نمائندے اس کا فون نمبر ایک دوسرے کو پیشہ جاتی احسان کے طور پر تحفے میں یوں دیتے جیسے وہ پرندوں کے اسپتال، ڈاکو پھولن دیوی اور اُس عورت کا نمبر دیتے تھے جس کا اصرار تھا کہ وہ اودھ کی بیگم ہے اور جورِج کے جنگلوں کے ایک کھنڈر میں اپنے ملازموں اور جھاڑ فانوسوں کے ساتھ تب آٹھہری تھی جب اس نے اپنی ناموجود ریاست کا دعویٰ دائر کیا تھا۔ انٹرویو لیتے وقت صحافی انجم کو اکساتے کہ وہ ان مظالم اور بے رحمیوں کے متعلق بتائے جو گھر چھوڑنے سے پہلے اس کے مسلم والدین، بہن بھائی اور پڑوسی اس پر کرتے تھے۔ انھیں سخت مایوسی ہوتی جب انجم انھیں بتاتی کہ اس کے والدین کتنی محبت کرتے تھے اور کس طرح وہ خود

ہی ظالم نکلی۔ ''وہ لوگ اَور ہیں جن کی ایسی خوفناک کہانیاں ہیں جن پر تم لوگ لکھنا پسند کرتے ہو،'' انجم ان سے کہتی۔ ''ان سے بات کیوں نہیں کرتے؟'' لیکن ظاہر ہے کہ اخبار اس طرح نہیں چلتے۔ وہی تھی جس کا انتخاب کیا گیا تھا۔ اسی کے متعلق انھیں لکھنا تھا، خواہ قارئین کے چٹخارے اور توقعات کے پیشِ نظر اس کی کہانی میں تھوڑی سی پھیر بدل ہی کیوں نہ کرنی پڑے۔

جب انجم خواب گاہ کی مستقل ساکن بن گئی تو اسے ایسے ملبوسات پہننے کا موقع ملا جن کی وہ تمنا کیا کرتی تھی — زردوزی کے مہین کرتے اور پٹیالہ شلواریں، شرارے، غرارے، چاندی کی پازیبیں، کانچ کی چوڑیاں، کانوں میں آویزے۔ اس نے ناک چھدوالی اور اس میں بڑی سی جڑاؤ لونگ پہنتی، آنکھوں میں کاجل کی لکیریں کھینچتی، نیلی آئی شیڈو لگاتی اور چمکدار سرخ لپ اسٹک سے مدھوبالا کی طرح اپنے لبوں کو دلفریب بناتی۔ اس کے بال زیادہ نہیں بڑھے لیکن اتنے لمبے ضرور ہو گئے کہ پیچھے کی جانب سمیٹ کر ان میں لمبی سی مصنوعی چوٹی باندھ لے۔ اس کا چہرہ توانا اور ترشا ہوا تھا۔ ناک اپنے باپ کی طرح دل پذیر اور ستواں تھی۔ وہ بامبے سلک کی طرح حسین تو نہ تھی لیکن اس سے کہیں زیادہ سیکسی، زیادہ پرکشش اور اسی طرح خوبرو تھی جیسا کہ بعض عورتیں ہو سکتی ہیں۔ ایسی وضع اور تس پر نسوانیت کے تئیں اس کی مبالغہ آمیز اور قیامت خیز وابستگی نے محلے کی فطری عورتوں کو، انھیں بھی جو برقع نہیں اوڑھتی تھیں، بے رونق اور پھیکی بنا دیا تھا۔ چلتے وقت اس نے اپنے کولھوں کو خوب مٹکانا سیکھ لیا اور جب وہ ہیجڑوں کے مخصوص انداز میں تالی بجاتی، بندوق کی گولی کی طرح، تو اس کے معنی کچھ بھی ہو سکتے تھے — ہاں، نہیں، شاید، واہ! بہن کا لوڑا، بھونسڑی والا۔ صرف کوئی ہیجڑا ہی سمجھ سکتا تھا کہ کون سے مخصوص لمحے میں، کون سی مخصوص تالی کا، کون سا مخصوص مطلب ہے۔

انجم کی اٹھارویں سالگرہ پر کلثوم بی نے اس کے لیے خواب گاہ میں محفل سجائی۔ شہر بھر کے ہیجڑے جمع ہوئے، بعض باہر سے بھی آئے۔ زندگی میں پہلی بار انجم نے ساڑی پہنی، سرخ ڈسکو ساڑی، بیک لیس چولی کے ساتھ۔ اس رات اس نے خواب دیکھا کہ شادی کی رات ہے اور وہ نئی نویلی دلہن ہے۔ اس کی آنکھ کھل گئی اور یہ دیکھ کر پریشان ہو گئی کہ اس کی جنسی لذت اس کے خوبصورت نئے لباس پر مردوں کے انداز میں عیاں ہو گئی ہے۔ ایسا پہلے بھی ہوا تھا، لیکن کسی وجہ سے، شاید ساڑی کی وجہ سے،

اس نے پہلے کبھی اتنی ذلت محسوس نہ کی تھی۔ وہ صحن میں جا بیٹھی اور بھیڑیے کی طرح ہونکنے لگی۔ سر پیٹنے لگی، ٹانگوں کے بیچ میں گھونسے مارتی رہی، اور اس طرح خود کو ایذا پہنچاتی، چیخ چیخ کر رونے لگی۔ استاد کلثوم بی، جو ایسی ڈرامیبازیوں سے ناواقف نہ تھیں، اس کو مسکّن دوا کھلا کر اپنے کمرے میں لے گئیں۔

جب انجم پرسکون ہوگئی تو استاد کلثوم بی نے اس سے اتنی نرمی سے بات کی کہ پہلے کبھی نہ کی تھی۔ انھوں نے کہا کہ کسی بات پر شرمندہ ہونے کی ضرورت نہیں کیونکہ ہیجڑے پروردگار کی چنی ہوئی مخلوق اور عزیز ہیں۔ انھوں نے سمجھایا کہ لفظ 'ہیجڑا' کے معنی ہی ایسے جسم کے ہیں جس میں مقدس روح رہتی ہے۔ اگلے ایک گھنٹے میں انجم کو یہ معلوم ہو چکا تھا کہ یہ مقدس روحیں بھی بھانت بھانت کی ہوتی ہیں اور یہ کہ خواب گاہ کی دنیا بھی اگر زیادہ نہیں تو کم از کم اتنی ہی پیچیدہ ہے جتنی 'دنیا'۔ خواب گاہ میں آنے سے پہلے دونوں ہندو ہیجڑے، بلبل اور گڑیا، بمبئی میں آختہ ہونے کی باقاعدہ (انتہائی تکلیف دہ) مذہبی رسم سے گزر چکی تھیں۔ بامبے سلک اور ہیرا بھی ایسا ہی کرنا پسند کرتیں لیکن وہ مسلمان تھیں اور ان کا عقیدہ تھا کہ خدا کی عطا کردہ جنس تبدیل کرنے کو منع کیا گیا ہے، اس لیے وہ کسی نہ کسی طرح اپنی حد بندیوں میں رہ کر کام چلا رہی تھیں۔ رضیہ کی طرح بے بی بھی مرد تھی اور مردوں جیسی رہنا چاہتی تھی لیکن بقیہ معاملوں میں عورتوں کی طرح رہنا پسند کرتی تھی۔ جہاں تک خود استاد کلثوم بی کا تعلق ہے، انھوں نے بتایا کہ بامبے سلک اور ہیرا نے اسلام کی جو تشریح کی ہے وہ اس سے متفق نہیں۔ انھوں نے اور نمو گورکھپوری نے — جن کا تعلق الگ الگ پیڑھیوں سے تھا — سرجری کرائی تھی۔ انھوں نے بتایا کہ وہ ایک ڈاکٹر کو جانتی ہیں۔ ڈاکٹر مختار جو بھروسہ مند ہیں، منھ بند رکھتے ہیں اور پرانی دلی کے گلی کوچوں میں اپنے مریضوں کے متعلق افواہیں نہیں پھیلاتے۔ انھوں نے انجم سے کہا کہ وہ اس پر اچھی طرح غور کر کے فیصلہ کرے کہ وہ کیا چاہتی ہے۔ انجم نے اپنا ذہن بنانے میں پورے تین منٹ لگائے۔

ڈاکٹر مختار نے اس سے کہیں زیادہ تسلی دی جتنی ڈاکٹر نبی نے دی تھی۔ انھوں نے کہا کہ وہ اس کے مردانہ اعضا کو نکال دیں گے اور زنانے حصے کا منھ کشادہ کرنے کی کوشش کریں گے۔ انھوں نے کچھ ایسی گولیاں بھی تجویز کیں جن سے اس کی آواز کا بھاری پن کم ہو جائے گا اور چھاتیاں بڑھنے میں مدد ملے گی۔ کلثوم بی نے رعایت پر اصرار کیا۔ ڈاکٹر مختار راضی ہو گئے۔ کلثوم بی نے سرجری اور ہارمونوں

کی قیمت ادا کی، جو انجم نے بعد میں کئی برس کی مدت میں، کئی گنا بڑھا کر انھیں ادا کی۔

سرجری ایک مشکل عمل تھا، شفایابی اس سے بھی مشکل، لیکن بالآخر اس کے لیے سامانِ راحت بنا۔ انجم نے یوں محسوس کیا جیسے اس کے خون میں کوئی کہرا تھا جو چھٹ گیا اور اب وہ واضح سوچ سکتی ہے۔ لیکن ڈاکٹر مختار کا زنانہ حصہ گھوٹالا نکلا۔ اس سے کام تو چل گیا، لیکن اس طرح نہیں جیسے انھوں نے بتایا تھا۔ ٹھیک کرنے کے خیال سے دو بار کی گئی سرجری کے بعد بھی نہیں۔ اس پر بھی انھوں نے پیسہ لوٹانے کے بارے میں کچھ نہیں کہا، نہ سارا، نہ تھوڑا بہت۔ اس کے برعکس وہ پہلے کی مانند خاصی کمائی کرتے رہے، ضرورت کے ماروں کو جعلی اور غیر معیاری اعضا بدن بیچتے رہے۔ جب مرے تو امیر آدمی تھے جن کے پاس اپنے دونوں بیٹوں کے لیے لکشمی نگر میں دو مکان تھے اور بیٹی رامپور کے ایک امیر ٹھیکیدار سے بیاہی جا چکی تھی۔

حالانکہ انجم ایسی معشوقہ بن چکی تھی جس کے پیچھے ایک زمانہ تھا، جسے جنسی لذت دینے میں مہارت حاصل تھی لیکن خود اس کی زندگی کی آخری لذت وہی تھی جو اس نے سرخ ڈسکو ساڑی میں پائی تھی۔ اور گو کہ اس کی وہی 'فطرت' رہی جس سے ڈاکٹر نبی نے اس کے باپ کو آگاہ کیا تھا، البتہ ڈاکٹر مختار کی گولیوں نے اس کی آواز کا بھاری پن کم کر دیا۔ لیکن ساتھ ہی اس کی گونج بھی محدود کر دی، کھنک کو کھردرا کر دیا اور اس میں ایک عجیب سا سرسرانے کا وصف بڑھا دیا جس سے بعض دفعہ یہ لگتا کہ ایک آواز نہیں بلکہ دو آوازیں ایک دوسرے سے جھگڑ رہی ہیں۔ یہ دوسرے لوگوں کو ڈراتی تھی لیکن اپنی مالکن کو اس نے کبھی ویسا نہیں ڈرایا جیسا خدا کی دی ہوئی اصل آواز ڈراتی تھی۔ نہ ہی خوش کیا۔

پیوند لگے جسم اور اپنے آدھے سچ ہوے خوابوں کے ساتھ انجم نے خواب گاہ میں تیس سال سے زیادہ کا عرصہ گزارا۔

وہ چھیالیس برس کی تھی جب اس نے اعلان کیا کہ وہ جانا چاہتی ہے۔ ملاقات علی فوت ہو چکے تھے، جہاں آرا بیگم تقریباً بستر سے لگ گئی تھیں اور اب ثاقب اور اس کے بیوی بچوں کے ساتھ چتلی قبر والے پرانے گھر کے ایک حصے میں رہتی تھیں (باقی آدھا گھر ایک شرمیلے اور نرالے نوجوان کو کرائے پر دے دیا گیا تھا جو انگریزی کی سیکنڈ ہینڈ کتابوں کی میناریں لگائے ان کے درمیان رہتا تھا، جو فرش پر،

بستر پر اور کمرے میں فراہم ہر چورس جگہ پر لگی رہتی تھیں)۔انجم کو یہ اجازت تھی کہ وہ کبھی کبھار ملنے آجایا کرے، لیکن رہنے کے لیے نہیں۔خواب گاہ اب نئی پیڑھی کے مکینوں کی آماجگاہ بن چکی تھی اور پرانی پیڑھی میں بس استاد کلثوم بی، بامبے سلک، رضیہ، بسم اللہ اور میری ہی بچی تھیں۔

جانے کے لیے انجم کے پاس کوئی جگہ نہ تھی۔

❄

شاید یہی وجہ تھی کہ کسی نے اس کی بات کو سنجیدگی سے نہیں لیا۔

چھوڑ کر جانے کے ڈرامائی اعلانات اور خودکشی کے ارادے روزمرہ کا معمول تھے جو بے پناہ حسد، بے انت سازشوں اور بدلتی وفاداریوں کے نتیجے میں خواب گاہ کی زندگی کا جزو بن چکے تھے۔ایک مرتبہ پھر سب نے ڈاکٹروں اور دواؤں کا مشورہ دیا۔ڈاکٹر بھگت کی گولیاں ہر بات کا علاج ہیں، انھوں نے کہا۔ ہر کوئی انھی سے دوا لیتی ہے۔''میں ہر کوئی نہیں ہوں،'' انجم نے جواب دیا۔اس پر سرگوشیوں کا ایک اور دور چلا (حمایت اور مخالفت میں)— غرور کی راہ کے پرخطر گڈھوں پر اور اس پر کہ آخر وہ خود کو سمجھتی کیا ہے؟

وہ خود کو کیا سمجھتی تھی؟ کچھ خاص نہیں، یا بہت کچھ، یہ اس پر منحصر ہے کہ آپ کس نظر سے دیکھتے ہیں۔اس کی آرزوئیں تھیں، جی ہاں۔اور اب ان کا دائرہ مکمل ہو چکا تھا۔اب وہ 'دنیا' میں لوٹنا اور عام آدمی کی زندگی گزارنا چاہتی تھی۔ وہ ماں بننا چاہتی تھی، صبح کو اپنے گھر میں جاگنا چاہتی تھی، زینب کو اسکول کی وردی پہنا کر، کتابوں اور ٹفن باکس کے ساتھ اسکول بھیجنا چاہتی تھی۔لیکن سوال یہ تھا کہ اس جیسی انسان کے لیے ایسی آرزوئیں رکھنا کیا معقول بات تھی یا نامعقول؟

انجم کی زندگی کی واحد محبت زینب تھی۔انجم کو وہ تین سال پہلے ملی تھی، آندھیوں بھری ایک سہ پہر کو جس میں نمازیوں کی ٹوپیاں اڑ گئی تھیں، اور غبارے بیچنے والوں کے غبارے ہوا کے زور سے ترچھے اُڑ رہے تھے۔وہ تنہا تھی اور جامع مسجد کی سیڑھیوں پر بیٹھی چلاّ چلاّ کر رو رہی تھی۔ مریل چوہیا جیسی دبلی پتلی۔آنکھیں سہمی ہوئی اور بڑی بڑی۔انجم نے اندازہ لگایا کہ وہ کوئی تین برس کی ہوگی۔ ہلکے سبز رنگ کی

شلوار قمیص اور میلا سا سفید حجاب پہنے۔ جب انجم اس کے سر پر جا کھڑی ہوئی اور پکڑنے کے لیے انگلی اس کی طرف بڑھائی تو اس نے ذرا دیر کو انجم کی طرف دیکھا، انگلی تھام لی اور رکے بغیر زور زور سے روتی رہی۔ حجاب والی چوہیا کو ذرا بھی اندازہ نہیں تھا کہ انگلی تھام کر، بھروسہ جتانے کے اس معمولی سے اشارے نے انگلی کی مالکن کے دل میں کون سا طوفان اٹھا دیا ہے۔ ننھی مخلوق نے ڈرنے کے بجائے اسے جس طرح نظر انداز کیا تھا، اس سے وہ جذبہ مغلوب ہو گیا (ایک لمحے کے لیے ہی سہی) جسے نمو گورکھپوری نے بڑی دانائی سے اور بہت پہلے ''انڈو پاک'' کہا تھا۔ انجم کے اندر برسرِ جنگ فریقین ٹھنڈے پڑ گئے۔ اس کے بدن نے محسوس کیا کہ وہ میدانِ جنگ نہیں، ایک فراخ دل میزبان ہے۔ کیا یہ احساس مرنے کی مانند تھا، یا پھر سے پیدا ہونے کی مانند؟ انجم طے نہ کر سکی۔ اس کے تصور میں یہ احساس کاملیت کا تھا، دونوں میں سے ایک کی تکمیل کا۔ وہ نیچے جھکی، چوہیا کو اٹھایا اور بازوؤں میں بھر لیا۔ اس درمیان وہ اپنی جھگڑتی ہوئی آوازوں میں ہمہ وقت گنگنا کر اس سے کچھ کہتی رہی۔ اس نے بھی بچی کو نہ ڈرایا اور نہ ہی اس کا دھیان اپنے رونے کے منصوبے کی طرف سے ہٹایا۔ تھوڑی دیر انجم یوں ہی کھڑی خوشی سے مسکراتی رہی اور مخلوق اس کی گود میں روتی رہی۔ پھر انجم نے اسے گود سے اتار کر سیڑھیوں پر بٹھا دیا، اس کے لیے چمکدار گلابی، بڑھیا کے بال خریدے اور بڑی لاپروائی سے اس سے بڑوں جیسی باتیں شروع کر دیں، اس امید میں کہ جب تک کوئی دعوے دار بچی کو لینے آئے تب تک وقت کٹ سکے۔ یہ گفتگو یک طرفہ ہی رہی۔ لگتا نہیں تھا کہ چوہیا کو اپنے بارے میں کچھ بھی معلوم ہے، اسے نام تک پتا نہ تھا۔ اور نہ یہ لگتا تھا کہ وہ بات کرنا چاہتی ہے۔ جب تک اس نے اپنی مٹھائی کا صفایا کیا (یا مٹھائی نے اس کا صفایا کیا) تب تک اس کے منھ پر چمکدار گلابی داڑھی بن چکی تھی اور اس کی انگلیاں چپچپا رہی تھیں۔ رونا اب سسکیوں میں بدل گیا تھا، جو بالآخر خاموشی میں تبدیل ہو گئیں۔ انجم گھنٹوں تک اس کے ساتھ سیڑھیوں پر اس انتظار میں بیٹھی رہی کہ شاید کوئی لینے آ جائے۔ وہ راہگیروں سے پوچھتی رہی کہ کیا انھوں نے کسی کو دیکھا ہے جس کا بچہ کھو گیا ہو۔ جب رات ہو گئی اور جامع مسجد کے لکڑی کے عظیم الشان دروازے بند کیے جانے لگے تو انجم نے چوہیا کو اپنے کندھے پر بٹھایا اور خواب گاہ لے آئی۔ سب نے اسے ڈانٹا اور کہا کہ ان حالات میں مناسب ترین یہ ہوتا کہ وہ مسجد کی انتظامیہ کو خبر کرتی

کہ کھویا بچہ پایا ہے۔اس نے یہ کام دوسرے دن کی صبح کیا (بے دلی سے، یہ کہنا ضروری ہے، اپنے پیروں کو زبردستی گھسیٹتے ہوئے، نیز کامیاب نہ ہونے کی امید میں، کیونکہ اب تک انجم اس کی محبت میں بری طرح گرفتار ہو چکی تھی)۔

آئندہ پورے ہفتے، دن میں کئی کئی مرتبہ مختلف مسجدوں میں اعلان ہوتے رہے۔ چوہیا کا کوئی دعوے دار آگے نہیں آیا۔ ہفتوں گزر گئے، اب بھی کوئی اسے ڈھونڈتا ہوا نہ آیا۔ اس طرح زینب — یہی نام انجم نے اس کے لیے طے کیا تھا — خواب گاہ میں ہی رہنے لگی، جہاں مزید ماؤں نے (اور کہیں تو باپوں نے بھی) اس پر اتنی محبتیں لٹائیں جو کسی بچے کے تصور میں نہیں آسکتیں۔ نئی زندگی میں ڈھلنے میں اس نے زیادہ وقت نہیں لگایا، جس سے اندازہ ہوتا ہے کہ اپنی پرانی زندگی سے اسے کچھ خاص وابستگی نہ تھی۔ انجم کو یقین ہو گیا کہ وہ کھوئی نہیں بلکہ چھوڑی گئی ہے۔

چند ہفتوں میں ہی وہ انجم کو ''ممی'' کہنے لگی (کیونکہ انجم نے خود کو یہی کہنا شروع کر دیا تھا)۔ انجم کی سرپرستی میں دوسری سب مکین ''خالہ'' کہی جانے لگیں اور میری چونکہ عیسائی تھی اس لیے وہ ''میری آنٹی'' ہو گئی۔ استاد کلثوم بی اور بسم اللہ ''بڑی نانی'' اور ''چھوٹی نانی'' بن گئیں۔ چوہیا محبتوں کو اسی طرح جذب کرنے لگی جیسے ریت پانی کو جذب کرتا ہے۔ بہت جلد وہ ایک ایسی ڈھیٹ لڑکی میں تبدیل ہو گئی جو مزاجاً سرکش اور فطرتاً گھوس جیسی تھی (جسے بمشکل قابو کیا جا سکتا ہے)۔

ممی اس درمیان دن بدن باؤلی سی رہنے لگی۔ وہ اس حقیقت سے انجانے میں دوبدو ہوئی تھی کہ ایک انسان کسی دوسرے انسان سے اتنی شدید اور بھرپور محبت بھی کر سکتا ہے۔ اس شعبے میں نئی نئی داخل ہونے کے سبب وہ شروع میں اپنے جذبات کا اظہار اسی طرح کی مصروفیتوں اور ہنگامہ آرائیوں سے کرتی جیسے کوئی بچہ اپنے پہلے پالتو جانور کے لیے کرتا ہے۔ وہ زینب کے لیے ڈھیروں کھلونے اور کپڑے بلاضرورت خریدنے لگی (گچھے دار آستینوں والی بھاری گھیر کی فراکیں اور چوں چوں کرنے والے میڈ ان چائنا جوتے، جن کی ایڑیوں میں چم چم کرتی لائٹیں لگی تھیں)۔ دن میں کئی بار بلاضرورت اسے نہلاتی، بار بار کپڑے بدلتی، بالوں میں تیل لگاتی، چوٹی باندھتی اور کھولتی، بالوں میں کبھی میچنگ ربن باندھتی، کبھی میچنگ کے بغیر، جنھیں لپیٹ کر وہ ٹن کی ایک پرانی ڈبیا میں رکھتی تھی۔ ضرورت سے

زیادہ کھلاتی، سیر کے لیے باہر لے جاتی اور جب دیکھا کہ زینب کا جھکاؤ فطری طور پر جانوروں کی طرف ہے تو وہ اس کے لیے خرگوش لے آئی — جو خواب گاہ میں پہلی ہی رات ایک بلّی کے ہاتھوں مارا گیا۔ مولانا کے طرز کی داڑھی والا ایک بکرا بھی لے آئی جو صحن میں رہتا تھا اور جب تب، چہرے پر بے حسی کا تاثر لیے، ہر طرف چمکیلی مینگنیاں لڑھکاتا پھرتا تھا۔

خواب گاہ پرانے دنوں کے مقابلے میں اب بہتر حالت میں تھی۔ ٹوٹے ہوئے کمرے کی مرمت ہو چکی تھی اور اس کی چھت پر ایک اور کمرہ بنوا دیا گیا تھا جس میں انجم اور میری رہتی تھیں۔ انجم فرش پر بچھے بستر پر زینب کے ساتھ سوتی۔ اس کا لانبا بدن شہر کی فصیل کی مانند ننھی لڑکی کے گرد حفاظتی حصار بن جاتا۔ اسے سلانے کے لیے رات میں وہ نرم آواز میں گایا کرتی، اس طرح کہ گانے سے زیادہ سرگوشی معلوم ہوتا۔ جب زینب اتنی بڑی ہو گئی کہ باتیں سمجھ سکے تو انجم سوتے وقت اسے کہانیاں سنانے لگی۔ ابتدا میں یہ کہانیاں چھوٹے بچے کے حساب سے قطعی نامناسب تھیں۔ یہ انجم کی بیتے وقت کی بھرپائی کی ایک بے ڈھنگی کوشش تھی۔ زینب کے حافظے اور شعور میں اپنی ذات کو منتقل کرنے کی کوشش، بھولپن کے ساتھ خود کو عیاں کرنے کی کوشش، تاکہ وہ دونوں کاملاً یکجان ہو جائیں۔ اس کے نتیجے میں زینب ایسی لنگر گاہ بن گئی جس میں وہ اپنا بوجھ لا اتارتی تھی — اپنی خوشیاں اور غم، اپنی زندگی کے فیصلہ کن پڑاؤ۔ یہ کہانیاں سلانے کے بجائے زینب کو یا تو ڈراؤنے خواب دکھاتیں یا پھر وہ گھنٹوں جاگتی رہتی، خوفزدہ، چڑچڑی۔ بعض دفعہ کہانیاں سناتے سناتے انجم خود ہی رونے لگتی۔ زینب اپنے سونے کے وقت سے ڈرنے لگی۔ وہ آنکھیں سختی سے میچ لیتی اور سونے کا بہانہ کرتی تاکہ اسے ایک اور کہانی نہ سننی پڑے۔ لیکن وقت گزرنے کے ساتھ انجم نے (چند چھوٹی خالاؤں کے مشورے سے) ایک ایڈیٹوریل لائن کھوج نکالی۔ اب یہ کہانیاں چائلڈ پروف بنا دی گئیں اور بالآخر وہ وقت آیا کہ زینب رات کی اس رسم کی منتظر رہنے لگی۔

اس کی پسندیدہ کہانی فلائی اوور والی کہانی تھی — انجم کا قصہ جب وہ اپنی سہیلیوں کے ساتھ ساؤتھ دہلی کی ڈیفنس کالونی سے ترکمان گیٹ کی طرف پیدل لوٹ رہی تھی۔ وہ پانچ یا چھ تھیں۔ اپنے بہترین لباسوں میں نہایت دلکش نظر آتی وہ رات بھر کی ہنگامہ آرائی کے بعد ڈی بلاک کے ایک امیر سیٹھ

کے گھر سے لوٹ رہی تھیں۔ پارٹی کے بعد انھوں نے طے کیا تھا کہ تھوڑی دور پیدل چلیں گی تا کہ تازہ ہوا کا لطف لے سکیں۔ اُن دنوں شہر میں تازہ ہوا جیسی چیز بھی ہوتی تھی، انجم نے زینب کو بتایا۔ جب انھوں نے ڈیفنس کالونی کا فلائی اوور آدھا پار کرلیا— جو اُن دنوں شہر کا تنہا فلائی اوور تھا— تو بارش شروع ہوگئی۔ جب فلائی اوور پر یوں بارش ہونے لگے تو پھر آدمی کر ہی کیا سکتا ہے؟

''چلتے رہنا پڑے گا،'' زینب سمجھداری کے لہجے میں بڑوں کی طرح کہتی۔

''بالکل ٹھیک۔ چنانچہ ہم چلتے رہے۔'' انجم بات کو آگے بڑھاتی۔ ''اور پھر کیا ہوا؟''

''پھر تمھیں سوسو آنے لگا!''

''پھر ہمیں سوسو آنے لگا!''

''تم روک نہیں سکیں!''

''روک نہیں سکی۔''

''چلتے رہنا ضروری تھا!''

''چلتے رہنا ضروری تھا!''

''پھر گھاگرے میں سوسو کر دیا!'' زینب چلاّ کر کہتی، کیونکہ وہ عمر کے اس مرحلے میں تھی جب ہگنا، موتنا اور پادنا کہانیوں کا اہم نہیں، بلکہ شاید مرکزی نکتہ ہوتا تھا۔

''بالکل ٹھیک! اور یہ دنیا کا سب سے اچھا احساس تھا،'' انجم آگے کہتی۔ ''لمبے چوڑے، خالی فلائی اوور پر بارش میں شرابور ہونا اور ایک بھیگی ہوئی عورت کے بہت بڑے سے اشتہار کے پاس سے گزرنا، جس میں وہ عورت بامبے ڈائنگ کے تولیے سے اپنا بدن خشک کر رہی تھی۔''

''اور تولیہ قالین جیسا بڑا!''

''قالین جیسا بڑا تھا، ہاں۔''

''اور پھر تم نے عورت سے کہا: بدن پونچھنے کے لیے کیا تم مجھے اپنا تولیہ ادھار دے سکتی ہو؟''

''پھر عورت نے کیا جواب دیا؟''

''اس نے کہا: نہیں! نہیں! نہیں!''

''اس نے کہا: نہیں! نہیں! نہیں! اس لیے ہم سب بھیگتے رہے اور چلتے رہے...''

''گرم گرم سوسو ٹھنڈی ٹھنڈی ٹانگوں میں بہتا رہا!''

یہاں تک آتے آتے زینب سو جاتی اور مسکراتی رہتی۔ اپنی کہانیوں سے پریشانی اور ناخوشی کا ہر اشارہ نکال پھینکنا انجم کے لیے ضروری تھا۔ زینب کو تب بہت اچھا لگتا جب انجم خود کو ایسی دلفریب پری میں بدل کر پیش کرتی جس نے رقص و موسیقی کی چکاچوندھ میں زندگی گزاری تھی، جو شاندار لباس پہنتی، ناخنوں کو پالش سے چمکاتی اور مداحوں سے گھری رہتی تھی۔

اس طرح زینب کو خوش کرنے کی خاطر انجم نے اپنے لیے ایک غیر پیچیدہ، خوش وخرم زندگی پھر سے لکھنی شروع کر دی۔ از سرِ نو لکھنے کے اس عمل نے جواب میں انجم کو ایک غیر پیچیدہ، زیادہ خوش وخرم انسان بنا دیا۔

مثلاً فلائی اوور والی کہانی سے جو حصہ ایڈٹ کر کے نکال دیا گیا، یہ تھا کہ یہ واقعہ 1976 میں پیش آیا تھا۔ اندرا گاندھی کی لگائی ہوئی ایمرجنسی، جو اکیس مہینے چلی، اپنے عروج پر تھی۔ اس کا بگڑا بیٹا سنجے گاندھی یوتھ کانگریس کا سربراہ تھا اور ملک کو تقریباً وہی چلا رہا تھا، کچھ یوں جیسے ملک نہ ہو، اس کا کھلونا ہو۔ عوامی حقوق سلب کر لیے گئے تھے، اخبار سنسر کیے جاتے تھے اور آبادی کو کنٹرول کرنے کے نام پر ہزاروں آدمیوں کو گھیر کر (جو بیشتر مسلمان تھے) کیمپوں میں پہنچایا جا رہا تھا اور ان کی نس بندی کی جا رہی تھی۔ ایک نیا قانون Maintenance of Internal Security Act (داخلی تحفظ بنائے رکھنے کا قانون) بنایا گیا جس نے حکومت کو یہ اختیار دیا تھا کہ معمولی شک کی بنیاد پر بھی، جسے چاہے گرفتار کر لے۔ جیلوں میں جگہ نہیں بچی تھی اور سنجے گاندھی کے حواریوں کی ایک نئی منڈلی عوام پر مسلط تھی جو اس کے احکامات کی تعمیل میں لگی ہوئی تھی۔

فلائی اوور والے قصے کی رات وہ کسی شادی کی تقریب تھی جس میں انجم اور اس کے ساتھی جا پہنچے تھے۔ پولیس نے اس محفل کو درہم برہم کر دیا۔ میزبان اور اس کے تین مہمان گرفتار ہوئے اور کھدیڑ کر پولیس کی گاڑی میں بھر دیے گئے۔ کسی کو پتا نہیں تھا کہ کس لیے۔ جو گاڑی انجم اور اس کی سہیلیوں کو لائی تھی، اس کے ڈرائیور عارف نے اپنی سواریوں کو گاڑی میں بھر کر بھاگنے کی کوشش کی۔ اس گستاخی پر

اسے اپنے بائیں ہاتھ کی انگلیوں کی ہڈیاں اور دایاں گھٹنا تڑوانا پڑا۔ سواریوں کو میٹاڈور سے گھسیٹ لیا گیا، ان کے پچھواڑے پر یوں لاتیں رسید کی گئیں جیسے وہ سرکس کے جوکر ہوں۔ پھر حکم دیا گیا کہ دفع ہو جائیں۔ اگر تن فروشی اور فحاشی کے الزام میں گرفتاری سے بچنا چاہتے ہیں تو فوراً اپنے گھروں کو بھاگ جائیں۔ وہ انتہائی دہشت کے عالم میں، کسی غول کی مانند تاریکی اور بارش میں بھیگتی وہاں سے بھاگیں۔ ان کا میک اپ ان کی ٹانگوں سے زیادہ تیز بھاگ رہا تھا، ان کے بھیگے ہوئے شفاف لباس انھیں لمبے ڈگ بھرنے سے روک رہے تھے، ان کی رفتار کو کم کر رہے تھے۔ یہ سچ ہے کہ ہیجڑوں کے لیے اس قسم کی بےعزتی معمول کی بات تھی، اس میں کچھ بھی غیر معمولی نہ تھا، اور ان تکلیفوں کے مقابلے میں تو ہرگز کچھ نہ تھا جو اس خوفناک دور میں دوسرے لوگوں نے برداشت کی تھیں۔

یہ کچھ بھی نہ تھا، پھر بھی کچھ تھا۔

انجم کی ایڈیٹنگ کے باوجود فلائی اوور والی کہانی میں کچھ نہ کچھ سچائی کے عناصر باقی رہ گئے تھے۔ مثال کے طور پر اس رات سچ مچ بارش ہوئی تھی۔ دوڑتے دوڑتے انجم نے سچ مچ پیشاب کیا تھا۔ ڈیفنس کالونی کے فلائی اوور پر سچ مچ بامبے ڈائنگ کے تولیوں کا اشتہار لگا تھا۔ اشتہار والی عورت نے سچ مچ اپنا تولیا دینے سے صاف انکار کر دیا تھا۔

❄

زینب کے اسکول جانے کی عمر سے ایک برس پہلے ہی ممی نے تیاریاں شروع کر دیں۔ وہ اپنے پرانے گھر گئی اور ثاقب کی اجازت سے ملاقات علی کی کتابوں کا ذخیرہ خواب گاہ لے آئی۔ وہ اکثر کسی کھلی کتاب کے سامنے (قرآن پاک نہیں) آلتی پالتی مارے بیٹھی نظر آتی۔ اس کی انگلیاں صفحے کی کسی سطر کو ڈھونڈ رہی ہوتیں اور ہونٹ ہل رہے ہوتے۔ یا جو اس نے پڑھا ہوتا اس پر اپنی آنکھیں بند کیے بیٹھی جھولتی ہوئی غور کرتی نظر آتی، یا شاید اپنی یادوں کی دلدل میں کسی ایسی شے کو پانے کے لیے ہاتھ پاؤں مارتی جس سے وہ پہلے کبھی واقف رہی تھی۔

جب زینب پانچ برس کی ہو گئی تو انجم اسے استاد حمید کے پاس لے گئی تاکہ وہ اسے گانا سکھانا

شروع کردیں۔ یہ بات شروع میں ہی واضح ہوگئی کہ موسیقی اس کے بس کا روگ نہیں۔ وہ اپنے سبق کے دوران ناخوشی کے سبب بے قرار رہتی، غلطی کیے بغیر ہر بار اس قدر غلط سُر لگاتی کہ یہ بھی اپنے آپ میں ایک مہارت تھی۔ صابروشاکر اور نرم دل استاد حمید اپنا سر اس طرح ہلاتے جیسے کوئی مکھی پریشان کر رہی ہو۔ اپنے گالوں میں نیم گرم چائے کا گھونٹ بھرتے ہوئے ہارمونیم کی صحیح کلید دباتے، جس کا مطلب تھا کہ وہ چاہتے ہیں کہ ان کی شاگرد ایک بار اور کوشش کرے۔ جب ایسے نادر موقعے آتے کہ زینب سُر کے کسی قدر قریب پہنچ جاتی تو خوش ہوکر وہ اپنا سر ہلاتے اور کہتے، ''دیٹ اِز مائی بوائے!'' یہ فقرہ انھوں نے کارٹون نیٹ ورک کے ٹام اینڈ جیری شو سے سیکھا تھا۔ یہ شو انھیں پسند تھا جسے وہ اپنے پوتے پوتیوں کے ساتھ بیٹھ کر دیکھا کرتے تھے (جو انگریزی میڈیم اسکول میں پڑھتے تھے)۔ ان کے نزدیک یہ تعریف کا انتہائی درجہ تھا، اپنی شاگرد کی جنس پر دھیان دیے بغیر۔ وہ زینب پر یہ مہربانی اس وجہ سے نہیں کرتے تھے کہ وہ اس کی مستحق تھی بلکہ انجم کے خیال سے اور یہ یاد کرکے کہ وہ کتنی خوبصورت آواز میں گایا کرتی تھی (یا گایا کرتا تھا— جب وہ آفتاب تھا)۔ انجم ہر کلاس میں ساتھ بیٹھی رہتی۔ اس کا باریک، کھوپڑی میں سوراخ کرنے والا مچھر پھر سے نمودار ہوگیا تھا، جو اس بار زینب کی گمراہ آواز کو قابو میں کرنے کی کوشش میں ایک محتاط معلم کے طور پر ظاہر ہوا تھا۔ لیکن سب بے سود رہا۔ گھوس گا نہیں سکی۔

خیر، پتا یہ چلا کہ زینب کی اصل دلچسپی جانوروں میں ہے۔ وہ پرانے شہر کے گلی کوچوں کی دہشت تھی۔ ان تمام ادھ ننگے، ادھ مرے سفید مرغوں کو آزاد کرنا چاہتی تھی جو غلیظ پنجروں میں ٹھنسے قصائی کی دکان کے باہر انبار در انبار نظر آتے۔ جو بلی اس کے راستے سے گزرتی، وہ اس سے باتیں کرنا چاہتی، آوارہ کتوں کے جتنے بھی پلّے اسے کھلی ہوئی نالیوں میں بہتے خون اور آلائش میں لوٹ پوٹ نظر آتے، وہ انھیں اٹھا کر گھر لے آتی۔ اس سے کہا جاتا کہ مسلمانوں کے لیے کتے ناپاک ہوتے ہیں، نجس ہوتے ہیں اور انھیں ہاتھ نہیں لگانا چاہیے، لیکن وہ مطلق دھیان نہ دیتی۔ جس گلی سے اس کا روز گزر ہوتا تھا اس میں بڑے بڑے، موٹے تازے چوہوں کو دوڑتے دیکھتی تو ڈر کر سمٹتی نہیں تھی۔ مرغوں کے زرد پنجوں کی پوٹلیاں، بکرے کے کٹے ہوئے پائے، اندھی، نیلی آنکھوں سے گھورتے بکروں کے سروں کے اہرام، اور سفید سیپی کی رنگت والے بھیجے جو اسٹیل کے بڑے بڑے کٹوروں میں رکھے جیلی کی طرح لرزتے

رہتے، وہ روزانہ دیکھتی تھی لیکن لگتا تھا کہ ان مناظر کی وہ کبھی عادی نہ ہو سکی۔

پالتو بکرے کے علاوہ، جس نے زینب کی مہربانی سے تین تین بقرعیدوں پر قربانی سے بچنے کا ریکارڈ بنالیا تھا، انجم نے اس کے لیے ایک خوبصورت مرغا بھی خرید دیا تھا، جس نے اپنی نئی مالکن کی استقبالیہ آغوش کا جواب اپنی شریر چونچ مار کر دیا تھا۔ زینب چلّا چلّا کر روئی تھی، جس کا اصل سبب تکلیف سے زیادہ دل کا ٹوٹنا تھا۔ چونچ کی ضرب تو ٹھیک ہوگئی لیکن مرغے کے لیے اس کی محبت میں کمی واقع نہ ہوئی۔ جب بھی مرغے کی محبت اس پر غالب آتی، وہ اپنی بانہیں انجم کی ٹانگوں کے گرد لپیٹتی اور ممی کے گھٹنوں پر چٹخارے دار بوسے لیتی، اور ہر بوسے کے بعد اپنا سر گھما کر محبت اور چاہت بھری نظروں سے مرغے کی طرف دیکھتی تاکہ اس کی محبت کے محور اور بوسے وصول کرنے والی شخصیت، دونوں کو شک نہ رہے کہ کیا چل رہا ہے اور یہ کہ بوسے دراصل کس کے لیے ہیں۔ ایک طرح سے زینب کے لیے انجم کی دیوانگی، مساوی تناسب سے جانوروں کے لیے زینب کی دیوانگی میں خود کو عیاں کر رہی تھی۔ لیکن جانوروں کے لیے زینب کی ممتا کسی بھی طرح گوشت خوری میں اس کے پیٹو پن کے آڑے نہیں آئی۔ سال میں کم از کم دو بار انجم اسے پرانے قلعے کے چڑیا گھر لے جا کر گینڈے، دریائی گھوڑے اور اس کا پسندیدہ چھوٹا گبن، بورنیو کا بندر دکھاتی۔

دریا گنج کے 'ٹینڈر بڈز نرسری اسکول' میں کے.جی بی (کنڈر گارٹن، سیکشن بی) میں داخلے کے چند مہینے بعد، جس میں ثاقب اور اس کی بیوی کے نام اس کے قانونی والدین کے طور پر درج کرائے گئے تھے، عموماً صحت مند رہنے والی گھوس بار بار بیمار پڑنے لگی۔ بیماری سنگین نہیں تھی لیکن مستقل تھی، جس سے وہ کمزور ہوگئی تھی۔ ہر بار کی بیماری اسے آئندہ کی بیماری کے لیے مزید کمزور چھوڑ جاتی۔ فلو کے بعد ملیریا ہوگیا، اس کے بعد دو بار وائرل بخار چڑھا، پہلی بار ہلکا ہلکا اور دوسری بار تشویش کن۔ اس پر انجم حد سے زیادہ جھلّاتی اور خواب گاہ میں اپنے فرائض کی انجام دہی میں (جو اَب زیادہ تر انتظامی نوعیت کے تھے) کوتاہی برتنے پر سب کے بڑبڑانے کو نظر انداز کر کے وہ دن رات گھوس کی دیکھ بھال کرنے لگی، ایک مخفی لیکن بڑھتے ہوئے خوف کے ساتھ۔ اسے یقین تھا کہ کسی نے، جو اس کی (انجم کی) خوش نصیبی سے حسد کرتی ہے، زینب پر جادو کرا دیا ہے۔ اس کے شک کی سوئی سعیدہ کی جانب محکم گھومی ہوئی تھی، جو خواب

گاہ کی قدرے نئی رکن تھی۔ سعیدہ انجم سے عمر میں خاصی چھوٹی تھی اور زینب کی محبت پانے میں دوسرے نمبر پر تھی۔ وہ گریجویٹ تھی اور انگریزی جانتی تھی۔ اس سے بھی اہم یہ تھا کہ وہ نئے زمانے کی نئی زبان جانتی تھی — وہ Man-cis اور FtoM اور MtoF جیسی اصطلاحوں کا استعمال جانتی تھی اور جب انٹرویو دیتی تو خود کو 'ٹرانس پرسن' کہتی۔ اس کے برعکس، انجم 'ٹرانس فرانس' بزنس کہہ کر اس کا مذاق اڑاتی اور ایک ضد کے ساتھ خود کو ہیجڑا ہی کہتی۔

نئی نسل کے بہت سے لوگوں کی طرح سعیدہ بڑی آسانی سے روایتی قمیص شلوار چھوڑ کر مغربی لباس پہن لیتی — جینز، اسکرٹ، ہالٹر نیک ٹاپ جس میں سے اس کی لمبی اور خوبصورت ترشی ہوئی پیٹھ نظر آتی۔ مقامی چٹ خارے اور پرانے زمانے کی سحر انگیزی کا اس میں فقدان تھا، جس کی بھرپائی اس نے اپنی جدید فہم، قانون کے علم اور جینڈر رحقوق کے گروپوں میں شامل ہو کر کر لی تھی (مقرر کی حیثیت سے بھی وہ دو کانفرنسوں میں شریک ہو چکی تھی)۔ ان سب نے اسے انجم سے مختلف زمرے میں شامل کر دیا تھا۔ اس کے علاوہ سعیدہ نے انجم کو میڈیا میں 'نمبر وَن' کے مقام سے ہٹا دیا تھا۔ غیر ملکی اخباروں نے پرانے عجائبات کو چھوڑ کر نئی نسل کو جگہ دینی شروع کر دی تھی۔ یہ عجائبات اب نئے ہندوستان کی امیج سے میل نہیں کھاتے تھے — اُس نیو انڈیا سے جو نیوکلیائی طاقت بن چکا تھا اور بین الاقوامی مالیات میں ایک ابھرتی ہوئی منزل تھا۔ استاد کلثوم بی — کسی چالاک، خرانٹ مادہ بھیڑیے کی مانند — تبدیلی کی اِن ہواؤں سے واقف تھیں اور خواب گاہ کو ملنے والے فائدوں کو دیکھ سکتی تھیں۔ یوں سینیئرٹی کی کمی کے باوجود، آنے والے دنوں میں خواب گاہ کی سربراہی کے لیے سعیدہ کا انجم کے ساتھ سیدھا مقابلہ ہونا تھا، جب بھی استاد کلثوم بی اپنا عہدہ چھوڑنے کا فیصلہ کریں، گو کہ انگلینڈ کی ملکہ کی طرح وہ بھی عجلت میں نہیں تھیں۔

خواب گاہ میں اہم فیصلے اب بھی استاد کلثوم بی ہی کرتی تھیں، لیکن روزمرہ کے معاملات میں اب فعال نہیں تھیں۔ صبح کے وقت جب جب گٹھیا کا درد پریشان کرتا، انھیں صحن میں چارپائی پر لٹا دیا جاتا تاکہ لیموں اور آم کے اچار کے مرتبانوں، نیز سریاں نکالنے کے لیے اخبار پر پھیلے آٹے کے ساتھ ساتھ انھیں بھی دھوپ لگ جائے۔ جب سورج کی حرارت زیادہ بڑھ جاتی تو انھیں کمرے میں پہنچا دیا جاتا، ان کے پیر دابے جاتے اور بدن کی جھریوں پر سرسوں کے تیل کی مالش کی جاتی۔ وہ اب مردانہ

لباس پہننے لگی تھیں، ایک لمبا پیلا کرتا — پیلا اس لیے کہ وہ حضرت نظام الدین اولیا کی مرید تھیں — اور چوخانے کا تہمد۔ وہ اپنے سفید بالوں کا، جو ہلکے ہو گئے تھے اور ان کی چندیا کو بمشکل ہی ڈھانپتے تھے، ایک چھوٹا سا جوڑا بناتیں اور سر کی پشت پر اس میں پن لگا لیتیں۔ کسی دن ان کے پرانے دوست حاجی میاں، جو گلی میں پان سگریٹ بیچتے تھے، ان کی پسندیدہ فلم مغل اعظم کا آڈیو کیسٹ لے کر چلے آتے۔ ان دونوں کو اس کا ہر نغمہ اور مکالموں کی ہر سطر زبانی یاد تھی۔ چنانچہ وہ ٹیپ کے ساتھ ساتھ گاتے اور مکالمے بولتے جاتے۔ ان کا ماننا تھا کہ ایسی اردو اب کوئی نہیں لکھ سکے گا اور کوئی بھی اداکار دلیپ کمار کے انداز اور ادائیگی کا مقابلہ نہیں کر سکے گا۔ بعض اوقات استاد کلثوم بی شہنشاہ اکبر اور اس کے بیٹے شہزادہ سلیم، دونوں کا کردار نبھاتیں، اور حاجی میاں انارکلی (مدھو بالا) بنتے، وہ کنیز جس سے شہزادہ سلیم محبت کرتا تھا۔ بعض اوقات وہ کردار بدل لیتے۔ ان کی مشترکہ پرفارمنس دراصل دوسری چیزوں سے کہیں زیادہ ایک کھوئی ہوئی شان اور مرتی ہوئی زبان کا ماتم ہوتی تھی۔

ایک شام انجم اوپر کے کمرے میں بیٹھی گھوس کی گرم پیشانی پر ٹھنڈے پانی کی پٹیاں رکھ رہی تھی کہ صحن سے ہلچل کی آوازیں سنائی پڑیں — زور زور سے بولنے کی آوازیں، بھاگتے قدم اور چیخ پکار۔ فطری طور پر اسے پہلا خیال یہ آیا کہ آگ لگ گئی ہے۔ ایسا اکثر ہوتا تھا — گلی کے اوپر جو بجلی کے ننگے تاروں کا بڑا سا گچھا لٹکا ہوا تھا اس میں کبھی اچانک ہی شعلے بھڑک اٹھتے تھے۔ اس نے زینب کو گود میں اٹھایا اور بھاگتی ہوئی سیڑھیوں سے نیچے اتر گئی۔ سب کی سب استاد کلثوم بی کے کمرے میں ٹیلیوژن کے سامنے جمع تھیں۔ ٹیلیوژن کی جھلملاتی روشنی سے ان کے چہرے روشن تھے۔ ایک مسافر بردار طیارہ ایک اونچی عمارت سے جا ٹکرایا تھا۔ طیارے کا آدھا حصہ اب بھی عمارت سے باہر نکلا ہوا تھا اور کسی ٹوٹے، لرزتے کھلونے کی مانند بیچ خلا میں معلق تھا۔ چند ہی لمحوں میں دوسرا طیارہ دوسری عمارت سے ٹکرایا اور آگ کے گولے میں تبدیل ہو گیا۔ جب اونچی عمارتیں ریت کے ستونوں کی مانند زمین بوس ہو رہی تھیں، خواب گاہ کے عموماً باتونی ساکن مُردوں کی طرح ساکت تھے۔ ہر جانب دھویں اور سفید دھول کے بادل تھے۔ دھول بھی بڑی مختلف لگ رہی تھی — صاف ستھری اور غیر ملکی۔ ننھے ننھے لوگ اونچی اونچی عمارتوں میں سے کود رہے تھے اور راکھ کے ذرّوں کی طرح تیرتے ہوئے نیچے گر رہے تھے۔

یہ کوئی فلم نہیں ہے، ٹیلیوژن والے کہہ رہے تھے۔ یہ سچ مچ ہو رہا تھا۔ امریکہ کے ایک شہر میں، جس کا نام نیویارک تھا۔

خواب گاہ کی تاریخ کی سب سے طویل خاموشی بالآخر ایک گہرے تجسس پر ٹوٹ گئی۔

''کیا وہاں کے لوگ بھی اردو بولتے ہیں؟'' بسم اللہ نے جاننا چاہا۔

کسی نے جواب نہیں دیا۔

کمرے میں چھایا ہوا صدمہ زینب تک میں سرایت کر گیا اور وہ اپنے بخار کی غنودگی سے باہر آئی اور سیدھی دوسری طرح کے خواب میں لڑھک گئی۔ وہ ٹیلیوژن کے ری پلے سے واقف نہیں تھی، اس لیے اس نے پورے دس طیارے گنے جو عمارتوں سے ٹکرا رہے تھے۔

''آل ٹوگیدر ٹین،'' اس نے سنجیدگی کے ساتھ اپنی نئی، ٹینڈر بڈز انگریزی میں اعلان کیا اور پھر سے اپنے سوجے ہوئے، بخار زدہ گال کو انجم کی گردن کے پارکنگ سلاٹ میں فِٹ کر لیا۔

اس جادو نے جو زینب پر کرایا گیا تھا، ساری دنیا کو بیماری میں مبتلا کر دیا تھا۔ یہ بڑا طاقت ور 'سفلی جادو' تھا۔ انجم نے چور نگاہوں سے ایک اچٹتی نظر سعیدہ پر ڈالی، یہ دیکھنے کے لیے کہ اپنی کامیابی پر کیا وہ بے شرمی سے خوشی منا رہی ہے یا معصومیت کا ڈھونگ کر رہی ہے۔ چالاک کتیا دوسروں کی طرح خود بھی صدمہ زدہ ہونے کا ڈھونگ کر رہی تھی۔

دسمبر کے آتے آتے پرانی دلی میں افغان خاندانوں کی باڑھ سی آ گئی، جو اپنے آسمانوں پر بےموسم مچھروں کی طرح بھنبھناتے جنگی طیاروں سے بچنے کے لیے بھاگ بھاگ کر چلے آ رہے تھے اور جن پر بم فولادی بارش کی مانند برس رہے تھے۔ سیاسی چالبازیوں کے ماہرین (جن میں پرانے شہر کا ہر دکاندار اور مولانا شامل تھا) یقیناً اپنے اپنے نظریے رکھتے ہوں گے۔ لیکن بقیہ لوگوں میں سے کسی کی سمجھ میں نہیں آ رہا تھا کہ ان غریبوں کا آخر امریکہ کی اُن اونچی عمارتوں سے کیا تعلق ہے۔ لیکن وہ جانتے بھی کیسے؟ انجم کے علاوہ یہ بات کون جانتا تھا کہ اس قتلِ عام کا 'ماسٹر پلانر' نہ تو دہشت گرد اسامہ بن لادن ہے، نہ ریاستہائے متحدہ امریکا کا صدر جارج ڈبلیو بش، بلکہ ان سب سے کہیں زیادہ طاقت ور، زیادہ گھُنّی ایک

اور طاقت ہے: سعیدہ (موسوم بہ گل محمد)، ساکن خواب گاہ، گلی دکوتان، دہلی 110006، انڈیا۔

اس 'دنیا' کی سیاست کی بہتر سمجھ پیدا کرنے کے لیے جس میں گھوس بڑی ہورہی تھی، نیز تعلیم یافتہ سعیدہ کے سفلی جادو کو بے اثر کرنے یا کم از کم اس کی پیش بینی کے لیے، ممی نے توجہ کے ساتھ اخبار پڑھنا شروع کر دیا اور ٹی وی پر خبریں دیکھنا بھی (اس وقت جب دوسرے لوگ اسے سیریلوں کے چینل بدلنے دیتے)۔

جو طیارے امریکہ کی اونچی عمارتوں سے ٹکرائے تھے وہ ہندوستان میں بھی بہت سے لوگوں کے لیے رحمت ثابت ہوے۔ ملک کا شاعر وزیرِ اعظم اور اس کے بہت سے سینئر وزیر ایک قدیم سنگٹھن کے رکن تھے جو یہ مانتا تھا کہ ہندوستان بنیادی طور پر ہندو راشٹر ہے۔ نیز یہ کہ جس طرح پاکستان نے خود کو اسلامی ری پبلک بنایا ہے اسی طرح ہندوستان کو بھی چاہیے کہ ہندو راشٹر ہونے کا اعلان کر دے۔ اس کے بعض حمایتی اور نظریہ ساز کھلے بندوں ہٹلر کی مدح سرائی کرتے اور ہندوستانی مسلمانوں کا مقابلہ جرمنی کے یہودیوں سے کرتے تھے۔ اب جب کہ مسلمانوں کے خلاف اچانک معاندانہ ماحول بننے لگا تو سنگٹھن کو یہ لگنے لگا کہ ساری دنیا اُس کی حمایتی ہے۔ شاعر وزیرِ اعظم نے تتلاہٹ بھری ایک تقریر کی، جو فصیح تھی لیکن اس میں طویل، صبر آزما وقفے اس وقت آجاتے تھے جب وہ اپنی دلیل کا سرا کھو بیٹھتا تھا — اور ایسا اکثر ہوتا تھا۔ وہ بوڑھا تھا لیکن بولتے وقت سر کو جھٹکنے کا اس کا انداز جوانوں والا تھا، جیسا کہ ساٹھ کی دہائی کے فلمی ستاروں کا ہوتا تھا۔ ''مسلمان، وہ تو کسی کو بھی پسند نہیں کرتا،'' اس نے شاعرانہ انداز میں کہا، اور طویل وقفے کے لیے چپ ہو گیا، اپنے معیاری وقفے سے بھی زیادہ دیر تک۔ ''وہ چاہتا ہے اپنا دھرم آتنک سے پھیلانا،'' اس نے فی البدیہہ کہا اور خود سے، خود ہی بے حساب خوش ہو گیا۔ جب وہ 'مسلم' یا 'مسلمان' کہتا تو ہر بار اس کی تتلاہٹ اتنی ہی پیاری لگتی تھی جیسے کسی ننھے بچے کی لگتی ہے۔

نئے سیاسی نظام میں اسے معتدل سمجھا جاتا تھا۔ اس نے آگاہ کیا کہ جو کچھ امریکہ میں ہوا ہے وہ یہاں ہندوستان میں بھی آسانی سے ہو سکتا ہے اور اسی لیے وقت آگیا ہے کہ حکومت تحفظ کی احتیاطی تدبیر کے طور پر دہشت گردی کے خلاف نیا قانون بنائے۔

انجم، جس نے خبریں نئی نئی دیکھنا شروع کی تھیں، بم دھماکوں اور دہشت گردانہ حملوں کی خبریں ٹی

وی پر روزانہ دیکھا کرتی، جو ملیریا کی طرح اچانک ہر طرف پھیل رہے تھے۔ اردو اخباروں میں مسلم نوجوانوں کے مارے جانے کی کہانیاں چھپتیں، جنھیں پولیس 'انکاؤنٹر' بتاتی تھی، یا پھر ان لوگوں کی گرفتاریوں کی کہانیاں جو دہشت گردانہ حملوں کے منصوبے بناتے ہوے رنگے ہاتھوں پکڑے جاتے تھے۔ ایک نیا قانون پاس کیا گیا جس کے مطابق مشکوک لوگوں کو مقدمہ شروع کیے بغیر مہینوں تک قید رکھا جا سکتا تھا۔ ذرا بھی وقت نہ لگا، سب جیل خانے مسلم نوجوان مردوں سے بھر گئے۔ انجم نے خدا کا شکر ادا کیا کہ زینب لڑکی ہے۔ یوں ہونے سے وہ زیادہ محفوظ ہے۔

جیسے ہی جاڑوں کا موسم آیا، گھوس کو کھانسی ہوگئی اور سینے میں سخت بلغم جم گیا۔ انجم اسے ہلدی ملا گرم دودھ چمچ سے پلاتی اور راتوں کو جاگ کر بڑی بے بسی کے ساتھ دمہ میں مبتلا اس کے تنفس کی آوازیں سنا کرتی۔ وہ حضرت نظام الدین اولیا کی درگاہ گئی اور وہاں ایک خادم کو، جسے وہ بخوبی جانتی تھی اور جو ذرا کم زر طلب تھا، زینب کی بیماری کے بارے میں بتایا اور پوچھا کہ وہ سعیدہ کے سفلی جادو کو کس طرح بے اثر کرے۔ اس نے وضاحت سے سمجھایا کہ سارے معاملات ہاتھ سے نکل چکے ہیں، اور اب چونکہ اس بات کا سروکار ننھی بچی کی تقدیر سے بھی زیادہ دوسری چیزوں سے ہو گیا ہے اس لیے انجم کی ایک ذمہ داری بنتی ہے، کیونکہ صرف وہی جانتی ہے کہ اصل مسئلہ کیا ہے۔ جو کچھ کیا جانا چاہیے تھا، اس کے لیے وہ کسی بھی حد تک جانے کو تیار تھی۔ اس نے کہا کہ وہ ہر قیمت ادا کرنے کو تیار ہے، چاہے پھانسی کے تختے پر ہی کیوں نہ چڑھنا پڑے۔ سعیدہ کو ہر حال میں روکنا ہوگا۔ اس کے لیے اسے خادم کی دعاؤں کی ضرورت ہے۔ وہ بہت ڈرامائی اور جذباتی ہو اٹھی۔ لوگ ان کی طرف دیکھنے لگے تو خادم کو اسے تسلی دینی پڑی۔ اس نے پوچھا کہ جب سے زینب اس کی زندگی میں آئی ہے کیا وہ اجمیر کے خواجہ غریب نواز کی درگاہ پر گئی ہے۔ جب اس نے بتایا کہ کسی نہ کسی وجہ سے وہ نہیں جا سکی تو خادم نے کہا کہ اصل مسئلہ یہی ہے، کوئی سفلی جادو نہیں۔ اس نے ذرا سختی سے اسے پھٹکارتے ہوے کہا کہ جب اس کی حفاظت کرنے والے خواجہ غریب نواز موجود ہیں تو پھر وہ جادو ٹونوں پر کیوں ایمان رکھتی ہے۔ انجم پوری طرح قائل تو نہیں ہوئی لیکن اس نے مان لیا کہ تین برس تک زیارت کے لیے اجمیر شریف نہ جانا اس کی سنگین غلطی تھی۔

جب زینب کو قدرے افاقہ ہوا اور انجم نے محسوس کیا کہ وہ چند دن کے لیے اسے چھوڑ کر جا سکتی

ہے، تب تک فروری کے آخری ایام آچکے تھے۔ ذاکر میاں، جو'اے ون فلاور' کے پروپرائٹر اور مینیجنگ ڈائرکٹر تھے، انجم کے ساتھ سفر پر جانے کو آمادہ ہو گئے۔ ذاکر میاں ملاقات علی کے دوست تھے اور انجم کو اس کی پیدائش کے وقت سے ہی جانتے تھے۔ ان کی عمر اب پچھتّر کے قریب تھی، یعنی اتنے بزرگ تھے کہ کسی ہیجڑے کے ساتھ سفر کرنے پر شرمندگی محسوس نہ کریں۔ ان کی دکان 'اے ون فلاور' دراصل کمر تک اونچا، سیمنٹ سے بنا ایک چبوترہ تھی، ایک مربع میٹر کا، جو انجم کے پرانے گھر کی بالکنی کے نیچے اسی گوشے میں واقع تھی جہاں چتلی قبر مٹیا محل کے چوک سے ملتی ہے۔ ذاکر میاں نے یہ جگہ ملاقات علی سے کرائے پر لی تھی — اور اب وہ ثاقب کے کرایہ دار تھے۔ پچاس برس سے زیادہ گزر چکے تھے کہ وہ اے ون فلاور یہیں سے چلا رہے تھے۔ وہ سارا دن موٹے ٹاٹ کے ٹکڑے پر بیٹھے سرخ گلاب کے گجرے بنایا کرتے اور کرارے نوٹوں کے بھی (الگ سے)، جنھیں وہ چھوٹے پنکھوں یا ننھی چڑیوں کی شکل میں موڑ کر نکاح کے دن دولھوں کے پہننے کے لیے تیار کرتے تھے۔ ان کا سب سے بڑا مسئلہ یہ تھا، اور ہمیشہ رہا، کہ اپنی دکان کی اس چھوٹی سی جگہ میں وہ گلابوں کو کس طرح تروتازہ رکھیں اور کرنسی نوٹوں کو کرارے اور خشک۔ ذاکر میاں نے بتایا کہ انھیں بھی اجمیر جانا ہے اور وہاں سے وہ احمد آباد، گجرات جانا چاہتے ہیں، جہاں انھیں اپنی سسرال میں کچھ کام ہے۔ انجم کو یہ غنیمت لگا کہ اجمیر سے واپسی میں تنہا سفر کی ہراسانی اور بے عزتی (دیکھا اور اَن دیکھا کیے جانے کے سبب) کا خطرہ مول لینے کے بجائے وہ بھی ان کے ساتھ احمد آباد چلی جائے۔ جہاں تک ذاکر میاں کی بات ہے، تو اب وہ کمزور ہو چکے تھے اور اس پر خوش تھے کہ سامان اٹھانے میں ان کی مدد کے لیے کوئی تو ساتھ رہے گا۔ انھوں نے مشورہ دیا کہ احمد آباد میں ولی دکنی کی درگاہ کی بھی زیارت کر لیں گے (جو سترھویں صدی کے اردو شاعر تھے۔ وہ شاعرِ عشق کے طور پر مشہور تھے اور ملاقات علی ان کے بڑے مداح تھے) اور ان کی برکت سے بھی فیض یاب ہو لیں گے۔ انھوں نے ولی کا یہ شعر ہنس کر پڑھتے ہوئے — جو ملاقات علی کو بھی بہت پسند تھا — سفر کے منصوبوں پر آخری مہر لگا دی:

جسے عشق کا تیر کاری لگے
اسے زندگی کیوں نہ بھاری لگے

چند دن کے بعد وہ ریل سے چل پڑے۔ انھوں نے دو دن اجمیر شریف میں گزارے۔ انجم نے زائرین کی بھیڑ میں دھکم پیل کر کے راستہ بنایا اور ایک ہزار روپے کی سبز سنہری چادر، زینب کے نام کی، خواجہ غریب نواز کی درگاہ پر چڑھانے کے لیے خرید لائی۔ اس نے دونوں دن پبلک فون بوتھ سے خواب گاہ کو فون کیا۔ تیسرے دن احمد آباد جانے کے لیے غریب نواز ایکسپریس پر سوار ہونے سے قبل، زینب کے لیے بے قرار ہو کر اس نے اجمیر ریلوے اسٹیشن کے پلیٹ فارم سے ایک مرتبہ پھر فون کیا۔ اس کے بعد نہ تو اس کی جانب سے کوئی خبر آئی اور نہ ذاکر میاں کی جانب سے۔ ذاکر میاں کے بیٹے نے احمد آباد میں اپنی ماں کے گھر فون کیا۔ ان کا فون بند پڑا تھا۔

❄

انجم کی طرف سے حالانکہ کوئی خبر نہیں ملی لیکن گجرات سے آنے والی خبریں بڑی خوف آگیں تھیں۔ ریل کے ایک ڈبے کو آگ لگا دی گئی تھی، ان لوگوں کے ہاتھوں جنھیں اخباروں نے شروع میں 'بدمعاش' لکھا تھا۔ ساٹھ ہندو یاتری زندہ جلا دیے گئے تھے۔ وہ سب ایودھیا کے سفر سے اپنے گھروں کو لوٹ رہے تھے جہاں وہ کارسیوا کی اینٹیں لے کر گئے تھے تاکہ اس وِشال ہندو مندر کی بنیاد رکھی جا سکے جو وہ اُس مقام پر بنانا چاہتے تھے جہاں کبھی ایک قدیم مسجد تھی۔ اسی بابری مسجد کو دس برس پہلے ایک چیختے چنگھاڑتے ہجوم نے زمین بوس کر دیا تھا۔ کابینہ کے ایک سینئر وزیر نے کہا (جب وہ حزبِ مخالف میں تھا تو اس نے چیختی چنگھاڑتی بھیڑ کے ہاتھوں مسجد کے انہدام کا نظارہ کیا تھا) کہ ٹرین کو آگ لگانے میں یقیناً پاکستانی دہشت گردوں کا ہاتھ لگتا ہے۔ پولیس نے ریلوے اسٹیشن کے اطراف و جوانب سے، دہشت گردی کے نئے قانون کے تحت، سیکڑوں مسلمانوں کو گرفتار کر لیا — جو اُن کی نظر میں سب کے سب پاکستان کے پٹھو تھے — اور انھیں جیلوں میں ٹھونس دیا۔ گجرات کا وزیرِ اعلیٰ، جو سنگھٹن کا وفادار رکن تھا (جیسا کہ وزیرِ داخلہ اور وزیرِ اعظم بھی تھے) ان دنوں انتخابات کی تیاریاں کر رہا تھا۔ وہ بھگوا کرتا پہنے اور ماتھے پر سیندور کا لمبا تلک لگائے ٹیلیوژن پر نمودار ہوا اور اپنی سرد، مردہ آنکھوں کے ساتھ حکم دیا کہ ہندو یاتریوں کی جلی ہوئی لاشیں ریاستی راجدھانی احمد آباد لائی جائیں، جہاں انھیں جنتا کے درشن کے

لیے رکھا جائے گا تا کہ لوگ انھیں شردھانجلی دے سکیں۔ ایک لومڑی نما 'غیرسرکاری ترجمان' نے غیر سرکاری طور پر اعلان کیا کہ ہر عمل کا جواب مساوی اور معکوس ردِعمل کے ساتھ دیا جائے گا۔ اس نے البتہ نیوٹن کا اعتراف نہیں کیا کیونکہ اس وقت جو ماحول چل رہا تھا اس میں سرکاری طور پر تسلیم شدہ وضع یہ تھی کہ ساری سائنس قدیم دور کے ہندوؤں نے ایجاد کی ہے۔

یہ ''ردِعمل''، اگر یہ واقعی ردِعمل تھا، نہ تو مساوی تھا اور نہ معکوس۔ قتلِ عام کا سلسلہ ہفتوں تک جاری رہا۔ یہ صرف شہروں تک محدود نہ تھا۔ لوگوں کا جنونی ہجوم تلواروں اور ترشولوں سے لیس تھا اور ان کے سروں پر بھگوا پٹیاں بندھی ہوتی تھیں۔ ان کے پاس مسلم گھرانوں، کاروباروں اور دکانوں کی املاک کی سرکاری فہرستیں تھیں۔ انھوں نے گیس سلنڈر جمع کر رکھے تھے (جس سے چند ہفتے پہلے ہونے والی گیس کی قلت کی وضاحت ہوتی ہے)۔ اگر زخمی لوگوں کو اسپتال لے جایا جاتا تو بھیڑ اسپتالوں پر بھی حملے کرتی تھی۔ پولیس قتل کے مقدمے درج نہیں کر رہی تھی۔ انھوں نے کہا، خاصی معقول بات، کہ وہ پہلے لاشیں دیکھنا چاہتے ہیں۔ بنیادی بات یہ تھی کہ پولیس بھی اکثر اسی بھیڑ کا حصہ ہوتی تھی اور جب بھیڑ اپنا کام کر چکتی تو لاشوں میں لاشوں جیسی کوئی شباہت نہیں رہ جاتی تھی۔

جب سعیدہ نے (جو انجم سے محبت کرتی تھی اور اپنے بارے میں انجم کے شکوک وشبہات سے یکسر بیخبر تھی) یہ مشورہ دیا تو کسی نے مخالفت نہیں کی کہ ٹی وی پر سیریل دیکھنے بند کر دیے جائیں، ان کی جگہ خبریں کھول دی جائیں اور خبروں کے چینل مسلسل کھلے رہیں، کیونکہ ہوسکتا ہے کہ کسی معمولی اتفاق سے یہ اشارہ ہی مل جائے کہ انجم اور ذاکر میاں پر کیا گزری۔ جب خبروں کے پرجوش اور ہیجان زدہ ٹی وی رپورٹر پناہ گزینوں کے کیمپوں سے، جن میں اب ہزاروں گجراتی مسلمان مقیم تھے، اپنی خبریں کیمرے کے سامنے چیخ چلّا کر پیش کر رہے ہوتے، تو خواب گاہ کے ساکن آواز بند کر دیتے اور پس منظر کا بغور جائزہ لیتے رہتے، اس امید میں کہ کھانے یا کمبلوں کی قطار میں شاید انجم یا ذاکر میاں کی ایک جھلک ہی دیکھنے کو مل جائے، یا وہ کسی خیمے میں دبکے بیٹھے نظر آجائیں۔ انھیں رواروی میں یہ پتا چل چکا تھا کہ ولی دکنی کا مزار منہدم کر کے برابر کر دیا گیا ہے اور اس کے اوپر تارکول کی سڑک بنادی گئی ہے، ایسی ہر نشانی مٹادی گئی ہے جس سے یہ پتا چل سکے کہ اس کا کوئی وجود بھی تھا۔ (پولیس، جنونی ہجوم، اور وزیرِ

اعلیٰ اس کا کیا کرتے کہ لوگ اب بھی آ آ کر تارکول کی سڑک کے بیچوں بیچ، جہاں مزار ہوا کرتا تھا، پھول چڑھا جاتے تھے۔ جب تیز دوڑتی کاروں کے نیچے کچل کر پھول پس جاتے تو پھر سے نئے پھول نمودار ہو جاتے۔ پائمال پھولوں اور شاعری کے بیچ جو تعلق ہے، اس کا کوئی کر بھی کیا سکتا ہے؟) جتنے بھی صحافیوں اور رضا کار تنظیموں کے اراکین کو وہ جانتی تھی، سعیدہ نے سب کو فون کیا اور ہر ایک سے مدد کی التجا کی۔ کوئی بھی خبر لے کر نہ پلٹا۔ ہفتوں گزر گئے اور کوئی خبر نہ آئی۔ زینب اپنی بیماری کے زور سے باہر آ چکی تھی اور پھر سے اسکول جانے لگی تھی، لیکن اسکول کے سوا باقی وقت وہ چڑچڑی رہتی اور رات دن سعیدہ سے چپکی رہتی تھی۔

❄

دو مہینے بعد، جب قتل وغارت کی وارداتیں چھٹ پٹ رہ گئیں اور تقریباً ختم ہونے لگیں تو ذاکر میاں کا بڑا بیٹا منصور اپنے باپ کی تلاش میں تیسری بار احمد آباد گیا۔ احتیاط کے طور پر اس نے اپنی داڑھی منڈوالی تھی اور پوجا کے لال دھاگے کلائی میں باندھ لیے تھے، اس امید میں کہ اس سے لوگ شاید اسے ہندو سمجھیں۔ وہ اپنے باپ کو کبھی نہ ڈھونڈ سکا، البتہ یہ پتا چل گیا کہ ان پر کیا گزری۔ جستجو اسے احمد آباد کے نواح میں واقع ایک مسجد کے چھوٹے سے کیمپ تک لے گئی جہاں مردانے حصے میں اسے انجم مل گئی۔ وہ اسے اپنے ساتھ لے آیا اور خواب گاہ پہنچا گیا۔

انجم کے بال کٹے ہوئے تھے۔ بالوں کے نام پر جو کچھ باقی تھا، اب اس کی چندیا پر کنٹوپ والے ہیلمٹ کی طرح رکھا تھا۔ گہرے براؤن رنگ کی ٹیری کاٹ کی مردانی پتلون، اور چھوٹی آستینوں والی چیک کی سفاری شرٹ میں ملبوس وہ کسی معمولی کلرک جیسی لگ رہی تھی۔ اس کا وزن بھی بہت گھٹ گیا تھا۔

انجم کے نئے، مردانے حلیے سے زینب حالانکہ وقتی طور پر ڈر گئی لیکن اس نے اپنے خوف پر قابو پا لیا اور خوشی کی کلکاری مارتے ہوئے خود کو اس کی بانہوں کے حوالے کر دیا۔ انجم نے اسے بھینچ کر گلے لگا لیا لیکن دوسروں کے آنسوؤں، سوالوں اور استقبالیہ بغل گیریوں کا جواب بے حسی سے دیا، جیسے ان کی یہ پیشوائیاں کوئی آزمائش ہوں جس سے گزرنا اس کی مجبوری تھی۔ اس کی سرد مہری سے انھیں تکلیف پہنچی

اور وہ کچھ ڈر بھی گئیں، لیکن ہمدردی اور تشویش کے اظہار میں وہ اپنے مزاج کے برخلاف زیادہ فیاضی سے پیش آئیں۔

جتنی جلد ممکن تھا، انجم اپنے کمرے میں چلی گئی۔ گھنٹوں بعد وہ باہر نکلی تو معمول کے لباس میں تھی، میک اپ کر کے اور لپ اسٹک لگائے ہوے۔ اس نے اپنے بالوں میں کئی خوبصورت کلپ لگا رکھے تھے۔ یہ بات جلد ہی سب پر عیاں ہوگئی کہ اس پر جو کچھ گزرا تھا وہ اس کے متعلق بات کرنا نہیں چاہتی۔ ذاکر میاں کے بارے میں کسی سوال کا اس نے جواب نہیں دیا۔ ''خدا کی یہی رضا تھی،'' بس اتنا ہی اس کے پاس کہنے کو بچا تھا۔

انجم کی غیر موجودگی میں زینب نے سعیدہ کے پاس سونا شروع کر دیا تھا۔ وہ انجم کے پاس سونے کے لیے لوٹ آئی، لیکن انجم نے دیکھا کہ اس نے سعیدہ کو بھی ''ممی'' کہنا شروع کر دیا ہے۔

''اگر وہ ممی ہے تو پھر میں کون ہوں؟'' انجم نے چند دن بعد زینب سے پوچھا اور کہا، ''کسی کی بھی دو ممی نہیں ہوا کرتیں۔''

''بڑی ممی،'' زینب نے جواب دیا۔

استاد کلثوم بی نے ہدایات جاری کر دیں کہ انجم کو پریشان نہ کیا جائے اور جو کچھ وہ کرنا چاہتی ہے کرنے دیا جائے، جب تک وہ ایسا چاہے تب تک۔

انجم بس اتنا ہی چاہتی تھی کہ اسے تنہا چھوڑ دیا جائے۔

اس نے خاموشی اختیار کر لی تھی، جو تشویش کن تھی۔ وہ اپنا بیشتر وقت کتابوں کے ساتھ گزارتی۔ اگلے ایک ہفتے تک اس نے زینب کو کچھ جپنا سکھا دیا جو خواب گاہ میں کسی کی بھی سمجھ میں نہیں آیا۔ انجم نے بتایا کہ یہ سنسکرت کا ایک منتر ہے، گایتری منتر۔ اس نے یہ منتر گجرات میں سیکھا تھا، جب وہ کیمپ میں تھی۔ وہاں لوگوں نے بتایا تھا کہ اسے سیکھ لینا اچھا ہوگا تا کہ اگر بھیڑ میں گھر جائیں تو بچنے کے لیے اسے پڑھ کر خود کو ہندو بتا سکیں۔ حالانکہ انجم اور زینب دونوں کو ہی اس کا مطلب معلوم نہ تھا پھر بھی زینب نے جلد ہی سیکھ لیا، اور دن میں کم از کم بیس مرتبہ خوشی خوشی اس کا جاپ کرنے لگی۔ اسکول کے لیے تیار ہو رہی ہے تو جپ رہی ہے، بستے میں کتابیں لگا رہی ہے تو بھی، بکری کو چارا کھلا رہی ہے تو بھی:

اوم بھُر بھواہ سواہہ

تت سا وِتُر ورینیم

بھرگو دیوسیہ دھیمہی

دِھیو یو نہ پرچو دیات

ایک روز صبح زینب کو ساتھ لے کر انجم گھر سے نکل گئی۔ وہ ایک بالکل ہی بدلی ہوئی گھوس کو لیے ہوے لوٹی۔ اس کے بال کٹوا کر چھوٹے کرا دیے گئے تھے اور اس نے لڑکوں کا لباس پہن رکھا تھا: بچوں کا پٹھانی سوٹ، زردوزی کی جیکٹ، سلیم شاہی جوتیاں۔

''اس طرح یہ زیادہ محفوظ رہے گی،'' انجم نے وضاحت کی غرض سے کہا۔ ''گجرات دلّی میں کسی بھی دن آ سکتا ہے۔ اب ہم اسے مہدی بلایا کریں گے۔''

زینب کے رونے کی آوازیں ساری گلی میں سنی جا سکتی تھیں — پنجروں میں بند مرغے، اور نالیوں میں پڑے پلّے تک سن سکتے تھے۔

ہنگامی میٹنگ بلائی گئی۔ یہ بجلی کی دو گھنٹے کی یومیہ کٹوتی کے دوران بلائی گئی تھی تا کہ کسی کو بھی ٹی وی سیریل مِس کرنے کی شکایت کا موقع نہ ملے۔ زینب کو اس شام حسن میاں کے پوتی پوتوں کے ساتھ کھیلنے بھیج دیا گیا۔ اس کا مرغابی وی کے قریب رکھے دڑبے میں بند کر دیا گیا۔ استاد کلثوم بی نے اپنے بستر سے اچک کر میٹنگ کو خطاب کیا، ان کی کمر گول لپٹی ہوئی رضائی پر ٹکی ہوئی تھی۔ باقی سب فرش پر بیٹھ گئیں۔ انجم جھنجھلائی ہوئی دروازے سے لگی کھڑی تھی۔ پیٹرومیکس کی پھنکارتی نیلی روشنی میں کلثوم بی کا چہرہ کسی خشک ندی کی تہہ جیسا لگ رہا تھا۔ ان کے اترے ہوے سفید بال برف کے پگھلتے ہوے گلیشیئر کی مانند تھے جس سے کبھی وہ ندی بہہ کر نکلی تھی۔ انھوں نے اپنے مصنوعی دانتوں کی تکلیف دہ بتیسی کو اس موقعے کے لیے منھ میں لگا لیا تھا۔ وہ ایک اختیار کے ساتھ اور بڑے ڈرامائی انداز میں بول رہی تھیں۔ یوں لگتا تھا کہ ان کے الفاظ اُن تازہ واردان کے لیے ہیں جو حال ہی میں خواب گاہ میں داخل ہوئی تھیں، لیکن ان کا اصل تخاطب انجم سے تھا۔

''یہ گھرانہ جو ہے، اس گھرانے کی ایک تاریخ ہے، جو کبھی ٹوٹی نہیں۔ یہ تاریخ اتنی ہی پرانی ہے جتنی اس ٹوٹے ہوئے شہر کی تاریخ،'' انھوں نے کہنا شروع کیا۔ ''یہ ادھڑتی دیواریں، یہ ٹپکتی چھت، یہ دھوپ بھرا آنگن — یہ سب کسی زمانے میں خوبصورت تھے۔ یہ فرش قالینوں سے ڈھکے تھے جو براہِ راست اصفہان سے منگائے گئے تھے۔ چھتیں شیشوں سے سجی تھیں۔ جب شہنشاہ شاہجہاں نے لال قلعے اور جامع مسجد کی تعمیر کرائی تھی، جب اس نے یہ فصیل بند شہر بنوایا تھا، تبھی اس نے یہ چھوٹی سی حویلی بھی بنوائی تھی۔ ہمارے لیے۔ ہمیشہ یاد رکھو، ہم لوگ کہیں سے آئے ہوئے معمولی ہیجڑے نہیں۔ ہم شاہجہان آباد کے خواجہ سرا ہیں۔ ہمارے حکمراں ہم پر اتنا اعتبار کرتے تھے کہ اپنی بیویوں اور ماؤں کی دیکھ بھال کی ذمہ داری ہمیں سونپتے تھے۔ کسی زمانے میں ہم لال قلعے کے زنانہ حصے میں آزادی سے گھومتے پھرتے تھے۔ وہ لوگ اب باقی نہیں رہے، وہ طاقتور بادشاہ اور ان کی شہزادیاں۔ لیکن ہم اب بھی یہیں ہیں۔ سوچو اس کے بارے میں اور اپنے آپ سے پوچھو کہ ایسا کیونکر ہوا۔''

خواب گاہ کی تاریخ بتاتے وقت استاد کلثوم بی کے بیان میں ہمیشہ لال قلعے کا ایک اہم حصہ ہوتا تھا۔ گزرے زمانے میں، جب ان کا جسم صحت مند تھا، خواب گاہ کی تازہ واردان کے لیے تعارف کا یہ لازمی حصہ تھا کہ انھیں لال قلعے کے ساؤنڈ اینڈ لائٹ شو کے لیے لے جایا جائے۔ سب گروہ بنا کر جاتی تھیں، اپنے بہترین لباس پہنے، بالوں میں پھول لگائے، باہم ہاتھ پکڑ کر وہ چاندنی چوک میں اپنی زندگی اور اپنے اعضا کو خطرے میں ڈال کر داخل ہوتیں کیونکہ ٹریفک — کاروں، بسوں، رکشوں اور تانگوں کا جال — تکلیف دہ سست رفتاری کے باوجود انتہائی غیر ذمہ داری سے چلتا تھا۔

قلعہ پرانے شہر پر چھایا ہوا تھا، بلوا پتھر کا ایک وسیع وعریض پٹھار، افق کا اتنا وسیع حصہ گھیرے ہوئے تھا کہ مقامی لوگوں نے اس پر دھیان تک دینا چھوڑ دیا تھا۔ اگر کلثوم بی اصرار نہ کیا کرتیں تو خواب گاہ میں سے کسی نے بھی اس میں داخل ہونے کا حوصلہ نہ کیا ہوتا، انجم نے بھی نہیں جو اسی کے سائے میں پیدا ہوئی اور پلی بڑھی تھی۔ جب انھوں نے خندق پار کر لی، جو کوڑے کرکٹ اور مچھروں سے بھری ہوئی تھی، اور اس کے عظیم الشان دروازے سے اندر داخل ہوئیں تو جیسے شہر کا وجود ختم ہو گیا۔ بندر اپنی چھوٹی چھوٹی باؤلی آنکھیں لیے، قلعے کی بلوا پتھر کی اونچی فصیلوں پر پہرہ دے رہے تھے، جو اس ڈھنگ سے

بنائی گئی اور اتنی پرشکوہ تھیں کہ جدید ذہن اس کا اندازہ بھی نہیں لگا سکتا۔ قلعے کے اندر کی دنیا بالکل مختلف تھی، بالکل مختلف دور کی دنیا، مختلف فضا (جس میں واضح طور پر بھنگ کی خوشبو سمائی ہوئی تھی) اور ایک مختلف آسمان — کوچے جیسی تنگ پٹّی نہیں جو الجھے ہوئے بجلی کے تاروں کے پیچھے بمشکل نظر آتا تھا، بلکہ ایک لامحدود آسمان جس میں بہت بلندی پر چیلیں خاموشی سے منڈلا رہی تھیں۔

ساؤنڈ اینڈ لائٹ شو اب بھی گزشتہ حکومت کی منظور شدہ اسی تاریخ کے مطابق تھا (نئی حکومت نے ابھی اس پر ہاتھ نہیں ڈالا تھا) جو لال قلعے کی اور اُن حکمرانوں کی تاریخ تھی جنھوں نے اِس قلعے سے دو سو سال سے زیادہ حکومت کی تھی — شاہجہاں سے لے کر، جس نے اسے بنوایا تھا، آخری مغل بہادر شاہ ظفر تک، جسے انگریزوں نے 1857 کی ناکام جدوجہد کے بعد جلاوطن کر دیا تھا۔ یہ واحد مروجہ تاریخ تھی جس سے کلثوم بی واقف تھیں، حالانکہ اس تاریخ کی ان کی اپنی پڑھت اس سے کہیں زیادہ غیر روایتی تھی جتنی اس کے لکھنے والوں نے بنانی چاہی تھی۔ اپنی سیر کے دوران وہ اور ان کا چھوٹا سا عملہ، باقی سبھی ناظرین کے ساتھ، جن میں زیادہ تر سیاح اور اسکولی بچے ہوتے، قطاروں میں لگی لکڑی کی بنچوں پر بیٹھ جاتے، جن کے نیچے مچھروں کے گھنے بادل ڈیرہ ڈالے رہتے۔ ان کے کاٹنے سے بچنے کے لیے تماشابینوں کو زبردستی لادی ہوئی لاپروائی کے ساتھ بیٹھنا پڑتا تھا اور ہر تاجپوشی، جنگ، قتلِ عام، فتح اور شکست کے موقعے پر اپنی ٹانگوں کو جھلاتے رہنا پڑتا تھا۔

استاد کلثوم بی کی خصوصی دلچسپی کا میدان اٹھارویں صدی کا وسطی دور تھا — بادشاہ محمد شاہ رنگیلا کا دورِ حکومت، جو لذتوں کا، موسیقی اور مصوری کا داستانوی عاشق تھا، مغلوں میں سب سے زندہ دل بادشاہ۔ استاد کلثوم بی اپنی شاگردوں کو سال 1739 پر خصوصی توجہ دینے کی تاکید کرتیں۔ یہ شو گھوڑوں کی ٹاپوں کی گرج سے شروع ہوتا، جو تماشابینوں کی پشت کی جانب سے آنا شروع ہوتی اور سارے قلعے میں گونج جاتی۔ شروع میں مدھم آوازیں، پھر ذرا تیز، تیز تر، تیز، تیز۔ یہ نادر شاہ کے گھڑسوار دستے ہیں جو فارس سے سوار ہو کر نکلے ہیں، پھر غزنی، کابل، قندھار، پشاور، لاہور اور سرہند کو روندتے، ہر شہر کو لوٹتے، دلّی کی طرف بڑھتے ہیں۔ بادشاہ محمد شاہ کے سپہ سالار اسے آنے والی قیامت سے آگاہ کرتے ہیں۔ مضطرب ہوئے بغیر وہ حکم دیتا ہے کہ موسیقی یوں ہی جاری رہے۔ اس موقعے پر شو میں دیوانِ خاص

کی روشنیاں رنگین ہو جاتیں۔ بینگنی، سرخ، سبز۔ زنان خانے میں (ظاہر ہے) گلابی روشنی پھیل جاتی۔ عورتوں کے قہقہے، ریشمیں ملبوسات کی سرسراہٹ اور گھنگروؤں کی چھن چھن چھن گونجنے لگتی۔ پھر دفعتاً ان نرم اور مسرت بھری زنانہ آوازوں کے درمیان سے کسی درباری ہیجڑے کی واضح سنائی دینے والی، بھاری، ممیّز، رسیلی، لبھاؤنی ہنسی کی آواز ابھرتی۔

''یہی ہے!'' استاد کلثوم بی بول اٹھتیں، تتلیوں اور پروانوں کے کسی ایسے ماہر کی سی فتح مندانہ آواز میں جس نے اپنے جال میں نادر قسم کی تتلی پکڑ لی ہو۔ ''سنی تم نے یہ آواز؟ یہ ہم لوگ ہیں۔ یہی ہمارا نسب ہے، ہماری تاریخ، ہماری داستان۔ ہم معمولی لوگ کبھی نہ تھے، تم نے دیکھا کہ ہم شاہی محل کے عملے میں تھے۔''

وہ لمحہ دل کی ایک دھڑکن کے وقفے میں گزر جاتا۔ لیکن اس سے کیا فرق پڑتا ہے؟ اہم بات یہ تھی کہ یہ موجود تھا۔ تاریخ میں موجود ہونا، ایک دبی ہنسی کے طور پر ہی سہی، یکسر غائب ہونے، یکسر مٹ جانے کے مقابلے میں ایک کائنات کے برابر تھا۔ ایک دبی ہنسی، بہرحال، مستقبل کی سپاٹ دیوار پر قدم رکھنے کا ایک مستحکم موکھا بن سکتی تھی۔

ہنسی کی اس آواز کی نشان دہی کرنے کی استاد کلثوم بی کی کوشش کے باوجود اگر کوئی اس آواز کو نہ سن پاتی تو اس پر انھیں سخت غصہ آتا۔ سچ تو یہ ہے کہ ان کا غصہ اتنا شدید ہوتا تھا کہ وہ تماشے میں تبدیل ہو سکتا تھا، جس سے بچنے کے لیے ان تازہ واردان کو پرانی والیاں یہ مشورہ دے رکھتی تھیں کہ اگر وہ سن نہ پائیں تو بھی یہی بہانہ کریں کہ انھوں نے آواز سن لی ہے۔

ایک بار گڑیا نے انھیں بتانے کی کوشش کی کہ ہندو دیومالا میں بھی ہیجڑوں کو خصوصی التفات اور احترام حاصل رہا ہے۔ اس نے کلثوم بی کو یہ کہانی سنائی کہ جب بھگوان رام اور ان کی پتنی سیتا اور ان کے چھوٹے بھائی لکشمن کو راجیہ سے نکال کر چودہ برس کا بن باس دیا گیا تو رعایا، جو اپنے راجا سے بہت محبت کرتی تھی، ان کے پیچھے چل پڑی اور اس نے قسم کھائی کہ راجا جہاں جائیں گے، ہم بھی ان کے پیچھے جائیں گے۔ جب وہ ایودھیا کی سرحد پر پہنچے، جہاں سے جنگل شروع ہوتا تھا، تو رام اپنی رعایا کی طرف پلٹے اور بولے، ''میں چاہتا ہوں کہ آپ سبھی مرد، عورتیں اپنے اپنے گھروں کو لوٹ جائیں اور وہیں میری

واپسی کا انتظار کریں۔'' وہ اپنے راجا کی نافرمانی نہیں کر سکتے تھے اس لیے مرد اور عورتیں گھروں کو لوٹ گئے۔ صرف ہیجڑے ہی تھے جو جنگل کے کنارے مکمل وفاداری سے چودہ سال تک ان کا انتظار کرتے رہے، کیونکہ رام ان کا نام لینا بھول گئے تھے۔

''تو ہمیں بھولے ہوؤں کی طرح یاد رکھا جاتا ہے؟'' استاد کلثوم بی بولیں۔ ''واہ! واہ!''

انجم کو لال قلعے کی اپنی پہلی سیر اچھی طرح یاد تھی، جس کی الگ وجوہ تھیں۔ ڈاکٹر مختار کی سرجری سے شفایاب ہونے کے بعد وہ اس دن پہلی بار باہر نکلی تھی۔ جب وہ ٹکٹ کے لیے قطار میں لگی تھیں، بیشتر لوگ ان غیر ملکی سیاحوں کو گھور گھور کر دیکھ رہے تھے جن کی قطار علیحدہ تھی اور ٹکٹ مہنگے۔ غیر ملکی سیاح جواباً ہیجڑوں کو بے ڈھنگے پن سے گھور رہے تھے، خصوصاً انجم کو۔ چبھتی ہوئی نظر اور مسیح جیسی ہلکی داڑھی والا ایک ہپّی نوجوان اس کی طرف تحسین آمیز نظروں سے دیکھ رہا تھا۔ انجم نے پلٹ کر اس کی طرف دیکھا۔ اس کے تصور میں وہ حضرت سرمد شہید میں تبدیل ہو گیا۔ اس نے تصور کیا کہ وہ نازاں اور عریاں کھڑا ہے، دبلا پتلا، نحیف بدن، داڑھی والے بدخواہ قاضیوں کے جھنڈ میں گھرا ہوا، ان سے موت کی سزا سننے کے بعد بھی جو بالکل نہیں سہما۔ وہ سیاح جب چل کر اس کے قریب آیا تو وہ ذرا پریشان ہو گئی۔

''یو آر فیری (ویری) بیوٹی فل،'' وہ بولا۔ ''فوٹو؟ لے سکتا ہوں؟''

ایسا پہلی بار ہوا تھا کہ کسی نے اس کا فوٹو کھینچنے کی خواہش ظاہر کی تھی۔ خوش ہو کر اس نے لجاتے ہوئے اپنی لال ربن والی چوٹی کو کندھے پر ڈالا اور اجازت کے لیے استاد کلثوم بی کی طرف دیکھا۔ اجازت مل گئی۔ چنانچہ فوٹو کے لیے وہ پوز بنا کر قلعے کی فصیل کے سہارے عجیب ڈھنگ سے کھڑی ہو گئی، شانے پیچھے کی جانب اور ٹھوڑی اوپر کو اٹھائے ہوئے، بیک وقت بے محابا اور کچھ سہمی ہوئی۔

''سینکیو،'' (تھینک یو) نوجوان نے کہا۔ ''سینکیو ویری مچ۔''

اس نے وہ تصویر کبھی نہیں دیکھی، لیکن کوئی بات تھی جس کی شروعات تھا وہ فوٹو۔

اب کہاں ہو گا وہ؟ خدا ہی جانے۔

انجم کا بھٹکتا ہوا ذہن استاد کلثوم بی کے کمرے میں جاری میٹنگ کی طرف لوٹ آیا۔

''یہ ہمارے حکمرانوں کا زوال تھا اور ان کی بیقاعدگیاں تھیں جو مغل سلطنت کی تباہی لے کر آئی تھیں،'' استاد کلثوم بی کہہ رہی تھیں۔ ''شہزادے کنیزوں کے ساتھ عیش کرتے تھے، بادشاہ ننگے گھومتے تھے، عیاشیاں کرتے تھے، جب کہ ان کی رعایا بھوکی مرتی تھی — ایسے میں ان کی سلطنت کیونکر باقی رہ سکتی تھی؟ اسے باقی کیوں رہنا چاہیے تھا؟'' (کوئی بھی، جس نے انھیں مغلِ اعظم کے شہزادہ سلیم کے کردار میں سنا تھا، یہ اندازہ نہیں لگا سکتا تھا کہ وہ اسے اس قدر ناپسند کرتی ہیں۔ نہ ہی کسی کو یہ شک ہوسکتا تھا کہ خواب گاہ کی اعلیٰ حیثیت اور شاہی خاندان کے ساتھ قربت پر اتنے فخر کے باوجود ان کے دل میں مغل حکمرانوں کی عیاشیوں کے خلاف اور رعایا کی ناداری پر اس قدر سوشلسٹ غصہ بھرا ہوا تھا۔) اس کے بعد انھوں نے اصول پرستی اور کڑے ڈسپلن کے حق میں دلیلیں دیں، جو اُن کے مطابق خواب گاہ کی کسوٹی تھے — اس کی قوت تھے اور وہ اسباب تھے جن کی وجہ سے ایک زمانہ گزر جانے کے باوجود خواب گاہ باقی رہی، جب کہ اس سے بڑی اور زیادہ مضبوط چیزیں تباہ ہوگئیں۔

'دنیا' میں رہنے والے عام لوگ — وہ کیا جانیں کہ ہیجڑے کی طرح جینے کے لیے کیا کیا گنوانا پڑتا ہے؟ انھیں اصولوں، قاعدوں اور قربانیوں کے بارے میں کیا پتا؟ آج کون جانتا ہے کہ ایسا زمانہ بھی گزرا ہے جب وہ سب، خود استاد کلثوم بی سمیت، ٹریفک لائٹوں پر خیرات مانگنے پر مجبور تھیں؟ وہ کیا جانیں کہ انھوں نے کس طرح ذرہ ذرہ کرکے، تل تل بے عزتی سہہ کر خود کو بنایا ہے؟ استاد کلثوم بی نے کہا کہ خواب گاہ اس لیے خواب گاہ کہلاتی ہے کہ اس میں خاص لوگ، خدا کی برکتوں کے حامل لوگ، اپنے ان خوابوں کے ساتھ رہنے آتے ہیں جو 'دنیا' میں سچ نہیں ہوسکتے۔ خواب گاہ میں آکر مقدس روحیں، جو غلط جسموں میں قید ہیں، آزاد ہوجاتی ہیں۔ (اس سوال پر کوئی بات نہیں کی گئی کہ اگر کوئی مقدس روح مرد ہو اور عورت کے جسم میں قید ہوجائے تو کیا ہوتا ہے۔)

''البتہ،'' استاد کلثوم بی بولیں، ''البتہ'' — اور اس کے بعد کا وقفہ تتلانے والے شاعر وزیرِ اعظم کے وقفے جیسی اہمیت کا حامل تھا — ''خواب گاہ کا مرکزی اصول منظوری ہے۔'' دنیا کے لوگ بری بری افواہیں پھیلاتے ہیں کہ ہیجڑے چھوٹے لڑکوں کو اغوا کرکے انھیں آختہ کردیتے ہیں۔ وہ یہ نہیں جانتی تھیں اور نہ اس کے متعلق کچھ کہہ سکتی تھیں کہ اس طرح کی باتیں کہیں اور ہوتی ہیں یا نہیں، لیکن خواب گاہ

میں، خدا گواہ ہے، مرضی کے خلاف، منظوری کے بغیر کبھی کچھ نہیں ہوا۔

پھر انھوں نے گفتگو کا رخ حالیہ موضوع کی طرف موڑ دیا۔ ''پروردگار نے ہماری انجم کو ہمیں لوٹا دیا ہے،'' وہ بولیں۔ ''وہ ہمیں نہیں بتا رہی ہے کہ گجرات میں اس پر اور ذاکر میاں پر کیا بیتی، اور بتانے کے لیے ہم اسے مجبور بھی نہیں کر سکتے۔ ہم صرف اندازہ ہی لگا سکتے ہیں اور ہمدردی رکھ سکتے ہیں۔ لیکن اپنی ہمدردی میں ہم اسے اصول توڑنے کی اجازت نہیں دے سکتے۔ ایک ننھی بچی کو اس کی مرضی کے خلاف لڑکوں کی طرح رہنے پر مجبور کرنا، چاہے وہ اس کے بھلے کے لیے ہی کیوں نہ ہو، اسے قید کرنا ہے، آزادی دینا نہیں۔ ہماری خواب گاہ میں ایسا ہو، اس کا سوال ہی نہیں اٹھتا۔ قطعی نہیں اٹھتا۔''

''وہ میری بچی ہے،'' انجم بولی۔ ''میں ہی فیصلہ کروں گی۔ میں اس جگہ کو چھوڑ کر جا سکتی ہوں۔ اور چاہوں تو اسے بھی ساتھ لے جا سکتی ہوں۔''

اس اعلان سے پریشان ہونے کے بجائے ہر کسی نے یہ دیکھ کر فی الحقیقت اطمینان کا سانس لیا کہ انجم کے اندر کی ڈراما کوئین ابھی زندہ اور سلامت ہے۔ انھیں پریشان ہونے کی ضرورت نہیں کیونکہ جانے کے لیے انجم کے پاس کوئی جگہ تھی ہی نہیں۔

''تم جو چاہو کر سکتی ہو لیکن بچی یہیں رہے گی،'' استاد کلثوم بی نے کہا۔

''تم سارے وقت منظوری کے بارے میں باتیں کرتی رہیں، اور اب اس کے بجائے تم فیصلہ کرنا چاہتی ہو؟'' انجم نے ٹوکا۔ ''ہم اسی سے پوچھیں گے۔ زینب میرے ساتھ آنا چاہے گی۔''

استاد کلثوم بی سے یوں دو بدو ہونا ناقابلِ قبول سمجھا گیا۔ اُس کے لیے بھی تسلیم نہیں کیا گیا جو قتلِ عام سے بچ کر آئی تھی۔ سب ردِعمل کا انتظار کرنے لگیں۔

استاد کلثوم بی نے آنکھیں بند کر لیں اور لپٹی ہوئی رضائی کو اپنی پشت سے ہٹانے کے لیے کہا۔ اچانک تھکن محسوس کرتے ہوئے انھوں نے دیوار کی طرف منھ پھیر لیا اور پاؤں سکوڑتے ہوئے اپنے بازو کا تکیہ بنا کر لیٹ گئیں۔ آنکھیں بند کیے کیے انھوں نے ایسی آواز میں جو بہت دور سے آتی محسوس ہو رہی تھی، انجم کو ہدایت دی کہ وہ ڈاکٹر بھگت کے پاس جائے اور جو دوائیں وہ تجویز کریں پابندی سے کھائے۔

میٹنگ ختم ہو گئی۔ سارے ممبران منتشر ہو گئے۔ پیٹرومیکس لیمپ کو کمرے سے باہر لے جایا گیا

جو کھسیانی بلّی کی مانند غرّا رہا تھا۔

❄

انجم نے جو کچھ کہا تھا اس پر عمل کرنے کا وہ کوئی ارادہ نہ رکھتی تھی، لیکن جب کہہ دیا تو پھر اس خیال نے اژدہے کی مانند اسے جکڑ لیا۔

اس نے ڈاکٹر بھگت کے پاس جانے سے انکار کر دیا۔ چنانچہ اس کی بجائے ایک چھوٹا سا وفد سعیدہ کی سربراہی میں ان کے پاس پہنچا۔ ڈاکٹر بھگت ملٹری مونچھوں والے پستہ قد آدمی تھے اور 'پونڈز ڈریم فلاور' ٹیلکم پاوڈر کی تیز خوشبو ان میں بسی رہتی تھی۔ چڑیا کی طرح پھرتیلے۔ تھوڑی تھوڑی دیر میں مضطرب ہو کر خشک ناک سے سوں سوں کرتے، میز پر قلم سے تین بار ٹھک ٹھک کرتے، اور اس طرح اپنے مریضوں کی اور اپنی ہی بات کاٹتے رہتے۔ باہیں گھنے سیاہ بالوں سے ڈھکی ہوئی، لیکن سر پر بال تقریباً ندارد۔ بائیں کلائی پر ایک چوڑی پٹی کی صورت میں بال مونڈتے تھے، جس کے اوپر ٹینس کے کھلاڑیوں والی تولیا پٹی پہنتے، اور اس کے اوپر سونے کی وزنی گھڑی، تا کہ بلا رکاوٹ وقت دیکھ سکیں۔ اس دن انھوں نے ویسا ہی لباس پہن رکھا تھا جیسا ہر روز پہنتے تھے — سفید ٹیریکاٹ کا بے داغ سفاری سوٹ اور چمچماتے ہوے سفید سینڈل۔ صاف ستھرا سفید تولیہ ان کی کرسی کی پشت پر لٹکا ہوا تھا۔ ان کا کلینک گھورے جیسی غلیظ بستی میں تھا لیکن بذاتِ خود بہت صفائی پسند انسان تھے۔ اور نیک بھی۔

وفد فوج کی مانند اترا اور وہاں فراہم کرسیوں پر فروکش ہو گیا۔ ان میں سے بعض دوسروں کی کرسیوں کے ہتھوں پر بیٹھ گئیں۔ ڈاکٹر بھگت خواب گاہ سے آنے والے اپنے مریضوں کو دو دو یا تین تین کے گروہ میں دیکھنے کے عادی تھے (وہ تنہا کبھی نہیں آتی تھیں)۔ اس صبح جو اتنی تعداد میں آن اتریں تو ڈاکٹر بھگت ذرا چونکے۔

''تم میں مریض کون ہے؟''

''ہم میں کوئی نہیں، ڈاکٹر صاحب!''

ان کی ترجمان سعیدہ نے، بیچ بیچ میں دوسروں کی مداخلت اور وضاحت کے ساتھ، انجم کا بدلا ہوا

رو یہ ہر ممکن احتیاط کے ساتھ بیان کیا— اس کا فکروں میں ڈوبے رہنا، اکھڑ پن، پڑھنا، اور سب سے سنگین اس کی سرکشی۔ اس نے ڈاکٹر کو زینب کی بیماری اور اس پر انجم کی تشویش کے بارے میں بھی بتایا (ظاہر ہے کہ اس کے پاس انجم کی سفلی جادو کی تھیوری اور اس میں خود اپنے رول کے متعلق جانکاری پانے کا کوئی راستہ نہ تھا)۔ وفد نے آپس میں تفصیلی مشورے کے بعد یہ طے کیا تھا کہ اس معاملے میں گجرات کا کوئی ذکر نہ کیا جائے کیونکہ:

(الف) انھیں معلوم نہ تھا کہ وہاں انجم کے ساتھ اگر کچھ گزرا ہے تو وہ کیا ہے۔

نیز، (ب) ڈاکٹر بھگت کی میز پر بھگوان گنیش کی چاندی کی (یا صرف چاندی کے ملمع والی) ایک بڑی سی مورتی رکھی رہتی تھی اور سلگتی ہوئی اگربتی کا تازہ دھواں اس کی سونڈ پر مرغولے بناتا رہتا تھا۔

آخر الذکر بات سے یقیناً کوئی ٹھوس نتیجہ نہیں نکالا جا سکتا تھا لیکن اس کی وجہ سے وہ طے نہیں کر پا رہی تھیں کہ گجرات کے بارے میں ان کے خیالات کیسے ہیں۔ چنانچہ انھوں نے فیصلہ کیا کہ وہ ڈھیر سی احتیاط برتنے کی غلطی کر لیں۔

ڈاکٹر بھگت نے (جو درحقیقت دوسرے لاکھوں دھارمک ہندوؤں کی طرح گجرات کے واقعات پر وحشت زدہ تھے) ان کی باتیں توجہ سے سنیں، بیچ بیچ میں وہ سوں سوں کرتے اور میز پر اپنے قلم سے ٹھک ٹھک کرتے رہے۔ ان کی موتیوں ایسی روشن آنکھیں، جو موٹے شیشوں کی وجہ سے زیادہ بڑی لگ رہی تھیں، سونے کے فریم والی عینک میں قید تھیں۔ اپنی پیشانی پر بل ڈال کر، جو کچھ انھیں بتایا گیا تھا اس پر ایک منٹ تک غور کرتے رہے اور پھر پوچھا کہ ایسا تو نہیں کہ خواب گاہ چھوڑ کر جانے کی انجم کی خواہش نے اسے مطالعے کی راہ پر لگایا ہو، یا ہو سکتا ہے کہ مطالعے نے اس کے اندر چھوڑ جانے کی خواہش پیدا کی ہو۔ اس معاملے پر وفد میں باہمی اختلاف ہو گیا۔ وفد کی ایک کم عمر رکن، مہر نے کہا کہ انجم نے اسے بتایا تھا وہ 'دنیا' میں واپس جانا اور غریبوں کی مدد کرنا چاہتی ہے۔ اس پر ہنسی کی پھوار چھوٹ گئی۔ ڈاکٹر بھگت مطلق نہ مسکرائے اور پوچھنے لگے کہ اس میں ہنسنے کی کون سی بات ہے۔

''ارے ڈاکٹر صاحب، کون سا ایسا غریب ہو گا جو **ہم** سے مدد لینا چاہے گا؟'' مہر نے کہا۔ اور پھر اس خیال پر سب کھی کھی کرنے لگیں کہ مدد کی پیشکش پر غریب لوگ کس طرح سہم جائیں گے۔

ڈاکٹر بھگت نے اپنی خوشنما، چھوٹے حروف والی تحریر میں نسخہ لکھنے کے پیڈ پر لکھا:

مریضہ پہلے ملنسار، حلیم الطبع اور خوش مزاج تھی، اب ایک نافرمان، ریوولٹنگ قسم کی شخصیت ظاہر ہوئی ہے۔

انھوں نے وفد سے پریشان نہ ہونے کو کہا اور نسخہ لکھ کر دے دیا۔ یہ گولیاں (وہی جو ہر مریض کے لیے تجویز کرتے تھے) اس کو پرسکون کریں گی، انھوں نے کہا۔ اسے چند راتیں خوب سونے دو، اس کے بعد مریض کو خود آ کر دکھانا ہوگا۔

انجم نے گولیاں کھانے سے صاف انکار کر دیا۔

جیسے جیسے دن گزرتے گئے، اس کی خاموشی کسی اور بات کو راہ دیتی گئی، کسی اضطراب کن اور چڑچڑی بات کو۔ یہ اس کی رگوں میں پوشیدہ شورش کی طرح دوڑتی تھی، زندگی بھر کی جعلی خوشیوں کے خلاف جنونی بغاوت، جن کے متعلق وہ محسوس کرتی کہ ہمیشہ کے لیے ان کی قیدی ہو چکی۔

اس نے ڈاکٹر بھگت کے نسخے کو بھی ان چیزوں کے ساتھ رکھ دیا جنھیں اس نے صحن میں لا کر جمع کیا تھا۔ یہ وہ چیزیں تھیں جنھیں وہ ایک زمانے میں خزانے کی طرح سنبھال کر رکھتی تھی۔ پھر انھیں ماچس کی تیلی دکھا دی۔ جو چیزیں جل کر راکھ ہوئیں، یہ تھیں:

تین دستاویزی فلمیں (اپنے بارے میں)

تصویروں کی دو چمکیلی کافی ٹیبل بکس (اپنی تصویروں کی)

غیر ملکی رسالوں میں چھپے سات فوٹو فیچر (اپنے بارے میں)

تیرہ چودہ زبانوں کے غیر ملکی اخباروں کے تراشوں کا البم، جن میں **نیویارک ٹائمز، دی لندن ٹائمز، دی گارجین، دی بوسٹن گلوب، دی گلوب اینڈ میل، لی موند، کورئیر دے لا سیرا، لا استامپا اور ڈائی زائٹ** کے تراشے شامل تھے (اپنے بارے میں)

آگ سے دھواں اٹھا اور اس نے بکرے سمیت سبھی کو کھانسنے پر مجبور کر دیا۔ جب راکھ ٹھنڈی پڑ گئی تو اسے اپنے منھ اور بالوں پر مل لیا۔ اسی رات زینب نے اپنے کپڑے، جوتے، اسکول کا بستہ اور

راکٹ کی شکل کا پنسل باکس سعیدہ کی الماری میں منتقل کردیا۔ اس نے آئندہ انجم کے ساتھ سونے سے انکار کردیا تھا۔

''ممی کبھی خوش نہیں رہتیں۔'' یہ وہ جامع، سفاک وجہ تھی جو اس نے بیان کی۔

ٹوٹے دل کے ساتھ انجم نے اپنی گودریج الماری خالی کی اور اپنی نفیس چیزیں ٹین کے بکسوں میں بند کردیں — ساٹن کے غرارے اور زردوزی کی ساڑیاں، جھمکے، پازیبیں اور کانچ کی چوڑیاں۔ اپنے لیے اس نے دو پٹھانی سوٹ سلوائے، ایک کبوتری سلیٹی رنگ کا اور دوسرا مٹیالا بھورا۔ اس نے پلاسٹک کا ایک پرانا برساتی کوٹ اور مردانے جوتے خریدے جنھیں وہ موزوں کے بغیر پہنتی تھی۔ ایک پچکا ہوا سا ٹیمپو آیا اور الماری اور ٹین کے بکسے اس میں لاد دیے گئے۔ یہ بتائے بغیر کہ وہ کہاں جارہی ہے، انجم وہاں سے رخصت ہوگئی۔

تب بھی کسی نے اُسے سنجیدگی سے نہیں لیا۔ سب کو یقین تھا کہ وہ لوٹ آئے گی۔

❄

ٹیمپو میں بیٹھ کر، خواب گاہ سے دس منٹ کا سفر کرکے انجم ایک بار پھر ایک اور دنیا میں داخل ہوگئی۔

یہ ایک غیر دلکش، ٹوٹا پھوٹا قبرستان تھا۔ زیادہ بڑا نہیں، اور بہت کم مستعمل۔ اس کی شمالی دیوار سرکاری اسپتال اور مردہ خانے سے متصل تھی، جس میں شہر کے آوارہ گردوں اور لاوارثوں کی لاشیں رکھی جاتی تھیں، پولیس کی جانب سے انھیں ٹھکانے لگانے کا فیصلہ کرنے تک۔ زیادہ تر لاشیں شہر کے شمشان لے جائی جاتی تھیں۔ اگر بطور مسلمان شناخت ہوجاتی تو انھیں بے نشان قبروں میں دفنا دیا جاتا جو مٹی کی زرخیزی اور پرانے درختوں کی امتیازی ہریالی میں اضافہ کرتیں۔

باقاعدہ بنی ہوئی قبروں کی تعداد دو سو سے بھی کم تھی۔ زیادہ پرانی قبریں زیادہ کشادہ تھیں، جن پہ سنگ مرمر کے منقش کتبے تھے، جبکہ بعد کی قبریں کافی ناپختہ تھیں۔ انجم کے خاندان کے لوگ کئی نسلوں سے یہاں دفن ہوتے آئے تھے — اس کے والد ملاقات علی، اس کی ماں، دادا اور دادی۔ انجم کی پھوپھی، ملاقات علی کی بڑی بہن بیگم زینت کوثر ان کے برابر میں دفن تھیں۔ بٹوارے کے بعد وہ لاہور

چلی گئی تھیں۔ دس سال وہاں رہنے کے بعد انھوں نے اپنے شوہر اور بچوں کو چھوڑا اور یہ کہہ کر دلی لوٹ آئی تھیں کہ وہ جامع مسجد کے گرد و پیش کے علاوہ کسی اور جگہ نہیں رہ سکتیں۔ (کسی وجہ سے لاہور کی بادشاہی مسجد اس کا متبادل نہ بن سکی۔) پاکستان کی جاسوس بتا کر انھیں واپس بھیجنے کی پولیس کی تین بار کی کوششوں کے باوجود بیگم زینت کوثر شاہجہان آباد کے ایک چھوٹے سے کمرے میں کرائے پر رہنے لگی تھیں، جس میں ایک باورچی خانہ اوران کی محبوب مسجد کا نظارہ، دونوں شامل تھے۔ یہاں ان کے ساتھ تقریباً انھی کی ہم عمر ایک بیوہ بھی رہتی تھی۔ اپنے گزارے کے لیے بیگم زینت کوثر پرانے شہر کے ایک ریستوراں کو مٹن قورمہ سپلائی کرتی تھیں، جہاں غیر ملکی سیاحوں کے جھنڈ مقامی کھانوں کے ذائقے کی تلاش میں آتے تھے۔ انھوں نے تیس برس تک ہر روز اپنی دیگ میں کفگیر چلایا، اور قورمے کی خوشبو بیگم زینت کوثر میں اسی طرح رچ بس گئی جیسے دوسری عورتوں میں عطر اور پرفیوم کی خوشبو بس جاتی ہے۔ جب زندگی ان کا ساتھ چھوڑ گئی اور انھیں قبر میں اتارا گیا تب بھی وہ پرانی دلی کے خوش ذائقہ کھانوں سے مہک رہی تھیں۔ بیگم زینت کوثر سے متصل بی بی عائشہ کے باقیات دفن تھے۔ یہ انجم کی سب سے بڑی بہن تھیں جو ٹی بی سے مری تھیں۔ تھوڑے فاصلے پر احلام باجی کی قبر تھی، وہ دائی جنھوں نے انجم کو جنوایا تھا۔ اپنی موت سے برسوں پہلے احلام باجی کا دماغ الٹ گیا تھا اور وہ موٹی ہو گئی تھیں۔ پرانے شہر کے گلی کوچوں میں کسی ملکہ کی سی شان سے گزرتیں — غلیظ ملکہ۔ اپنے الجھے بالوں کو ایک گندے تولیے میں یوں سمیٹے رہتیں جیسے قلوپطرہ ابھی ابھی گدھیا کے دودھ میں نہا کر آئی ہو۔ کسان یوریا فرٹیلائزر کا ایک پھٹا پرانا بورا ہمیشہ ان کے ساتھ ہوتا، جس میں وہ منرل واٹر کی خالی بوتلیں، پھٹے پتنگ، ایسے پوسٹر اور جھنڈے احتیاط سے تہہ کر کے رکھتی جاتیں جو قریب ہی رام لیلا میدان میں ہونے والی بڑی بڑی سیاسی ریلیوں کے بعد لوگ چھوڑ جاتے تھے۔ اپنے زیادہ مشکل دنوں میں احلام باجی ان لوگوں کو تقریریں پلاتی تھیں جنھیں دنیا میں لانے میں انھوں نے مدد کی تھی، اور جن میں سے بیشتر مرد عورتیں اب عیال دار تھے۔ وہ انھیں غلیظ ترین گالیوں سے نوازتیں اور اس دن کو کوستیں جب وہ پیدا ہوئے تھے۔ کوئی بھی ان کی گالیوں کا برا نہیں مانتا تھا۔ جواب میں لوگ عموماً فراخ دلی اور جھینپ کے ساتھ یوں مسکراتے جیسے کسی میجک شو میں جمورے کے طور پر اسٹیج پر بلائے گئے لوگ مسکراتے ہیں۔ لوگ احلام باجی کو ہمیشہ کھانا

اور پناہ فراہم کرتے۔ وہ کھانے کو اس طرح قبول کرتیں — خصومت کے ساتھ — جیسے دینے والے شخص کے اوپر بھاری احسان کر رہی ہوں، لیکن پناہ کی پیشکش ٹھکرا دیتی تھیں۔ شدت کی گرمی اور کڑکڑاتی سردی کے موسم میں بھی وہ گھر سے باہر رہنے ہی پر مصر رہتیں۔ ایک صبح وہ 'الف زیڈ اسٹیشنرز اینڈ فوٹو کاپیئر' کے سامنے تیر کی طرح سیدھی بیٹھی مردہ پائی گئیں۔ ان کے بازو اپنے کسان یوریا بورے کے گرد لپٹے ہوئے تھے۔ جہاں آرا بیگم نے انھیں اپنے خاندانی قبرستان میں دفنانے پر اصرار کیا۔ انھوں نے میت کے کفن دفن کا انتظام کیا، نیز نمازِ جنازہ کے لیے امام کا بھی۔ احلام باجی نے آخر تو ان کے پانچوں بچوں کو جنوایا تھا۔

احلام باجی کی قبر کے نزدیک اگلی قبر ایک عورت کی تھی جس کے کتبے پر لکھا تھا (انگریزی میں): ''بیگم رینا ٹا ممتاز میڈم''۔ بیگم رینا ٹا رومانیہ کی ایک بیلی ڈانسر تھیں، رقصِ شکم کرنے والی فنکار جو ہندوستان اور اس کے مختلف کلاسیکی رقصوں کے خواب دیکھتے ہوئے رومانیہ کی راجدھانی بخاریست میں پلیں بڑھیں۔ محض انیس برس کی تھیں جب پیدل چلتی، کبھی لفٹ لیتی کسی طرح براعظم پار کر کے دلی آ پہنچیں۔ یہاں اوسط درجے کے ایک کتھک گرو سے ملاقات ہوئی جس نے ان کا جنسی استحصال زیادہ کیا، رقص کم سکھایا۔ اپنی ضروریات کے لیے انھوں نے 'روز بڈ ریسٹ و بار' (Rosebud Rest-O-Bar) میں کیبرے ڈانس شروع کر دیا۔ یہ بار قدیم دلی کے سات شہروں میں سے پانچویں شہر فیروز شاہ کوٹلہ کے کھنڈروں کے 'روز گارڈن' میں واقع تھا — جسے لوگ اب 'نو روز گارڈن' (No-Rose Garden) کہنے لگے ہیں۔ رینا ٹا کا کیبرے کا نام ممتاز تھا۔ ایک پیشہ ور ٹھگ کے ہاتھوں محبت میں دھوکا کھانے کے بعد، جو ان کی ساری جمع پونجی لے کر چمپت ہو چکا تھا، رینا ٹا کا انتقال ہو گیا۔ یہ جاننے کے باوجود کہ وہ دھوکا دے گیا ہے، رینا ٹا اسی کی آرزو میں مرتی رہیں۔ مایوسی میں وہ اپنے حواس کھوتی گئیں۔ جادو ٹونے کرتیں اور روحوں کو بلانے کی کوششیں کیا کرتیں۔ طویل وقفوں کے لیے بے خودی کی کیفیت میں جانے لگیں۔ اسی بیچ ان کی جلد پر آبلے پھوٹ پڑے اور ان کی آواز مردوں کی مانند بھاری اور پتھریلی ہو تی گئی۔ یہ واضح نہیں کہ ان کی موت کن حالات میں ہوئی، حالانکہ ہر شخص کا خیال تھا کہ انھوں نے خودکشی کی تھی۔ یہ 'روز بڈ ریسٹ و بار' کے کم سخن ہیڈ ویٹر روشن لال تھے، اخلاقیات کے اُپدیشک، رقاصاؤں پر

کوڑے برسانے والے (اوران کے لطیفوں کا شکار)، کہ جنھوں نے ریناٹا کے کفن دفن کا انتظام کر کے اوران کی قبر پر پھول چڑھا کر خود اپنے آپ کو بھی حیرانی میں ڈال دیا تھا۔ وہ پھول لے کر ایک بار، دو بار ان کی قبر پر گئے، اور پھر لاشعوری طور پر ہر منگل کو (اپنی چھٹی کے دن) پھول چڑھانے کے لیے جانے لگے۔ انھی نے ریناٹا کے نام کا کتبہ بنوا کر قبر پر لگوایا اور وہی اس کی مرمت بھی کراتے تھے، جسے وہ 'ریکپ اَپ' کہا کرتے تھے۔ وہی تھے جنھوں نے کتبے پر ان کے نام (ناموں) کے ساتھ 'بیگم' اور 'میڈم' کے سابقے اور لاحقے بعد از مرگ لگوائے۔ اب ریناٹا ممتاز کے انتقال کو سترہ برس گزر چکے تھے۔ ویریکوز بیماری کی وجہ سے روشن لال کی پتلی پتلی پنڈلیوں کی رگیں پھول گئی تھیں۔ ان کے ایک کان کی سماعت جا تی رہی تھی لیکن اب بھی آتے تھے، اپنی پرانی سیاہ بائیسکل کھڑکھڑاتے ہوئے قبرستان میں داخل ہوتے۔ تازہ پھول لیے ہوئے — گزانیا اور رعایتی داموں والے گلاب۔ اور جب پیسوں کی قلت ہوتی تو ٹریفک لائٹ پر بچوں سے چنبیلی کے پھولوں کی چندلڑیاں خرید لاتے۔

ان اہم قبروں کے علاوہ چند ایسی بھی تھیں جن کا استناد مشکوک تھا۔ مثال کے طور پر وہ قبر جس پر صرف 'بادشاہ' لکھا تھا۔ بعض لوگوں کا کہنا تھا کہ بادشاہ ایک کم اصل مغل شہزادہ تھا جسے انگریزوں نے 1857 کی بغاوت کے بعد پھانسی دے دی تھی، جب کہ دوسروں کا ماننا تھا کہ وہ کوئی افغان صوفی شاعر تھا۔ ایک اور قبر پر صرف 'اصلاحی' لکھا تھا۔ کچھ لوگ کہتے تھے کہ وہ بادشاہ شاہ عالم ثانی کی فوج کا ایک سالار تھا، دوسروں کا اصرار تھا کہ وہ ایک مقامی دلال تھا جسے ایک طوائف نے، جسے اس نے ٹھگا تھا، 1960 کی دہائی میں چاقو مار کر قتل کر دیا تھا۔ جیسا کہ ہمیشہ ہوتا ہے، ہر شخص وہی مانتا تھا جو وہ ماننا چاہتا تھا۔

قبرستان میں اپنی پہلی رات کو، جلدی سے جائزہ لینے کے بعد انجم نے اپنی گودریج الماری اور بقیہ سامان ملاقات علی کی قبر کے پاس رکھ دیا اور قالین اور بستر احلام باجی اور بیگم ریناٹا ممتاز میڈم کی قبروں کے درمیان بچھا دیا۔ اس میں کچھ حیرت کی بات نہیں کہ اسے نیند نہیں آئی۔ بات یہ نہ تھی کہ قبرستان میں کسی نے پریشان کیا ہو — کوئی جن ملاقات کو نہیں آیا، کسی آسیب نے اس پر سوار ہونے کی دھمکی نہیں دی۔ قبرستان کے شمالی سرے پر اِس میکیے — رات کی ذرا گہری پرچھائیں کی مانند — اسپتال کی استعمال شدہ پٹیوں اور سرِنجوں کے سمندر میں بنے کاٹھ کباڑ کے ٹیلوں پر ایک دوسرے میں

سمٹے پڑے تھے۔ لگتا تھا کہ انھوں نے انجم پر ذرا بھی دھیان نہیں دیا ہے۔ دکن کی جانب بے گھر لوگوں کے تھکّے جگہ جگہ آگ کے گرد بیٹھے اپنا قلیل، دھواں آمیز کھانا بنانے میں مصروف تھے۔ آوارہ کتے جن کی صحت انسانوں سے بہتر تھی، ایک شائستہ فاصلے پر بیٹھے، شائستگی کے ساتھ بچے کھچے نوالوں کے منتظر تھے۔

ایسے ماحول میں عمومی طور پر انجم کو کچھ خطرہ ہوسکتا تھا، لیکن ویرانی نے اس کی حفاظت کی۔ سماجی ضابطوں سے آزاد ہو کر یہ ویرانی اور تنہائی بالآخر اپنے تمام تر جلال کے ساتھ اس کے اطراف میں بلند ہو گئی— فصیلوں، برجیوں، خفیہ تہہ خانوں والا ایسا قلعہ بن گئی جس کی دیواریں قریب آتے بلوائیوں کی آوازوں کی مانند بازگشت کرتی تھیں۔ انجم اس کے طلائی حجروں میں گھبرائی ہوئی یوں چکر کاٹا کرتی جیسے کوئی مفرور آدمی خود ہی سے بچنے کی کوشش کر رہا ہو۔ وہ بھگوا مسکراہٹوں والے بھگوا جلوس کو اپنے ذہن سے جھٹکنے کی کوشش کرتی، جو اپنے بھگوا ترشولوں پر ننھے بچوں کو بلند کیے اس کا پیچھا کرتا، لیکن اپنی کوشش میں ناکام رہتی۔ وہ ذاکر میاں پر دروازہ بند کرنے کی کوشش کرتی جو سڑک کے بیچوں بیچ سلیقے سے دہرے کیے ہوئے پڑے تھے، کرارے نوٹوں سے بنے اپنے ایک پرندے کی مانند۔ لیکن وہ اس کا پیچھا کرتے، دوہرے، اڑن قالین پر سوار، بند دروازوں سے بھی اندر چلے آتے۔ وہ بھولنے کی کوشش کرتی کہ آنکھوں کے چراغ بجھنے سے پہلے ذاکر میاں نے اس کی جانب کس طرح دیکھا تھا۔ لیکن وہ اسے بھولنے نہ دیتے تھے۔

اس نے ذاکر میاں کو بتانے کی کوشش کی کہ جب وہ لوگ ان کے بے جان جسم پر سے انجم کو کھینچ رہے تھے تو اس نے کتنی بہادری سے مقابلہ کیا تھا۔

لیکن وہ خوب جانتی تھی کہ اس نے ایسا نہیں کیا تھا۔

اس نے کوشش کی کہ جنونی ہجوم نے دوسروں کے ساتھ جو کچھ کیا تھا، اس سے انجان ہو جائے— بھول جائے کہ انھوں نے کس طرح مردوں کو تہہ کیا اور عورتوں کی تہیں کھولیں۔ اور پھر کس طرح ان کے جسموں کے سارے اعضا چیر کر الگ الگ کیے اور آگ کے حوالے کر دیے۔

لیکن وہ خوب جانتی تھی کہ وہ جانتی ہے۔

وہ لوگ!

وہ لوگ کون؟

نیوٹن کی فوج، جو مساوی اور معکوس ردِعمل کو انجام دینے کے لیے مسلط کی گئی تھی۔ تیس ہزار بھگوا طوطے، اپنے فولادی پنجوں اور خون آلود چونچوں کے ساتھ ایک ساتھ مل کر چیخ رہے تھے:

مسلمان کا ایک ہی استھان! قبرستان یا پاکستان!

انجم مرنے کا مکر کیے، ذاکر میاں کے اوپر پھیلی پڑی تھی۔ ایک جعلی عورت کی جعلی لاش۔ لیکن طوطوں نے، شدھ شاکاہاری ہونے یا ایسا ظاہر کرنے کے باوجود (تنظیم میں بھرتی ہونے کی بنیادی شرط یہی تھی)، شکاری کتوں کی سی مہارت اور دقت پسندی سے ہوا کو سونگھ لیا۔ اور ظاہر ہے کہ انجم کو ڈھونڈ نکالا۔ تیس ہزار آوازیں، ایک ساتھ یوں جھنکار اٹھیں جیسے استاد کلثوم بی کا بیربل بول رہا ہو:

آئے ہائے! سالی رنڈی ہیجڑا! بہن چود رنڈی ہیجڑا۔ بہن چود مسلمان رنڈی ہیجڑا۔

ایک اور آواز بلند ہوئی، اونچی اور بے چین، ایک اور طوطے کی آواز:

نہیں یار، مت مارو۔ ہیجڑوں کو مارنا اَپ شگون ہوتا ہے۔

اَپ شگون! بدبختی!

ان قاتلوں کو امکانی اَپ شگون سے زیادہ کوئی اور بات نہیں ڈراتی تھی۔ بہرحال، اَپ شگون کو دور کرنے کے لیے ہی تو ایسا تھا کہ ان کی انگلیوں میں، جو کاٹتی تلواروں اور چمکتی کٹاروں کے جوہر دکھا رہی تھیں، شبھ پتھروں سے جڑی سونے کی وزنی انگوٹھیاں تھیں۔ اپ شگون کو دور رکھنے کے لیے ہی تو ایسا تھا کہ ان کلائیوں میں، جو لوہے کے سلاخیں سنبھالے تھیں اور ان سے مار مار کر لوگوں کو قتل کر رہی تھیں، پوجا کے لال دھاگے تھے، جنھیں ان کی شفیق ماؤں نے بڑی محبت سے باندھا تھا۔ ان تمام احتیاطوں کے باوجود جان بوجھ کر اپ شگون کو نیوتا دینے کا کیا فائدہ؟

چنانچہ وہ انجم کے سر پر کھڑے رہے اور اس سے اپنے نعرے لگوانے لگے:

بھارت ماتا کی جے! وندے ماترم!

اس نے نعرے لگائے۔ روتے ہوئے، کانپتے ہوئے، اپنے بدترین خواب سے بھی بعید تر توہین

برداشت کرتے ہوے۔

بھارت ماتا کی جے! وندے ماترم!

انھوں نے اسے زندہ چھوڑ دیا۔ بلاقتل۔ بلاضرر۔ نہ تہہ کرکے، نہ تہہ کھول کر۔ صرف اسی کو۔ تاکہ سوبھاگیہ انھیں حاصل رہے۔

قصائیوں کا سوبھاگیہ۔

بس یہی رہی اس کی حیثیت۔ جب تک زندہ رہی، ان کے لیے مزید سوبھاگیہ لاتی رہی۔

اپنے نجی قلعے میں لرزاں، چکر کاٹتے ہوے وہ اِس چھوٹی سی تفصیل کو انجان کرنے کو کوشش کرتی رہی۔ لیکن ناکام رہی۔ وہ خوب جانتی تھی کہ وہ خوب جانتی ہے کہ خوب جانتی ہے۔

سرد آنکھوں اور سیندور کے تلک والے وزیرِ اعلیٰ کو اگلے انتخابات میں کامیابی ملنے والی تھی۔ مرکز میں شاعر وزیرِ اعظم کی حکومت گرنے کے باوجود، گجرات میں وہ ایک کے بعد ایک الیکشن جیتتا گیا۔ کچھ لوگوں کا کہنا تھا کہ قتلِ عام کے لیے اسے ذمہ دار ٹھہرایا جائے لیکن اس کے ووٹروں نے اسے گجرات کا للا پکارا۔ گجرات کا لاڈلا۔

❄

قبرستان میں انجم مہینوں تک کسی تباہ حال جنگلی آسیب کی مانند منڈلاتی رہی، وہاں رہنے والے تمام جنات و ارواح سے زیادہ سرگرداں۔ مُردے دفنانے کے لیے آنے والے لوگوں پر وہ اپنے بے لگام، مجنونانہ غم سے اس شدت سے حملہ کرتی کہ انجم کی آہ وزاری ان کے غم کو شکست کر دیتی۔ اس نے سجنا سنورنا چھوڑ دیا، خضاب لگانا چھوڑ دیا۔ بالوں کی جڑیں جھک سفید نکل آئیں اور سِروں کی طرف کے آدھے سیاہ فام رہ گئے، جس سے انجم کا حلیہ، جی ہاں... دھاری دار ہو گیا۔ چہرے کے بال، جن سے وہ کسی زمانے میں ہر شے سے زیادہ ڈرتی تھی، اس کی ٹھوڑی اور گالوں پر پالے جیسے چمکنے لگے (قابلِ رحم تھا کہ زندگی بھر لگوائے گئے ہارمونوں کے سستے انجکشنوں نے پوری داڑھی کو اگنے سے بھی روک دیا تھا)۔ پان کھانے کی وجہ سے اس کے دانتوں پر گہرے داغ پڑ گئے تھے، سامنے کا ایک دانت

مسوڑھے میں ڈھیلا پڑ گیا۔ جب وہ بولتی یا مسکراتی، جو شاذونادر ہی ہوتا، تو یہ دانت بھیانک انداز میں اوپر نیچے یوں ہلتا جیسے ہارمونیم کی کلید اپنی ہی کوئی دُھن بجا رہی ہو۔ لیکن اس وحشت خیزی کے بھی اپنے فائدے تھے — لوگ اس سے ڈر جاتے اور موذی، گلوچ، پتھر پھینکنے والے چھوکرے اس سے دور ہی رہتے۔

مسٹر ڈی ڈی گپتا نے، جو انجم کے پرانے گاہک تھے اور اس کے لیے جن کی محبت عرصہ پہلے دنیاوی خواہشات سے ماورا ہو چکی تھی، اسے ڈھونڈ نکالا اور ملنے کے لیے قبرستان آئے۔ وہ قرول باغ میں عمارت سازی کے ٹھیکیدار تھے اور کنسٹرکشن کا سامان — لوہا، سیمنٹ، پتھر، اینٹیں وغیرہ — خریدتے اور سپلائی کرتے تھے۔ انھوں نے اپنے ایک مالدار گاہک کی بلڈنگ سائٹ سے اٹھوا کر کچھ اینٹیں اور ازبسٹوس کی چادریں بھیج دیں اور انجم کے لیے ایک چھوٹا سا عارضی جھونپڑا بنوا دیا — کچھ خاص نہیں، بس ایک چھوٹا سا گودام جس میں وہ حسبِ ضرورت اپنا سامان مقفل کر سکتی تھی۔ گپتا جی گاہے بہ گاہے اس سے ملنے آتے تھے تاکہ انھیں خبر رہے کہ انجم کی ضرورتیں پوری ہو رہی ہیں اور اس نے خود کو کوئی نقصان نہیں پہنچایا ہے۔ عراق پر امریکہ کے حملے کے بعد جب وہ بغداد گئے (کنکریٹ کی اُن بلاسٹ والز کی بڑھتی ہوئی مانگ سے منافع کمانے جو دھماکوں کی ضرب سے بچنے کے لیے عمارتوں کے گرد بنوائی جا رہی تھیں) تو اپنی بیوی کو تاکید کر گئے کہ ہفتے میں کم از کم تین بار وہ ڈرائیور کے ہاتھ گرم کھانا انجم کے لیے بھیج دیا کرے۔ مسز گپتا کو، جو خود کو بھگوان شری کرشن کی عاشق گوپی سمجھتی تھیں، ان کے جیوتشی نے بتایا تھا کہ وہ اپنے ساتویں اور آخری جنم میں ہیں۔ اس سے انھیں اپنی مرضی سے جینے کا لائسنس مل گیا اور انھیں یہ سوچ کر پریشان نہیں ہونا تھا کہ اگلے جنم میں انھیں اپنے پاپوں کا پھل بھوگنا پڑے گا۔ ان کے اپنے عاشقانہ رشتے تھے، حالانکہ وہ یہ مانتی تھیں کہ جب وہ جنسی کلائمکس پر پہنچتی ہیں تو اس کا آنند دِویہ استیتو (الوہی وجود) کے لیے ہوتا ہے، ان کے زمینی عاشق کے لیے نہیں۔ انھیں اپنے شوہر سے بڑی انسیت تھی لیکن اس پر راحت محسوس کرتیں کہ ان کا شوہر اپنی جنسی بھوک اب ان کی تھالی سے نہیں مٹاتا، چنانچہ اس پر یہ چھوٹا سا احسان کر کے وہ بے حد خوش تھیں۔

جانے سے پہلے گپتا جی نے انجم کو ایک سستا موبائل فون خرید دیا اور سکھایا کہ کس بٹن سے سنا جاتا

ہے (آنے والی کالیں مفت تھیں) اور جب وہ ان سے بات کرنا چاہے تو 'مسڈ کال' کس طرح دے۔ انجم کا یہ فون ایک ہفتے کے اندر کھو گیا، اور جب گپتا جی نے اسے بغداد سے فون کیا تو ان کی کال کا جواب کسی شرابی نے دیا جس نے رو رو کر مطالبہ کیا کہ ماں سے اس کی بات کرائی جائے۔

اس فیاضی کے علاوہ بعض ملاقاتیوں کی نوازشیں بھی انجم کو حاصل تھیں۔ سعیدہ کئی بار زینب کو لے کر آئی، جو بظاہر سنگ دل لیکن اصل میں ذہنی صدمے میں تھی۔ (جب سعیدہ کو یہ احساس ہونے لگا کہ یہ ملاقاتیں انجم اور زینب دونوں کے لیے تکلیف دہ ہیں تو اس نے زینب کو لانا چھوڑ دیا۔) انجم کا بھائی ثاقب ہفتے میں ایک بار آتا تھا۔ استاد کلثوم بی خود اپنے دوست حاجی میاں کے ساتھ، اور کبھی کبھی بسم اللہ کو لے کر، رکشہ میں بیٹھ کر آتیں۔ انھوں نے یہ اہتمام کیا کہ انجم کے لیے خواب گاہ سے ایک چھوٹی سی پنشن باندھ دی جو ایک لفافے میں ہر مہینے کی پہلی تاریخ کو پہنچا دی جاتی تھی۔

استاد حمید ایسے ملاقاتی تھے جو نہایت پابندی سے آتے تھے۔ بدھ اور اتوار کو چھوڑ کر وہ ہر روز آتے، یا تو فجر کے وقت یا مغرب کے بعد۔ وہ انجم کا ہارمونیم لے کر کسی قبر کے پاس بیٹھ جاتے اور اپنا سحر انگیز ریاض شروع کر دیتے۔ صبح کو راگ للت اور شام کو راگ شدھ کلیان — **تم بن کون خبر موری لیت** — بالی وُڈ کے نئے گانوں یا پاپولر قوالیوں کی سامعین کی توہین آمیز فرمائشوں کو وہ یکسر نظر انداز کر دیتے (دس میں سے نو فرمائشیں **دمادم مست قلندر** کی ہوتی تھیں)۔ فرمائشیں وہ آوارہ گرد اور گشتیے کرتے تھے جو اس نادیدہ سرحد کے باہر جمع ہو جاتے تھے جسے اجماعِ عامہ سے انجم کی مملکت مان لیا گیا تھا۔ بعض اوقات قبرستان کے سرے پر کچھ غم انگیز پرچھائیاں شراب کے خوابناک نشے یا اسمیک کی دھند میں غلطاں، اپنے قدموں پر کھڑی ہو جاتیں اور اپنی ہی کسی دُھن پر سلو موشن میں رقص شروع کر دیتیں۔ جب روشنی بجھ جاتی (یا جنم لیتی) اور استاد حمید کی شیریں آواز اس ویران منظر اور اس کے ویران مکینوں پر پھیلنے لگتی تو انجم بیگم ریناٹا ممتاز میڈم کی قبر کے پاس، استاد حمید کی طرف پیٹھ کر کے، آلتی پالتی مار کر بیٹھ جاتی۔ وہ بات نہ کرتی، نہ ان کی طرف دیکھتی۔ وہ برا نہ مانتے۔ کندھوں کے ٹھہراؤ سے وہ جان لیتے کہ وہ سن رہی ہے۔ انھوں نے انجم پر بہت کچھ گزرتے دیکھا تھا؛ انھیں یقین تھا کہ اگر وہ خود نہیں تو کم از کم ان کی موسیقی یقیناً انجم کا بیڑا پار لگا دے گی۔

لیکن کوئی ہمدردی یا کوئی بے رحمی انجم کو خواب گاہ کی پرانی زندگی میں لوٹنے پر آمادہ نہ کر سکی۔ دکھ اور خوف کے سیلاب کو اترنے میں برسوں لگ گئے۔ امام ضیا الدین کا روز آنا، ان کے معمولی (اور کبھی کبھی شدید) جھگڑے اور انجم سے ان کی یہ درخواست کہ ہر صبح وہ انھیں اخبار پڑھ کر سنایا کرے، وہ اسباب تھے جنھوں نے 'دنیا' کی طرف لوٹنے میں انجم کی مدد کی۔ قلعۂ تنہائی دھیرے دھیرے چھوٹا ہوتا گیا اور ایک ایسے متناسب مسکن میں بدل گیا جسے سنبھالنا آسان تھا۔ یہ ایک گھر بن گیا، قابلِ پیش گوئی اور اعتماد بحال کرنے والے غم کا مسکن — خوف آ گیں بھی لیکن قابلِ اعتماد بھی۔ بھگوا لوگوں نے اپنی تلواریں نیاموں میں رکھ لیں، اپنے ترشول رکھ دیے اور انکساری سے اپنی روزمرہ زندگی میں لوٹ گئے: گھنٹی کے جواب میں دروازے پر جانا، احکام بجا لانا، بیویوں کو پیٹنا، اور اگلی خونیں تفریح کا موقع آنے تک وقت گزاری کرنا۔ بھگوا طوطوں نے اپنے پنجے سمیٹ لیے اور سبزہ زاروں میں لوٹ گئے اور خود کو برگد کے درختوں کی شاخوں میں چھپا لیا جہاں سے سفید پشت گدھ اور گھریلو چڑیاں غائب ہو چکی تھیں۔ اب دہرے کیے گئے مرد اور کھولی گئی عورتیں کم ہی اس سے ملاقات کو آتیں۔ صرف ذاکر میاں تھے، سلیقے سے تہہ کیے ہوے، جو کہیں نہ جاتے تھے۔ لیکن جیسے جیسے وقت گزرتا گیا، ہر وقت اس کا پیچھا کرنے کے بجاے وہ انجم کے ساتھ رہنے لگے اور اس کے مستقل ساتھی بن گئے، کوئی مطالبہ کیے بغیر۔

انجم نے پھر سے سجنا سنورنا شروع کر دیا۔ اس نے بالوں میں مہندی لگائی، جس سے وہ شعلوں جیسے نارنجی رنگ ہو گئے۔ اس نے اپنے چہرے کے بال صاف کروائے، ڈھیلا دانت نکلوایا اور اس کی جگہ نقلی لگوایا۔ بالکل سفید دانت، ان گہرے سرخ ٹھونٹھوں کے درمیان جو دانتوں کی جگہ باقی رہ گئے تھے، ہاتھی دانت کی طرح نمایاں لگتا تھا۔ کل ملا کر یہ ترتیب پہلے والی کے مقابلے میں ذرا کم خوفناک لگتی تھی۔ وہ پٹھانی سوٹ ہی پہنتی رہی لیکن اس نے آسمانی اور دودھیا گلابی جیسے ہلکے رنگوں کے نئے سوٹ سلوا لیے، جو اس نے اپنے پرانے زردوزی کے دوپٹوں اور چنریوں کے ساتھ میچ کر لیے۔ اس کا وزن بھی قدرے بڑھ گیا تھا اور اس کے نئے لباس کو وہ ایک پرکشش اور راحت کن وقار عطا کرتا تھا۔

لیکن انجم کبھی نہ بھول سکی کہ وہ فقط ''قصائیوں کا سوبھاگیہ'' ہے۔ اس کے بعد تا عمر ''اپنی بقیہ زندگی کے ساتھ'' اس کا رشتہ ڈھل مل اور بے نیازی کا ہی رہا جب اس کے برعکس نظر آتا، تب بھی۔

قلعۂ تنہائی جیسے جیسے چھوٹا ہوتا گیا، انجم کا ٹین کا جھونپڑا بڑا ہوتا گیا۔ پہلے وہ اتنے بڑے حجرے میں تبدیل ہوا جس میں ایک پلنگ سما سکے۔ پھر وہ ایک چھوٹا سا گھر بن گیا جس میں ایک چھوٹا باورچی خانہ بھی تھا۔ لوگوں کی اَن چاہی توجہ سے بچنے کے لیے اس نے بیرونی دیواریں کھردری اور ادھوری چھوڑ دیں۔ اندرونی حصے پر اس نے پلستر کرایا اور اس پر گہرا گلابی رنگ کروایا۔ چھت بلوا پتھر کی بنوائی جو لوہے کے شہتیروں پر ٹکی تھی۔ یوں اسے ایسی چھت مل گئی جہاں وہ سردیوں میں پلاسٹک کی کرسی ڈال کر بیٹھ جاتی، بال سکھاتی اور اپنی کٹی پھٹی، پپڑائی پنڈلیوں کو دھوپ دکھاتی اور اس دوران مرحومین کی مملکت کا جائزہ لیتی رہتی۔ دروازوں اور کھڑکیوں کے لیے اس نے ہلکے پستئی رنگ کا انتخاب کیا تھا۔ گھوس نے، جو اَب نوعمر دوشیزہ بننے والی تھی، پھر سے آنا شروع کر دیا تھا۔ وہ ہمیشہ سعیدہ کے ساتھ آتی اور رات بھر کے لیے کبھی نہ رکتی۔ انجم نے بھی کبھی نہ کہا، نہ اصرار کیا، یہاں تک کہ اپنی خواہش کو کسی اور طرح بھی ظاہر نہیں ہونے دیا۔ لیکن اس کا دیا ہوا زخم کبھی نہ مٹ سکا، نہ ہلکا پڑا۔ اس کے دل نے اس معاملے میں اپنی راہ بدلنے سے صاف انکار کر دیا تھا۔

میونسپلٹی کے افسر انجم کے بیرونی دروازے پر چند مہینوں کے وقفے سے بار بار نوٹس چپکا جاتے، جس میں لکھا ہوتا کہ قبرستان پر ناجائز قبضہ کرنا منع ہے اور غیر قانونی تعمیرات کو ایک ہفتے کے اندر منہدم کر دیا جائے گا۔ انجم نے انھیں بتایا کہ وہ قبرستان میں رہ نہیں رہی، بلکہ یہاں مر رہی ہے — اور ایسا کرنے کے لیے اسے میونسپلٹی سے اجازت لینے کی ضرورت نہیں کیونکہ اس کے پاس خود پروردگار کا عطا کردہ اختیار موجود ہے۔

اس کے پاس آنے والا کوئی بھی میونسپل افسر اتنا دلیر نہ تھا کہ معاملے کو مزید آگے بڑھاتا اور انجم کی مشہور صلاحیتوں کے طفیل پریشانیاں اٹھانے کا خطرہ مول لیتا۔ دوسروں کی طرح وہ بھی ہیجڑوں کی بددعا لینے سے ڈرتے تھے۔ چنانچہ انھوں نے تھوڑی خوشامد اور تھوڑی وصولیوں کا راستہ اختیار کیا۔ پھر وہ اس پر راضی ہو گئے کہ انھیں معقول رقم دی جاتی رہے، اور ساتھ میں ہر دیوالی اور عید پر گوشت کی دعوت کھلائی جائے۔ انھوں نے اس پر بھی اتفاق کیا کہ اگر گھر کو بڑھایا جائے گا تو اسی تناسب سے رقم بھی بڑھا دی جائے گی۔

وقت گزرنے کے ساتھ انجم نے اپنے رشتہ داروں کی قبروں کو گھیرنا اور ان کے گرد کمرے تعمیر کرنے شروع کردیے۔ ہر کمرے میں ایک یا دو قبریں اور ایک پلنگ ہوتا تھا۔ یا دو۔ اس نے علیحدہ سے ایک غسل خانہ اور پاخانہ بنوایا جس کے لیے علیحدہ سپٹک ٹینک بھی تھا۔ پانی وہ پبلک ہینڈ پمپ سے لیتی تھی۔ امام ضیاالدین، جن کا بیٹا اور بہوان کے ساتھ بدسلوکی کرتے تھے، جلد ہی انجم کے مستقل مہمان بن گئے۔ اب وہ اپنے گھر شاذ ہی جاتے تھے۔ انجم چند کمرے آتے جاتے مسافروں کو کرائے پر دینے لگی (اس کی صرف زبانی پبلسٹی کی گئی تھی)۔ ظاہر ہے کہ جائے وقوع اور اس کے تناظر کے سبب یہاں زیادہ گاہک آنا پسند نہیں کرتے تھے۔ سرائے مالکن کا مزاج اس پر مستزاد تھا۔ یہ بھی کہنا چاہیے کہ بعض اوقات گاہک بھی سرائے مالکن کے خلافِ مزاج ہوتے تھے۔ کس کو رکھے اور کس کو نکال باہر کرے، اس سلسلے میں انجم کا رویہ من مانا اور غیر معقول تھا— کبھی وہ نہایت نامناسب اور نامعقول اکھڑپن سے پیش آتی، جو گالیوں کی حد سے تجاوز کر جاتا تھا (**یہاں کس نے بھیجا ہے؟ دفع ہو جا! جا اپنی گانڑ مرا!**) اور کبھی وہ غیر انسانی، وحشیانہ آواز میں دہاڑنے لگتی تھی۔

گیسٹ ہاؤس کے قبرستان میں واقع ہونے کا فائدہ یہ تھا کہ شہر کی دوسری بستیوں کی طرح، جن میں ممتاز ترین بستیاں بھی شامل تھیں، اسے بجلی کی کٹوتی نہیں جھیلنی پڑتی تھی۔ گرمی کے موسم میں بھی نہیں۔ یہ اس لیے کہ انجم مردہ خانے سے بجلی چراتی تھی جہاں لاشوں کو چوبیس گھنٹے ریفریجریشن کی ضرورت ہوتی تھی۔ (شہر کے کنگلے، جن کی لاشیں وہاں ایرکنڈیشنڈ شان وشوکت میں پڑی رہتیں، جب زندہ تھے تو انھیں کبھی اس قسم کا تجربہ نہیں ہوا۔) انجم نے اپنے گیسٹ ہاؤس کا نام 'جنت' رکھا تھا۔ وہ اپنا ٹی وی رات دن چالو رکھتی۔ اس کا کہنا تھا کہ ذہن کو متوازن رکھنے کے لیے اسے شور شرابے کی ضرورت ہے۔ وہ پابندی سے خبریں دیکھتی تھی جس کے سبب ایک ماہر سیاسی مبصر بن چکی تھی۔ وہ ہندی سیریلوں اور انگریزی فلموں کے چینل بھی دیکھتی۔ اسے ہالی وُڈ کی بی گریڈ ویمپائر فلمیں بہت پسند تھیں اور ایک ہی فلم کئی بار دیکھتی تھی۔ بے شک وہ مکالمے نہ سمجھتی تھی، لیکن ویمپائروں کو بخوبی سمجھ لیتی تھی۔

جنت گیسٹ ہاؤس آہستہ آہستہ ایسے ہیجڑوں کا مرکز بنتا گیا جو کسی نہ کسی وجہ سے سخت نظم وضبط کے پابند اپنے ہیجڑا گھرانوں سے نکل آئے تھے یا نکال دیے گئے تھے۔ قبرستان کے اس نئے گیسٹ

ہاؤس کی خبر جیسے ہی پھیلی، پرانے دوست نمودار ہونے لگے، جن میں سب سے حیران کن آمد نمو گورکھپوری کی تھی۔ جب انجم اور نمو کی ملاقات ہوئی تو انھوں نے ایک دوسرے کو گلے لگالیا اور قسمت کے مارے ایسے عاشقوں کی طرح رونے لگیں جو ایک طویل جدائی کے بعد ملے ہوں۔ نمو ملاقات کے لیے مستقل طور پر آنے لگی، اکثر دو تین دن انجم کے ساتھ گزارتی۔ وہ ایک بھاری بھرکم، زرق برق، گہنوں سے لدی، عطر میں بسی اور سجی سنوری شخصیت میں تبدیل ہو چکی تھی۔ وہ اپنی چھوٹی سی سفید ماروتی 800 میں میوات سے آیا کرتی تھی، جو دلی سے دو گھنٹے کی مسافت پر واقع ہے۔ وہاں اس کے دو فلیٹ اور ایک چھوٹا سا فارم تھا۔ بکروں کی ایک اہم سوداگر بن چکی تھی اور بدیسی نسل کے بکرے بقرعید کے موقعے پر دلی اور بمبئی کے امیر مسلمانوں کو مہنگے داموں فروخت کیا کرتی تھی۔ اس نے ہنس کر اپنی دوست کو تجارت کے داؤ پیچ سمجھائے اور جعلی تکنیکوں سے بکروں کو راتوں رات فربہ کرنے کے گُر بھی۔ نیز عید سے پہلے بکروں کے بازار میں ان کی قیمتیں طے کرنے کی سیاست بالتفصیل سمجھائی۔ اس نے بتایا کہ اگلے سال سے اس کا بزنس آن لائن ہو جائے گا۔ انجم کے ساتھ اس نے طے کیا کہ پرانے وقتوں کی یاد میں وہ لوگ اگلی بقرعید ایک ساتھ قبرستان میں منائیں گی، جس کے لیے نمو کے بکروں میں سے بہترین بکرے کا انتخاب کیا جائے گا۔ اس نے انجم کو اپنے ٹھاٹھ دار، نئے موبائل فون پر اپنے بکروں کے پورٹریٹ دکھائے۔ بکروں کا اب اسے ویسا ہی جنون تھا جیسا کسی زمانے میں مغربی عورتوں کے فیشن کا تھا۔ اس نے انجم کو دکھایا کہ بربرے اور جمنا پاری بکرے میں کیا فرق ہوتا ہے، یا سوجات اور اِٹاوہ کے بکروں کا فرق کس طرح سمجھیں۔ پھر اس نے انجم کو ایک مرغے کا ایم ایم ایس دکھایا جو اپنے بازو پھڑ پھڑاتے ہوئے یوں لگتا تھا کہ ہر بار ''یا اللہ'' کہتا ہے۔ انجم چت ہوگئی۔ **معمولی مرغا تک جانتا ہے!** اس دن کے بعد انجم کا ایمان مزید مستحکم ہوگیا۔

قول کی پکی نمو گورکھپوری نے ایک جوان سیاہ مینڈھا انجم کو تحفے میں دیا، جس کے سینگ کتابِ مقدس میں مذکور مینڈھے کی طرح گھومے ہوئے تھے — بالکل ویسا ہی ماڈل ہے، نمو نے کہا، جسے حضرت ابراہیم نے پہاڑی پر اپنے پیارے بیٹے اسمٰعیل کے بجائے قربان کیا تھا، بس اتنا ہی فرق ہے کہ ان کا مینڈھا سفید تھا۔ انجم نے مینڈھے کو ایک الگ کمرے میں رکھا (اس کی اپنی ساتھی قبر کے ساتھ)

اور بڑے اشتیاق سے اسے پالنے لگی۔ اس نے مینڈھے سے اتنی ہی محبت کرنے کی کوشش کی جتنی حضرت ابراہیم اسمٰعیل سے کرتے تھے۔ آخر یہ محبت ہی تو ہے جو قربانی کو روزمرہ کے عام ذبیحے سے الگ کرتی ہے۔ اس کے گلے کے لیے اس نے گوٹے کناری کا ایک پٹّا بنایا اور پیروں میں گھنگھرو باندھے۔ وہ بھی اس سے محبت کرتا تھا اور وہ جہاں جاتی، ساتھ جاتا تھا۔ (وہ یہ خیال رکھتی کہ جب جب زینب آئے تو پیروں سے گھنگھرو نکال کر مینڈھے کو چھپا دے کیونکہ وہ جانتی تھی کہ ایسا نہ کرنے کا انجام کیا ہوگا۔) اس سال جب بقرعید قریب آئی تو پرانے شہر میں قربانی کے منتظر ناکارہ اونٹوں (جن کے گودنے ملکے پڑ چکے تھے)، بھینسوں اور بڑے بڑے بکروں کی ریل پیل ہوگئی جو چھوٹے گھوڑوں کے سائز کے تھے۔ انجم کا مینڈھا خوب بڑا ہو چکا تھا، تقریباً چار فٹ اونچا، نرم گوشت اور پٹھوں والا، زرد ترچھی آنکھوں والا۔ اسے ایک نظر دیکھنے کے لیے بہت سے لوگ قبرستان آیا کرتے تھے۔

قربانی کے لیے انجم نے شاہجہان آباد کے قصائیوں میں نئی فصل کے ابھرتے ستارے عمران قریشی کو بُک کیا۔ اس کی بکنگ پہلے ہی کئی جگہ طے تھی، اس لیے وہ بولا کہ سہ پہر سے پہلے نہیں آسکے گا۔ جب بقرعید کا دن طلوع ہوا، انجم جانتی تھی کہ اگر وہ پرانے شہر جا کر عمران قریشی کو اپنے ساتھ نہ لائی تو گھُس پیٹھیے اپنے نمبر کے بغیر اسے بیچ میں ہی اچک لے جائیں گے۔ مردانہ حلیے میں، صاف ستھرا، استری کیا ہوا پٹھانی سوٹ پہنے، انجم نے صبح کا سارا وقت عمران کے پیچھے پیچھے، گھر گھر، گلی گلی جا کر گزارا، جبکہ وہ خود اپنے کاروبار میں مشغول رہا۔ اس کا آخری اپائنٹمنٹ ایک سیاستداں کے ہاں تھا — ایک سابق ایم ایل اے جس کی گزشتہ الیکشن میں بھاری ووٹوں سے شرمناک ہار ہوئی تھی۔ شکست کا اثر کم کرنے اور اپنے انتخابی حلقے کو یہ دکھانے کے لیے کہ وہ اگلے الیکشن کی تیاریاں کر رہا ہے، اس نے دینداری کی شاندار نمائش کا فیصلہ کیا تھا۔ ایک چکنی، موٹی، تیل لگی اور چمکتی ہوئی بھینس کو ان تنگ گلیوں میں، جن کی چوڑائی بھینس کے برابر ہی تھی، کھینچ کر اس چوراہے کی طرف لے جایا گیا جہاں پچھاڑنے کے لیے جگہ ذرا کشادہ تھی۔ آڑی کھڑی ہوئی، بجلی کے کھمبے سے بندھی، اگلی دونوں ٹانگیں رسی سے جکڑی، وہ اس جگہ میں جیسے تیسے فٹ ہوگئی جو گلی کا چوک کہلاتا تھا۔ نئے کپڑوں میں ملبوس اور جوش سے معمور لوگ عمران کو بھینس ذبح کرتے دیکھنے کے لیے دروازوں، کھڑیوں، چھوٹے چھجوں اور چھتوں پر

جمگھٹے لگائے تھے۔ دبلا پتلا، خاموش اور بے تصنع عمران بھیڑ میں راستہ بناتا ہوا نمودار ہوا۔ ہجوم کی بھنبھناہٹ جیسے ہی شور میں بدلنے لگی، بھینس کی جلد کپکپانے لگی اور اس کی آنکھیں گردش کرنے لگیں۔ اس کا بھاری سر، جس کے سینگ پیچھے کی جانب لمبوتری محراب کی صورت میں گھومے ہوئے تھے، آگے پیچھے یوں جھومنے لگا جیسے اسے کلاسیکی محفلِ موسیقی میں وجد آ گیا ہو۔ جوڈو کے ایک پھرتیلے داؤ کے ساتھ عمران اور اس کے مددگار نے اسے پہلو کے بل گرا دیا۔ ایک لمحے میں عمران نے اس کے گلے کی رگیں کاٹ دیں اور خود کود کر خون کے اس فوارے کے سامنے سے ہٹ گیا جو ہوا میں اچھل رہا تھا، اور جس کا آہنگ بھینس کے ڈوبتے ہوئے دل کی دھڑکن کے ساتھ ہم آہنگ تھا۔ خون کا فوارہ دُکانوں کے بند شٹروں سے ٹکرایا اور دیواروں پر چسپاں پھٹے پرانے پوسٹروں میں سیاستدانوں کے مسکراتے ہوئے چہروں سے بھی۔ وہ گلی میں بہتا ہوا کھڑی ہوئی موٹر سائیکلوں، اسکوٹروں، رکشوں اور سائیکلوں کے قریب سے گزرا۔ جڑاؤ چپلیں پہنے ننھی لڑکیاں چیخیں مارتی اس کے راستے سے ہٹ گئیں۔ ننھے لڑکوں نے بے نیازی کا بہانہ کیا، جب کہ نسبتاً شریر لڑکے سرخ تالاب میں دھیرے دھیرے کودنے اور اپنے جوتوں کے خونیں نشانوں کو تعریفی نظر سے دیکھنے لگے۔ بھینس کی جان نکلنے میں تھوڑا وقت لگا۔ جب وہ مر گئی تو عمران نے اسے چاک کیا اور اس کے اندرونی اعضا نکال کر گلی میں ڈالنے لگا — دل، گردے، تلّی، پپِتا، جگر، آنتیں۔ چونکہ گلی ڈھلواں تھی، وہ یوں پھسلنے لگے جیسے عجیب ڈھب کی کشتیاں خون کی ندی میں چل رہی ہوں۔ عمران کے مددگار نے انھیں سنبھالا اور قدرے سپاٹ جگہ پر رکھ دیا۔ کھال اتارنے اور ٹکڑے کرنے کا کام سپورٹنگ کاسٹ کو کرنا تھا۔ سپر اسٹار نے اپنے بغدے کو کپڑے سے صاف کیا، ہجوم کا جائزہ لیا، انجم سے نظریں ملائیں اور سر کو خفیف سی جنبش دی۔ پھر وہ ہجوم میں گھسا اور نکلتا چلا گیا۔ انجم پیچھے لپکی اور اگلے چوک پر اسے جا لیا۔ سڑکیں چل رہی تھیں۔ بکروں کی کھالیں، بکروں کے سینگ، بکروں کے سر، بکروں کے بھیجے اور بکروں کی آلائشیں جمع کی جا رہی تھیں، چھانٹی جا رہی تھیں اور ان کے ڈھیر لگائے جا رہے تھے۔ آنتوں سے گوبر نکالا جا رہا تھا، جنھیں بعد اچھی طرح صاف کر کے اور ابال کر صابن اور گوند بنایا جانا تھا۔ بلیاں لذیذ مالِ غنیمت لے کر بھاگ رہی تھیں۔ کچھ بھی ضائع نہیں ہونا تھا۔

انجم اور عمران ترکمان گیٹ تک پیدل گئے اور وہاں سے انھوں نے قبرستان کے لیے آٹو رکشہ

لے لیا۔

انجم نے، جو فی الوقت اپنے گھر کا مرد تھی، اپنے خوبصورت مینڈھے پر چھری کو بلند کیا اور دعا پڑھی۔ عمران نے اس کی گردن کی رگیں کاٹ دیں اور اسے پکڑے رکھا، جب تک کہ مینڈھے کا بدن لرزتا رہا اور اس سے خون ابلتا رہا۔ بیس منٹ کے اندر اندر مینڈھے کی کھال اتار دی گئی، اس کے متناسب ٹکڑے کر دیے گئے، اور عمران چھومنتر۔ انجم نے مٹن کے چھوٹے چھوٹے پارسل بنائے تا کہ قربانی کا گوشت اصول کے مطابق تقسیم کیا جا سکے: ایک تہائی اہلِ خانہ کے لیے، ایک تہائی عزیز و اقارب کے لیے اور ایک تہائی غریب غربا کے لیے۔ اس نے روشن لال کو، جو اسے عید کی مبارکباد دینے آئے تھے، پلاسٹک کی تھیلی میں زبان اور ران کا ایک پارچہ دیا۔ بہترین ٹکڑے اس نے زینب (جو بارہ برس کی ہو چکی تھی) اور استاد حمید کے لیے رکھ لیے۔

نشہ بازوں نے اس رات ڈٹ کر کھایا۔ انجم، نمو گورکھپوری اور امام ضیاالدین چھت پر جا بیٹھے اور انھوں نے تین طرح کے سالن اور ڈھیر سی بریانی کی ضیافت اڑائی۔ نمو نے انجم کو موبائل فون تحفے میں دیا جس میں مرغے کا ایم ایم ایس پہلے ہی انسٹال کرا دیا تھا۔ انجم نے اسے گلے لگا لیا اور کہنے لگی کہ اسے اب یوں لگ رہا ہے جیسے خدا سے سیدھے لائن مل گئی ہو۔ انھوں نے ایم ایم ایس کوئی مرتبہ دیکھا۔ امام ضیاالدین کو وِڈیو کی تفصیل سمجھائی، جنھوں نے اسے اپنی آنکھوں سے سنا لیکن اس کی گواہی والی اہمیت سے اتنے متاثر نہ ہوئے جتنی وہ دونوں تھیں۔ پھر انجم نے نئے فون کو حفاظت سے اپنی چھاتی میں اُڑس لیا۔ یہ فون اس نے کھویا نہیں۔ چند ہفتوں کے اندر، گپتا جی کو اپنے ڈرائیور کی مہربانی سے، جو اپنے باس کے پیغام اب بھی انجم کے پاس لاتا تھا، اس کا نیا فون نمبر مل گیا اور وہ عراق سے ازسرِ نو اس کے رابطے میں آ گئے، جہاں شاید انھوں نے رہنے کا فیصلہ کر لیا ہے۔

بقرعید کے اگلے روز، صبح کے وقت جنت گیسٹ ہاؤس نے اپنے دوسرے مستقل مہمان کو خوش آمدید کہا — ایک نوجوان کو، جو خود کو صدام حسین کہتا تھا۔ انجم اسے جانتی کم تھی اور پسند زیادہ کرتی تھی، اس لیے بہت معمولی کرائے پر کمرہ دینے کو راضی ہو گئی — اس سے بھی کم جتنے میں اسے پرانے شہر میں

کمرہ ملتا۔

جب صدام سے انجم کی پہلی ملاقات ہوئی تھی، وہ مردہ گھر میں کام کرتا تھا۔ وہ ان دس نوجوانوں میں شامل تھا جن کا کام لاشیں سنبھالنا تھا۔ ہندو ڈاکٹر، جن کا کام پوسٹ مارٹم کرنا تھا، خود کو اعلیٰ ذات کا سمجھتے تھے اور ناپاک ہونے کے ڈر سے لاشوں کو خود نہیں چھوتے تھے۔ جو لوگ فی الحقیقت لاشوں کو سنبھالتے اور ان کا پوسٹ مارٹم کرتے تھے، بطور صفائی کرمچاری بھرتی ہوئے تھے اور ان کا تعلق صفائی کرنے والی اور چمڑا کمانے والی اس ذات سے تھا جو 'چمار' کہلاتی ہے۔ بیشتر ہندوؤں کی طرح ڈاکٹر بھی انھیں گری نظر سے دیکھتے اور اچھوت سمجھتے تھے۔ اپنی اپنی ناک رومال سے ڈھک کر ڈاکٹر فاصلے پر کھڑے ہو جاتے اور اسٹاف کو چلاّ چلاّ کر ہدایتیں دیتے کہ لاش کو کس جگہ سے کاٹیں اور اندر کے اعضا اور آلائش کا کیا کریں۔ مردہ گھر میں کام کرنے والے صفائی کرمچاریوں میں صدام تنہا مسلمان تھا۔ ان کی طرح وہ بھی تقریباً سرجن بن چکا تھا۔

صدام ہنس مکھ تھا اور اس کی پلکیں ایسی کہ لگتا جیسے کسرت کر کے جم سے نکلی ہوں۔ وہ انجم کو ہمیشہ محبت سے سلام کرتا اور اکثر اس کے چھوٹے موٹے کام کر دیا کرتا تھا — اس کے لیے انڈے اور سگریٹیں خرید لاتا (سبزی خریدنے میں وہ کسی پر بھروسہ نہیں کرتی تھی) اور جب جب اس کی کمر میں درد ہوتا، پمپ سے بالٹی میں پانی بھر لاتا۔ کبھی کبھار، جب مردہ گھر میں کام کا دباؤ ذرا کم ہوتا (عموماً ستمبر سے نومبر کے درمیان، جب لوگ سڑکوں پر گرمی، سردی یا ڈینگو کے سبب مکھیوں کی طرح نہیں مرتے)، وہ ملنے چلا آتا۔ انجم اس کے لیے چائے بناتی اور وہ مل کر سگریٹ پیتے۔ ایک دن وہ بتائے بغیر غائب ہو گیا۔ جب انجم نے پوچھا تو اس کے ساتھیوں نے بتایا کہ ایک ڈاکٹر سے اس کی تکرار ہو گئی تھی اور اسے برخاست کر دیا گیا ہے۔ بقرعید کے بعد، اگلی صبح جب وہ نمودار ہوا، پورے ایک سال بعد، تو ذرا مریل، ذرا لٹا پٹا نظر آرہا تھا اور اس کے ساتھ اتنی ہی مریل اور لٹی پٹی ایک سفید گھوڑی بھی تھی، جس کا نام اس نے پایل بتایا۔ وہ جدید طرز کے لباس میں تھا، جینز اور سرخ ٹی شرٹ میں، جس پر لکھا تھا: *Your Place or Mine?* وہ گھر کے اندر بھی دھوپ کا چشمہ لگائے رہا۔ اس پر انجم نے چھیڑا تو مسکرانے لگا اور بولا کہ اسٹائل سے اس کا کچھ لینا دینا نہیں۔ اس نے ایک عجیب کہانی سنائی کہ کس طرح ایک درخت نے اس

کی آنکھیں جھلسا دیں۔

صدام نے بتایا کہ جب اسے مردہ گھر کی نوکری سے نکال دیا گیا تو وہ طرح طرح کی نوکریاں بدلتا رہا— ایک دکان میں ہیلپر رہا، بس کنڈکٹر کا کام کیا، نئی دہلی ریلوے اسٹیشن پر اخبار بیچے اور انتہائی پریشانی کے دنوں میں ایک کنسٹرکشن سائٹ پر اس نے اینٹیں بچھانے کا کام کیا۔ وہاں ایک سکیورٹی گارڈ سے دوستی ہوگئی، جو اسے اپنے ساتھ اپنی باس سنگیتا میڈم سے ملانے لے گیا، اس امید میں کہ وہ شاید اسے نوکری دے دے۔ سنگیتا میڈم ایک فربہ اور خوش مزاج بیوہ تھی، جو اپنی ہنسوڑ طبیعت اور بالی وُڈ کے نغموں سے محبت کے باوجود خاصی سخت دل ٹھیکے دار تھی۔ اس کی کمپنی، سیف اینڈ ساؤنڈ گارڈ سروس (SSGS) پانچ سو سکیورٹی گارڈوں کی فوج سنبھالتی تھی۔ اس کا آفس جو بوتلوں کی ایک فیکٹری کے بیسمنٹ میں تھا، اُس نئی صنعتی پٹّی میں واقع تھا جو دہلی کی باہری حدود پر ابھر آئی تھی۔ اس کے روسٹر میں کام کرنے والے آدمیوں کو دن میں بارہ گھنٹے اور ہفتے میں چھ دن کام کرنا پڑتا تھا۔ ان کی تنخواہ کا ساٹھ فی صد سنگیتا میڈم کا کمیشن ہوتا تھا، جسے ادا کرنے کے بعد ان کے پاس بمشکل اتنا بچتا تھا کہ کھانا مل جائے اور سروں کو چھت۔ اس کے باوجود ہزاروں لوگوں کے جھنڈ اس کے پاس آتے تھے— ریٹائرڈ فوجی، برخاست شدہ مزدور، شہر میں تازہ وارد ہونے والے پریشان حال دیہاتی جو ریلوں میں بھر بھر کر آتے، خواندہ آدمی، ناخواندہ آدمی، بھرے پیٹ آدمی، بھوکے آدمی۔ ''وہاں بہت سی سکیورٹی کمپنیاں تھیں جن کے آفس پاس پاس تھے،'' صدام نے انجم کو بتایا۔ ''کیا ہی نظارہ ہوتا تھا جب ہر مہینے کی پہلی تاریخ کو تنخواہ کے لیے سب جمع ہوتے... ہزاروں لوگ... یوں لگتا تھا کہ شہر میں بس تین طرح کے لوگ رہتے ہیں— سکیورٹی گارڈ، وہ لوگ جنھیں سکیورٹی گارڈوں کی ضرورت ہے، اور چور۔''

سنگیتا میڈم ان مالکوں میں سے تھی جو بہتر اجرت دیتے ہیں۔ اس لیے اسے اپنی پسند کے لوگ مل جاتے تھے۔ وہ صرف ایسے لوگ بھرتی کرتی جو نسبتاً کھائے پیے لگتے ہوں اور پھر انھیں آدھا دن کی تربیت دیتی تھی۔ بنیادی طور پر وہ انھیں یہ سکھاتی کہ کس طرح سیدھے کھڑے رہو، کس طرح سلیوٹ کرو، کس طرح ''یس سر''، ''نو سر''، ''گڈ مارننگ سر''، گڈ نائٹ سر'' کہو۔ وہ انھیں ایک ٹوپی، گانٹھ لگی ٹائی جس میں اِلاسٹک کا پھندا لگا ہوتا ہے، اور دو جوڑی وردیوں سے آراستہ کرتی، جن کے کندھے پر

SSGC کشیدہ ہوتا۔ (انھیں وردیوں کی قیمت سے زیادہ رقم جمع کرانی پڑتی تھی تاکہ وہ انھیں لے کر بھاگ نہ سکیں۔) اس نے اپنی یہ چھوٹی سی فوج سارے شہر میں پھیلا رکھی تھی۔ وہ گھروں کی، اسکولوں کی، فارم ہاؤسوں کی، بنکوں کی، اے ٹی ایموں کی، دوکانوں کی، شاپنگ مالوں کی، سنیما ہالوں کی، گیٹ والی ہاؤسنگ سوسائٹیوں کی، ہوٹلوں کی، ریستورانوں کی اور نسبتاً غریب ملکوں کی ایمبیسیوں اور ہائی کمیشنوں کی نگہبانی کرتے تھے۔ صدام نے بتایا کہ اس نے سنگیتا میڈم کو اپنا نام دَیا چند بتایا تھا (کیونکہ ہر احمق کو معلوم ہے کہ آج کے ماحول میں مسلم نام والے سکیورٹی گارڈ کا ہونا اپنے آپ میں الٹی بات سمجھی جائے گی)۔ خواندہ، خوش شکل اور صحت مند ہونے کی وجہ سے اسے ملازمت آسانی سے مل گئی۔ ''میں تم پر نظر رکھوں گی،'' کام کے پہلے ہی دن اسے سر سے پیر تک تعریفی نظروں سے دیکھتے ہوے سنگیتا میڈم نے کہا تھا۔ ''اگر تم نے ثابت کر دیا کہ تم اچھے ورکر ہو تو تین مہینے میں تمھیں سُپر وائزر بنا دوں گی۔'' اس نے صدام کو بارہ آدمیوں کی ٹیم کے ساتھ نیشنل گیلری آف ماڈرن آرٹ بھیج دیا جہاں ہندوستان کے معاصر فنکاروں میں سب سے مشہور آرٹسٹ اپنا سولو شو کر رہا تھا۔ اس کا تعلق ایک چھوٹے سے شہر سے تھا اور اسے بین الاقوامی شہرت حاصل تھی۔ اسی کی نمائش کی سکیورٹی کا ذیلی ٹھیکہ سیف این ساؤنڈ کو ملا تھا۔

نمائش میں اسٹین لیس اسٹیل سے بنی روزمرہ کی مصنوعات شامل تھیں — اسٹیل کی ٹنکیاں، اسٹیل کی موٹر سائیکلیں، اسٹیل کے ترازو جن کے ایک پلے میں اسٹیل کے پھل اور دوسرے میں اسٹیل کے باٹ تھے؛ اسٹیل کے کپڑوں سے بھری ہوئی اسٹیل کی الماریاں، اسٹیل کی ڈائننگ ٹیبل، جس پر اسٹیل کی پلیٹوں میں اسٹیل کا کھانا لگا تھا؛ اسٹیل کی ٹیکسی جس کے اسٹیل کے لگیج ریک میں اسٹیل کا لگیج تھا۔ یہ مصنوعات جو اپنی حقیقت نمائی کی وجہ سے غیرمعمولی تھیں، خوب جھلملاتی تھیں اور گیلری کے بہت سے کمروں میں نمائش کے لیے سجی ہوئی تھیں۔ ہر کمرے کی حفاظت کے لیے سیف این ساؤنڈ کے دو دو گارڈ تعینات تھے۔ صدام نے بتایا کہ ان میں سب سے سستی نمائش کے دام بھی دو کمروں والے ایل آئی جی (لوئر انکم گروپ) فلیٹ کے برابر تھے۔ اس کے تخمینے کے مطابق ساری نمائشوں کی قیمت کل ملا کر ایک ہاؤسنگ کالونی کے برابر تھی۔ ''آرٹ فرسٹ'' نام کی ایک معروف آرٹ میگزین، جو اسٹیل کے ایک معروف صنعت کار کی ملکیت تھی، اس شو کی بنیادی اسپانسر تھی۔

صدام (دَیا چند) کو اکیلے ہی شو کی سب سے اہم نمائش کا چارج دیا گیا تھا— یہ نفاست سے بنا اسٹیل کا برگد تھا، پیمائش میں آدھا لیکن دیکھنے میں بالکل اصلی جیسا، جس کی اسٹین لیس اسٹیل کی جٹائیں شاخوں سے نیچے زمین تک لٹکی ہوئی تھیں، جن سے اسٹیل کا ایک باغیچہ سا بن گیا تھا۔ درخت نیویارک کی گیلری سے پانی کے جہاز پر چڑھا کر لکڑی کے ایک دیوہیکل کریٹ میں لایا گیا تھا۔ صدام نے اسے کریٹ سے نکال کر نیشنل گیلری کے لان میں رکھوائے جاتے دیکھا، جسے پھر پیچوں کی مدد سے زمین میں لگا دیا گیا۔ اس کی شاخوں پر اسٹین لیس اسٹیل کی بالٹیاں، اسٹین لیس اسٹیل کے ٹفن کیریئر اور اسٹین لیس اسٹیل کے برتن بھانڈے لٹکے ہوے تھے۔ (بالکل یوں کہ جیسے اسٹین لیس اسٹیل کے مزدوروں نے اپنا اپنا اسٹین لیس اسٹیل کا لنچ لٹکا دیا ہو اور وہ خود اپنے اسٹین لیس اسٹیل کے کھیت جوت رہے ہوں اور ان کھیتوں میں اسٹین لیس اسٹیل کے بیج بو رہے ہوں۔)

''بس یہی میری سمجھ میں بالکل نہیں آیا تھا،'' صدام نے انجم کو بتایا۔

''اور باقی سب سمجھ میں آ گیا تھا؟'' انجم نے ہنستے ہوے پوچھا۔

اس آرٹسٹ نے، جو برلن میں رہتا تھا، سخت ہدایات بھیجی تھیں کہ وہ نہیں چاہتا کہ درخت کے گرد کوئی حفاظتی گھیرا یا دیوار ہو۔ وہ چاہتا تھا کہ دیکھنے والے اس کے فن کے ساتھ براہِ راست مکالمہ قائم کریں، بلا رکاوٹ۔ انھیں یہ اجازت تھی کہ چاہیں تو درخت کو چھو کر دیکھیں، جٹاؤں کے باغیچے کی سیر کریں۔ بیشتر لوگ ایسا کرتے تھے، صدام نے بتایا، سوائے اس وقت کے جب سورج بلندی پر ہوتا اور اسٹیل کو چھونے سے انگلیاں جلنے لگتیں۔ صدام کا کام اس پر نظر رکھنا تھا کہ اسٹیل کے درخت کو کھرچ کر کوئی اپنا نام نہ لکھے یا اسے کسی اور طرح سے نقصان نہ پہنچائے۔ اس کی یہ بھی ذمہ داری تھی کہ درخت کو صاف ستھرا رکھے اور لوگوں کے چھونے سے جو نشان پڑ جاتے ہیں انھیں صاف کرتا رہے۔ اس کام کے لیے اسے خصوصی طور پر تیار کی گئی سیڑھی، جانسن بے بی آئل اور پرانی نرم ساڑیوں کی دھجیاں دی گئی تھیں۔ یہ ایک ناقابلِ عمل طریقہ لگتا تھا لیکن دراصل کارگر تھا۔ اس نے بتایا کہ درخت کو صاف رکھنا مسئلہ نہیں تھا۔ مسئلہ اس پر تب نظر رکھنا تھا جب سورج منعکس ہوتا تھا۔ یہ ایسا ہی تھا جیسے سورج پر نظر رکھنے کو کہا جائے۔ دو دن گزرنے کے بعد صدام نے سنگیتا میڈم سے کہا کہ اسے دھوپ کا چشمہ پہننے کی

اجازت دی جائے۔ اس کی درخواست یہ کہہ کر نامنظور کر دی گئی کہ یہ مناسب نہیں لگے گا اور میوزیم کا مینجمنٹ اسے ہرگز برداشت نہیں کرے گا۔ چنانچہ صدام نے درخت کی طرف دیکھنے کی ایک تکنیک ایجاد کر لی۔ وہ اس کی جانب چند منٹ تک دیکھتا تھا اور پھر نظریں ہٹا لیتا تھا۔ اس کے باوجود، جب تک سات ہفتے گزرے اور اسے کریٹ پر چڑھا کر جہاز سے ایمسٹرڈم کے لیے روانہ کیا گیا، جہاں آرٹسٹ کا اگلا شو ہونا تھا، صدام کی آنکھیں جھلس چکی تھیں۔ ان میں شدید چبھن ہوتی اور مسلسل پانی بہتا تھا۔ اس نے اندازہ لگایا کہ وہ اگر دھوپ کا چشمہ نہ لگائے تو دن کی روشنی میں آنکھیں کھولنا ممکن نہیں۔ سیف این ساؤنڈ گارڈ سروس سے اسے نکال دیا گیا کیونکہ ان کے لیے ایک ایسا معمولی گارڈ کسی کام کا نہیں تھا جو فلمی ستاروں کے باڈی گارڈ جیسا لگتا ہو۔ سنگیتا میڈم نے کہا کہ اس نے انھیں بہت مایوس کیا ہے اور ان کی توقعات توڑ دی ہیں۔ ردِعمل میں اس نے سنگیتا میڈم کو چند خوفناک گالیوں سے نوازا۔ اسے باقاعدہ اٹھا کر آفس سے باہر پھینک دیا گیا۔

جب صدام نے بتایا کہ اس نے کون سی گالیوں سے نوازا تھا تو انجم تعریفاً کھلکھلا کر ہنس پڑی۔ اس نے وہ کمرہ اسے رہنے کو دیا جو اس نے اپنی بہن بی بی عائشہ کی قبر کے گرد بنایا تھا۔

صدام نے غسل خانے سے متصل ایک عارضی اصطبل پائل کے لیے بنا لیا۔ وہ وہاں ساری رات کھڑی رہتی، قبرستان میں سونگھتی اور ہنہناتی۔ رات کی زرد گھوڑی۔ دن میں وہ صدام کی بزنس پارٹنر بن جاتی۔ صدام اور وہ شہر کے بڑے اسپتالوں کے چکر لگاتے۔ وہ اسپتال کے پھاٹک پر ڈیرہ ڈالتا اور چھوٹی سی ہتھوڑی سے گھوڑی کے کسی کھر کو کھٹکھٹانے میں گہری فکر کے ساتھ مشغول ہو جاتا، کچھ یوں جیسے نعل ٹھوک رہا ہو۔ پائل اس ڈھونگ میں بخوبی ساتھ دیتی۔ جب زیادہ بیمار مریضوں کے پریشان رشتہ دار اس کے پاس آتے تو صدام احسان جتانے کے انداز میں گھوڑے کی پرانی نعل انھیں دینے کو راضی ہو جاتا تاکہ نعل ان کے لیے نیک شگون لے کر آئے۔ قیمتاً۔ وہ دواؤں کی سپلائی بھی کرتا تھا — چند اینٹی بایوٹکس جو عام طور پر تجویز کی جاتی ہیں، کروسین، کھانسی کا سیرپ اور بہت سی جڑی بوٹیاں — جنھیں وہ ان لوگوں کو بیچتا تھا جو دلی کے آس پاس کے دیہات سے سرکاری اسپتالوں میں علاج کی غرض سے آتے تھے۔ بیشتر لوگ اسپتال کے گراؤنڈ میں یا سڑکوں پر ہی ڈیرہ ڈالتے کیونکہ وہ اتنے غریب ہوتے کہ شہر

میں کسی بھی طرح کی رہائش کا کرایہ نہیں دے سکتے تھے۔ رات کو صدام پایل پر سوار، ویران ہو چکی سڑکوں پر کسی شہزادے کی طرح چلتا ہوا گھر پہنچتا۔ اس کے کمرے میں گھوڑے کی نعلوں سے بھرا تھیلا رکھا تھا۔ ایک نعل اس نے انجم کو دی تھی جو اس نے دیوار پر ٹنگی اپنی پرانی غلیل کے قریب لٹکا دی تھی۔ صدام کی دیگر تجارتی دلچسپیاں بھی تھیں۔ شہر کے مخصوص مقامات پر وہ کبوتروں کا دانہ بیچتا تھا، جہاں موٹر والے خدا کی اس مخلوق کو دانہ کھلا کر فوری ثواب حاصل کرنے کے لیے رکتے تھے۔ جس دن صدام اسپتال نہیں جاتا تھا، انھی جگہوں پر دانے کی چھوٹی چھوٹی تھیلیاں اور ریزگاری لیے موجود ہوتا۔ جب موٹر والا رخصت ہو جاتا تو وہ اکثر و بیشتر دانہ سمیٹ کر پھر سے تھیلی میں بھر لیتا، جس پر کبوتر خاصے برہم نظر آتے۔ پھر وہ اگلے گاہک کا انتظار کرنے لگتا۔ یہ سب کرنا — کبوتروں کے ساتھ دھوکا دھڑی اور مریضوں کے رشتہ داروں کا استحصال — تھکانے والا کام تھا، خصوصاً گرمیوں میں۔ اور آمدنی غیر مستقل۔ لیکن بنیادی اہمیت اس بات کی تھی کہ ان میں سے کسی بھی کام میں کسی باس سے واسطہ نہیں پڑتا تھا۔

جب صدام رہنے کے لیے آ گیا تو جلد ہی انجم نے اور اس نے ایک اور نیا کاروبار شروع کر دیا، جس میں امام ضیاالدین بھی پارٹنر تھے۔ یہ کاروبار محض اتفاق سے شروع ہوا تھا اور آپ ہی آپ چل نکلا۔ ایک شام انور بھائی، جو قریب ہی جی بی روڈ پر چکلہ چلاتے تھے، روبینہ کی لاش لیے ہوئے قبرستان آئے، جو اُن کے چکلے کی لڑکیوں میں سے ایک تھی اور اپینڈکس پھٹنے سے اچانک مر گئی تھی۔ وہ برقعے والی آٹھ نو جوان عورتوں کے ساتھ آئے تھے، جن کے ساتھ تین برس کا ایک لڑکا بھی تھا۔ یہ انور بھائی کا بیٹا تھا، انھی میں سے کسی ایک سے۔ وہ سب پریشانی اور غصے میں تھے، صرف روبینہ کی موت کی وجہ سے نہیں، بلکہ اس لیے بھی کہ اسپتال نے جب لاش لوٹائی تو اس کی آنکھیں غائب تھیں۔ اسپتال والوں نے بتایا تھا کہ اس کی آنکھیں مردہ گھر میں چوہوں نے کھا لی ہیں۔ لیکن انور بھائی اور روبینہ کی رفقاے کار کو یقین تھا کہ روبینہ کی آنکھیں کسی ایسے شخص نے چرا لی ہیں جسے معلوم تھا کہ طوائفوں کی ٹولی اور ان کے دلال کی طرف سے پولیس میں شکایت درج کرانے کا امکان نہیں ہے۔ جیسے یہ مصیبت کافی نہ تھی، موت کے سرٹیفکیٹ پر لکھے پتے (جی بی روڈ) کے سبب انور بھائی روبینہ کی لاش کو غسل دینے کے لیے کوئی حمام نہ ڈھونڈ سکے، نہ دفنانے کے لیے کوئی قبرستان، اور نہ نمازِ جنازہ پڑھانے کے لیے کوئی امام۔

صدام نے ان سے کہا کہ وہ بالکل صحیح جگہ آئے ہیں۔ اس نے انھیں بیٹھنے کے لیے کہا اور ٹھنڈا لاکر پینے کو دیا۔ اس دوران اس نے خود گیسٹ ہاوس کے پیچھے چار لاٹھیاں گاڑ کر ان کے گرد انجم کے پرانے دوپٹے لپیٹ کر باڑا تیار کردیا۔ باڑے کے اندر اس نے چند اینٹیں رکھ کر ان پر پلائی کا ایک تختہ بچھا دیا۔ اسے پلاسٹک کی چادر سے ڈھکا اور عورتوں سے کہا کہ روبینہ کی میت کو اس پر رکھ دیں۔ اس نے اور انور بھائی نے ہینڈ پمپ سے بالٹیوں اور رنگ روغن کے پرانے ڈبوں میں پانی بھرا اور انھیں عارضی طور پر بنائے گئے حمام میں لاکر رکھ دیا۔ لاش پہلے ہی اکڑ چکی تھی، چنانچہ کاٹ کر روبینہ کا لباس ہٹایا گیا۔ (اس کے لیے صدام نے ریزر بلیڈ لاکر دیا۔) لاش پر کوّوں کے جھنڈ کی طرح پھڑپھڑاتی ہوئی عورتوں نے محبت کے ساتھ اسے غسل دیا۔ اس کی گردن، کانوں اور انگوٹھوں پر صابن لگایا۔ اتنی ہی محبت سے انھوں نے ایک دوسرے پر تیز نگاہ رکھی کہ کہیں لالچ میں آکر کوئی چوڑی، بچھوا، یا اس کے گلے کا خوبصورت لاکٹ اپنی جیب میں نہ کھسکا لے۔ (سارا زیور — نقلی، اصلی دونوں طرح کا — انور بھائی کے حوالے کیا جانا تھا۔) مہرالنسا اس پر پریشان تھی کہ پانی کہیں زیادہ ٹھنڈا نہ ہو۔ سلیکھا کا اصرار تھا کہ روبینہ نے اپنی آنکھیں کھولی تھیں اور پھر بند کرلی تھیں (اور جہاں اس کی آنکھیں تھیں وہاں سے مقدس نور کی کرنیں پھوٹ رہی تھیں)۔ زینت اس کے لیے کفن خریدنے چلی گئی۔ جب روبینہ کو اپنے آخری سفر کے لیے تیار کیا جارہا تھا تو انور بھائی کا ننھا سا بیٹا، ڈینم جینز پہنے اور سر پر نماز کی ٹوپی لگائے ادھر ادھر چکر کاٹ رہا تھا۔ وہ گہرے گلابی رنگ کے نئے کروکس (نقلی) پہنے ہوئے تھا جن پر پھول لگے تھے۔ ان کی نمائش کے خیال سے وہ بطخ کی چال سے یوں چل رہا تھا جیسے کریملن کا گارڈ ہو۔ انجم نے اسے کرکروں کا پیکٹ دیا جس سے نکال کر کُرکُرے چباتے ہوئے وہ کرکراہٹ کی آوازیں زور زور سے نکال رہا تھا۔ کبھی کبھی وہ پردے کے اندر یہ جھانکنے کی کوشش کرتا کہ اس کی ماں اور اس کی خالائیں (جنھیں اپنی مختصر سی زندگی میں اس نے کبھی برقعے میں نہیں دیکھا تھا) کیا کررہی ہیں۔

جب تک لاش کو غسل دے کر، خشک کرکے، خوشبو لگا کر اور کفن پہنا کر تیار کیا گیا، صدام نے دو نشہ بازوں کی مدد سے کافی گہری قبر کھود دی تھی۔ امام ضیاالدین نے نمازِ جنازہ پڑھائی اور میت قبر میں اتاردی گئی۔ انور بھائی نے، جو راحت اور تشکر کے جذبے سے سرشار تھے، انجم کو پانچ سو روپے دینے کی

کوشش کی۔ اس نے لینے سے انکار کر دیا۔ صدام نے بھی انکار کر دیا۔ لیکن وہ ان لوگوں میں نہ تھا جو بزنس کے موقعے یوں گنوا دیتے ہیں۔

ایک ہفتے کے اندر جنت گیسٹ ہاؤس نے کفن دفن کے پارلر کے طور پر کام کرنا شروع کر دیا۔ باقاعدہ حمام تعمیر کیا گیا، جس پر ازبسٹوس کی چھت ڈلوائی گئی اور میت کو لٹانے کے لیے سیمنٹ کا چبوترہ بنوایا گیا۔ کتبے، کفن، خوشبودار ملتانی مٹی (جسے لوگ صابن پر ترجیح دیتے تھے) اور پانی کی بالٹیوں کی سپلائی مستقل ہو گئی۔ ایک رہائشی امام موجود تھا جسے دن میں، رات میں، کسی بھی وقت بلوایا جا سکتا تھا۔ میّتوں کے لیے اصول پراسرار تھے (ویسے ہی جیسے گیسٹ ہاؤس میں رہنے والوں کے لیے بھی تھے)— یا تو گرم جوشی کی استقبالیہ مسکراہٹیں یا انکار کی نامعقول دہاڑیں، جن کا انحصار خدا جانے کس بات پر تھا۔ ایک واضح معیار یہ تھا کہ ''جنت کفن دفن مرکز'' کے تحت صرف انھی کو دفن کیا جائے گا جنھیں 'دنیا' کے قبرستانوں اور اماموں نے مسترد کر دیا ہو۔ کبھی بہت دنوں تک کوئی تدفین نہ ہوتی اور کبھی بھرمار ہو جاتی۔ ان کا ریکارڈ ایک دن میں پانچ مردے دفنانے کا تھا۔ بعض مرتبہ پولیس والے بھی— جن کے اصول بھی اتنے ہی غیر منطقی تھے جتنے انجم کے— خود ان کے پاس لاشیں لے کر آتے تھے۔

جب استاد کلثوم بی کا سوتے میں انتقال ہو گیا تو انھیں مہرولی میں واقع 'ہیجڑوں کی خانقاہ' میں بڑے تزک واحتشام سے دفنایا گیا۔ لیکن بامبے سلک انجم کے قبرستان میں دفنائی گئی اور اسی کی طرح دلی بھر کے بہت سے ہیجڑے یہاں دفنائے جانے لگے۔

(اس طرح امام ضیاالدین کو آخر کار اپنے بہت پہلے پوچھے گئے اس سوال کا جواب مل گیا: ''یہ تو بتاؤ کہ جب تم میں کوئی مرتا ہے تو تم لوگ اسے کہاں دفن کرتے ہو؟ میت کو غسل کون دیتا ہے؟ نمازِ جنازہ کون پڑھاتا ہے؟'')

''جنت گیسٹ ہاؤس اور کفن دفن مرکز'' بتدریج اس منظر کا ایسا اٹوٹ حصہ بن گیا کہ کوئی بھی اس کے استناد پر، اس کے وجود کے استحقاق پر انگلی نہیں اٹھا سکتا تھا۔ وہ موجود تھا۔ یہ کھلی حقیقت تھی۔ جب ستاسی برس کی عمر میں جہاں آرا بیگم فوت ہوئیں تو امام ضیاالدین نے نمازِ جنازہ پڑھائی۔ انھیں ملاقات علی کے پہلو میں دفن کیا گیا۔ جب بسم اللہ کا انتقال ہوا تو اسے بھی انجم کے قبرستان میں ہی دفنایا گیا۔ اسی

طرح زینب کے بکرے کو بھی۔ شاہجہان آباد میں سولہ بقرعیدوں سے بچ کر قدرتی اسباب سے (پیٹ کا شدید درد) مرنے کا جو شاندار ریکارڈ زینب کے بکرے نے بنایا تھا، ایسا شاہکار تھا جو کسی نے نہ کبھی دیکھا نہ سنا۔ اسے گنیز بک آف ورلڈ ریکارڈ میں درج کرایا جا سکتا تھا۔ البتہ اس کا سہرا خود بکرے کے سر نہیں، بلکہ اس کی تند خو ننھی مالکن کے سر جاتا ہے۔ لیکن ظاہر ہے کہ گنیز بک کا ایسا کوئی زمرہ نہیں۔

انجم اور صدام حالانکہ ایک ہی گھر (اور قبرستان) میں رہتے تھے، لیکن شاذ ہی کوئی وقت ساتھ گزارتے تھے۔ انجم کو تساہل سے وقت گزارنے میں مزہ آتا تھا، لیکن صدام اپنے بہت سے کاروباروں میں کھنچا کھنچا پھرتا تھا (اس نے کبوتروں کے دانے والا بزنس بیچ دیا تھا، کیونکہ اس میں سب سے کم منافع تھا)، فرصت کا کوئی لمحہ اسے میسر نہ تھا۔ ٹی وی سے اسے نفرت تھی لیکن ایک غیر معمولی صبح کو، زبردستی فرصت نکال کر وہ اور انجم ٹیکسی کی پرانی سرخ سیٹ پر جا بیٹھے (جسے وہ بطور صوفہ استعمال کرتے تھے) اور چائے پیتے ہوئے ٹی وی دیکھنے لگے۔ یہ پندرہ اگست کا دن تھا، یومِ آزادی کا۔ چھوٹا سا سہا ہوا وزیرِ اعظم، جو توتلے شاعر وزیرِ اعظم کی جگہ آیا تھا (وہ جس سیاسی پارٹی سے وابستہ تھا وہ اصولاً یہ نہیں مانتی تھی کہ ہندوستان ہندو راشٹر ہے)، لال قلعے کی فصیل سے قوم کو خطاب کر رہا تھا۔ یہ ایک ایسا دن تھا جس میں ساری دہلی کی یلغار سے فصیل بند شہر کی محصوریت ختم ہو جاتی ہے۔ حکمراں پارٹی کی جمع کی ہوئی بھاری بھیڑ سے قلعے کے سامنے والا رام لیلا گراؤنڈ بھرا ہوا تھا۔ پانچ ہزار اسکولی بچوں نے قومی پرچم کے رنگوں والے ملبوسات میں 'فلاور ڈرِل' کا مظاہرہ کیا۔ بارسوخ معمولی تاجر اور چھٹ بھیے جو ٹی وی پر نظر آنا چاہتے تھے، اگلی صفوں میں بیٹھے تاکہ اقتدار کے ساتھ اپنی جگ ظاہر قربت کو بڑے بڑے تجارتی سودوں میں بدل سکیں۔ چند برس پہلے، جب انتخابات نے توتلے شاعر وزیرِ اعظم اور کٹّر پنتھیوں پر مشتمل اس کی پارٹی سے اقتدار چھینا تو انجم نے خوشیاں منائی تھیں اور اس کی جگہ آنے والے سہمے ہوئے، نیلی پگڑی والے سکھ اکنامسٹ پر اتنی تعریفیں برسائی تھیں کہ تقریباً پرستش کے مماثل تھیں۔ اس بات نے کہ اس میں جال میں پھنسے خرگوش کی سی ہر سیاسی جاذبیت موجود ہے، انجم کی ستائش میں اضافہ ہی کیا تھا۔ لیکن بعد میں وہ قائل ہو گئی تھی کہ لوگ اس کے متعلق جو کچھ کہتے ہیں، سچ ہی ہے — یہ کہ وہ حقیقتاً کٹھ پتلی

ہے اور اس کے تار کوئی اور ہلاتا ہے۔ اس کی بے تاثیری سے تاریکی کی ان قوتوں کو مزید طاقت مل رہی تھی جنھوں نے افق پر ہجوم کرنا شروع کر دیا تھا اور ایک مرتبہ پھر سڑکوں پر منڈلانے لگی تھیں۔ گجرات کا للا اب بھی گجرات کا وزیرِ اعلیٰ تھا۔ اس میں اکڑ پیدا ہو چکی تھی اور وہ صدیوں کی مسلم حکمرانی کا انتقام لینے کی بات بار بار دہرانے لگا تھا۔ اپنی ہر عوامی تقریر میں وہ کسی نہ کسی طور اپنے سینے کی پیمائش (چھپن انچ) کا ذکر کیا کرتا۔ کسی عجیب وجہ سے یہ بات بھی لوگوں کو متاثر کرتی تھی۔ افواہیں گرم تھیں کہ وہ ''دلّی چلو'' مارچ کی تیاریاں کر رہا ہے۔ گجرات کے للا کے موضوع پر صدام اور انجم کے خیالات میں کامل ہم آہنگی تھی۔

انجم پھنسے خرگوش کو دیکھتی رہی — جس کا سرے سے سینہ ہی نہ تھا — اپنے بلٹ پروف حصار میں کھڑا، جس کے پیچھے لال قلعہ چھایا ہوا تھا، وہ امپورٹ اور ایکسپورٹ کے آنکڑے ایک ایسے بے چین ہجوم کے سامنے کھول رہا تھا جسے کچھ اندازہ نہ تھا کہ وہ کس سلسلے میں بات کر رہا ہے۔ وہ کسی کٹھ پتلی کی طرح بولتا تھا۔ اس کا صرف نچلا جبڑا ہلتا تھا۔ باقی کچھ نہیں۔ اس کے گھنے سفید ابرو یوں لگتے تھے کہ جیسے اس کی عینک پر چپکے ہیں، چہرے پر نہیں۔ اس کے چہرے کے تاثرات کبھی نہیں بدلتے تھے۔ تقریر کے آخر میں اس نے اپنا ہاتھ لجلجے انداز میں سلامی کے لیے بلند کیا اور اپنی مہین، نرسلی آواز میں ''جے ہند'' کہتے ہوئے تقریر ختم کی۔ ایک فوجی نے، جو تقریباً سات فٹ کا تھا اور جس کی کڑک مونچھیں کسی باز کے پھیلے ہوئے ڈینوں کی طرح عریض تھیں، اپنی نیام میں سے تلوار کھینچی اور چلاّ کر چھوٹے سے وزیرِ اعظم کو سلامی دی، جس سے لگا کہ وہ سہم کر لرز گیا ہو۔ جب وہاں سے چلا تو اس کی صرف ٹانگیں حرکت میں رہیں، بدن کے کسی اور حصے نے جنبش نہ کی۔ انجم نے کراہت کے ساتھ ٹی وی بند کر دیا۔

''چلو چھت پر چلیں،'' صدام نے اس کے بدلتے موڈ کو محسوس کر کے جلدی سے کہا، کیونکہ اس موڈ کی آمد کے بعد نصف کلومیٹر کے دائرے میں آنے والا ہر شخص مصیبت میں پڑ جاتا تھا۔

وہ آگے چلا گیا اور ایک پرانا قالین بچھا کر اس پر چند سخت تکیے رکھ دیے۔ ان پر پھول دار غلاف چڑھے تھے جن میں سے بالوں کے تیل کی باسی بو اٹھ رہی تھی۔ ٹھنڈی ہوا کے آثار تھے اور یومِ آزادی پر پتنگ اڑانے والے اپنے اپنے گھروں سے نکل چکے تھے۔ قبرستان میں بھی چند پتنگ باز آئے ہوئے تھے اور برا مظاہرہ نہیں کر رہے تھے۔ انجم تازہ، گرم چائے کا برتن اور ٹرانزسٹر لیے ہوئے وارد ہوئی۔ وہ

دونوں لیٹ گئے اور دھند آلود آسمان کو تکنے لگے (صدام اپنا دھوپ کا چشمہ لگا کر) جس پر کاغذ کے چیچ رنگ پتنگ دھبوں کی مانند نظر آ رہے تھے۔ ان کے قریب ہی پڑا ہوا بیرو (جو بعض اوقات روبی بھی کہلاتا تھا) یوں اینڈ رہا تھا جیسے ہفتے بھر کی سخت مشقت کے بعد ایک دن کی چھٹی منا رہا ہو۔ بھٹکتی ہوئی پریشان آنکھوں والا یہ کتا صدام کو کسی چلتی سڑک کے فٹ پاتھ پر گھومتا ہوا ملا تھا اور اس کے بدن پر شفاف ٹیوبوں کا جال لٹکا ہوا تھا۔ بیرو بیگل کتا تھا جو یا تو کسی فارماسیوٹکل ٹیسٹنگ لیب سے بچ نکلا تھا یا اب وہاں اس کا کوئی مصرف نہ رہا تھا۔ وہ یوں تھکا ماندہ اور فرسودہ نظر آ رہا تھا جیسے کوئی ڈرائنگ ہے جسے کسی نے ربر سے مٹانے کی کوشش کی ہو۔ بیگل کتوں والے گہرے سیاہ، سفید اور زردی مائل بھورے رنگ دھندلے پڑ کر دھویں اور زنگ جیسے مٹیالے ہو چکے تھے۔ ظاہر ہے اِس کا اُن دواؤں سے کوئی تعلق نہ ہوگا جو اس پر آزمائی گئی تھیں۔ جب بیرو پہلے پہل جنت گیسٹ ہاؤس میں رہنے آیا وہ اکثر مرگی کے دوروں، ہانپنے اور بے دم کرنے والی الٹی چھینکوں کی چپیٹ میں آتا رہتا تھا۔ جب کسی دورے میں ہلکان ہونے کے بعد اسے افاقہ ہوتا تو ہر بار ایک نئے کردار میں ابھرتا — اس کا مزاج کبھی دوستانہ ہوتا، کبھی مضطرب، کبھی خمار آلود، کبھی مغضوب یا پھر کاہلی کا — جو اتنا ہی غیر معقول اور غیر متوقع ہوتا تھا جیسا اس کی اپنائی ہوئی مالکن کا تھا۔ وقت کے ساتھ اس کے دورے کم ہوتے گئے اور اس میں ایک ایسا ٹھہراؤ پیدا گیا جسے تقریباً 'کاہل کتے کا اوتار' کہا جا سکتا ہے۔ البتہ اس کی الٹی چھینکیں برقرار رہیں۔

انجم نے ایک طشتری میں اس کے لیے تھوڑی سی چائے نکالی اور پھونکیں مار کر ٹھنڈی کی۔ چائے اس نے پرشور آواز میں سڑپ لی۔ انجم جو کچھ پیتی تھی وہ بھی پیتا تھا، جو کچھ کھاتی تھی وہ بھی کھاتا تھا— بریانی، قورمہ، سموسہ، حلوہ، فالودہ، فیرنی، زمزم، گرمیوں میں آم اور سردیوں میں سنترے۔ اس کے بدن کے لیے تو یہ وحشت ناک تھے، لیکن روح کے لیے راحت افزا۔

تھوڑی ہی دیر میں ہوا تیز چلنے لگی اور پتنگ اونچے اٹھنے لگے، لیکن پھر یومِ آزادی کی بوچھار شروع ہوگئی جو لازماً آتی تھی۔ انجم اس پر یوں چلاّئی جیسے وہ بن بلایا مہمان ہو— آئے ہائے! یہ مادر چود، رنڈی بارش! صدام ہنسنے لگا، لیکن وہ اپنی جگہ سے ہلے نہیں، بلکہ منتظر رہے کہ دیکھیں تیز ہوتی ہے یا ہلکی۔ بارش ہلکی تھی اور جلد ہی بند ہوگئی۔ انجم نے غائب دماغی سے بیرو کے بال سہلانے شروع کر دیے

اوران پر جمی بارش کی بوندوں کی نرم پرت کو صاف کرنے لگی۔ بارش میں بھیگنے سے اسے زینب یاد آ گئی اور وہ از خود مسکرانے لگی۔ اپنے مزاج کے برعکس، وہ صدام کو فلائی اوور والی کہانی سنانے لگی (ایڈٹ کیا ہوا متن) اور بتایا کہ گھوس جب چھوٹی تھی تو اسے یہ کہانی کتنی اچھی لگتی تھی۔ وہ زینب کی شرارتوں، جانوروں کے لیے اس کی محبت کے متعلق چہک چہک کر بتاتی رہی، اور یہ کہ اسکول میں اس نے کتنی تیزی سے انگریزی سیکھ لی تھی۔ یادوں کا یہ بیان مسرتوں کے عروج پر تھا کہ دفعتاً انجم کی آواز (یں) ٹوٹ گئی (ں) اور اس کی آنکھیں بھر آئیں۔

''میں ماں بننے کے لیے پیدا ہوئی تھی،'' اس نے سسکیاں لیتے ہوئے کہا۔ ''دیکھتے رہنا، ایک دن اللہ میاں مجھے میری اولاد سے نوازیں گے۔ اتنا تو مجھے معلوم ہے۔''

''یہ کیسے ممکن ہے؟'' صدام نے منطقی بات کہی۔ وہ اس سے بالکل بے خبر تھا کہ ایک خطرناک خطے میں داخل ہو رہا ہے۔ ''حقیقت بھی کوئی چیز ہوتی ہے!''

''کیوں نہیں؟ آخر کیوں نہیں؟'' انجم اٹھ بیٹھی اور براہِ راست اس کی آنکھوں میں دیکھنے لگی۔

''میں تو یوں ہی کہہ رہا تھا... میرا مطلب تھا کہ اگر حقیقت کی نظر سے دیکھیں تو...''

''اگر تم صدام حسین ہو سکتے ہو تو میں بھی ماں ہو سکتی ہوں۔'' انجم نے یہ بات بگڑ کر نہیں کہی، بلکہ مسکرا کر، ناز و ادا کے ساتھ، اپنے سفید ہاتھی دانت اور گہرے لال دانتوں کو چوستے ہوئے کہی۔ لیکن اس کے ناز میں بھی کوئی بات تھی جو فولاد کی طرح سخت تھی۔

چونک کر، لیکن پریشان ہوئے بغیر صدام نے اس کی طرف دیکھا، اس پر حیران ہوتے ہوئے کہ وہ آخر کیا جانتی ہے۔

''جب تم گگر سے پھسل کر گرتے ہو، جیسا کہ ہم سب گرے ہیں، ہمارے بیر وسمیت،'' انجم نے کہا، ''تو پھر گرنے سے کبھی نہیں رک سکتے۔ اور جب گرتے ہو تو گرتے ہوئے دوسرے لوگوں کا ہی سہارا لیتے ہو۔ یہ بات جتنی جلدی سمجھ لو اتنا اچھا ہے۔ یہ جگہ جہاں ہم رہتے ہیں، جسے ہم نے اپنا گھر بنایا ہے، گرتے ہوئے لوگوں کی جگہ ہے۔ یہاں حقیقت جیسی کوئی چیز نہیں ہوتی۔ ارے، ہم بھی حقیقی نہیں ہیں۔ حقیقت میں ہمارا کوئی وجود نہیں۔''

صدام کچھ نہ بولا۔ وہ انجم سے اتنی محبت کرنے لگا تھا کہ دنیا میں اس سے زیادہ کبھی کسی سے نہیں کی تھی۔ وہ جس طرح بولتی تھی، جن لفظوں کا انتخاب کرتی تھی، منھ جس طرح چلاتی تھی، اس کے پان سے رنگے ہونٹ جس طرح اس کے بوسیدہ دانتوں پر جنبش کرتے تھے، سب سے اسے محبت تھی۔ اس کا سامنے والا مضحکہ خیز دانت اسے پسند تھا، نیز وہ جس انداز سے اردو کی پوری پوری غزلیں سناتی تھی، جن میں سے بیشتر یا سبھی، اس کی فہم سے بالاتر تھیں۔ صدام شاعری بالکل نہیں جانتا تھا اور اردو بہت کم۔ لیکن وہ دوسری چیزیں جانتا تھا۔ وہ جانتا تھا کہ کسی گائے یا بھینس کی کھال کو بہت کم وقت میں، چمڑی کو نقصان پہنچائے بغیر کیسے اتارا جاتا ہے۔ وہ جانتا تھا کہ کھال کو نمک سے گیلا کر کے، اس پر چونا اور ٹینن لگا کر کتنی دیر کھٹا اس میں رکھا جائے جس سے وہ کھنچ کر اور سخت پڑ کر چمڑے میں بدلنے لگے۔ وہ جانتا تھا کہ کھٹا اس کو چکھ کر اس کی تلخی کو کس طرح جانچا جائے، چمڑے کو کس طرح صاف کیا جائے، اس کی چکنائی اور بال کیسے صاف کیے جائیں، کس طرح اس پر صابن لگایا جائے، بلیچ کیا جائے، پالش کیا جائے، گریس لگائی جائے، موم سے رگڑا جائے، حتیٰ کہ وہ چمکنے لگے۔ اسے یہ بھی معلوم تھا کہ انسان کے بدن میں اوسطاً چار سے پانچ لیٹر خون ہوتا ہے۔ اس نے دولینہ پولیس تھانے کے باہر، دہلی کے قریب ہی گڑگاؤں ہائی وے پر— خون کو گرتے اور دھیرے دھیرے سڑک پر پھیلتے دیکھا تھا۔ عجیب بات ہے کہ اس تعلق سے جو بات اسے صاف یاد رہ گئی تھی وہ مہنگی کاروں کی قطار اور ان کی ہیڈ لائٹوں کی روشنی میں اڑتے ہوئے بھُنگے تھے۔ اور یہ کہ مدد کے لیے کوئی باہر نہیں نکلا تھا۔

وہ جانتا تھا کہ کوئی منصوبہ یا کوئی اتفاق اسے 'گرتے لوگوں کے مقام' پر نہیں لایا ہے۔ یہ تو ایک سیلاب تھا جو اسے یہاں لے آیا تھا۔

''تم کسے بے وقوف بنانے کی کوشش کر رہے ہو؟'' انجم نے اس سے پوچھا۔

''صرف خدا کو۔'' صدام مسکرایا، ''تمھیں نہیں۔''

''کلمہ پڑھ کر سناؤ...'' انجم نے تحکمانہ لہجے میں یوں کہا جیسے وہ خود ہی شہنشاہ اورنگزیب ہو۔

''لا الہ...'' صدام نے شروع کیا۔ اور پھر حضرت سرمد کی طرح خاموش ہو گیا۔ ''مجھے آگے نہیں آتا۔ ابھی سیکھ رہا ہوں۔''

''تم چمار ہو، انھی لڑکوں کی طرح جن کے ساتھ مردہ گھر میں کام کرتے تھے۔ جب تم نے سنگیتا میڈم حرامزادی کتیا کو اپنا نام بتایا تو اس سے جھوٹ نہیں بولا تھا۔ لیکن مجھ سے جھوٹ بول رہے ہو، مجھے پتا نہیں کہ کیوں، شاید اس لیے کہ مجھے پروا نہیں کہ تم کیا ہو... مسلمان، ہندو، مرد، عورت، یہ ذات، وہ ذات، یا اونٹ کی گانڑ۔ لیکن صدام حسین ہی کیوں کہتے ہو خود کو؟ وہ حرامی تھا، جانتے ہو؟''

انجم نے 'چمار' کا لفظ ہی استعمال کیا، 'دلت' نہیں (جو اُن لوگوں کے لیے ایک جدید تر اور قابلِ قبول اصطلاح ہے جنھیں ہندو اچھوت سمجھتے ہیں)، بالکل اسی جذبے سے، جس کے تحت وہ اپنے لیے 'ہیجڑے' کے سوا کوئی دوسرا لفظ استعمال نہیں کرتی تھی۔ اسے نہ تو ہیجڑوں سے کوئی پریشانی تھی، نہ چماروں سے پرہیز۔

تھوڑی دیر وہ پہلو بہ پہلو لیٹے رہے، چپ چاپ۔ اور تب صدام نے انجم پر بھروسہ کرنے اور وہ کہانی سنانے کا فیصلہ کیا جو اَب سے پہلے اس نے کسی کو نہیں سنائی تھی— بھگوا طوطوں اور ایک مردہ گائے کی کہانی۔ اس کی کہانی بھی شگون کی کہانی تھی، شاید ظالموں کے شگون والی نہیں، لیکن کچھ اسی طرح کی۔

اس نے انجم سے کہا کہ وہ صحیح کہہ رہی ہے۔ اس نے انجم سے جھوٹ بولا تھا اور سنگیتا میڈم حرامزادی کتیا سے سچ۔ صدام حسین اس کا اپنا چنا ہوا نام ہے، اصلی نام نہیں۔ اس کا اصلی نام دَیا چند ہے۔ وہ چماروں کے گھرانے میں پیدا ہوا— چمڑی اتارنے والوں کے ہاں— ہریانہ صوبے کے ایک گاؤں بادشاہ پور میں، جو دلی سے بس کے ذریعے دو گھنٹے کی دوری پر ہے۔

ایک دن، ایک فون کال کے جواب میں، وہ اور اس کا باپ، تین اور لوگوں کے ساتھ ٹیمپو کرائے پر لے کر قریب کے ایک گاؤں گئے، گائے کی لاش اٹھانے جو کسی کے کھیت میں مر گئی تھی۔

''ہمارے لوگ یہی کام کرتے تھے،'' صدام نے کہا۔ ''جب گائے مر جاتی تو اعلیٰ ذات کے کسان لاش اٹھانے کے لیے ہمیں بلاتے تھے کیونکہ اسے چھو کر وہ خود کو ناپاک نہیں کر سکتے۔''

''ہاں، ہاں، جانتی ہوں،'' انجم ایسے لہجے میں بولی جس پر تعریف کا گمان ہوتا تھا۔ ''ان میں بہت سے لوگ بہت صاف ستھرے رہتے ہیں۔ پیاز، لہسن اور گوشت نہیں کھاتے...''

صدام نے اس مداخلت کو نظر انداز کر دیا۔

''اس طرح ہم جا کر لاشیں اٹھا لاتے تھے، ان کی کھال اتارتے اور چمڑا تیار کرتے تھے... میں سن 2002 کی بات کر رہا ہوں۔ میں اسکول میں پڑھتا تھا۔ تم مجھ سے زیادہ جانتی ہو کہ اس وقت کیا چل رہا تھا... اس وقت کیسا لگتا تھا... تمھارا والا فروری میں ہوا تھا، میرا والا نومبر میں۔ دسہرے کا دن تھا۔ گائے اٹھانے کے لیے جاتے وقت ہم راستے میں رام لیلا میدان سے گزرے، جہاں انھوں نے راکشسوں کے بڑے بڑے پتلے بنا رکھے تھے... راون، میگھناد اور کمبھ کرن کے۔ یہ تین مالے کی بلڈنگوں کے برابر اونچے تھے شام میں پھونکے جانے کے لیے تیار۔''

پرانی دلی کے کسی مسلمان کو دسہرے کے ہندو تیوہار کا سبق پڑھانے کی ضرورت نہیں ہوتی۔ یہ تیوہار ترکمان گیٹ کے سامنے رام لیلا میدان میں ہر سال منایا جاتا تھا۔ لنکا کے دس سر والے 'راکشسوں کے راجا' راون، اس کے بھائی کمبھ کرن اور بیٹے میگھناد کے پتلے ہر سال، پچھلے سال کے مقابلے میں زیادہ بڑے ہو جاتے ہیں، ان میں اور زیادہ بم پٹاخے بھرے جاتے تھے۔ ہر سال رام لیلا، یعنی ایودھیا کے راجا بھگوان رام کی یہ کہانی کہ انھوں نے لنکا کی لڑائی میں راون کو کس طرح نیست و نابود کیا، اور ہندو جسے یہ مانتے ہیں کہ یہ برائی پر اچھائی کی فتح کی کہانی ہے، روز افزوں جارحیت کے ساتھ کھیلی جاتی تھی۔ اس کے لیے پہلے سے بھاری اسپانسرشپ ملتی تھی۔ چند گستاخ اسکالروں نے یہ کہنا شروع کر دیا تھا کہ رام لیلا دراصل تاریخ ہے جسے دیومالا میں بدل دیا گیا ہے، نیز برے راکشس اصل میں کالی رنگت کے دراوڑ لوگ تھے — آدی باسی حکمراں۔ وہ ہندو دیوتا جنھوں نے ان کا صفایا کیا (اور آدی باسیوں کو اچھوت اور دیگر مظلوم ذاتیں بنا کر ان پر حکومت کی، جنھوں نے اپنی زندگیاں نئے حاکموں کی خدمت کرتے گزاریں) دراصل آریائی حملہ آور تھے۔ انھوں نے دیہات کی ایسی رسموں کی نشان دہی کی جن میں راون سمیت اُن مورتیوں کی پوجا کی جاتی ہے جنھیں ہندو مت میں راکشس سمجھا جاتا ہے۔ لیکن نئے سیاسی ماحول میں عام آدمی کو یہ بات سمجھنے کے لیے (چاہے کھل کر نہ کہہ سکیں) اسکالر بننے کی ضرورت نہیں کہ ان کے عروج میں، ''طوطا رائخ'' (Parakeet Reich) کے عروج میں، طوطوں کی اپنی بھاشا میں، راکشس سے مراد نہ صرف آدی باسی لوگ ہیں بلکہ ہر وہ آدمی ہے جو ہندو نہیں (مقدس گرنتھوں کی مراد خواہ کچھ ہو، پروا نہیں)، اور جن میں شاہجہان آباد کے باشندے بھی شامل ہیں۔

جب دیو قامت پتلے پھونکے جاتے تو دھماکوں کی آواز پرانے شہر کی تنگ گلیوں میں بازگشت کرتی۔ کسی کو بھی اس میں شک نہیں تھا کہ اس کے ذریعے انھیں کیا سمجھایا جا رہا ہے۔

ہر سال اچھائی کے ہاتھوں برائی کے خاتمے کے بعد، اگلی صبح احلام باجی، جو دائی سے آوارہ گرد ملکہ میں منقلب ہو چکی تھیں، اپنے غلیظ بالوں کے ساتھ رام لیلا میدان میں جاتیں، ملبے کے ڈھیر کو کریدتیں اور کوئی تیر، کوئی کمان اور بعض اوقات ہینڈل بار کے سائز کی کوئی سالم مونچھ یا گھورتی ہوئی آنکھ، بازو یا تلوار لیے لوٹتیں، جو اُن کے فرٹیلائزر بیگ سے باہر جھانکتی نظر آتی۔

چنانچہ جب صدام نے دسہرے کی بات کی تو انجم نے اس کا مطلب اس کے وسیع تر اور مختلف النوع معنوں میں اچھی طرح سمجھ لیا۔

''ہمیں مردہ گائے آسانی سے مل گئی،'' صدام نے آگے کہا۔ ''ڈھونڈنا ہمیشہ ہی ایک آسان کام ہے۔ بس بدبو کی سیدھ میں چلنے کی کلا آنی چاہیے۔ ہم نے لاش کو ٹیمپو میں ڈالا اور گھر کی طرف چل دیے۔ راستے میں ہم دولینہ پولیس اسٹیشن پر رکے، اسٹیشن ہاؤس آفیسر کو اس کے حصے کا پیسہ دینے کے لیے — اس کا نام سہراوت تھا۔ یہ رقم پہلے سے طے تھی، فی گائے کے حساب سے۔ لیکن اس دن اس نے زیادہ پیسے مانگے۔ صرف زیادہ نہیں بلکہ تین گنے۔ اس کا مطلب یہ تھا کہ گائے کا چمڑا نکالنے کے بعد بھی ہم نقصان میں رہتے۔ ہم اسے اچھی طرح جانتے تھے — اسی سہراوت کو۔ میں نہیں جانتا کہ اس دن اسے کیا ہوا تھا۔ شاید شراب خریدنے کے لیے اسے رقم چاہیے تھی یا دسہرا منانے کے لیے۔ یا ہوسکتا ہے کوئی قرض چکانا ہو۔ میں نہیں جانتا۔ ہوسکتا ہے کہ وہ اس وقت کے سیاسی ماحول کا فائدہ اٹھانے کی کوشش کر رہا ہو۔ میرے باپ اور ان کے دوستوں نے اس کی خوشامدیں کیں، لیکن وہ سننے کو تیار نہیں تھا۔ جب انھوں نے کہا کہ ان کے پاس اتنی رقم نہیں تو اسے غصہ آ گیا۔ اس نے گائے مارنے کا الزام لگا کر انھیں گرفتار کر لیا اور پولیس کے لاک اپ میں بند کر دیا۔ میں باہر رہ گیا۔ میرے بابو جب اندر گئے تو پریشان نہیں لگ رہے تھے۔ میں بھی پریشان نہیں تھا۔ میں انتظار کرتا رہا، یہ اندازہ لگاتا رہا کہ وہ لوگ اندر سودے پر الجھ رہے ہوں گے اور جلد ہی کسی فیصلے پر مان جائیں گے۔ دو گھنٹے گزر گئے۔ شام کی پٹاخے بازی کے لیے ایک بھیڑ وہاں سے گزری۔ کچھ لوگ دیوتاؤں کے لباس میں تھے۔ رام، لکشمن اور

ہنومان کے لباس میں۔ چھوٹے بچے تیر کمان لیے ہوے تھے، کچھ نے بندر کی پونچھیں لگا رکھی تھیں اور ان کے چہرے لال رنگ سے پتے ہوے تھے۔ کچھ کے چہرے کالے تھے، راکشسوں والے۔ سب لوگ رام لیلا میں حصہ لینے جا رہے تھے۔ جب وہ ہمارے ٹرک کے پاس سے گزرے تو بدبو کی وجہ سے انھوں نے اپنی ناکیں بند کر لیں۔ سورج ڈوبنے کے بعد میں نے پتلے پھونکنے کے دھماکے سنے، اور دیکھنے والے لوگوں کا خوشی بھرا شور بھی۔ مجھے غصہ آ رہا تھا کہ میں دیکھنے کا مزہ نہ لے سکا۔ تھوڑی دیر بعد لوگ واپس آنے لگے۔ ابھی تک میرے باپ اور ان کے دوستوں کا کچھ اتا پتا نہ تھا۔ پھر، مجھے نہیں پتا کہ یہ سب کیسے ہوا — شاید پولیس نے افواہ پھیلا دی تھی یا کچھ لوگوں کو فون کر دیا تھا — لیکن پولیس اسٹیشن کے سامنے بھیڑ جمع ہونے لگی اور مانگ کرنے لگی کہ گائے مارنے والوں کو ان کے حوالے کیا جائے۔ ٹیمپو میں مری ہوئی گائے کا ہونا، جس کی بدبو سارے علاقے میں پھیل رہی تھی، ثبوت کے لیے کافی تھا۔ لوگوں نے ٹریفک کا راستہ روکنا شروع کر دیا۔ میری سمجھ میں نہیں آ رہا تھا کہ کیا کروں، کہاں چھپوں۔ اس لیے میں بھیڑ میں شامل ہو گیا۔ کچھ لوگوں نے **'جے شری رام'** اور **'وندے ماترم'** کے نعرے لگانے شروع کر دیے۔ اور لوگ شامل ہوتے گئے اور بھیڑ پر جنون سوار ہونے لگا۔ کچھ آدمی پولیس اسٹیشن میں گھس گئے اور میرے باپ اور ان کے تینوں دوستوں کو باہر لے آئے۔ انھوں نے انھیں پیٹنا شروع کر دیا۔ شروع میں صرف گھونسوں اور جوتوں سے۔ لیکن پھر کوئی آدمی لوہے کی چھڑ لے آیا، کوئی اور کار کا جیک۔ میں زیادہ نہیں دیکھ پا رہا تھا لیکن جب ان پر مار پڑنا شروع ہوئی تو میں نے ان کی چیخیں سنیں...''

صدام نے انجم کی طرف رخ کر لیا۔

''میں نے ایسی آواز کبھی نہیں سنی تھی... یہ بڑی عجیب اور اونچی آواز تھی... انسانی نہیں۔ لیکن پھر بھیڑ کی چیخ پکار میں وہ ڈوب گئی۔ تمھیں اور کیا بتاؤں۔ تم سب جانتی ہو...'' صدام کی آواز نیچی ہو کر سرگوشی میں بدل گئی۔ ''ہر ایک نے دیکھا۔ کسی نے بھی روکا نہیں انھیں۔''

اس نے بتایا کہ جب بھیڑ اپنا کام کر چکی تو کاروں کی ہیڈ لائٹیں جل گئیں، سب ایک ساتھ، جیسے فوجی قافلہ ہو۔ پھر وہ اس کے باپ کے خون کے تالاب میں چھینٹے اڑاتی گزر گئیں، جیسے وہ خون نہیں

بارش کا پانی ہو۔ سڑک یوں لگ رہی تھی جیسے بقرعید کے دن پرانے شہر کی کوئی سڑک۔

''جس بھیڑ نے میرے باپ کو مارا، میں بھی اسی میں شامل تھا،'' صدام نے کہا۔

انجم کا قلعۂ تنہائی، اپنی جھنجھناتی دیواروں اور خفیہ حجروں کے ساتھ اس کے اردگرد پھر سے بلند ہونے کی دھمکی دینے لگا۔ صدام کو اور اسے ایک دوسرے کے دل کی دھڑکنیں تقریباً سنائی دے رہی تھیں۔ وہ اس سے کچھ بھی کہنے کا حوصلہ نہ کرسکی، ہمدردی کا ایک لفظ تک کہنے کی ہمت نہ کرسکی۔ لیکن صدام کو معلوم تھا کہ وہ سن رہی ہے۔ ذرا ٹھہر کر وہ پھر بولنے لگا۔

''یہ سب ہونے کے کچھ مہینے بعد میری ماں، جو پہلے ہی بیمار تھیں، مرگئیں۔ میری دیکھ بھال کے لیے میرے چاچا اور دادی رہ گئے۔ میں نے اسکول چھوڑ دیا، اپنے چاچا کے تھوڑے سے روپے چرائے اور دلی آ گیا۔ میں تھوڑے سے روپیوں اور تن کے کپڑوں کے ساتھ دلی آیا تھا۔ میری ایک ہی تمنا تھی— اس حرامی سہراوت کو قتل کردوں۔ کسی دن کردوں گا۔ میں سڑک پر سوتا تھا اور ٹرک دھونے کا کام کرتا تھا۔ کچھ مہینے تو نالیاں صاف کرنے کا بھی کام کیا۔ پھر میرا دوست نیرج ملا جو میرے ہی گاؤں کا ہے۔ اب وہ میونسپل کارپوریشن میں کام کرتا ہے۔ تم اس سے ملی ہو...''

''ہاں،'' انجم نے کہا، ''وہی لمبا، خوبصورت سا لڑکا...''

''ہاں، وہی۔ اس نے ماڈلنگ میں گھسنے کی کوشش کی مگر ناکام رہا... یہ بھی کرنے کے لیے دلالوں کو پیسا دینا پڑتا ہے۔ اب وہ میونسپل کارپوریشن کے لیے ٹرک چلاتا ہے... خیر، یہاں کام پانے میں نیرج نے میری مدد کی، اسی مردہ گھر میں، جہاں ہم پہلی بار ملے تھے... دلی آنے کے کچھ سال بعد میں ایک ٹی وی شوروم کے پاس سے گزر رہا تھا۔ اس کی کھڑکی میں رکھے ٹی وی پر شام کی خبریں چالو تھیں۔ اسی وقت میں نے پہلی بار صدام حسین کی پھانسی کی وِڈیو دیکھی۔ میں اس کے بارے میں کچھ نہیں جانتا تھا لیکن موت کے سامنے بھی اس آدمی کی بہادری اور شان کا مجھ پر بہت اثر ہوا۔ جب میں نے اپنا پہلا موبائل فون خریدا تو میں نے دکان دار سے کہا کہ وہ اس وِڈیو کو ڈھونڈ کر میرے فون میں ڈاؤن لوڈ کردے۔ میں اس وِڈیو کو بار بار دیکھتا تھا۔ میں اسی کی طرح بننا چاہتا تھا۔ میں نے طے کرلیا کہ مسلمان ہو جاؤں گا اور یہی نام رکھوں گا۔ مجھے لگتا تھا کہ اس سے مجھے وہ کرنے کی ہمت ملے گی جو مجھے

کرنا ہے اور اسی کی طرح نتیجہ بھگتنے کی بھی ہمت ملے گی۔''

''صدام حسین حرامی تھا،'' انجم بولی۔ ''اس نے بہت لوگوں کو قتل کیا تھا۔''

''ہوسکتا ہے۔ لیکن وہ بہادر تھا دیکھو ذرا یہ دیکھو۔''

صدام نے اپنا نیا فینسی اسمارٹ فون نکالا، جس کا فینسی اسکرین خاصا بڑا تھا، اور ایک وڈیو کھولی۔ اس نے اپنی ہتھیلی سے پیالی بنا کر اسکرین پر سایا کر دیا تا کہ روشنی منعکس نہ ہو۔ یہ ایک ٹی وی کلپ تھی جو 'ویسلین اِنٹینسِو کیئر موئسچررائزِنگ کریم' کے اشتہار سے شروع ہوتی تھی۔ اس اشتہار میں ایک خوبصورت لڑکی اپنی کہنیوں اور پنڈلیوں پر کریم لگاتی ہے اور اس کے نتائج پر بڑی خوش نظر آتی ہے۔ اگلا اشتہار جموں وکشمیر ٹورزم ڈپارٹمنٹ کا تھا— برف کا منظر، اور خوش وخرم لوگ گرم کپڑے پہنے برف کی سِلیجوں میں بیٹھے ہوئے۔ وائس اوور نے کہا: ''جموں کشمیر: کتنا سفید۔ کتنا دلکش۔ کتنا پر جوش۔'' پھر اناؤنسر نے انگریزی میں کچھ کہا اور عراق کا سابق صدر صدام حسین نظر آیا۔ باوقار، کالی سفید کھچڑی داڑھی، سیاہ اوورکوٹ اور سفید شرٹ میں۔ سیاہ، اونچی کلغی کے جلادوں والے ہُڈ پہنے اور آنکھوں کی جگہ بنے سوراخوں سے اس کی طرف دیکھتے جو لوگ اسے حصار میں لیے ہوئے منمنا رہے تھے، ان کے سامنے وہ کتنا قد آور لگ رہا تھا۔ اس کے ہاتھ اس کی پشت پر بندھے تھے۔ وہ تب بھی بے حرکت کھڑا رہا جب ایک آدمی نے اس کی گردن میں رومال اس انداز سے باندھا گویا اشارہ کر رہا ہو کہ رومال کے سبب جلاد کے پھندے کے نیچے اس کی گردن زخمی ہونے سے بچ جائے گی۔ جب رومال باندھ دیا گیا تو صدام حسین اور زیادہ پروقار نظر آنے لگا۔ ممیاتے ہوئے ہُڈ والے آدمیوں میں گھرا وہ پھانسی کے تختے کی جانب بڑھا۔ پھانسی کا پھندا اس کے سر میں ڈال دیا گیا اور اس کی گردن کے گرد کس دیا گیا۔ اس نے دعا پڑھی۔ تختے پر جھولنے سے پہلے اس کا آخری تاثر پھانسی دینے والوں کے تئیں یکسر تحقیر کا تھا۔

''میں اسی جیسا حرامی بننا چاہتا ہوں،'' صدام نے کہا۔ ''میں وہی کرنا چاہتا ہوں جو مجھے کرنا ہے، چاہے مجھے اس کی قیمت ہی کیوں نہ چکانی پڑے۔ میں یہ قیمت اسی طرح چکانا چاہتا ہوں۔''

''میرے ایک دوست ہیں جو عراق میں رہتے ہیں،'' انجم بولی۔ لگ رہا تھا کہ وہ پھانسی کی وڈیو سے زیادہ صدام کے فون سے متاثر ہوئی ہے۔ ''گپتا جی۔ وہ عراق سے مجھے تصویریں بھیجا کرتے

ہیں۔'' اس نے اپنا فون نکالا اور صدام کو وہ تصویریں دکھائیں جو ڈی ڈی گپتا اسے مستقل بھیجا کرتے تھے— گپتا جی بغداد میں اپنے فلیٹ میں۔ گپتا جی اپنی عراقی مسٹریس کے ساتھ پکنک پر۔ اور بلاسٹ والز کی بہت سی تصویریں جو گپتا جی نے امریکی فوجوں کے لیے عراق بھر میں تعمیر کی تھیں۔ ان میں سے بعض نئی تھیں اور بعض گولیوں کے سوراخوں سے چھدی اور گرافیٹی سے بھری ہوئی تھیں۔ ان میں سے ایک پر کسی نے امریکی فوجی جنرل کے یہ مشہور الفاظ لکھے دیے تھے: Be professional, be polite, and have a plan to kill everybody you meet. (پروفیشنل بنو، نرمی سے پیش آؤ اور ہر آدمی جو تمھیں ملے، اسے مارنے کا منصوبہ بنا رکھو۔)

انجم کو انگریزی نہیں آتی تھی۔ صدام پڑھ سکتا تھا، اگر ذرا توجہ سے کوشش کرے۔ اس موقعے پر اس نے کوئی توجہ نہیں دی۔

انجم نے چائے ختم کی اور اپنے بازو کو آنکھوں پر رکھ کر چت لیٹ گئی۔ لگتا تھا کہ اسے نیند آ گئی ہے لیکن وہ سوئی نہیں تھی۔ پریشان تھی۔

''اور اگر تمھیں معلوم نہ ہو،'' اس نے تھوڑی دیر بعد کہنا شروع کیا، جیسے اپنی گفتگو جاری رکھے ہوئے ہو— اصل میں وہ یہی کر بھی رہی تھی، فرق صرف یہ تھا کہ یہ گفتگو وہ اپنے آپ سے، اپنے ذہن میں کر رہی تھی۔ ''تو میں تمھیں بتا دوں کہ ہم مسلمان بھی مادر چود قوم ہیں، بالکل ویسے ہی جیسے دوسرے سب ہیں۔ لیکن مجھے لگتا ہے کہ ایک اور قتل سے ہماری 'بدنام قوم' کی عزت پر کوئی آنچ نہیں آئے گی۔ ہمارا نام پہلے ہی مٹی میں مل چکا۔ خیر، سوچ لو۔ جلد بازی میں کچھ مت کرنا۔''

''نہیں جلد بازی نہیں کروں گا۔ لیکن سہراوت کو مرنا ہوگا۔''

صدام نے دھوپ کا چشمہ اتار دیا اور آنکھیں بند کر لیں، انھیں روشنی سے بچانے کے لیے۔ اس نے اپنے فون پر ہندی فلم کا کوئی پرانا نغمہ لگا دیا اور خود اس کے ساتھ بے سرے پن سے لیکن اعتماد کے ساتھ گانا شروع کر دیا۔ بیرو نے برتن میں بچی ہوئی ٹھنڈی چائے سڑپی اور اپنی ناک پر ابلی ہوئی چائے کی پتی چپکائے چلتا بنا۔

جب سورج کی تپش بڑھ گئی تو وہ کمرے میں لوٹ آئے اور اپنی زندگی کی سطح پر اسی طرح تیرنے

لگے جیسے وہ دو خلا باز ہوں اور کشش ثقل کا مقابلہ کرتے ہوے، اپنے گلابی خلائی جہاز کی دیواروں اور ہلکے پستئی رنگ کے دروازوں میں محصور بیٹھے ہوں۔

ایسا نہیں کہ ان کے کوئی منصوبے نہیں تھے۔

انجم مرنے کا انتظار کر رہی تھی۔

صدام مارنے کا۔

اور میلوں دور، شورش کے شکار ایک جنگل میں، ایک بچی اپنی ولادت کی منتظر تھی...

کون سی زبان میں ہوتی ہے بارش
مبتلائے آزار شہروں پر

—**پابلو نیرودا**

3

ولادت

یہ امن کا دور تھا۔ یا ایسا کہا جاتا تھا۔

ساری صبح گرم ہوا شہر کی سڑک پر کوڑے برساتی رہی، ریت کے ذرّے، سوڈے کی بوتلوں کے ڈھکن، بیڑیوں کے ٹوٹے اپنے ساتھ اُڑاتی، انھیں کاروں کے وِنڈ اسکرین اور سائیکل سواروں کی آنکھوں سے ٹکراتی۔ جب ہوا تھمی تو سورج، جو آسمان میں پہلے ہی بلند ہو چکا تھا، دھول کو چیرتا ہوا آگ برسانے لگا اور تپش ایک مرتبہ پھر سڑکوں پر کسی تھرکتی ہوئی بیلی رقاصہ کی طرح جھلملانے لگی۔ لوگ بجلی کی کڑک اور بارش کی بوچھار کا انتظار کرنے لگے، جو ریت کے طوفان کے بعد ہمیشہ آتی ہے، لیکن وہ نہیں آئی۔ ندی کے پشتے پر ایک گنجان جھونپڑپٹی میں آگ بھڑک اٹھی اور لمحہ بھر میں اس نے دو ہزار سے زیادہ جھونپڑیوں کو جلا کر راکھ کر دیا۔

اس پر بھی املتاس پر پھول کھلے، چمکدار، سرکشیدہ، پیلے پھول۔ آگ برساتی گرمی کے ہر موسم میں املتاس اچکتا اور گرم تانبئی آسمان سے سرگوشی میں کہتا تھا، تیرے کو چودوں!

وہ خاصی اچانک ہی ظہور میں آئی تھی، آدھی رات گزرنے کے تھوڑی دیر بعد۔ فرشتوں نے حمد نہیں گائی، دانا لوگ تحفے لے کر نہیں آئے۔ لیکن لاکھوں ستارے اس کی آمد کا اعلان کرنے کے لیے مشرق میں نمودار ہوئے۔ ایک لمحہ پہلے وہ وہاں نہیں تھی، لیکن اگلے لمحے — وہاں، سیمنٹ کی پٹری پر وہ

موجود تھی، کوڑے کرکٹ کے پنگوڑے میں: سگریٹ کی چاندی جیسی پنیوں، پلاسٹک کی چند تھیلیوں، اور انکل چپس کے خالی پیکٹوں کے درمیان۔ وہ روشنی کے تالاب میں لیٹی تھی، نیون لائٹ میں جھلملاتے مچھروں کے جھنڈ میں، بالکل برہنہ۔ اس کی جلد نیلگوں سیاہ تھی، اتنی چکنی اور چمکیلی جیسے طفلِ سیل کی۔ وہ پوری طرح بیدار تھی، لیکن بالکل خاموش۔ اتنی ننھی سی جان کے لیے یہ خاموشی غیر معمولی بات تھی۔ شاید اپنی زندگی کے ان تھوڑے سے ابتدائی مہینوں میں ہی اس نے جان لیا تھا کہ آنسو، کم از کم اس کے آنسو، فضول ہیں۔

ریلنگ سے بندھا ہوا ایک دبلا پتلا سفید گھوڑا، ایک چھوٹا سا خارش زدہ کتا، سیمنٹ کے رنگ کی ایک درختی چھپکلی، انگلیوں کی دھاریوں والی دو گلہریاں جنھیں فی الوقت خوابیدہ ہونا چاہیے تھا، اور انڈوں کے سبب پھولے پیٹ کے ساتھ اپنے اوجھل جالے میں لٹکی ہوئی ایک مکڑی اس پر نگراں تھے۔ پھر بھی ایسا لگ رہا تھا کہ وہ کاملاً تنہا ہے۔

اس کے ارد گرد شہر میلوں تک پھیلا ہوا تھا۔ ہزار سالہ بوڑھی ڈائن، نیند میں جھونٹے کھاتی ہوئی، لیکن سوئی نہیں، رات کی اس گھڑی میں بھی۔ بے شمار سرمئی فلائی اوور دوشیزہ میڈوسا کی کھوپڑی پر اُگے ہوئے سانپوں کی مانند، پیلے سوڈیم کے دھند لکے میں الجھتے سلجھتے ہوئے۔ بے گھر بے در لوگوں کے خوابیدہ بدن ان کے اونچے، تنگ فٹ پاتھوں پر قطاریں لگائے تھے: سر سے انگوٹھا، سر سے انگوٹھا، سر سے انگوٹھا، دور تک ایک لمبی زنجیر بنائے ہوئے۔ اس کی ڈھلکی ہوئی، چمرخ جلد کی جھرّیوں میں قدیم رازوں کی پرتیں تھیں۔ ہر جھرّی ایک سڑک تھی، ہر سڑک ایک کاروانِ جشن۔ گٹھیا کا مارا ہر جوڑ ایک ٹوٹا پھوٹا اسٹیج تھا جس پر عشق وجنون کی، حماقتوں کی، مسرت اور ناقابلِ بیان مظالم کی داستانیں صدیوں سے کھیلی جا رہی تھیں۔ لیکن اس طلوعِ صبح کو میلادِ موعود کی صبح ہونا تھا۔ اس کے نئے آقا چاہتے تھے کہ اس کی پھولی ہوئی، گانٹھ دار رگوں کو امپورٹڈ جالی دار لمبی جرابوں میں چھپا دیا جائے، اس کے مرجھائے ہوئے پستان گدی دار، شوخ رنگ انگیا میں ٹھونس دیے جائیں اور درد میں مبتلا اس کے پیروں کو اونچی ایڑی کے نوکدار جوتوں میں جکڑ دیا جائے۔ وہ چاہتے تھے کہ وہ اپنے اکڑے ہوئے بوڑھے کولھے مٹکائے اور کرب سے مسخ لبوں کی اینٹھن کو ایک منجمد، خالی مسکراہٹ میں بدل دے۔ یہ وہ موسم تھا جب نانی اماں کو

رنڈی بنا دیا گیا۔

بوڑھی نانی کو دنیا کی پسندیدہ نئی سپر پاور کی عظیم ترین راجدھانی بننا تھا۔ انڈیا! انڈیا! یہ نعرہ بلند سے بلند تر ہو گیا تھا— ٹیلیوژن پروگراموں میں، موسیقی کی وِڈیوز میں، غیر ملکی اخباروں اور جریدوں میں، بزنس کانفرنسوں اور ہتھیاروں کی نمائشوں میں، اقتصادیات کے اجلاسوں میں اور ماحولیات کی چوٹی کانفرنسوں میں، کتاب میلوں اور حسن کے مقابلوں میں: انڈیا! انڈیا! انڈیا!

شہر بھر میں لمبے چوڑے بل بورڈ، جنھیں ایک انگریزی اخبار اور گورے ہونے کی کریم کے ایک جدید ترین برانڈ نے مل کر اسپانسر کیا تھا، اعلان کر رہے تھے: Now is Time Our! (ہمارا دور آ گیا!)۔ 'کیمارٹ' آ رہا تھا۔ 'وال مارٹ' اور 'اسٹاربکس' آ رہے تھے، اور ٹی وی پر برٹش ایرویز کے اشتہار میں ''ابنائے عالم'' (گورے، سانولے، کالے، پیلے) سب مل کر گایتری منتر جپ رہے تھے:

اوم بھُر بھوہ سواہہ،

تت ساوِتُر وریںیم

بھرگو دیوسیہ دھیمہی،

دِھیو یونہ پرچودیات

ہے ایشور! تو ہی زندگی دینے والا ہے،
ہمارے دکھ درد کا خاتمہ کر
خوشیاں عطا کرنے والے، خالقِ کائنات!
گناہوں کی خاتم اعلیٰ ترین روشنی ہمیں عطا کر
فہم و ادراک کے صراطِ مستقیم کی جانب ہماری رہنمائی کر!

(اور دعا ہے کہ ہر شخص برٹش ایرویز سے سفر کرے)

جاپ ختم ہوا تو 'ابنائے عالم' کورنش بجا لائیں اور انھوں نے اپنے اپنے ہاتھ ابھیوادَن میں جوڑ

لیے۔ اپنے بدیسی لہجوں میں انھوں نے 'نمستے' کہا اور اس پگڑی والے دربان کی طرح مسکرائے، مہاراجا جیسی مونچھوں والا وہ دربان جو پانچ ستارہ ہوٹلوں میں غیر ملکی مہمانوں کا استقبال کرتا ہے۔ اس کے ساتھ ہی، کم از کم اشتہار کی حد تک، تاریخ سر کے بل الٹ گئی۔ (اب کون کورنش بجالایا؟ اور کون مسکرار ہا ہے؟ چارہ جو کون ہے؟ اور کس پر چارہ جوئی کی جارہی ہے؟) اپنی اپنی نیند میں انڈیا کے بہترین شہری جواباً مسکرائے۔ انڈیا! انڈیا! انھوں نے اپنے اپنے خواب میں جاپ کیا، کرکٹ میچوں کے ہجوم کی مانند۔ ڈرم میجر نے ڈھول پر تھاپ دی... انڈیا! انڈیا! ساری دنیا اپنے قدموں پر کھڑی ہوگئی، تحسین کے نعرے لگاتی ہوئی۔ جہاں جنگل ہوتے تھے وہاں فلک بوس عمارتیں اور فولادی فیکٹریاں اُگ آئیں، ندیوں کو بوتلوں میں بند کر دیا گیا اور وہ سپر مارکٹ میں فروخت ہونے لگیں، مچھلیوں کو ڈبہ بند کر دیا گیا، پہاڑ کھود دیے گئے اور انھیں چمکتے ہوے میزائلوں میں ڈھال دیا گیا۔ بڑے بڑے باندھوں کے سبب شہریوں جگمگا اٹھے جیسے وہ کرسمس ٹری ہوں۔ ہر کوئی شاداں تھا۔

روشنیوں اور اشتہاروں سے دور، گاؤں کے گاؤں خالی کرائے جارہے تھے۔ شہر بھی۔ لاکھوں لوگوں کو اجاڑا جارہا تھا، لیکن کوئی نہ جانتا تھا کہ کہاں بسایا جارہا ہے۔

''جو لوگ شہروں میں رہنے کی قدرت نہیں رکھتے انھیں یہاں نہیں آنا چاہیے،'' سپریم کورٹ کے ایک جج نے کہا، اور حکم دیا کہ شہر کو فی الفور غریبوں سے خالی کرالیا جائے۔ ''1870 سے پہلے، جب پیرس کی ساری جھونپڑ بستیاں ہٹائی گئیں، وہ ایک غلیظ خطہ تھا،'' شہر کے لیفٹیننٹ گورنر نے اپنے سر کے بچے کھچے بالوں کے آخری نمونے کو دائیں سے بائیں جماتے ہوے کہا۔ (ہر شام جب وہ چیمس فورڈ کلب کے سوئمنگ پول میں تیراکی کے لیے جاتا تھا تو اس گے بال بھی اس کے پہلو میں کلورین میں تیرتے تھے۔) ''اور پیرس کو ذرا اب دیکھو!''

اس طرح غیر ضروری لوگوں کے داخلے پر پابندی لگادی گئی۔

ریگولر پولیس کے ساتھ، ریپڈ ایکشن فورس کے کئی دستے، جو آسمانی رنگ کی عجیب وغریب کیموفلاژ وردیاں پہنتے تھے (شاید پرندوں کو بھٹکانے کے لیے)، غریب تر علاقوں میں تعینات کر دیے گئے۔

جھگیوں اور غیر قانونی بستیوں میں، دوبارہ آباد کی گئی کالونیوں اور 'ان آتھرائزڈ' کالونیوں میں

لوگ مخالفت کرنے لگے۔ انھوں نے اپنے گھروں تک آنے والی سڑکوں کو کھود ڈالا اور بڑے بڑے پتھروں اور کاٹھ کباڑ سے راستہ روک دیا۔ نوجوان، بوڑھے، بچے، مائیں، دادیاں، نانیاں ڈنڈوں اور پتھروں سے لیس ہو کر اپنی اپنی بستیوں کے نکڑوں پر پہرہ دینے لگیں۔ سڑک کے دوسری طرف، جہاں پولیس اور بُلڈوزروں نے قطعی حملے کے لیے قطاریں باندھ لی تھیں، کسی نے دیوار پر چاک سے ایک نعرہ گھسیٹ دیا تھا: **سرکار کی ماں کی چوت۔**

''ہم کہاں جائیں؟'' غیر ضروری لوگ پوچھ رہے تھے۔ ''مریں گے، پر ہٹیں گے نہیں۔'' ان کا نعرہ تھا۔

وہ تعداد میں اتنے زیادہ تھے کہ انھیں فی الفور موت کے گھاٹ بھی نہیں اتارا جا سکتا تھا۔

لیکن اس کے بجائے ان کے گھر، ان کے دروازے اور کھڑکیاں، ان کے چھپر، ان کے برتن بھانڈے، ان کی پلیٹیں، ان کے چمچ، ان کے اسکول چھوڑنے کے سرٹیفکیٹ، ان کے راشن کارڈ، ان کی شادیوں کے سرٹیفکیٹ، ان کے بچوں کے اسکول، ان کی زندگی بھر کی کمائیاں، ان کی آنکھوں کے تاثرات، آسٹریلیا کے امپورٹڈ پیلے بلڈوزروں سے پیس دیے گئے (جو ڈِچ وِچ، کھڈّ وڈھڈّ و کہلاتے تھے، وہی بل ڈوزر)۔ یہ جدید ترین مشینیں تھیں۔ ان سے تاریخ کو بھی پیسا جا سکتا تھا اور بلڈنگ مٹیریل کی مانند اس کا انبار لگایا جا سکتا تھا۔

اس طرح، تعمیرِ نو کے موسم میں، نانی اماں ٹوٹ پھوٹ گئیں۔

شدید مسابقت میں مبتلا ٹی وی چینلوں نے بریکنگ سٹی (ٹوٹتے شہر) کی کہانی کو 'بریکنگ نیوز' بنا کر پیش کیا۔ کسی نے اس ستم ظریفی پر توجہ نہیں دی۔ انھوں نے اپنے ناتربیت یافتہ لیکن جاذبِ نظر رپورٹروں کو کھلا چھوڑ دیا جو سارے شہر میں کھاج کی طرح پھیل کر تند، عاجلانہ اور بے معنی سوالات پوچھتے پھرے۔ انھوں نے غریبوں سے پوچھا کہ غریب ہونا کیسا لگ رہا ہے، بھوکوں سے پوچھا کہ بھوکے ہونا کیسا لگ رہا ہے، بے گھروں سے پوچھا کہ بے گھر ہونا کیسا لگ رہا ہے۔ ''بھائی صاحب، یہ بتائیے آپ کو کیسا لگ رہا ہے...؟'' ٹی وی چینلوں پر مایوسیوں کی لائیو ٹیلی کاسٹ کے لیے اسپانسروں کا فقدان نہیں تھا۔ مایوسیوں کا بھی فقدان نہیں تھا۔

فیس لے کر اپنی ماہرانہ رائے کا اظہار کرتے ہوئے ماہرین نے کہا، ''آخر **کسی** کو تو ترقی کی قیمت ادا کرنی ہی ہوگی۔'' انھوں نے بڑی مہارت سے کہا۔

بھیک مانگنے پر پابندی لگا دی گئی۔ ہزاروں بھکاریوں کو گھیر کر باڑوں میں ڈال دیا گیا، پھر ٹرکوں میں انھیں شہر سے باہر پھنکوا دیا گیا۔ واپس لانے میں ان کے دلالوں کو اچھی خاصی رقم چکانی پڑی۔

'کمزوروں کے حامی فادر جون' نے چٹھی لکھ کر پوچھا کہ پولیس ریکارڈ کے مطابق، گزشتہ ایک سال میں تقریباً تین ہزار ناشناختہ لاشیں (انسانی) شہر کی سڑکوں پر ملی ہیں۔ کوئی جواب نہ ملا۔

لیکن کھانوں کی دکانیں کھانوں سے مچا مچ بھری تھیں۔ کتابوں کی دکانیں کتابوں سے ٹھسا ٹھس بھری تھیں۔ جوتوں کی دکانیں جوتوں سے کھچا کھچ بھری تھیں۔ اور لوگ (جن کا شمار لوگوں میں کیا جاتا ہے) ایک دوسرے سے کہتے تھے، ''اب شاپنگ کے لیے فارن جانے کی ضرورت نہیں۔ امپورٹڈ چیزیں اب یہیں مل جاتی ہیں۔ دیکھو، اب بامبے ہمارا نیویارک ہے، دلی ہمارا واشنگٹن ہے اور کشمیر ہمارا سوئٹزرلینڈ۔ اِٹس لائیک رِیئلی لائیک سالا فنٹاسٹک یار!''

سڑکیں سارا دن ٹریفک سے تھمی رہتیں۔ حال ہی میں اجاڑ دیے گئے لوگ، جو شہر کی دراڑوں اور کونوں کھدروں میں رہتے تھے، نمودار ہوتے اور مہنگی، ایر کنڈیشنڈ کاروں کو گھیر لیتے۔ وہ صافیاں، موبائل فون چارجر، ماڈل جمبو جیٹ، بزنس میگزینیں، مینجمنٹ کی سرقہ کی ہوئی کتابیں (**کروڑپتی کیسے بنیں؟**، **کیا چاہتا ہے ینگ انڈیا!**)، لذیذ کھانوں کی گائیڈ بکس، اِنٹیریئر ڈیزائن میگزینیں، جن پر فرانس کے مضافاتی بنگلوں کی رنگین تصویریں چھپی ہوتیں، نیز روحانیت کے کوئک فکس رسالے (**اپنی خوشیوں کے آپ خود ہی ذمہ دار** یا **اپنے ہی دوست کیسے بنیں**) فروخت کرتے۔ یومِ آزادی پر وہ کھلونا مشین گنیں اور چھوٹے چھوٹے قومی پرچم بیچتے جن کی ڈنڈیوں پر لکھا ہوتا: **میرا بھارت مہان**۔ مسافر اپنی کاروں کی کھڑکیوں سے باہر دیکھتے اور انھیں صرف وہ اپارٹمنٹ نظر آتے جنھیں خریدنے کے وہ منصوبے بنا رہے ہوتے، جکوزی (Jacuzzi) جو انھوں نے حال ہی میں لگوائے ہیں، وہ روشنائی جو من بھاتے سودوں پر دستخط کرنے کے بعد ابھی سوکھی بھی نہیں۔ ان کے چہروں پر یوگ دھیان کی کلاسوں کے سبب شانتی ہوتی اور یوگا کی کسرت کے سبب چمک نظر آتی۔

شہر کے صنعتی نواحی علاقوں میں، جہاں میلوں تک پھیلی دلدل بے حساب کوڑے کرکٹ اور پلاسٹک کی رنگ برنگی تھیلیوں سے جھلملاتی رہتی ہے، جہاں شہر بدر لوگوں کو 'پھر سے بسا دیا گیا' ہے، فضا میں کیمیکل گھلا ہے اور پانی میں زہر۔ کائی زدہ گدلے تالابوں سے مچھروں کے بادل اٹھے۔ غیر ضروری ماؤں نے اسی ملبے پر چڑیوں کی طرح بسیرا کیا جہاں کبھی ان کے گھر ہوتے تھے اور یہ گا کر اپنے غیر ضروری بچوں کو سلایا:

سوتی رہو، بوؤا، بھکول ابئیا
نانی گام سے آنگا، سِیائت ابئیا
ماما سنگے مامی، نچائت ابئیا
کارا سنگے چارا، لبائت ابئیا

سوتی رہیو لاڈو، راکشس آوے گا
نانی کے گاؤں سے سِیا کرتا آوے گا
ماما سنگ مامی، ناچتی آویں گی
پایل اور کنگن، ساتھ میں لاویں گی

غیر ضروری بچے سوتے رہے، پیلے بلڈوزروں کے خواب دیکھتے رہے۔

شہر کی دھند اور مشینوں کی گن گن سے بلند تر رات دور دور تک پھیلی ہوئی اور حسین تھی۔ آسمان ستاروں کا جنگل تھا۔ جیٹ طیارے دھیرے دھیرے، سرسراتے ہوئے دُمدار ستاروں کی مانند اڑ رہے تھے۔ دھند میں لپٹے چند طیارے اترنے کے انتظار میں پرت در پرت اندرا گاندھی انٹرنیشنل ایرپورٹ کے اوپر معلق تھے۔

❄

نیچے دھرتی پر، جنتر منتر کے کنارے، اس قدیم رصدگاہ کے نزدیک جہاں پہلی بار ہماری بچی کا ظہور ہوا، منھ اندھیرے بھی خاصی چہل پہل تھی۔ کمیونسٹ، مخالفت پسند، علیحدگی پسند، انقلابی، خواب باف،

کاہل، سنکی، سرپھرے، چرسی، ہر طرح کے ٹھلوے اور ایسے دانا لوگ جو نوزائیدہ بچوں کو تحفے دینے کی استعداد نہیں رکھتے، مٹر گشتی کر رہے تھے۔ گزشتہ دس دنوں سے، شہر کے تازہ ترین تماشے نے ان سب کو ٹھکانے لگا دیا تھا، اُس مقام سے کھدیڑ دیا تھا جہاں ان کی اپنی عملداری ہوا کرتی تھی — شہر کے اس واحد مقام سے جہاں انھیں جمع ہونے کی اجازت تھی۔ بیس سے زیادہ ٹی وی ٹیمیں، پیلی کرینوں پر کیمرے چڑھائے، اپنے نئے روشن ستارے پر رات دن نظریں جمائے تھیں: یہ نیا ستارہ ایک گول مٹول بوڑھا گاندھی وادی تھا، سابق فوجی سپاہی اور حالیہ دیہات کا سماجی کارکن، جس نے ہندوستان کو کرپشن سے نجات دلانے کا اپنا خواب سچ کر دکھانے کے لیے آمرن اَن شن (تادمِ مرگ بھوک ہڑتال) کا اعلان کیا تھا۔ وہ ایک بیمار سادھو کے سے ناز سے پھولا ہوا پشت کے بل لیٹا تھا، بھارت ماتا کے ایک پورٹریٹ کے سائے میں — ہندوستان کے نقشہ نما جسم پر (غیر منقسم برٹش انڈیا، جس میں ظاہر ہے کہ پاکستان اور بنگلہ دیش بھی شامل تھے) متعدد بازوؤں والی دیوی، بھارت ماتا۔ اس کی ہر آہ، ہر کراہ، اردگرد بیٹھے لوگوں کو سرگوشی میں دی گئی ہر ہدایت، رات بھر براہِ راست براڈکاسٹ کی جاتی تھی۔

بوڑھے کے ہاتھ میں کوئی رگ آ گئی تھی۔ شہر کی بیداری کا یہ موسمِ گرما گھوٹالوں کا بھی موسم تھا— کوئلہ گھوٹالے، خام لوہے کے گھوٹالے، رہائشی مکانات کے گھوٹالے، انشورنس گھوٹالے، اسٹامپ پیپر گھوٹالے، فون لائسنس گھوٹالے، زمین گھوٹالے، باندھ گھوٹالے، سینچائی گھوٹالے، اسلحہ اور گولا بارود گھوٹالے، پٹرول پمپ گھوٹالے، پولیو ویکسین گھوٹالے، بجلی کے بل کے گھوٹالے، اسکولی کتابوں کے گھوٹالے، باباؤں کے گھوٹالے، قحط میں راحت رسانی کے گھوٹالے، کار نمبر پلیٹ گھوٹالے، ووٹر لسٹ گھوٹالے، شناختی کارڈ گھوٹالے — جن میں سیاسی نیتا، بزنس مین، بزنس مین سیاست داں، اور سیاست داں بزنس مین، عوامی دولت کو ناقابلِ تصور مقدار میں لوٹ چکے تھے۔

ایک ماہر معدن کار کی مانند بوڑھے آدمی نے معدن کا ایک نسبتاً فراواں کنارہ ڈھونڈ لیا، یعنی عوام کے مجتمع غصے کا ذخیرہ، اور راتوں رات دیوتا سمان ہو گیا، جس پر وہ خود بھی حیران تھا۔ کرپشن سے عاری سماج کا اس کا خواب ایک ایسی شاداب چراگاہ کی مانند تھا جس میں، کرپٹ ترین لوگوں سمیت، ہر شخص کچھ عرصے کے لیے چرنے آ سکتا تھا۔ ایسے تمام لوگ جنھیں بصورتِ دیگر ایک دوسرے سے کوئی علاقہ نہ

تھا (بایاں بازو، دایاں بازو اور بے بازو)، سب اس کی جانب پرواز بھرنے لگے۔ اس کے یوں اچانک ظہور نے، جیسے وہ عدم سے آٹپکا ہو، نوجوانوں کی اس بے صبر نئی نسل کو حوصلہ اور مقصد فراہم کر دیا جو ابھی تک تاریخ اور سیاست سے نابلد تھی۔ یہ نوجوان جینز اور ٹی شرٹیں پہنے، گٹار اور کرپشن مخالف ایسے نغمے لے کر آئے جو انھوں نے خود تیار کیے تھے۔ وہ اپنے بینر اور پلے کارڈ ساتھ لائے تھے جن پر Enough is Enough، بہت ہو چکا، اور ''گھوٹالے بند کرو!'' کے نعرے لکھے ہوئے تھے۔ نوجوان پروفیشنلز— وکیل، اکاؤنٹنٹس اور کمپیوٹر پروگرامرز— نے انتظامات سنبھالنے کے لیے ایک کمیٹی بنائی۔ انھوں نے پیسہ اکٹھا کیا، ایک بڑا شامیانہ تیار کرایا اور رنگ منچ کا ساز و سامان فراہم کیا (بھارت ماتا کا پورٹریٹ، قومی پرچموں، گاندھی ٹوپیوں اور بینروں کی رسد) اور ڈِجیٹل اسٹیج میڈیا کیمپین شروع کر دیا۔ بوڑھے آدمی کی دیہاتی خطابت اور زمینی اقوال ٹوییٹر کا عام رجحان بن گئے اور فیس بک پر ان کی یلغار ہو گئی۔ ٹی وی کیمروں کو اسے دکھانے سے سیری نہ ہوتی تھی۔ سابق بیوروکریٹ، پولیس والے، فوجی افسر ساتھ آتے گئے اور کارواں بنتا گیا۔

جھٹ پٹ ستارہ بن جانے کے باعث بوڑھے آدمی کی سرشاری بڑھ گئی۔ اس سے وہ مزید پھول گیا اور قدرے جارح بھی ہو گیا۔ وہ یہ محسوس کرنے لگا کہ صرف کرپشن کے موضوع سے چپکے رہنے سے اس کا انداز سکڑ رہا ہے اور اپیل محدود ہو رہی ہے۔ اس نے سوچا کہ وہ کم از کم اتنا تو کر ہی سکتا ہے کہ اپنے بنیادی جوہر، اپنی ذات اور اپنی فطری، دیہی دانش کا تھوڑا سا حصہ اپنے مریدوں کو بھی عطا کرے۔ اور بس سرکس شروع ہو گیا۔ اس نے اعلان کیا کہ وہ ہندوستان کی دوسری تحریکِ آزادی کی رہنمائی کر رہا ہے۔ اس نے اپنی بوڑھی بچکانی آواز میں ہلچل مچانے والی تقریریں کیں۔ اس کی آواز حالانکہ ایسی تھی جیسے دو غباروں کی باہم رگڑ سے پیدا ہوتی ہے، پھر بھی لگتا تھا کہ اس نے قوم کی روح کو چھو لیا ہے۔ بچوں کی سالگرہ کے جشن میں کسی جادوگر کی مانند اس نے شعبدے دکھائے اور سبک ہوا میں ہاتھ بڑھا کر تحفے حاضر کر دیے۔ ہر شخص کے لیے اس کے پاس کچھ نہ کچھ موجود تھا۔ ہندو راشٹر بھکتوں میں اس نے بجلیاں بھر دیں (جو بھارت ماتا کا نقشہ دیکھ کر پہلے ہی جوش میں تھے) اور ان کا متنازعہ جنگی نعرہ گونج اٹھا: وندے ماترم! جب کچھ مسلمان بے چین ہونے لگے تو کمیٹی نے بمبئی کے ایک مسلمان

فلم اسٹار کو بلانے کا اہتمام کیا۔ وہ آ کر ایک گھنٹے سے زیادہ بوڑھے آدمی کے نزدیک، سر پر نماز کی ٹوپی اوڑھے بیٹھا رہا (اس نے پہلے کبھی ایسا نہیں کیا تھا) اور اس طرح اس نے انیکتا میں ایکتا، کثرت میں وحدت کا پیغام دیا۔ روایت پسندوں کے لیے بوڑھے نے گاندھی کے اقوال دہرائے۔ اس نے کہا کہ ذات پات کے نظام میں ہی ہندوستان کی نجات ہے۔ ''ہر ذات کے لوگوں کو اپنا وہی پیشہ کرنا چاہیے جس کے لیے وہ پیدا کیا گیا ہے، لیکن ہر کام کا سمّان کرنا ضروری ہے۔'' اس پر دلت بھڑ کے تو ایک میونسپل صفائی کرمچاری کی ننھی سی بیٹی کو نئی فراک پہنا کر اس کے پہلو میں بٹھا دیا گیا۔ اس کے ہاتھ میں پانی کی بوتل تھی، جس سے وہ گاہے بہ گاہے پانی کے گھونٹ بھرتا تھا۔ تنگ نظر اخلاق پرستوں کے لیے بوڑھے آدمی کا نعرہ تھا: **چوروں کے ہاتھ کاٹے جائیں! دہشت گردوں کو پھانسی دی جائے!** ہر رنگ کے قوم پرستوں کے لیے اس نے دہاڑ کر نعرہ لگایا، **دودھ مانگوگے تو کھیر دیں گے، کشمیر مانگوگے تو چیر دیں گے۔**

انٹرویو دیتے وقت اپنی فیریکس بے بی مسکراہٹ کے ساتھ مسکرا کر اس نے مسوڑھے دکھائے اور بتایا کہ گاؤں کے چھوٹے سے کمرے میں، جو گاؤں کے مندر سے متصل تھا، وہ کس طرح سادگی سے برہمچاری کی زندگی گزارتا تھا اور کتنا مسرور تھا۔ پھر اس نے وضاحت کی کہ کس طرح گاندھی جی کی **رتی سادھنا**، مَنی ضبط کرنے کی مشق نے اَن شن کے دوران اپنی توانائی برقرار رکھنے میں اس کی مدد کی ہے۔ اس کا مظاہرہ کرنے کے لیے، اَن شن کے تیسرے دن وہ اپنے بستر سے اٹھا اور اپنے سفید دھوتی کرتے میں اس نے اسٹیج پر جاگنگ کر کے دکھائی اور اپنے بازوؤں کی ڈھلی ہوئی مچھلیاں پھلا کر دکھائیں۔ لوگ ہنسے اور روئے، اور آشیرباد دلانے کے لیے اپنے بچوں کو اس کے پاس لے کر آئے۔

ٹیلیوژن دیکھنے والوں کی تعداد آسمان چھونے لگی۔ اشتہاروں کی ریل پیل ہوگئی۔ ایسا جنون پہلے کبھی نہیں دیکھا گیا تھا، کم از کم پچھلے بیس سال کے عرصے میں، جب 'سم وَرتی چمتکار' کے دن یہ خبریں آئی تھیں کہ بھگوان گنیش کی مورتیوں نے ساری دنیا کے مندروں میں ایک ساتھ دودھ پینا شروع کر دیا ہے۔

لیکن بوڑھے آدمی کی کو اب نواں دن لگ چکا تھا، اور خارج نہ ہونے والی منی کے بھنڈار کے باوجود وہ خاصا کمزور ہو گیا تھا۔ اس دن سہ پہر کو شہر بھر میں افواہ گرم ہونے لگی کہ اس کے جسم میں

کریٹنین (creatinine) کی مقدار بڑھ گئی ہے اور گُردوں کی حالت خستہ ہو رہی ہے۔ معروف و معزز لوگ اس کے بستر کے گرد قطاریں باندھنے لگے، اور اس کا ہاتھ تھام تھام کر فوٹو کھنچوانے لگے، اور اس سے التجائیں کرنے لگے کہ وہ نہ مرے (حالانکہ کسی کو بھی سچ مچ یقین نہیں تھا کہ ایسا ہوگا)۔ صنعت کاروں نے، جن کے گھوٹالوں کی پول کھل چکی تھی، اس کی تحریک کے لیے پیسہ فراہم کیا اور عدم تشدد کے تئیں ثابت قدمی کے لیے بوڑھے آدمی کی تعریف کی۔ (ہاتھ کاٹنے، پھانسی پر چڑھانے اور چیر دینے کے جو نسخے اس نے تجویز کیے تھے، انھیں معقول انتباہ کے طور پر تسلیم کر لیا گیا۔)

بوڑھے آدمی کے مداحوں میں نسبتاً امیر پروانے، جو زندگی کی آسائشوں سے مالا مال تھے لیکن جنھیں ایسی ہیجانی ریل پیل کا تجربہ نہیں تھا، اور جنھوں نے ایسے برحق غصے کا مزہ نہیں چکھا تھا جو عوامی احتجاج میں شامل ہونے کے سبب ابلنے لگا تھا، اپنی اپنی کاروں اور موٹر سائیکلوں پر سوار، قومی پرچم لہراتے اور قومی ترانے گاتے ہوئے آئے۔ پھنسے خرگوش کی حکومت، جو کبھی ہندوستان کے اقتصادی معجزے کا مسیحا تھا، مفلوج ہو کر رہ گئی۔

دور دراز کے گجرات میں، گجرات کے للا نے بچہ نما بوڑھے کے ظہور کو دیوتاؤں کی طرف سے اشارہ مانا۔ کبھی نشانہ خطا نہ کرنے والی اپنی درندوں جیسی چوکنی خصلت کے ساتھ اس نے اپنی 'دہلی چلو' مہم کی رفتار بڑھا دی۔ بوڑھے آدمی کے اَن شن کے پانچویں روز للا کے لشکر نے (استعارتاً کہیں تو) دہلی کے داخلی دروازوں پر پڑاؤ ڈال دیا۔ جنتر منتر پر اس کے آمادۂ جنگ جاں نثاری لشکر کا سیلاب آ گیا۔ اپنی جوشیلی پرشور حمایت کا اعلان کر کر کے انھوں نے بوڑھے آدمی پر غلبہ پا لیا۔ ان کے جھنڈے کہیں زیادہ بڑے تھے، ان کے گیتوں میں سب سے زیادہ گھن گرج تھی۔ انھوں نے کاؤنٹر لگائے اور غریبوں کو مفت کھانا تقسیم کرنے لگے (اُن کروڑ پتی دھارمک باباؤں نے فنڈ کی بھرمار کر دی جو للا کے حامی تھے)۔ انھیں سخت ہدایتیں دی گئی تھیں کہ سروں پر اپنی شناختی بھگوا پٹیاں نہ باندھیں، بھگوا جھنڈے نہ لہرائیں اور گجرات کے محبوب کا ذکر بھول کر بھی نہ کریں۔ یہ ترکیب کام کر گئی۔ چند دنوں میں ہی اس نے محل پر شب خون مارا۔ نوجوان پروفیشنل، جنھوں نے بوڑھے آدمی کو شہرت دلانے کے لیے سخت محنت کی تھی، یا بوڑھا آدمی جب تک یہ سمجھتا کہ آخر ہوا کیا، اس سے قبل ہی ان کی حکومت معزول کر دی گئی۔ شاداب

چراگاہ تاراج ہوگئی اور کسی کو بھی پتا نہ چلا۔ پھنسے خرگوش کی باری آنے والی تھی۔ للا جلد ہی دہلی میں داخل ہو جائے گا۔ اس کے لوگ، اس کے ہم شکل کاغذی ماسک اپنے چہروں پر لگائے، اسے اپنے کندھوں پر اٹھائے اس کے نام کے نعرے لگائیں گے— **للا! للا! للا!**—اور اسے تختِ شاہی پر بٹھائیں گے۔ وہ جدھر نظر اٹھائے گا، صرف اپنا ہی نظارہ کرے گا۔ ہندوستان کا نیا شہنشاہ۔ وہ سمندر تھا۔ لامحدود تھا۔ بذاتِ خود بنی نوع انساں تھا۔ لیکن یہ سب واقع ہونے میں ابھی ایک سال باقی تھا۔

فی الوقت، جنتر منتر پر اس کے حامیوں نے سرکار کے کرپشن کے خلاف چیخ چیخ کر اپنے گلے بٹھا لیے۔ (**مردہ باد! مردہ باد! ڈاؤن! ڈاؤن! ڈاؤن! ڈاؤن!**) رات پڑے وہ جلدی جلدی اپنے گھروں کو لوٹ جاتے تا کہ خود کو ٹی وی پر دیکھ سکیں۔ صبح کوان کی واپسی سے پہلے بوڑھا آدمی اور اس کا 'کور گروپ' (چند آدمیوں پر مشتمل) لہلہاتے ہوئے سفید شامیانے کے نیچے، جو اتنا کشادہ تھا کہ اس میں ہزاروں کا مجمع سما سکے، ذرا سونے سونے اور ویران نظر آتے تھے۔

اینٹی کرپشن شامیانے کے قریب، املی کے ایک پرانے درخت کی پھیلی ہوئی شاخوں کے نیچے ایک نمایاں الگ تھلگ جگہ پر، ایک اور معروف گاندھی وادی کارکن غیر میعادی بھوک ہڑتال پر بیٹھی تھی، ہزاروں کسانوں اور آدی باسی لوگوں کی خاطر، جن کی زمینیں حکومت نے اس لیے ہڑپ لی تھیں کہ ایک پیٹروکیمیکلز کارپوریشن کو دے سکے جسے بنگال میں کوئلے کی ایک کان کی کھدائی کرنی تھی اور تھرمل پاور پلانٹ لگانا تھا۔ یہ اس عورت کے کیریئر کی انیسویں غیر میعادی بھوک ہڑتال تھی۔ اپنے لمبے بالوں کی جاذبِ نظر چوٹی کے ساتھ حالانکہ وہ خوبصورت نظر آتی تھی، لیکن ٹی وی کیمروں کے بیچ وہ اتنی مقبول نہ تھی جتنا کہ بوڑھا آدمی۔ اس کی وجہ کوئی راز کی بات نہ تھی۔ پیٹروکیمیکلز کارپوریشن بیشتر ٹیلیوژن چینلوں کی مالک تھی اور بقیہ چینلوں کو بھاری تعداد میں اشتہار دیتی تھی۔ چنانچہ غصے میں تلملائے تبصرہ نگار ٹی وی اسٹوڈیوز میں گیسٹ اپیرنس کے لیے آتے اور اس عورت کی مذمت کرتے اور ایسے اشارے دیتے کہ 'بیرونی طاقتیں' اس کو فنڈ فراہم کر رہی ہیں۔ مبصرین اور صحافیوں کی اچھی خاصی تعداد ایسی تھی جو کارپوریشن کے بھی تنخواہ دار تھے اور اپنے مالکوں کے لیے جی جان سے کام کرتے تھے۔ لیکن سڑک پر جو

لوگ اس عورت کے گرد بیٹھے ہوے تھے، وہ اس سے محبت کرتے تھے۔ ڈھول میں اَٹے ہوے کسان پنکھا جھل کر اس کے چہرے سے مچھر اڑاتے۔ توانا کسان عورتیں اس کے پیروں کی مالش کرتیں اور پرستش بھری نظروں سے اسے دیکھتی رہتیں۔ نومشق ایکٹیوسٹ، جن میں بعض یوروپ اور امریکا سے آنے والے طالبِ علم تھے، ڈھیلے ڈھالے ہپی لباس پہنے، اپنے لیپ ٹاپ کمپیوٹروں پر پیچیدہ دلائل سے معمور پریس ریلیزیں تیار کرتے۔ کئی دانشور اور متفکر شہری سڑک پر بیٹھے اُن کسانوں کو کسانوں کے حقوق سمجھاتے جو برسوں سے اپنے حقوق کی لڑائی لڑ رہے تھے۔ بیرونی دانش گاہوں میں سماجی تحریکوں پر کام کرنے والے (اس موضوع کی مانگ بہت زیادہ تھی) پی ایچ ڈی کے طالب علم کسانوں کے طول طویل انٹرویو لیتے اور اس بات پر ممنونیت محسوس کرتے کہ ان کا فیلڈ ورک خود ہی چل کر شہر میں آ گیا ہے، ورنہ توانھیں چل کر ان گاؤں دیہاتوں میں جانا پڑتا جہاں ٹوائلٹ نہیں ہیں اور فلٹرڈ پانی ملنا مشکل ہے۔

کوئی درجن بھر بھاری بھرکم آدمی سِول لباس میں، لیکن اپنے غیر سِول بالوں کے ساتھ (گردن اور کانوں پر بہت چھوٹے کٹے ہوے)، اور غیر سِول موزے جوتے پہنے (خاکی موزے، براؤن جوتے) بھیڑ میں رل مل گئے تھے اور پوری بے شرمی سے شرکاے گفتگو کی کن سوئیاں لے رہے تھے۔ ان میں سے بعض لوگ، صحافی ہونے کا مکر کیے، چھوٹے ہینڈی کیم پر ان کی گفتگو کی فلم بنانے میں لگے تھے۔ نوجوان غیر ملکیوں پر وہ خصوصی توجہ صرف کر رہے تھے (جن میں سے بہت سوں کے ویزے جلد ہی منسوخ کر دیے جائیں گے)۔

ٹی وی کی روشنیوں نے گرم ہوا کو مزید گرما دیا تھا۔ خودکش پروانوں نے سَن گن لائٹوں پر خودکش حملہ کیا اور وہ رات جھلسے ہوے پروانوں کی بو سے بھر گئی۔ پندرہ اپاہج لوگ، گرمی میں دن بھر بھیک مانگنے کے بعد چڑچڑائے اور تھکن سے چور، اندھیرے میں، روشنیوں کے دائرے سے دور منڈلا رہے تھے۔ وہ سرکار کے فراہم کردہ ہاتھ سے چلنے والے سائیکل رکشوں میں بیٹھے، پٹی میں کسی اپنی پشتوں اور ناکارہ اعضا کو آرام پہنچا رہے تھے۔ بے گھر کسانوں اور ان کی مشہور لیڈر نے انھیں سڑک کے سب سے ٹھنڈے اور سایہ دار حصے سے ہٹا دیا تھا جہاں وہ عموماً قیام کرتے تھے۔ چنانچہ ان کی ہمدردیاں پوری طرح پیٹرو کیمیکلز انڈسٹری کے ساتھ تھیں۔ وہ چاہتے تھے کہ کسانوں کا آندولن جتنی جلد ممکن ہو، ختم ہو

جائے تاکہ انھیں اپنی جگہ واپس مل جائے۔

تھوڑے فاصلے پر ایک آدمی اپنا بالائی بدن ننگا کیے، اس پر پیلے لیموں گوند سے چپکائے، ایک چھوٹے سے ڈبے سے آم کا گاڑھا شربت پرشور آواز میں سڑپ رہا تھا۔ اس نے یہ بتانے سے انکار کر دیا کہ اس نے لیموں کیوں چپکا رکھے ہیں اور یہ کہ بظاہر لیموں کا پرچار کرتا نظر آنے کے باوجود وہ آم کا شربت کیوں پی رہا ہے۔ اگر کوئی پوچھ بیٹھتا تو وہ اسے گالیاں دینے لگتا تھا۔ ایک اور ٹھلوا، جو خود کو 'پرفارمنس آرٹسٹ' بتاتا تھا، سوٹ اور ٹائی میں ملبوس، سر پر انگلش باؤلر ہیٹ لگائے، ہجوم میں ایک مقصد کے ساتھ گھومتا نظر آیا۔ فاصلے سے دیکھنے پر اس کا سوٹ یوں لگتا تھا جیسے اس پر سیخ کباب چھپے ہوئے ہیں، لیکن قریب سے دیکھنے پر پتا چلتا تھا کہ ہو بہو لینڈیاں ہیں۔ مرجھایا ہوا سرخ گلاب جو اس کے کالر میں لگا ہوا تھا، سیاہ پڑ چکا تھا۔ سفید رومال کا تکون اس کی بریسٹ پاکٹ سے جھانک رہا تھا۔ جب پوچھا گیا کہ اس کا پیغام کیا ہے تو، لیموں والے آدمی کی بے رخی کے برخلاف، اس نے اطمینان سے وضاحت کی کہ اس کا بدن محض ایک آلہ ہے اور وہ نام نہاد 'مہذب' دنیا سے یہ چاہتا ہے کہ وہ ٹٹی سے نفرت کرنا چھوڑ دے اور یہ مان لے کہ ٹٹی محض پروسیسڈ غذا ہے۔ یا غذا محض ٹٹی ہے۔ اس نے یہ بھی بتایا کہ وہ آرٹ کو آرٹ میوزیموں کے سائے سے نکال کر کھلی فضا میں 'عوام' کے درمیان لانا چاہتا ہے۔

لیموں والے آدمی کے قریب ہی انجم، صدام حسین اور استاد حمید بیٹھے تھے (جنھیں اس آدمی نے یکسر نظر انداز کر رکھا تھا)۔ ان کے ساتھ ایک بے حد جاذبِ نظر ہیجڑا تھا، عشرت، جو جنت گیسٹ ہاؤس میں مہمان تھی اور اندور سے آئی تھی۔ ظاہر ہے کہ یہ انجم کا آئیڈیا تھا— 'غریبوں کی مدد' کرنے کی اس کی پرانی تمنا۔ اس نے تجویز رکھی تھی کہ جنتر منتر جا کر خود دیکھا جائے کہ 'دوسری تحریکِ آزادی' جسے ٹی وی چینل دکھا رہے ہیں، آخر کیا ہے۔ صدام نے اس کی تجویز رد کر دی: ''پتا لگانے کے لیے اتنی دور جانے کی ضرورت نہیں۔ میں تمھیں یہیں بتا سکتا ہوں — یہ سارے گھوٹالوں کی مادر چود ہے۔'' لیکن انجم اَڑی رہی۔ اور ظاہر ہے کہ صدام اسے تنہا کیسے جانے دیتا۔ چنانچہ انھوں نے ایک چھوٹی سی ٹولی بنائی، انجم، صدام (اپنے دھوپ کے چشمے میں) اور نمو گورکھپوری پر مشتمل۔ استاد حمید، جو انجم سے ملنے کے لیے آئے ہوئے تھے، نوجوان عشرت کی مانند اس مہم میں گھسیٹ لیے گئے۔ انھوں نے طے کیا کہ رات کو

جائیں گے کیونکہ تب تک بھیڑ کم ہو چکی ہو گی۔ انجم نے ایک بدرنگ بھورا پٹھانی سوٹ پہنا، لیکن وہ خود کو بالوں میں کلپ لگانے، دوپٹہ اوڑھنے اور ہلکی سی لپ اسٹک لگانے سے نہ روک سکی۔ عشرت نے ایسا لباس پہنا تھا جیسے خود اپنی ہی شادی میں جا رہی ہو — زردوزی کا تیز گلابی کرتا اور سبز پٹیالہ شلوار۔ اتنا نہ سجنے کے ہر مشورے کو نظرانداز کرتے ہوے اس نے چمکدار گلابی لپ اسٹک لگائی اور اتنے زیور پہنے کہ رات جھلملا اٹھی۔ انجم، عشرت اور استاد حمید کو نمو اپنی کار میں لے کر آئی۔ صدام نے ان سے وہیں ملنا طے کیا تھا۔ وہ پایل پر سوار ہو کر جنتر منتر آیا اور تھوڑے فاصلے پر اسے ایک ریلنگ سے باندھ دیا (اور اس پر نظر رکھنے کے عوض ایک خوش مزاج، جوتے پالش کرنے والے چھوکرے سے دو چوکو بار اور دس روپے دینے کا وعدہ کیا)۔ یہ اندازہ کر کے کہ نمو گورکھپوری مضطرب ہو رہی ہے، صدام نے جانوروں کی وڈیوز دکھا کر، جو اس کے فون میں تھیں، اس کا دل بہلانے کی کوشش کی۔ ان میں سے بعض الیکن ان میں سے کسی میں بھی نہ تو بکرے تھے اور نہ ہی مغربی عورتوں کے فیشن، یوں انھوں نے نمو گورکھپوری کی بوریت کو کم نہیں ہونے دیا اور وہ معذرت کر کے جلد ہی رخصت ہو گئی۔ اس کے برعکس، انجم اس شور شرابے، بینروں اور تھوڑی بہت باتوں سے، جو اس کے کان میں پڑ رہی تھیں، سحرزدہ تھی۔ اس نے ضد کی کہ ابھی رکے رہو اور ''کچھ سیکھو''۔ چنانچہ سڑک پر موجود دوسرے لوگوں کی طرح یہ بھی اپنا اس نے خود بنائی تھیں۔ یہ آوارہ کتوں، بلیوں اور گایوں کی وِڈیوز تھیں، جن سے شہر کی سڑکیں ناپنے کے دوران اس کا واسطہ روز پڑتا تھا، اور بقیہ وِڈیوز اس کے واٹس ایپ کے دوستوں سے موصول ہوئی تھیں: دیکھو، یہ چڈھا صاحب کہلاتا ہے۔ کبھی نہیں بھونکتا۔ ہر روز، شام کو ٹھیک چار بجے یہ اسی پارک میں اپنی گرل فرینڈ کے ساتھ کھیلنے آتا ہے۔ اس گائے کو ٹماٹر اچھے لگتے ہیں۔ میں روزانہ اس کے لیے تھوڑے سے ٹماٹر لے جاتا ہوں۔ یہ کھجلی کا ایک بگڑا ہوا کیس ہے۔ کیا تم نے دو ٹانگوں پر کھڑے ہو کر عورت کو چومنے والے شیر کو پہلے کبھی دیکھا ہے ...؟ ہاں، یہ عورت ہی تو ہے۔ جب وہ پلٹے گی تو تم خود دیکھ لوگی ... چھوٹا سا جمگھٹا لگا کر بیٹھ گئے۔ یہاں ہیڈکوارٹر جمانے کے بعد انجم نے اپنے سفارت کار — ہز ایکسی لینسی، ترجمانِ عالی، صدام حسین کو یکے بعد دیگرے مختلف گروہوں کے پاس بھیجا تاکہ وہ اُن کے متعلق ضروری معلومات

جلدی سے جمع کرلائے کہ وہ کہاں سے آئے ہیں، ان کا احتجاج کس بات پر ہے اور ان کے مطالبے کیا کیا ہیں۔ فرمانبرداری کے ساتھ صدام ایک اسٹال سے دوسرے اسٹال پر یوں جاتا رہا جیسے وہ سیاسی کباڑی بازار میں کوئی خریدار ہو۔ بیچ بیچ میں وہ حاصل شدہ معلومات سے آگاہ کرنے کے لیے انجم کے پاس لوٹتا تھا۔ وہ زمین پر آلتی پالتی مارے بیٹھی، آگے کو جھکی، اس کی باتیں توجہ سے سنتی، سر ہلاتی، تھوڑا سا مسکراتی۔ لیکن جب وہ سنا رہا ہوتا تو براہِ راست صدام کی طرف نہیں دیکھتی تھی کیونکہ اس کی چمکتی ہوئی آنکھیں اس گروپ پر جمی ہوتیں جس کے متعلق وہ معلومات دے رہا ہوتا۔ استاد حمید کو صدام حسین کی لائی ہوئی اطلاعات سے مطلق دلچسپی نہ تھی۔ لیکن یہ مہم ان کے روزمرہ کے معمولات میں ایک خوش آئند تبدیلی تھی، چنانچہ اس کا حصہ بننے پر وہ مطمئن تھے اور چاروں طرف غائب دماغی سے دیکھتے ہوئے زیرِ لب گنگنا رہے تھے۔ عشرت، جو موقعے کی مناسبت سے بالکل بے ڈھنگے اور فضول لباس میں تھی، مختلف زاویوں سے اور مختلف پس منظروں کے ساتھ، سیلفیاں لینے میں مسلسل مصروف تھی۔ حالانکہ کوئی بھی اس کی طرف کچھ خاص توجہ نہیں دے رہا تھا (اس کے اور بچہ نما بوڑھے کے درمیان کوئی مسابقت نہ تھی)، پھر بھی اس نے یہ خیال رکھا کہ اپنے بیس کیمپ سے زیادہ دور نہ جائے۔ ایک موقعے پر عشرت اور استاد حمید اسکولی لڑکیوں والی دبی دبی ہنسی ہنسنے میں مگن ہو گئے۔ جب انجم نے پوچھا کہ ہنسنے والی کون سی بات ہے تو استاد حمید بتانے لگے کہ ان کے پوتے پوتیوں نے اپنی دادی کو کس طرح یہ سکھایا کہ اس کا شوہر ایک 'بلڈی فکنگ بچ'' ہے، جس کے معنی انھوں نے اپنی دادی کو یہ سمجھائے کہ انگریزی میں یہ محبت ظاہر کرنے والے الفاظ ہیں۔

''انھیں کچھ اندازہ نہیں تھا کہ وہ کیا کہہ رہی ہیں۔ وہ جب بول رہی تھیں تو بہت پیاری لگ رہی تھیں،'' استاد حمید نے ہنستے ہوئے کہا۔ ''بلڈی فکنگ بچ! یہ ہے جو میری بیگم مجھے پکارتی ہیں...''

''اس کا کیا مطلب ہوا؟'' انجم نے پوچھا۔ (اسے معلوم تھا کہ انگریزی میں 'بچ' کے کیا معنی ہوتے ہیں، لیکن 'بلڈی' اور 'فکنگ' نہیں جانتی تھی۔) اس سے پہلے کہ استاد حمید وضاحت شروع کریں (گو کہ وہ خود یقین سے نہیں کہہ سکتے تھے، صرف اتنا جانتے تھے کہ یہ بری بات ہے)، لمبے بالوں اور داڑھی والا ایک نوجوان آیا جس نے ڈھیلا ڈھالا بوسیدہ سا لباس پہن رکھا تھا اور اس کے ساتھ کھلے

ہوے گھنے، وحشی بالوں والی لڑکی تھی۔ انھوں نے بتایا کہ وہ لوگ احتجاج اور مزاحمت پر دستاویزی فلم بنا رہے ہیں اور یہ کہ فلم میں متواتر آنے والی تھیم احتجاج کرنے والوں سے یہ کہلوانا ہے: Another World is Possible۔ وہ جو بھی زبان بولتے ہوں، اسی میں۔ مثال کے طور پر، اگر ان کی مادری زبان ہندی یا اردو ہے تو کہہ سکتے ہیں، ''دوسری دنیا ممکن ہے...'' باتیں کرتے کرتے انھوں نے اپنے کیمرے لگائے اور انجم سے کہا کہ بولتے وقت وہ براہِ راست کیمرے کی طرف دیکھے۔ انھیں کچھ اندازہ نہ تھا کہ انجم کی لغت میں 'دنیا' کے کیا معنی ہیں۔ جہاں تک انجم کا تعلق ہے تو اس کی سمجھ میں خاک نہیں آیا۔ اس نے براہِ راست کیمرے میں دیکھا اور ان کی مدد کرتے ہوے بولی، ''ہم دوسری 'دنیا' سے آئے ہیں...''

نوجوان فلم سازوں نے، جنھیں ساری رات کام کرنا تھا، ایک دوسرے سے نظروں کا تبادلہ کیا اور طے کیا کہ اپنے مقصد کی مزید وضاحت کرنے سے بہتر ہوگا کہ آگے بڑھ جائیں کیونکہ اس میں بہت وقت صرف ہو جائے گا۔ انھوں نے انجم کا شکریہ ادا کیا اور سڑک پار کر کے سامنے والی پٹری کی جانب بڑھ گئے، جہاں کئی گروہ اپنے اپنے شامیانے لگائے بیٹھے تھے۔

پہلے شامیانے میں سر منڈائے، سفید دھوتیاں پہنے سات آدمی بیٹھے تھے، جنھوں نے مون برت، چپ کا روزہ، رکھا تھا۔ ان کا دعویٰ تھا کہ وہ تب تک نہیں بولیں گے جب تک کہ ہندی کو بھارت کی راشٹر بھاشا نہ بنا دیا جائے — بھارت کی سرکاری مادری زبان — بائیس سرکاری زبانوں اور سیکڑوں غیر سرکاری زبانوں کے بھی اوپر۔ گنجے آدمیوں میں سے تین سوئے ہوے تھے اور باقی چار نے اپنے دہانوں پر سے سفید اسپتالی ماسک (ان کے 'مون برت' کے پراپ) رات کی چائے پینے کی غرض سے ہٹا رکھے تھے۔ چونکہ وہ بول نہ سکتے تھے اس لیے فلم سازوں نے انھیں ایک چھوٹا سا پوسٹر پکڑا دیا جس پر Another World is Possible لکھا تھا۔ انھوں نے خیال رکھا کہ ہندی کو قومی زبان بنانے کا مطالبہ ان کے فریم سے باہر ہی رہے، کیونکہ دونوں فلم ساز متفق تھے کہ یہ ایک رجعت پسندانہ مطالبہ ہے۔ لیکن انھیں لگا کہ ماسک چڑھائے گنجے آدمی ان کی فلم کے لیے اچھا بصری مواد ہیں اور انھیں نظر انداز نہیں کرنا چاہیے۔

گنجے آدمیوں کے قریب پٹری کا خاصا بڑا حصہ گھیرے ہوے ہزاروں لوگوں کے پچاس

نمائندے بیٹھے تھے جنھیں بھوپال میں 1984 کی یونین کاربائیڈ گیس لیک نے اپاہج کر دیا تھا۔ وہ اس پٹری پر گزشتہ دو ہفتوں سے بیٹھے تھے۔ ان میں سے سات غیر میعادی بھوک ہڑتال پر تھے اور ان کی حالت بڑی تیزی سے خراب ہو رہی تھی۔ معاوضے کا مطالبہ لے کر، اس جھلسانے والی گرمی میں وہ ہزاروں میل چل کر بھوپال سے دہلی آئے تھے: اپنے لیے، نیز مسخ شدہ بچوں کی اگلی نسل کے لیے، جو گیس خارج ہونے کے بعد پیدا ہوئی تھی، صاف پانی اور طبی سہولتوں کا مطالبہ لے کر۔ پھنسے خرگوش نے بھوپالیوں سے ملنے سے انکار کر دیا تھا۔ ٹی وی کے عملوں کو ان سے کوئی دلچسپی نہ تھی۔ ان کی جدوجہد اس قدر پرانی پڑ چکی تھی کہ خبر نہیں بن سکتی تھی۔ لنج منج بچوں کے فوٹو، فورمالڈیہائڈ (formaldehyde) کی بوتلوں میں بند مسخ شدہ ایبارٹیڈ کچے بچے اور ہزاروں لوگ جو گیس لیک کے سبب مارے گئے یا اپاہج اور اندھے ہوئے، ریلنگ کے سہارے بھیانک پرچموں پر ڈوریوں سے لٹکے ہوئے تھے۔ ایک چھوٹے سے ٹی وی مانیٹر پر (وہ قریب کے ایک چرچ سے بجلی کا کنکشن لینے میں کامیاب ہو گئے تھے) نانی کی عمروں کی ایک پرانی فوٹیج مسلسل چلائی جا رہی تھی: یونین کاربائیڈ کارپوریشن کا امریکی چیف ایگزیکٹو آفیسر، بھاری بھرکم نوجوان وارن اینڈرسن، سانحے کے کافی عرصے بعد دہلی ایرپورٹ پہنچتا ہے۔ ''میں ابھی ابھی آیا ہوں،'' وہ دھکم پیل کرتے صحافیوں سے کہتا ہے۔ ''مجھے ابھی تفصیلات معلوم نہیں۔ ارے! تم مجھ سے کیا کہلوانا چاہتے ہو؟ واڈ ڈایا وانٹ می ٹو سے؟'' پھر وہ سیدھے ٹی وی کیمروں کی طرف دیکھ کر دیکھتا ہے اور ہاتھ ہلا کر کہتا ہے، ''ہائے مام!''

اس کا کہنا ساری رات جاری رہا: ''ہائے مام! ہائے مام! ہائے مام! ہائے مام! ہائے مام...''

ایک پرانا بینر، جو کئی دہائیوں سے استعمال ہوتے ہوتے بوسیدہ ہو چکا تھا، اعلان کر رہا تھا: **''وارن اینڈرسن جنگی مجرم ہے۔''** ایک نسبتاً نئے بینر پر لکھا تھا: **''وارن اینڈرسن اسامہ بن لادن سے بھی زیادہ لوگوں کا قاتل ہے۔''**

بھوپالیوں کے بعد دہلی کے کباڑیوں کی ایسوسی ایشن، اور اس کے بعد 'صفائی کرمچاری یونین' تھی جو شہر کے کوڑے اور نالیوں کو کارپوریٹ کے حوالے کرنے کے خلاف احتجاج کر رہی تھی۔ کارپوریشن جس نے ٹھیکے کی بولی لگائی اور جیتی، وہی تھی جس کو پاور پلانٹ لگانے کے لیے کسانوں کی

زمین دی گئی تھی۔ وہ شہر کی بجلی اور پانی کی تقسیم کا کام پہلے ہی چلا رہی تھی۔ اب شہر کے فضلے اور کوڑے کو ٹھکانے لگانے کے سسٹم کی بھی مالک تھی۔ کباڑیوں اور صفائی کرمچاریوں کے بعد پٹری کا سب سے عالیشان حصہ تھا— چمچماتا ہوا پبلک ٹوائلٹ جس میں فلوٹ گلاس کے آئینے تھے اور گرینائٹ کا چمکتا ہوا فرش۔ ٹوائلٹ کی بتیاں رات دن جلی رہتی تھیں۔ موتنے کی قیمت ایک روپیہ، ہگنے کی دو روپیہ، نہانے کی تین روپیہ۔ پٹری کے بیشتر لوگ اتنی قیمت ادا کرنے کی استعداد نہیں رکھتے تھے۔ بہت سے لوگ ٹوائلٹ کے باہر دیوار پر موتتے تھے۔ چنانچہ اس کے باوجود کہ ٹوائلٹ اندر سے بیداغ اور صاف ستھرا تھا، اس کے باہر ٹھہرے ہوئے پیشاب میں سے بدبو کے بھبکے اڑتے رہتے تھے۔ مینجمنٹ کو اس کی خاص پروانہ تھی، کیونکہ ٹوائلٹ کی کمائی کہیں اور سے ہوتی تھی۔ اس کی باہری دیوار سے بل بورڈ کا بھی کام لیا جاتا تھا جس پر ہر ہفتے کسی نئی چیز کا اشتہار ہوتا تھا۔

اس ہفتے ہونڈا کی جدید ترین لگژری کار کا اشتہار تھا۔ بل بورڈ کا اپنا ایک نجی گارڈ تھا۔ گلابیا ویچانیا، جو بل بورڈ کے قریب ہی ٹنگی چھوٹی سے نیلے پلاسٹک شیڈ کے نیچے رہتا تھا۔ یہ رہائش اس سے ایک درجہ بہتر تھی جہاں سے اس نے شروعات کی تھی۔ ایک برس پہلے جب گلابیا، بری طرح خوفزدہ اور ضرورت سے مجبور اس شہر میں وارد ہوا تھا تو اس نے ایک درخت پر رہنا شروع کیا تھا۔ اب اس کے پاس روزگار تھا اور رہائش کے نام پر چھت بھی۔ جس سکیورٹی ایجنسی کے لیے وہ کام کرتا تھا اس کا نام اس کی دھبوں پڑی نیلی شرٹ کے کندھے پر کشیدہ تھا: TSGS سیکیورٹی۔ (سنگیتا میڈم حرام زادی کتیا کی ایجنسی SSGS کی رقیب ایجنسی۔) اس کا کام خراب کاری کو روکنا تھا، خصوصاً ان بدمعاشوں کو روکنا جو بل بورڈ پر براہِ راست موتنے کی بار بار کوششیں کرتے تھے۔ وہ ہفتے میں سات دن اور دن میں بارہ گھنٹے کام کرتا تھا۔ اس رات گلابیا پیے ہوئے بدمست پڑا تھا اور اس پر نیند حاوی ہوگئی تھی کہ اسی وقت کسی نے سلور ہونڈا اسٹی کے ٹھیک اوپر ''انقلاب زندہ باد!'' پوت دیا، اور اس کے نیچے کسی اور نے یہ شعر لکھ دیا:

چھین لی تم نے غریب کی روزی
اور لگادی ہے فیس، کرنے پہ ٹٹی!

جب صبح ہوگی، گلابیا اپنی روزی کھو چکا ہوگا۔ اس جیسے ہزاروں لوگ اس کی جگہ نوکری پانے کی

امید میں قطار لگائیں گے۔ (ہوسکتا ہے ان میں وہ سڑک چھاپ شاعر بھی ہو۔) لیکن فی الحال، گلابیا گہری نیند سویا ہوا گہرے خواب دیکھ رہا تھا۔ خواب میں اس کے پاس اچھا خاصا اتنا روپیہ تھا کہ اپنا گزارہ بھی کرسکے اور تھوڑا بہت اپنے گھر گاؤں بھی بھیج سکے۔ خواب میں اس کا گاؤں ابھی موجود تھا۔ وہ کسی باندھ کے جل کُنڈ کی تلہٹی میں واقع نہیں تھا۔ مچھلیاں تیرتی ہوئی کھڑکیوں میں داخل نہیں ہو رہی تھیں۔ مگر مچھ سیمل کے درختوں کی اونچی شاخوں کو کاٹ کر نہیں گزر رہے تھے۔ سیاح اس کے کھیتوں میں کشتی میں سیر نہیں کر رہے تھے، اور ڈیزل کے دھنک رنگ بادل آسمان میں نہیں اڑ رہے تھے۔ خواب میں اس کا بھائی لوار یاباندھ پر ٹورسٹ گائیڈ نہیں تھا، جس کا کام باندھ کے کرشموں کا بکھان کرنا تھا۔ اس کی ماں باندھ کے انجینئر کے اس مکان میں جھاڑو بہارو نہیں کرتی تھی جو اُسی زمین پر بنا تھا جس کی وہ خود کبھی مالک تھی۔ اسے اپنے ہی درختوں سے آم نہیں چرانے پڑ رہے تھے۔ وہ کسی ری سیٹلمنٹ کالونی کی ٹین کی جھگی میں نہیں رہتی تھی جس کی دیواریں بھی ٹین کی تھیں اور چھت بھی، اور جو اتنی گرم رہتی تھی کہ اس پر پیاز تلی جاسکے۔ گلابیا کے خواب میں اس کی ندی اب بھی بہہ رہی تھی، اب بھی زندہ تھی۔ ننگے بچے اب بھی چٹانوں پر بیٹھے بانسری بجاتے، اور جب سورج کی تپش بڑھ جاتی تو پانی میں کود کر بھینسوں کے ساتھ تیرتے تھے۔ گاؤں سے پرے، سال کے جنگلوں سے ڈھکی پہاڑیوں میں تیندوے، سامبھر اور کاہل بھالو تھے، نیز تیج تیوہار کے موقعوں پر اس کے لوگ اپنے اپنے ڈھول لے کر پینے اور ناچنے کے لیے کئی دن کے لیے ان جنگلوں میں جمع ہوتے تھے۔

اپنی پرانی زندگی میں سے اگر اس کے پاس کچھ بچا تھا تو فقط یادیں، اس کی بانسری اور کانوں کی بالیاں (کام کے وقت جنھیں پہننے کی اجازت نہیں تھی)۔

غیر ذمہ دار گلابیا کے برعکس، جو سلور ہونڈا سٹی کی حفاظت کا اپنا فرض نبھانے میں ناکام رہا، ٹوائلٹ کا انچارج جنگ لال شرما پوری طرح بیدار تھا اور سخت مشقت کر رہا تھا۔ اس کی گھسی پٹی لاگ بک میں اندراج پورے تھے۔ اپنے بٹوے میں اس نے نوٹوں کی الگ الگ تہیں سلیقے سے رکھی تھیں۔ سکّوں کے لیے الگ تھیلی تھی۔ ایکٹوسٹوں، صحافیوں اور ٹی وی کیمرے والوں کو اپنے اپنے موبائل فون، لیپ ٹاپ اور کیمروں کی بیٹریاں ٹوائلٹ کے پاور پوائنٹس سے ریچارج کرنے کی اجازت دے کر وہ

اپنی آمدنی میں اضافہ کرتا تھا۔ ریچارج کرنے کی قیمت چھ بار نہانے اور ایک بار ہگنے کے مساوی تھی (یعنی بیس روپے)۔ بعض دفعہ وہ لوگوں کو موتنے کی قیمت میں ہگنے دیتا تھا اور اس کا اندراج لاگ بک میں نہیں کرتا تھا۔ شروع میں وہ اینٹی کرپشن کارکنوں سے ذرا محتاط تھا۔ (انھیں پہچاننا مشکل کام نہ تھا— دوسروں کے مقابلے میں وہ کم غریب اور زیادہ جارح تھے۔ حالانکہ وہ سب جینز اور ٹی شرٹ کے فیشن ایبل لباسوں میں تھے، لیکن ان میں سے اکثر نے سفید گاندھی ٹوپیاں لگا رکھی ہوتی تھیں جن پر فیریکس بے بی مسکان میں مسکراتے ہوے بچہ نما بوڑھے کی تصویریں چھپی تھیں۔) جنک لال شرما یہ خیال رکھتا تھا کہ ان سے درست قیمت وصول کرے اور ہر ایک کی صفائی ستھرائی کی نوعیت کا بااحتیاط صحیح اندراج کرے۔ لیکن ان میں سے بعض لوگ، خصوصاً تازہ واردان کی دوسری ٹکڑی میں سے، جو پہلے والوں سے زیادہ جارح تھے، اس بات پر غصہ کھانے لگے کہ دوسروں کی بہ نسبت ان سے زیادہ پیسہ وصولا جا رہا ہے۔ جلد ہی ان کے ساتھ بھی معمول والا معاملہ طے ہوگیا۔ اپنی زائد آمدنی سے اس نے ٹوائلٹ صاف کرنے کی اپنی ذمہ داریوں کا ٹھیکہ سریش بالمیکی کو دے رکھا تھا، کیونکہ یہ بات تصور سے پرے تھی کہ برہمن ذات اور پس منظر والا آدمی یہ کام کرسکتا ہے۔ سریش بالمیکی، جیسا کہ اس کے نام سے ظاہر ہے، اُس ذات کا تھا جسے بیشتر ہندو کھلے عام اور حکومت چھپے طور پر، میلا صاف کرنے والی ذات سمجھتے ہیں۔ ملک میں جیسے جیسے اضطراب بڑھتا گیا، احتجاج کے لیے سڑک پر آنے والوں کی قطار بے کنار ہوتی گئی۔ یوں ان سے اور ٹی وی کوریج والوں سے ملنے والی رقم میں سے سریش بالمیکی کو تنخواہ دینے کے بعد بھی جنک لال شرما نے اتنا روپیہ کما لیا کہ ایک ایل آئی جی فلیٹ یک مشت قیمت ادا کر کے خرید سکے۔

ٹوائلٹ کی مخالف سمت میں، سڑک پر ٹی وی عملوں کی پشت پر (لیکن کسی حد تک سخت نظریاتی فاصلے پر)، وہ جگہ تھی جسے پٹری کے لوگ بارڈر کہتے تھے: منی پوری قوم پرست، جو 'آرمڈ فورسز اسپیشل پاور ایکٹ' کی منسوخی کا مطالبہ کر رہے تھے، جس کے مطابق ہندوستانی فوجوں کو یہ قانونی حق حاصل ہے کہ 'شک' کی بنیاد پر جسے چاہیں قتل کر دیں۔ وہاں تبّتی پناہ گزیں تھے جو آزاد تبت کی مانگ کر رہے تھے۔ سب سے غیر معمولی (اور ان کی نظر میں سب سے خطرناک بھی) لاپتا لوگوں کی ماؤں کی انجمن Association of Mothers of the Disappeared تھی جن کے بیٹے کشمیر کی جنگِ آزادی میں

ہزاروں کی تعداد میں لاپتا ہو گئے تھے۔ (''ہائے مام!'' ''ہائے مام!'' ''ہائے مام!'' کا ساؤنڈ ٹریک چلنا ایک ڈراؤنی بات تھی، لیکن لاپتا لوگوں کی ماؤں نے اس کی خوفناکی پر کوئی توجہ نہیں دی کیونکہ وہ خود کو 'موج' سمجھتی تھیں — کشمیری زبان میں 'ماں' — نہ کہ 'مام'۔)

عالی مقام دارالسلطنت میں یہ ایسوسی ایشن پہلی بار آئی تھی۔ یہ محض مائیں نہیں تھیں۔ ان میں بیویاں، بہنیں اور لاپتا ہونے والوں کے چند چھوٹے چھوٹے بچے بھی شامل تھے۔ ان میں سے ہر ایک کے ہاتھ میں کھوئے ہوئے بیٹے، بھائی یا شوہر کی تصویریں تھی۔ بینر پر لکھا تھا:

کشمیر کی کہانی

مارے گئے= 68,000

لاپتہ= 10,000

یہ ڈیموکریسی ہے یا ڈیمن کریزی؟ (شیطانی جنون)

کسی ٹی وی کیمرے نے اپنا رخ اس بینر کی جانب نہیں موڑا، غلطی سے بھی نہیں۔ ہندوستان کی دوسری تحریکِ آزادی میں شامل بیشتر لوگ کشمیر کی آزادی کے تصور، نیز کشمیری عورتوں کی گستاخی پر کچھ ایسا محسوس کر رہے تھے جسے توہین سے کم نہیں کہا جا سکتا۔

کچھ مائیں بھوپال گیس لیک کے مظلومین کی طرح اکتاہٹ محسوس کرنے لگی تھیں۔ انھوں نے اپنی کہانیاں غم کے بین الاقوامی سپر بازاروں کی بے شمار میٹنگوں اور عوامی عدالتوں کے سامنے، دوسرے ملکوں میں جاری دوسری طرح کی جنگوں کے شکار لوگوں کے ساتھ بار بار سنائی تھیں۔ وہ سب کے سامنے روئی تھیں، اور اکثر روتی تھیں، لیکن اس سے کچھ بھی ان کے ہاتھ نہیں آیا تھا۔ جس خوفناک دہشت سے وہ گزر رہی تھیں، وہ مزید سنگین اور تلخ ہو چکی تھی۔

دہلی کا یہ سفر ایسوسی ایشن کے لیے ایک ناگوار تجربہ بن گیا۔ سہ پہر کے وقت سڑک کے کنارے پریس کانفرنس کے دوران ان کی گفتگو قطع کی گئی، انھیں دھمکایا گیا، جس پر پولیس کو مداخلت کر کے ماؤں کے گرد گھیرا ڈالنا پڑا۔ ''مسلم آتنک وادیوں کو مانو ادھیکاروں کا ادھیکار نہیں!'' گجرات کے للا کے

چھپے ہوے جاں نثاریوں نے چلاّ کر کہا تھا: ''ہم نے دیکھا ہے تم نے جو قتلِ عام کیا! ہم نے تمھاری نسل کُشی کا سامنا کیا ہے! ہمارے لوگوں کو شرنارتھی کیمپوں میں رہتے ہوے بیس سال ہو گئے ہیں!'' چند نوجوانوں نے مرے ہوے اور لاپتا کشمیریوں کی تصویروں پر تھوکا۔ جس 'قتلِ عام' اور 'نسل کشی' کا وہ حوالہ دے رہے تھے وہ وادیِ کشمیر سے کشمیری پنڈتوں کی ہجرت تھی۔ جب 1990 کی دہائی میں کشمیریوں کی جنگِ آزادی میں شدت آئی تھی تو کچھ مسلم شدت پسندوں نے اقلیتی ہندو آبادی پر تشدد کیا تھا۔ کئی سو ہندو خوفناک ڈھنگ سے قتل کر دیے گئے، اور حکومت نے اعلان کر دیا کہ وہ ان کی حفاظت کا ذمہ نہیں لے سکتی۔ تب کشمیری ہندوؤں کی تقریباً ساری آبادی، جو کوئی دو لاکھ افراد پر مشتمل تھی، وادی سے بھاگ کر جموں کے میدانی علاقوں میں شرنارتھی کیمپوں میں پناہ گزیں ہو گئی، جہاں بہت سے لوگ اب بھی رہتے تھے۔ اس دن پٹری پر موجود للا کے جاں نثاریوں میں چند ایسے کشمیری ہندو بھی شامل تھے جو وہاں اپنا گھر بار، اہل وعیال اور سب کچھ کھو چکے تھے۔

ماؤں کے نزدیک ان تھوکنے والوں سے بھی زیادہ تکلیف کا باعث شاید سلیقے سے سجی سنوری، پنسل جیسی دبلی پتلی کالج کی وہ تین لڑکیاں تھیں جو اس صبح شاپنگ کے لیے کناٹ پلیس جاتے ہوے ان کے قریب سے گزری تھیں۔ ''اوہ، واؤ! کشمیر! واٹ فن! لگتا ہے اب سب کچھ پوری طرح نارمل ہے یار! یاہ، سیف فار ٹورسٹس۔ چلو چلتے ہیں؟ سنا ہے یہ جگہ بہت خوبصورت ہے۔''

ماؤں کی ایسوسی ایشن نے فیصلہ کیا کہ کسی طرح رات گزار کر صبح کو چلی جائیں گی اور کبھی لوٹ کر دہلی نہیں آئیں گی۔ سڑک پر سونا ان کے لیے بالکل نیا تجربہ تھا۔ اپنے وطن میں ان سب کے خوبصورت گھر اور کچن گارڈن تھے۔ اس رات انھوں نے تھوڑا سا معمولی کھانا کھایا (یہ بھی نیا تجربہ تھا)، اپنے بینر تہہ کر کے رکھے اور صبح کے انتظار میں، نیز جنگ کے زخموں سے چور خوبصورت وادی میں لوٹ جانے کی خواہش دلوں میں لیے ہوے سونے کی کوشش کرنے لگیں۔

یہی وہ جگہ تھی، لاپتا کشمیریوں کی ماؤں کے بالکل نزدیک، کہ جہاں ہماری خاموش مزاج بچی نمودار ہوئی۔ اُس کی طرف ماؤں کا دھیان جانے میں تھوڑا وقت لگا کیونکہ اس کا رنگ رات کی طرح ہی

سیاہ تھا۔ ایک نہایت نمایاں عدم وجود، اسٹریٹ لائٹ کی پرچھائیوں میں۔ بیس سال سے زیادہ عرصے تک کریک ڈاؤن، کورڈن اینڈ سرچ آپریشنز اور آدھی رات کی دستکوں (آپریشن سرپ وِناش، سانپوں کا خاتمہ، آپریشن کیچ اینڈ کِل، پکڑو اور مارو) نے ماؤں کو تاریکی کا مطالعہ کرنا سکھا دیا تھا۔ لیکن جہاں تک ننھے بچوں کا تعلق ہے، وہ جن بچوں کو دیکھنے کی عادی تھیں وہ بادام کے پھولوں جیسے اور سیب جیسے گالوں والے ہوتے تھے۔ لاپتا لڑکوں کی مائیں نہیں جانتی تھیں کہ اس بچی کا کیا کریں جو یوں اِس پتے پر ظاہر ہوئی تھی۔

خصوصاً اتنی کالی

کروہون کال

خصوصاً اتنی کالی لڑکی

کروہون کال ہِش

خصوصاً غلاظت میں لپٹی ہوئی

شِکَس لَدھ

پٹری پر سرگوشی کسی پارسل کی مانند ایک سے دوسرے کے حوالے کی جاتی رہی۔ سوال پھر اعلان میں تبدیل ہوگیا: ''بھائی، بچہ کس کا ہے؟''

سنّاٹا!

تب کسی نے کہا کہ اس کی ماں سہ پہر میں پارک میں قے کرتی دیکھی گئی تھی۔ کسی اور نے کہا، ''ارے نہیں، وہ اس کی ماں نہیں تھی۔''

کوئی بولا کہ وہ بھکارن تھی۔ کسی نے کہا کہ وہ ریپ وِکٹم تھی (یہ لفظ ہر زبان میں موجود تھا)۔

کسی نے کہا کہ وہ اُس گروپ کے ساتھ آئی تھی جو صبح سیاسی قیدیوں کی رہائی کے حق میں دستخطی مہم چلا رہا تھا۔ افواہ یہ تھی کہ یہ ماؤنواز پارٹی کی ایک فرنٹ آرگنائزیشن ہے، جس پر قانونی پابندی ہے اور جو وسطی ہندوستان میں بستر کے جنگلوں میں گوریلا جنگ لڑ رہی ہے۔ کسی اور نے کہا، ''ارے نہیں، وہ اُن میں نہیں تھی۔ وہ اکیلی تھی۔ کچھ دن سے یہیں تھی۔''

کسی اور نے بتایا کہ وہ کسی سیاست داں کی محبوبہ تھی، جس نے اسے حاملہ ہونے کے بعد باہر پھنکوا دیا۔

ہر ایک نے اتفاق ظاہر کیا کہ سارے سیاست داں حرامی ہوتے ہیں۔ لیکن اس بات نے بھی مسئلے کے حل میں کوئی مدد نہیں کی:

بچی کا کیا کیا جائے؟

شاید اس احساس کے سبب کہ وہ توجہ کا مرکز بن گئی ہے، یا شاید اس لیے کہ خوفزدہ تھی، خاموش بچی بالآخر رو پڑی۔ ایک عورت نے اسے اٹھا لیا۔ (بعد میں اس کے متعلق یہ کہا گیا کہ وہ لمبی تھی، وہ ٹھگنی تھی، وہ کالی تھی، وہ گوری تھی، وہ خوبصورت تھی، خوبصورت نہیں تھی، وہ بوڑھی تھی، وہ جوان تھی، وہ اجنبی تھی، وہ جنتر منتر پر اکثر دیکھی جاتی تھی۔) کئی بار تہہ کر کے کاغذ کے ٹکڑے کی ایک چھوٹی سی چوکور ٹکیہ، ٹیپ لگا کر ایک موٹے کالے دھاگے میں پروئی ہوئی اس کی کمر سے بندھی تھی۔ عورت نے (جو خوبصورت تھی، جو خوبصورت نہیں تھی، جو لمبی تھی، جو ٹھگنی تھی) ٹیپ ہٹا کر کاغذ کا ٹکڑا نکالا اور کسی کو پڑھنے کے لیے دیا۔ پیغام انگریزی میں تھا اور اس میں کوئی ابہام نہ تھا: **میں اس بچی کو نہیں پال سکتی۔ اس لیے یہاں چھوڑ کر جا رہی ہوں۔**

آخرکار، منمناتے مشوروں کے بعد، جھجکتے ہوئے، اداسی کے ساتھ، بلکہ بے دلی سے لوگوں نے طے کیا کہ بچی ملنے کا یہ معاملہ پولیس کیس ہے۔

اس سے پہلے کہ صدام روک پاتا، انجم اٹھ کھڑی ہوئی اور تیزی سے اُس سمت بڑھی جہاں یوں لگتا تھا کہ ایک بے بی ویلفیئر کمیٹی خود بہ خود بن گئی ہے۔ وہ بیشتر لوگوں سے سر بھر اونچی تھی، اس لیے اس پر نظر پڑنا مشکل نہ تھا۔ جب وہ ہجوم سے گزری تو اس کی پازیبوں کے گھنگرو، جو اس کی چوڑی شلوار کے نیچے دکھائی نہیں دے رہے تھے، **چھن چھن چھن** بج اٹھے۔ اچانک دہشت زدہ ہونے کے سبب صدام کو ہر چھن چھن چھن، گولی کی آواز جیسی لگ رہی تھی۔ نیلی اسٹریٹ لائٹ نے انجم کے چہرے کی پسینے سے چمکتی سانولی، کھدری جلد پر ہلکی پرچھائیں جیسی سفید بالوں کی کھونٹیوں کو روشن کر دیا۔ شکاری پرندے کی چونچ کی مانند جھکی ہوئی بڑی سی ناک پر اس کی لونگ چمک اٹھی۔ اس میں کوئی بات تھی جو بے لگام ہوا اٹھی تھی، ناقابلِ تعین، پھر بھی اپنے مقصد میں ہر ابہام سے مبرّا — مقدر کے لکھے کا احساس شاید۔

''پولیس؟ کیا ہم اسے پولیس کے حوالے کرنے والے ہیں؟'' انجم نے اپنی دونوں آوازوں میں کہا، الگ الگ پھر بھی ایک۔ ایک کھرکھری، دوسری پاٹ دار، واضح۔ پان کھانے سے لال پڑ چکی بتیسی میں سے اس کا سفید دانت الگ ہی چمک رہا تھا۔

'ہم' کہہ کر یک جہتی کے اظہار کرنے میں ایک شفقت تھی۔ جیسا کہ اندازہ لگایا جا سکتا ہے، اس کے جواب میں اسے فی الفور تحقیر سے نوازا گیا۔

ہجوم میں کسی مسخرے نے کہا، ''کیوں؟ تم اس کا کیا کروگی؟ تم اسے اپنے جیسی تو نہیں بنا سکتیں۔ یا بنا سکتی ہو؟ نئی ٹیکنالوجی نے بڑی ترقی کی ہے، لیکن ابھی اتنی بھی نہیں کہ...'' وہ لوگوں کے اس عمومی خیال کی طرف اشارہ کر رہا تھا کہ ہیجڑے چھوٹے لڑکوں کو اغوا کر کے انھیں خصی کر دیتے ہیں۔ اس کے ٹھٹھول پر بے ریڑھ قہقہوں کی پھوار پھوٹ پڑی۔

اس چھچھورے جملے پر انجم ذرا بھی پیچھے نہ ہٹی۔ ایسی شدت سے اس نے اپنی بات کہی جو اشتہا کی مانند بالکل واضح اور شدید تھی۔

''یہ خدا کا عطا کیا ہوا تحفہ ہے۔ اسے مجھے دے دو۔ میں اسے وہ محبت دے سکتی ہوں جس کی اسے ضرورت ہے۔ پولیس تو کسی سرکاری یتیم خانے میں پھینک آئے گی۔ وہاں یہ مر جائے گی۔''

بعض اوقات کسی اکیلے شخص کی واضح بیانی بھاری بھیڑ کے بھی اوسان خطا کر سکتی ہے۔ اس موقعے پر انجم نے یہی کیا۔ جو لوگ یہ سمجھ سکتے تھے کہ وہ کیا کہہ رہی ہے، اس کی اردو کی نفاست سے مرعوب ہو گئے۔ ان کے خیال میں انجم جس طبقے سے تھی، یہ زبان اس سے میل نہیں کھاتی تھی۔

''اس کی ماں نے یہ سوچ کر اسے یہاں چھوڑا ہوگا، اور جیسا کہ میں بھی سوچتی ہوں، کہ یہ جگہ آج کی کربلا ہے، جہاں انصاف کے لیے لڑائی لڑی جا رہی ہے، بدی کے خلاف نیکی کی جنگ جاری ہے۔ اس نے ضرور یہی سوچا ہوگا، 'یہ لوگ جنگجو ہیں، دنیا کے بہترین لوگ۔ ان میں سے کوئی نہ کوئی اس کی پرورش کر لے گا، جو میں نہیں کر سکتی۔' اس پر تم لوگ ہو کہ پولیس کو بلانا چاہتے ہو؟'' حالانکہ وہ غصے میں تھی، حالانکہ وہ چھ فٹ کی تھی، اور اس کے شانے کشادہ اور مضبوط تھے، لیکن اس کے انداز میں حد سے بڑھی ہوئی عشوہ گری تھی اور اس کے ہاتھوں کی حرکت میں 1930 کی دہائی کی لکھنوی طوائف کی ادائیں

جھلک رہی تھیں۔

صدام حسین جھگڑے سے نمٹنے کے لیے خود کو تیار کرنے لگا۔ عشرت اور استاد حمید کے بس میں جو کچھ ہوسکتا تھا، کرنے کے لیے آگے بڑھے۔

''ان ہیجڑوں کو یہاں بیٹھنے کی اجازت کس نے دی؟ یہ کون سے سنگھرش سے جڑے ہیں؟''

اگروال جی ایک دبلے پتلے، ادھیڑ عمر آدمی تھے۔ مونچھیں ترشی ہوئی، سفاری شرٹ، ٹیری کاٹ کی پتلون اور گاندھی کیپ پہنے ہوے، جس پر لکھا تھا: **میں بھرشٹاچار کے خلاف ہوں، کیا آپ بھی ہیں؟** ان کے ہاؤ بھاؤ میں ایک کاٹ اور کسی بابو کا سا استحکام تھا، جو کچھ عرصہ پہلے تک وہ واقعی تھے بھی۔ انھوں نے اپنی کام کاجی زندگی کا بیشتر زمانہ ریوینیو ڈپارٹمنٹ میں گزارا تھا۔ قریب سے دیکھنے کے سبب سسٹم کے کوڑھ پر وہ اپنا ایک نظریہ رکھتے تھے، جس سے تنگ آکر ایک دن انھوں نے اپنی ہی ترنگ میں سرکاری نوکری سے استعفیٰ دے دیا تھا تاکہ 'دیش کی سیوا' کرسکیں۔ وہ گزشتہ کئی برسوں سے نیک کاموں اور سماج سیوا کے حاشیے پر ٹامک ٹوئیاں مار رہے تھے، لیکن فی الحال گول مٹول گاندھی وادی کے چیف لیفٹیننٹ بن کر انھوں نے ممتاز حیثیت حاصل کرلی تھی اور ان کی تصویر ہر روز اخباروں میں شائع ہورہی تھی۔ بہت سے لوگوں کا خیال تھا (اور بالکل درست تھا) کہ حقیقی طاقت انھی کی ہے، اور یہ کہ بوڑھا آدمی محض ایک کرشمہ ساز ماسکوٹ ہے، اس کام کے لیے عین مناسب کرائے کا آدمی، لیکن جس نے اب اپنی حدوں سے تجاوز کرنا شروع کردیا تھا۔ سازش دیکھنے والے مبصر، جو تمام سیاسی تحریکوں کے حاشیے پر جمع ہوجاتے ہیں، سرگوشیاں کر رہے تھے کہ اگروال جی بوڑھے آدمی کو جان بوجھ کر شہ دے رہے ہیں، تاکہ وہ اپنے ہی اہنکار کے دام میں پھنس جائے اور واپسی کی کوئی راہ نہ رہے۔ افواہ یہ تھی کہ اگر بوڑھا بھوک ہڑتال کی وجہ سے عوام کے بیچ، ٹی وی پر لائیو مر گیا تو مہم کو ایک شہید مل جائے گا، جس سے اگروال جی کے سیاسی کیریئر کی ایسی شروعات ہوسکے گی جو کسی اور طرح سے ممکن نہیں۔ یہ افواہ سنگ دلی پر مبنی اور جھوٹی تھی۔ بیشک اگروال جی اس مہم کے پس پشت تھے لیکن وہ خود بھی اس بوڑھے گاندھی وادی کے ابھارے ہوے جنون پر متحیر تھے اور اب خود طوفان کی لہروں پر سوار تھے۔ وہ کسی اسٹیج مینیجڈ خودکشی کی سازش نہیں کر رہے تھے۔ چند ہی مہینوں بعد وہ اپنے اس مبارک ماسکوٹ کے بوجھ کو گرادیں

گے اور ملکھیہ دھارا (مین اسٹریم) کے سیاست داں بننے کی راہ پر آگے بڑھ جائیں گے۔ اسی قسم کے بہت سے پیہم تغیر پذیر اوصاف کا گنجینہ بن جائیں گے جن کی وہ ایک زمانے سے مذمت کرتے آئے تھے، نیز گجرات کے للا کے ایک مضبوط حریف بن کر ابھریں گے۔

ابھرتے ہوئے سیاست داں کے طور پر اگروال جی کی واحد برتری ان کا غیر ممیّز حلیہ تھا۔ ان کا حلیہ بہتوں سے ملتا جلتا تھا۔ ان کی ہر بات، ان کا لباس، ان کی بول چال، ان کی سوچ، بالکل صاف ستھری اور آدرش بالک جیسی تھی۔ ان کی آواز اونچی تھی، اور ہاؤ بھاؤ میں سادگی اور فطری پن، سوائے ایسے موقعوں کے جب وہ مائیکروفون کے سامنے ہوتے۔ ایسے میں وہ بے انتہا راست بازی کے ایک اُمڈتے ہوئے، ناقابلِ ضبط طوفان میں تبدیل ہو جاتے تھے۔ بچی کے معاملے میں مداخلت کر کے وہ توقع کر رہے تھے کہ لوگوں کے ایک ایسے جھگڑے ٹنٹے کا رخ موڑ دیں گے (اسی طرح کا ٹنٹا جو کشمیری ماؤں اور تھوکنے والی بریگیڈ کے درمیان ہوا تھا) جو میڈیا کی توجہ اُن مسئلوں کی طرف سے ہٹا سکتا ہے جو اُن کے خیال میں اصل مسئلے تھے۔ ''یہ ہمارا دوسرا سوتنتر تا آندولن ہے۔ ہمارا ملک انقلاب کی کگار پر کھڑا ہے،'' انھوں نے تیزی سے بڑھتی ہوئی بھیڑ سے عاقلانہ انداز میں کہنا شروع کیا۔ ''یہاں ہزاروں لوگ اس لیے جمع ہوئے ہیں کہ بھرشٹ نیتاؤں نے ہماری زندگیوں کو ناقابلِ برداشت بنا دیا ہے۔ اگر ہم کرپشن کی سمسیا کو حل کر لیں تو ہم اپنے دیش کو نئی اونچائیوں پر لے جا سکتے ہیں، دنیا میں سب سے اوپر بٹھا سکتے ہیں۔ یہ جگہ گمبھیر راج نیتی کے لیے ہے، کسی سرکس کا اکھاڑہ نہیں۔'' انجم کی طرف دیکھے بغیر انھوں نے اسے مخاطب کیا، ''یہاں آنے کے لیے کیا تم نے پولیس سے پرمشن لی تھی؟ یہاں بیٹھنے کے لیے ہر کسی کو پرمشن لینی چاہیے۔'' انجم ان سے بہت لمبی تھی۔ اس کی آنکھوں میں دیکھنے سے انکار کا مطلب تھا کہ وہ سیدھے اس کی چھاتیوں سے خطاب کر رہے ہیں۔

اگروال جی حرارت کی درست پیمائش نہیں کر سکے، ان کا صورتِ حال کا اندازہ بالکل غلط نکلا۔ جو لوگ وہاں جمع تھے، وہ ان کے ساتھ پوری ہمدردی نہیں رکھتے تھے۔ بہت سے اس پر ناراض تھے کہ 'سوتنتر تا آندولن' نے میڈیا کی ساری توجہ کھینچ لی ہے اور بقیہ سب کو کم حیثیت کر دیا ہے۔ جہاں تک انجم کا

تعلق ہے، تو وہ مجمعے سے بے نیاز تھی۔ اس کے نزدیک اس کی کوئی اہمیت نہ تھی کہ مجمعے کی ہمدردیاں کس کی طرف ہیں۔ اس کے اندر جیسے کوئی شے روشن ہوگئی تھی جس نے اسے زبردست حوصلہ عطا کیا تھا۔

''پولیس پرمشن؟'' یہ دو لفظ اس سے پہلے کبھی اتنی حقارت سے نہیں بولے گئے ہوں گے۔ ''یہ بچہ ہے، آپ کے باپ کی جاگیر پر ناجائز قبضہ نہیں۔ آپ ہی جا کر پولیس میں درخواست دے لیجیے صاحب۔ ہم باقی لوگ تو چھوٹی راہ اپنائیں گے اور سیدھے خدا کے پاس عرضی لگائیں گے۔''

جنگ کی لکیر کھنچنے سے پہلے صدام کو اتنا موقع مل گیا کہ شکرانے کی چھوٹی سی دعا زیرِلب پڑھ لے کہ انجم نے عام لفظ 'خدا' استعمال کیا، اختصاص کے ساتھ 'اللہ میاں' نہیں کہا۔

دونوں حریف آمنے سامنے پینترا لے کر تیار کھڑے ہوگئے۔

انجم اور اکاؤنٹینٹ۔

کیا ہی خوب جھگڑا تھا یہ!

ستم ظریفی یہ تھی کہ اس رات دونوں ہی اپنے اپنے ماضی اور اُن معاملوں سے بچ کر پٹری پر آئے تھے جو اُن کی زندگیوں کو گھیرے رہتے تھے۔ پھر بھی جنگ کے لیے خود کو لیس کرنے میں اب وہ دونوں وہیں جا پہنچے تھے جہاں سے وہ بچنا چاہتے تھے، اسی حال میں لوٹ چکے تھے جس کے وہ عادی تھے، اسی روپ میں آ چکے تھے جو اُن کا حقیقی روپ تھا۔

ایک انقلابی جو کہ اکاؤنٹینٹ کے بھیجے میں پھنس گیا تھا۔

ایک عورت جو کہ مرد کے جسم میں پھنس گئی تھی۔

ایک وہ تھا، کہ دنیا سے اس لیے ناراض تھا کہ اس میں کوئی بیلنس شیٹ درست نہیں۔ ایک وہ تھی، کہ اپنے غدود پر، اپنے اعضا پر، اپنی جلد پر، اپنے بالوں کی وضع پر، اپنے کندھوں کی چوڑائی پر، اپنی آواز کے لحن پر غضب ناک تھی۔ ایک وہ تھا، کہ کسی ایسی راہ کے لیے سنگھرش کر رہا تھا جہاں اس سڑتے ہوئے نظام کو مالیاتی معاملوں میں ایمانداری برتنے پر مجبور کیا جا سکے۔ ایک وہ تھی، کہ چاہتی تھی کہ آسمان سے تارے توڑ لائے اور انھیں پیس کر معجون بنا کر کھا لے تاکہ اس کی چھاتیاں اور کولھے متناسب ہو جائیں، بالوں کی ایک لمبی سی چوٹی بن جائے اور جب وہ چلے تو چوٹی اس کی پشت پر دونوں جانب لہرائے؛ اور

ہاں وہ چیز مل جائے جس کی اسے سب سے زیادہ چاہ تھی، دلّی کی گالیوں کے بے پناہ ذخیرے میں سب سے بڑی مقدار میں پائی جانے والی شے، گالیوں کی بھی گالی، ایک **ماں کی چوت**۔ ایک وہ تھا، کہ جس نے ٹیکس میں چوری، رشوتوں اور سودے بازیوں کا لیکھا جوکھا رکھتے برسوں گزار دیے تھے۔ ایک وہ تھی، کہ جس نے ایک پرانے قبرستان میں کسی درخت کی مانند رہتے برسوں گزار دیے تھے، کہ جہاں السائی ہوئی صبح کو اور دیر رات کو میر، غالب، اور ذوق جیسے اس کے پرانے محبوب شاعروں کی روحیں آتی تھیں، اپنا کلام سناتی تھیں، شراب پیتی تھیں، بحثوں میں الجھتی تھیں، جوا کھیلتی تھیں۔ ایک وہ تھا، کہ فارم بھرتا اور خانوں پر ٹِک لگاتا تھا۔ ایک وہ تھی، کہ جسے معلوم ہی نہ تھا کہ کون سے خانے میں ٹِک لگائے، کون سی قطار میں کھڑی ہو، کون سے پبلک ٹوائلٹ میں داخل ہو (راجاؤں کے یا رانیوں کے؟ آقاؤں کے یا بیگموں کے؟ مردوں کے یا عورتوں کے؟)۔ ایک وہ تھا، کہ جس کا اعتقاد تھا کہ اُس کا سب کچھ درست ہے۔ ایک وہ تھی، کہ جسے معلوم تھا کہ اس کا سب کچھ غلط ہے، ہمیشہ ہی غلط رہا۔ ایک وہ تھا، کہ اپنی قطعیت کے سبب بونا ہو گیا تھا۔ ایک وہ تھی، کہ اپنے ابہام کے سبب قد آور ہو گئی تھی۔ ایک وہ تھا، کہ قانون چاہتا تھا۔ ایک وہ تھی، کہ بچہ چاہتی تھی۔

ان کے چاروں طرف لوگوں کا حلقہ بن گیا: مغضوب، متجسس، حریفوں کو تولتے، حمایتیں طے کرتے لوگ۔ اس سے کوئی فرق نہیں پڑتا تھا۔ بھلا کون سا قبض زدہ گاندھی وادی اکاؤنٹینٹ، عوام کے بیچوں بیچ، آمنے سامنے کی لڑائی میں پرانی دلی کے ایک پرانے ہیجڑے سے جیت سکتا تھا؟

انجم جھکی، اور اپنا چہرہ اگروال جی کے چہرے کے سامنے، چومنے کے فاصلے پر لے آئی۔

''**آئے ہائے!** اتنا ناراض کیوں ہوتے ہو، **جان**؟ کیا میری طرف دیکھو گے بھی نہیں؟''

صدام حسین نے اپنی مٹھیاں کس لیں۔ عشرت نے اسے روکا اور گہرا سانس کھینچ کر میدانِ جنگ میں اتر آئی۔ ایک خاص انداز میں اس نے مداخلت کی تھی جس کی مشق صرف ہیجڑوں کو ہی ہوتی ہے، جو جانتے ہیں کہ ایک دوسرے کا تحفظ کس طرح کریں — بیک وقت اعلانِ جنگ کر کے اور صلح کا پیام دے کر۔ اس کا لباس چند گھنٹے پہلے تک واہیات معلوم ہو رہا تھا، لیکن اس وقت اسے جو کچھ کرنا تھا اس کے لیے اس سے زیادہ مناسب کوئی اور لباس نہیں ہو سکتا تھا۔ اس نے انگلیاں پھیلا کر ہیجڑوں والی

تالیاں بجانی شروع کر دیں اور پھر ناچنے لگی، اپنے کولھوں کو بے حیائی سے ہلاتے ہوے، دوپٹے کو لہراتے ہوے۔ اس ظالمانہ، جارحانہ جنسیت کے مظاہرے کا مقصد اگروال جی کی تحقیر کرنا تھا، جنھوں نے اپنی زندگی میں ایک بھی سڑک چھاپ لڑائی نہیں لڑی تھی۔ ان کی سفید شرٹ کی بغلوں میں گیلے دھبے نمودار ہو گئے۔

عشرت نے ایک ایسے نغمے سے شروع کیا جس کے بارے میں جانتی تھی کہ بھیڑ بھی واقف ہے — فلم امراؤ جان ادا کا نغمہ، جسے خوبصورت اداکارہ ریکھا نے جاوداں بنا دیا تھا:

دل چیز کیا ہے آپ میری جان لیجیے

کسی نے اسے پٹری سے بھگانے کی کوشش کی۔ وہ خالی پڑی، کشادہ سڑک کے بیچوں بیچ اتر آئی۔ زیبرا کراسنگ پر، اسٹریٹ لائٹ کی روشنی میں، اپنی سرخوشی میں جھومتی ہوئی وہ اب چرخی کی طرح گھوم رہی تھی۔ سڑک کے دوسری جانب کسی نے ڈفلی پر تھاپ دینی شروع کر دی۔ لوگ گانے میں شامل ہو گئے۔ اس کا خیال درست نکلا۔ ہر شخص یہ نغمہ گا سکتا تھا:

بس ایک بار میرا کہا مان لیجیے

طوائف کا یہ نغمہ، یا کم از کم یہ مصرع، اس دن جنتر منتر پر موجود ہر شخص کا ترانہ ہو سکتا تھا۔ تمام لوگ جو وہاں موجود تھے، اس لیے موجود تھے کہ انھیں یقین تھا کہ کسی کو ان کی پروا ہے، کوئی سن رہا ہے۔ یہ کہ کوئی ان کی بات آ کر سنے گا۔

پھر اچانک لڑائی شروع ہو گئی۔ شاید کسی نے کوئی فحش جملہ کسا تھا۔ شاید صدام حسین نے اس پر حملہ کر دیا تھا۔ یہ بات واضح نہیں کہ واقعتاً کیا ہوا تھا۔

پٹری پر ڈیوٹی بجا رہے پولیس کے اہلکار یک لخت اپنی نیند سے باہر آ گئے اور جو بھی سامنے آیا اسی پر ڈنڈے برسانے شروع کر دیے۔ پولیس کی پٹرول جیپ (آپ کے ساتھ، سدا آپ کے لیے) روشنیاں چمکاتی اور دلّی پولیس کے اوصاف کے ساتھ چلی آئی — **مادر چود بہن چود ماں کی چوت بہن کا لوڑا۔**

ٹی وی کیمروں کا جمگھٹا لگ گیا۔ انیسویں بھوک ہڑتال والی ایکٹیوسٹ کو موقع مناسب معلوم ہوا۔ وہ بھیڑ کو چیرتی ہوئی اندر داخل ہوئی اور بند مٹھی ہوا میں لہرا کر، اپنی بے خطا سیاسی بصیرت کے ساتھ اس نے اپنا ٹریڈ مارک نعرہ لگایا اور لاٹھی چارج کو اپنے لوگوں کے حق میں استعمال کر لیا۔

لاٹھی گولی کھائیں گے!

اور اس کے لوگوں نے جوابی نعرہ دیا:

آندولن چلائیں گے!

حالات پر قابو پانے میں پولیس کو زیادہ وقت نہیں لگا۔ جن لوگوں کو گرفتار کر کے پولیس وین میں کھدیڑ دیا گیا ان میں مسٹر اگروال، انجم، لرزتے ہوئے استاد حمید، اور لینڈیوں والے سوٹ میں ملبوس زندہ آرٹ کا نمونہ شامل تھے۔ (لیموں والا آدمی موقعے سے غائب ہو گیا تھا۔) اگلی صبح، کوئی مقدمہ درج کیے بغیر سب کو رہا کر دیا گیا۔

جب تک کوئی یہ یاد کرنے کی کوشش کرتا کہ فساد کس طرح شروع ہوا تھا، بچی غائب ہو چکی تھی!

4

ڈاکٹر آزاد بھارتیہ

جس شخص نے آخری بار بچی کو دیکھا تھا وہ ڈاکٹر آزاد بھارتیہ تھے، جو اپنے حساب سے ابھی ابھی اپنی بھوک ہڑتال کے گیارہویں سال، تیسرے مہینے اور سترہویں دن میں داخل ہوے تھے۔ ڈاکٹر بھارتیہ اس قدر دبلے پتلے تھے کہ لگتا تھا جیسے ان کے دو ہی ڈائمنشن ہیں۔ ان کی کنپٹیاں گویا کھوکھلی تھیں۔ دھوپ سے جھلسی ہوئی سانولی جلد ان کے چہرے کی ہڈیوں پر، ان کی لمبی، سرکنڈے جیسی گردن اور ہنسلی کی ابھری ہوئی نرم ہڈیوں پر منڈھی تھی۔ ان کی متلاشی، بخارزدہ آنکھیں اپنی گہری پرچھائیں جیسی پیالیوں سے دنیا کو ٹکٹکی باندھے تکتی تھیں۔ ان کے ایک بازو پر، کاندھے سے لے کر کلائی تک، گندا ہو چکا سفید پلاسٹر چڑھا ہوا تھا جس کو ان کی گردن کے گرد پڑی ہوئی پٹی نے سہار رکھا تھا۔ ان کی پھیکی، دھاری دار شرٹ کی خالی آستین ان کے پہلو میں اس طرح پھڑ پھڑا رہی تھی جیسے کسی شکست خوردہ ملک کا لٹا پٹا پرچم ہو۔ وہ پرانے گتے کے ایک بورڈ کے پیچھے بیٹھے تھے جس پر میلی، کھرچی ہوئی پلاسٹک شیٹ کا غلاف منڈھا تھا۔ اس پر انگریزی میں لکھا تھا:

میرا پورا نام:

ڈاکٹر آزاد بھارتیہ (دی فری انڈین)

میرے گھر کا پتہ:

ڈاکٹر آزاد بھارتیہ
نزد لکھی سرائے ریلوے اسٹیشن
لکھی سرائے بستی
کوکر
بہار

میرا حالیہ پتہ:
ڈاکٹر آزاد بھارتیہ
جنتر منتر
نئی دہلی

میری اہلیت: ایم اے ہندی، ایم اے اردو (فرسٹ کلاس فرسٹ)، بی اے ہسٹری، بی ایڈ، پنجابی میں بیسک ایلیمنٹری کورس، ایم اے پنجابی اے بی ایف (Appeared but Failed)، پی ایچ ڈی (Pending)، دہلی یونی ورسٹی (Comparative Religion and Buddhist Studies)، لیکچرر، انٹر کالج، غازی آباد، ریسرچ ایسو سی ایٹ، جواہر لال نہرو یونی ورسٹی، نئی دہلی، بانی رکن، وِشو سماجوادی اِستھاپنا (World People's Forum) اور انڈین سوشلسٹ ڈیموکریٹک پارٹی (مہنگائی کے خلاف)۔

میں درج ذیل مسئلوں کے خلاف بھوک ہڑتال پر ہوں: میں سرمایہ دارانہ مملکت کے خلاف ہوں، پلس امریکی سرمایہ داری کے بھی۔ انڈین اور امریکی حکومتوں کی دہشت گردی / ہر طرح کے نیوکلیائی ہتھیار اور جرائم، پلس خراب نظامِ تعلیم/ کرپشن/ تشدد/ ماحولیاتی تباہی اور دوسری تمام خرابیوں کے خلاف ہوں۔ اس کے علاوہ میں بے روزگاری کے بھی خلاف ہوں۔ میں سارے بورژوا طبقے کی مکمل نابودی کے لیے بھی بھوک ہڑتال کر رہا ہوں۔ میں دنیا بھر کے غریبوں، محنت کشوں، کسانوں، آدی باسیوں، دلتوں، چھوڑی ہوئی عورتوں، مردوں/ بشمول بچوں اور معذوروں کو ہر روز یاد کرتا ہوں۔

پیلی پلاسٹک کے جیسیز (Jaycees) ساڑی پیلیس کے شاپنگ بیگ میں، جواُن کے برابر میں یوں سیدھا کھڑا تھا جیسے کوئی چھوٹا سا پیلا آدمی ہو، کاغذات بھرے ہوے تھے، ٹائپ شدہ اور ہاتھ سے لکھے ہوے بھی، انگریزی اور ہندی میں۔ کسی دستاویز کی متعدد کاپیاں — جو کوئی نیوز لیٹر یا اسی قسم کا متن تھا— پٹری پر بچھی تھیں جن پر پتھر رکھ دیے گئے تھے۔ ڈاکٹر آزاد بھارتیہ نے بتایا کہ یہ کاپیاں برائے فروخت ہیں، عام آدمیوں کے لیے لاگت کے داموں پر اور طالبِ علموں کے لیے رعایتی داموں پر۔

”مائی نیوز اینڈ ویوز“ (اَپ ڈیٹ)

میرا اصلی نام جو مجھے میرے ماں باپ نے دیا، اندر وائی کمار ہے۔ ڈاکٹر آزاد بھارتیہ وہ نام ہے جو میں نے خود رکھا ہے۔ اس نام کا اندراج کورٹ میں، اس کے انگریزی ترجمے، یعنی فری یا لبریٹیڈ انڈین، کے ساتھ 13 اکتوبر 1997 کو کرایا گیا۔ میرا حلف نامہ منسلک ہے۔ یہ اوریجنل حلف نامہ نہیں بلکہ اس کی کاپی ہے، جس کی تصدیق پٹیالہ ہاؤس کورٹ کے مجسٹریٹ نے کی ہے۔

اگر آپ کو میرا یہ نام قبول ہے تو پھر آپ کو یہ سوچنے کا حق حاصل ہے کہ یہ وہ جگہ نہیں جہاں کوئی آزاد بھارتیہ پایا جائے، یہاں اس عوامی زندان میں، پبلک فٹ پاتھ پر — ذرا دیکھیے، یہاں سلاخیں بھی ہیں۔ آپ یہ سوچ سکتے ہیں کہ ایک سچا آزاد بھارتیہ ایک جدید گھر میں رہنے والا جدید انسان ہونا چاہیے، کار اور کمپیوٹر کے ساتھ، یا شاید اس اونچی عمارت میں رہنا چاہیے، اس سامنے والے فائیو اسٹار ہوٹل میں۔ وہ جو ہوٹل میریڈین کہلاتا ہے۔ اگر آپ اس کی بارھویں منزل کی طرف دیکھیں تو اس ایر کنڈیشنڈ کمرے کو دیکھ پائیں گے جس میں اٹیچڈ بریک فاسٹ اور باتھ روم ہے، اور جس میں امریکی صدر کے پانچ کتوں نے تب قیام کیا تھا جب وہ ہندوستان آیا تھا۔ درحقیقت ہمیں انھیں کتے نہیں کہنا چاہیے کیونکہ وہ امریکی فوج میں کارپورل رینک کے افسر ہیں۔ بعض لوگ کہتے ہیں کہ وہ چھپے ہوے بموں کو سونگھ سکتے ہیں، اور یہ کہ وہ ٹیبل پر بیٹھ کر چھری کانٹوں سے کھانا کھاتے ہیں۔ سنا ہے کہ جب وہ لفٹ سے باہر آتے ہیں تو ہوٹل کے منیجر کو انھیں سلیوٹ کرنا

لازمی ہے۔ مجھے نہیں معلوم کہ یہ اطلاح درست ہے یا غلط، میں اس کی تصدیق نہیں کر سکا۔ کیا آپ نے یہ بھی سنا ہے کہ یہ کتے راج گھاٹ میں گاندھی کی سمادھی دیکھنے گئے تھے؟ یہ بات مصدقہ ہے کیونکہ یہ اخباروں میں چھپی تھی۔ لیکن مجھے پروا نہیں۔ میں گاندھی کا بھکت نہیں ہوں۔ وہ رجعت پرست تھے۔ انھیں کتوں کے معاملے پر خوش ہونا چاہیے۔ یہ دنیا بھر کے ان تمام قاتلوں سے بہتر ہیں جو اُن کی سمادھی پر پھول چڑھانے ہمیشہ آتے رہتے ہیں۔

لیکن ایسا کیوں کہ ڈاکٹر آزاد بھارتیہ یہاں فٹ پاتھ پر ہے، جبکہ امریکی کتے فائیو اسٹار ہوٹل میں ہیں؟ یہ وہ سوال ہے جو آپ کے ذہن میں سب سے اوپر ہوگا۔

اس کا جواب یہ ہے کہ میں یہاں ہوں کیونکہ میں انقلابی ہوں۔ مجھے بھوک ہڑتال کرتے ہوے گیارہ برس سے زیادہ ہو چکے ہیں۔ اب میرا بارھواں سال چل رہا ہے۔ کوئی آدمی بھوک ہڑتال کرکے بارہ سال تک کیونکر زندہ رہ سکتا ہے؟ جواب یہ ہے کہ میں نے بھوکے رہنے کی ایک سائنٹفک تکنیک ایجاد کر لی ہے۔ میں 48 یا 58 گھنٹے کے وقفے سے ایک وقت کا کھانا کھاتا ہوں (ہلکا پھلکا، شاکاہاری)۔ میرے لیے اتنا کافی ہے۔ آپ اس پر حیران ہو سکتے ہیں کہ ایک آزاد بھارتیہ جس کے پاس کوئی روزگار نہیں، تنخواہ نہیں، آخر ہر 48 یا 58 گھنٹوں کے بعد ایک وقت کے کھانے کا انتظام کس طرح کرتا ہے؟ تو میں آپ کو بتا دوں کہ یہاں فٹ پاتھ پر، کوئی دن ایسا نہیں جاتا جب کوئی نہ کوئی مجھے اپنے کھانے میں شریک نہ کرتا ہو۔ اگر میں چاہتا، صرف یہیں بیٹھے بیٹھے، میں میسور کے مہاراجہ کی طرح موٹا تازہ ہو سکتا تھا۔ قسم سے۔ یہ بڑا آسان ہوتا۔ لیکن میرا وزن بیالیس کلو ہے۔ میں صرف جینے کے لیے کھاتا ہوں، اور صرف سنگھرش کرنے کے لیے جیتا ہوں۔

میں آپ کو سچائی بتانے کی سکت بھر کوشش کر رہا ہوں، اس لیے یہ واضح کردوں کہ میرے نام میں ڈاکٹر والا حصہ، میری پی ایچ ڈی کی طرح ابھی پینڈنگ ہے۔ میں یہ ڈگری ذرا قبل از وقت استعمال کر رہا ہوں تاکہ لوگ میری بات سنیں اور جو کچھ میں کہتا ہوں اس پر اعتبار کریں۔ اگر ہمارے سیاسی حالات فوری توجہ کے طالب نہ ہوتے تو میں ایسا نہیں کرتا کیونکہ اگر تکنیکی طور پر کہا جائے تو یہ بے ایمانی ہے۔ لیکن سیاست میں بعض اوقات زہر کو زہر سے مارنا پڑتا ہے۔

میں یہاں جنتر منتر پر گیارہ سال سے بیٹھا ہوں۔ میں کبھی کبھی اپنی دلچسپی

کے کسی موضوع پر ہونے والے سیمینار یا میٹنگ میں شریک ہونے کے لیے یہ جگہ چھوڑ کر کانسٹی ٹیوشن کلب یا گاندھی پیس فاؤنڈیشن جاتا ہوں۔ ورنہ تو مستقل یہیں ہوتا ہوں۔ یہ سارے لوگ جو ہندوستان کے ہر کونے سے آتے ہیں، اپنے اپنے خواب اور مطالبے لے کر آتے ہیں۔ لیکن یہاں سننے والا کوئی نہیں۔ کوئی بھی نہیں سنتا۔ پولیس انہیں پیٹتی ہے، حکومت نظرانداز کرتی ہے۔ یہ غریب یہاں نہیں رہ سکتے، کیونکہ یہ زیادہ تر دیہات اور جھگی جھونپڑیوں سے آتے ہیں، اور انہیں روزی روٹی کمانی ہوتی ہے۔ انھیں اپنی زمینوں پر واپس جانا ہوتا ہے، یا اپنے زمینداروں کے پاس، اپنے ساہوکاروں کے پاس، اپنی گایوں اور بھینسوں کے پاس، جو انسانوں سے زیادہ مہنگی ہیں، یا اپنی جھگیوں میں۔ لیکن میں یہاں ان کے ترجمان کے طور پر بیٹھا ہوا ہوں۔ میں ان کی ترقی کے لیے بھوک ہڑتال کرتا ہوں، ان کی ساری مانگوں کو منوانے کے لیے، ان کے خوابوں کو سچ کر دکھانے کے لیے، اور اس امید میں کہ کسی دن ان کی اپنی حکومت قائم ہوگی۔

میری ذات کیا ہے؟ یہ تمہارا سوال ہے؟ اتنے لمبے چوڑے سیاسی ایجنڈے کے ساتھ، جو کہ میرے پاس ہے، ذرا آپ ہی بتائیے کہ مجھے کس ذات کا ہونا چاہیے؟ مسیح کی اور گوتم بدھ کی ذات کیا تھی؟ مارکس کس ذات کا تھا؟ پیغمبر محمد کی ذات کیا تھی؟ یہ ذات پات صرف ہندوؤں میں ہوتی ہے، یہ نابرابری ان کے دھارمک گرنتھوں میں شامل ہے۔ میں ہر مذہب سے ہوں، سوائے ہندو ہونے کے۔ ایک آزاد بھارتیہ ہونے کے ناتے میں آپ سے کھل کر کہہ سکتا ہوں کہ صرف اسی وجہ سے میں نے اس ملک کی اکثریت کے مذہب کو چھوڑ دیا ہے۔ اسی کارن میرے پریوار والے مجھ سے بات نہیں کرتے۔ لیکن اگر میں امریکہ کا پریذیڈنٹ بھی ہوتا، وہی ورلڈ کلاس برہمن، پھر بھی میں غریبوں کے لیے یہیں بھوک ہڑتال پر ہوتا۔ مجھے ڈالر نہیں چاہئیں۔ سرمایہ داری زہر ملے شہد جیسی ہوتی ہے۔ لوگ اس پر شہد کی مکھیوں کی طرح ٹوٹتے ہیں۔ میں اس کی طرف نہیں جاتا۔ اسی وجہ سے مجھ پر چوبیس گھنٹے نگرانی رکھی جاتی ہے۔ میں امریکی حکومت کی چوبیسوں گھنٹے ریموٹ کنٹرول الیکٹرونک نگرانی میں رہتا ہوں۔ مڑ کر اپنے پیچھے دیکھیے۔ کیا آپ کو وہ جھپکتی ہوئی لال بتی نظر آ رہی ہے؟ یہ ان کی کیمرا بیٹری لائٹ ہے۔ انھوں نے اپنے کیمرے ٹریفک لائٹ میں بھی لگا رکھے ہیں۔ ان کیمروں کے لیے ان کا کنٹرول روم میریڈین ہوٹل کے کتوں والے کمرے میں ہے۔ کتے اب

بھی وہیں ہیں۔ وہ امریکہ واپس گئے ہی نہیں۔ ان کے ویزے ہمیشہ کے لیے بڑھا دیے گئے ہیں۔ اب چونکہ امریکی صدر اکثر ہندوستان آتے رہتے ہیں، انھوں نے اپنے کتے ہمیشہ کے لیے یہیں رکھ چھوڑے ہیں۔ رات ہونے پر جب لائٹیں جل جاتی ہیں، وہ کھڑکیوں پر آ بیٹھتے ہیں۔ میں ان کی پرچھائیاں، ان کے خاکے دیکھ سکتا ہوں۔ میری دور کی نظر بہت عمدہ ہے، اور یہ دن بہ دن بہتر ہو رہی ہے۔ ہر روز میں دور سے دور تر دیکھتا ہوں۔ بُش، ہٹلر، اسٹالن، ماؤ اور چاؤشسکو دراصل سو لیڈروں پر مشتمل اس کلب کے ممبر ہیں جو دنیا کی ساری اچھی حکومتوں کو تباہ کرنے کے منصوبے باندھ رہا ہے۔ امریکہ کے سارے صدر اس کلب کے ممبر ہیں، یہ نیا والا بھی۔

پچھلے ہفتے مجھے ایک سفید کار نے ٹکر مار دی، ماروتی زین 4362 2CP DL، جو امریکیوں کے فنڈ سے چلنے والے ایک بھارتیہ ٹی وی چینل کی ملکیت ہے۔ اس نے لوہے کی ریلینگ میں ٹکر ماری اور مجھ پر چڑھ آئی۔ آپ دیکھ سکتے ہیں کہ ریلنگ کا وہ حصہ اب بھی ٹوٹا ہوا ہے۔ میں سویا ہوا تھا، لیکن چوکنّا تھا۔ میں کمانڈو کی طرح ایک طرف لڑھک گیا۔ اور اس طرح مجھ پر جو جان لیوا حملہ ہوا، اس سے بچ گیا، لیکن میرا بازو کچل گیا۔ یہ اب زیرِ مرمت ہے۔ میرا بقیہ حصہ سلامت ہے۔ ڈرائیور نے بھاگنے کی کوشش کی۔ لوگوں نے اسے پکڑ لیا اور اسے مجبور کیا کہ مجھ کو رام منوہر لوہیا اسپتال لے جائے۔ دو لوگ کار میں بیٹھے اور اسپتال پہنچنے تک سارے راستے اس کو تھپڑ لگاتے رہے۔ سرکاری ڈاکٹروں نے میرا علاج اچھی طرح کیا۔ صبح کو جب میں لوٹ کر آیا تو سارے انقلابی جو اس رات وہاں موجود تھے، میرے لیے سموسے اور ایک گلاس میٹھی لسی لے کر آئے۔ ان سب نے میرے پلاسٹر پر دستخط کیے یا اپنے اپنے انگوٹھوں کے نشان لگائے۔ دیکھیے، یہاں ہزاری باغ کے سنتھال آدی باسی ہیں، جنھیں ایسٹ پریچ کول مائنز نے بے گھر کر دیا ہے۔ یہ یونین کاربائیڈ گیس کے شکار لوگ ہیں، جو بھوپال سے چل کر یہاں آئے ہیں۔ یہاں پہنچنے میں انھیں تین ہفتے لگے۔ گیس لیک کمپنی کا اب ایک نیا نام ہے، ڈاؤ کیمیکلز۔ لیکن یہ غریب لوگ، جنھیں ان لوگوں نے تباہ کر دیا، کیا یہ نئے پھیپھڑے اور نئی آنکھیں خرید سکتے ہیں؟ انھیں اپنے اُن پرانے اعضا سے ہی کام چلانا پڑے گا جو اتنے برسوں پہلے زہر کا شکار ہو گئے تھے۔ کسی کو پروا نہیں۔ وہ کتے اس میریڈین ہوٹل کی کھڑکی میں بیٹھے رہتے ہیں اور ہمیں مرتے ہوے دیکھتے ہیں۔ یہ دیوی سنگھ سوریہ ونشی کے دستخط ہیں۔ وہ بھی میرے

جیسے ہیں، ناوابستہ۔ انھوں نے اپنا فون نمبر بھی دیا ہے۔ وہ بھرشٹاچار اور سیاست دانوں کے ہاتھوں دیش کے ٹھگیجانے کے خلاف لڑ رہے ہیں۔ مجھے نہیں معلوم کہ ان کی دوسری مانگ کیا ہے۔ آپ ان کو براہِ راست فون کرکے پوچھ سکتے ہیں۔ وہ ناسک میں اپنی بیٹی سے ملنے گئے ہوئے ہیں لیکن اگلے ہفتے تک واپس آ جائیں گے۔ وہ ستاسی سال کے بزرگ ہیں، لیکن ان کے لیے اب بھی دیش پہلے نمبر پر ہے۔ یہ رکشہ یونین راشٹر وادی جنتا تِپہیا چالک سَنگھ ہے۔ انگوٹھے کا یہ نشان بیتول، مدھیہ پردیش کی پھول بتی کا ہے۔ وہ بڑی اچھی لیڈی ہے۔ وہ یومیہ مزدوری پر ایک کھیت میں کام کر رہی تھی کہ بی ایس این ایل — بھارت سنچار نگم لمیٹڈ کا ٹیلی فون کا کھمبا اس کے اوپر گر پڑا۔ اس کی بائیں ٹانگ کاٹ دی گئی۔ ٹانگ کٹوانے کے لیے نگم نے اسے روپیہ دیا، پچاس ہزار روپیہ۔ لیکن اب صرف ایک ٹانگ سے وہ کام کیسے کرے؟ وہ بیوہ ہے۔ وہ کیا کھائے گی، کون اسے کھلائے گا؟ اس کا بیٹا اسے اپنے ساتھ رکھنا نہیں چاہتا، چنانچہ اس نے اسے ایسی نوکری کے لیے ستیہ گرہ کرنے بھیج دیا جس میں وہ بیٹھے بیٹھے کام کر سکے۔ اسے یہاں آئے ہوئے تین مہینے ہو چکے ہیں۔ اس سے ملنے کوئی نہیں آتا۔ کوئی نہیں آئے گا۔ وہ یہیں مر جائے گی۔

کیا آپ یہ انگریزی کے دستخط دیکھ رہے ہیں؟ یہ ہے ایس تلوتما۔ یہ ایسی لیڈی ہے جو یہاں آتی ہے اور چلی جاتی ہے۔ میں اسے برسوں سے دیکھ رہا ہوں۔ کبھی وہ دن میں آتی ہے، کبھی دیر رات کو آتی ہے، یا صبح صبح۔ وہ ہمیشہ اکیلی ہوتی ہے۔ اس کا کوئی شیڈول نہیں۔ اس کی تحریر بہت اچھی ہے۔ وہ خود بھی بہت اچھی لیڈی ہے۔

یہ لاتور زلزلے کے شکار لوگ ہیں، جن کو ہرجانے میں ملی ہوئی نقد رقم بھرشٹ کلکٹروں اور تحصیلداروں نے ہڑپ کر لی ہے۔ تین کروڑ روپیوں میں سے صرف تین لاکھ روپے لوگوں تک پہنچے ہیں۔ صرف تین فی صد۔ باقی سارے روپے راستے میں کاکروچوں نے کھا لیے۔ یہ یہاں 1999 سے بیٹھے ہوئے ہیں۔ کیا آپ ہندی پڑھ سکتے ہیں؟ آپ دیکھ سکتے ہیں کہ انھوں نے کیا لکھا ہے: ''بھارت میں گدھے، گِدھ اور سؤر راج کرتے ہیں۔''

میرے قتل کی یہ کوشش دوسری بار ہوئی ہے۔ پچھلے سال، 8 اپریل کو، ہونڈا سٹی DL 8C X 4850 مجھ پر چڑھ گئی تھی۔ وہی کار جو آپ ٹوائلٹ والے اشتہار میں دیکھ رہے ہیں، فرق صرف اتنا ہے کہ میری کار میرون تھی، سلور نہیں۔ اسے امریکی

ایجنٹ چلا رہا تھا۔ 17 جولائی کے "ہندوستان ٹائمز" کے شہر نامے "ایچ ٹی سٹی" میں اس کی خبر چھپی تھی۔ میری داہنی ٹانگ تین جگہ سے ٹوٹ گئی تھی۔ میرے لیے اب بھی چلنا مشکل ہے۔ لنگڑانا پڑتا ہے۔ لوگ مذاق کرتے اور کہتے ہیں کہ مجھے پھول بتی سے شادی کر لینی چاہیے تاکہ کم سے کم ایک صحت مند بائیں ٹانگ اور ایک صحت مند دائیں ٹانگ، ہم دونوں کو نصیب ہو جائے۔ میں بھی ان کے ساتھ ہنستا ہوں، حالانکہ مجھے یہ ہنسنے کی بات نہیں لگتی۔ لیکن کبھی کبھی ہنسنا بھی اہم ہوتا ہے۔ میں شادی کے ادارے کے خلاف ہوں۔ یہ ادارہ عورتوں کو محکوم بنانے کے لیے ایجاد کیا گیا تھا۔ ایک بار میری بھی شادی ہوئی تھی۔ میری بیوی میرے بھائی کے ساتھ بھاگ گئی۔ وہ میرے بیٹے کو اب اپنا بیٹا کہتے ہیں۔ وہ مجھے انکل کہتا ہے۔ میں ان سے نہیں ملتا۔ جب وہ بھاگ گئے تو میں یہاں آ گیا۔

بعض دفعہ میں اپنی بھوک ہڑتال سڑک پار کرکے، دوسری طرف، بھوپالیوں کے ساتھ کرتا ہوں۔ لیکن وہاں گرمی زیادہ ہوتی ہے۔

آپ جانتے ہیں یہ کیا جگہ ہے، یہی جنتر منتر؟ پرانے زمانے میں یہ سورج گھڑی تھی۔ کسی مہاراجہ نے 1724 میں اسے بنوایا تھا۔ میں بھول گیا ہوں کہ اس کا نام کیا تھا۔ غیر ملکی سیاح اب بھی ٹور گائیڈوں کے ساتھ اسے دیکھنے آتے ہیں۔ وہ ہمارے قریب سے گزرتے ہیں، لیکن ہمیں نہیں دیکھتے۔ ہم لوگوں کو، جو یہاں، سڑک کے کنارے، اس جمہوریت کے چڑیا گھر میں بہتر دنیا کی تعمیر کے لیے سنگھرش کر رہے ہیں۔ غیر ملکی صرف وہی دیکھتے ہیں جو وہ دیکھنا چاہتے ہیں۔ پہلے زمانے میں سانپ کے تماشاگروں اور سادھوؤں کو دیکھتے تھے، اب سپر پاور والی چیزیں ہیں، بازار راج ہے۔ ہم یہاں پنجروں میں قید جانوروں کی طرح بیٹھے ہیں، اور سرکار اس ریلنگ کی سلاخوں کے پیچھے سے ہمیں امید کے بے سود چھوٹے چھوٹے نوالے کھلاتی ہے۔ جینے کے لیے یہ ٹکڑے کافی نہیں، لیکن اتنے ضرور ہیں کہ ہمیں مرنے سے بچا لیتے ہیں۔ وہ اپنے صحافی ہمارے پاس بھیجتے ہیں۔ ہم اپنی کہانیاں سناتے ہیں۔ اس سے ہمارا بوجھ تھوڑی دیر کے لیے ہلکا ہو جاتا ہے۔ یہ ہے وہ طریقہ جس سے وہ ہمیں کنٹرول کرتے ہیں۔ شہر کے باقی سارے حصوں میں کریمنل پروسیجر کوڈ کے تحت دفعہ 144 لگی ہے۔

اس نئے ٹوائلٹ کو دیکھا جو انھوں نے بنایا ہے؟ وہ کہتے ہیں کہ یہ ہمارے لیے بنایا

ہے۔ عورتوں اور مردوں کے لیے الگ الگ۔ اندر جانے کے لیے ہمیں قیمت چکانی پڑتی ہے۔ جب ہم اس کے بڑے بڑے آئینوں میں خود کو دیکھتے ہیں تو ڈر جاتے ہیں۔

اعلان

میں یہ اعلان کرتا ہوں کہ مندرجۂ بالا تمام اطلاعات، میری معلومات کی حد تک، بالکل سچ ہیں، اور کوئی معاملہ چھپایا نہیں گیا ہے۔

❄

ڈاکٹر آزاد بھارتیہ جس جگہ بیٹھے تھے، وہاں سے سارا منظر صاف دیکھا جا سکتا تھا۔ انھوں نے دیکھا تھا کہ جو بچی لاپتا ہوئی، تنہا نہیں تھی بلکہ اس رات اس کی تین تین مائیں تھیں اور وہ تینوں روشنی کے دھاگے سے ایک دوسرے میں سلی ہوئی تھیں۔

پولیس کو معلوم تھا کہ جنتر منتر پر جو کچھ ہوا، ڈاکٹر آزاد بھارتیہ کو معلوم ہے۔ وہ پوچھ تاچھ کے لیے ان پر ٹوٹ پڑی۔ انھیں کئی تھپڑ لگائے — سنجیدگی سے نہیں، بس عادتاً۔ لیکن جواب میں انھوں نے بس اتنا ہی کہا:

مر گئی بلبل قفس میں، کہہ گئی صیاد سے

اپنی سنہری گانڑ میں تو ٹھونس لے فصلِ بہار

پولیس نے انھیں لاتیں رسید کیں (معمول کے مطابق) اور ان کے نیوز اینڈ ویوز کی ساری کاپیاں اور ساتھ میں جیسیز سارڑی پیلیس کا تھیلا، اس میں بھرے تمام کاغذات سمیت ضبط کر لیا۔

جیسے ہی پولیس گئی، ڈاکٹر آزاد بھارتیہ نے ایک لمحہ بھی ضائع نہیں کیا۔ وہ فوراً کام کرنے بیٹھ گئے، دستاویز سازی کا محنت طلب کام، ایک بار پھر بالکل شروع سے۔

حالانکہ کوئی بھی مشکوک نام سامنے نہیں آیا تھا (ایس تلوتما کا نام اور پتا، جو ڈاکٹر آزاد بھارتیہ کے ''نیوز اینڈ ویوز'' کی پبلشر تھی، بعد میں اچھلا)، پھر بھی پولیس نے دفعہ 361 (قانونی سرپرستی سے چھین کر اغوا کرنا)، دفعہ 362 (کہیں سے کسی کو اغوا کرنا، سختی کرنا، مجبور کرنا اور دھوکے سے نکلنے پر آمادہ

کرنا)، دفعہ 365 (غیر قانونی قید میں رکھنا)، دفعہ 366A (کسی نابالغ لڑکی کے خلاف، جو ابھی اٹھارہ برس کی نہ ہوئی ہو، کوئی جرم کرنا)، دفعہ 367 (کوئی سنگین نقصان پہنچانے کی غرض سے، غلام بنانے یا مغویہ کو غیر فطری ہوس کا شکار بنانے کے لیے اغوا کرنا)، دفعہ 369 (دس برس سے کم عمر کے بچے کو چوری کی غرض سے اغوا کرنا) کے تحت کیس درج کرلیا۔

یہ تمام جرائم عدالت کی عمل داری میں، قابلِ ضمانت، نیز فرسٹ کلاس مجسٹریٹ کی عدالت میں قابلِ چارہ جوئی تھے۔ ان کی سزا ایسی قید تھی جس کی مدت سات سال سے زیادہ نہ ہو۔

اس سال وہ ایسے ہی ایک ہزار ایک سو چھیالیس کیس شہر بھر میں درج کر چکے تھے۔ اور ابھی تو مئی کا ہی مہینہ تھا۔

5

دھیما تعاقب

ایک خالی سڑک پر گھوڑے کی ٹاپوں کی گونج۔

لاغر بدن گھوڑی پایل، تڑاخ تڑاخ کرتی شہر کے ایسے علاقے میں نمودار ہوئی جہاں اسے نہیں ہونا چاہیے تھا۔

اس کی پشت پر دو گھڑ سوار، سرخ کپڑے کی سنہری لیس والی کاٹھی پر براجمان۔ صدام حسین اور حسین وجمیل عشرت۔ شہر کے ایک ایسے علاقے میں جہاں انھیں نہیں ہونا چاہیے تھا۔ ایسا کہیں تحریر تو نہ تھا لیکن ہر شے اپنے آپ میں ایک تحریر تھی جسے کوئی احمق بھی پڑھ سکتا تھا: سناٹا، سڑکوں کی کشادگی، درختوں کی اونچائی، سونے پڑے فٹ پاتھ، ترشی ہوئی باڑیں، سفید بنگلے جن میں حاکم رہتے تھے۔ یہاں تک کہ پیلی روشنی جو بجلی کے بلند و بالا کھمبوں سے گر رہی تھی، قیمتی معلوم ہوتی تھی — پگھلے ہوئے سونے کے ستونوں کی مانند۔

صدام حسین نے دھوپ کا چشمہ لگا رکھا تھا۔ عشرت نے کہا کہ رات میں گاگل پہننا حماقت کی بات لگتی ہے۔

''تم اسے رات کہتی ہو؟'' صدام نے پوچھا۔ اس نے وضاحت کی کہ وہ دھوپ کا چشمہ خوبصورت لگنے کے لیے نہیں لگاتا۔ اس نے کہا کہ روشنیوں کی چکاچوندھ اس کی آنکھوں میں چبھتی ہے

اور یہ کہ اپنی آنکھوں کی کہانی وہ اسے پھر کبھی سنائے گا۔

پایل نے اپنے کان پیچھے چپکا رکھے تھے اور اس کی جلد بار بار سہر اٹھتی تھی، حالانکہ آس پاس مکھیاں نہیں تھیں۔ اس نے بھی اپنی حدوں سے اس تجاوز کو محسوس کر لیا تھا۔ لیکن شہر کا یہ علاقہ اسے پسند آیا تھا۔ سانس لینے کے لیے یہاں ہوا تھی۔ اگر اجازت ملتی تو وہ یہاں سرپٹ دوڑ سکتی تھی۔ اجازت ملی نہیں۔

وہ یعنی پایل اور اس کے سوار دھیمے تعاقب میں نکلے تھے۔ ان کا مشن ایک آٹو رکشا اور اس کی سواریوں کا پیچھا کرنا تھا۔

انھوں نے آٹو رکشا سے فاصلہ قائم رکھا تھا۔ وہ آٹو رکشا کسی کھوئے ہوئے بچے کی مانند کشادہ گول چکروں کے گرد (جن کے درمیان مورتیوں، فواروں، چمن زاروں کے منظر تھے) اور ان سے متصل ذیلی سڑکوں پر کھڑکھڑاتا ہوا اُڑا چلا جا رہا تھا۔ ہر سڑک پر الگ الگ طرح کے درختوں کی قطاریں تھیں املی، جامن، نیم، پاکڑ اور اَرجن۔

''دیکھو تو، یہ لوگ اپنی کاروں تک کے لیے باغ بناتے ہیں،'' ایک گول چکر کا چکر کاٹتے وقت عشرت نے کہا۔

صدام خوش دلی کے ساتھ، رات کے بطن میں ہنس پڑا۔

''اپنے کتوں کے لیے وہ کاریں رکھتے ہیں، اور کاروں کے لیے باغ،'' وہ بولا۔

سیاہ مرسیڈیز کاروں کا ایک قافلہ، جن کے شیشے سیاہ اور بلیٹ پروف تھے، جانے کہاں سے اچانک نمودار ہوا اور سانپ کی طرح پھنکارتا ہوا ان کے قریب سے گزر گیا۔

گارڈن سٹی سے آگے جا کر، وہ لوگ کہ جن کا پیچھا کیا جا رہا تھا اور وہ کہ جو پیچھا کر رہے تھے، ایک اوبڑ کھابڑ فلائی اوور پر پہنچے (گاڑیوں کے لیے اوبڑ کھابڑ، گھوڑوں کے لیے نہیں)۔ بیچ سے گزرنے والے بجلی کے کھمبوں پر بلبوں کی قطاریں یوں لگ رہی تھی جیسے مشینی چیرب فرشتے پنکھ پھیلائے ہوئے ہوں۔ رکشا پھٹ پھٹ کرتا اونچائی کی طرف بڑھا اور پھر نیچائی کی طرف غوطہ لگاتا ہوا نظروں سے غائب ہو گیا۔ اس کی رفتار کا ساتھ دینے کے لیے پایل نے ہلکی، خوش نما دُلکی شروع کر دی۔ ایک لاغر ''یونی کورن'' گھوڑا، فرشتہ بریگیڈ کے معائنے میں مشغول!

فلائی اوور کے بعد شہر کی خود اعتمادی گھٹتی گئی۔

دھیمے تعاقب کی ڈوری دواسپتالوں سے ہوکر گزری جو بیماریوں سے یوں لبالب تھے کہ مریض اوران کے اہلِ خانہ چھلک کر باہر نکل آئے تھے اور سڑکوں پر ڈیرے ڈالے ہوئے تھے۔ بعض عارضی بستروں اور وِیل چیئروں میں تھے۔ بعض نے اسپتالی گاؤن پہن رکھے تھے، ان کے پٹیاں بندھی تھیں اور بوتلیں چڑھ رہی تھیں۔ کیموتھیراپی سے گنجے ہو چکے بچے اسپتالی ماسک چڑھائے اپنے مایوس والدین سے چمٹے ہوئے تھے۔ رات بھر چلنے والے کیمسٹوں کے کاؤنٹروں پر لوگوں کا ہجوم انڈین رولیٹ (رشین نہیں) کھیلنے میں مشغول تھا۔ (چانس 60:40 کا تھا کہ دوائیں جو وہ خرید رہے ہیں، اصلی ہوں گی یا نقلی۔) بہت سے خاندان سڑکوں پر گھاسلیٹ کے چولھوں پر کھانا پکا رہے تھے، پیاز کاٹ رہے تھے، آلو ابال رہے تھے، جو دھول سے کِرکرے ہو رہے تھے۔ کپڑے دھودھو کر انھوں نے درختوں کی شاخوں اور ریلنگوں پر لٹکا رکھے تھے۔ (صدام حسین نے ان سب کا بغور جائزہ لیا، کاروباری اسباب سے۔) ڈنڈیوں جیسی لاغر رانوں والے دیہاتیوں کا ایک گروہ، دھوتیاں پہنے، حلقہ باندھے اکڑوں بیٹھا تھا۔ حلقے کے مرکز میں زخمی پرندے کی طرح پڑی ہوئی جھریوں دار ایک بوڑھی عورت تھی، چھینٹ کی ساڑی پہنے اور سیاہ شیشوں والی بڑی سی عینک لگائے، جس کے سرے روئی سے بند کر دیے گئے تھے۔ اس کے منھ میں تھرمامیٹر سگریٹ کے زاویے پر لگا تھا۔ انھوں نے اپنے قریب سے گزرنے والی سفید گھوڑی اور اس کی سواریوں پر کوئی توجہ نہیں دی۔

ایک اور فلائی اوور۔

اس بار تعاقب پارٹی فلائی اوور کے نیچے سے گزری۔ یہ سوئے ہوئے لوگوں سے کھچاکھچ بھرا تھا۔ ایک عریاں بدن گنجا آدمی، جس کی جامنی چندیا پر ٹیلکم پاوڈر کی تہہ جمی تھی، اپنی جھاڑ جھنکاڑ کھچڑی داڑھی کے ساتھ ایک خیالی طبلے پر تال دے رہا تھا، اپنا سر استاد ذاکر حسین کی طرح ہلا ہلا کر۔

''دھا دھا دِھم، تی-را-کی-تا-دِھم!'' اس کے قریب سے گزرتے ہوئے عشرت نے زور سے ہانک لگائی۔ وہ مسکرایا اور جواب میں اسے اپنے خیالی ڈھول کی ایک پیچیدہ تال سے نوازا۔

ایک شٹر بند مارکیٹ، رات کا ایک انڈا پراٹھا اسٹال۔ ایک سکھ گردوارا۔ ایک اور مارکیٹ۔ کار

مرمت کی دکانوں کی ایک قطار۔ان کے باہر سوئے ہوئے گریس میں لتھڑے آدمی اور کتے۔

رکشا ایک رہائشی کالونی کی طرف مڑا۔اور پھر لیفٹ رائٹ لیفٹ رائٹ لیفٹ۔ایک گلی۔اس کے کنارے کنارے سامانِ عمارت سازی کے انبار۔سارے مکان تین یا چار منزلہ۔

رکشا ایک سلاخ دار لوہے کے گیٹ کے سامنے رک گیا جس پر پھیکے کاسنی رنگ کا روغن تھا۔پایل اندھیرے سائے میں، کئی دروازوں پہلے رک گئی۔ ہنہناتا ہوا آسیب۔گھوڑی کا زرد آسیب۔اس کی کاٹھی کے سنہری تار اندھیرے میں دمکتے ہوئے۔

ایک عورت رکشا سے باہر نکلی، کرایہ ادا کیا اور گھر میں داخل ہوگئی۔جب رکشا چلا گیا تو صدام حسین اور حسین وجمیل عشرت کاسنی دروازے پر پہنچے۔باہر دو سیاہ سانڈ اپنے ہلتے ہوئے کوبڑوں کے ساتھ مستا رہے تھے۔

دوسری منزل کی کھڑکی میں روشنی نظر آئی۔

عشرت نے کہا، ''گھر کا نمبر لکھ لو۔'' صدام نے جواب دیا کہ اس کی ضرورت نہیں کیونکہ وہ ایک بار جہاں چلا جائے اس جگہ کو کبھی نہیں بھولتا۔نیند میں بھی یہاں پہنچ جائے گا۔

عشرت نے اس سے اپنے کو بدن رگڑا۔''واہ! کیا مرد ہو!''

صدام نے اس کی چھاتی کو دبایا۔عشرت نے اس کے ہاتھ پر ہاتھ مار کر پرے ہٹا دیا۔''مت کرو۔بڑی مہنگی پڑی ہیں۔ابھی تک قسطیں بھر رہی ہوں۔''

عورت نے، جس کی پرچھائیں دوسری منزل کی روشنی کے چوکھٹے میں نظر آ رہی تھی، کھڑکی سے نیچے جھانکا اور دو لوگوں کو سفید گھوڑے پر بیٹھے دیکھا۔اِنھوں نے بھی اوپر نظر اٹھائی اور اس کی طرف دیکھا۔

نظروں کا جو باہم تبادلہ ہوا تھا، گویا اسے تسلیم کرنے کے لیے عورت نے (جو خوبصورت تھی، جو خوبصورت نہیں تھی، جو لمبی تھی، جو ٹھگنی تھی) اپنا سر جھکایا اور چرائی ہوئی شے کو چوم لیا، جو اس نے اپنی بانہوں میں تھام رکھی تھی۔عورت نے ان کی طرف ہاتھ ہلایا، انھوں نے بھی جواباً ہاتھ ہلایا۔ظاہر ہے کہ اس نے انھیں جنتر منتر کے جمگھٹ کی اس ٹیم کے روپ میں پہچان لیا تھا۔صدام گھوڑے سے اترا اور کاغذ کا ایک چھوٹا سا سفید مستطیل ٹکڑا بلند کیا — وِزٹنگ کارڈ، جس پر ''جنت گیسٹ ہاؤس اور کفن دفن

مرکز'' کا پتا درج تھا۔ اس نے کارڈ کو ٹین کے لیٹر باکس میں ڈال دیا، جس پر لکھا تھا: ''ایس تلوتما۔ سیکنڈ فلور۔''

بچی، جو راستے بھر بیشتر وقت روتی رہی تھی، بالآخر سو چکی تھی۔ دل کی ننھی ننھی دھڑکنیں اور سیاہ مخملیں رخسار کو ایک ہڈیالے کندھے پر ٹکائے۔ عورت اس کو جھلاتے ہوئے گھوڑے اور اس کے سواروں کو گلی سے جاتے دیکھتی رہی۔

اسے یاد نہیں تھا کہ اتنی خوش وہ آخری بار کب ہوئی تھی۔ خوشی کی وجہ یہ نہ تھی کہ بچی اس کی تھی، بلکہ یہ تھی کہ اس کی نہیں تھی۔

6

بعد کے لیے چند سوال

جب بے بی سیل ذرا بڑی ہوگی، جب ایک جلتی ہوئی دوپہر میں آئس کریم کے ٹھیلے کے گرد (شاید) بھیڑ میں گھری ہوگی، اور پنج بار کے لیے چیختی چلّاتی اسکولی لڑکیوں کی بھیڑ میں، تو کیا رسیلے مہوے کی چکرا دینے والی تیز خوشبو کا وہ جھونکا محسوس کر سکے گی جس نے اس کی ولادت کے دن جنگل کو مہکا رکھا تھا؟ کیا اس کا بدن جنگل کی دھرتی پر پڑے خشک پتوں کے احساس کو یاد رکھے گا؟ یا اسے اپنی ماں کی بندوق کی نال کی گرم دھات کا لمس یاد رہے گا جو سیفٹی کلچ ہٹا کر اس کی پیشانی پر رکھ دی گئی تھی؟

یا پھر اس کا ماضی ہمیشہ ہمیشہ کے لیے مٹ چکا؟

موت اڑی چلی آتی ہے، ایک لاغر سرکاری بابو، میدانوں سے—

آغا شاہد علی

7

مکان مالک

سردی۔ جاڑوں کا ایک دھندلا، غلیظ دن۔ شہر اب بھی بم دھماکوں کی اس دہشت سے پتھرایا ہوا ہے جو دو دن پہلے ایک بس اسٹاپ پر، ایک کیفے میں اور ایک شاپنگ پلازا کی زمین دوز پارکنگ میں بیک وقت ہوئے تھے۔ پانچ لوگ مارے گئے تھے اور بہت سے شدید طور پر زخمی ہوئے تھے۔ ہمارے ٹیلیوژن اینکروں کو ان کے صدمے سے نکلنے میں عام لوگوں سے ذرا زیادہ وقت لگے گا۔ جہاں تک میری بات ہے، تو دھماکوں سے میرے اندر کئی طرح کے جذبات امنڈتے ہیں، لیکن افسوس کہ صدمہ اب ان جذبوں میں شامل نہیں ہوتا۔

میں برساتی میں ہوں، دوسری منزل کی چھت پر بنے چھوٹے سے اپارٹمنٹ میں۔ نیم کے درختوں کی پتیاں جھڑ چکی ہیں۔ لگتا ہے سرخ کنٹھیوں والے طوطے کسی گرم تر (محفوظ تر) مقام کی طرف جا چکے ہیں۔ کہرا کھڑکیوں کے شیشوں پر بیٹھ چکا ہے۔ نیلگوں جنگلی کبوتروں کا ایک جھنڈ بیٹ سے لپے ہوئے چھجے پر آپس میں سمٹا ہوا بیٹھا ہے۔ حالانکہ دوپہر کا وقت ہے، تقریباً لنچ ٹائم، پھر بھی مجھے بتی جلانی پڑ رہی ہے۔ دیکھ رہا ہوں کہ سرخ سیمنٹ کا فرش بنوانے کا میرا تجربہ ناکام ہو چکا ہے۔ میں چاہتا تھا کہ فرش میں گہرے رنگ کی نرم چمک ہو، جیسا کہ دکن کے نفیس قسم کے پرانے مکانوں میں ہوتی ہے۔ لیکن یہاں، ہر سال کی گرمیوں کی تپش نے سیمنٹ کے رنگ کو اڑا دیا ہے، نیز جاڑوں کی ٹھنڈ سے اس کی سطح اس طرح سکڑ گئی ہے کہ بال جیسی مہین دراروں کا جال بچھ گیا ہے۔ اپارٹمنٹ دھول میں اٹا ہوا اور خستہ

حال ہے۔ عجلت میں چھوڑی گئی اس جگہ کے سکوت میں کوئی ایسی بات ہے جس سے یہ کسی متحرک تصویر کے منجمد فریم جیسا لگ رہا ہے۔ یوں لگتا ہے جیسے موشن کی جیومیٹری اس میں موجود ہے: جو کچھ پیش آ چکا ہے اس کی ہیئت بھی، اور جو کچھ پیش آنا ہے اس کی بھی۔ یہاں رہنے والے کی غیر موجودگی اتنی ہی حقیقی، اتنی ہی مرئی ہے کہ تقریباً موجودگی جیسی لگتی ہے۔

سڑک کا شور گنگ ہو چکا ہے۔ چھت کے پنکھے کی رکی ہوئی پنکھڑیوں کے کناروں پر کیچ کی تہیں جمی ہیں، دہلی کی مشہور غلیظ ہوا کی فتح کا شادیانہ۔ میرے پھیپھڑوں کی خوش بختی کہ میں یہاں تھوڑے ہی عرصے کے لیے آیا ہوں۔ یا کم از کم ایسی توقع کرتا ہوں۔ مجھے چھٹی پر گھر بھیجا گیا ہے۔ حالانکہ میں خود کو بیمار محسوس نہیں کرتا، لیکن جب آئینے میں خود پر نظر ڈالتا ہوں تو دیکھ سکتا ہوں کہ میری جلد مرجھا رہی ہے اور سر کے بال خاصے ہلکے ہو گئے ہیں۔ ان کے بیچ سے میری چندیا چمکتی ہے (جی ہاں، چمکتی ہے)۔ ابروؤں کے نام پر لگ بھگ کچھ بھی نہیں بچا ہے۔ مجھے بتایا گیا ہے کہ یہ ابتلائے فکر وتشویش کی علامت ہے۔ شراب پینا، اعتراف کرتا ہوں، پریشان کن ہے۔ میں نے اپنی بیوی اور اپنے باس، دونوں کے صبر کا امتحان ناقابلِ برداشت طریقوں سے لیا ہے۔ اور اب میں نے طے کیا ہے کہ اس سے نجات پا لوں گا۔ شراب کی لت چھڑانے کے لیے ایک نشہ مکتی کیندر میں میری بکنگ ہو چکی ہے جہاں میں چھ ہفتوں تک قیام کروں گا۔ میرے پاس فون نہیں ہوگا، انٹرنیٹ نہیں ہوگا اور دنیا سے کسی بھی طرح کا رابطہ نہیں رہے گا۔ مجھے وہاں آج پہنچنا تھا، لیکن یہ کام میں اب پیر کو کروں گا۔

میں کابل لوٹنے کو ترس رہا ہوں۔ وہ شہر جہاں شاید میری موت آنی ہے، بہادرانہ موت نہیں بلکہ معمولی ڈھنگ سے۔ شاید اپنے ایمبیسیڈر کو فائل تھماتے وقت۔ بوم! وجود ختم۔ دو بار ان دھماکوں نے ہمیں تقریباً نمٹا ہی دیا تھا۔ دونوں بار قسمت نے ہمارا ساتھ دیا۔ دوسرے حملے کے بعد ہمیں پشتو میں لکھا ایک گمنام خط ملا تھا (جو میں پڑھ لیتا ہوں اور بولتا بھی ہوں): **وہ قسمتی بد زمونگ نن۔ کاؤ گتہ قسمت پہ وار یو صرف مونگ چی لرہ یاد خو۔ وے قسمتہ خوش پارہ دا ہمیشہ دا بہ تہ۔** جس کا ترجمہ (تقریباً) اس طرح ہے: آج ہماری بدقسمتی تھی۔ لیکن یاد رکھنا کہ ہمیں خوش قسمتی ایک ہی بار چاہیے۔ تمھیں خوش قسمتی کی ضرورت ہر وقت ہوگی۔

ان لفظوں میں کوئی ایسی بات تھی جس نے حافظے میں کچھ چمکا دیا۔ میں نے گوگل کیا۔ (یہ لفظ اب فعل بن چکا ہے، ایسا ہی ہے نا؟) 1984 میں برائٹن کے گرانڈ ہوٹل بم دھماکے میں جب مارگریٹ تھیچر بال بال بچی تو آئرش ری پبلکن آرمی نے جو کچھ کہا تھا، یہ اسی کا تقریباً لفظی ترجمہ تھا۔ میرے خیال میں یہ ایک الگ ہی طرح کا گلوبلائزیشن ہے، دہشت گردی کی بین الاقوامی زبان کا۔

کابل میں ہر گزرتا دن ایک ذہنی جنگ ہوتا ہے۔ اور مجھے اسی کی لت ہے۔

جب تک ملازمت پر لوٹنے کا اجازت نامہ آئے، میں نے سوچا اپنے کرایہ داروں سے مل آؤں اور دیکھوں کہ یہ گھر— جسے میں نے پندرہ برس پہلے خریدا تھا اور تقریباً پھر سے تعمیر کرایا تھا— کیسا چل رہا ہے۔ خود کو میں نے کم از کم یہی سمجھایا تھا۔ جب میں یہاں پہنچا تو میں نے خود کو داخلے کے دروازے سے مجتنب پایا۔ سڑک پار کر کے، گھوم کر پچھلی سڑک پار کرتا ہوا اپنے عقبی دروازے پر پہنچا، جو بنگلوں کی قطار کے پیچھے بنی سروس لین میں کھلتا ہے۔ کبھی یہ گلی خوبصورت اور پرسکون تھی۔ اب کوئی کنسٹرکشن سائٹ نظر آتی ہے۔ عمارت سازی کا سامان— لوہے کے سریے، پتھر کی سلیں اور بالو کے انبار— ہر ایسی خالی جگہ کو گھیرے ہوئے ہے جو وہاں کھڑی ہونے وال کاروں سے بچ گئی ہے۔ کھلے ہوئے دومین ہولوں سے ایسی سڑاندھ اٹھ رہی ہے جو یہاں پراپرٹی کی روزافزوں قیمتوں سے میل نہیں کھاتی۔ پرانے مکانوں میں سے زیادہ تر مسمار کر دیے گئے ہیں اور ان کی جگہ نئے، شاندار بلڈر فلیٹ بنتے جا رہے ہیں۔ ان میں سے بعض ستونوں پر کھڑے ہیں، جس سے گراؤنڈ فلور کو پارکنگ میں بدل دیا گیا ہے۔ کاروں سے پگلائے اس شہر میں یہ ایک اچھا تصور ہے، لیکن مجھے نہ جانے کیوں رنجیدہ کر دیتا ہے۔ یقین سے نہیں کہہ سکتا کہ کیوں۔ شاید کوئی پرانی یاد، ایک قدیم تر، خاموش تر زمانے کی۔

دھول میں اَٹے بچوں کی ایک ٹولی، جن میں سے بعض نے گود کے بچوں کو اپنے کولھوں پر سنبھال رکھا ہے، کھیلنے میں مگن ہے۔ وہ ڈور بیل بجاتے ہیں اور خوشی سے کلکاریاں مارتے ہوئے چھپاک سے بھاگ جاتے ہیں۔ ان کے نحیف ونزار والدین، جو سیمنٹ اور اینٹیں ڈھو ڈھو کر ان گہرے گڈھوں کے نزدیک جمع کر رہے ہیں جو بیسمنٹ کے لیے کھودے گئے ہیں، اگر قدیم مصر کی کنسٹرکشن سائٹ پر لے

جائے جائیں، جہاں وہ فرعون کے اہراموں کے لیے پتھر ڈھوئیں، تو قطعی بے میل نہیں لگیں گے۔ مہربان آنکھوں والا ایک چھوٹا سا گدھا اپنی کاٹھی کے تھیلوں میں اینٹیں بھرے ہوئے میرے سامنے سڑک سے گزر رہا ہے۔ دھماکوں کے بعد کے اعلانات، جو مارکیٹ میں واقع پولیس بوتھ سے لاؤڈ اسپیکر پر ہندی اور انگریزی میں نشر کیے جا رہے ہیں، یہاں مدھم آواز میں پہنچ رہے ہیں: اگر کوئی اَگیات وَستو یا سَندیہہ جنک وِیکتی دکھائی دے تو تُرنت نزدیکی پولیس اسٹیشن کو سوچت کریں...''

پچھلی بار جب میں یہاں آیا تھا تب سے اب تک، چند مہینوں میں ہی عقبی لین میں کھڑی ہونے والی کاروں کی تعداد بڑھ گئی ہے۔ اور ان میں اب بیشتر زیادہ بڑی اور زیادہ طرحدار ہیں۔ میری پڑوسن مسز مہرا کا نیا ڈرائیور، جس کا پورا سر ایک براؤن مفلر میں لپٹا ہوا ہے اور صرف آنکھوں پر جھری کھلی ہے، کریم رنگ کی ایک نئی ٹویوٹا کرولا کو پائپ کی دھار سے دھو رہا ہے، جیسے وہ بھینس ہو۔ اس کے بونٹ پر بھگوا رنگ کا چھوٹا سا 'اوم' لکھا ہوا ہے۔ صرف ایک سال پہلے تک مسز مہرا اپنی پہلی منزل کی بالکونی سے اپنا کوڑا سیدھے سڑک پر اچھال دیتی تھیں۔ حیرت سے سوچ رہا ہوں کہ ٹویوٹا کی ملکیت نے کیا اُن کے کمیونٹی ہائیجین کے شعور میں کوئی بہتری پیدا کی ہے یا نہیں۔

میں دیکھ رہا ہوں کہ دوسری اور تیسری منزلوں پر بنے بیشتر اپارٹمنٹ اب زیادہ سنور گئے ہیں، ان میں شیشے لگ گئے ہیں۔

کالے سانڈ جو میرے عقبی دروازے کے سامنے، کنکریٹ سے بنے بجلی کے کھمبے کے آس پاس کئی برس سے رہتے ہیں، اور جنھیں مسز مہرا اور ان کی گایوں کی پجاری ٹولی کھلاتی پلاتی اور ناز برداری کرتی ہے، آس پاس نظر نہیں آ رہے ہیں۔ ہوسکتا ہے جاگنگ کے لیے گئے ہوں۔

دو نوجوان عورتیں، سردیوں کے اسمارٹ کوٹ پہنے، ہائی ہیلز میں کھٹ کھٹ کرتی گزریں۔ دونوں سگریٹ پی رہی تھیں۔ وہ روس یا یوکرین کی فاحشاؤں جیسی لگ رہی تھیں۔ اسی قسم کی جنھیں آپ فون کر کے فارم ہاؤس پارٹیوں میں آرڈر کر سکتے ہیں۔ پچھلے ہفتے مہرولی میں میرے پرانے دوست بوبی سنگھ کی مردانی پارٹی میں چند ایسی ہی موجود تھیں۔ ان میں سے ایک چپس کی پلیٹ لیے اِدھر اُدھر گھوم رہی تھی۔ اس کا سینہ تقریباً ننگا تھا، جس پر اس نے 'ہُمُس' سوس چپڑ رکھی تھی — تاکہ مہمان چپس کے ساتھ کھا

سکیں۔ مجھے لگا یہ کچھ زیادہ ہو گیا، مگر لگتا تھا کہ مہمان اس کا مزہ لے رہے ہیں۔ لڑکی بھی ایسا ہی تاثر دے رہی تھی— حالانکہ ہو سکتا ہے کہ یہ بھی اس کے کام کا حصہ ہو۔

نوکر جنھوں نے اپنے مالکوں کی مہنگی اترنیں پہن رکھی ہیں، خود سے بھی بہتر سجے کتوں کے ہاتھوں ٹہلائے جا رہے ہیں— لیبراڈور، جرمن شیفرڈ، ڈوبرمین، بیگل، ڈیکشنڈ، کاکر اسپینئل۔ وہ اونی کوٹ پہنے ہیں جن پر Superman اور Woof! جیسے الفاظ لکھے ہیں۔ بعض آوارہ مونگریل بھی کوٹ پہنے اپنے اعلیٰ نسل ہونے کا پتا دے رہے ہیں۔ ٹِرکلنگ ڈاؤن کا نتیجہ۔ ہا! ہا!

دو آدمی— ایک گورا، ایک ہندوستانی، ہاتھ میں ہاتھ دیے گزرتے ہیں۔ ان کا گول مٹول سیاہ لیبراڈور لال اور نیلی جرسی پہنے ہے جس پر لکھا ہے: No. 7 Manchester United۔ پرساد بانٹتے کسی خوش طبع پجاری کی مانند، اپنے پیشاب کی چھوٹی سی پچکاری سے وہ کاروں کے ٹائروں کو نوازتا ہے، جن کے قریب سے وہ ٹھمکتا ہوا گزر رہا ہے۔

ڈیئر پارک سے متصل میونسپل پرائمری اسکول پر آہنی چادر کا نیا پھاٹک لگا ہے۔ اس پر ایک گھٹیا سی تصویر بنی ہے— ہنستی ہوئی ماں کی گود میں ہنستے ہوئے بچے کو سفید لباس اور سفید جرابوں میں ملبوس ایک ہنستی ہوئی نرس پولیو کا انجکشن لگا رہی ہے۔ سِرنج کا سائز تقریباً کرکٹ کے بلے کے برابر ہے۔ کلاس روم سے آتی بچوں کی آوازیں سن رہا ہوں جو چلّا چلّا کر 'بابا بلیک شیپ' کا وِرد کر رہے ہیں اور جب 'وُل' اور 'فُل' پر پہنچتے ہیں تو ان کی آواز چیخ میں بدل جاتی ہے۔

کابل کے مقابلے میں، یا افغانستان یا پاکستان کے کسی بھی حصے کے مقابلے میں، بلکہ اگر کہیں تو ہمارے اڑوس پڑوس کے کسی بھی ملک کے مقابلے میں (سری لنکا، بنگلہ دیش، برما، ایران، عراق، شام —اوہ خدایا!) یہ ٹھہرائی ہوئی عقبی لین، اس کا روز مرہ کا شور شرابہ، اس کا گھٹیا پن، اس کی بدنصیب لیکن قابلِ برداشت بے انصافیاں، اس کے گدھے اور اس کی معمولی بے رحمیاں، فردوس کے ایک چھوٹے سے گوشے کی مانند لگتی ہیں۔ یہاں مارکیٹ میں دکانوں پر کھانے اور پھول، کپڑے اور موبائل فون فروخت ہوتے ہیں، دستی بم اور مشین گنیں نہیں۔ بچے دروازوں کی گھنٹیاں بجانے کا کھیل کھیلتے ہیں، خودکش بمبار بننے کا نہیں۔ ہماری اپنی مصیبتیں ہیں، خوفناک ساعتیں ہیں، بے شک۔ لیکن انھیں ہم محض

معمول سے گریز ہی کہہ سکتے ہیں بس۔

میں بڑبڑانے والے ناراض دانشوروں اور پیشہ ور مخالفین پر غصے کی لہر محسوس کرتا ہوں جو اس عظیم ملک کے خلاف ہمیشہ بکواس کرتے رہتے ہیں۔ صاف صاف کہوں تو وہ ایسا اس لیے کر پا رہے ہیں کہ انھیں اس کی اجازت ملی ہوئی ہے۔ اور انھیں اجازت اس لیے ملی ہے کہ تمام تر خامیوں کے باوجود، ہم سچی جمہوریت ہیں۔ میں یہ چھچھورپن نہیں کروں گا کہ لوگوں کے سامنے بار بار دہراؤں، لیکن حقیقت یہی ہے کہ اس پر مجھے فخر ہے کہ میں گورنمنٹ آف انڈیا کا ملازم ہوں۔

میری توقع کے عین مطابق، عقبی دروازہ کھلا تھا۔ (نچلی منزل کے کرایہ داروں نے اس پر کاسنی روغن کرا دیا ہے۔) میں سیڑھیاں چڑھتا ہوا سیدھا دوسری منزل پر پہنچا۔ دروازے پر تالا پڑا تھا۔ میری مایوسی نے مجھے خود ہی حیرت میں ڈال دیا۔ دروازے کے باہر آخری سیڑھی کا چبوترا ویران لگ رہا تھا۔ دروازے کے سامنے ڈاک اور اخباروں کا ڈھیر تھا۔ میں نے دیکھا کہ دھول میں کتے کے پنجوں کے نشان بھی بنے ہیں۔

میں زینے سے اتر رہا تھا کہ گراؤنڈ فلور کے کرایہ دار (جو کوئی وِڈیو پروڈکشن کمپنی چلاتا ہے) کی فربہ، پرکشش بیوی اپنے کچن سے نکلی اور اس نے مجھے سیڑھیوں پر ٹوک دیا۔ ایک کپ چائے پینے کی دعوت دی (اسی گھر میں جو میرا گھر تھا، ان دنوں جب میری بیوی کا اور میرا تقرر دہلی ہی میں تھا)۔

''میں اَنکِتا ہوں،'' گھر میں لے جاتے ہوئے اس نے گردن گھما کر کہا۔ اس کے لمبے، کیمیکل سے سیدھے کیے ہوئے بال، جن پر کہیں کہیں سنہری پٹیاں تھیں، بھیگے ہوئے تھے اور ان میں سے شیمپو کی تیز خوشبو اٹھ رہی تھی۔ اس نے کانوں میں بڑے بڑے ڈائمنڈ پہن رکھے تھے اور جسم پر روئیں دار سفید اونی سویٹر۔ ٹائٹ نیلی جینز — جیگِنگز (jeggings)، جیسا کہ میری بیٹیوں نے بتایا تھا — کی پشت کی جیبوں پر، جو اس کے چوڑے پچھواڑے پر منڈھی ہوئی تھیں، رنگین دھاگوں سے کانٹے دار جیبھ والے چائنیز ڈریگن کشیدہ تھے۔ میری ماں نے اگر اسے دیکھا ہوتا تو اس کے لباس کی نہیں تو کم از کم فربہی کی تعریف ضرور کرتیں۔ ''دیکھتے بیش رولی پولی،'' انھوں نے کہا ہوتا۔ بے چاری میری ماں، شادی کے بعد جنھوں نے اپنی ساری زندگی دہلی میں، اپنے بچپن کے کلکتہ کے خواب دیکھتے گزار دی تھی۔

میرے ذہن میں بدمزگی سے یہ لفظ بھنبھنانے لگا: رولی پولی رولیپولی... رولیپولی...

کمرے کی تین دیواروں پر تربوزی رنگ کا پینٹ تھا۔ ڈائننگ ٹیبل سمیت سارا فرنیچر ایک طرح سے تربوز کے چھلکے جیسا چھینٹ دار سبز تھا — بلکہ چھینٹ دار کی جگہ شاید 'ڈِس ٹریسڈ' زیادہ مناسب لفظ ہوگا۔ دروازے اور کھڑکیوں کے فریم سیاہ تھے (میرے خیال میں یہ 'تخم' ہوے)۔ مجھے اس پر پچھتانے لگا کہ انٹیرئیر بدلنے کی میں نے انھیں کھلی چھوٹ کیوں دی۔ میں اور انکتا آمنے سامنے بیٹھ گئے، صوفے کے ایک ایک سرے پر (میرا پرانا صوفہ جس پر اب نئی گدیاں اور نئے غلاف تھے)۔ ایک موقعے پر ہمیں اپنے اپنے گھٹنے سمیٹ کر پیروں کو فرش سے اوپر اٹھانا پڑا، جب کہ ملازمہ نے کسی چھوٹی بطخ کی طرح اکڑوں بیٹھ کر کھسکتے ہوے ہمارے نیچے سے فرش کو کسی ایسی چیز سے صاف کیا جس کی بو 'سٹر ونیلا' کی طرح تند تھی۔ فرش کے اس حصے کا پونچھا اگر رولی پولی ذرا دیر سے لگوا لیتی تو کون سی مصیبت ٹوٹ پڑتی؟ ہمارے لوگ بنیادی سلیقہ کب سیکھیں گے؟

یہ ملازمہ ظاہر ہے جھارکھنڈ یا چھتیس گڑھ کی گونڈ یا سنتھال لڑکی تھی، یا شاید اُڑیسہ کے کسی آدی باسی قبیلے سے تھی۔ وہ چودہ یا پندرہ برس کی لگ رہی تھی۔ جہاں میں بیٹھا تھا وہاں سے اس کے کرتے کی گہرائی نظر آرہی تھی، جہاں اس کی ننھی چھاتیوں کے درمیان ایک چھوٹی سی صلیب لٹکی تھی۔ میرے پِتا جی نے، جنھیں عیسائی مشنریوں اور ان کے ریوڑ سے خدا واسطے کا بیر تھا، اس پر 'ہالے لویاہ' (سبحان اللہ) کہا ہوتا۔ اپنی تمام تر تہذیب کے باوجود ان میں بدتہذیبی کی بھی تھوڑی سی رمق تھی۔

اپنے دیوہیکل تربوز میں بیٹھی ہوئی، اپنے دھاری دار بالوں کے ہالے سے شعائیں بکھیرتی اور میری طرف دیکھتی ہوئی رولی پولی نے، سرگرشیوں میں، بے ربطی سے، بیان کیا کہ اوپر کیا کچھ ہوا تھا۔ ''میرا خیال ہے کہ وہ نارمل عورت نہیں ہے،'' اس نے کئی بار کہا۔ ایمانداری سے کہوں تو وہ بے ربط نہیں تھی بلکہ میں ہی یہ سوچ کر خار کھا رہا تھا کہ اس کی بات سننی پڑ رہی ہے۔ اس نے کسی بچے اور پولیس کے بارے میں بھی کچھ کہا (جب پولیس نے دروازے پر دستک دی تو میں 'ڈمپ اسٹرک' رہ گئی)، اور یہ کہ اس کی وجہ سے گھر اور محلے پڑوس کی بے عزتی ہوئی۔ یہ ذرا کینہ آمیز اور دور کی کوڑی جیسی بات لگی۔ میں نے اس کا شکریہ ادا کیا اور وہ تحفہ لے کر چل دیا جو اس نے میرے ہاتھ میں پکڑا دیا تھا — ایک ڈی

وی ڈی، جس میں کشمیر کی ڈل جھیل پر بنائی ہوئی اس کے شوہر کی نئی ڈاکیومنٹری تھی جو محکمۂ سیاحت کے لیے بنائی گئی تھی۔

ایک دو گھنٹوں کے بعد میں پھر لوٹ آتا ہوں۔ بازار سے مجھے تالا بنانے والے کو لانا پڑا تاکہ وہ میرے لیے چابی بنا دے۔ دوسرے لفظوں میں کہوں تو مجھے اس کا تالا توڑنا پڑا۔ دوسری منزل کی یہ کرایہ دار، لگتا تھا کہ جا چکی ہے۔ اگر رولی پولی کی بات کا یقین کیا جائے تو 'جا چکی ہے' شاید کچھ حسنِ تعبیر جیسی بات ہوگی۔ لیکن لفظ 'کرایہ دار' بھی حسنِ تعبیر ہی ہے۔ نہیں، ہم عاشق و معشوق نہیں تھے۔ اس نے کبھی، کسی بھی موقعے پر، کوئی ایسا اشارہ نہیں دیا تھا کہ اس سے ایسا رشتہ بنایا جا سکتا ہے۔ اگر اس نے اشارہ دیا ہوتا تو مجھے خود پر بھی بھروسہ نہیں کہ آگے کیا ہوا ہوتا۔ کیونکہ اپنی ساری زندگی، تب سے جب برسوں پہلے کالج کے زمانے میں اس سے میری پہلی ملاقات ہوئی تھی، میں نے خود کو اُسی کے اردگرد تعمیر کیا ہے۔ شاید اس کے اردگرد نہیں بلکہ اس کے لیے اپنی محبت کی یاد کے اردگرد۔ وہ اس بات کو جانتی نہیں۔ کوئی بھی نہیں جانتا، شاید ناگا، موسیٰ اور میرے سوا، وہ تینوں آدمی جو اس سے محبت کرتے تھے۔

میں لفظ 'محبت' کا استعمال ذرا کشادگی سے کر رہا ہوں کیونکہ میرے ذخیرۂ الفاظ میں کوئی لفظ ایسا نہیں جو اس پیچیدہ جذبے کی، احساسات کے اس جنگل کی درست نوعیت کو بیان کر سکے جو ہم تینوں کو اس کے ساتھ، اور نتیجتاً آپس میں باندھے ہوئے تھا۔

پورے تیس سال گزرنے والے ہیں جب میں نے اسے پہلی بار دیکھا تھا، کالج کے ایک ڈرامے کی ریہرسل کے موقعے پر 1984 میں۔ (دہلی میں 1984 کو کون بھول سکتا ہے؟) میں بھی اس میں ایکٹنگ کر رہا تھا۔ ڈرامے کا عنوان **نارمن، اِز دیٹ یو؟** تھا۔ افسوس کہ دو مہینے کی ریہرسل کے باوجود ہم اسے کھیل نہ سکے۔ جس دن پہلا شو ہونا تھا اس سے ایک ہفتے پہلے مسز جی — اندرا گاندھی — اپنے سکھ باڈی گارڈوں کے ہاتھوں قتل ہو گئیں۔

قتل کے بعد کئی دن تک، بھاری بھیڑ ان کے حامیوں اور حواریوں کی سربراہی میں ہزاروں سکھوں کو قتل کرتی رہی۔ گھر، دکانیں، سکھ ڈرائیوروں والے ٹیکسی اسٹینڈ اور وہ بستیاں جن میں سکھ رہتے تھے، جلا کر خاک کر دی گئیں۔ شہر بھر میں لگی آگ سے اٹھنے والے سیاہ دھویں کے مرغولے آسمان کو چھو

رہے تھے۔ ایک دن، جو روشن اور خوبصورت تھا، میں نے بس کی وِنڈ وسیٹ میں بیٹھے ہوے باہر دیکھا کہ ہجوم ایک سکھ کو پیٹ پیٹ کر مار رہا ہے۔ لوگوں نے اس کی پگڑی کھینچ کر اتار دی، داڑھی کے بال نوچ لیے اور ساؤتھ افریقی انداز میں اس کے گلے میں جلتا ہوا ٹائر ڈال دیا، جبکہ حلقہ بنا کر کھڑے لوگ چلّا چلّا کر ان کا حوصلہ بڑھا رہے تھے۔ میں جلدی جلدی گھر پہنچا اور انتظار کرنے لگا کہ جو کچھ میری نظروں کے سامنے گزرا اس کا صدمہ مجھے چوٹ پہنچائے گا۔ عجیب بات ہے کہ کچھ بھی نہیں ہوا۔ واحد صدمہ جو میں نے محسوس کیا، میری اپنی طمانیت سے لگنے والا جھٹکا تھا۔ مجھے اس سارے احمق پن اور اس کی فضولیت پر کراہت محسوس ہو رہی تھی، لیکن کسی وجہ سے میں اس کا صدمہ محسوس نہیں کر رہا تھا۔ ہوسکتا ہے کہ اس کا کوئی تعلق اس بات سے ہو کہ میں اس شہر کی خونیں تاریخ سے واقف تھا جہاں میری پرورش ہوئی تھی۔ لگتا تھا کہ جیسے وہ عفریت کہ ہندوستان میں جس کی موجودگی ہم سب مسلسل اور شدت سے محسوس کرتے ہیں، اچانک کسی غار میں سے غضب کے عالم میں پھنکارتا ہوا نکل آیا ہے اور اس نے بالکل وہی کیا ہے جس کی ہم اس سے توقع کرتے ہیں۔ جب عفریت کی بھوک مٹ گئی، وہ اپنی زمین دوز آماجگاہ میں لوٹ گیا، اور اوپر سطح پر حالات معمول پر لوٹ آئے۔ جنونی قاتلوں نے اپنے زہریلے دانت اندر کر لیے اور اپنے روزمرہ کے کاموں میں مشغول ہو گئے — بطور کلرک، درزی، پلمبر، بڑھئی، دکاندار — اور زندگی حسبِ معمول آگے بڑھنے لگی۔ نارملٹی، معمول کے حالات، دنیا کے ہماری طرف کے منطقے میں ابلے ہوے انڈے کی مانند ہے: اس کی معمولی سطح اپنے قلب میں نہایت قبیح تشدد کی زردی چھپائے رکھتی ہے۔ اِس تشدد کے متعلق ہمارا مستقل اضطراب، اس کے گزشتہ حاصلات کی یادیں، نیز مستقبل میں اس کے امکانی مظاہرے کی دہشت ہی ہے جو یہ ضابطے طے کرتی ہے کہ ہم جیسے بھانت بھانت کے لوگ کس طرح باہم زندہ رہیں، باہم جیتے رہیں، ایک دوسرے کو برداشت کرتے رہیں اور گاہے بہ گاہے ایک دوسرے کو قتل کرتے رہیں۔ جب تک یہ مرکز اپنی جگہ پر قائم ہے، جب تک زردی بہہ کر باہر نہیں نکلتی، تب تک سب کچھ ٹھیک ہے۔ بحران کے وقت دوراندیشی برتنے سے واقعی مدد ملتی ہے۔

ہم نے ڈرامے کا افتتاح اس امید پر ایک مہینے کے لیے موخر کرنے کا فیصلہ کیا کہ تب تک حالات قابو میں آ جائیں گے۔ لیکن دسمبر کے اوائل میں المیے نے پھر سے یلغار کی۔ اس مرتبہ مزید سفاکی کے

ساتھ۔ بھوپال میں یونین کاربائیڈ کے پیسٹی سائڈ پلانٹ سے زہریلی گیس خارج ہوئی جس سے ہزاروں لوگ مر گئے۔ اخباران لوگوں کے بیانات سے بھرے پڑے تھے جو اس زہریلے بادل سے بچنے کے لیے بھاگ رہے تھے جو مستقل ان کا تعاقب کر رہا تھا۔ ان کی آنکھوں اور پھیپھڑوں میں آگ لگی تھی۔ اس دہشت کی نوعیت اور وسعت کچھ نہ کچھ بائبل میں مذکور قیامت جیسی تھی۔ نیوز میگزینوں نے لاشوں کی، بیماروں کی، مرتے ہوئے لوگوں کی، مسخ شدہ اور مستقلاً اندھے ہو چکے لوگوں کی تصویریں چھاپیں جن کی بے نور آنکھیں خوفناک اندھیرے میں کیمرے کی طرف دیکھ رہی تھیں۔ بالآخر ہم نے طے کیا کہ دیوتا ہمارے حق میں نہیں، نیز یہ کہ ان حالات میں نارمن کا کھیلا جانا مناسب نہیں ہوگا۔ اس طرح سارا معاملہ طاق پر رکھ دیا گیا۔ اگر آپ مجھے اس بلیغ مشاہدے کے لیے معاف کریں تو کہوں گا کہ زندگی اسی کا نام ہے، یا اکثر وہ یہیں آ پہنچتی ہے: کسی پرفارمنس کے لیے کی گئی ریہرسل جو کبھی اپنے انجام تک نہیں پہنچتی۔ البتہ نارمن کے معاملے میں یہ تھا کہ اپنی زندگیوں کا راستہ بدلنے کے لیے ہمیں کسی فائنل پرفارمنس کی ضرورت نہ تھی۔ ہماری وہی ریہرسلیں کافی سے زیادہ ثابت ہوئیں۔

ناٹک کا ڈائرکٹر ڈیوڈ کوارٹرمین اک نوجوان انگریز تھا جو لیڈز سے دہلی آیا تھا۔ وہ ایک چست، کسرتی اور، اگر کہنے کی اجازت ہو تو، قاتلانہ حسن و جمال کا حامل شخص تھا۔ اس کے سنہری بال کاندھوں پر پڑے رہتے۔ اس کی آنکھیں غیر حقیقی، نیلم رنگ نیلی تھیں، پیٹر اوٹول (Peter O' Toole) جیسی۔ وہ اکثر وقت ٹُن رہتا، اور علانیہ ہم جنس پرست تھا، حالانکہ گفتگو میں کبھی اس کا ذکر نہیں کرتا تھا۔ ڈیفنس کالونی میں کتابوں کی قطاروں والے اس کے کمروں میں سانولے نوعمر لڑکوں کی لائن لگی رہتی — جن کی تعداد خاصی زیادہ تھی۔ وہ جا کر آرام سے اس کے بیڈ پر بیٹھ جاتے۔ کوئی اس کی راکنگ چیئر پر پاؤں اوپر کر کے بیٹھ جاتا، اور رسالوں کی ورق گردانی کرنے لگتا، جنھیں ظاہر ہے کہ وہ پڑھ نہیں سکتا تھا (ڈیوڈ کی ترجیح واضح طور پر پرولتاریہ کے لیے تھی)۔ ہم نے ایسا پہلے کبھی نہیں دیکھا تھا۔ جس دن ہم اس کے دو کمروں والے فلیٹ پر ناٹک کی پہلی پڑھت کے لیے جمع ہوئے، اسی دن اس کی خاموش طبع، سگھڑ ملازمہ نے اس کے باتھ روم میں خوش سلیقگی سے اپنا تیسرا بچہ پیدا کیا۔ ہم ڈیوڈ کوارٹرمین سے مرعوب رہتے تھے — اس کی گستاخ جنسیت، اس کی کتابوں کا ذخیرہ، اس کا پل پل بدلتا مزاج، اس کی بڑبڑاہٹیں اور

پھر یک لخت عسیر الفہم خاموشیاں ایسے اوصاف تھے جنھیں ہم ہر سچے فنکار کے لیے لازمی سمجھتے تھے۔ ہم میں سے بعض اپنے خالی وقت میں ان رویوں کی نقل کرنے کی کوشش کرتے، یہ تصور کرتے ہوے کہ ہم خود کو تھیئٹر کی زندگی کے لیے تیار کر رہے ہیں۔ میرے کلاس میٹ ناگا (یعنی ناگ راج ہری ہرن) کو نارمن کا کردار کھیلنا تھا۔ مجھے اس کے عاشق گارسن ہوبارٹ کا رول نبھانا تھا۔ (ابتدائی ریہرسلوں کے دوران ہم اوورایکٹنگ کرتے تھے۔ شاید نوعمری کے گاؤدی پن میں ہم اس طرح یہ واضح کرنے کی کوشش کرتے تھے کہ ہم واقعی ہم جنس پرست نہیں ہیں۔) ہم دونوں دہلی یونیورسٹی میں تاریخ میں ایم اے کے آخری سال میں تھے۔ میرے اور اس کے والدین چونکہ دوست تھے (اس کے والد فارن سروس میں تھے اور میرے والد سینئر ہارٹ سرجن تھے)، اس لیے میں اور ناگا اسکول میں ساتھ ساتھ تھے اور اب یونیورسٹی میں بھی۔ اس طرح کے بیشتر بچوں کی طرح، ہم بھی گہرے دوست کبھی نہیں رہے۔ ایک دوسرے کو ناپسند بھی نہیں کرتے تھے، لیکن ہمارا رشتہ کافی حد تک مسابقت کا ہی تھا۔

تِلو آرکی ٹیکچر اسکول میں تیسرے سال کی طالبہ تھی۔ وہ ناٹک کے سیٹ اور لائٹنگ ڈیزائن پر کام کر رہی تھی۔ ہم سے اپنا تعارف اس نے تِلوتما کے نام سے کرایا تھا۔ جس لمحے میں نے اسے دیکھا، میرے وجود کا ایک حصہ مجھ سے جدا ہوا اور اس کے گرد جا لپٹا۔ یہ آج بھی اسی طرح لپٹا ہوا ہے۔

کاش میں جان پاتا کہ تلو میں ایسی کون سی بات تھی جس نے مجھے یوں بالکل نہتا اور ایسے سلوک پر آمادہ کر دیا جو میرے مزاج کا حصہ نہیں تھا — مشتاق اور کچھ زیادہ ہی متجسس۔ وہ ان لڑکیوں کی طرح خوش رنگ اور سجی سنوری نہیں تھی جنھیں میں نے کالج میں دیکھا تھا۔ اس کی رنگت فرانسیسیوں کی 'کیفے او لے' یعنی دودھ والی کافی جیسی تھی (لیکن دودھ کی مقدار کچھ زیادہ ہی قلیل)۔ جہاں تک ہندوستانیوں کا تعلق ہے تو بیشتر لوگوں کی نظر میں یہ بات تلو کو خوبصورت کہلانے سے یکسر محروم کرتی تھی۔ ایسے شخص کا بیان میرے لیے بڑا مشکل ہے جس کا نقش مجھ پر، میری روح پر اتنے طویل عرصے سے اسٹامپ یا مہر کی طرح چھپا ہوا ہے۔ میں اسے ویسے ہی دیکھتا ہوں جیسے اپنے بدن کے کسی حصے کو — ہاتھ کو یا پیر کو۔ لیکن چلیے، پھر بھی اس کی تصویر بنانے کی کوشش کرتا ہوں، موٹے برش اسٹروک سے ہی سہی۔ نفیس ہڈیوں والا اس کا چہرہ نازک تھا اور ستواں ناک پر نتھنے خوبصورتی سے ابھرے ہوے تھے۔ اس کے لمبے اور گھنے

بال نہ تو سیدھے تھے اور نہ ہی گھنگھریالے، بلکہ الجھے ہوتے تھے اور لاپروائی کے شکار۔ میں تصور کرتا کہ ان میں چھوٹی چھوٹی چڑیوں کے آشیانے ہیں۔ انھیں بہ آسانی 'شیمپو سے پہلے اور شیمپو کے بعد' کمرشیل کا پہلا حصہ بنایا جا سکتا تھا۔ وہ چوٹی گوندھتی تھی جو اس کی کمر پر پڑی رہتی، اور کبھی اسے بے ترتیبی سے لپیٹ کر اپنی لمبی گردن کی پشت پر گانٹھ بنا کر اس میں پیلی پنسل اُڑس لیتی تھی۔ وہ میک اپ نہیں کرتی تھی، کچھ اور بھی نہیں — وہ دلفریب چیزیں جو لڑکیاں اپنے بالوں، آنکھوں اور دہانے کی خوبصورتی میں اضافہ کرنے کے لیے کیا کرتی ہیں۔ اس کا قد لمبا نہیں تھا، لیکن کاٹھی اچھی تھی، اور کھڑے ہونے کا اس کا اپنا ایک انداز تھا۔ وہ اپنی پنڈلیوں پر بوجھ ڈال کر اور شانے چوڑے کر کے کھڑی ہوتی، جو تقریباً مردانہ انداز لگتا تھا، لیکن تھا نہیں۔ جس دن اس سے میری پہلی ملاقات ہوئی اس نے سفید سوتی پائجامہ اور ایک بدنما— بدنمائی کسی حد تک دانستہ — چھینٹ کی، بڑی سی مردانی شرٹ پہن رکھی تھی، جو لگتی نہ تھی کہ اس کی اپنی ہے۔ (لیکن میرا خیال غلط تھا: کئی ہفتے بعد جب ہم ایک دوسرے سے بہتر ڈھنگ سے واقف ہو گئے تو اس نے بتایا کہ شرٹ حقیقت میں اس کی اپنی ہے۔ اور یہ بھی بتایا کہ یہ اس نے جامع مسجد کے باہر سیکنڈ ہینڈ کپڑوں کی مارکیٹ سے ایک روپے میں خریدی تھی۔ ناگا نے اپنے ٹپیکل انداز میں کہا کہ اسے قابلِ اعتماد ذرائع سے معلوم ہوا ہے کہ جو کپڑے وہاں بکتے ہیں وہ ریل حادثوں میں مرنے والے لوگوں کی اُترن ہوتے ہیں۔ اس نے جواب دیا کہ اگر ان پر خون کے دھبے نہ ہوں تو اسے کوئی اعتراض نہیں۔) زیور کے نام پر وہ چاندی کی چوڑی سی انگوٹھی، روشنائی میں سنی بیچ کی انگلی میں پہنتی تھی، اور پیر کی انگلی میں چاندی کا ایک بچھوا۔ وہ گنیش بیڑی پیتی تھی۔ بیڑیاں وہ ڈن ہل سگریٹ کے سرخ پیکٹ میں رکھتی تھی۔ ان لوگوں کے چہروں پر ابھرنے والی مایوسی کو وہ براہِ راست دیکھتی جو وہ اپنے خیال میں اس سے امپورٹڈ فلٹر سگریٹ جھٹکنے کی کوشش کرتے اور اس کے بجائے ان کے ہاتھ میں بیڑی تھما دی جاتی، اور وہ لحاظاً اسے پینے کو مجبور ہو جاتے، خصوصاً جب وہ اسے سلگانے کی پیشکش بھی کرتی۔ میں نے ایسا ہوتے کئی مرتبہ دیکھا تھا، لیکن اس کا اپنا چہرہ ہمیشہ بے تاثر رہتا— اس پر کبھی مسکراہٹ نہ آتی، نہ وہ کسی دوست سے مسرت بھری نظروں کا تبادلہ کرتی تھی۔ اس لیے مجھے کبھی یہ اندازہ نہیں ہو سکا کہ کیا وہ مذاق کر رہی ہے یا پھر اس کا یہی طور تھا۔ کسی کو خوش کرنے یا راحت محسوس

کرانے کی خواہش کا مکمل فقدان اگر کسی نسبتاً کمزور انسان میں ہو تو اسے تکبر سے تعبیر کیا جا سکتا ہے۔ لیکن تلو میں یہ فقدان ایک طرح کی بے اعتنا تنہائی نے پیدا کیا تھا۔ سادہ، پرانے فیشن کی عینک کے پیچھے اس کی ہلکی سی ترچھی، بلی جیسی آنکھوں میں جنون کی ایسی اسرار جھلک تھی جو ہر شے کو جلا کر راکھ کر سکتی تھی۔ وہ ایسا تاثر دیتی گویا کسی طرح اپنے پٹّے سے باہر آ گئی ہو۔ گویا خود کو سیر کرانے نکلی ہو، جبکہ باقی ہم سب کو سیر کرائی جا رہی ہو — پٹے میں بندھے پالتو جانوروں کی طرح۔ گویا وہ فکر انگیزی سے، کسی حد تک غائب دماغی کے ساتھ، ایک فاصلے سے ہمیں دیکھ رہی ہو، جبکہ ہم لوگ اپنے آقا کے لیے ممنون، لجاجت سے باتیں کر رہے ہوں، اپنی وفاداری کے دوام پر خوش ہوں۔

میں نے اس کے بارے میں مزید جاننے کی کوشش کی، لیکن اس نے بہت کم بتایا۔ جب میں نے پوچھا کہ اس کا خاندانی نام کیا ہے تو اس نے کہا کہ اس کا نام ایس تلوتما ہے۔ جب میں نے پوچھا کہ ایس سے کیا مراد ہے، تو اس نے کہا، ''ایس سے مراد ایس ہی ہے۔'' اس کا گھر کہاں ہے، اس کے والد کیا کرتے ہیں، جیسے میرے بالواسطہ سوالوں کو اس نے نظر انداز کر دیا۔ اُن دنوں وہ ہندی بھی زیادہ نہیں بولتی تھی۔ اس لیے میں نے اندازہ لگایا کہ وہ ساؤتھ انڈیا سے ہے۔ اس کے انگریزی کے لہجے میں سے مقامی پن حیران کن حد تک غائب تھا، سوائے یہ کہ بعض اوقات ''ز'' کی آواز نرم ہو کر ''س'' میں بدل جاتی تھی۔ مثلاً جب وہ ''زِپ'' کہتی تو وہ ''سِپ'' میں بدل جاتا تھا۔ چنانچہ میں نے اندازہ لگایا کہ وہ کیرالہ کی ہے۔

بعد میں پتا چلا کہ میرا اندازہ درست تھا۔ بقیہ سوالوں کے متعلق پتا چلا کہ ان سے وہ بچ نہیں رہی تھی۔ اس کے پاس سچ مچ ان بچکانہ، معمولی سوالوں کے جواب نہیں تھے: تم کہاں کی رہنے والی ہو؟ تمھارے والد کیا کرتے ہیں؟ وغیرہ وغیرہ۔ بات چیت سے جو تھوڑی بہت بھنک ملی اس سے پتا چلا تھا کہ اس کی ماں تنہا رہتی ہے، اس کے شوہر نے اسے چھوڑ دیا تھا، یا اس نے اپنے شوہر کو چھوڑ دیا تھا، یا وہ مر چکا تھا — یہ سب راز جیسی باتیں تھیں۔ لگتا تھا کہ کسی کو بھی نہیں معلوم کہ اسے کس 'خانے' میں رکھے۔ افواہ یہ بھی تھی کہ اسے گود لیا گیا تھا۔ اور یہ بھی کہ ایسا نہیں تھا۔ بعد میں پتا چلا — کالج میں ایک جونیئر سے جس کا نام مامن پی مامن تھا، اور جو تلو کے جائے وطن کا ایک افواہ باز تھا — کہ دونوں افواہیں سچ

ہیں۔اس کی ماں سچ مچ اس کی حقیقی ماں ہے،لیکن پہلے اس نے اسے چھوڑ دیا اور پھر گود لے لیا تھا۔کوئی اسکینڈل ہوا تھا، چھوٹے سے شہر میں عشق کا معاملہ۔ایک آدمی جو'اچھوت' تھا (''پَرَ یا تھا...'' مامن پی مامن نے سرگوشی میں کچھ یوں کہا جیسے اگر اس لفظ کو اس نے زور سے بولا تو اسے بھی چھوت لگ جائے گی)۔یہ آدمی اُس سے اسی طرح دور کر دیا گیا جیسے ہندوستان میں اعلیٰ ذاتوں کے گھرانے — اس معاملے میں کیرالہ کے سیرین عیسائی — اس طرح کی زحمتوں سے روایتاً نجات پاتے رہے ہیں۔بچے کی پیدائش تک تلو کی ماں کو کہیں دور بھیج دیا گیا اور پھر بچی کو عیسائی یتیم خانے میں رکھوا دیا گیا۔چند مہینوں بعد وہ یتیم خانے گئی اور اپنی ہی بچی کو گود لے آئی۔اس پر گھر والوں نے اسے عاق کر دیا۔اس نے شادی نہیں کی۔اپنی کفالت کے لیے اس نے ایک چھوٹا سا کنڈر گارٹن اسکول شروع کر دیا، جو وقت کے ساتھ ایک کامیاب ہائی اسکول بن گیا۔اس نے لوگوں کے سامنے کبھی اقرار نہیں کیا — اور یہ قابلِ فہم بھی ہے — کہ وہی حقیقی ماں ہے۔مجھے بس اتنا ہی معلوم ہو سکا۔

چھٹیوں میں تلو تما اپنے گھر نہیں جاتی تھی۔اس نے کبھی نہیں بتایا کہ ایسا کیوں تھا۔اس سے ملنے بھی کوئی نہیں آتا تھا۔فیس ادا کرنے کے لیے وہ کالج کے بعد فرصت کے اوقات میں، نیز ہفتے، اتوار اور چھٹی کے دنوں میں، آرکیٹیکٹ کے آفسوں میں نقشہ نویسی کا کام کرتی تھی۔وہ ہوسٹل میں نہیں رہتی تھی — اس نے بتایا کہ وہ اس کے اخراجات نہیں اٹھا سکتی۔اس کے بجائے وہ ایک نزدیکی جھگی بستی میں، جو ایک پرانے کھنڈر کی بیرونی دیوار کے ساتھ ساتھ لگی ہوئی تھی، ایک معمولی جھگی میں رہتی تھی۔اس نے ہم میں سے کسی کو کبھی اپنے ہاں بلایا نہیں۔

نارمن کی ریہرسل کے دوران وہ ناگا کو ناگا پکارتی تھی، لیکن مجھے نہ جانے کیوں ہمیشہ ہی 'گارسن ہوبارٹ' کہہ کر مخاطب کرتی۔تو معاملہ کچھ یوں تھا کہ ناگا اور میں، تاریخ کے طالبِ علم، ایک ایسی لڑکی کو رِجھانے کی کوشش کر رہے تھے جس کا کوئی ماضی، کوئی خاندان، کوئی سماج، اپنے لوگ، اور یہاں تک کہ گھر تک نہیں تھا۔ناگا تو دراصل اسے رجھا بھی نہیں رہا تھا۔اُن دنوں وہ کسی اور کے بجائے خود اپنے ہی سحر میں گرفتار تھا۔جب اس نے دیکھا کہ تلو اس پر توجہ نہیں دے رہی تو اس نے اپنی شخصیت کے جادو کو اسی طرح سوئچ آن کیا جس طرح لوگ کار کی ہیڈ لائٹیں سوئچ آن کرتے ہیں۔وہ یوں نظر

انداز کیے جانے کا عادی نہیں تھا۔

میں کبھی پوری طرح طے نہیں کر سکا کہ موسیٰ — موسیٰ یسوی — اور تلو کے بیچ کیا رشتہ تھا۔ جب وہ لوگوں کے بیچ ہوتے تو باہم خاموشی برتتے، ظاہرداری کبھی نہیں۔ بعض دفعہ وہ عاشق و معشوق نہیں بلکہ بھائی بہن لگتے۔ آرکی ٹیکچر اسکول میں وہ ہم جماعت تھے۔ مصوری میں دونوں ہی یکتا تھے۔ میں نے ان کے چند فن پارے دیکھے تھے، تلو کے بنائے ہوئے تارکول اور رنگین پنسلوں کے پورٹریٹ، اور موسیٰ کے واٹر کلر میں بنائے ہوئے دہلی کے پرانے شہروں، تغلق آباد، فیروز شاہ کوٹلہ اور پرانے قلعہ کے کھنڈر۔ نیز گھوڑوں کی پنسل ڈرائنگیں — کبھی گھوڑوں کے صرف اعضائے بدن — سر، ایک آنکھ، گھنی ایال، اور کبھی سرپٹ دوڑتے سُم۔ میں نے ایک دن ان کے متعلق پوچھا کہ کیا وہ فوٹو دیکھ کر بناتا ہے، یا کتابوں میں چھپی ہوئی تصویروں کی نقل کرتا ہے، یا پھر کشمیر میں اس کے گھر پر گھوڑے پلے ہوئے ہیں۔ اس نے جواب دیا کہ وہ انھیں خواب میں دیکھتا ہے۔ مجھے یہ جواب بے چین کرنے والا لگا۔ میں آرٹ کے بارے میں زیادہ جاننے کا دعویٰ نہیں کرتا، لیکن مجھ اناڑی کی نظر میں یہ تصویریں — موسیٰ اور تلو دونوں کی — ممتاز اور خیرہ کن تھیں۔ مجھے یاد ہے کہ ان دونوں کی ہینڈ رائٹنگ بھی ایک سی تھی — وہی سادہ، زاویائی کتابت جو ہر شے کے کمپیوٹرائزڈ ہونے سے پہلے آرکی ٹیکچر اسکولوں میں سکھائی جاتی تھی۔

کہہ نہیں سکتا کہ موسیٰ کو میں بخوبی جانتا تھا۔ وہ خاموش مزاج تھا، روایتی لباس پہنتا تھا، کاٹھی کا مضبوط تھا اور قد میں لگ بھگ تلو کے برابر۔ ہوسکتا ہے کہ اس کی کم سخنی کا تعلق اس بات سے ہو کہ وہ انگریزی روانی سے نہیں بول پاتا تھا، اور جب بولتا تھا تو واضح طور پر کشمیری لہجے میں۔ لوگوں کے بیچ میں رہ کر بھی کسی کی توجہ اپنی طرف مبذول نہ ہونے دینے کا طریقہ اسے خوب آتا تھا، جو اپنے آپ میں کسی ہنر سے کم نہ تھا کیونکہ وہ غیر معمولی حد تک خوبصورت تھا، اسی طرح جیسے بہت سے کشمیری مرد ہوا کرتے ہیں۔ حالانکہ اس کا قد لمبا نہیں تھا لیکن شانے چوڑے تھے اور اس کی بھری بھری کاٹھی میں توانائی پوشیدہ تھی۔ اس کے بال بالکل سیاہ تھے جنھیں وہ چھوٹے چھوٹے ترشواتا تھا۔ اس کی آنکھیں گہری شربتی سبز تھیں۔ کلین شیو رہتا تھا اور اس کی چکنی، گوری جلد تلو کی رنگت کا شدید تضاد پیش کرتی تھی۔ مجھے اس کے متعلق دو باتیں واضح طور پر یاد ہیں: اس کا سامنے کا ایک دانت تھوڑا سا ٹوٹا ہوا تھا (جس کے باعث،

جب وہ مسکراتا، اور ایسا کم ہی ہوتا تھا، تو مضحکہ خیز حد تک کم عمر لگتا تھا)، اور دوسرے اس کے حیران کن ہاتھ — یہ کسی آرٹسٹ کے ہاتھ ہرگز نہ تھے — بلکہ کاشتکاروں جیسے تھے، بڑے بڑے، مضبوط، موٹی انگلیوں والے۔

موسیٰ میں ایک خاص نرم روی تھی، ایک ٹھہراؤ جو مجھے پسند تھا، لیکن شاید یہی اوصاف تھے جو بعد میں باہم یکجا ہو کر کسی خوفناک شے میں تبدیل ہو گئے۔ مجھے یقین ہے کہ اسے احساس تھا کہ میں تلو کے لیے کیا جذبات رکھتا ہوں، لیکن اس نے کبھی کوئی ایسا اشارہ نہیں دیا کہ وہ اس میں خطرہ دیکھتا یا احساسِ ظفر مندی رکھتا ہے۔ میری نظر میں اس بات نے اسے بے پناہ وقار عطا کیا تھا۔ ناگا کے ساتھ اس کے رشتوں میں، میرے خیال میں، نسبتاً کم متانت تھی، اور قوی امکان یہ ہے کہ ایسا خود ناگا کی وجہ سے تھا، موسیٰ کی وجہ سے نہیں۔ جب ناگا موسیٰ کے آس پاس ہوتا تو ناگا ایک عجیب سے عدم تحفظ اور بے توقیری سے دوچار رہتا تھا۔

ان دونوں میں تضاد نہایت واضح تھا۔ اگر موسیٰ ایک ٹھوس، قابلِ اعتماد چٹان تھا (یا کم از کم ایسا تاثر دیتا تھا) تو ناگا صبا کی مانند سبک اور سیماب صفت تھا۔ اس کے قریب رہ کر پرسکون رہنا ناممکن تھا۔ وہ کمرے میں سب کی توجہ اپنی طرف مبذول کرائے بغیر نہیں رہ سکتا تھا۔ وہ بڑا ظاہر دار، ڈینگ باز، چرب زبان، تھوڑا سا دھونسیا تھا، نیز جن لوگوں کو وہ سب کے سامنے مذاق کا نشانہ بنانے کے لیے چن لیتا ان کے ساتھ مضحکہ خیز حد تک بے رحمی سے پیش آتا تھا۔ نفیس شخصیت کا حامل، دبلا پتلا، لڑکوں جیسا اور کرکٹ کا اچھا کھلاڑی (آف اسپنر) تھا، اچھلتے لہراتے بالوں اور عینک کے ساتھ — ایک بہترین، انٹلیکچول اسپورٹس مین۔ لیکن خوبصورتی سے زیادہ اس کی شوخی تھی جو شاید لڑکیوں کو پسند آتی تھی۔ وہ اس کے آس پاس پھرکنی بنی پھرتیں، اس کے ہر لفظ کو ہاتھوں ہاتھ لیتیں، اس کے لطیفوں پر کھی کھی کرتیں، خواہ ان میں ہنسنے والی کوئی بات نہ ہو۔ اس کی گرل فرینڈز کی قطار کا حساب رکھنا مشکل تھا۔ اس میں گرگٹ کی سی وہی خوبی تھی جو اچھے اداکاروں میں ہوتی ہے۔ یعنی اپنا حلیہ بدلنے میں ملکہ رکھتا تھا، صرف سطح پر نہیں بلکہ گہرائی تک، اور یہ اس پر منحصر ہوتا کہ اپنی زندگی کے کون سے مخصوص لمحے میں اس نے کون بننا طے کیا ہے۔ جب ہم نوجوان تھے تو یہ سب بڑا پرلطف اور جوش انگیز لگتا تھا۔ ہر شخص منتظر رہتا کہ دیکھتے ہیں ناگا

کا نیا اوتار کیسا ہوگا۔لیکن جب ہماری عمریں بڑھنے لگیں تو یہی بات کھوکھلی اور بیزار کن لگنے لگی۔

آر کی ٹیکچر اسکول سے تعلیم ختم کرنے کے بعد، لگتا تھا کہ موسیٰ اور تِلو کی راہیں جدا ہوگئیں۔ وہ کشمیر لوٹ گیا۔تلو کو ایک فرم میں جونیئر آرکیٹیکٹ کی ملازمت مل گئی۔اس نے مجھے بتایا تھا کہ وہاں اس کی ذمہ داری دوسروں کی غلطیوں کا الزام اپنے سر لینے کی تھی۔اپنی معمولی سی تنخواہ سے (جو فی گھنٹہ کام کے حساب سے ملتی تھی) اس نے اپنا درجہ بڑھالیا اور جھگی سے اٹھ کر ایک بوسیدہ کمرہ حضرت نظام الدین اولیا کی درگاہ کے قریب کرائے پر لے لیا۔ میں اس سے ملنے وہاں کئی مرتبہ گیا تھا۔

اس جگہ اپنی آخری ملاقات میں ہم لوگ مرزا غالب کے مزار کے نزدیک بیٹھے تھے، بیڑی اور سگریٹ کے ٹوٹوں کے تالاب میں، ان معذوروں، کوڑھیوں، آوارہ گردوں اور سنکیوں کے نظارے سے گھرے ہوئے جو ہندوستان میں سبھی مقدس مقامات کے گردوپیش میں جمع رہتے ہیں۔ یہاں ہم نے گاڑھی اور واہیات سی چائے پی تھی۔

''تو یہ سلوک ہے جو ہم اپنے عظیم ترین شاعر کی یادوں کے ساتھ کیا کرتے ہیں،'' مجھے یاد ہے کہ میں نے کچھ زعم بھرے انداز میں کہا تھا۔اس وقت میں غالب کی شاعری سے یکسر ناواقف تھا۔(اب واقف ہوں۔ ہونا پڑا۔ پیشہ ورانہ ضرورتوں کے تحت۔ کیونکہ برصغیر کے مسلمانوں کے دلوں کو اردو کے چند اچھے، چنے ہوئے اشعار جس طرح گرماتے ہیں، کوئی اور شے نہیں گرماتی۔)

''ہوسکتا ہے کہ اس حال میں وہ زیادہ خوش ہوں،'' تلو نے جواب دیا تھا۔

بعد میں ہم بھکاریوں کی قطاروں والی گلیوں سے گزرتے ہوئے جمعرات کی شام کی قوالیاں سننے کے لیے درگاہ پہنچے۔میری معلومات کی حد تک قوالیاں اتنی اچھی بھی نہ تھیں لیکن غیر ملکی سیاح آنکھیں بند کیے، مستی میں جھوم رہے تھے۔

جب آخری قوالی ختم ہوگئی اور موسیقاروں نے اپنے ٹوٹے پھوٹے آلاتِ موسیقی پیک کر لیے تو ہم اس اندھیری سڑک پر چل دیے جو کالونی کے پیچھے برساتی نالے کے ساتھ ساتھ چلتی ہے اور جہاں سے گندے نالے کی سی بدبو آتی رہتی ہے۔ پھر تنگ زینے کی کھڑی سیڑھیاں چڑھتے ہوئے اس کے کمرے پر پہنچے تھے۔اس کی دھول میں اٹی ہوئی چھت پر کسی کے — شاید اس کے مکان مالک کے —

متروکہ فرنیچر کا انبار لگا تھا جس کی لکڑی دھوپ کھا کھا کر سفید پڑ چکی تھی۔ اَدرکی رنگ کا ایک بِلّا، اپنی مادہ کے لیے جنسی خواہش سے مغلوب ہوکر غرّا رہا تھا، جب کہ بلی نے تنکوں کے آشیانے میں، جو ایک ٹوٹی ہوئی کرسی کی ادھڑی سیٹ میں سے نکلے ہوئے تھے، خود کو محفوظ کر رکھا تھا۔ مجھے یہ شاید اتنا واضح اس لیے یاد رہ گیا کیونکہ بِلّے نے مجھے میری ہی یاد دلا دی تھی۔

کمرہ چھوٹا سا تھا، جو کمرے سے زیادہ اسٹور روم لگ رہا تھا۔ وہ خالی تھا، البتہ بانوں والی ایک چارپائی، پانی کے لیے مٹی کا مٹکا اور گتّے کا ایک کارٹن کمرے میں رکھا تھا، جس میں کپڑے اور کتابیں بھری تھیں۔ پرانی جیپ کے ونڈ اسکرین پر ہیٹر کا ایک گھیرا اینٹوں پر رکھا تھا، جو کچن کا کام دیتا تھا۔ رنگ برنگی، جامنی نیلی پنسلوں سے بنی مرغے کی ایک ڈرائنگ نے، جو خود مرغے سے زیادہ بڑے سائز میں بڑی مہارت سے بنائی گئی تھی، ایک پوری دیوار کو گھیر رکھا تھا۔ وہ اپنی ایک کٹھور، زرد آنکھ سے ہمیں دیکھ رہا تھا۔ لگتا تھا کہ حقیقی سرپرست کی کمی کو پورا کرنے کی غرض سے، خود پر نظر رکھنے کے لیے، تلو نے ایک سرپرست کا نقش دیوار پر اُکیر لیا ہے۔

جب ہم ٹیرس پر گئے تو مرغے کی مخاصمت بھری نظر سے نجات پا کر مجھے بڑی راحت ملی۔ ہم نے گانجے کے کش لیے، مچھروں سے کٹوایا اور بے بات بے تحاشا ہنستے رہے۔ تلو ریلنگ کی دیوار کے اوپر آلتی پالتی لگائے، تاریکی میں نظریں گاڑے بیٹھی تھی۔ داغدار چاند آسمان پر ابھر آیا تھا۔ اس کی غیر دنیاوی، آسمانی خوبصورتی نیچے سڑک پار کے کھلے ہوئے نالے سے اٹھتے، تیز بدبو کے، خالص دنیاوی بھبکوں سے قطعی میل نہیں کھا رہی تھی۔ دفعتاً ایک پتھر زناٹے کے ساتھ گلی سے ہماری طرف آیا اور تلو بال بال بچ گئی۔ وہ کود کر دیوار سے اتر گئی، لیکن لگتا نہ تھا کہ اس پر وہ کچھ خاص پریشان ہوئی ہو۔

''سنیما ہال کی بھیڑ ہے۔ آخری شو ختم ہوا ہوگا۔''

میں نے جھانک کر نیچے دیکھا۔ مجھے دبی دبی ہنسی کی آوازیں سنائی دیں لیکن اندھیرے میں کوئی نظر نہیں آیا۔ مجھے اعتراف کرنا چاہیے کہ میرے اعصاب قدرے متاثر ہو گئے تھے۔ میں نے اس سے پوچھا— حالانکہ یہ احمقانہ سوال تھا— کہ خود کو محفوظ رکھنے کے لیے وہ کیا احتیاط برتتی ہے۔ اس نے کہا کہ وہ بستی میں پھیلی اس افواہ کو رد نہیں کرتی کہ وہ ایک جانے مانے ڈرگ مافیا کے لیے کام کرتی ہے۔

اس نے بتایا کہ اس طرح لوگوں نے مان لیا ہے کہ اسے تحفظ حاصل ہو گیا ہے۔

میں نے بے شرمی اختیار کرنے کا ارادہ کیا اور موسیٰ کے متعلق پوچھا، کہ وہ کہاں ہے، کیا وہ اب بھی ساتھ ہیں، اور کیا ان کا شادی کا ارادہ ہے۔ اس نے جواب دیا، ''میں کسی سے شادی نہیں کر رہی ہوں۔'' جب میں نے پوچھا کہ وہ ایسا کس لیے محسوس کرتی ہے، تو اس نے کہا کہ وہ آزاد رہنا چاہتی ہے تا کہ بلا جھنجھٹ مر سکے، بلا نوٹس اور بلا وجہ۔

گھر آنے کے بعد میں اس رات اپنے اور اس کے بیچ کی خندق کے متعلق سوچتا سوچتا سو گیا۔ میں اب بھی اسی مکان میں رہتا تھا جس میں پیدا ہوا تھا۔ میرے والدین برابر والے کمرے میں سو رہے تھے۔ ہمارے پُرشور ریفریجریٹر کی گُن گُن کی مانوس آواز میرے کانوں میں پڑ رہی تھی۔ ساری چیزیں — قالین، الماریاں، ڈرائنگ روم کی کرسیاں، جامنی رائے کی پینٹنگز، بنگلہ اور انگریزی میں ٹیگور کی کتابوں کے اوّلیں ایڈیشن، کوہ پیمائی پر میرے والد کی کتابوں کا کلیکشن (یہ ان کا فقط شوق ہی تھا، وہ خود کوہ پیما نہیں تھے)، خاندانی تصویروں کے البم، وہ ٹرنک جن میں ہمارے سردیوں کے کپڑے رکھے جاتے تھے، وہ بیڈ جس پر میں بچپن سے سوتا آیا تھا— یہ سب چیزیں کسی نگہبان کی مانند تھیں جو اتنے برسوں سے میری رکھوالی کرتی آئی تھیں۔ درست، کہ میری بلوغت کی زندگی ابھی جینے کو میرے سامنے پڑی تھی، لیکن وہ بنیادیں جن پر یہ زندگی تعمیر ہو گی، کس قدر ٹھہری ہوئی اور نا معتبر محسوس ہوتی تھیں۔ اس کے برعکس، تلو کسی موجزن دریا میں کاغذ کی ناؤ جیسی تھی۔ وہ بالکل تنہا تھی۔ ہمارے ملک میں نادار لوگ تک، جو اس قدر بے رحمیوں کا شکار ہیں، اہل و عیال والے ہوتے ہیں۔ وہ کس طرح جیے گی؟ اس کی کشتی کو ڈوبنے میں کتنا عرصہ لگے گا؟

جب بیورو میں مجھے ملازمت مل گئی اور میں ٹریننگ کے لیے چلا گیا تو تلو کے ساتھ میرا رابطہ ٹوٹ گیا۔

اگلی بار میں نے اسے اس کی شادی کے موقعے پر دیکھا۔

مجھے نہیں معلوم کہ وہ کون سے حالات تھے جو اتنے برسوں بعد ایک بار پھر اسے اور موسیٰ کو ایک

دوسرے کے قریب لائے تھے، یا وہ سری نگر کے اس ہاؤس بوٹ میں اس کے پاس کیسے پہنچی۔

موسیٰ کے بارے میں میں جتنا جانتا تھا، اس سے میری سمجھ میں یہ کبھی نہیں آیا کہ ایک گمراہ آرزو کا وہ بیزار کن طوفان جو کشمیری لوگوں کی ایک پوری نسل کو بہا لے گیا تھا — یہ فضول تصور کہ کسی دن کشمیر کو ''آزادی'' مل جائے گی — کس طرح موسیٰ کو بھی بہا کر لے گیا۔ یہ صحیح ہے کہ اسے ایک ایسے المیے سے دوچار ہونا پڑا تھا جو کسی پر بھی نہیں گزرنا چاہیے — لیکن تب کشمیر ایک جنگی علاقہ تھا۔ میں اپنے دل پر ہاتھ رکھ کر قسم کھا سکتا ہوں کہ حالات کتنے ہی اشتعال انگیز کیوں نہ ہوں، میں ایسا کرنے کے بارے میں ہرگز نہ سوچتا جو اس نے کیا تھا۔

خیر، وہ میں نہیں تھا، اور نہ میں وہ۔ اس نے جو کِیا سو کِیا۔ اور اس کا خمیازہ بھی بھگتا۔ انسان جو بوتا ہے وہی کاٹتا ہے۔

موسیٰ کی موت کے بعد، چند ہفتوں کے اندر، تلو نے ناگا سے شادی کر لی۔

جہاں تک میری بات ہے — میں جو کہ ہم میں سب سے کم اہم تھا، اس سے بلا افتخار محبت کرتا تھا۔ اور بلا امید بھی۔ بلا امید اس لیے کہ مجھے معلوم تھا کہ اگر کوئی معمولی سا بھی امکان ہوتا کہ وہ میرے جذبات کا مثبت جواب دیتی تو بھی میرے والدین، میرے برہمن والدین، اسے اپنے خاندان میں ہرگز قبول نہیں کرتے — ایک ایسی لڑکی کو جس کا کوئی ماضی نہیں، کوئی ذات نہیں۔ اگر میں اس کے لیے مشقت بھی اٹھاتا تو اس کا مطلب ایک ایسے طوفان کو دعوت دینا تھا جس سے گزرنے کا بوتا مجھ میں نہیں تھا۔ جن کی زندگیاں بے ماجرا گزرتی ہیں ان سے بھی اپنے اپنے محاذ چننے کی توقع کی جاتی ہے، لیکن یہ محاذ میرا نہ تھا۔

اب، اتنے عرصے میں میرے والدین گزر چکے ہیں۔ اور میں وہ بن چکا ہوں جسے 'عیال دار آدمی' کہا جاتا ہے۔ میں اور میری بیوی ایک دوسرے کو برداشت کرتے ہیں اور اپنے بچوں سے بے پناہ محبت کرتے ہیں۔ چترا — چتاروپا — میری بیوی (جی ہاں، میری برہمن بیوی) فارن سروس میں ہے، اور اس کا تقرر پراگ میں ہے۔ ہماری بیٹیاں، رابعہ اور آنیہ، سترہ اور پندرہ برس کی ہیں۔ وہ اپنی ماں کے

ساتھ رہتی ہیں اور فرینچ اسکول میں پڑھتی ہیں۔ رابعہ انگریزی ادب کا مطالعہ کرنا چاہتی ہے اور چھوٹی آنیہ نے ہیومن رائٹس لا میں کریئر بنانے کا عزم کر رکھا ہے۔ یہ ایک غیر روایتی انتخاب ہے، اور کسی دوسرے متبادل پر غور تک کرنے سے اس کا انکار ذرا عجیب سا لگتا ہے، خصوصاً اتنی چھوٹی عمر میں۔ شروع میں اس پر میں پریشان ہوا تھا۔ میں حیران ہوا تھا کہ کیا یہ اپنے باپ کے خلاف الھڑ عمر کی بغاوت کا کوئی زیرک نسخہ ہے۔ لیکن لگتا نہیں کہ ذرا بھی ایسا معاملہ ہے۔ پچھلے تقریباً دس سال میں، انسانی حقوق کا شعبہ ایک قابلِ احترام، بلکہ پرکشش پروفیشن بن چکا ہے۔ میں اس کی حوصلہ افزائی سے کبھی پیچھے نہیں ہٹا۔ بہر حال، قطعی فیصلے میں ابھی کئی سال باقی ہیں۔ دیکھتے ہیں کہ کیا ہوتا ہے۔ دونوں لڑکیاں اچھی طالب علم ہیں۔ چترا اور مجھ سے وعدہ کیا گیا ہے کہ جلد ہی ہمارا تقرر ایک ہی جگہ کر دیا جائے گا— توقع ہے کسی ایسے ملک میں جہاں لڑکیاں یونیورسٹی میں زیرِ تعلیم ہوں گی۔

میں نے کبھی اس کا تصور تک نہیں کیا، نہ ایسا کام کرتا ہوں جس سے میری فیملی کو کسی طرح کا نقصان پہنچے۔ لیکن جب تلو میری زندگی میں پھر سے لوٹی تو مجھے وہ قانونی رشتے، وہ اعلیٰ اخلاقی اصول خاصے کمزور، بلکہ مردہ سے لگنے لگے۔ لیکن پتا چلا کہ میری پریشانی غیر ضروری ہے— لگتا نہیں تھا کہ اس نے میرے تذبذب یا بے چینی پر رتی بھر بھی توجہ دی ہے۔

جب تلو کو ضرورت تھی اُس وقت یہ کمرے اسے کرائے پر دے کر میں نے اپنے آپ سے کہا کہ اس طرح میں محتاط دانائی اور انکساری سے اپنی زیادتیوں کا ازالہ کر رہا ہوں۔ 'زیادتیاں' اس لیے کہہ رہا ہوں کہ میں ہمیشہ یہ محسوس کیا کرتا تھا کہ ایک دھندلی لیکن بنیادی سطح پر میں نے اس کے ساتھ ایک طرح کی دغا کی تھی۔ البتہ لگتا نہیں کہ وہ خود اس معاملے کو میری طرح دیکھ رہی تھی— لیکن بہر حال، وہ ایسی تھی بھی نہیں۔

ناگا سے اس کی شادی کے بعد میری اس سے ملاقات ایک آدھ بار ہی ہوئی۔ میرے دل میں اب بھی ان کی شادی کے داغ تازہ ہیں، اور اس وجہ سے نہیں جو اس کے ظاہری اسباب ہو سکتے ہیں— یعنی دل کا ٹوٹنا یا ٹھکرائی ہوئی محبت۔ بلکہ یہ تو کوئی سبب تھا ہی نہیں۔ اُن دنوں میں خاصا خوش تھا۔ میری

اپنی شادی کو دو سال بھی نہیں گزرے تھے، اور میرے اور میری بیوی کے درمیان اگر محبت نہیں تو کم از کم سچی اُنسیت کا احساس ابھی باقی تھا۔ رشتے کو کمزور کرنے والی تلخی، جو میرے اور چترا کے بیچ اب نظر آتی ہے، تب تک وجود میں نہیں آئی تھی۔

تلو اور ناگا کی شادی ہوئی تب تک ناگا بہت سی منزلیں طے کر چکا تھا: ایک بے ادب، بت شکن طالب علم سے لے کر ریڈیکل لیفٹ انٹلیکچول جسے کوئی نوکری بھی نہ دے، اور پھر فلسطینی حقوق کا جوشیلا حامی بننے (اس کا ہیرو اُن دنوں جارج حبش تھا) اور اس کے بعد صحافت کے مرکزی دھارے میں شامل ہونے تک۔ بہت سے شوریدہ سر انتہا پسندوں کی طرح وہ بھی سیاسی خیالات میں کئی رنگ کی انتہا پسندیوں سے گزرا تھا۔ اس میں کچھ اگر مستقل تھا تو وہ تھا اس کا جوش و خروش۔ انٹیلی جنس بیورو میں اب ناگا کا ایک ہینڈلر ہے — خواہ ناگا مانے یا نہ مانے۔ اپنے اخبار میں سینئر پوزیشن پر ہونے کی وجہ سے وہ ہمارے لیے قیمتی اثاثہ ہے۔

تاریکی کی سمت میں اس کا سفر، اگر آپ اس طرح دیکھنا چاہیں — میں نہیں دیکھوں گا — ایک معمولی سے احسان کے تبادلے سے شروع ہوا تھا۔ اسے پنجاب بیٹ ملی ہوئی تھی۔ تب تک بغاوت تقریباً کچلی جا چکی تھی۔ لیکن ناگا اپنا وقت گڑے مردے اکھاڑنے میں صرف کرتا تھا، اور اس طرح ان مسخری ناٹک بازیوں کے ہاتھ میں ہتھیار تھماتا رہتا تھا جنھیں عوامی عدالتیں، جن سنوائیاں یا 'پیپلز ٹربیونل' کہا جاتا ہے۔ اس کے بعد یہ عوامی عدالتیں اس سے بھی زیادہ بیہودہ 'عوامی چارج شیٹیں' پولیس اور پیراملٹری کے خلاف منظرِ عام پر لاتی تھیں۔ ایک ایسی انتظامیہ کو جو ایک سفاک شورش کے خلاف بر سرِ جنگ ہو، کسی ایسی انتظامیہ کے معیارات پر نہیں پرکھا جا سکتا جو عام حالات میں، دورِ امن میں کام کرتی ہے۔ لیکن یہ بات ایسے آمادۂ جنگ صحافی کو کوئی کس طرح سمجھاتا جس کے کانوں میں مضمون لکھتے وقت داد و تحسین کی آوازیں مستقل گونجتی رہتی ہوں؟ عملی مظاہرے والی شدت پسندی کے اس برانڈ سے چھٹی لے کر ناگا ایک بار گوا گیا، اور اپنے مخصوص ناگا انداز میں ایک آسٹریلین ہپی دوشیزہ کی محبت میں بری طرح گرفتار ہو گیا اور بلا سوچے سمجھے اس سے شادی کر لی۔ لِنڈی سے، میرے خیال میں یہی اس کا نام تھا (یا شارلٹ؟ یقین سے نہیں کہہ سکتا۔ اس کی کوئی اہمیت بھی نہیں۔ میں لنڈی ہی کہوں گا)۔ ان کی

شادی کے بعد، ایک سال کے اندر، ہیروئن کے ناجائز کاروبار کے جرم میں گوا میں گرفتار ہوگئی۔ امکان تھا کہ اسے کئی سال کی قید ہو جائے گی۔ ناگا بے حال تھا۔ اس کے باپ ایک بارسوخ آدمی تھے اور بہ آسانی اس کی مدد کر سکتے تھے، لیکن ان کے ساتھ ناگا کے رشتے اچھے نہ تھے — شاید اس لیے کہ اپنے باپ کی زندگی میں وہ دیر سے آیا تھا — اور نہیں چاہتا تھا کہ انھیں پتا چلے۔ چنانچہ اس نے مجھے فون کیا اور میں نے تار ملائے۔ پنجاب کے ڈائرکٹر جنرل آف پولیس نے گوا میں اپنے ہم منصب افسر سے بات کی۔ ہم نے لنڈی کو حراست سے نکلوا لیا اور الزامات رد کر دیے گئے۔ لنڈی جیسے ہی جیل سے باہر آئی، اپنے گھر کے لیے اس نے پرتھ کی پہلی فلائٹ پکڑ لی۔ چند مہینوں کے اندر ان کی باقاعدہ طلاق ہوگئی۔ ناگا پنجاب ہی میں کام کرتا رہا۔ کہنے کی ضرورت نہیں کہ اب وہ خاصا سدھر چکا تھا۔

ہمیں جب بھی کسی چھوٹے موٹے معاملے میں کسی صحافی کی مدد درکار ہوتی، خصوصاً کسی ایسے معاملے میں جس میں حقوقِ انسانی کے کارکن ہنگامہ کر رہے ہوں، گو کہ ان کے بہت سے حقائق حسبِ معمول غلط ہوتے تھے، تو میں ناگا سے بات کرتا۔ وہ مدد کرتا تھا۔ اسی طرح کام چلتا رہا۔ اور یوں ایک باہمی تعاون نے جنم لے لیا۔

ناگا جلد ہی اپنے ساتھی صحافیوں پر اپنی فوقیت سے لطف اندوز ہونے لگا جو ہماری فراہم کردہ اطلاعات کی بنا پر اسے حاصل ہوگئی تھی۔ یہ بڑی ستم ظریفی کی بات تھی — ایک اور ہی قسم کے ڈرگ ریکٹ جیسی۔ اِس بار ڈرگ ڈیلر ہم تھے۔ وہ ہمارا نشہ خور۔ چند ہی برسوں میں وہ اسٹار رپورٹر بن گیا اور میڈیا کی بھٹی میں سکیورٹی پر ایک ایسا تجزیہ نگار بھی جسے ہر کوئی بلانا چاہتا تھا۔ جب بیورو کے ساتھ اس کا رشتہ محض عارضی تعاون کے بجائے کچھ اور زیادہ کا طالب ہونے لگا — جیسے مستقل شادی کا رشتہ ہو، ایک رات کا بسیرا نہیں — تو مجھے سمجھ داری اسی میں نظر آئی کہ میں اس راہ سے ہٹ جاؤں۔ میرے ایک رفیقِ کار آرسی شرما — رام چندر شرما — نے اب یہ ذمہ داری سنبھال لی۔ اس کی اور آرسی کی گاڑھی چھننے لگی۔ دونوں کی حسِ مزاح یکساں طور پر بے رحم تھی، اور دونوں ہی راک این رول اور بلیوز کی موسیقی پسند کرتے تھے۔ ناگا کے حق میں ایک بات ضرور کہوں گا کہ اس کے ساتھ کبھی ایک روپے کا بھی لین دین نہیں ہوا۔ اس سلسلے میں وہ غلطی کی حد تک ایماندار تھا — اور آج بھی ہے۔ کیونکہ پیشے کے تئیں

وفاداری اس سے اپنے اصولوں کے مطابق جینے کا تقاضا کرتی ہے، اس لیے ایک ثابت کردار انسان بنے رہنے کے لیے اس نے اپنے اصول بدل لیے ہیں۔ اور اب وہ ہم پر اتنا اعتبار کرتا ہے جتنا خود ہم بھی نہیں کرتے۔ کیسی ستم ظریفی ہے کہ جب وہ اسکولی لڑکا تھا، اس عمر میں جب ہم میں سے بیشتر بچے 'آرچی' کامکس پڑھتے تھے، تو مجھے 'امپیریلزم کا پچھلگو' کہنا اس کا پسندیدہ طنز تھا۔

یقین سے نہیں کہہ سکتا کہ ناگا نے بائیں بازو کی اشتعال انگیز زبان کہاں سے یا کس سے سیکھی تھی۔ شاید اپنے ایک رشتہ دار سے، جو کمیونسٹ تھا۔ وہ جو کوئی بھی تھا — یا تھی — اچھا استاد تھا، اور ناگا جو کچھ سیکھتا تھا اس کو دھڑلے سے استعمال کرتا تھا۔ اس کی وجہ سے وہ محاذ پر محاذ جیتتا گیا۔ ایک بار اسکول کی ڈبیٹ میں مجھے اور اسے مقابلے میں رکھ دیا گیا۔ ہماری عمریں اس وقت کوئی تیرہ چودہ سال کی رہی ہوں گی۔ عنوان تھا: ''کیا خدا کا وجود ہے؟'' مجھے اس کے حق میں بولنا تھا اور ناگا کو اس کے خلاف۔ پہلی تقریر میں نے کی۔ پھر ناگا کی شعلہ بار تقریر کا نمبر آیا۔ اس کا لاغر بدن تازیانے کی مانند تنا ہوا تھا، اس کی آواز غصے سے کانپ رہی تھی۔ ہمارے سحر زدہ ساتھی مذہب کی اس توہین کے نوٹس بڑی توجہ سے لے رہے تھے: ''ہمارے تینتیس لاکھ گونگے بہرے دیوی دیوتا جھوٹے ہیں۔ وہ مفاد پرست دیوتا جنھیں ہم رام اور کرشن کہتے ہیں، ہمیں بھکمری، بیماری اور غریبی سے بچانے نہیں آئیں گے۔ بندروں اور ہاتھی کے سر والے بھوت پریتوں میں احمقانہ ایمان ہمارے بھوکوں مرتے عوام کو کھانا نہیں کھلا سکتا...'' میرا اس کے سامنے ٹکنے کا کوئی سوال ہی نہ تھا۔ ناگا کی تقریر کے سامنے میری تقریر ایسی لگنے لگی جیسے اسے کسی دھارمک، بوڑھی موسی نے لکھا ہو۔ اپنی ناکامی کا جو شدید احساس مجھے ہوا تھا، اس کی واضح اور کچی سی یاد اب بھی میرے حافظے میں محفوظ ہے، لیکن عجیب بات ہے کہ مجھے یہ بالکل یاد نہیں کہ میں نے اپنی تقریر میں کیا کہا تھا۔ اس کے بعد، مہینوں تک، ناگا کے ہاتھوں دیوتاؤں کی توہین کو میں آئینے کے سامنے کھڑے ہو کر خود ہی ردّ کرتا رہا: ''بندروں اور ہاتھی کے سر والے بھوت پریتوں میں احمقانہ ایمان ہمارے بھوکوں مرتے عوام کو کھانا نہیں کھلا سکتا...'' میرا بے ساختہ تھوکا ہوا تھوک میرے ہی عکس پر بارش کے چھینٹوں کی مانند جا پڑا تھا۔

ناگا کا ایک اور اہم ترین مظاہرہ اس کے چند برس بعد سامنے آیا، کالج کی سالانہ ثقافتی تقریب

میں۔ ناگا اپنے دو دوستوں کے ساتھ بَستر کے سفر سے حال ہی میں لوٹا تھا، جہاں انھوں نے جنگل میں قیام کیا تھا اور ان گاؤوں کا دورہ کیا تھا جن میں آدی باسی قبیلے رہتے ہیں۔ وہ آہستہ آہستہ چلتا ہوا اسٹیج پر آیا۔ بال بڑھے ہوے، ننگے پاؤں، ننگا بدن، فقط ایک لنگوٹ باندھے، ہاتھ میں کمان اور کاندھے پر تیروں کا ترکش لٹکائے۔ اس نے ٹوسٹ پر لگا کر، جیسا کہ اس نے دعویٰ کیا تھا، دیمک کو چبا چبا کر کھایا، جس سے سامعین میں بیٹھی لڑکیوں نے دَم سادھ کر دبی ہوئی کراہت کا تاثر نمایاں کیا۔ ان میں سے بیشتر اس سے شادی کرنا چاہتی تھیں۔ ٹوسٹ کا آخری نوالہ نگلنے کے بعد، وہ مائیکروفون پر پہنچا اور رولنگ اسٹونز کی سمفنی فار دی ڈیول پیش کی، اور اس کا بیک گراؤنڈ سنگیت بھی منھ سے آواز نکال کر بجایا، ساتھ ہی ایک خیالی گٹار کے تار چھیڑتا رہا۔ وہ ایک اچھا، بلکہ بہترین گلوکار ہے۔ لیکن یہ مظاہرہ مجھے خاصا بھدا لگا اور میں نے سوچا کہ یہ رویہ آدی باسی لوگوں کی بھی سخت توہین کا مظہر ہے اور مِک جیگر کی توہین کا بھی، جسے میں اپنی زندگی کے اُس موڑ پر خدا جیسا سمجھتا تھا۔ (کاش اسکول میں خدا کی حمایت والی اپنی تقریر کے موقعے پر میں نے یہ نکتہ سوچا ہوتا۔) میں نے ناگا سے یہ سب کہنا ضروری سمجھا۔ سن کر ناگا ہنس پڑا اور اسی پر مصر رہا کہ اس کا مظاہرہ دونوں کے لیے خراجِ تحسین ہے۔

آج جب کہ ہندو قوم پرستی کا بھگوا طوفان اُسی طرح اُمڈ رہا ہے جیسے کسی زمانے میں ایک اور ملک میں سواستیکا کا طوفان اُمڈا تھا، اگر آج کے دور میں ناگا اپنی 'احمقانہ ایمان' والی بچپن کی تقریر کرتا تو شاید اسے اسکول سے نکال دیا جاتا۔ اگر اسکول کے حکام نہیں نکالتے تو کم از کم اس کے خلاف طلبہ کے والدین کی مہم اسے نکلوا دیتی۔ درحقیقت، آج کے ماحول میں، اگر اسکول سے اخراج پر ہی کوئی معاملہ ختم ہو جائے تو خوش بختی ہوگی۔ اس سے بھی بہت چھوٹی باتوں پر لوگوں کو پیٹ پیٹ کر قتل کیا جا رہا ہے۔ بیورو میں میرے رفقاے کار تک مذہبی عقیدے اور دیش بھکتی کا فرق سمجھنے کے اہل نہیں لگتے۔ یوں لگتا ہے کہ انھیں ایک طرح کا ہندو پاکستان چاہیے۔ ان میں سے زیادہ تر لوگ تنگ نظر، چھپے ہوے برہمن ہیں جو اپنے سفاری سوٹوں کے اندر پوتر جنیئو پہنتے ہیں اور ان کی دھارمک چوٹیاں ان کی سبزی خور کھوپڑیوں میں اندر کی طرف لٹکی رہتی ہیں۔ وہ مجھے صرف اس لیے برداشت کرتے ہیں کہ میں بھی ان کی طرح دوِج ہوں (میں درحقیقت 'بیدیہ' ذات سے ہوں، لیکن ہم خود کو برہمن مانتے ہیں)۔ اس کے

باوجود، میں اپنی رائے کو خود تک ہی محدود رکھتا ہوں۔ دوسری طرف ناگا ہے کہ ایک ہی جھٹکے میں نئی وضع کی طرف لڑھک چکا ہے۔ مذہب کے تئیں اس کی پرانی بے ادبی ایسے غائب ہوگئی ہے کہ نام ونشان تک باقی نہیں رہا۔ اپنے جدید ترین اوتار میں وہ ٹوئیڈ بلیزر پہنتا اور سگار پیتا ہے۔ برسہا برس سے اس سے ملاقات نہیں ہوئی لیکن میں اسے ٹی وی کے اشتعال انگیز پروگراموں میں نیشنل سکیورٹی ایکسپرٹ کا کھیل کھیلتے دیکھا کرتا ہوں — لگتا نہیں کہ اسے یہ احساس بھی ہے کہ اس کی حیثیت آواز کے شعبدہ بازوں کی ایک بیجلی کٹھ پتلی سے زیادہ نہیں۔ اس کی یوں بکھری ہوئی شخصیت کو دیکھ کر بعض اوقات مجھے افسوس ہوتا ہے۔ ناگا اپنے چہرے کے بالوں کے ساتھ ہمیشہ نئے نئے تجربے کرتا رہتا ہے۔ کبھی فرنچ داڑھی رکھتا ہے، کبھی سلواڈور ڈالی کی طرح ویکس لگی نوکیلی موچھیں، کبھی ٹھوڑی پر ڈیزائنر ٹھونٹھ اُگائے اور کبھی کلین شیو ہوتا ہے۔ اپنے کسی ایک 'حلیے' پر اسے تسلی نہیں ہوتی۔ اپنی خود ساختہ اہمیت کے لباس میں اس کی یہ کمزوری دراصل اکیلیز کی ایڑی (Achiles heel) جیسی کمزوری ہے۔ اس سے اس کا بھانڈا پھوٹتا ہے۔ یا کم ازکم میں اس کو اسی طرح دیکھتا ہوں۔

بدقسمتی یہ ہے کہ کچھ دنوں سے وہ اپنی باتوں پر بے جا زور دینے لگا ہے، اور اس کی غیر معتدل تند خوئی بوجھ بنتی جا رہی ہے۔ پچھلے دو سال میں بیورو کو دو بار مداخلت کرکے (ظاہر ہے کہ محتاط ہو کر) اس کے اخبار کے پروپرائٹر سے بات کرنی پڑی تھی، اُس وقت جب اپنے ایڈیٹر سے اس کی تناتنی ہوگئی اور غصے میں اس نے استعفیٰ دے دیا۔ پچھلی بار ہم نے بالکل ہی تختہ پلٹ دیا، اس کی ملازمت بحال کروائی اور تنخواہ بھی بڑھوادی۔

نرسری، اسکول اور یونیورسٹی میں ساتھ ساتھ ہونا اور ایک ناٹک میں ہم جنس پرستوں کا کردار کھیلنا گویا کافی نہ ہو، میں جب سری نگر میں بیورو کے ڈپٹی اسٹیشن ہیڈ کے طور پر تعینات تھا، ناگا بھی انھی دنوں کشمیر میں اپنے اخبار کا نامہ نگار بن گیا۔ وہ مستقل طور پر تو کشمیر نہیں بھیجا گیا لیکن مہینے کے اکثر دن وہیں گزارتا تھا۔ احدوس ہوٹل میں، جہاں بیشتر رپورٹر قیام کرتے تھے، اس کے پاس مستقل کمرہ تھا۔ بیورو کے ساتھ اس کا رشتہ مضبوط ہو چکا تھا، لیکن اتنا ظاہر نہیں تھا جتنا اب ہے۔ ہمارے لیے بھی اسی طرح زیادہ

مناسب تھا۔ اپنے قارئین کے لیے — اور شاید اپنے لیے بھی — وہ اب بھی ایک ایسا بے باک صحافی تھا جس پر یہ بھروسہ کیا جاسکتا تھا کیونکہ وہ ہندوستانی حکومت کے نام نہاد 'جرائم' کو طشت از بام کرتا تھا۔

آدھی سے زیادہ رات گزر چکی ہوگی کہ ڈاچی گام نیشنل پارک (جو سری نگر سے بیس کلومیٹر کے فاصلے پر ہے) کے فاریسٹ گیسٹ ہاؤس میں گورنر کی ہاٹ لائن پر میرے لیے کال آئی۔ میں وہاں ہزا کسیلنسی کے ہمراہیوں میں شامل تھا۔ (تب تک حالات ہمارے قابو سے باہر ہونے لگے تھے۔ جمہوری حکومت معطل کردی گئی تھی۔ یہ 1996 کا سال تھا، نیز صوبے میں براہِ راست گورنر رول کا چھٹا سال۔)

ہزا کسیلنسی، جو انڈین آرمی کے سابق چیف تھے، شہر کی خوں ریزی سے ہر ممکن حد تک دور رہنا پسند کرتے تھے۔ اپنے ویک اینڈ وہ ڈاچی گام میں اپنے اہلِ خانہ اور دوستوں کے ساتھ ایک پہاڑی چشمے کے کنارے چہل قدمی کرتے گزارتے تھے، جبکہ گروپ میں شامل ہر بچے کے ساتھ بھاری اسلحہ سے لیس تناؤ کا شکار ایک ایک سکیورٹی گارڈ سایہ بن کر چلتا تھا۔ یہ بچے خیالی مجاہدین کو گھاس کی طرح کاٹتے (مجاہدین ''اللہ اکبر!'' کا نعرہ لگاتے ہوئے مرجاتے) اور لمبی دم والی مارمٹ گلہریوں کا پیچھا کر کے انھیں بلوں میں گھسا دیتے۔ پکنک لنچ عموماً وہیں ہوتا، لیکن ڈنر وہ ہمیشہ لوٹ کر گیسٹ ہاؤس میں ہی کرتے تھے — بھات اور شوربے والی ٹراؤٹ مچھلی پر مشتمل، جو نزدیک کے مچھلی فارم سے لائی جاتی تھی۔ اس فارم کے تالابوں میں مچھلیاں اس قدر فراوانی سے تھیں کہ آپ تالاب میں ہاتھ ڈالیں — اگر نقطۂ انجماد کے قریب سرد پانی کو برداشت کرسکیں — اور اپنے لیے پھڑکتی ہوئی دھنک رنگ ٹراؤٹ نکال لیں۔

موسم خزاں کا تھا۔ دل کی دھڑکنیں روک دینے والا جنگل اتنا ہی خوبصورت تھا جتنا صرف ہمالیہ کے جنگل ہی ہوسکتے ہیں۔ چنار کے درختوں نے رنگ بدلنا شروع کردیا تھا۔ چراگاہیں تانبے جیسی سنہری رنگ ہو رہی تھیں۔ اگر قسمت اچھی ہو تو کوئی کالا بھالو یا تیندوا یا ڈاچی گام کا مشہور ہرن، ہنگول (Hangul) بھی نظر آجاتا۔ (ناگا کشمیر کے سابق وزیراعلیٰ کو، جو اپنی ہوسنا کی کے لیے معروف ہیں، 'well-hung-goul' کہا کرتا تھا۔ ماننا پڑے گا کہ یہ ایک زیرک تجنیس تھی، لیکن ظاہر ہے کہ بیشتر لوگ اس کے مفہوم تک نہیں پہنچ پاتے تھے)۔ میں ایک حد تک پرندوں کا ماہر بن چکا تھا — اور یہ شوق اب بھی

برقرار ہے — اور الگ الگ شناخت کر کے بتا سکتا تھا کہ ہمالیائی گریفن کون سی ہے اور دَڑھیل گِدھ کون سا۔ میں دھاری دار لافنگ تھرَش، اورنج بُل فنچ، ٹائٹلرس لیف وابلر اور کشمیر فلائی کیچر کو پہچان لیتا تھا، جو تب تک قریب الختم ہو چکے تھے اور اب تک تو یقیناً نابود ہو چکے ہوں گے۔ ڈاچی گام میں ہونے کی پریشانی یہ ہے کہ اس کا اثر آدمی کے عزائم کمزور کر دیتا ہے۔ یہ عزائم کی فضولیت کو اجاگر کرتا ہے۔ یہ احساس کراتا تھا کہ کشمیر درحقیقت انھی مخلوقات کی ملکیت ہے۔ یہ کہ ہم میں سے جو بھی کشمیر کے لیے لڑ رہا ہے — کشمیری، ہندوستانی، پاکستانی، چینی (اس کا ایک حصہ 'اکسائے چِن'، جو جموں اور کشمیر کی قدیم سلطنت کا حصہ تھا، اب چینیوں کے بھی قبضے میں ہے)، اور کہا جائے تو پہاڑی، گوجر، ڈوگرے، پشتون، شِن، لداخی، بلتی، گلگتی، پوریکی، واخی، یشکون، تبّتی، منگول، تاتار، مون، خووار — ہم میں سے کوئی بھی، سادھو ہو یا سپاہی، اس جگہ کے حقیقی ملکوتی حسن کی ملکیت پر دعویٰ کا حق نہیں رکھتا۔ ایک بار جذباتی ہو کر میں نے یہی بات ایک نوجوان کشمیری پولیس افسر عمران سے خاصی رواروی میں کہی جس نے ہمارے لیے کوئی بے مثال اَنڈر کوَر کام کیا تھا۔ اس کا جواب تھا، ''نہایت اعلیٰ خیال ہے، جناب۔ مجھے بھی جانوروں سے ایسی ہی محبت ہے جیسی آپ کو۔ جب میں ہندوستان کے سفر پر جاتا ہوں تو اسی طرح کے خیالات میرے دل میں بھی آتے ہیں — یہ کہ ہندوستان پنجابیوں، بہاریوں، گجراتیوں، مدراسیوں، مسلمانوں، سکھوں، ہندوؤں، عیسائیوں کا نہیں، بلکہ یہاں کی خوبصورت مخلوقات کا ہے — موروں کا، ہاتھیوں کا، شیروں کا، بھالوؤں کا...''

اس نے یہ بات چاپلوسی کی حد تک نرمی سے کہی تھی، لیکن مجھے معلوم تھا کہ اس کی مراد کیا ہے۔ یہ ایک غیر معمولی بات تھی۔ تب آپ بھروسہ نہیں کر سکتے تھے — اب بھی نہیں کر سکتے — ان لوگوں پر بھی نہیں جنھیں آپ اپنا طرف دار سمجھتے ہیں۔ بدبخت 'پولیس' پر بھی نہیں۔

بلند و بالا کوہسار برف سے ڈھک چکے تھے، لیکن سرحد کے راستے اب بھی مذاکرت کے لیے کھلے ہوئے تھے اور مجاہدین کے چھوٹے چھوٹے سفارتی گروہ — نوعمر بھولے کشمیری اور خونخوار پاکستانی، افغانی اور بعض سوڈانی بھی — جو کوئی تیس دہشت گرد گروہوں (تقریباً سو میں سے گھٹ کر بچے ہوئے) میں شامل تھے، اب بھی لائن آف کنٹرول سے گزر کر اپنا پرخطر سفر جاری رکھے ہوئے

تھے، اور راستوں میں جھنڈ کے جھنڈ مر رہے تھے۔ مر رہے تھے! یہ شاید مناسب تصویر کشی نہیں کہی جا سکتی۔ *Apocalypse Now* فلم میں وہ قولِ زریں کیا تھا؟ *'Terminate with extreme Prejudice.'* (’گہرے تعصب کے ساتھ نابود کر ڈالو‘) لائن آف کنٹرول پر ہمارے سپاہیوں کو دی گئی ہدایات تقریباً ایسی ہی تھیں۔

بتائیے اس کے سوا ہو بھی کیا سکتی تھیں؟ ’ان کی ماؤں کو بلاؤ‘؟

جو جنگجو سرحد پار کرنے میں کامیاب ہو جاتے، وادی میں پہنچنے کے بعد بمشکل دو یا تین سال ہی زندہ رہتے تھے۔ اگر سکیورٹی فوجوں کے ہاتھوں گرفتار نہ ہوتے یا مارے نہ جاتے تو ایک دوسرے کے گلے کاٹتے تھے۔ اس راہ کی طرف ہم نے ہی ان کی رہنمائی کی تھی، حالانکہ کچھ زیادہ مدد کی ضرورت نہیں پڑی — اب بھی نہیں ہے۔ ایمان والے اپنی اپنی بندوقیں، اپنی اپنی تسبیحیں اور اپنی اپنی تباہی کا منشور اپنے ساتھ لے کر آتے ہیں۔

کل ایک پاکستانی دوست نے یہ پیغام مجھے فارورڈ کیا — یہ موبائل فونوں پر گردش میں ہے، اس لیے ہوسکتا ہے کہ آپ پہلے ہی پڑھ چکے ہوں:

میں نے دیکھا کہ ایک آدمی پل سے کودنے والا ہے۔
میں نے کہا، ”یہ مت کرو!“
اس نے کہا، ”مجھ سے کوئی محبت نہیں کرتا۔“
میں نے کہا، ”خدا تم سے محبت کرتا ہے۔ کیا خدا پر ایمان نہیں رکھتے؟“
اس نے کہا، ”ہاں، رکھتا ہوں۔“
میں نے پوچھا، ”کیا تم مسلمان ہو، یا غیر مسلم؟“
اس نے کہا، ”مسلمان۔“
میں نے پوچھا، ”شیعہ یا سنّی؟“
اس نے کہا، ”سنّی۔“
میں نے کہا، ”میں بھی سنّی ہوں! دیوبندی ہو یا بریلوی؟“

اس نے کہا، ''بریلوی۔''

میں نے کہا، ''میں بھی بریلوی ہوں! تنزیہی ہو یا تفکیری؟''

اس نے کہا، ''تنزیہی۔''

میں نے کہا، ''میں بھی تنزیہی ہوں! تنزیہی عظمتی ہو یا تنزیہی فرحتی؟''

اس نے کہا، ''تنزیہی فرحتی۔''

میں نے کہا، ''میں بھی! تنزیہی فرحتی جامعۃ العلوم اجمیر سے ہو

یا تنزیہی فرحتی جامعۃ النور میوات سے؟''

اس نے کہا، ''تنزیہی فرحتی جامعۃ النور میوات سے۔''

میں نے کہا، ''مر، کافر!'' اور میں نے اسے پل سے دھکا دے دیا۔

شکر ہے کہ ان میں سے بعض کی حسِ مزاح ابھی برقرار ہے۔

❄

کشمیر میں داخلی خبط، جہاد کا تصور، پاکستان اور افغانستان سے رِس کر آیا ہے۔ پچیس سال کا عرصہ گزر چکا ہے کہ 'حقیقی' اسلام کے آٹھ یا نو دعویدار گروہ کشمیر میں جہاد کر رہے ہیں، اور میرا خیال ہے کہ اس سے ہمیں فائدہ ہی ہوا ہے۔ ہر گروہ میں ملاؤں اور مولاناؤں کا اپنا اپنا طبیلہ ہے۔ ان میں جو گروہ سب سے زیادہ شدت پسند ہیں — جو وطن پرستی کے خلاف اور عظیم الشان امتِ اسلامیہ کے تصور کی تبلیغ کرتے ہیں — دراصل ہمارے تنخواہ داروں کی فہرست میں ہیں۔ ان میں سے ایک کو حال ہی میں اپنی مسجد کے باہر بائیسکل بم سے اڑا دیا گیا۔ اس کی جگہ دوسرے کو بھرتی کرنا مشکل نہیں ہوگا۔ جو شے کشمیر کو پاکستان اور افغانستان کی طرح از خود تباہ ہونے سے روکے ہوئے ہے، وہ یہاں کی پیاری پیٹی بورژوا سرمایہ داری ہے۔ اپنی تمام تر مذہب پرستی کے باوجود کشمیری لوگ بڑے زبردست تاجر ہیں۔ اور آخر تو تمام تاجر، کسی نہ کسی طرح حالات کی جوں کی توں برقراری میں ہی اپنی بھلائی دیکھتے ہیں — جسے ہم 'پیس پروسس' کہتے ہیں، جو بہرحال امن سے مختلف، تجارت کا ایک الگ ہی طرح کا موقع ہے۔

جو لوگ آئے وہ نوجوان تھے، بیس برس کے قریب عمر والے۔ ایک پوری نسل نے حقیقتاً خودکشی کی تھی۔ 1996 کے اوائل تک سرحد پار کرنے والوں کی تعداد گھٹتے گھٹتے چھٹ پٹ رہ گئی تھی۔ لیکن ان کے بہاؤ کو ہم پوری طرح روک نہیں پائے تھے۔ ہم انٹیلی جنس کی فراہم کردہ چند پریشان کن خبروں کی تفتیش کر رہے تھے جن کے مطابق بارڈر سکیورٹی کی چند پوسٹوں پر ہمارے سپاہی 'محفوظ راستہ' قیمتاً فراہم کر رہے تھے۔ وہ ہوشیاری سے نظریں پھیر لیتے، جب کہ گوجر چرواہے، جو اِن پہاڑوں سے اپنی ہتھیلی کی لکیروں کی مانند واقف تھے، آنے والے جتھوں کی رہنمائی کرتے تھے۔ 'محفوظ راستہ' بھی دراصل بازار کی بہت سی چیزوں میں سے ایک تھا۔ اس سامان میں ڈیزل، شراب، کارتوس، دستی بم، فوجی راشن، باڑھ کا ریزر تار اور عمارتی لکڑی بھی شامل تھے۔ جنگل کے جنگل ختم ہوتے جا رہے تھے۔ فوجی کیمپوں میں خراد مشینیں لگا دی گئی تھیں۔ کشمیری مزدوروں اور بڑھئیوں کو جبراً اپنی خدمت میں لے لیا گیا تھا۔ فوجی ٹرکوں کے قافلے جو ہر روز جموں سے کشمیر تک رسد لاتے تھے، واپسی میں اخروٹ کی لکڑی کے منقش فرنیچر سے لدے ہوئے ہوتے تھے۔ اگر ہم اپنی فوج کو دنیا کی 'بہترین مسلح فوج' نہ بھی کہیں — اگر ایک نئی اصطلاح گڑھوں — تو اسے 'بہترین آراستہ فوج' ضرور کہہ سکتے ہیں۔ لیکن فتح کی راہ پر گامزن فوج کے معاملے میں مداخلت کون کرے؟

ڈاچی گام کے گرد و پیش کے پہاڑ نسبتاً پرامن تھے۔ اس کے باوجود، ہز اکسیلنسی جب بھی یہاں آتے، مستقل طور پر تعینات نیم فوجی دستوں کے علاوہ، ایریا ڈومینیشن کی گشتی گاڑیاں ایک دن پہلے ہی تحفظ کی فراہمی کے لیے ان پہاڑیوں پر بھیج دی جاتی تھیں جو اُن تمام راستوں پر چھائی ہوئی تھیں جن سے اُن کا ہتھیار بند کارواں گزرتا تھا۔ اس کے علاوہ مائن پروف مسلح گاڑیاں بارودی سرنگوں کو جانچنے کے لیے سڑکوں کا معائنہ کرتی تھیں۔ پارک کو مقامی لوگوں کے لیے مستقل طور پر بند کر دیا گیا تھا۔ گیسٹ ہاؤس کی حفاظت کے لیے سو سے زیادہ آدمی اس کی چھت پر، آس پاس بنے واچ ٹاوروں اور جنگل کے اندر دائرہ در دائرہ ایک کلومیٹر کے علاقے تک تعینات تھے۔ ہندوستان کے بہت سے لوگ اس پر یقین نہیں کریں گے کہ اپنے باس کو تھوڑی سی تازہ مچھلی فراہم کرنے کے لیے ہمیں کشمیر میں کیا کیا پاپڑ بیلنے پڑتے تھے۔

اس رات ہزاکسیلنسی کی صبح کی بریفنگ کے لیے اپنی یومیہ رپورٹ تیار کرنے کی غرض سے میں دیر تک جاگتا رہا۔ اپنے پرانے سونی پلیئر کا والیوم میں نے نیچا کر رکھا تھا۔ رسولن بائی چیتی گا رہی تھیں، ''یہیں تھیّاں موتیا ہیرائی گئیلی راما۔'' اس میں شک نہیں کہ کیسر بائی ہندوستانی گائیکی کی بہترین گائیکا تھیں، لیکن رسولن کی آواز میں یقیناً شہوانی کشش تھی۔ ان کی آواز بھاری، گہری اور مردانہ تھی، ویسی باریک، کنواری اور مستقل پُرشباب نہیں جو بالی وُڈ کے نغموں کے سبب ہمارے اجتماعی شعور کا حصہ بن چکی ہے۔ (میرے والد، جو ہندوستانی کلاسیکل میوزک کے اچھے عالم تھے، یہ مانتے تھے کہ رسولن کی آواز گناہ آلود ہے۔ یہ بھی ہمارا ایک لاینحل اختلاف رہا۔) میرے ذہن میں ایک تصویر بن رہی تھی کہ عشق بازی کی عجلت میں موتیوں کی مالا ٹوٹ کر بکھر گئی، جس کے متعلق وہ گیت گا رہی تھی، اس کی آواز انگڑائی لے کر خواب گاہ کے فرش پر لڑھکتے ہوئے موتیوں کا تعاقب کر رہی تھی۔ (ارے ہاں، ایک زمانہ تھا جب مسلمان طوائف اس قدر ناقابلِ فراموش ڈھنگ سے کسی ہندو بھگوان کو پکار سکتی تھی۔)

اس صبح شہر میں ایک سنگین مسئلہ کھڑا ہو گیا تھا۔ حکومت نے اعلان کیا تھا کہ چند مہینوں کے اندر الیکشن ہوں گے۔ الیکشن تقریباً نو سال بعد ہونے والے تھے۔ جنگجوؤں نے بائیکاٹ کا اعلان کر دیا۔ یہ بات تقریباً عیاں تھی (اب کی طرح نہیں جب ووٹنگ بوتھ پر قطاریں ناقابلِ تصور ہوتی ہیں) کہ لوگ اس وقت تک گھروں سے نکل کر ووٹ ڈالنے نہیں آئیں گے جب تک کہ ہماری طرف سے انھیں اس جانب راغب کرنے کی سنجیدہ کوششیں نہ کی جائیں۔ 'آزاد' پریس اپنی تمام تر عظیم الشان حماقتوں کے ساتھ وہاں موجود ہوگا، اس لیے ہمیں بہت محتاط رہنا پڑے گا۔ ہمارا چڑی کا غلام اخوان المسلمون تنظیم تھی، جو ہمارے حق میں شورش مخالف طاقت بن چکی تھی۔ یہ مفاد پرست عسکریت پسندوں کی ایسی تنظیم تھی جس کا سارا جتھا ہتھیار ڈال چکا تھا— اپنے تمام لاؤ لشکر کے ساتھ۔ پھر اس کے بکھرے ہوئے اراکین کے جھنڈ بتدریج سرنڈر (عام کشمیریوں کی زبان میں 'سلنڈر') کرتے گئے۔ ہم نے از سرِ نو ان کے گروہ بنائے اور ہتھیار دے کر انتخابات کے میدان میں اتار دیا۔ اخوان والے غیر مہذب لوگ تھے، جن میں زیادہ تر جبری وصولیاں کرنے والے اور چھوٹے موٹے مجرم تھے جو اپنے مفاد کے پیشِ نظر مسلح شورش میں شامل ہوئے تھے، لیکن جب حالات بگڑنے لگے تو سب سے پہلے 'سلنڈر' بھی

انھوں نے ہی کیا۔ لوکل انٹیلی جنس میں ان کی رسائی جتنی گہری تھی اتنی ہماری بھی نہ تھی۔ جب ہم نے انھیں اپنے ساتھ ملا لیا تو ایک ایسا مبہم پروانہ اُن کے ہاتھ آ گیا جس کی رو سے وہ ایسی مہمیں سر کرنے لگے جو ہماری ریگولر فوج کے دائرۂ اختیار سے باہر ہوتی تھیں۔ شروع میں وہ ہمارے لیے بیش بہا اثاثہ ثابت ہوے، لیکن پھر ان پر قابو رکھنا بتدریج مشکل ہوتا گیا۔ ان میں سے جس کی سب سے زیادہ دھاک تھی، پرنس آف ڈارکنیس، شیطانِ خبیث، ایسا شخص تھا جو مقامی طور پر 'پاپا' کہلاتا تھا۔ کسی زمانے میں وہ کسی فیکٹری کا دربان تھا۔ اخوان کے طور پر اپنے شاندار کریئر میں اس نے درجنوں لوگ مارے تھے۔ (میرا خیال ہے کہ اب تک کی تعداد ایک سوتین ہے۔) اس نے جو دہشت پھیلائی، اس کی وجہ سے شروع میں ہمارا پلہ بھاری ہو گیا، لیکن 1996 تک اس کی افادیت ختم ہو چکی تھی اور ہم اس کی لگام کسنے کے بارے میں سوچ رہے تھے (اب وہ جیل میں ہے)۔ اُس سال، مارچ کے مہینے میں، پاپا نے ہماری ہدایت کے بغیر ایک اردو روزنامے — بلکہ کہنا چاہیے ایک غیر ذمہ دار اردو روزنامے — کے ایڈیٹر کو ٹھکانے لگا دیا۔ (غیر ذمہ دار، یعنی زہر نا کی حد ہندوستان مخالف اخبارات جو لاشوں کی تعداد میں مبالغہ آرائی سے کام لیتے اور حقائق کو غلط سلط پیش کرتے تھے، ان کی بھی ایک افادیت ہوتی تھی۔ یہ عموماً مقامی میڈیا کی تحقیر کرتے، جس کی وجہ سے ہمیں ساری میڈیا پر بیک جنبشِ قلم سیاہی پھیرنے میں آسانی ہو جاتی تھی۔ اگر سچ کہوں تو بات یہ ہے کہ ان میں سے بعض کو ہم ہی فنڈ بھی فراہم کرتے تھے۔) مئی میں پاپا نے پُلواما میں ایک اجتماعی قبرستان کو گھیر کر قبضہ کر لیا اور دعویٰ کیا کہ یہ اس کی موروثی ملکیت ہے۔ پھر اس نے ایک سرحدی گاؤں میں ایک مقامی اسکول ٹیچر کو، جس سے لوگ بہت محبت کرتے تھے، قتل کر دیا اور اس کی لاش سرحد پر نو مینز لینڈ میں پھینک دی جہاں بارودی سرنگیں بچھی تھیں۔ چنانچہ لاش تک رسائی ممکن نہ تھی، اس کی نمازِ جنازہ نہیں پڑھی جا سکتی تھی، اور مقتول کے شاگرد چیل کووں اور گدھوں کو اپنے استاد کی لاش اُڑاتے دیکھنے پر مجبور تھے۔

پاپا کی کامیابیوں سے حوصلہ پا کر دوسرے اخوانیوں نے بھی اس کی پیروی شروع کر دی تھی۔ مذکورہ صبح کو اخوانیوں کے ایک گروہ نے ڈاؤن ٹاؤن سری نگر کے ایک سکیورٹی بیریئر پر ایک بزرگ کشمیری جوڑے کو روک لیا۔ جب آدمی نے اپنا بٹوہ ان کے حوالے کرنے سے انکار کر دیا تو وہ اسے

اغوا کر کے چلتے بنے۔ لوگ جمع ہو گئے اور انھوں نے کیمپ تک اخوانیوں کا پیچھا کیا، جو بارڈر سکیورٹی فورس کے کیمپ کے ساتھ مشترک تھا۔ بوڑھے آدمی کو انھوں نے چلتی جیپ سے ٹھیک کیمپ کے باہر دھکیل دیا۔ جب وہ کیمپ میں داخل ہو گئے تو — اب کیا کہوں — گویا وہ اپنا ذہنی توازن کھو بیٹھے۔ انھوں نے دیوار کے اوپر سے دستی بم پھینکا اور پھر لوگوں پر مشین گن سے فائر کھول دیا۔ ایک لڑکا مارا گیا اور کوئی درجن بھر لوگ زخمی ہو گئے، آدھے سے زیادہ بری طرح۔ اس کے بعد اخوانی پولیس اسٹیشن گئے، پولیس کو دھمکیاں دیں اور رپورٹ درج کرنے سے انھیں روکا۔ سہ پہر میں انھوں نے لڑکے کا جنازہ لے جاتے لوگوں پر حملہ کر دیا اور میت لے کر بھاگ گئے۔ اس کا مطلب تھا کہ جب لاش ہی نہیں ہو گی تو اُن پر قتل کا مقدمہ بھی نہیں چلے گا۔ شام ہوتے ہوتے عوامی مظاہروں میں تشدد آتا گیا۔ تین پولیس اسٹیشن جلا دیے گئے۔ سکیورٹی فورسوں نے ہجوم پر فائر کھول دیا اور مزید چودہ لوگ مارے گئے۔ تمام بڑے شہروں میں کرفیو کا اعلان کر دیا گیا — سوپور، بارہ مولہ، اور ظاہر ہے کہ سری نگر میں بھی۔

جب میں نے ٹیلی فون کی گھنٹی بجتے اور ہز ایکسیلنسی کے ایڈی کانگ (ADC) کو جواب دیتے سنا تو اندازہ لگایا کہ مسئلہ قابو سے باہر ہو چکا ہے اور وہ لوگ تازہ ترین احکامات طلب کر رہے ہیں۔ لیکن معاملہ کچھ اور نکلا۔

فون کرنے والے نے کہا کہ وہ مشترکہ تفتیشی مرکز (جوائنٹ انٹیروگیشن سینٹر، JIC) سے بول رہا ہے، جو شیراز سینما میں چل رہا تھا۔

جیسا لگ رہا ہے، ویسا نہیں تھا۔ چالو سینما ہال کو بند کر کے اسے تفتیشی مرکز میں ہم نے نہیں بدلا تھا۔ شیراز کو برسوں پہلے 'اللہ ٹائیگرز' نام کے ایک گروہ نے بند کروایا تھا۔ اس نے سارے سینما ہالوں، شراب کی دکانوں اور مے خانوں کو غیر اسلامی اور 'ہندوستان کی ثقافتی یلغار کا حربہ' قرار دیتے ہوے بند کرنے کا حکم دیا تھا۔ اس حکم نامے پر کسی ایئر مارشل نور خان کے دستخط تھے۔ ٹائیگرز نے شہر بھر کی دیواروں کو دھمکی آمیز پوسٹروں سے لیپ دیا اور شراب خانوں میں بم رکھ دیے تھے۔ آخرکار جب ایئر مارشل گرفتار ہوا تو وہ دور دراز کے ایک پہاڑی گاؤں کا تقریباً ناخواندہ کاشتکار نکلا، جس نے اپنی زندگی میں ہوائی جہاز شاید دیکھا تک نہیں تھا۔ تفتیش کرنے والی ٹیم کا ایک جونیئر ممبر میں بھی تھا (یہ سری نگر میں

پوسٹنگ سے پہلے کی بات ہے)۔ یہ ٹیم اس سے اور کئی دوسرے سینئر جنگجوؤں سے ملنے اس امید میں جیل گئی تھی کہ ان کا رخ پلٹ سکے۔ اس نے ہمارے سوالوں کے جواب میں نعرے لگائے، جو وہ یوں چلّا چلّا کر لگا رہا تھا جیسے کسی عوامی ریلی سے خطاب کر رہا ہو: **جس کشمیر کو خون سے سینچا، وہ کشمیر ہمارا ہے!** یا پھر اللہ ٹائیگرز کا جہادی نعرہ مارتا رہا: **لا شرقیہ، لا غربیہ، اسلامیہ، اسلامیہ!**

ایئر مارشل بہادر آدمی تھا۔ مجھے اس کی صاف دلی اور سادگی سے معمور جوش وخروش دیکھ کر رشک سا محسوس ہوا۔ کارگو میں تشدد جھیلنے کے باوجود وہ بے خوف اور بے نیاز رہا۔ طویل قید کی سزا کاٹنے کے بعد اب آزاد ہے۔ اس پر، اور اس جیسے دوسرے لوگوں پر ہم اب بھی نظر رکھتے ہیں۔ لگتا ہے کہ اب وہ مصیبتوں سے دور ہی رہتا ہے۔ سری نگر میں ڈسٹرکٹ کورٹ کے باہر اسٹامپ بیچتا ہے اور معمولی گزارے لائق کما لیتا ہے۔ معلوم ہوا کہ اس کا ذہنی توازن بھی بگڑ چکا ہے، لیکن میں وثوق سے نہیں کہہ سکتا۔ کارگو خاصی بے رحم جگہ ثابت ہو سکتی ہے۔

اے ڈی سی نے، جس نے فون اٹھایا تھا، مجھے بتایا کہ کال کرنے والے نے اپنا نام میجر امریک سنگھ بتایا ہے اور میرا عہدہ ہی نہیں بلکہ نام بھی بتا کر (جو غیر معمولی بات تھی) مجھے پوچھا ہے — بپلب داس گپتا، ڈپٹی اسٹیشن ہیڈ، انڈیا براوو (انٹیلی جینس بیورو کے لیے کشمیر کا ریڈیو کوڈ)۔

میں اس شخص کو جانتا تھا، لیکن ذاتی طور پر نہیں — اس سے کبھی آمنا سامنا نہیں ہوا تھا — بلکہ اس کی شہرت کی وجہ سے۔ گھاس میں سانپ کو اسپاٹ کر لینے کی، عام شہریوں کی بھیڑ میں چھپا جنگجو ڈھونڈ لینے کی اپنی پراسرار صلاحیت کی وجہ سے وہ امریک سنگھ 'اسپاٹر' کے نام سے مشہور تھا۔ (مشہور وہ بہر حال اب بھی ہے، مرنے کے بعد بھی۔ حال ہی میں اس نے خودکشی کر لی — بیوی کو گولی ماری، تین نوعمر بیٹوں کو قتل کیا، اور ایک گولی اپنے سر میں اتار لی۔ میں یہ نہیں کہہ سکتا کہ مجھے افسوس ہے۔ البتہ اس کی بیوی اور بچوں کے لیے تاسف ہے۔) میجر امریک سنگھ گندا انڈا تھا۔ جملے کو ٹھیک سے ترتیب دیتا ہوں — وہ گندا انڈا نہیں سڑا ہوا انڈا تھا، اور تب، آدھی رات کو فون کرتے وقت ایک خاصے بگڑے ہوئے مسئلے کے مرکز

میں تھا۔ جنوری 1995 میں میرے سری نگر آنے کے چند مہینوں بعد امریک سنگھ نے، غالباً احکامات کے تحت، ایک معروف وکیل اور حقوقِ انسانی کے سرگرم کارکن جالب قادری کو ایک چیک پوائنٹ پر پکڑا تھا۔ قادری ایک آزار بن چکا تھا، وہ ایک بھڑ بھڑیا، رگڑیل قسم کا آدمی تھا جسے پیچیدگی کے معنی پتا نہیں تھے۔ جس رات اسے گرفتار کیا گیا، وہ دہلی کے لیے نکلنے والا تھا جہاں سے اسے حقوقِ انسانی کی بین الاقوامی کانفرنس میں گواہی دینے کے لیے اوسلو روانہ ہونا تھا۔ اس کی گرفتاری کا مقصد فقط اتنا ہی تھا کہ اس احمقانہ سرکس کو روک دیا جائے۔ امریک سنگھ نے سب کے سامنے، اس کی بیوی کی موجودگی میں قادری کو گرفتار کیا تھا، لیکن گرفتاری کو باقاعدہ درج نہیں کیا گیا، جو کوئی غیر معمولی بات نہ تھی۔ قادری کے 'اغوا' پر ہنگامہ کھڑا ہو گیا، توقع سے کہیں زیادہ بڑا ہنگامہ۔ چنانچہ چند دن کے بعد ہمیں سمجھداری اسی میں نظر آئی کہ اسے چھوڑ دیا جائے۔ لیکن اس کا کچھ اتا پتا نہ تھا۔ زبردست ہڑکمپ مچ گیا۔ ہم نے ایک سرچ کمیٹی بنائی اور ماحول پر قابو پانے کی کوشش کرنے لگے۔ چند دن کے بعد قادری کی لاش، ایک بورے میں بند، جہلم میں تیرتی ہوئی مل گئی۔ لاش کی حالت بہت خراب تھی — کھوپڑی ٹوٹی ہوئی تھی، آنکھیں نکال لی گئی تھیں، وغیرہ وغیرہ۔ کشمیر کے مقررہ معیار کے مطابق بھی یہ تشدد کچھ زیادہ ہی تھا۔ عوام کے غصے کی سطح حدوں سے تجاوز کرنے لگی — جو فطری بھی ہے — اس لیے پولیس کو اجازت دے دی گئی کہ کیس درج کر لے۔ سارے معاملے کو دیکھنے کے لیے ایک اعلیٰ سطح کی کمیٹی بنا دی گئی۔ اغوا کے گواہ، وہ لوگ جنھوں نے قادری کو آرمی کیمپ میں امریک سنگھ کی حراست میں دیکھا تھا، وہ لوگ جو اُن دونوں کی تکرار کے گواہ تھے، جس کے بعد امریک سنگھ کا غصہ ابلنے لگا تھا، اپنے اپنے تحریری بیان دینے کے لیے آگے آ گئے۔ یہ بات غیر معمولی تھی۔ امریک سنگھ کے شریکِ جرم ساتھی بھی، جن میں زیادہ تر اخوانی تھے، وعدہ معاف گواہ بننے اور عدالت میں اس کے خلاف شہادت دینے کو آمادہ ہو گئے۔ لیکن پھر ان کی لاشیں ایک کے بعد ایک نمودار ہونا شروع ہو گئیں۔ کھیتوں میں، جنگلوں میں، سڑک کے کنارے... اس نے سب کو مار دیا۔ آرمی اور انتظامیہ کو کم سے کم یہ تو ظاہر کرنا ہی تھا کہ وہ کچھ کر رہے ہیں، حالانکہ وہ اس کے خلاف حقیقتاً ایک قدم بھی نہیں اٹھا سکتے تھے۔ وہ بہت کچھ جانتا تھا اور یہ واضح کر چکا تھا کہ اگر وہ ڈوبا تو ممکن حد تک زیادہ سے زیادہ لوگوں کو اپنے ساتھ لے ڈوبے گا۔ وہ گھِر چکا تھا، اس لیے خطرناک ہو گیا

تھا۔ چنانچہ طے کیا گیا کہ اس کا بہترین حل یہ ہے کہ اسے ملک سے باہر بھیج دیا جائے اور اسے کہیں پناہ دلوای جائے۔ اور آخرش یہی ہوا۔ لیکن یہ سب فوری طور پر نہیں کیا جا سکتا تھا۔ خصوصاً ایسے میں ہر گز نہیں جب وہ روشنی کے گھیرے میں تھا۔ معاملے کے ٹھنڈا پڑنے تک توقف کرنا ضروری تھا۔ پہلے اقدام کے طور پر اسے فیلڈ آپریشنز سے ہٹا کر ڈیسک جاب دے دیا گیا۔ شیراز جے آئی سی میں، مصیبت کے راستے سے دور۔ یا ہم نے ایسا ہی سوچا۔

تو یہ آدمی تھا جو مجھے فون کر رہا تھا۔ کہہ نہیں سکتا کہ میں اس سے بات کرنے کا خواہش مند تھا۔ بہتری اسی میں ہے کہ خطرناک وبا کو خصوصی وارڈ میں ہی محصور رکھا جائے۔

جب میں فون پر آیا تو اس کی آواز پر جوش تھی۔ وہ اتنی جلدی جلدی بول رہا تھا کہ مجھے سمجھنے میں ذرا وقت لگا کہ وہ انگریزی بول رہا ہے، پنجابی نہیں۔ اس نے کہا کہ انھوں نے اے کیٹگری کا ایک دہشت گرد پکڑا ہے، کمانڈر گلریز، حزب المجاہدین کا ایک خطرناک کمانڈر۔ ایک ہاؤس بوٹ کے بڑے بھاری کورڈن اینڈ سرچ آپریشن کے دوران۔

تو یہ تھا کشمیر؛ یہاں علیحدگی پسند نعروں کی زبان بولتے ہیں اور ہمارے لوگ پریس ریلیز کی زبان۔ ان کے کورڈن اینڈ سرچ آپریشن ہمیشہ 'بڑے بھاری' ہوتے ہیں، جسے گرفتار کرتے ہیں وہ ہمیشہ 'خطرناک' ہوتا ہے، 'اے کیٹگری' سے نیچے شاذ ہی۔ اور گرفتار شدگان سے جو اسلحہ وہ برآمد کرتے ہیں، ہمیشہ 'جنگی پیمانے کا' ہوتا ہے۔ اس میں حیرت کی بات نہیں کیونکہ ان میں ہر ایک صفت کے ساتھ ایک ایک ترغیب منسلک ہے — نقد انعام، سروس ڈوزیئر میں اس کا بصد احترام تذکرہ، بہادری کا کوئی تمغہ، یا پھر ترقی۔ اس لیے، جیسا کہ آپ تصور کر سکتے ہیں، اس خبر نے میری نبض کی رفتار کو مطلق نہیں بڑھایا۔

اس نے بتایا کہ فرار ہونے کی کوشش کرتے ہوئے وہ دہشت گرد مارا جا چکا ہے۔ اس سے بھی مجھ پر کوئی زیادہ فرق نہیں پڑا۔ اچھے دن میں ایسا کئی مرتبہ ہوتا ہے — یا برا دن کہیں، یہ آپ کے نقطۂ نظر پر منحصر ہے۔ تو پھر مجھے ایک ایسے معاملے میں جو روز مرہ کا حصہ ہے، آدھی رات کو فون کس لیے کیا جا رہا ہے؟ اور اس جوش و خروش کا میرے محکمے سے یا مجھ سے کیا تعلق ہے؟

ایک 'لیڈیز' کمانڈر گلریز کے ساتھ پکڑی گئی ہے، اس نے بتایا۔ اور وہ کشمیری نہیں ہے۔

اب یہ بات غیر معمولی تھی۔ واقعی ایسی جو پہلے کبھی نہیں سنی گئی تھی۔

وہ 'لیڈیز' تفتیش کے لیے اے سی پی پنکی کے حوالے کی جا چکی ہے۔

آڑو کی رنگت والی اور اپنے سیاہ بالوں کی لمبی چوٹی کو موڑ کر کیپ کے نیچے اڑسنے والی اسسٹنٹ کمانڈنٹ پنکی سوڑھی سے ہم سب واقف تھے۔ اس کا جڑواں بھائی بلبیر سنگھ سوڑھی ایک سینئر پولیس افسر تھا جسے سوپور میں جنگجوؤں نے اس وقت گولی ماردی تھی جب وہ صبح کے وقت باہر جاگنگ کر رہا تھا۔ (کسی بھی سینئر افسر کا ایسا کرنا ایک احمقانہ کام تھا، اس کا بھی جسے خود پر یہ فخر ہو، اور اس معاملے میں بھی یہی سامنے آیا کہ اسے خوش فہمی تھی کہ مقامی لوگ اس سے 'محبت' کرتے ہیں۔ اے سی پی پنکی کو ہمدردی کی بنیاد پر سی آر پی ایف — سینٹرل ریزرو پولیس فورس — میں ملازمت دی گئی تھی، اس کے بھائی کی موت پر فیملی کے لیے بطور معاوضہ۔ اسے کسی نے بھی یونیفارم کے بغیر نہیں دیکھا تھا۔ اپنی خیرہ کن خوبصورتی کے باوجود وہ ایک سفاک تفتیش کار تھی اور اکثر مقررہ حدوں سے گزر جاتی تھی کیونکہ اس طرح وہ اپنے ہی اوپر سوار بھوتوں کو جھاڑتی تھی۔ وہ امریک سنگھ کے معیار کی تو نہیں تھی، لیکن بہر حال — خدا ان کشمیریوں کو بچائے جو اس کے ہتھے چڑھ جائیں۔ جہاں تک ان لوگوں کی بات ہے جو اس کے ہتھے نہیں چڑھے — تو ان میں سے بہت سے لوگ اس کے لیے عشقیہ نظمیں لکھنے میں مصروف تھے اور شادی کے پیغامات تک بھیج رہے تھے۔ تو ایسا تھا اے سی پی پنکی کا قاتلانہ حسن۔

مجھے بتایا گیا کہ اس 'لیڈیز' نے جسے گرفتار کیا گیا تھا، اپنا نام بتانے سے انکار کر دیا ہے۔ کیونکہ پکڑی گئی 'لیڈیز' کشمیری نہیں تھی، اس لیے میں نے سوچا کہ اے سی پی پنکی نے کچھ صبر سے کام لیا ہوگا اور اپنے ہتھکنڈے اس پر پوری طرح نہیں آزمائے ہوں گے۔ اگر آزمائے ہوتے تو کیا لیڈیز اور کیا جینٹس، اس کے سامنے کوئی اطلاع اپنے اندر دبا کر نہیں رکھ سکتے تھے۔ بہر حال، میرا صبر جواب دیتا جا رہا تھا۔ میں اب بھی اندازہ لگانے سے عاجز تھا کہ ان میں سے کون سی بات مجھ سے متعلق ہے۔

امریک سنگھ بالآخر نکتے کی بات پر آ گیا: تفتیش کے دوران میرا نام سامنے آیا تھا۔ عورت نے کہا تھا کہ اس کا ایک پیغام مجھ تک پہنچا دیا جائے۔ امریک سنگھ نے کہا کہ وہ پیغام کا مطلب نہیں سمجھ سکا لیکن اس لیڈیز نے کہا کہ میں سمجھ جاؤں گا۔ اس نے پیغام فون پر پڑھ کر سنایا، بلکہ ہجے کر کے سنایا:

(گارسن ہوبارٹ) G-A-R-S-O-N H-O-B-A-R-T

رسولن بائی کی آواز، جو بکھرے ہوے موتیوں کو اب بھی ڈھونڈ رہی تھی، میرے دماغ پر چھانے لگی: کہاں وائیکا ڈھونڈوں رے؟ ڈھونڈت ڈھونڈت بورا گئیلی راما...

گارسن ہوبارٹ ضرور کسی جنگجو حملے کا خفیہ کوڈ جیسا لگا ہوگا، یا پھر ہتھیاروں کی وصولیابی کی رسید جیسا۔ فون کے دوسری جانب پاگل درندہ میری وضاحت کا انتظار کر رہا تھا۔ مجھے یہ تک سمجھ میں نہیں آ رہا تھا کہ بات کہاں سے شروع کروں۔

کیا کمانڈر گلریز کا کوئی تعلق موسیٰ سے تھا؟ کیا وہی موسیٰ تھا؟ سری نگر آنے کے بعد میں نے اس سے رابطے کی کوشش کئی مرتبہ کی تھی — اس کی فیملی کے ساتھ جو کچھ پیش آیا تھا، میں اس کی تعزیت کرنا چاہتا تھا — لیکن کامیابی نہیں ملی تھی، جس کے ان دنوں ایک ہی معنی نکلتے تھے۔ وہ روپوش تھا۔

اس کے علاوہ تلو اور کس کے ساتھ ہوگی؟ کیا انھوں نے موسیٰ کو اسی کی آنکھوں کے سامنے مار دیا؟

اوہ گاڈ!

میں نے جتنا ممکن تھا اتنے روکھے پن سے امریک سنگھ سے کہا کہ بعد میں اسے فون کروں گا۔

میرا پہلا فطری ردِعمل یہ تھا کہ جس عورت سے محبت کرتا ہوں، اس کے اور اپنے درمیان ہر ممکن فاصلہ پیدا کرلوں۔ کیا اس سے میں بزدل بن جاؤں گا؟ اگر بنتا ہوں، تو کم از کم ایک صاف گو بزدل ہوں۔

اگر میں اس کے پاس جانا بھی چاہتا تو اس وقت ممکن نہ تھا۔ میں رات کے عین وسط میں، جنگل کے عین وسط میں تھا۔ یہاں سے باہر نکلنے کا مطلب تھا سائرن ہوں گے، الارم ہوگا، کم از کم چار جیپیں اور ایک مسلح گاڑی۔ اس کا مطلب تھا کہ مجھے اپنے ساتھ کم سے کم سولہ آدمی لے جانے پڑیں گے۔ یہ سب سے معمولی ضابطہ تھا۔ اس طرح کے سرکس سے تلو کی مدد نہیں ہوسکتی تھی۔ نہ میری۔ اور یہ کرنا ہز اکسیلنسی کی سکیورٹی کے ساتھ ایسی مفاہمت کرنا تھا جس کے نتائج تصور میں بھی نہیں آسکتے۔ ہوسکتا ہے کہ مجھے چارے کے طور پر باہر نکالا جا رہا ہو۔ آخر موسیٰ تو گارسن ہوبارٹ کے بارے میں جانتا ہی ہے۔

یہ سوچ خوف کا زائیدہ جنون تھی، لیکن اُن دنوں احتیاط اور خوف میں ذرہ بھر فرق نہ تھا۔

میرے سامنے کوئی متبادل نہ تھا۔ میں نے احدوس ہوٹل فون ملایا اور ناگا کو بلانے کو کہا۔ خوش قسمتی سے وہ موجود تھا۔ اس نے کہا کہ وہ شیراز ابھی چلا جائے گا۔ وہ جتنی تشویش میں مبتلا اور مدد پر آمادہ لگ رہا تھا اس سے میں اور زیادہ جھنجھلا گیا۔ میں اسے اس رول میں سچ مچ ڈھلتا ہوا محسوس کر رہا تھا جو میں نے اسے پیش کیا تھا، اور وہ موقعے کو دونوں ہاتھوں سے پکڑے وہ سب کرنے کو تیار تھا جو اس کا پسندیدہ شغل تھا— خودنمائی۔ اس کے اشتیاق نے مجھے مطمئن بھی کیا اور مغضوب بھی۔

میں نے امریک سنگھ کو فون ملایا اور کہا کہ ایک صحافی ناگ راج ہری ہرن کے پہنچنے کی توقع کرے۔ یہ ہمارا آدمی ہے۔ میں نے یہ بھی کہا کہ اگر عورت کے خلاف کچھ نہیں ہے تو اسے فوراً رہا کرنا ہوگا اور اس صحافی کے حوالے کرنا ہوگا۔

چند گھنٹوں بعد ناگا نے فون کر کے بتایا کہ تلو احدوس ہوٹل میں اس کے برابر والے کمرے میں ہے۔ میں نے مشورہ دیا کہ اسے دہلی کے لیے صبح کی فلائٹ میں سوار کرا دو۔

''وہ کوئی سامان نہیں ہے، داس گوز!'' وہ بولا۔ ''وہ کہہ رہی ہے کہ وہ کمانڈر گلریز کے جنازے میں شریک ہوگی۔ یا جو بھی آفت ہے وہ!''

داس گوز۔ کالج کے بعد اس نے مجھے کبھی نہیں پکارا تھا۔ کالج میں، اپنے الٹرا ریڈیکل زمانے میں وہ مجھے مذاقاً (نہ جانے کیوں ہمیشہ جرمن لہجے میں) ''بپلب داس گوزدا'' کہتا تھا— بپلب داس گپتا کے لیے اس کا اپنا متبادل۔ انقلابی بھائی بطخ۔

دادا کے نام پر میرا نام بپلب رکھنے کے لیے میں نے اپنے والدین کو کبھی معاف نہیں کیا۔ زمانہ بدل چکا تھا۔ جب میں پیدا ہوا، انگریز جا چکے تھے۔ ہم آزاد قوم تھے۔ وہ ایک بچے کا نام بپلب یعنی 'انقلاب' کیوں کر رکھ سکتے تھے؟ یہ تصور کیسے کیا جا سکتا تھا کہ ایسے نام کے ساتھ کوئی زندگی گزار سکتا ہے؟ ایک بار میں نے قانونی طور پر اپنا نام بدل کر کوئی پرامن نام رکھنے پر بھی غور کیا، مثلاً سدھارتھ، یا گوتم یا ایسا ہی کوئی نام۔ لیکن یہ خیال اس لیے چھوڑ دیا کہ ناگا جیسے دوستوں کے درمیان یہ کہانی میرے پیچھے اسی

طرح لگی رہے گی جیسے بلی کے گلے میں بندھی گھنٹی۔ سو میں ویسا ہی رہا، ویسا ہی ہوں — بپلب ۔ اس اسٹیبلشمنٹ کے نہاں خانۂ دل میں، جو خود کو حکومتِ ہند کہتی ہے، چھپا ہوا ایک انقلاب۔

''کیا وہ موسیٰ تھا؟'' میں نے ناگا سے پوچھا۔

''وہ نہیں بتا رہی ہے۔ لیکن اس کے سوا اور کون ہو سکتا ہے؟''

پیر کی صبح تک اس ویک اینڈ پر لاشوں کی تعداد بڑھ کر انیس ہو چکی تھی: گولی باری میں چودہ مظاہرین مارے گئے تھے، ایک لڑکا وہ جسے اخوانیوں نے مارا تھا، ایک موسیٰ یا کمانڈر گلریز یا جو بھی اس مصیبت کا نام بتایا گیا، اور تین لاشیں ان جنگجوؤں کی جو گاندربل میں ایک مڈبھیڑ میں مارے گئے تھے۔ انیس جنازوں کو اپنے کاندھوں پر اٹھا کر مزارِ شہدا لے جانے کے لیے لاکھوں سوگوار جمع ہوئے تھے (ان میں ایک تابوت لاش کے بغیر تھا، اس لڑکے کے لیے جس کی لاش چرا لی گئی تھی)۔

گورنر کے آفس سے یہ بتانے کے لیے فون آیا کہ اگلے دن سے پہلے ہماری شہر کو واپسی کی کوشش مناسب نہیں ہوگی۔ سہ پہر کو میرے سیکرٹری نے فون کیا:

''سر، سن لیجیے، پلیز سر...''

ڈاچی گام فوریسٹ گیسٹ ہاؤس کے برآمدے میں بیٹھ کر، پرندوں کے چہچہوں اور جھینگروں کی آوازوں سے دور، میں نے لاکھوں یا اس سے بھی زیادہ لوگوں کی آوازوں کی گونج سنی جو ایک ساتھ بلند ہو کر آزادی کو پکار رہی تھیں: آزادی ! آزادی ! آزادی ! مسلسل، بلاشکست۔ یہ فون پر بھی اعصاب کو ہلا رہی تھیں۔ اس آواز سے خاصی مختلف جو میں نے جیل کی کوٹھری میں ایئر مارشل کے نعروں کی سنی تھی۔

یوں لگ رہا تھا کہ پورا شہر ایک جوڑی پھیپھڑوں سے سانس لے رہا ہے، جو اس پُر تقاضا اور جوش انگیز پکار کے سبب گلے کی مانند پھول رہے ہیں۔ میں نے بہت سے احتجاجی مظاہرے ملک کے دوسرے حصوں میں دیکھے تھے، نعرے سنے تھے۔ لیکن یہ مختلف شے تھی، یہ کشمیری آہنگ۔ یہ سیاسی مطالبے سے زیادہ کچھ اور تھا۔ یہ ترانہ تھا، مناجات تھی، دعا تھی۔ ستم ظریفی یہ تھی — یہ ہے — کہ اگر

آپ چار کشمیریوں کو ایک کمرے میں لے جائیں اور ان سے یہ واضح کرنے کو کہیں کہ ان کی نظر میں آزادی کے درست معنی کیا ہیں، تو اس کے نتیجے میں وہ شاید ایک دوسرے کے گلے کاٹ ڈالیں۔ اس کے باوجود اسے ان کی الجھن قرار دینا غلط ہوگا۔ ان کا مسئلہ ابہام نہیں ہے، قطعی نہیں۔ بلکہ ایسی شفافیت ہے جو ماڈرن جیو پالیٹکس کی زبان سے بعید تر وجود رکھتی ہے۔ اس شورش میں ہر جانب کے تمام سورماؤں نے، خصوصاً ہم نے اِس فالٹ لائن، فطری دراڑ کا بڑی بے رحمی سے استعمال کیا ہے۔ اسی نے مستقل جنگ کے حالات پیدا کیے ہیں — ایک ایسی جنگ کے جو کبھی جیتی یا ہاری نہیں جا سکتی، ایسی جنگ جس کا کوئی خاتمہ نہیں۔

اس صبح میں نے فون پر نعروں کی جو بانگ سنی تھی وہ آواز نہیں، ایک فشردہ، چھنا ہوا جذبہ تھا — اور یہ اتنا ہی اندھا تھا اور ایسا ہی بے سود تھا جیسا کہ جذبہ عموماً ہوا کرتا ہے۔ ان موقعوں پر جب یہ اپنے انتہائی عروج پر تھا (خوش قسمتی سے مختصر عرصے کے لیے)، اس میں وہ طاقت تھی جو تاریخ اور جغرافیے کے، تعقل اور سیاست کے ایوانوں کو چیرتا ہوا گزر جائے۔ اس میں وہ طاقت تھی جو ہم میں سے سخت ترین لوگوں کو بھی، وقتی طور پر ہی سہی، یہ سوچنے پر مجبور کر دے کہ کشمیر میں آخر ہم کیا ایسی تیسی کر رہے ہیں، ان لوگوں پر حکمرانی جو باطن کی گہرائیوں سے ہم سے نفرت کرتے ہیں؟

نام نہاد 'شہیدوں کے جنازے' ہمیشہ ہی اعصاب کا کھیل بن جاتے تھے۔ پولیس اور سکیورٹی فورسز کو احکامات تھے کہ الرٹ رہیں لیکن نظروں سے دور بھی۔ ایسا محض اس لیے نہیں کیا گیا تھا کہ لوگوں کے مزاج فطری طور پر گرم ہو رہے تھے اور اگر تصادم ہو جاتا تو ایک اور قتلِ عام کا ہونا لازمی تھا — تلخ تجربوں سے ہم یہ سیکھ چکے تھے۔ سوچ یہ تھی کہ لوگوں کو اپنے جذبات کا غبار نکالنے اور گاہے بہ گاہے نعرے لگانے دینے سے یہ فائدہ ہوگا کہ ان کا غصہ جمع ہو کر غیظ و غضب کی ناقابلِ عبور چوٹی نہیں بن سکے گا۔ کشمیر میں ایک چوتھائی صدی کی شورش میں اس طریقے نے اب تک فائدہ ہی پہنچایا تھا۔ کشمیری ماتم کرتے تھے، روتے تھے، نعرے لگاتے تھے، لیکن آخر میں ہمیشہ اپنے گھروں کو لوٹ جاتے تھے۔ وقت گزرنے کے ساتھ یہ جیسے جیسے بتدریج عادت میں بدلتا گیا، ایک قابلِ پیش بینی، قابلِ قبول سلسلے میں بدلتا گیا، ان کا اپنے اوپر سے اعتماد ختم ہونے لگا، وہ خود کو، اپنے فوری جوش و غضب کو اور اپنی آسان

سپردگیوں کوتحقیر کی نظر سے دیکھنے لگے۔ یہ ایسا فائدہ تھا جو ہمیں بلامنصوبہ ملا تھا۔

بہر حال، پانچ لاکھ لوگوں کو، اور بعض اوقات دس لاکھ کو، شورش کے زمانے کی تو بات جانے دیں، برعکس حالات میں بھی سڑکوں پر اترنے کی اجازت دینا، ایک خطرناک بازی تھا۔

اگلی صبح، جب سڑکوں کو پھر سے قبضے میں لے لیا گیا، ہم لوگ شہر لوٹ آئے۔ میں سیدھا احدوس پہنچا، جہاں پتا چلا کہ تلو اور ناگا چیک آؤٹ کر چکے ہیں۔ ناگا کچھ عرصے تک سری نگر نہیں لوٹا۔ مجھے بتایا گیا کہ وہ چھٹی پر ہے۔

چند ہفتوں کے بعد مجھے ان کی شادی کا دعوت نامہ ملا۔ ظاہر ہے کہ میں گیا— کیسے نہ جاتا؟ اس مذاق کے لیے میں خود کو ذمہ دار محسوس کر رہا تھا۔ تلو کو ایک ایسے شخص کی بانہوں میں دھکیلنے کا ذمہ دار جس کے بارے میں مجھے یقین تھا کہ وہ اس کے تئیں کبھی ایماندار نہیں رہا۔ میرا خیال ہے کہ تلو کو اپنے ہونے والے شوہر اور انٹیلی جنس بیورو کے رشتوں کی بھنک بھی نہیں لگنے دی گئی ہوگی۔ اس نے سوچا ہوگا کہ وہ ایک مہم جو صحافی، انصاف کے متلاشی، حکمراں طبقے کے تازیانے سے شادی کر رہی ہے، اسی حکمراں طبقے کے دشمن سے جو اس آدمی کی موت کا ذمہ دار تھا جس سے وہ محبت کرتی تھی۔ اس دھوکے پر مجھے غصہ تو آیا لیکن ظاہر ہے کہ میں وہ شخص نہیں ہوسکتا تھا جو اس غلط فہمی کا ازالہ کرتا۔

ریسیپشن ڈپلومیٹک اینکلیو میں واقع ناگا کے والدین کے عالیشان سفید 'آرٹ ڈیکو' بنگلے کے لان میں، چاندنی رات میں دیا گیا تھا۔ یہ ایک نفیس خصوصی محفل تھی، ان اول جلول نمائشوں سے بالکل مختلف جو آج کل اس قدر عام ہو چکی ہیں۔ ہر طرف سفید پھول تھے، لِلی، گلاب، یاسمین کی جھرنے جیسی بیلیں، جنھیں ناگا کی ماں اور بڑی بہن نے نہایت فنکاری سے سجایا تھا، جو اپنی تمام اداکاری کے باوجود خوش نہیں لگ رہی تھیں۔ چمن کی روشوں کے بیچ مٹی کے دیوں کی قطاریں تھیں۔ درختوں میں جاپانی قندیلیں لٹکی تھیں۔ آرائشی قمقمے ان کی شاخوں میں پروئے گئے تھے۔ پرانے زمانے کے بیرے پیتل کے بٹنوں والی وردیوں پر سرخ اور سنہری پٹکے باندھے اور سروں پر کلف دار سفید پگڑیاں باندھے، ہاتھوں میں کھانوں اور مشروبات کی ٹرے اٹھائے اِدھر اُدھر گھوم رہے تھے۔ پرفیوم اور سگریٹ کے

دھوئیں کی خوشبو میں بسی جھبرے کتوں کی ٹولی مہمانوں کے درمیان یوں بے لگام دوڑتی پھر رہی تھی جیسے وہ فرش صاف کرنے کے موٹر لگے پونچھوں کا بھونکتا ہوا فوجی دستہ ہو۔

ایک اونچے چبوترے پر، جس پر چاندنی بچھی تھی، باڑمیر کے موسیقاروں کی منڈلی، سفید دھوتی کرتوں اور رنگ برنگی چمکدار پگڑیوں میں ملبوس، ہمیں براہِ راست راجستھان کے صحرا کی سیر کرا رہی تھی۔ اس قسم کی شادی کے لیے مسلمان لوک سنگیت کاروں کا انتخاب کچھ عجیب بات تھی۔ لیکن میرا دوست ناگا بہترین نظرِ انتخاب کا حامل ہے، اور یہ لوگ اس کے ایک صحرائی سفر کی دریافت تھے۔ وہ بے مثال فنکار تھے۔ ان کے دیسی، ناقابلِ فراموش سنگیت نے شہر کے آسمان کو پھیلا دیا اور تاروں کو جھنجھوڑ کر ان کی کہکشاں بکھیر دی۔ ان کے بہترین مغنّی بھُنگر خان نے بارش کی آمد کا گیت گایا۔ اپنی بلند بانگ اور تقریباً نسوانی آواز میں انھوں نے بارش کے لیے تڑپتے ہوئے خشک صحرا کے درد کو اپنے محبوب کی آمد کی منتظر عورت کی تڑپ میں بدل دیا۔ تلو کی شادی کو جب بھی یاد کرتا ہوں تو وہ یاد ہمیشہ اسی گیت سے رنگین ہو اٹھتی ہے۔

اس بات کو دس سال سے زیادہ گزر چکے تھے جب میں نے اور تلو نے اس کی چھت پر ساتھ ساتھ گانجے کا دم لگایا تھا۔ تب کے مقابلے میں وہ اب زیادہ دبلی ہو چکی تھی۔ اس کی ہنسلی کی ہڈیاں ابھری ہوئی تھیں۔ اس کی شفق رنگ ساڑی مہین جالی کی تھی۔ اس نے اپنا سر ڈھانپ رکھا تھا لیکن شفاف کپڑے میں سے اس کے سر کے ہموار خطوط نظر آ رہے تھے۔ وہ گنجی تھی، یا تقریباً گنجی۔ اس کے بال مخمل کے روئیں کے برابر تھے۔ اسے دیکھ کر پہلا خیال یہ آیا کہ شاید وہ کسی بیماری سے شفا پا رہی ہے، اور کیموتھیراپی یا کسی موذی مرض کے سبب اس کے بال جھڑ گئے ہیں۔ لیکن اس کے گھنے، بلکہ کسی حد تک جھاڑ جھنکاڑ ابرو اور گھنی پلکوں نے یہ خیال رد کر دیا۔ وہ بیمار ہرگز نہیں لگ رہی تھی۔ اس کے چہرے پر میک اپ نہیں تھا۔ کاجل نہیں، بندی نہیں، ہاتھ پیروں پر مہندی بھی نہیں۔ لگتا تھا جیسے وہ کسی دلہن کی نمائندہ ہے، اور جب تک دلہن تیار ہو کر آئے تب تک عارضی طور پر کھڑی کی گئی ہے۔ میرے خیال میں 'ویرانی' وہ لفظ ہے جس سے میں اس کی حالت بیان کر سکتا ہوں۔ اسے دیکھ کر اس کے مکمل تنہا اور ناقابلِ رسا ہونے کا

تاثر ملتا تھا، اپنی ہی شادی میں بھی۔ اس کا لاابالی پن رخصت ہو چکا تھا۔

میں اس کے قریب پہنچا تو اس نے سیدھے میری طرف دیکھا۔ لیکن میں نے محسوس کیا کہ اس کی آنکھوں کی اوٹ سے کوئی اور مجھے دیکھ رہا ہے۔ میں ان میں غصے کی توقع کر رہا تھا لیکن میرا سامنا سونے پن سے ہوا۔ ہوسکتا ہے کہ یہ میرا تخیل ہو، لیکن جب ہماری نظریں ملیں، تلو میں کپکپی سی دوڑ گئی۔ نو ہزارویں مرتبہ میرا دھیان اس پر گیا کہ اس کا دہانہ کتنا خوبصورت ہے۔ وہ جس طرح جنبش کرتا تھا، اس سے میں مسحور تھا۔ میں نے دیکھا کہ لفظوں کے انتخاب اور انھیں آواز میں ڈھالنے میں اسے کتنی کوشش کرنی پڑی ہے:

''بس، ہیئر کٹ۔''

بال کاٹنے — مونڈنے — کا آئیڈیا لازماً اے سی پی پنکی سوڈھی کی ایجاد ہوگا۔ ایک پولیس والی کی دوا جو اس کے خیال میں غداری کا علاج تھی — دشمن کے ساتھ، اس کے بھائی کے قاتلوں کے ساتھ رشتوں کی سزا۔ پنکی سوڈھی معاملات کو سیدھا رکھنا پسند کرتی تھی۔

ناگا کو میں نے اس قدر گھبرایا ہوا، اتنا مضطرب پہلے کبھی نہیں دیکھا تھا۔ وہ ساری شام تلو کا ہاتھ پکڑے رہا۔ موسیٰ کا آسیب ان کے درمیان کیل کی طرح گڑا ہوا تھا۔ میں گویا اس کو دیکھ سکتا تھا — چھوٹا سا، مرئی، اپنے ٹوٹے ہوئے دانت کے ساتھ مسکراتا ہوا، اور اپنی ہی طمانیت کے حصار میں قید۔ یوں لگتا تھا کہ ان تینوں کی شادی ہو رہی ہے۔

آخر میں شاید ایسا ہی کچھ نکلا بھی۔

ناگا کی ماں پرشکوہ عورتوں کے ایک حلقے کے درمیان کھڑی تھیں جن کے پرفیوم کی خوشبو کو میں لان بھر کی دوری سے بھی محسوس کر سکتا تھا۔ آنٹی میرا کا تعلق کسی راج گھرانے سے تھا، مدھیہ پردیش کے ایک چھوٹے سے رجواڑے سے۔ کم عمری میں ہی وہ بیوہ ہوگئی تھیں۔ ان کے راجکمار شوہر کے پھیپھڑوں میں ایک خطرناک ٹیومر بنا اور شادی کے تین مہینے بعد وہ چل بسا تھا۔ آنٹی میرا کے والدین کی سمجھ میں نہیں آیا تھا کہ اب ان کا کیا کریں، اس لیے انھیں انگلینڈ کے ایک فنشنگ اسکول میں داخل کرا دیا،

جہاں ان کی ملاقات ایک پارٹی میں ناگا کے والد سے ہوئی۔ بنارجواڑے کی راجکماری کے لیے اس سے بہتر صورت نہیں ہوسکتی تھی کہ وہ فارن سروس کے ایک مہذب افسر سے شادی کرلے۔ اِس وقت وہ ایک بہترین میزبان کے سانچے میں ڈھلی ہوئی تھیں — ایک ماڈرن انڈین مہارانی، اپنے زبردست انگریزی لہجے کے ساتھ، جوانھوں نے بچپن میں اپنی گورنس سے سیکھا تھا اور بعد میں فنشنگ اسکول نے اسے بے عیب بنایا تھا۔ وہ شفون کی ساڑی اور سچے موتی پہنتی تھیں، اور جیسا کہ راجپوت راج گھرانے کی عورتوں کو چاہیے، اپنے سر کو ہمیشہ پلو سے ڈھانپے رکھتی تھیں۔ بہادری کا تاثر دے کر وہ اس صدمے کا مقابلہ کرنے کی کوشش کر رہی تھیں جو انھیں اپنی بہو کی چونکانے والی رنگت سے پہنچا تھا۔ ان کا اپنا رنگ سنگ مرمر جیسا تھا۔ ان کے شوہر، حالانکہ تمل تھے لیکن برہمن تھے، اور ان کا رنگ بیوی سے ذرا ہی گہرا تھا۔ جب میں ان کے قریب سے گزرا تو ان کی ننھی سی نواسی کو پوچھتے سنا:

''نانی، کیا وہ نِگر ہیں؟''

''ہرگز نہیں، ڈارلنگ۔ ڈونٹ بی سِلی۔ اور ڈارلنگ، یہ نِگر جیسے الفاظ اب استعمال نہیں کیے جاتے۔ یہ خراب لفظ ہے۔ ہم 'نیگرو' کہتے ہیں۔''

''نیگرو۔''

''گڈ گرل۔''

شرمندہ سی آنٹی میرا اپنی سہیلیوں کی جانب مڑیں اور ایک دلیرانہ مسکراہٹ کے ساتھ اپنی فیملی کی اس نئی ممبر کے بارے میں یوں بولیں، ''لیکن اس کی گردن بڑی خوبصورت ہے۔ ہے نا؟'' ان کی ساری سہیلیوں نے جوش کے ساتھ ہامی بھری۔

''لیکن نانی، وہ تو نوکروں جیسی لگ رہی ہیں۔''

ننھی بچی کو جھڑکا گیا اور کسی کام کے بہانے بھیج دیا گیا۔

دوسرے مہمان، ناگا کے کالج کے دوست — دوست کم، حواری زیادہ — جن میں سے کوئی بھی اس سے قبل تلو سے نہیں ملا تھا، لان میں گچھا بنائے کھڑے تھے اور گپیں ہانک رہے تھے۔ وہ اب تک ناگا کے مخصوص انداز میں، بے رحمی سے مذاق اڑانے کی تربیت پا چکے تھے۔ ان میں سے ایک نے جام

بلند کیا۔

''گاری بالڈی کے لیے، حضرت گنج کے لیے!'' (یہ ابھیشیک تھا، جو اپنے والد کی کمپنی میں کام کرتا تھا، جو سوئج پائپ خریدتی اور بیچتی تھی۔)

وہ قہقہے لگا کر یوں ہنسنے لگے، جیسے بالغ لوگ بچہ بننے کی کوشش کر رہے ہوں۔

''بات کرنے کوشش کی؟ وہ بات نہیں کرتی ہے۔''

''مسکرانے کی کوشش کی؟ وہ مسکراتی نہیں۔''

''کم بخت، کہاں سے پکڑ لایا ہے؟''

میں آخری پیگ پی چکا تھا اور اب گیٹ کی جانب بڑھ رہا تھا کہ ناگا کے والد، ایمپسڈر شِو شنکر ہری ہرن نے پیچھے سے آواز دی، ''بابا!''

وہ پرانے زمانے کے آدمی تھے۔ 'بابا' کا تلفظ انگریزوں کے لہجے میں کرتے تھے— باربر (barber) کے وزن پر۔ (خود اپنے نام کا بھی تلفظ shiver کے وزن پر کرتے تھے۔) لوگوں کو یہ بتانے کا کوئی موقع ہاتھ سے نہ جانے دیتے کہ وہ آکسفرڈ کے بیلیئل (Balliol) کالج میں پڑھے ہیں۔

''انکل شِوا، سر۔''

ریٹائرمنٹ طاقت ور لوگوں پر شاید ہی رحم کھاتا ہو۔ میں دیکھ رہا تھا کہ ان پر اچانک ہی بڑھاپا چھا گیا تھا۔ وہ کمزور لگ رہے تھے، اپنے سوٹ میں ذرا چھوٹے بھی۔ ان کی بے داغ، موتیوں جیسی بتیسی میں سگار دبا ہوا تھا۔ کنپٹیوں کی گوری جلد سے موٹی نسیں ابھری تھیں۔ اس لباس کے کالر میں ان کی گردن کچھ زیادہ ہی پتلی لگ رہی تھی۔ ان کی سیاہ پتلیوں کے گرد موتیابند کے زرد چھلوں نے محاصرہ ڈال دیا تھا۔ انھوں نے مجھ سے اتنی محبت سے ہاتھ ملایا کہ ایسی محبت پہلے کبھی نہیں جتائی تھی۔ ان کی آواز باریک اور نرسلی تھی۔

''کہاں بھاگے جا رہے ہو؟ خوشی کے اس موقعے پر ہمیں یوں ہمارے حال پر چھوڑ کر؟''

یہ واحد اشارہ تھا جو انھوں نے اپنے بیٹے کی تازہ ترین حرکت کی جانب کیا تھا۔

''تمھاری خوبصورت بیوی کہاں ہے؟ آج کل تمھاری پوسٹنگ کہاں ہے؟''

جب میں نے بتایا تو ان کے چہرے پر اچانک سختی آ گئی۔ ان پر جو تبدیلی حاوی ہوئی وہ تقریباً خوف آگیں تھی۔

''ان کے فوطے پکڑ کر رکھو، بابا۔ دل دماغ ٹھکانے رہیں گے۔''

تو کشمیر نے ہمارے ساتھ یہ کر ڈالا تھا۔

اس کے بعد میں ان کی زندگیوں سے غائب ہو گیا۔ تب سے اب تک تلو سے ایک بار ہی ملاقات ہوئی ہے، وہ بھی محض اتفاق سے۔ میں آر سی — آر سی شرما — اور ایک اور کولیگ کے ساتھ تھا۔ ہم لوگ لودھی گارڈن میں ٹہل رہے تھے اور ساتھ میں آفس کی بیزار کن سیاست پر باتیں بھی چل رہی تھیں۔ میں نے اسے فاصلے پر دیکھا۔ وہ ٹریک سوٹ میں تھی اور پوری قوت سے دوڑ رہی تھی، ایک کتا اس کے پہلو میں دوڑ رہا تھا۔ کہنا مشکل تھا کہ یہ اسی کے ساتھ تھا یا پھر لودھی گارڈن کے آوارہ کتوں میں سے کسی نے اس کے ساتھ دوڑنے کا فیصلہ کیا تھا۔ میرا خیال ہے اس نے بھی ہمیں دیکھ لیا اور دوڑ کی رفتار دھیمی کر کے چلنے لگی۔ جب ہم آمنے سامنے پہنچے تو وہ پسینے میں نہائی ہوئی تھی اور اس کی سانسیں اب بھی بے قابو تھیں۔ مجھے نہیں معلوم کہ مجھے کیا ہوا۔ شاید آر سی کے ساتھ دیکھے جانے سے پریشان ہو گیا تھا، یا پھر معمول کی وہی الجھن تھی جو اس سے ملنے پر مجھ پر طاری ہو جاتی تھی۔ جو بھی ہو، بہرحال اس نے مجھ سے ایک احمقانہ بات کہلوائی — ایسی بات جو میں اپنے کسی کولیگ کی بیوی سے کہیں اس طرح ٹکرا جانے پر ہی کہہ سکتا تھا — کسی گھٹیا سی کاک ٹیل پارٹی کے مذاق جیسی۔

''ہیلو! ہبی کہاں ہے؟''

یہ الفاظ منھ سے نکلتے ہی میں خودکشی کر سکتا تھا۔

اس نے کتے کے پٹے کو، جو اس کے ہاتھ میں تھا، بلند کیا (کتا اسی کا تھا) اور بولی، ''ہبی؟ اوہ، وہ کبھی کبھی مجھے اجازت دے دیتا ہے کہ خود کو سیر کرانے لے جاؤں۔''

یہ بدتمیزی جیسی لگے گی، لیکن تھی نہیں۔ اس نے مسکرا کر کہا تھا۔ اپنی مخصوص مسکراہٹ کے ساتھ۔

اب سے چار سال پہلے، اچانک ہی، اس نے یہ پوچھنے کے لیے فون کیا کہ کیا میں وہی بپلب

داس گپتا ہوں (اس دنیا میں اس مہمل نام والے مجھ جیسے بہت سے لوگ ہیں) جس نے اخباروں میں سیکنڈ فلور اپارٹمنٹ کرائے پر اٹھانے کے لیے اشتہار دیا ہے۔ میں نے کہا کہ ہاں، ایسا ہی ہے۔ اس نے کہا کہ وہ فری لانس مصور اور گرافک ڈیزائنر کے طور پر کام کر رہی ہے اور اسے آفس کی ضرورت ہے، اس کا جو بھی کرایہ چل رہا ہے، ادا کر سکتی ہے۔ میں نے کہا کہ مجھے خوشی ہوگی۔ چند دن کے بعد میرے دروازے کی گھنٹی بجی، اور وہ میرے سامنے کھڑی تھی۔ ظاہر ہے اس کی عمر کافی بڑھ چکی تھی، لیکن بنیادی طور پر وہ بالکل نہیں بدلی تھی — ویسی ہی عجیب، جیسی ہمیشہ سے تھی۔ اس نے جامنی رنگ کی ساڑی پہن رکھی تھی اور کالے سفید چیک کا بلاؤز۔ بلاؤز نہیں بلکہ کالر والی شرٹ جس کی لمبی آستینیں اس نے کہنیوں سے نیچے تک موڑ رکھی تھیں۔ اس کے بال جھک سفید ہو چکے تھے اور اس قدر چھوٹے کٹے تھے کہ سر پر تیلیوں کی مانند کھڑے تھے۔ وہ اپنی عمر سے کہیں زیادہ چھوٹی لگ رہی تھی یا بڑی۔ میں طے نہیں کر پایا کہ چھوٹی یا بڑی۔

اس وقت میں ڈیپوٹیشن پر وزارتِ دفاع میں کام کر رہا تھا اور نچلی منزل میں رہتا تھا (اسی منزل میں جو تر بوز بن چکی ہے)۔ سنیچر کا دن تھا، چترا اور لڑکیاں باہر گئی ہوئی تھیں۔ میں گھر میں تنہا تھا۔

فطری طور پر مجھے احساس ہو گیا کہ دوستانہ سے زیادہ رسمی رویہ اپنانا چاہیے، ماضی کو یاد نہیں کرنا ہے۔ اس لیے میں اسے سیدھا زینے کی طرف لے گیا تا کہ وہ اپارٹمنٹ کو ایک نظر دیکھ لے۔ میں نے اسے دونوں کمرے دکھائے — چھوٹا بیڈ روم اور کام کرنے کا بڑا کمرہ۔ اس کے نظام الدین والے اسٹور روم سے یہ یقیناً بہت بہتر تھا، لیکن ڈپلومیٹک اینکلیو میں برسوں پرانی اس کی رہائش سے اس کا کوئی مقابلہ نہ تھا۔ اس نے بمشکل اِدھر اُدھر نظر ڈالی اور کہا کہ وہ جتنا جلد ممکن ہو سکے یہاں آنا چاہے گی۔

وہ خالی کمرے گھوم آئی اور دریچے کی لگر پر بیٹھ کر سڑک کی جانب دیکھنے لگی۔ نیچے اس نے جو کچھ بھی دیکھا اس پر سحر زدہ نظر آئی، لیکن جب میں نے باہر جھانک کر اسی منظر کو دیکھا تو مجھے لگا نہیں کہ ہم نے ایک سی چیزیں دیکھی ہوں۔

اس نے بات کرنے کی کوئی کوشش نہیں کی، وہ اپنی ہی خاموشی میں مگن لگ رہی تھی۔ اس کے داہنے ہاتھ کی بیچ کی انگلی میں اب بھی وہی پرانی چاندی کی سادہ سی انگوٹھی تھی۔ لگتا تھا کہ وہ خود سے ہی

باتیں کرنے میں مصروف ہے۔اچانک وہ دنیا میں لوٹ آئی۔

''کیا میں چیک دے دوں؟ ڈپازٹ وغیرہ کے لیے؟''

میں نے جواب دیا کہ مجھے جلدی نہیں،اور یہ کہ اگلے چند دن میں ایگریمنٹ تیار کرلوں گا۔

اس نے پوچھا کہ کیا وہ سگریٹ پی سکتی ہے۔میں نے کہا،یقیناً،یہ جگہ اب اس کی ہے اور یہاں جو چاہے کرسکتی ہے۔اس نے ایک سگریٹ نکالی اور شعلے کے گرد اپنے ہاتھوں سے مردوں کی طرح حلقہ بناتے ہوئے اسے سلگایا۔

''بیڑیاں چھوڑ دیں؟''میں نے پوچھا۔

اس کی مسکراہٹ سے کمرے میں روشنیاں چلی آئیں۔

سگریٹ ختم کرنے کے لیے میں نے اسے وہیں چھوڑا اور خود کچن اور باتھ روم میں لائٹیں، پنکھے اور پانی کا کنکشن چیک کرنے چلا گیا۔وہ جانے کے لیے کھڑی ہوئی تو بولی، کچھ یوں جیسے ہم جو گفتگو کر رہے تھے اسی کو جاری رکھے ہوئے ہے، ''اتنا بہت سا ڈیٹا ہے،لیکن اصل میں کوئی کچھ بھی جاننا نہیں چاہتا۔کیا تمھیں ایسا نہیں لگتا؟''

مجھے بالکل اندازہ نہیں تھا کہ وہ کیا کہہ رہی ہے۔پھر وہ چلی گئی۔پھر بھی،اس کی غیر موجودگی نے کمرے کے خالی پن کو بھرے رکھا،جیسے اب بھی۔

ایک دو دن بعد وہ چلی آئی۔اس کے ساتھ فرنیچر صفر کے برابر تھا۔تب تک اس نے مجھے یہ نہیں بتایا تھا کہ اس نے ناگا کو چھوڑ دیا ہے،اور یہ کہ اس کا ارادہ یہاں فقط کام کرنے کا نہیں بلکہ قیام کا ہے۔

کرایہ ہر مہینے کی پہلی کو پابندی سے سیدھے میرے اکاؤنٹ میں جمع کر دیا جاتا تھا۔

میری زندگی میں اس کی آمد نے،اوپر کی منزل پر اس کی موجودگی نے جیسے میرے اندر کسی شے کا قفل کھول دیا تھا۔

یہ بات مجھے پریشان کرتی ہے کہ میں ماضی کا صیغہ استعمال کر رہا ہوں۔

کمرے پر ایک سرسری نظر— نوٹس بورڈوں پر پنوں سے ٹانگے ہوئے فوٹو (جن پر نمبر پڑے ہیں،عنوانات لگے ہیں)،کاغذات کی چھوٹی چھوٹی میناریں جو فرش پر اور لیبل لگے کارٹنوں میں اور فائل

باکسوں میں صفائی سے لگی ہوئی ہیں، پیلی پوسٹ اِٹ پرچیاں جو کتابوں کے شیلفوں پر، گتوں کے ڈبوں پراور دروازوں پر چپکی ہوئی ہیں— مجھے یہ بتاتی ہے کہ یہاں ایسا کچھ ہے جو خطرناک ہے، ایسا کچھ ہے جسے چھوا نہ جائے تو بہتر ہے، شاید ناگا کے، یا پولیس کے حوالے کیے جانے کے قابل ہے۔ لیکن کیا میں ایسا کرنے پر خود کو آمادہ کرسکتا ہوں؟ کیا مجھ پر یہ لازم ہے، کیا مجھے ایسا کرنا چاہیے۔ کیا قربت کی اس دعوت کو ٹھکرا سکتا ہوں؟ ان رازوں میں شریک ہونے کے موقعے سے منھ موڑ سکتا ہوں؟

کمرے کے دور کے گوشے میں لکڑی کا ایک لمبا، موٹا تختہ ہے جو دھات کے دو پایوں پر لگا ہے اور میز کا کام دیتا ہے۔ اس پر کاغذوں کے، پرانے ویڈیو ٹیپوں کے ڈھیر لگے ہیں، اور ایک انبار ڈی وی ڈیز کا ہے۔ نوٹس بورڈوں پر تصویروں کے ساتھ پن سے لگے ہوئے نوٹ اور خاکے ہیں۔ ایک پرانے ڈیسک ٹاپ کمپیوٹر کے قریب ایک ٹرے ہے جس میں لیبل، وزٹنگ کارڈ، بروشر اور لیٹر ہیڈ بھرے ہیں —شاید گرافک ڈیزائننگ کے کام سے متعلق ہیں جس سے وہ اپنی روزی کماتی تھی— (''کماتی ہے''، خدارا!)— کمرے میں بس یہی چیزیں ہیں جو نارمل ہونے کا اطمینان دلا رہی ہیں۔ کچھ پرنٹ آؤٹ ہیں جو کئی طرح کے ٹائپ فیس میں، کسی شیمپو لیبل کے الگ الگ نسخے لگ رہے ہیں:

Naturelle Ultra Doux Nourishing Conditioner
With Walnut Oil and Peach Leaf

Naturelle Ultra Doux has combined the nourishing and relaxing virtues of walnut oil and the soothing qualities of peach leaf in a rich detangling cream that melts in your hair.

Results: Very easy to comb. Your hair regains its irresistible softness, without heaviness. Deeply nourished, your hair is perfectly flowing and smooth.

A DEIGHTFUL EXPERIENCE.

تمام نسخوں میں Delightful کا ''ایل'' غائب ہے۔ اس پر اعتبار، عمر کے اس مرحلے میں، جو غلط ہجے کے ساتھ شیمپو لیبل ڈیزائن کررہی ہے۔

تیزی سے گرتے بالوں کے لیے بھی کوئی شیمپو ہے؟

کمپیوٹر کے ٹھیک اوپر، دیوار پر فریم میں جڑی دو چھوٹی تصویریں ہیں۔ ایک تصویر کسی چھوٹی بچی کی ہے، جو چار یا پانچ سال کی ہے۔ اس کی آنکھیں بند ہیں اور بدن کفن میں لپٹا ہوا۔ اس کی کنپٹی کے زخم سے خون رِس کر سفید کپڑے پر لگ گیا ہے، گلاب کی شکل کا داغ۔ اسے برف پر لٹایا گیا ہے۔ دو ہاتھ اس کے سر کے نیچے تکیے کی صورت میں رکھے ہیں اور انھوں نے سر کو تھوڑا سا اونچا اٹھا رکھا ہے۔ تصویر کے اوپری سرے پر پیروں کی ایک قطار ہے جن میں سردیوں کے طرح طرح کے جوتے ہیں۔ مجھے خیال آیا کہ یہ بچی موسیٰ کی بیٹی ہوگی۔ کیسی عجیب تصویر کا انتخاب فریم میں جڑوانے اور دیوار پر لٹکانے کے لیے کیا گیا تھا۔

دوسری تصویر اس سے کم غم انگیز ہے۔ یہ کسی ہاؤس بوٹ کے پورچ میں کھینچی گئی ہے۔ ہاؤس بوٹ کافی چھوٹی اور بوسیدہ ہے۔ پس منظر میں آپ جھیل پر دھبوں کی مانند چند شکارے اور ان سے پرے پہاڑوں کو دیکھ سکتے ہیں۔ یہ تصویر ایک نہایت کوتاہ قد، داڑھی والے نوجوان کی ہے جس نے ایک فرسودہ، براؤن کشمیری پھرن پہن رکھا ہے۔ اس کا بڑا سا سر اس کے بقیہ جسم کے سائز کے تناسب میں نہیں ہے۔ اس کے دونوں کانوں کے پیچھے جنگلی پھولوں کے چھوٹے چھوٹے گچھے لگے ہیں۔ وہ ہنس رہا ہے، اس کی سبز آنکھیں چمک رہی ہیں اور دانت ٹیڑھے میڑھے ہیں۔ اس کی بے ساختہ مسکراہٹ، مکمل سپردگی میں کوئی بات ہے جس سے وہ بچے جیسا لگ رہا ہے۔ اس کے بڑے سے ہاتھوں کے کٹورے میں دو چھوٹے بلونگڑے ہیں جن میں ایک کے بال دھوئیں جیسے سرمئی ہیں، کالی دھاریوں کے ساتھ، اور دوسرا کالی سفید چتیوں والا ہے، جس کی ایک آنکھ پر کالا دھبہ ہے۔ لڑکے نے ان کو ہاتھ آگے بڑھا کر پکڑ رکھا ہے، جیسے انھیں چھونے یا سہلانے کی غرض سے فوٹوگرافر کو پیش کر رہا ہو۔ بلونگڑے اس کی موٹی انگلیوں کی سلاخوں کے پیچھے سے جھانک رہے ہیں۔ ان کی آبدار آنکھیں محتاط اور خوفزدہ ہیں۔

یہ کون ہو سکتا ہے؟ میں کچھ اندازہ نہیں لگا پاتا۔

میز پر رکھی ہوئی فائلوں کے انبار سے میں ایک موٹی فائل اٹھاتا ہوں اور اس کا یوں ہی کوئی صفحہ کھول لیتا ہوں۔ کاغذ کی ایک شیٹ پر دو تصویریں گوند سے چپکی ہوئی ہیں۔ پہلی تصویر میں، جو دھندلی

ہے، ایک آؤٹ آف فوکس سائیکل سوار چھ سات فٹ اونچی گلابی دیوار میں لگے لوہے کی سلاخوں والے دروازے کے سامنے سے گزر رہا ہے، جو کسی مردانے ٹوائلٹ کا دروازہ معلوم ہوتا ہے۔ یہ کسی گھنی بستی میں ہے اور اینٹوں کی ایک یا دو منزلہ ایسی عمارتوں سے گھرا ہے جن میں بالکنیاں بھی ہیں۔ بڑے بڑے سبز حروف میں 'راکسی فوٹو کاپیئر' کا اشتہار براہِ راست اس کی دیوار پر روغن سے لکھا ہوا ہے۔ دوسری تصویر ٹوائلٹ کے اندر کی ہے۔ موسم کی مار کھائی ہوئی گلابی دیواروں پر کائی اور نمی کی دھاریاں ہیں اور زنگ آلود لوہے کے پائپ عمودی اور افقی دونوں طرح سے دیوار پر لگے ہوئے ہیں۔ دیوار پر میلا سا سفید سِنک لگا ہے اور نیچے پکے فرش پر تین مین ہول ایک قطار میں بنے ہیں جن کے ڈھکن کھلے ہوئے ہیں۔ ہینڈل لگے لوہے کے ڈھکن، جو بڑے سے ساس پین کے ڈھکنوں جیسے ہیں، ان کے قریب ہی پڑے ہیں۔ کھڑکی کا ایک پرانا، ٹوٹا ہوا چوکھٹا اور لکڑی کا ایک تختہ دیوار کے سہارے کھڑا ہے۔ میری دیکھی ہوئی تصویروں میں یہ سب سے معمولی تصویریں ہیں۔ کس نے کھینچی ہوں گی؟ کوئی اس طرح کی تصویریں کیوں کھینچے گا؟ اور کوئی ان کو اس قدر احتیاط کے ساتھ فائل میں لگا کر کیوں رکھے گا؟

اگلا صفحہ اس کی تشریح کرتا ہے:

غفور کی کہانی

یہ جگہ نواب بازار کہلاتی ہے۔ اس پبلک ٹوائلٹ کو دیکھ رہے ہیں؟ یہی جس پر راکسی فوٹو کوپیئر لکھا ہے؟ یہی وہ جگہ ہے جہاں یہ واقعہ پیش آیا۔ سنہ 2004 کا سال تھا۔ اپریل کا مہینہ رہا ہوگا۔ سردی تھی اور موسلا دھار بارش ہو رہی تھی۔ ہم لوگ اپنے دوست کی دکان 'نیو الیکٹرونز' میں، جو رفیق ٹیلر کی دکان سے ملحق ہے، بیٹھے ہوئے چائے پی رہے تھے۔ میں اور طارق۔ رات کے کوئی آٹھ بجے تھے۔ ہمیں اچانک بریک لگنے کی آواز سنائی دی۔ سڑک کے پار کوئی چار یا پانچ گاڑیاں آئیں اور انھوں نے ٹوائلٹ کو گھیر لیا۔ یہ ایس ٹی ایف کی گاڑیاں تھیں۔ ایس ٹی ایف، آپ جانتے ہی ہیں، اسپیشل ٹاسک فورس ہے۔ آٹھ سپاہی دکان پر آئے اور انھوں نے بندوق کی نوک پر ہمیں سڑک پار کرنے کو مجبور کیا۔ جب ہم ٹوائلٹ پہنچے تو انھوں نے ہم سے کہا کہ اندر جاؤ اور تلاشی لو۔ انھوں نے بتایا کہ ایک افغان

دہشت گرد بچ کر بھاگ نکلا ہے اور اس ٹوائلٹ میں داخل ہوا ہے۔ وہ چاہتے تھے کہ ہم اندر جائیں اور اس سے ہتھیار ڈالنے کو کہیں۔ ہم اندر جانا نہیں چاہتے تھے کیونکہ ہمارا خیال تھا کہ مجاہد کے پاس بندوق ہوگی۔ ایس ٹی ایف والوں نے پستولیں ہمارے سروں سے لگا دیں۔ ہم اندر چلے گئے۔ وہاں گھپ اندھیرا تھا۔ کچھ بھی نظر نہیں آ رہا تھا۔ اندر کوئی بھی نہیں تھا۔ ہم باہر نکل آئے اور کہا کہ اندر کوئی نہیں ہے۔ انھوں نے ہم سے واپس جانے کو کہا۔ انھوں نے ہمیں ٹارچ دی۔ ہم نے اتنی بڑی ٹارچ کبھی نہیں دیکھی تھی۔ ان میں سے ایک نے ہمیں سمجھایا کہ یہ کس طرح کام کرتی ہے، اس کے بٹن کو کھول بند، کھول بند، کھول بند کر کے دکھایا۔ ایک اور ہم پر نظریں گاڑے ہوئے تھا، اور اپنی بندوق کے سیفٹی کیچ کو کھول بند، کھول بند، کھول بند کر رہا تھا۔ انھوں نے ہمیں ٹارچ کے ساتھ واپس ٹوائلٹ میں بھیج دیا۔ ہم نے اس کی روشنی چاروں طرف ڈالی لیکن کوئی نہیں ملا۔ ہم نے زور سے پکارا، لیکن کسی نے جواب نہیں دیا۔ ہم پوری طرح بھیگ چکے تھے۔

ایس ٹی ایف کے سپاہی اگلی والی عمارت میں پوزیشن لے چکے تھے۔ دو پہلی منزل کی بالکنی میں تھے۔ انھوں نے کہا کہ انھیں کوئی نالے میں نظر آ رہا ہے۔ یہ کیسے ممکن تھا؟ اتنا اندھیرا چھایا ہوا تھا، وہ اتنی دور سے کوئی چیز کیسے دیکھ سکتے تھے؟ میں نے روشنی تینوں مین ہولوں کی قطار پر ڈالی۔ مجھے ایک آدمی کا سر نظر آیا۔ وہ بری طرح خوفزدہ تھا۔ مجھے خیال آیا اس کے پاس بندوق ہوگی، اور میں ایک طرف کو ہٹ گیا۔ سپاہیوں نے مجھ سے کہا کہ اس سے باہر آنے کو کہو۔ طارق نے، جو میرے پیچھے کھڑا ہوا تھا، سرگوشی کی، ''وہ فلم بنا رہے ہیں۔ جو کہہ رہے ہیں، کرو۔'' 'فلم' سے اس کی مراد سچ مچ 'فلم' بنانے سے نہیں تھی۔ اس کا مطلب تھا کہ وہ ایک سین تیار کر رہے ہیں، کہانی بنا رہے ہیں۔

میں نے مین ہول والے آدمی سے باہر آنے کو کہا۔ اس نے جواب نہیں دیا۔ میں نے پہچان لیا تھا کہ وہ کشمیری ہے، افغان نہیں۔ جواب میں وہ صرف تکتا رہا۔ وہ بول نہیں سکتا تھا۔ ہم ایس ٹی ایف کی ٹارچ کے ساتھ اس کے اردگرد کھڑے رہے۔ بارش اب بھی ہو رہی تھی۔ مین ہول سے آنے والی بدبو ناقابلِ برداشت تھی۔ شاید کوئی ڈیڑھ گھنٹہ گزر گیا۔ ہم نے ایک دوسرے سے بات کرنے کی ہمت نہیں کی۔ ہم ٹارچ کو کھول بند کرتے رہے۔ پھر اس آدمی کا سر ایک طرف کو لڑھک گیا۔ وہ مر گیا تھا۔ ٹٹی میں

دفن ہو گیا تھا۔

ایس ٹی ایف کے لوگوں نے ہمیں کدالیں اور بیلچے دیے۔ آدمی کو باہر نکالنے کے لیے ہمیں مین ہول کے کنارے توڑنے پڑے۔ ہم سب بھیگ چکے تھے، کانپ رہے تھے اور سڑاند مار رہے تھے۔ جب ہم نے اس کی لاش باہر کھینچی تو دیکھا کہ اس کی ٹانگیں آپس میں بندھی ہوئی تھیں، اور ان میں پتھر باندھ کر اس کا بوجھ بڑھایا گیا تھا۔

یہ ہم بعد ہی میں جان سکے کہ ایس ٹی ایف کی اس فلم میں اس سے پہلے کیا کیا ہوا تھا۔

سب سے پہلے چند لوگ ایک کار میں چپ چاپ آئے تھے۔ انھوں نے اس آدمی کو باندھا اور اسے مین ہول میں ٹھونس دیا۔ اسے بری طرح ٹارچر کیا گیا تھا اور وہ مرنے کے قریب تھا۔ جب وہ ٹوائلٹ میں داخل ہوئے تو انھوں نے دیکھا ایک نوجوان ایک بوتھ میں پہلے ہی موجود ہے۔ اسے انھوں نے گرفتار کر لیا اور اپنے ساتھ لے گئے۔ — ممکن ہے اس نے وہ سب کرنے سے انکار کر دیا ہو جس کے لیے ہم آمادہ ہو گئے تھے۔ اس کے بعد بقیہ لوگ گاڑیوں میں آئے اور پھر باقی فلم کو اسٹیج کیا جس میں ہمیں بھی رول دیا گیا۔

ان کے افسر نے ہم سے ایک کاغذ پر دستخط کرنے کو کہا۔ اگر ہم نے دستخط نہ کیے ہوتے تو وہ ہمیں مار دیتے۔ ہم نے انکاؤنٹر کے گواہ کے طور دستخط کر دیے جس کے مطابق ایس ٹی ایف نے خوفناک افغان دہشت گرد کو ڈھونڈ کر مارا جسے نواب بازار کے ایک پبلک ٹوائلٹ میں گھیرا گیا تھا۔ یہ بات خبروں میں آئی تھی۔

وہ آدمی جسے انھوں نے مارا، بانڈی پورہ کا ایک مزدور تھا۔ وہ آدمی جسے انھوں نے اس لیے گرفتار کیا کہ وہ ایک عجیب اور نامناسب گھڑی میں پیشاب کر رہا تھا، غائب ہو چکا ہے۔

میرے اور طارق کے ضمیر پر جھوٹ اور غداری کا بوجھ ہے۔

وہ آنکھیں جو ہماری جانب ڈیڑھ گھنٹے تک تکتی رہیں — معاف کرتی ہوئی آنکھیں تھیں، سمجھنے والی آنکھیں۔ ایک دوسرے کو سمجھنے کے لیے ہم کشمیریوں کو اب آپس میں بولنے کی ضرورت نہیں پڑتی۔

ہم ایک دوسرے کے ساتھ خوفناک حرکتیں کرتے ہیں۔ ہم ایک دوسرے کو زخم دیتے ہیں، دغا

کرتے ہیں، قتل کرتے ہیں، لیکن سمجھتے بھی ہیں۔

❄

بری کہانی۔ درحقیقت خوفناک۔ اگر سچ ہے تو۔ ان باتوں کی تصدیق کوئی کیسے کرے؟ لوگ بھروسے کے قابل نہیں۔ وہ ہر بات میں مبالغہ کرتے ہیں۔ خاص طور سے کشمیری۔ اور پھر وہ اپنے ہی مبالغوں پر اس طرح یقین کرنے لگتے ہیں جیسے وہ خدائی صداقت ہو۔ میں تصور نہیں کرسکتا کہ میڈم تلوتما یہ بے سر پیر کا مواد جمع کرکے، کیا کرتی پھر رہی ہیں۔ اسے اپنے شیمپو لیبلوں تک ہی محدود رہنا چاہیے تھا۔ خیر، یہ کوئی بند گلی نہیں۔ دوسری طرف بھی بے رحمی کی فہرستیں ہیں۔ ان میں بعض جنگجو بڑے خوفناک جنونی تھے۔ اگر انتخاب کرنا پڑے تو مسلم بنیاد پرست کے مقابلے میں ہندو بنیاد پرست مجھے زیادہ قابلِ قبول ہوگا۔ یہ سچ ہے کہ ہم نے کشمیر میں بعض خوفناک اقدام کیے— کررہے ہیں— لیکن ... میرا مطلب ہے کہ پاکستانی آرمی نے مشرقی پاکستان میں جو کچھ کیا— وہ نسل کشی کا بالکل واضح معاملہ تھا۔ اوپن اینڈ شٹ۔ جب انڈین آرمی نے بنگلہ دیش کو آزاد کرایا تو ہمارے پیارے کشمیریوں نے اسے 'سقوطِ ڈھاکہ' کہا — آج بھی کہتے ہیں۔ دوسرے لوگوں کے درد کے معاملے یہ لوگ حساس نہیں۔ لیکن، پھر کون ہے جو حساس ہے؟ بلوچ، جنھیں پاکستان پیل رہا ہے، کشمیریوں کی بالکل پروا نہیں کرتے۔ بنگلہ دیشی، جنھیں ہم نے آزاد کرایا، اب ہندوؤں کو شکار کررہے ہیں۔ ہمارے پیارے کمیونسٹ اسٹالن کے گولاگ کو 'انقلاب کا ناگزیر حصہ' قرار دیتے ہیں۔ امریکی آج کل ویت نام کو حقوقِ انسانی پر لکچر دے رہے ہیں۔ ہمارے سامنے جو کچھ ہے وہ نسلوں کا مسئلہ ہے۔ ہم میں کوئی بھی مستثنیٰ نہیں۔ اور پھر ایک اور معاملہ ہے جو اِن دنوں خاصا بڑھ گیا ہے۔ لوگ— مذہبی فرقے، ذات برادریاں، نسلی گروہ اور ممالک تک— اپنی اپنی المناک تاریخوں اور بدبختیوں کو ٹرافیوں یا ایسے ذخیرے کی مانند اپنے اردگرد رکھتے ہیں جسے کھلے بازار میں خریدا اور بیچا جاسکے۔ بدقسمتی سے، اگر اپنی بات کروں تو اس زمرے میں تجارت کے لیے میرے پاس کوئی ذخیرہ نہیں۔ میں بغیر المیوں کا انسان ہوں۔ ہر زاویے سے ایک اعلیٰ ذات کا، اعلیٰ طبقے کا ستم کوش۔

شاباش ہے مجھے اس کے لیے!

یہاں اور کیا کیا ہے؟

یہ ایک کھلا ہوا کارٹن ہے، ہیولیٹ پیکرڈ پرنٹر کے کارٹرِج کا کارٹن جو میز پر کھلا پڑا ہے۔ مجھے یہ دیکھ کر تسلی ہوئی کہ اس میں رکھا سامان قدرے کم المناک ہے— فوٹوؤں کے دو لفافے، ایک پر ''اوٹر پکس'' (Otter Pics) کا لیبل ہے اور دوسرے پر ''اوٹر کِلس'' (Otter Kills) کا۔ بہت خوب۔ مجھے اندازہ نہیں تھا کہ وہ بحری اود بلاؤوں میں دلچسپی رکھتی ہے۔ اس سے وہ اچانک ہی کچھ کم— کن لفظوں میں کہوں— کم خطرناک لگنے لگی۔ یہ تصور کہ وہ ساحلِ سمندر پر، یا ندی کے کنارے ٹہل رہی ہے، اس کے بال ہوا میں لہرا رہے ہیں... پرسکون، بے پروا... اوٹرز تلاش کرتی ہوئی... مجھے اس کے تئیں احساسِ مسرت سے بھر دیتا ہے۔ مجھے اوٹر پسند ہیں۔ میرا خیال ہے کہ ان کو اپنی پسندیدہ مخلوق کہہ سکتا ہوں۔ ایک مرتبہ پورے ایک ہفتے تک میں نے ان کا نظارہ کیا تھا، اس وقت جب میں فیملی کے ساتھ چھٹیوں پر گیا تھا، کینیڈا کے مغربی ساحل پر بحرالکاہل کی سیر کے دوران۔ جب سمندر میں طغیانی ہوتی، یا وہ خطرناک حد تک تڑخا ہوا ہوتا، تب بھی اوٹر نظر آ جاتے۔ وہ گل گوتھنے، ننھے حرامی، چت لیٹے، لاپروائی سے تیرتے ہوئے، ساری دنیا کی طرف یوں دیکھتے جیسے صبح کا اخبار پڑھ رہے ہوں۔

میں ایک لفافے کے فوٹو باہر سرکاتا ہوں۔ اس میں اود بلاؤ کی ایک بھی تصویر نہیں۔

مجھے پتا ہونا چاہیے تھا۔ یوں محسوس کرتا ہوں جیسے مجھے مذاق کا نشانہ بنایا گیا ہو۔

اس ڈھیر میں سب سے اوپر کی تصویر سری نگر کے ڈل گیٹ کی سیرگاہ پر کھینچی گئی ہے۔ ایک صحت مند سکھ فوجی بلٹ پروف جیکٹ پہنے، ہاتھ میں رائفل پکڑے اکڑوں بیٹھا ہے۔ ایک گھٹنا اوپر کی سمت ہے، دوسرا نیچے کی طرف جھکا ہوا۔ ایک نوجوان کے جسم کے قریب بیٹھا فتح مندی سے پوز دیتا ہوا۔ وہ جسم جس طرح پڑا ہے، اس سے اندازہ ہوتا ہے کہ آدمی مر چکا ہے۔ اس کی ٹھوڑی اس کگر پر ٹکی ہے جو جھیل کے اردگرد ایک فٹ اونچی کنکریٹ سے بنی ہے۔ بدن کا باقی نیچے کی طرف کمان بنا ہوا ہے۔ اس کی ٹانگیں پھیلی ہیں، ایک گھٹنا پورا مڑا ہوا ہے۔ وہ پتلون اور بادامی پولو شرٹ میں ہے۔ گولی اس کے گلے میں ماری گئی ہے۔ خون زیادہ نہیں بہا۔ پس منظر میں ہاؤس بوٹوں کی دھندلی پرچھائیاں ہیں۔ فوجی کے سر کے گرد جامنی پین سے دائرہ کھنچا ہوا ہے۔ مرنے والے کے لباس اور اس ہتھیار کو دیکھ کر، جو فوجی نے

پکڑ رکھا ہے، اندازہ ہوتا ہے کہ خاصی پرانی تصویر ہے۔ باقی سب تصویریں، جو ذرا کم ڈرامائی ہیں، فوجیوں کے گروپوں کی ہیں جو بازاروں میں، چیک پوائنٹس پر، یا پھر کسی شاہراہ پر اس وقت لی گئی ہیں جب وہ گاڑیوں کو گزرنے کا اشارہ کر رہے ہیں۔ ہر تصویر میں ایک فوجی پر اسی جامنی مارکر سے دائرہ بنایا گیا ہے۔ بظاہر ان سب میں کوئی باہمی تعلق نظر نہیں آتا۔ ان میں سے بعض کلین شیو ہیں، بعض سکھ ہیں اور بعض واضح طور پر مسلمان۔ ایک تصویر کو چھوڑ کر باقی سب کی سیٹنگ کشمیر میں ہے۔ جس میں کشمیر نہیں، اس تصویر میں ایک بیزار سا فوجی ریت کے بوروں سے بنے بنکر کے اندر، جو کسی صحرا کے درمیان بنا محسوس ہوتا ہے، پلاسٹک کی نیلی کرسی پر بیٹھا ہے۔ ہیلمٹ اس کی گود میں رکھا ہے۔ وہ زرد رنگ کا مکھی مار ریکٹ پکڑے ہوئے ہے اور اس کی نگاہیں کہیں دور فاصلے پر جمی ہیں۔ اس کی آنکھوں میں کوئی بات ہے، کوئی سوناپن اور بے تاثیری جو توجہ کو اپنی طرف کھینچتی ہے۔ اس کے سر پر بھی اسی جامنی مارکر سے دائرہ کھنچا ہوا ہے۔

یہ لوگ کون ہیں؟

اور پھر جب میں نے ان سب کو میز پر پھیلایا تو سمجھ میں آ گیا— وہ سب ایک ہی فوجی کی تصویریں تھیں۔ اس کا حلیہ ہر تصویر میں دوسری سے مختلف ہے، سوائے آنکھوں کے۔ وہ کوئی بہروپیا ہے۔ ہوسکتا ہے کہ ہمارے کاؤنٹر انٹیلی جنس والوں میں سے کوئی ہو۔ اس کے سر میں جامنی پھندا کیوں ڈالا گیا ہے؟

ایک کارٹن میں ایک فائل ہے جس پر 'اوٹر' لکھا ہے۔ اس میں رکھی پہلی دستاویز کسی کے بایوڈیٹا جیسی لگ رہی ہے۔ اس کے لیٹر ہیڈ پر لکھا ہے: رالف ایم بائر، ایل سی ایس ڈبلیو، لائسنسڈ کلینکل سوشل ورکر۔ اس کے بعد اس کی تعلیمی لیاقتوں کی لمبی فہرست ہے۔ ان میں ایک لفظ گویا میری جانب اچھل پڑا: کلووِس۔ رالف بائر کے گھر کا پتا، ایسٹ بُلارڈ ایوینیو، کلووِس، کیلیفورنیا۔

کلووِس وہ جگہ تھی جہاں امریک سنگھ نے اپنی فیملی کو مار کر خودکشی کی تھی۔ چھوٹی سی مضافاتی رہائشی کالونی میں واقع اپنے گھر کے اندر۔ اور پھر بات میری سمجھ میں آ گئی۔ اسپاٹر۔ اوٹر۔ قطعی طور پر۔ تصویروں کا یہ آدمی امریک سنگھ 'اسپاٹر' ہے۔ اصل میں کشمیر میں اس سے میرا کبھی آمنا سامنا نہیں ہوا تھا۔

مجھے نہیں معلوم تھا کہ جب وہ جوان تھا تو کیسا نظر آتا تھا (یہ گوگل سے پہلے کا زمانہ تھا)۔ان میں کوئی بھی تصویر اس کی پکی عمر کی ان تصویروں سے میل نہیں کھاتی جو اس کی خودکشی کے بعد اخباروں میں چھپی تھیں اور جن میں وہ تھل تھل، کلین شیو، اور ذہنی طور پر بھٹکا ہوا لگ رہا تھا۔

میری رگوں میں یوں محسوس ہوتا ہے جیسے کسی قسم کے کیمیکل کی باڑھ آ گئی ہو، خون کے بجائے کسی اور شے کی۔ یہ دستاویزیں اس کے ہاتھ کیسے لگیں؟ اور کیوں؟ کیوں؟ یہ اس کے کس کام کی ہیں؟ اب یہ سب کیا ہے؟ کسی قسم کے جادوئی انتقام کی فینٹیسی؟

فائل کے ابتدائی چند صفحے کسی قسم کے سوال ہیں— معمول کے تلخ، جذباتی، نفسیات بگھارنے والے سوال — **کیا اس واقعے کے تعلق سے تم نے کبھی پریشان کن خواب دیکھے ہیں؟ کیا تم میں کبھی اداسی کے یا محبت کے احساسات پیدا نہیں ہوتے؟ ایک طویل زندگی پانے اور اپنے مقاصد کو انجام تک پہنچانے کا تصور کیا تمھیں کبھی مشکل لگا ہے؟** اسی قسم کی باتیں۔ سوالنامے کے ساتھ دو تحریری بیانات ہیں جن پر امریک سنگھ اور اس کی بیوی کے دستخط ہیں (بیوی کا بیان طویل اور اس کا بہت مختصر)، اور صفائی سے بھرے ہوئے دو موٹے، درخواستی فارموں کی فوٹو کاپیاں ہیں جو امریکہ میں پناہ مانگنے سے متعلق ہیں۔ ان پر بھی دونوں کے دستخط ہیں۔

مجھے بیٹھنے کی ضرورت ہے۔ مجھے پینے کی ضرورت محسوس ہو رہی ہے۔ میرے پاس کارڈھو وِسکی کی بوتل ہے جو مجھے کابل سے لوٹتے وقت ڈیوٹی فری شاپ سے نہیں لینی چاہیے تھی اور اسے اپنے ساتھ یہاں نہیں لانا چاہیے تھا۔ خصوصاً اس لیے بھی نہیں کہ چترا سے میں نے وعدہ کیا تھا کہ میں اب ہاتھ نہیں لگاؤں گا۔ ایک پیگ بھی نہیں، ایک بوند بھی نہیں۔ خصوصاً اس لیے بھی نہیں کہ جانتا ہوں، میری ملازمت خطرے میں ہے۔ خصوصاً اس لیے بھی نہیں کہ جانتا ہوں میرے باس نے مجھے یہ آخری موقع دیا ہے— گھسے پٹے ان الفاظ کے ساتھ — ''شیپ اَپ اور شِپ آؤٹ!'' سدھر جاؤ یا دفع ہو جاؤ۔

میں تھوڑی برف چاہوں گا، لیکن برف ہے نہیں۔ سارا فریزر برف کا تودہ بنا ہوا ہے اور اسے ڈی فریز کرنے کی ضرورت ہے۔ فرج خالی ہے لیکن کچن میں پھلوں کے کارٹنوں کے ڈھیر لگے ہیں۔ وہ شاید نئے چلن کی ڈیٹوکس (detox) غذاؤں پر تھی— ہے— جن میں صرف پھل کھائے جاتے ہیں۔

شاید وہیں گئی ہوگی۔ یوگا کیمپ یا ایسی ہی کسی جگہ۔

ایسا قطعی نہیں ہے۔

مجھے کارڈھونیٹ ہی پینی پڑ رہی ہے۔ واقعی شدت کی سردی ہے اور دریچے کی گگر پر بیٹھے ان مردود کبوتروں کو جفتی سے روکنے کی واقعی ضرورت ہے۔ یہ رکتے کیوں نہیں؟

مورخہ 16 اپریل 2012

حوالہ: لَولین سنگھ (سابق لولین کور) اور امریک سنگھ

یہ درخواست امریک سنگھ اور اس کی بیوی لولین سنگھ سابقہ کور کی سائیکوسوشل جانچ کے لیے ہے، تاکہ یہ طے کیا جا سکے کہ اپنے آبائی وطن ہندوستان میں ذلت، پولیس کرپشن اور جبری وصولیاں جھیلنے کے نتیجے میں وہ واقعی مظالم کا شکار ہوئے ہیں یا نہیں۔ کیا ان کے اس 'خوف کی کوئی ٹھوس بنیادیں' ہیں کہ ان کی حکومت انھیں ٹارچر کر سکتی ہے یا قتل کر سکتی ہے؟ انھوں نے پناہ گزینی کی درخواست دی ہے جس کے لیے ان کا دعویٰ ہے کہ اگر وہ انڈیا واپس گئے تو امریک سنگھ کو ٹارچر یا قتل کیا جا سکتا ہے۔ ان کے انٹرویو کے وقت میں نے ٹراما سمپٹم اِنوینٹری 2 (TSI-2)، ذہنی حالت کی چیک لسٹ، پوسٹ ٹرامیٹک اسٹریس ڈِس آرڈر (PTSD)، اسکریننگ انٹرویو، اور ڈیوڈسن ٹراما اسکیل کا بندوبست کیا۔ ان دونوں کے ساتھ الگ الگ دو گھنٹے پر محیط براہِ راست انٹرویو میں ان کی تفصیلی داستان لکھی گئی ہے تاکہ حقیقتاً پیش آنے والے ان واقعات کا مکمل بیانیہ تیار کیا جا سکے جن کے تجربے سے وہ کشمیر، انڈیا، میں گزرے ہیں۔

پس منظر:

مسٹر اور مسز امریک سنگھ کلووِس، کیلیفورنیا، میں رہتے ہیں۔ لولین سنگھ (سابق کور) کشمیر، انڈیا، میں 19 نومبر 1972 کو پیدا ہوئیں۔ امریک سنگھ چنڈی گڑھ، انڈیا، میں 9 جون 1964 کو پیدا ہوئے۔ زوجین کے تین بچے ہیں، جن میں سب سے چھوٹا امریکہ میں پیدا ہوا۔ زوجین

اپنے دو بڑے بچوں کو ساتھ لے کر انڈیا سے فرار ہو کر کینیڈا پہنچے۔ وہ یکم اکتوبر 2005 کو ریاستہائے متحدہ میں پیدل داخل ہوئے۔ اوّلاً بلین، واشنگٹن، آئے، لیکن اب کلووِس، کیلیفورنیا، میں رہتے ہیں، جہاں مسٹر امریک سنگھ بطور ٹرک ڈرائیور کام کرتے ہیں۔ لولین کور ہوم میکر ہیں۔ اپنی فیملی کے تحفظ کے خیال سے یہ لوگ مسلسل خوف میں مبتلا رہتے ہیں۔

لولین کا بیان:

یہ بیان لولین کے انٹرویو میں بیان کردہ تفصیلات پر بنیاد رکھتا ہے۔

میرے شوہر امریک سنگھ ملٹری میجر تھے جن کا تقرر سری نگر، کشمیر، میں تھا۔ جب وہ اس عہدے پر تھے، میں ان کے ساتھ بیس میں نہیں رہتی تھی، بلکہ اپنے بیٹے کے ساتھ ایک نجی مکان، واقع جواہر نگر، سری نگر، کے سیکنڈ فلور فلیٹ میں رہائش پذیر تھی۔ اس کالونی میں بیشتر سکھ خاندان اور چند مسلم گھرانے آباد ہیں۔ 1995 میں حقوقِ انسانی کا ایک کارکن، جس کا نام جالب قادری تھا، اغوا کر کے قتل کر دیا گیا جس کا الزام مقامی پولیس نے میرے شوہر پر لگایا اور ہم نے محسوس کیا کہ مسلمان انھیں پھنسا رہے ہیں۔ میرے شوہر رشوت نہیں لیتے تھے، اور وہ مسلمان دہشت گردوں کو پسند نہیں کرتے تھے۔ وہ ایک عزت دار آدمی تھے۔ ان کے اپنے الفاظ ہیں: ”میں اپنے ملک کے ساتھ دھوکا نہیں کروں گا اور تم مجھے رشوت سے خرید نہیں سکتے۔“

میری دوست من پریت اُن دنوں سری نگر میں جرنلسٹ تھی۔ اسی نے یہ پتا لگایا کہ میرے شوہر کو کون پھنسا رہا ہے اور جالب قادری کو کس نے قتل کیا۔ وہ اور میری ماں اطلاع دینے کے لیے پولیس اسٹیشن گئیں۔ پولیس نے اس کی بات نہیں سنی کیونکہ وہ عورت تھی اور ملزم کی رشتہ دار۔ اور اس لیے کہ جموں اور کشمیر پولیس میں بیشتر لوگ کشمیری مسلمان ہیں۔ پولیس کے مرکزی تفتیش کار نے کہا، ”اگر میں چاہوں تو تم لیڈیز کو زندہ جلا سکتا ہوں۔ مجھے اتنی پاور حاصل ہے۔“

ایک سال کے بعد پولیس کے یونٹوں نے جواہر نگر کالونی کو، جہاں میں اپنے شوہر کے

بغیر رہتی تھی، کورڈن اینڈ سرچ کے لیے گھیر لیا۔ پھر انھوں نے میرا دروازہ پیٹا اور اندر گھس آئے۔ وہ میرے بال پکڑ کر گھسیٹتے ہوئے دوسری منزل سے پہلی منزل پر لے آئے۔ ایک پولیس والے نے میرے بیٹے کو چھین لیا۔ انھوں نے میرا سارا زیور چرا لیا۔ اس بیچ وہ مسلسل مجھے لاتوں اور گھونسوں سے پیٹتے رہے اور کہنے لگے، ''یہ امریک سنگھ کی فیملی ہے جس نے ہمارے لیڈر کو قتل کیا ہے۔'' پولیس ہیڈ کوارٹر میں انھوں نے مجھے لکڑی کے ایک تختے سے باندھ دیا اور لاتوں گھونسوں سے مارا پیٹا، تھپڑ لگائے۔ انھوں نے ربر کے ایک پھٹکے سے میرے سر پر چوٹیں ماریں۔ انھوں نے مجھ سے کہا، ''ہم تمھیں ساری زندگی کے لیے پاگل کر دیں گے، اپاہج کر دیں گے۔'' لوہے کے جوتے پہنے ہوئے ایک آدمی نے میرے سینے اور پیٹ پر ٹھوکریں ماریں اور انھیں کچلا۔ پھر انھوں نے لکڑی کی بَلیاں میری ٹانگوں پر بیلن کی طرح چلائیں۔ پھر انھوں نے میرے بدن اور انگوٹھوں پر کوئی چپچپی چیز لگائی اور بار بار بجلی کے جھٹکے دیے۔ وہ چاہتے تھے کہ میں اپنے شوہر کے خلاف جھوٹا بیان دوں۔ انھوں نے مجھے وہاں دو دن بند رکھا۔ میرے بیٹے کو دوسرے کمرے میں رکھا اور مجھ سے کہا کہ وہ اسے میرے حوالے تبھی کریں گے جب میں جھوٹا بیان دوں گی۔ آخرکار انھوں نے مجھے چھوڑ دیا۔ پھر میں نے اپنے بیٹے کو دیکھا۔ ہم دونوں ہی رو رہے تھے۔ میں چل کر اس کے قریب نہیں جا سکتی تھی کیونکہ میرے پیروں میں درد تھا۔ ایک رکشہ والے نے مجھے میری ماں کے گھر پہنچایا۔

کوئی ڈاکٹر میرا علاج کرنے کو تیار نہیں ہوا کیونکہ انھیں ڈر تھا کہ مسلم دہشت گرد انھیں قتل کر دیں گے۔ مجھ پر اور میرے شوہر پر ہر دم نظر رکھی جاتی تھی۔ ہم بہت ہی تناؤ بھری زندگی جی رہے تھے۔

تین برس کے بعد ہم نے کشمیر چھوڑ دیا اور رہنے کے لیے جموں چلے گئے۔ 2003 میں ہم نے اپنا وطن چھوڑ دیا اور کینیڈا چلے گئے۔ ہم نے پناہ کے لیے درخواست دی اور انھوں نے پناہ دینے سے انکار کر دیا۔ یہ بے رحمی کی بات تھی۔ ہمیں مدد کی ضرورت تھی۔ ہم نے انھیں سارے ثبوت دکھائے، اس کے باوجود انھوں نے انکار کر دیا۔ اکتوبر 2005 میں ہم

سیاٹل آ گئے۔ میرے شوہر کو ٹرک ڈرائیور کی جاب مل گئی اور 2006 میں ہم کلووس، کیلیفورنیا، آ گئے۔ ہمیں کوئی تحفظ حاصل نہیں۔ ہم کہیں نہیں جاتے، ہم تفریح کے لیے باہر نہیں نکلتے اور ہماری زندگی میں کوئی خوشی نہیں۔ اگر ہم باہر جاتے ہیں تو یہ نہیں جانتے کہ گھر زندہ لوٹ سکیں گے یا نہیں۔ ہر لمحے ہم یہ محسوس کرتے ہیں کہ دہشت گرد ہمیں دیکھ رہے ہیں۔ ہر آواز پر مجھے لگتا ہے جیسے میں مرنے والی ہوں۔ تیز شور سنتی ہوں تو فوراً خوفزدہ ہو جاتی ہوں۔ پچھلے سال، 2011 میں جب میرے شوہر بچوں کو ڈسپلن میں لانے کے لیے صرف زبانی طور پر ڈانٹ رہے تھے، میں اتنا ڈر گئی کہ مجھے لگا کہ وہ لوگ ہمیں مارنے کے لیے آ گئے ہیں۔ میں 911 پر کال کرنے کے لیے فون کی طرف دوڑی۔ جب میں دوڑ کر جا رہی تھی تو میرا سر، چھاتی اور ٹانگیں بری طرح زخمی ہو گئے۔ میں نے سوچا کہ میں مرنے والی ہوں، حالانکہ وہ بچوں کو صرف بول کر ہی ڈسپلن میں لا رہے تھے۔ میرا دل اتنی زور سے دھڑکتا ہے کہ مجھے لگنے لگتا ہے کہ میں کوئی پاگل عورت ہوں۔ تیز چیخوں اور شور شرابے کا ردِعمل مجھ پر اکثر بڑا ڈرامائی ہوتا ہے۔ میرے شوہر حالانکہ صرف بول کر ہی بچوں کو ڈسپلن میں لا رہے تھے کہ میں نے پولیس کو فون کر دیا اور پتا نہیں ان سے کیا کیا کہا۔ انھوں نے میرے شوہر کو گرفتار کر لیا اور پھر ضمانت پر چھوڑ دیا۔ مجھے اب تک پتا نہیں کہ تب کیا ہوا تھا۔ اخباروں میں خبر چھپی کہ میرے شوہر فلاں فلاں ہیں اور کشمیر میں ملازم تھے۔ انھوں نے میرے شوہر کی اور ہمارے گھر کی تصویریں دکھا دیں اور سب کو بتا دیا کہ ہم یہاں رہتے ہیں۔ یہ خبر انٹرنیٹ پر آ گئی اور کشمیر میں بھی۔ مسلم دہشت گرد پھر سے کہنے لگے کہ میرے شوہر کو واپس بلایا جائے۔ چند دن کے بعد ایک جرنلسٹ نے فون کیا اور بتایا کہ انڈیا کا ایک میگزین رائٹر ہمیں ڈھونڈ رہا تھا۔ لیکن ہمیں معلوم تھا کہ وہ وہ نہیں تھا جو بتا رہا تھا۔ میں نے اسے اپنے گھر کے سامنے سے گزرتے دیکھا تھا۔ میں نے اسے بہت بار دیکھا تھا۔ میں نے اپنے شوہر سے کہا کہ ہمیں یہاں سے چلے جانا چاہیے۔ ان کا جواب تھا، ''گھر بدلتے رہنے کے لیے ہمارے پاس رقم نہیں ہے۔ میں بھاگنا نہیں چاہتا۔ میں جینا چاہتا ہوں۔'' وہ آدمی ہمیشہ آس پاس ہی رہتا ہے۔ دوسرے آدمی بھی۔

سب مسلم دہشت گرد ہیں۔ میں مسلسل ڈرتی رہتی ہوں۔ میں سارے پردے کھینچ کر بند رکھتی ہوں، اور پردوں کے پیچھے سے باہر جھانکا کرتی ہوں۔ وہ سڑک پر کھڑے رہتے ہیں اور ہمارے گھر کی طرف دیکھتے رہتے ہیں۔ اب میں ہر جگہ تالا ڈال کر رکھتی ہوں۔ پہلے میں اپنے ہی گھر میں ایک چھوٹا سا بیوٹی پارلر چلاتی تھی، لیڈیز کی آئی بروز بناتی تھی اور ان کی ٹانگوں کی ویکسنگ کرتی تھی۔ اب میں یہ محسوس کرتی ہوں کہ اجنبیوں کو اپنے گھر میں آنے دینے سے ہم محفوظ نہیں رہیں گے۔

سترہ سال گزر کر جا چکے ہیں اور کشمیری مسلم دہشت گرد اب بھی اس وکیل آدمی کی موت کو مناتے ہیں۔ اخباروں میں اور انٹرنیٹ پر وہ اب بھی میرے شوہر کو الزام دیتے ہیں۔ میرے بچے ڈرے ہوے ہیں۔ وہ ہمیشہ پوچھا کرتے ہیں، ''مام، ہم اپنی زندگیاں کب خوشی سے گزاریں گے؟'' میں ان سے کہتی ہوں، ''میں کوشش کر رہی ہوں، لیکن یہ میرے ہاتھ میں نہیں۔''

❄

ٹیلیفون کی طرف بھاگتے وقت اس نے اپنی ٹانگیں، سر اور سینہ زخمی کر لیا۔ یہ تو کمال کی بات ہے۔ شکایت واپس کروانے کے لیے اس کے شوہر نے آخر کیا کیا، میں سوچتا ہوں۔ اگر اس نے شکایت واپس نہ لی ہوتی تو شاید وہ اور اس کے بچے آج زندہ ہوتے۔ خاص طور سے مجھے وہ حصہ بڑا پسند آیا جس میں مقامی پولیس نے کورڈن اینڈ سرچ کر کے جواہر نگر جیسی جگہ کی تلاشی لی اور پھر ایک برسرِعہدہ آرمی میجر کی بیوی کو گرفتار کر کے ٹارچر کیا۔ یہ حصہ لاجواب ہے۔ کشمیر میں اس کہانی کو لوگ ایک مسخری کامیڈی سمجھیں گے۔ 'خوفزدہ ڈاکٹروں' والا حصہ بھی ایک اچھا پنچ تھا۔ سچ سے ظاہری مماثلت کا امکان ہی سب کچھ ہوتا ہے۔ جہاں تک ٹارچر کے تفصیلی اور علمی بیان کا تعلق ہے، امید کرتا ہوں کہ اس کے شوہر نے اسے محض اس کی تکنیکیں سکھائی ہوں گی اور حقیقت میں اس پر استعمال نہیں کیا ہوگا۔ 'وہ صرف زبانی طور پر بچوں کو ڈسپلن میں لا رہے تھے' کو ایک ہی پیراگراف میں تین بار دُہرایا گیا تھا، جو مجھے سنگین بات لگی۔

امریک سنگھ کا بیان کسی فوجی کے بیان جیسا تھا۔ مختصر اور اپنے محور پر مرکوز:

میں انڈین آرمی میں بطور کمیشنڈ آفیسر مامور تھا۔ میں ہندوستان کے اندر اور باہر کئی طرح کی شورش مخالف اور قیامِ امن کی مہموں پر مامور رہا۔ 1995 میں کشمیر میں تعینات تھا جہاں 1990 سے شورش جاری ہے۔ 1995 میں حقوقِ انسانی کا ایک کارکن، جس کے بارے میں بعد میں پتا چلا کہ وہ ایک معروف غیر قانونی دہشت گرد گروہ سے وابستہ تھا، اغوا کر کے قتل کر دیا گیا۔ کشمیر پولیس اور ہندوستانی حکومت اس کا الزام میرے سر منڈھ رہی ہے۔ مجھے قربانی کا بکرا بنایا جا رہا ہے۔ میرے پاس اس کے سوا کوئی راستہ نہیں تھا کہ فیملی کو لے کر ہندوستان سے فرار ہو جاؤں۔ اگر میں ہندوستان لوٹتا ہوں تو حکومتِ ہند یہ پسند نہیں کرے گی کہ میں عدالت کا سامنا کروں جہاں میں اپنا نقطۂ نظر پیش کر سکتا ہوں۔ مجھے مار پیٹ سے، شاک دے کر، پانی میں ڈبو کر، غذا اور نیند سے محروم کر کے ٹارچر کیا جا سکتا ہے، یا پھر قتل کیا جا سکتا ہے تاکہ میں کہیں نظر نہ آسکوں، میری بات کوئی نہ سن سکے۔

درخواست کے فارم دستی تحریر میں بھرے گئے تھے۔ امریک سنگھ کی تحریر بہت نفیس اور تقریباً لڑکیوں جیسی تھی، اور اسی سے میچ کرتے لڑکیوں جیسے دستخط۔ اس کی تحریر کو دیکھنا عجیب سا لگتا ہے۔ یہ قرب عجیب ڈھنگ کا محسوس ہوتا ہے۔

یقیناً یہ دونوں بخوبی جانتے تھے کہ اپنا کام کس طرح نکالیں، وہی دونوں۔ بے چارے رالف بائر، ایل سی ایس ڈبلیو کو کیسے پتا چلتا کہ ان کی کہانی اس قدر سچی لگ رہی تھی، کیونکہ وہ سچی تھی، فرق صرف یہ تھا کہ ظلم کے شکار لوگوں اور ان کے شکاریوں نے اپنے اپنے کردار بدل لیے تھے۔ اس میں حیرت کی بات نہیں کہ وہ اس مضحکہ خیز نتیجے پر پہنچا:

نتائج:

اوپر جو ڈیٹا دیا گیا ہے، اس سے میرے ذہن میں ذرا بھی شبہ نہیں کہ مسز لولین سنگھ اور مسٹر امریک سنگھ دونوں ہی پوسٹ ٹرامیٹک اسٹریس ڈِس آرڈر (PTSD) میں مبتلا ہیں۔ تناؤ کا یہ درجہ یقیناً ایسے افراد کی طرف اشارہ کرتا ہے جنھوں نے ٹارچر سے، زندان میں غیر معمولی لمبی قید اور فیملی سے جدائی جیسے تباہ کن اور پریشان کن واقعات برداشت کیے ہوں۔ انھیں شدید خوف ہے کہ اگر وہ ہندوستان واپس جاتے ہیں تو یہ واقعات پھر سے دہرائے جائیں گے۔ اس میں کلام نہیں کہ ایسے لوگ کھلے گھوم رہے ہیں جو اَب بھی ان سے انتقام لینا چاہتے ہیں اور اپنی دشمنی ورلڈ وائڈ ویب کے مختلف بلاگوں پر جاری رکھے ہوے ہیں۔

مذکورہ حقائق کے مدِنظر میں پرزور سفارش کرتا ہوں کہ مسٹر اور مسز امریک سنگھ اور ان کے بچوں کو یہاں، یونائیٹڈ اسٹیٹس آف امریکہ میں، تحفظ اور پناہ فراہم کی جائے تاکہ یہ لوگ ممکن حد تک نارمل اور پرامن زندگی گزار سکیں۔

مسٹر اور مسز سنگھ تقریباً کامیاب ہو چکے تھے۔ وہ ریاستہاے متحدہ کے قانونی شہری بننے کے دہانے پر تھے۔ پھر بھی، چند مہینے بعد امریک سنگھ نے خود کو اور اپنی پوری فیملی کو گولی مارنے کا فیصلہ کیا۔

اس سے کیا مطلب نکل سکتا تھا؟

کیا یہ خودکشی کے علاوہ کچھ اور بھی ہو سکتا تھا؟

کون تھا وہ شخص جو اس کے گھر کے سامنے سے گاڑی میں گزرتا تھا اور جس کا ذکر اس کی بیوی نے اپنے بیان میں کیا تھا۔ اور باقی لوگ کون تھے؟

کیا اس سے اب بھی فرق پڑے گا؟

مجھ پر نہیں۔

حکومتِ ہند پر نہیں۔

کیلیفورنیا پولیس پر تو قطعاً نہیں، جس کے ذہن پر اب کچھ دوسری ہی چیزیں سوار ہو چکی ہوں گی۔

البتہ بیوی اور بچوں کا معاملہ تاسف کی بات ہے۔

لیکن یہ فائل میری کرایہ دار میڈم ایس تلوتما کے پاس کیوں ہے؟

اور آخر وہ خود کس جہنم میں ہے؟

میرا فون بجتا ہے۔ عجیب بات ہے، کیونکہ یہ نمبر کسی کے پاس نہیں۔ جہاں تک دنیا کی بات ہے تو اس کے لیے میں ری ہیب میں ہوں۔ یا اسٹڈی لیو پر، جو اسی بات کو کہنے کا دوسرا طریقہ ہے۔ کون مجھے ٹیکسٹ میسیج بھیج رہا ہے؟ اوہ۔ تھائیروکیئر، یا جو بھی ہے:

Dear Client please attend our health camp.
VitD+B12, Sugar, Lipid, LFT, KFT, Thyroid, Iron,
CBC, Urine test for Rs. 1800/-

ڈیر تھائیروکیئر۔ میرے خیال میں اس سے بہتر تو یہی ہے کہ مر جائیں۔

میں پہلے ہی ایک چوتھائی بوتل پی چکا ہوں۔ یہ سہ پہر کی ممنوعہ جھپکی لینے کا وقت ہے۔ کام کاجی لوگوں کو جھپکی نہیں لینی چاہیے۔ مجھے کار دھو بیڈ روم میں نہیں لے جانی چاہیے۔ لیکن مجھے یہ کرنا ہی پڑے گا۔ وہ اصرار کر رہی ہے۔

یہاں کوئی بیڈ نہیں۔ فرش پر صرف ایک گدا ہے۔ کتابیں ہیں، نوٹ بکس ہیں، لغات ہیں جن کی مینار یں سلیقے سے کھڑی کی گئی ہیں۔

میں طویل اسٹینڈنگ لیمپ کا سوئچ آن کرتا ہوں۔ چوڑی کناری والے لیمپ شیڈ پر کاغذ کی ایک رنگین پرچی اسکاچ ٹیپ سے چپکائی گئی ہے۔ کوئی رِیمائنڈر؟ اپنے لیے کوئی نوٹ؟ اس پر لکھا ہے:

جہاں تک ان کی موت کا معاملہ ہے، تو کیا ضروری ہے کہ اس کے متعلق کچھ بتاؤں؟ ان سب کے لیے یہ اس شخص کی موت ہوگی جو، جیوری سے اپنی موت کا فرمان سن کر، رائنی لہجے میں بڑبڑایا تھا، ''میں پہلے ہی اس سے بہت آگے نکل چکا ہوں۔'' (ژاں ژینے)

پس نوشت: یہ لیمپ شیڈ کسی جانور کی کھال سے بنا ہے۔ اگر غور سے دیکھیں تو اس پر چند بال اگتے ہوے نظر آ جائیں گے۔

شکریہ۔

لگتا تھا کہ یہ کمرے کسی قسم کے انتشار کے گواہ ہیں۔ کسی انسان کے انتشار کا گواہ بننا شاید خوف آگیں ہوتا ہے۔ لیکن یہ انسان؟ یہاں خطرے کا کوئی نشان ہے، ویسے ہی جس طرح جاے واردات پر بارود کی ہلکی سی، تلخ بو فضا میں معلق رہ جاتی ہے۔

میں نے ژینے کا مطالعہ نہیں کیا ہے۔ کیا کرنا چاہیے تھا؟ آپ نے کیا ہے؟

یہ کاردھو عمدہ وِسکی ہے۔ اور بے تحاشا مہنگی بھی۔ مجھے بصد احترام پینی چاہیے۔ میں پہلے ہی تھوڑا سا ووزی (چکرایا ہوا) محسوس کر رہا ہوں، ''اوزی''، جیسا کہ میرے پرانے دوست گولک نے کہا ہوتا۔ اڑیسہ میں لوگ بولتے وقت 'واؤ' کو گرا دیتے ہیں۔

❄

گھپ اندھیرا چھایا ہے۔

میں نے خواب میں ساس پین کے ڈھکنوں کا اونچا ڈھیر اور عجیب وغریب چیزوں سے بھرے ہوے مین ہول دیکھے — بہت سی فائلیں، اور موسیٰ کی بنائی ہوئی گھوڑوں کی تصویریں۔ اور خشک برف کے ستون، جو ہڈیوں جیسے لگ رہے تھے۔

وِسکی کس نے ختم کی؟

میری کار سے ووڈکا اور بیئر کا کریٹ اپارٹمنٹ میں کون لے کر آیا؟

دن کو کس نے رات میں بدل دیا؟
کتنے سارے دنوں کو کتنی ساری راتوں میں تبدیل کیا جا چکا؟
اور دروازے پر کون ہے؟ میں چابی گھومنے کی آواز سن سکتا ہوں۔
کیا وہ آئی ہے؟

نہیں، وہ نہیں ہے۔

یہ دو لوگ ہیں جن کی تین آوازیں ہیں۔ عجیب بات ہے۔ وہ اندر داخل ہوتے ہیں اور بتی جلاتے ہیں، جیسے وہی اس جگہ کے مالک ہوں۔ اور اب ہم آمنے سامنے ہیں۔ کالے شیشوں والا چشمہ لگائے ایک نوجوان اور ایک عمر دراز آدمی۔ عمر دراز عورت۔ آدمی۔ عورت آدمی۔ جو بھی ہو۔ کسی قسم کا بے ڈھب عجوبہ، پٹھانی سوٹ اور سستی پلاسٹک کی جیکٹ میں ملبوس۔ بہت طویل قد والا۔ لال دہانے اور ایک چمکیلے سفید دانت والا۔ یا بس اتنا ہے کہ میں اب بھی خواب میں ہوں۔ میرے حواس عجیب ڈھنگ سے بیک وقت تیز بھی ہیں اور کند بھی۔ ہر طرف بوتلیں بکھری ہیں، ہمارے پیروں کے آس پاس ٹکراتی، فرنیچر کے نیچے لڑھکتی اور مین ہول میں گرتی ہوئی۔

چونکہ لگتا نہیں کہ ہمیں ایک دوسرے سے کچھ کہنا سننا ہے، اور چونکہ میں کھڑے ہونے میں دقت محسوس کر رہا ہوں — میں خود کو مکئی کے کھیت میں مکئی کی طرح جھومتا ہوا محسوس کرتا ہوں — اس لیے میں بیڈروم میں لوٹتا ہوں اور لیٹ جاتا ہوں۔ اَور کروں بھی کیا؟

وہ میرے پیچھے اندر آتے ہیں۔ یہ مجھے عجیب رویہ محسوس ہوتا ہے، خواب کی زنجیر میں بھی، اگر ایسا واقعی پیش آ رہا ہے۔ عورت مرد مجھ سے ایسی آواز میں بات کرتی ہے جو دو آوازوں جیسی لگ رہی ہے۔ وہ بڑی نفیس اردو میں بات کر رہی ہے۔ وہ بتاتی ہے کہ اس کا نام انجم ہے، اور یہ کہ وہ تلوتما کی دوست ہے، جو فی الحال اس کے ساتھ ٹھہری ہے، اور یہ کہ وہ اور اس کا دوست صدام حسین یہاں اس لیے آئے ہیں کہ تلو کو اپنی الماری سے کچھ چیزوں کی ضرورت ہے۔ میں نے کہا کہ میں بھی تلو کا دوست ہوں، اور یہ کہ

جو کچھ انھیں چاہیے لے جائیں۔ نوجوان ایک چابی نکالتا ہے اور الماری کھولتا ہے۔

غبّاروں کا ایک بادل تیرتا ہوا باہر نکلتا ہے۔

نوجوان ایک بوری نکالتا ہے اور اسے بھرنے لگتا ہے۔ اس کے اندر جو سامان جاتا ہے — کم از کم وہ جو میں دیکھ کر بتا سکتا ہوں — اس میں ربر کی بطخ، بچوں کا باتھ ٹب جس میں ہوا بھری جا سکتی ہے، ایک بڑا سا روئی ٹھنسا زیبرا، چند کمبل، کتابیں اور گرم کپڑے ہیں۔ جب وہ فارغ ہو گئے تو میری زحمت پر انھوں نے شکریہ ادا کیا۔ انھوں نے پوچھا کہ کیا میں تلو کو کوئی پیغام بھیجنا چاہوں گا۔ میں نے کہا، ضرور۔

میں اس کی ایک نوٹ بک سے صفحہ پھاڑتا ہوں اور اس پر ''گارسن ہو بارٹ'' لکھتا ہوں۔ حروف میرے ارادے سے کہیں زیادہ بڑے بڑے لکھے گئے ہیں۔ جیسے وہ کسی قسم کا اعلان ہوں۔ میں تحریر ان کے حوالے کرتا ہوں۔

وہ دونوں چلے جاتے ہیں۔

انھیں عمارت سے باہر نکلتے دیکھنے کے لیے میں دریچے میں جاتا ہوں۔ ان میں سے ایک — جو عمر دراز ہے — ایک آٹو رکشا میں سوار ہو جاتا ہے، اور دوسرا، میں اپنے بچوں کی قسم کھا کر کہتا ہوں کہ وہ ایک گھوڑے پر نکلتا ہے۔ عجوبوں کا جوڑا، جن میں سے ایک بھرواں کھلونوں کی بوری ساتھ لیے، اور دوسرا اخرمست سفید گھوڑی پر دلکی چلتا ہوا کہرے میں غائب ہو جاتا ہے۔

میرا ذہن گڑبڑا رہا ہے۔ میرے واہمے کتنے قابلِ رحم ہیں۔ یہ سب کتنا سچ لگ رہا ہے۔ میں اس کی بو تک محسوس کر سکتا ہوں۔ مجھے یاد نہیں کہ کھانا میں نے کب کھایا تھا۔ میرا فون کہاں ہے؟ کیا بجا ہے؟ آج کون سا دن ہے، یا کون سی رات؟

میں کمرے کو دیکھتا ہوں۔ غبارے کمپیوٹر کے اسکرین سیور کی طرح ہر طرف تیر رہے ہیں۔ الماری کے پٹ کھلے ہیں۔ ایک کواڑ پر کچھ لگا ہے۔ میں جہاں کھڑا ہوں وہاں سے یہ کسی قسم کا چارٹ محسوس ہوتا ہے... جیسے والدین اپنے بڑھتے ہوئے بچے کے قد کا حساب لکھتے ہیں — جب آنیہ اور رابعہ قد بڑھا رہی تھیں تو ہم بھی ایسا ہی کرتے تھے۔ وہ کس بچے کی پیمائش کا حساب رکھ رہی ہو گی، میں حیرانی سے سوچتا ہوں۔ قریب جاتا ہوں تو دیکھتا ہوں کہ ایسا ہرگز نہیں۔ میں نے یہ تصور ہی کیوں کیا،

ایک لمحے کو ہی سہی، کہ یہ کوئی اس قدر گھریلو اور پیارا معاملہ ہوگا؟

یہ کسی قسم کی ڈکشنری ہے، جس پر کام جاری ہے — لکھے ہوئے الفاظ نابرابر تحریر میں ہیں، اور الگ الگ رنگوں میں:

کشمیری انگریزی حروفِ تہجّی

Kashmiri-English Alphabet

A: آزادی/آرمی/آتنک وادی/اللہ/امریکہ/اٹیک/اے کے 47/اسلحہ/ایریا ڈومینیشن/البدر/المنصوریان/الجہاد/افغان/امرناتھ یاترا/اغوا۔امن/امن مذاکرات

B: بی ایس ایف/باڈی/بلاسٹ/بلیٹ/بٹالین/برسٹ/بارڈر کراس/بوبی ٹریپ/بنکر/بائٹ/بیگار/بارودی سرنگ۔

C: کراس بارڈر/کراس فائر/کیمپ/کرفیو/کریک ڈاؤن/کورڈن اینڈ سرچ/کاؤنٹر اِنسرجینسی/کاؤنٹر انٹیلی جنس/کیچ اینڈ کل/کسٹوڈِیل کلنگ/کونسرٹینا وائر/سویلین/سی آر پی ایف/سلنڈر (سرنڈر)/سیز فائر/چیک پوسٹ۔

D: ڈِس ایپیرڈ/ڈبل کراس/ڈبل ایجنٹ/ڈِسٹربڈ ایریا ایکٹ/ڈیڈ باڈی/دفاعی ترجمان/دھماکہ/دہشت گرد/دہشت گردی/دھمکی

E: انکاؤنٹر/EJK/ایکسٹرا جیوڈیشیل کلنگ/الیکشن/ایمبیڈڈ جرنلسٹ/ایکس گریشیا۔

F: فدائین/فارن ملی ٹنٹ/ایف آئی آر/فیک انکاؤنٹر/فوجی گشت/فتح۔

G: گولہ بارود/گن پیلٹ/گولی/گن کلچر/گریویارڈ/جی برانچ (جنرل برانچ-بی ایس ایف انٹیلی جنس)/گھات/غدار/غائب/غاصبین۔

H: حزب المجاہدین/حریت/حملہ/ہڑتال/ایچ آر وی(Human Rights Violations)/ایچ آر اے(Human Rights Activists)/حرکت المجاہدین/ہنی مون/ہیومن شیلڈ/ہیلنگ ٹچ/

ہائیڈ آؤٹ /حراست /حراستی موت /حادثاتی موت

I: اِنٹیروگیشن /انڈیا /انٹیلی جنس /انقلاب /انفارمر /آئی کارڈ /آئی ایس آئی /اخوان /انفارمیشن وارفیئر / آئی بی /اِن ڈیفینیٹ کرفیو۔

J: جیل /جماعت /جے کے پی (جموں و کشمیر پولس) /جے آئی سی (جوائنٹ انٹیروگیشن سینٹر) /جے کے ایل ایف (جموں و کشمیر لبریشن فرنٹ) /جمیعۃ المجاہدین /جیش محمد /جہاد /جنت /جہنم /جنگ بندی /جنازہ /جنگجو /جاسوس۔

K: کشمیر /کشمیریت /کلاشنکوف /کلوفورس /کافر /کٹیلے تار۔

L: لشکرِ طیبہ /ایل ایم جی /لانچر /لو لیٹر /لاہور /لاش /لاپتہ /لینڈ مائن۔

M: مجاہدین /ملٹری /منٹری /میڈیا /مائنز /معاوضہ /مزار /مقتول /مسلح افواج کے خصوصی اختیارات کا قانون /ایم پی وی (مائن پروف وہیکل) /ملیٹنٹ (ملٹن اور مائنک بھی) /مسلم مجاہدین /مسٹیکن آئیڈنٹٹی /مخبر /مس فائر /مسکان (فوجی یتیم خانہ) /موت /موج /مشکوک /مزار /مزارِ شہدا /مرتد۔

N: این جی او /نئی دہلی /نظامِ مصطفیٰ /نائٹ پیٹرولنگ /این ٹی آر (نتھنگ ٹو رپورٹ) /نابد (اخوان بھی دیکھیں) /ناخن پریڈ /نار ملسی /نگرانی /نیم بیوہ /نیم یتیم۔

O: آپریشن ٹائیگر /آپریشن سد بھاونا /آپریشن کیچ اینڈ کل /او جی ڈبلیو (overground worker) / اورگراؤنڈ /آفیشیل ورژن /اوکیوپیشن۔

P: پاکستان /پی ایس اے (Public Security Act) /پکڈ اَپ /پرائما فیسی /پیس /پولس /پوٹا (Prevention of Terrorism Act) /پاپا-وَن /پاپا-ٹو (تفتیشی مراکز) /پنڈت /سائیوپس (Psyops-psychological warfare) /پریس کانفرنس /پیس پروسس /پیراملٹری /پار /پوچھ تاچھ /پریس ریلیز /پی ٹی ایس ڈی (Post-Traumatic Stress Disorder)

Q: قرآن /قبرستان /قبضہ /قتل /قتلِ عام /قوم /قومی مفاد

R: آر آر (راشٹریہ رائفلز) /ریگولر آرمی /روڈ اوپننگ پیٹرول /آر ڈی ایکس /را (RAW) /ریپ / رِگنگ /آر پی جی (rocket propelled grenade) /ریزروائر /ریفرنڈم

S: سیپاریٹسٹ (علیحدگی پسند)/اسپائی/ایس او جی/ایس ٹی ایف(Special Task Force)/سسپیکٹڈ/سورسز/شورش/ایس آر او43(Special Relief Order-1 lakh)سیکیورٹی/رسد بھاونا/سرنڈر(عرف سلنڈر)/شرکت دار/شکست/شہید/شہدا/شہادت۔

T: تھرڈ ڈگری/ٹارچر/ٹیررسٹ/تابوت/تفتیش/تفتیشی مراکز/ٹپ آف/ٹورزم/تھریٹ/تشدد/ٹارگیٹ/ٹاڈا(Terrorist and Disruptive Activities Act)/ٹاسک فورس۔

U: انڈرگراونڈ/الٹرا/ان آئیڈنٹیفائیڈ گن مین/ان آئیڈنٹیفائیڈ باڈی

V: وائلنس/وِکٹر فورس/وِلیج ڈیفنس کمیٹی/ورژن (مقامی، سرکاری، پولس، آرمی)/وکٹری

W: وارننگ/وائرلیس/وازا/وازوان

X: ایکس گریشیا

Y: یاترا (امرناتھ)

Z: ظلم/ظالم/زیڈ پلس سیکیورٹی/زرد صحافت

موسیٰ تو ہے نہیں۔ پھر کون اس کے سر میں یہ کوڑا ابھر رہا تھا؟
وہ اس پرانی کہانی کو اب بھی کیوں گھسیٹ رہی ہے؟
زمانہ آگے بڑھ چکا۔
میں نے سوچا تھا وہ بھی بڑھ چکی ہوگی۔
میں اس کے بستر پر لیٹا ہوں۔
میرا سر پھٹا جا رہا ہے۔
اور کمرہ غباروں سے بھرا ہوا ہے۔
اس کے آس پاس ہوتا ہوں تو میرے ساتھ ایسا ہی کیوں ہوتا ہے؟
میں نے وہ نوٹ بک کھولی جس سے صفحہ پھاڑا تھا۔ اس کے پہلے صفحے پر لکھا ہے:

ڈیر ڈاکٹر،

لکھ رہی ہوں تو فرشتے میرے اوپر منڈلا رہے ہیں۔ میں انھیں کیسے بتاؤں کہ ان کے پروں کی بو باس مرغیوں کے ڈربے کے پیندے جیسی ہے؟

ایمانداری سے کہوں، تو کابل اس سے کہیں زیادہ سہل ہے۔

پھر، چونکہ وہ پہلے ہی چار یا پانچ مرتبہ مر چکی تھی، اس لیے اپارٹمنٹ اس کی اپنی موت سے کہیں زیادہ سنجیدہ ڈرامے کے لیے فراہم رہا۔

— ژاں ژینے

8

کرایہ دار

اسٹریٹ لائٹ پر بیٹھے چتی دار الّو نے کسی جاپانی تاجر کی سی نفاست اور شائستگی سے گردن ہلائی اور سر جھکا کر سلام کیا۔ کھڑکی سے وہ سجاوٹ سے عاری چھوٹے سے کمرے اور بستر پر دراز عجب، عریاں عورت کا بلا رکاوٹ نظارہ کرسکتا تھا۔ وہ بھی اس کا بلا رکاوٹ نظارہ کرسکتی تھی۔ بعض راتوں کو وہ بھی جواباً سر جھکا کر سلام کرتی تھی اور کہتی تھی، **موشی، موشی**۔ وہ بس اتنی ہی جاپانی جانتی تھی۔

گھر کی اندرونی دیواروں تک سے دبنگ، ہٹیلی تپش کی لپٹیں نکل رہی تھیں۔ سست رفتار چھت کے پنکھے نے جھلسی ہوئی ہوا کو سرکایا اور راکھ جیسی مہین دھول ہوا میں گھول دی۔

کمرے میں کسی تقریب کے آثار تھے۔ دریچے کی سلاخوں میں بندھے غبارے، جو بے ڈھنگے پن سے باہم ٹکرا رہے تھے، گرمی سے نرم پڑ کر مرجھا چکے تھے۔ بیچوں بیچ، رنگ چڑھے ایک نیچے اسٹول پر کیک رکھا ہوا تھا جس پر چمکیلی اسٹرابیری اور شکر سے بنے پھولوں کی آئسنگ تھی، ایک موم بتی جس کا فلیتہ جلا ہوا تھا، ایک ماچس اور جلی ہوئی چند تیلیاں میز پر پڑی تھیں۔ کیک پر لکھا تھا: **ہیپی برتھ ڈے مِس جبین**۔ کیک کٹا ہوا تھا اور اس کا ایک چھوٹا سا ٹکڑا کھایا جا چکا تھا۔ آئسنگ پگھل چکی تھی اور بہہ کر سلور فوئل والے گتے پر پھیل گئی تھی جس پر کیک رکھا تھا۔ چیونٹیاں اپنے وزن سے زیادہ بڑے بڑے ریزے اٹھا کر لے جا رہی تھیں۔ کالی چیونٹیاں، گلابی ریزے۔

بچی، جس کی سالگرہ اور بپتسمہ کی رسم بیک وقت منائی گئی تھی اور کامیابی سے انجام پذیر ہوئی تھی،

گہری نیند میں تھی۔

اس کی اغوا کار، جو ایس تلوتما کے نام سے جانی جاتی تھی، بیدار تھی اور اس کی جانب متوجہ۔ وہ اپنے بالوں کے بڑھنے کی آہٹ سن رہی تھی۔ یہ آہٹ کسی ڈھیتی ہوئی شے جیسی تھی۔ جیسے جلی ہوئی کوئی چیز ڈھے رہی ہو۔ کوئلہ۔ ٹوسٹ۔ پروانے بجلی کے بلب پر کباب ہو رہے تھے۔ اسے یاد آیا، اس نے کہیں پڑھا تھا کہ مرنے کے بعد بھی لوگوں کے بال اور ناخن بڑھتے رہتے ہیں۔ ستاروں کی روشنی کی طرح، جو ستاروں کے خاتمے کے بعد بھی طویل عرصے تک کائنات میں محوِ سفر رہتی ہے۔ شہروں کی طرح۔ سنسناتے، جگمگاتے، واہمۂ حیات میں مبتلا کرتے ہوئے شہر، جب کہ وہ دنیا جسے وہ تاراج کرتے ہیں، ان کے اردگرد مر چکی ہوتی ہے۔

اس نے رات کے شہر کے متعلق سوچا، رات کے شہروں کے متعلق۔ قدیم ستاروں کے ٹوٹے ہوئے اجرامِ فلکی، آسمان سے گرنے کے بعد جنھیں زمین پر پھر سے نقشوں، سڑکوں اور میناروں کی صورت میں سجا دیا گیا ہے۔ گھُنوں کی یلغار کے شکار شہر، اُن گھنوں کی، جو دو پیروں پر چلنا سیکھ چکے ہیں۔

ایک گھُن فلسفی، اپنی سنجیدہ وضع قطع اور نوکیلی مونچھوں کے ساتھ، کلاس میں پڑھا رہا تھا۔ وہ کوئی کتاب اونچی آواز میں پڑھ رہا تھا۔ تعریفی نظروں سے دیکھتے ننھے ننھے گھن اس کے ذہین گھن لبوں سے چھلکنے والا ہر لفظ پکڑنے کو کوشاں تھے۔ ''نیطشے یہ مانتا تھا کہ اخلاقیات کا مرکز اگر 'ترس' ہوتا تو لاچاری چھوت بن جاتی، اور خوشی کوئی مشکوک شے۔'' ننھوں نے اپنی ننھی ننھی کاپیوں پر گھسٹا مارا۔ ''اس کے برعکس شوپنہار کا کہنا یہ تھا کہ ترس کھانا گھنوں کا اعلیٰ ترین وصف ہے اور ہونا چاہیے۔ لیکن سقراط نے بہت پہلے یہ بنیادی سوال اٹھایا تھا: ہم اخلاقیات کو مانیں ہی کیوں؟''

گھنوں کی چوتھی عالمی جنگ میں اس نے اپنی ایک ٹانگ گنوا دی تھی، اور وہ چھڑی کے سہارے چلتا تھا۔ اس کی بقیہ پانچ (ٹانگیں) بہترین حالت میں تھیں۔ اس کے کلاس روم کی عقبی دیوار پر بنی گریفیٹی پر لکھا تھا:

Evil Weevils always Make the Cut.

(خراب گھن ہمیشہ بازی مار لے جاتے ہیں۔)

کلاس روم میں، جو پہلے ہی بھرا ہوا تھا، دوسری مخلوقات بھی بھیڑ لگانے لگیں۔

ایک مگرمچھ، انسانی کھال کا پرس لیے

ایک ٹڈا، نیک ارادوں کے ساتھ

ایک مچھلی، روزہ دار

ایک لومڑی، پرچم بردار

ایک مکسچہ، منشور کے ساتھ

ایک نور جعت پرست آبی چھپکلی

ایک سپر اسٹار گوہ

ایک کمیونسٹ گائے

ایک الّو، متبادل نظام کے ساتھ

ٹی وی پر ایک چھپکلی: **خوش آمدید۔ آپ دیکھ رہے ہیں نو بجے کی**

چھپکلی نیوز۔ چھپکلی جزیرہ برفانی طوفان کی زد میں آیا ہوا ہے۔

یہ بچّی کسی بات کی شروعات تھی۔ اغوا کار کو اتنا ضرور معلوم تھا۔ اس کی ہڈیوں نے سرگوشی میں یہ بات اس سے اُسی رات کہی تھی (مذکورہ رات، متعلقہ رات، وہ رات جس کا ذکر پہلے کیا جاچکا، وہ رات جسے اب صرف 'وہ رات' کہا جائے گا) جب بچی پٹڑی پر حرکت میں آئی تھی۔ اور اس کی ہڈیاں اگر بھروسہ مند خبر گزار بھی نہیں تو کچھ بھی نہیں۔ یہ بچی ضرور مس جبینِ واپسیں ہے۔ وہ لوٹائی گئی ہے، لیکن اس کے پاس نہیں (مس جبین اوّل کبھی اس کی تھی ہی نہیں) بلکہ دنیا کے پاس۔ مس جبین دوم جب بڑی ہو کر عورت بنے گی تو حساب برابر کرے گی اور بہی کھاتے ٹھکانے لگائے گی۔ مس جبین رخ موڑ دے گی۔

امید ابھی باقی تھی، ''خراب گھنوں کی دنیا'' کے لیے۔

سچ ہے، ''سبز چراگاہ'' اجڑ چکی۔ لیکن مس جبین کا ظہور ہو چکا۔

❄

ناگا نے تلو سے پوچھا کہ کوئی ایک معقول وجہ بتا دے کہ وہ اسے کیوں چھوڑ رہی ہے۔ کیا وہ اس سے محبت

نہیں کرتا؟ اس کا خیال نہیں رکھتا؟ پروانہیں کرتا؟ فراخ دل نہیں؟ سمجھ دار نہیں؟ اب کیوں؟ اتنے سال گزرنے کے بعد؟ وہ کہنے لگا کہ کسی بات پر قابو پانے کے لیے چودہ سال ایک خاصا طویل عرصہ ہوتے ہیں۔ بشرطیکہ انسان ایسا کرنا چاہے۔ لوگ اس سے زیادہ برے حالات سے بھی نکل آتے ہیں۔

اس نے جواب دیا، ''اچھا، وہ بات! اُس سے تو میں کب کی نکل آئی۔ میں اب خوش ہوں اور اچھی طرح ایڈجسٹ کر چکی ہوں۔ کشمیری لوگوں کی طرح۔ میں نے اپنے ملک سے محبت کرنا سیکھ لیا ہے۔ ہوسکتا ہے اگلے الیکشن میں ووٹ بھی ڈال آؤں۔''

ناگا نے یہ بات نظر انداز کر دی۔ بولا کہ اسے جا کر کسی نفسیاتی معالج سے ملنے کے متعلق سوچنا چاہیے۔

سوچنے سے اس کے گلے میں درد ہونے لگتا تھا۔ یہ نہایت معقول وجہ تھی کہ وہ نفسیاتی معالج کے پاس جانے کے بارے میں نہ سوچے۔

ناگا نے ٹویڈ کوٹ پہننے شروع کر دیے تھے، اور سگار پینا بھی، جیسا کہ اس کے والد کرتے تھے۔ اور ملازموں سے اسی شاہانہ امارت سے بات کرنے لگا تھا، جیسے اس کی ماں کرتی تھیں۔ دیمک لگا ٹوسٹ، کھادی کا لنگوٹ اور 'رولنگ اسٹونز' اب حیاتِ ماضی میں بخار کی کیفیت میں دیکھا ہوا بھولا بسرا خواب بن چکے تھے۔

ناگا کی ماں نے، جو اپنے وسیع مکان کی نچلی منزل پر تنہا رہتی تھیں (اس کے والد، ایمبیسڈر شوشنکر ہری ہرن فوت ہو چکے تھے)، مشورہ دیا کہ وہ تلو کو جانے دے۔ ''وہ خود گزارہ نہیں کر سکے گی، واپس آنے کے لیے ہاتھ پیر جوڑے گی۔'' ناگا جانتا تھا کہ معاملہ برعکس ہے۔ تلو گزارہ کر لے گی۔ اور نہیں کر سکی تو بھی ہاتھ پیر تو جوڑنے نہیں آئے گی۔ اس نے محسوس کر لیا تھا کہ وہ ایسی لہروں پر بہہ رہی ہے جن کے آگے وہ خود بھی مجبور ہے اور تلو بھی۔ وہ یقین سے نہیں کہہ سکتا تھا کہ تلو کا اضطراب، شہر بھر میں اس کی اضطراری اور بڑھتی ہوئی غیر محفوظ سرگردانیاں کیا ذہنی توازن کھونے کی ابتدائی علامتیں ہیں یا پھر شدید، مہلک دانائی کی۔ یا دونوں ایک ہی بات ہیں؟

واحد شے جس سے وہ تلو کے نو دریافتہ اضطراب کو وابستہ کر سکتا تھا، اس کی ماں کی عجیب وغریب موت تھی، جو اس کے خیال میں عجیب اس لیے تھی کہ ان دونوں کا رشتہ ایسا تھا جس کا بمشکل ہی کوئی وجود تھا۔ سچ ہے کہ آخری دو ہفتوں میں تلو ہسپتال میں ان کے نزدیک رہی۔ لیکن اس کے سوا، گزشتہ برسوں میں وہ اپنی ماں سے ایک آدھ بار ہی ملی تھی۔

ایک اعتبار سے ناگا کا خیال درست تھا، لیکن دوسرے سے غلط۔ ماں کی موت (وہ 2009 کی سردیوں میں فوت ہوئیں) نے تِلو کو ایک ایسی پابندی سے آزاد کر دیا تھا جس کا احساس، خود تلو سمیت، کسی کو بھی نہیں تھا، اس لیے کہ یہ بالکل الٹ صورت میں سامنے آئی تھی— ایک عجیب، جزیرے جیسی پابند آزادی۔ اپنی تمام تر بالغ زندگی کو تلو نے کچھ اس طرح ڈھالا تھا کہ ماں سے فاصلہ پیدا ہو، اور برقرار رہے— اپنی بیک وقت حقیقی اور رضاعی ماں سے۔ جب یہ ضروری نہ رہا تو جیسے کوئی برفیلی شے پگھلنے لگی، اور کسی اجنبی شے نے اس کی جگہ لینی شروع کر دی۔

ناگا کی جانب سے تلو کا تعاقب ویسا نہیں رہا جیسا اس نے سوچا تھا۔ اسے ایک اور آسان جیت بننا تھا، محض ایسی ایک اور عورت جو ناگا کی گستاخ ذہانت اور تیز دھار جادوئی شخصیت پر مرمٹے گی اور اپنا دل توڑ بیٹھے گی۔ لیکن تلو خود اس پر حاوی ہوگئی، اور ایک طرح سے اس کی مجبوری بن گئی، تقریباً لت جیسی۔ لت کا اپنا نظامِ حافظہ ہوتا ہے— محبوب کی جلد، بو، انگلیوں کی طوالت۔ تلو کی حد تک یہ معاملہ اس کی آنکھوں کے ترچھے پن کا تھا، اس کے دہانے کے خطوط کا، نظروں سے لگ بھگ معدوم چوٹ کے اس نشان کا جس نے اس کے لبوں کے قرینے کو تھوڑا سا بدل دیا تھا اور ایک ناخواستہ گستاخی کا عنصر نمایاں کر دیا تھا۔ معاملہ اس کے نتھنوں کا تھا جو غصے کے آنکھوں میں اظہار سے پہلے ہی پھڑک کر اس کی خفگی کا اعلان کر دیتے تھے۔ اس کے شانوں کے مخصوص انداز کا تھا۔ اس ادا کا تھا کہ وہ بالکل عریاں ہو کر کموڈ پر بیٹھتی اور سگریٹیں پھونکتی تھی۔ شادی کے اتنے برس بعد، اس حقیقت نے کہ اب وہ جوان نہیں تھی— اور اسے چھپانے کے لیے وہ کچھ کرتی بھی نہ تھی— ناگا کے محسوس کرنے کے انداز کو ذرا بھی نہیں بدلا تھا۔ وجہ یہ تھی کہ ان سے بڑھ کر معاملہ کچھ اور بھی تھا۔ یہ معاملہ رعونت کا تھا (تلو کی 'نسل' پر اُس سوالیہ نشان کے باوجود، جو ناگا کی ماں لگانے سے کبھی نہیں چوکتی تھیں)۔ یہ معاملہ تلو کے جینے کے انداز کا تھا، اپنے

ہی بدن کی مملکت کے اندر۔ ایسی مملکت جو کوئی ویزا نہیں دیتی، جس کا کوئی سفارت خانہ نہیں۔

سچ ہے کہ بہترین زمانے میں بھی یہ مملکت کچھ خاص مہربان نہ تھی۔ لیکن اس کی ناکہ بندی اور کم و بیش کامل تنہائی پسندی کی حکمرانی شیراز سنیما والے 'حادثے' کے بعد ہی شروع ہوئی۔ ناگا نے تلو سے محض اس وجہ سے شادی کی کہ وہ کبھی اس تک نہیں پہنچ سکا تھا۔ اور چونکہ وہ اس کی رسائی سے باہر تھی، اس لیے اسے چھوڑ بھی نہیں سکتا تھا۔ (ظاہر ہے کہ اس سے ایک اور سوال جنم لیتا ہے: تلو نے ناگا سے شادی کیوں کی؟ مہربان لوگ کہیں گے کہ اسے پناہ کی ضرورت تھی، اس لیے۔ کم مہربان نقطۂ نظر یہ ہوگا کہ اسے آڑ چاہیے تھی۔)

کہانی میں حالانکہ ناگا کا رول مختصر تھا، لیکن اس کے ذہن میں شیراز سے 'پہلے' اور شیراز کے 'بعد' کا تصور بعض اوقات 'قبل مسیح' اور 'سنہ عیسوی' کا رنگ اختیار کر لیتا تھا۔

❄

آدھی رات کو ڈاچی گام سے بپلب داس-گوز-دا کا فون آنے کے بعد، احدوس سے شیراز جانے کے ضروری انتظامات کرنے میں ناگا کو کئی گھنٹے لگے اور کئی لوگوں کو احتیاطاً فون کرنے پڑے۔ کرفیو کا اعلان ہو چکا تھا۔ سری نگر پر تالے پڑ چکے تھے۔ اس ویک اینڈ پر مارے گئے لوگوں کے جلوسِ جنازہ کے لیے، جو اگلی صبح سڑکوں پر موجزن ہونے والا تھا، سکیورٹی تعینات کی جا رہی تھی۔ دیکھتے ہی گولی مارنے کے احکامات جاری ہو چکے تھے۔ اس رات شہر میں نکلنا ممکن نہ تھا۔ جب تک ناگا نے ایک گاڑی کا، کرفیو پاس کا، اور چیک پوائنٹوں سے گزرنے اور شیراز میں داخلے کے اجازت ناموں کا اہتمام کیا، تقریباً صبح ہو چکی تھی۔

سنیما کی لابی کے باہر، جہاں کبھی ٹکٹ بوتھ ہوتا تھا اور اب جہاں سنتری کی پوسٹ تھی، ایک اردلی اس کا منتظر تھا۔ اس نے بتایا کہ میجر صاحب (امریک سنگھ) جا چکے ہیں، لیکن ان کا ڈپٹی اپنے آفس میں ملے گا۔ اردلی اپنی محافظت میں اسے عمارت کے عقبی حصے میں، فائر اسکیپ سیڑھیوں سے پہلی منزل کے ایک نیم تاریک عارضی دفتر میں لے گیا۔ اس نے ناگا سے کرسی پر بیٹھنے کو کہا اور بتایا کہ 'صاحب' ابھی

ایک منٹ میں آ جائیں گے۔ جب ناگا کمرے میں داخل ہوا تو یہ جاننے کا کوئی ذریعہ اس کے پاس نہ تھا کہ دروازے کی جانب پشت کیے، پھرن اور کنٹوپ پہنے جو پیکر کرسی پر بیٹھا ہے وہ تلو ہے یا نہیں۔ کچھ عرصے سے ناگا نے اسے دیکھا نہیں تھا۔ جب وہ اس کی طرف مڑی تو آنکھوں کے تاثر سے زیادہ جس شے نے اسے چونکایا وہ اس کی مسکرانے اور ہیلو کہنے کی سعی تھی۔ یہ بات اس کے نزدیک تلو کے ٹوٹنے کی علامت تھی۔ یہ تلو نہیں تھی۔ وہ ان عورتوں میں نہ تھی جو مسکراتی اور ہیلو کہتی ہیں۔ وقت گزرنے کے ساتھ اس کے قریبی دوستوں نے جان لیا تھا کہ تلو کا سلام واحترام سے مبرا ہونے کا مطلب دراصل قربت کا ایک غیر مودبانہ اعلان ہوتا ہے۔ کنٹوپ کی مہربانی سے وہ شے جسے بعد میں 'ہیئر کٹ' کہا گیا، فوری طور پر ظاہر نہیں ہوئی۔ ناگا نے سوچا کہ کنٹوپ اصل میں کسی ساؤتھ انڈین کا سردی کے تئیں حد سے بڑھا ہوا ردِ عمل ہے۔ (اس کی جھولی میں ساؤتھ انڈینز اور کنٹوپوں کے بارے میں بہت سے لطیفے تھے جو وہ انھی کے لہجوں میں، انھی کے انداز سے، بڑے اعتماد سے سناتا تھا، ان کی توہین سے ڈرے بغیر، کیونکہ وہ خود آدھا ساؤتھ انڈین تھا۔) تلو نے جیسے ہی اسے دیکھا، کھڑی ہوگئی اور تیزی سے دروازے کی طرف بڑھی۔

''تم ہو! میں نے سوچا تھا گارسن...''

''اس نے مجھے فون کیا تھا۔ وہ گورنر کے ساتھ ڈاچی گام میں ہے۔ میں اتفاق سے شہر ہی میں تھا۔ تم ٹھیک تو ہو؟ اور موسیٰ؟ کیا وہ...؟''

ناگا نے اس کے شانوں کے گرد بازو ڈال دیا۔ وہ کانپ نہیں رہی تھی، بلکہ تھرتھرا رہی تھی، جیسے اس کی جلد کے اندر کوئی موٹر لگی ہو۔ اس کے دہانے کی ایک نس پھڑکی۔

''کیا ہم اب جا سکتے ہیں؟ چلیں...؟''

اس سے قبل کہ ناگا جواب دے، شیراز سنیما جے آئی سی کا ڈپٹی کمانڈنٹ اشفاق میر اندر داخل ہوا، جس کے کولون کی تیز خوشبو نے پہلے ہی اس کی آمد کا اعلان کر دیا تھا۔ ناگا نے تلو کے کندھے سے اپنا ہاتھ گرنے دیا، جیسے ایک خیالی جرم پر شرمندگی محسوس کر رہا ہو۔ (اُن دنوں کشمیر میں خطاوار اور بے خطا ہونے کا فرق گویا کسی کالے جادو کے دائرے میں تھا۔)

اشفاق میر چونکانے کی حد تک کوتاہ قد، چونکانے کی حد تک مضبوط اور چونکانے کی حد تک گورا

تھا، کشمیریوں سے بھی زیادہ گورا۔ اس کے کان اور نتھنے سیپی جیسے گلابی تھے۔ اس میں سے تقریباً دھات جیسی چمک پھوٹ رہی تھی۔ اس نے شاندار لباس پہن رکھا تھا۔ کریز جمی خاکی پتلون، پالش کیے ہوئے براؤن جوتے، چمک دار بکسوے، جیل لگے بال جو چکنی، روشن پیشانی پر پیچھے کی جانب کڑھے ہوئے تھے۔ وہ البانیہ کا لگتا تھا یا بلقان کا کوئی نوجوان فوجی افسر۔ لیکن جب وہ بولا تو اس کا انداز کسی قدیم دنیا کے ہاؤس بوٹ کے مالک جیسا تھا، جس کی نسلیں کشمیر کی داستانوی مہمان نوازی میں پیوست ہوں اور وہ اپنے گاہک کا استقبال کر رہا ہو۔

''ویلکم سر! ویلکم! خوش آمدید! میں آپ کو ضرور بتاؤں گا کہ میں آپ کا سب سے بڑا فین ہوں۔ سر! مجھ جیسے لوگوں کو صحیح راستے پر رکھنے کے لیے ہمیں آپ جیسے لوگوں کی ہی ضرورت ہے۔'' مسکراہٹ جو اس کے تر و تازہ، لڑکوں جیسے چہرے پر پھیلی تھی، پرچم بنی ہوئی تھی۔ اس کی حیران، بچوں جیسی نیلی آنکھیں گویا سچی خوشی سے چمکتی ہوئی لگ رہی تھیں۔ اس نے ناگا کا ہاتھ اپنے دونوں ہاتھوں میں لے کر دبایا اور گرم جوشی سے کافی دیر تک دبائے رہا۔ پھر میز پر اپنی نشست لینے کے بعد اس نے ناگا کو سامنے بیٹھنے کا اشارہ کیا۔ ''معاف کیجیے، مجھے تھوڑی دیر ہو گئی۔ میں ساری رات باہر رہا۔ شہر پر آفت ٹوٹی ہے — آپ سن ہی چکے ہوں گے — احتجاج، گولی باری، قتل، جنازے... حسبِ معمول سری نگر اسپیشل۔ میں ابھی لوٹا ہوں۔ میرے سی او صاب نے مجھ سے کہا کہ یہاں آ کر میم کو پرسنلی آپ کے حوالے کر دوں۔''

اس نے حالانکہ تلو کو 'میم' کہا لیکن رویہ کچھ ایسا تھا جیسے تلو موجود ہی نہ ہو۔ (اس سے تلو کو بھی ایسا ہی ظاہر کرنے کا موقع مل گیا جیسے موجود نہیں۔) تلو سے متعلق بات کرتے ہوئے بھی اس نے تلو کی طرف نہیں دیکھا۔ یہ احترام کا اشارہ تھا یا توہین کا، یا محض مقامی روایت، واضح نہ ہو سکا۔

اس کا کوئی واضح نشان نہ تھا کہ اس دن اس کمرے میں کیا کچھ پیش آیا۔ اشفاق میر کی پرفارمنس یا تو احتیاط سے تیار اسکرپٹ پر مبنی ہو سکتی تھی، بشمول اس کے رویے اور کمرے میں داخل ہونے کے وقت کے، یا ہو سکتا ہے یہ بعد از مشق برجستہ پیشکش ہو۔ واحد بات جس میں کوئی ابہام نہ تھا وہ اس کے لہجے میں چھپی، ہلچل کرتی، مسکراتی ہوئی دھمکی تھی: 'میم' کو پرسنلی حوالے کیا جائے گا، لیکن سر اور میم صرف تبھی جا سکتے تھے جب اشفاق میر اجازت دے۔ پھر بھی وہ اس طرح پیش آ رہا تھا جیسے کوئی معمولی نوکر ہو، اور جو

ذمہ داری اسے دی گئی اسے ممکنہ حد تک کمال مہربانی سے انجام دے رہا ہو۔ وہ ایسا تاثر دے رہا تھا جیسے اسے ذرا سا بھی اندازہ نہ ہو کہ کیا ہوا ہے، جے آئی سی میں تلو کیا کر رہی ہے اور اسے 'حوالے کرنے' کی ضرورت کیوں پیش آئی ہے۔

کسی اور بات سے نہیں تو کم از کم کمرے کی فضا سے (جولرز رہی تھی) یہ واضح تھا کہ کچھ نہایت گھناؤنا پیش آیا ہے۔ واضح نہیں تھا کہ کیا، اور گناہ گار کون تھا، اور کس کے خلاف گناہ کیا گیا۔

اشفاق میر نے گھنٹی بجائی، اور اپنے مہمانوں سے پوچھے بغیر کہ پینا چاہتے ہیں یا نہیں، اس نے چائے اور بسکٹ لانے کا حکم دیا۔ جب وہ چائے کا انتظار کر رہے تھے، اس دوران اشفاق میر کی نظریں ناگا کی نگاہوں کے تعاقب میں دیوار پر فریم میں جڑے ایک پوسٹر پر جا ٹکیں:

We follow our own rules
Ferocious we are
Lethal in any form
Tamer of Tides
We play with storms
U guessed it right
We are
Men in Uniform

اپنا ہی قانون مانتے ہیں ہم
خونخوار ہیں ہم
ہر روپ میں مہلک
لہروں کو باندھنے والے
طوفانوں سے کھیلنے والے
ٹھیک ہی اندازہ لگایا تم نے
ہم ہیں
وردی پوش مرد!

''ہماری تک بندی...'' اشفاق میر نے اپنے سر کو پیچھے کی جانب جھٹکا دیا اور قہقہہ لگایا۔

چائے نے — یا اسکرپٹ نے — اسے باتونی بنا دیا تھا۔ اپنے سامعین کی بے چینی (ساتھ ہی خاموشی بھی) سے بے خبر وہ زندہ دلی کے ساتھ اپنے کالج کے دنوں، اپنی سیاست، اپنی ملازمت کے متعلق بولتا رہا۔ اس نے بتایا کہ وہ اسٹوڈنٹ لیڈر رہا ہے، اور اس کی نسل کے بیشتر نوجوانوں کی طرح وہ بھی پرجوش علیحدگی پسند تھا۔ لیکن 1990 کی دہائی کے ابتدائی برسوں میں خون خرابے کو قریب سے دیکھنے کے بعد، اور ایک عم زاد اور پانچ قریبی دوست کھونے کے بعد، اس نے روشنی دیکھی۔ اب اسے یہ یقین تھا کہ آزادی کے لیے کشمیر کی جدوجہد گمراہ ہو چکی ہے اور یہ کہ 'قانون کی بالادستی' کے بغیر کچھ بھی حاصل نہیں کیا جا سکتا۔ اور اس طرح وہ جموں و کشمیر پولیس میں بھرتی ہو گیا، اور اب ایس او جی، اسپیشل آپریشنز گروپ میں تعینات تھا۔ اپنے انگوٹھے اور انگلیوں کے درمیان ایک بسکٹ کو ہوا میں معلق کیے کیے اس نے حبیب جالب کی ایک نظم سنائی، جس کے متعلق اس نے بتایا کہ عین اس وقت اس کے پاس آئی جب اس کا دل بدل رہا تھا:

محبت گولیوں سے بو رہے ہو
وطن کا چہرہ خوں سے دھو رہے ہو
گماں تم کو کہ رستہ کٹ رہا ہے
یقیں مجھ کو کہ منزل کھو رہے ہو

ردِعمل کا انتظار کیے بغیر اپنے جوش و خروش کو برطرف کر وہ اچانک سازشی لہجے میں بولا:

''اور آزادی کے بعد؟ کیا کسی نے سوچا ہے؟ اکثریتی فرقہ اقلیت کے ساتھ کیا سلوک کرے گا؟ کشمیری پنڈت پہلے ہی جا چکے۔ صرف ہم مسلمان رہ گئے ہیں۔ ہم ایک دوسرے کے ساتھ کیا کریں گے؟ بریلویوں کے ساتھ سلفی کیا کریں گے؟ شیعوں کے ساتھ سنّی کیا کریں گے؟ ان کا کہنا ہے کہ اگر کسی ہندو کے مقابلے میں شیعہ کو قتل کریں تو وہ جنت میں جانے کے زیادہ مستحق ہو جاتے ہیں۔ لداخی بودھوں کا مستقبل کیا ہوگا؟ اور جموں کے ہندو؟ جے اینڈ کے صرف کشمیر تو نہیں ہے۔ یہ جموں اور کشمیر اور لداخ ہے۔ کسی علیحدگی پسند نے کبھی اس بارے میں سوچا ہے؟ اس کا جواب، میں بتا سکتا ہوں، ایک بڑا سا 'نہیں' ہے۔''

اشفاق میر نے جو کچھ کہا، ناگا نے اتفاق ظاہر کیا۔ ناگا جانتا تھا کہ کشمیریوں میں خود پر بے اعتباری کا بیج حکام نے کس قدر احتیاط سے بویا ہے اور بے پناہ انتشار کے دہانے پر پہنچنے کے باوجود اپنا کنٹرول پھر سے قائم کیا ہے۔ اشفاق میر کی باتیں سننا دراصل موسم کو بدلتے اور فصل تیار ہوتے دیکھنے کی مانند تھا۔ اس سے ناگا کو ایک عارضی جوش اور ہمہ دانی کا الوہی سا احساس ہوا۔ لیکن وہ ایسا کچھ نہیں کرنا چاہتا تھا جس سے یہ ملاقات مزید طویل ہو جائے۔ اس لیے کچھ نہیں بولا۔ وہ اپنی گردن اچکا کر 'موسٹ وانٹڈ' کی فہرست پڑھنے کا بہانہ کرنے لگا۔ یہ کوئی پچیس ناموں کی فہرست تھی، جو میز کے پیچھے لگے ایک سفید بورڈ پر سبز رنگ کے میجک پین سے لکھی گئی تھی۔ آدھے سے زیادہ ناموں کے آگے لکھا تھا: (مارا گیا) (مارا گیا) (مارا گیا)۔

''یہ سب پاکستانی اور افغانی ہیں،'' اشفاق میر نے پیچھے مڑے بغیر، ناگا پر نظریں جمائے ہوئے کہا۔ ''ان کی شیلف لائف چھ مہینے سے زیادہ نہیں ہوتی۔ سال کے آخر تک سب کو نابود کر دیا جائے گا۔ لیکن ہم کشمیری لڑکوں کو نہیں مارتے۔ کبھی نہیں۔ اگر وہ کٹّر نہ ہوں تو کبھی نہیں۔''

یہ سفید جھوٹ چیلنج کے بغیر فضا میں معلق رہا۔ یہی اس کا مقصد بھی تھا — فضا کو جانچنا۔

اشفاق میر چائے کی چسکیاں لیتا رہا، اور اپنی حیران کن آنکھوں سے، پلکیں جھپکائے بغیر، ناگا کو تکتا رہا۔ اچانک — یا شاید اتنے اچانک بھی نہیں — محسوس ہوا کہ کوئی خیال اس کے ذہن میں کوندا ہے۔ ''ایک ملٹن کو دیکھنا چاہو گے؟ یہاں میرے پاس ایک زخمی حراست میں ہے۔ ایک کشمیری۔ کیا اسے لانے کا آرڈر دوں؟''

اس نے ایک مرتبہ پھر گھنٹی بجائی۔ چند ثانیوں میں ہی ایک آدمی آیا، اس نے 'آرڈر' یوں لیا جیسے مزید ناشتے کا حکم ہو جسے چائے کے ساتھ پیش کیا جانا ہے۔

اشفاق میر شرارت سے مسکرایا۔ ''پلیز، میرے باس کو نہ بتایئے گا۔ وہ مجھے ڈانٹیں گے۔ اس قسم کی باتوں کی اجازت نہیں ہے۔ لیکن آپ کو — اور میم کو — یہ بڑا دلچسپ لگے گا۔''

جتنی دیر اشفاق میر نے یہ نیا ناشتہ پیش کیے جانے کا انتظار کیا، اس نے اپنی توجہ میز پر رکھے کاغذات پر مرکوز رکھی۔ بہت سے کاغذوں پر دستخط کرتا رہا، ایک پُرمسرت احساسِ ظفرمندی کے

ساتھ۔ خاموشی نے کاغذ پر قلم کے گھسٹنے کی آواز کو بلند تر کر دیا تھا۔ تلو، جو کمرے میں پیچھے کرسی پر بیٹھی ہوئی تھی، اٹھی اور اس کھڑکی پر جا کھڑی ہوئی جو ملٹری ٹرکوں سے بھرے ہوئے ایک اجاڑ پارکنگ لاٹ کی جانب کھلتی تھی۔ وہ اشفاق میر کے شو کی تماشابین نہیں بننا چاہتی تھی۔ یہ جیلر کے مقابلے میں قیدی کے ساتھ یک جہتی کے اظہار کا فطری اشارہ تھا— خواہ وہ اسباب کچھ بھی ہوں جنھوں نے صید کو صید اور صیاد کو صیاد بنایا تھا۔

ایک ایسی فرد کے طور پر جو کمرے میں اپنی موجودگی کو ناموجودگی میں بدلنے کی کوشش کر رہی تھی، تلو کے وجود کا ناموجود حصہ اب گرم ہوا کی پرت میں تبدیل ہو گیا، ایسی لہریں منتشر کرتا ہوا جن کا احساس کمرے میں موجود دونوں آدمیوں کو شدید طور پر تھا، البتہ بہت الگ الگ انداز میں۔

چند منٹ کے بعد ایک بھاری بھرکم پولیس والا داخل ہوا، جو اپنے بازوؤں میں ایک لاغر لڑکے کو اٹھائے ہوئے تھا۔ لڑکے کی پتلون کا ایک پائینچا اوپر کی جانب پلٹا ہوا تھا جس کے سبب اس کی ماچس کی تیلی جیسی پنڈلی نظر آ رہی تھی جسے ٹخنے سے گھٹنے تک قمچی باندھ کر باہم جوڑ دیا گیا تھا۔ اس کے بازو پر پلاسٹر تھا اور گردن پر پٹیاں بندھی تھیں۔ حالانکہ درد سے اس کے چہرے پر کھنچاؤ تھا، لیکن جب سپاہی نے اسے فرش پر رکھا تو اس نے منھ نہیں بگاڑا۔

تکلیف ظاہر نہ ہونے دینا ایک ایسا عہد تھا جو لڑکے نے اپنے آپ سے کر رکھا تھا۔ یہ مزاحمت کا ایسا درماندہ عمل تھا جو اس نے اپنی مکمل اور ذلت آمیز شکست کے باوجود پورا کر دکھایا تھا۔ اور اس سے یہ عمل پرشکوہ ہو گیا تھا۔ البتہ کسی نے توجہ نہیں دی۔ وہ ساکت پڑا رہا۔ ایک شکستہ پرندہ، آدھا بیٹھا، آدھا لیٹا ہوا، ایک کہنی پر اچکا ہوا، سانس کا آہنگ دھیما، آنکھیں اپنے ہی اندر مرکوز، چہرہ تاثرات سے یکسر عاری۔ اس نے اپنے گردوپیش کے ماحول، یا کمرے میں موجود لوگوں کے تئیں کوئی تجسس ظاہر نہیں کیا۔

اور تلو نے، کمرے کی طرف پشت کیے کیے، مزاحمت کے اتنے ہی درماندہ عمل کے ذریعے، اس کے تئیں تجسس ظاہر کرنے سے انکار کر دیا۔

اشفاق میر نے اسی جوش آمیز لہجے میں، جس میں اس نے نظم سنائی تھی، منظر کے جمود کو توڑا۔ اس بار اس نے جو کچھ کہا وہ بھی ایک قسم کی قرأت ہی تھی:

''ملٹن کی اوسط عمر سترہ اور بیس برس تک ہوتی ہے۔ اسے برین واش کیا جاتا ہے، اس میں عقائد اور نظریات بھرے جاتے ہیں اور بندوق تھما دی جاتی ہے۔ یہ زیادہ تر غریب، اور نچلی ذاتوں کے لڑکے ہوتے ہیں— جی ہاں، آپ کی اطلاع کے لیے عرض ہے کہ ہم مسلمان بھی بخوشی ذات پات تسلیم کرتے اور برتتے ہیں۔ یہ لڑکے نہیں جانتے کہ کیا چاہتے ہیں۔ پاکستان انھیں ہندوستان میں خونریزی کے لیے استعمال کرتا ہے۔ اسی کو ہم ان کی Prick and bleed 'چبھاؤ اور خون بہاؤ' پالیسی کہتے ہیں۔ اس لڑکے کا نام اعجاز ہے۔ یہ ایک آپریشن کے دوران پلواما کے قریب سیبوں کے ایک باغ سے پکڑا گیا تھا۔ آپ اس سے بات کر سکتے ہیں۔ اس سے کوئی بھی سوال پوچھیے۔ یہ ایک نئی تنظیم سے وابستہ تھا جس نے حال ہی میں یہاں اپنی مہم جوئی شروع کی ہے۔ لشکرِ طیبہ۔ اس کا کمانڈر ابو حمزہ نام کا پاکستانی تھا۔ وہ خاموش کیا جا چکا۔''

کھیل اب ناگا کے ذہن میں واضح ہو گیا۔ کشمیر کے موجودہ انتشار پر اس کے سامنے ایک سودا رکھا جا رہا تھا۔ ایک گرفتار شدہ جنگجو کا انٹرویو، جس کا تعلق نسبتاً نئے گروہ سے تھا— اور انٹیلی جنس کی رپورٹ کے مطابق یہ لڑکا اس مہلک گروہ کا آلہ تھا۔ گزشتہ رات کے واقعات کے بدلے میں امن کا مبادلہ— تلو کے ساتھ جو کچھ پیش آیا، جو خوفناک واقعات اس نے دیکھے، ان کے بدلے کا سودا۔

اشفاق میر اپنے شکار کے قریب گیا اور اس سے کشمیری میں مخاطب ہوا، ایک ایسے لہجے میں جو اونچا سننے والوں سے بات کرتے وقت استعمال کیا جاتا ہے۔

''**یی چھوئی** ناگ راج ہری ہرن صاحب۔ یہ انڈیا کے ایک مشہور صحافی ہیں۔ (حکام کے خلاف بغاوت کشمیر میں وبا کی مانند پھیلی تھی— بعض اوقات ایسے الفاظ ہندوستان کے وفاداروں کی زبان سے بھی بلا ارادہ پھسل جاتے تھے۔) یہ ہمارے خلاف کھلے عام لکھتے ہیں، اس کے باوجود ہم ان کی عزت کرتے ہیں اور ان کے مداح ہیں۔ جمہوریت کے یہی معنی ہیں۔ کسی دن سمجھ جاؤ گے کہ یہ کتنی خوبصورت چیز ہے۔'' وہ اب ناگا سے مخاطب ہونے کے لیے مڑا، اور انگریزی میں کہنے لگا (جسے یہ لڑکا سمجھ تو سکتا تھا، بول نہیں سکتا تھا)، ''ہماری طرف ہونے اور ہمیں بخوبی جان لینے کے بعد اس لڑکے نے اپنے طور طریق کی خامیوں کو سمجھ لیا ہے۔ یہ اب ہمیں اپنی فیملی کی طرح سمجھتا ہے۔ اپنے ماضی سے

دست کش ہو چکا، اپنے ساتھیوں کی اور ان کی مذمت کرتا ہے جنھوں نے اس کی نظریاتی تربیت کی تھی۔ اس نے ہم سے خود درخواست کی ہے کہ دو سال تک اسے قید میں رکھیں تاکہ یہ ان سے محفوظ رہے۔ اس کے والدین کو ملنے کی اجازت دے دی گئی ہے۔ چند دن میں اسے جیل بھیج دیا جائے گا، عدالتی حراست میں۔ اس کی طرح کے بہت سے لڑکے یہاں موجود ہیں جو اَب ہمارے طرفدار ہو چکے ہیں، ہمارے ساتھ کام کرنے کو تیار ہیں۔ آپ اس سے بات کر سکتے ہیں—اس سے آپ جو جی چاہے پوچھیے۔ کوئی مسئلہ نہیں۔ یہ بات کرے گا۔''

ناگا کچھ نہیں بولا۔ تلو کھڑکی پر کھڑی رہی۔ باہر خنکی تھی، لیکن ہوا میں گڑگڑاہٹ تھی اور ڈیزل کی بو سمائی ہوئی۔ تلو نے دیکھا کہ سپاہی اور بازوؤں میں بچہ اٹھائے ایک نوجوان عورت، ٹرکوں اور سپاہیوں کی بھول بھلیوں میں سے گزر رہے ہیں۔ عورت ان کے ساتھ جانے میں ہچکچاتی محسوس ہو رہی ہے۔ وہ بار بار پلٹ کر کسی چیز کی سمت دیکھ رہی ہے۔ سپاہیوں نے اسے شیراز کے لوہے کے بلند دروازوں کے باہر چھوڑ دیا ہے، اس ریزروائر کی باڑھ سے پرے جس نے اس ٹارچر سینٹر کو گھیر کر مرکزی شاہراہ سے الگ کر رکھا ہے۔ عورت کو جس جگہ چھوڑا گیا، وہ ہیں کھڑی رہی۔ ایک چھوٹا سا، مایوس، مضطرب، خوفزدہ پیکر، بے منزل چوراہوں پر جزیرۂ ٹریفک۔

ایک لمحے کے لیے، کمرے کی خاموشی کچھ عجیب سی ہو گئی۔

''اوہ آئی سی، میں سمجھ گیا... آپ اس سے اکیلے میں بات کرنا چاہیں گے؟ کیا باہر چلا جاؤں؟ کوئی مسئلہ نہیں۔ میں آرام سے باہر رک سکتا ہوں۔'' اشفاق میر نے گھنٹی بجائی۔ ''میں باہر جا رہا ہوں۔'' گھنٹی کی آواز پر آنے والے اردلی کو اس نے یہ اطلاع دے کر الجھن میں مبتلا کر دیا۔ ''ہم لوگ باہر جا رہے ہیں۔ باہر کے کمرے میں بیٹھیں گے۔''

خود کو اپنے ہی آفس سے نکلنے کا حکم دے کر وہ کمرے سے نکلا اور دروازہ بند کر دیا۔ اس کو جاتے دیکھنے کے لیے تلو ایک لمحے کو پلٹی۔ کواڑوں اور فرش کی درمیانی جھری سے وہ اس کے براؤن جوتوں کو روشنی کا راستہ روکے دیکھ سکتی تھی۔ ایک لمحے بعد ہی وہ ایک آدمی کو ساتھ لیے اندر آیا جو پلاسٹک کی نیلی

کرسی اٹھائے تھا۔ کرسی لڑکے کے سامنے فرش پر رکھ دی گئی۔

''پلیز، تشریف رکھیں، سر۔ یہ آپ سے بات کرے گا۔ پریشان نہ ہوں۔ یہ نقصان نہیں پہنچائے گا۔ میں اب جارہا ہوں۔ اوکے؟ آپ اکیلے میں بات کرسکتے ہیں۔''

وہ جاتے ہوئے اپنے پیچھے دروازہ بند کرگیا۔ لیکن فوراً ہی لوٹ آیا۔

''میں آپ کو بتانا بھول گیا کہ اس کا نام اعجاز ہے۔ کچھ بھی پوچھیے۔'' اس نے اعجاز کی طرف دیکھا اور لہجے میں ہلکا سا تحکم لاتے ہوئے بولا، ''جو کچھ پوچھیں اس کا جواب دینا۔ اردو کوئی مسئلہ نہیں۔ اردو میں بات کرسکتے ہو۔''

''جی سر،'' لڑکے نے اوپر دیکھے بغیر جواب دیا۔

''یہ کشمیری ہے۔ میں کشمیری ہوں۔ ہم بھائی بھائی ہیں۔ اور ذرا دیکھیے تو! اوکے۔ اب جاتا ہوں۔'' اشفاق میر ایک مرتبہ پھر چلا گیا۔ اور ایک مرتبہ پھر اس کے جوتے دروازے کے باہر چہل قدمی کرنے لگے۔

''کیا تم کچھ کہنا چاہو گے؟'' ناگا نے کرسی کو نظر انداز کرکے اعجاز کے سامنے فرش پر اکڑوں بیٹھتے ہوئے پوچھا۔ ''ضروری نہیں کہ کچھ کہو۔ لیکن چاہو تو بولو۔ آن ریکارڈ یا آف ریکارڈ۔''

اعجاز نے ایک لمحے کے لیے ناگا سے نظریں ملائیں۔ غدار کہلانے کی شرمندگی اس کی جسمانی تکلیف سے کہیں زیادہ بڑی تھی۔ وہ جانتا تھا کہ ناگا کون ہے۔ ظاہر ہے کہ وہ اسے شکل سے نہیں پہچانتا تھا، لیکن مجاہدین کے حلقے میں ناگا کا نام ایک نڈر صحافی کے طور پر معروف تھا— جو کسی بھی طرح ان کا ہم سفر تو نہیں تھا، لیکن ایسا ضرور تھا جو ان کے لیے مفید ہوسکتا تھا— 'ہیومن رائٹ وِنگ' کا ایک رکن، جیسا کہ جنگجو ایسے ہندوستانی صحافیوں کو مذاقاً کہا کرتے تھے جو سکیورٹی فورسز اور مجاہدین، دونوں کے مظالم کے بارے میں یکساں اور پوری ایمانداری سے لکھتے تھے۔ (ناگا کا سیاسی تغیر ابھی کسی قابلِ شناخت روپ میں ظاہر نہیں ہوا تھا، خود اپنے لیے بھی نہیں۔) اعجاز جانتا تھا کہ اس کے پاس چند ہی لمحے ہیں جن میں اسے فیصلہ کرنا ہے کہ کیا کرے۔ پینلٹی شوٹ آؤٹ کے لیے تیار کسی گول کیپر کی مانند اسے خود، دو

میں سے کوئی ایک فیصلہ کرنا تھا۔ وہ نوجوان تھا، اس نے نسبتاً پرخطر راستہ اپنایا۔ اس نے بولنا شروع کیا، دبے دبے لیکن واضح الفاظ میں، کشمیری لہجے کے ساتھ اردو میں۔ اس کے حلیے اور الفاظ میں عدم مطابقت اتنی ہی چونکانے والی تھی جتنی کہ خود اس کی باتیں۔

''سر، میں جانتا ہوں آپ کون ہیں۔ جدوجہد کرتے لوگ، اپنی آزادی اور وقار کے لیے لڑتے لوگ جانتے ہیں کہ ناگ راج ہری ہرن ایک ایماندار اور بااصول صحافی ہے۔ اگر آپ میرے بارے میں لکھیں تو صرف سچائی لکھیں۔ جو کچھ انھوں نے — اشفاق صاحب نے — کہا، سچ نہیں ہے۔ انھوں نے مجھے ٹارچر کیا، بجلی کے جھٹکے دیے اور ایک کورے کاغذ پر دستخط کرائے۔ یہی سب وہ یہاں ہر کسی کے ساتھ کرتے ہیں۔ مجھے نہیں معلوم کہ بعد میں انھوں نے اس پر کیا لکھا۔ میں نہیں جانتا کہ اس کاغذ پر انھوں نے مجھ سے کیا کہلوایا ہے۔ سچائی یہ ہے کہ میں نے کسی کی مذمت نہیں کی۔ سچائی یہ ہے کہ میں ان لوگوں کا احترام کرتا ہوں جنھوں نے مجھے جہاد کی تربیت دی، اپنے والدین سے بھی زیادہ ان کا احترام کرتا ہوں۔ انھوں نے اپنے ساتھ شامل ہونے کے لیے مجھے مجبور نہیں کیا۔ میں ان کی تلاش میں میں خود ہی نکلا تھا۔''

تلواب اس کی طرف مڑ گئی۔

''میں ٹنگ مرگ کے ایک سرکاری اسکول میں بارھویں کلاس میں پڑھتا تھا۔ بھرتی ہونے میں مجھے پورا ایک سال لگا۔ وہ — لشکر والے — مجھ پر نہایت شک کر رہے تھے کیونکہ میرے خاندان میں کوئی بھی نہیں مارا گیا، نہ ٹارچر کیا گیا اور نہ غائب ہوا۔ میں نے یہ کام آزادی اور اسلام کے لیے کیا تھا۔ مجھ پر بھروسہ کرنے میں انھوں نے پورا ایک سال لگایا۔ انھوں نے چھان بین کی، یہ دیکھنے کو کہ میں آرمی ایجنٹ تو نہیں، یا یہ کہ اگر میں مجاہد بن گیا تو میرے گھر میں کوئی روزی روٹی کمانے والا بچے گا یا نہیں۔ ان معاملوں میں وہ بہت محتاط ہیں —''

چار پولیس والے آملیٹ، روٹی، کباب، پیاز کے چھلے اور کٹی ہوئی گاجریں اور مزید چائے ٹرے میں لیے ہوئے کمرے میں آدھمکے۔ ان کے پیچھے اشفاق میر اس طرح نمودار ہوا جیسے کوئی رتھ بان اپنے گھوڑے ہانک رہا ہو۔ اس نے اپنے ہاتھ سے پلیٹوں میں کھانا سجایا، اطمینان سے خوب وقت لگا کر۔

پلیٹوں کی کناریوں کے قریب گاجر کے قتلوں کی صف، ان کے اندر پیاز کے چھلوں کی صف، گویا فوج کی ایسی صفیں تھیں جنھیں توڑا نہیں جاسکتا۔ کمرے میں خاموشی چھا گئی۔ صرف دو ہی پلیٹیں تیار کی گئیں۔ اعجاز نے اپنی نظریں پھر سے فرش پر جمالیں۔ تلو پھر سے کھڑکی کی طرف گھوم گئی۔ ٹرک آئے اور چلے گئے۔ بچے کو لیے وہ عورت اب بھی سڑک کے بیچوں بیچ کھڑی تھی۔ آسمان شعلوں کا گلاب لگ رہا تھا۔ فاصلے پر کوہسار ایسے حسین لگ رہے تھے جیسے آسمان سے اترے ہوں۔ لیکن سیاحت کے لیے یہ ایک اور خوفناک سال تھا۔

''لیجیے جناب۔ شروع کیجیے۔ کباب کھانا پسند فرمائیں گے؟ اب یا بعد میں؟ بات چیت جاری رکھیے پلیز۔ کوئی مسئلہ نہیں۔ اوکے۔ میں جارہا ہوں۔'' اور اشفاق میر دس منٹ میں چوتھی بار اپنے آفس سے نکلا اور دروازے کے باہر کھڑا ہو گیا۔

اعجاز نے اپنے بارے میں جو کچھ بتایا تھا، ناگا اسے سن کر خوش ہوا تھا، اور سرور اس کا تھا کہ یہ سب تلو کے سامنے کہا گیا۔ ایک چھوٹی سی پرفارمنس سے وہ خود کو روک نہ سکا۔

''کیا تم سرحد پار گئے تھے؟ تمھاری ٹریننگ پاکستان میں ہوئی ہے؟'' ناگا نے اعجاز سے اس وقت پوچھا جب اسے یقین ہو گیا کہ اشفاق میر سماعت سے دور جا چکا ہے۔

''نہیں میری تربیت یہیں ہوئی۔ کشمیر ہی میں۔ ہمارے پاس یہاں اب سب کچھ ہے۔ ٹریننگ، ہتھیار... ہم گولا بارود آرمی سے خریدتے ہیں۔ بیس روپے کی ایک گولی، نو سو روپے میں —''

''آرمی سے؟''

''ہاں۔ وہ نہیں چاہتے کہ عسکریت پسندی کا خاتمہ ہو۔ وہ کشمیر چھوڑ کر جانا نہیں چاہتے۔ یہاں جو حالات ہیں ان سے وہ بہت خوش ہیں۔ ہر طرف کے لوگ نوجوان کشمیریوں کی لاشوں پر پیسہ بنا رہے ہیں۔ اس لیے بہت سے بم دھماکے اور قتلِ عام کی وارداتیں وہ خود کرتے ہیں۔''

''تم کشمیری ہو۔ تم نے حزب یا جے کے ایل ایف کی جگہ لشکر کو کیوں چنا؟''

''کیونکہ حزب والے بھی چند خاص سیاسی لیڈروں کا احترام کرتے ہیں۔ لشکر میں ہم لوگ ان لیڈروں کا کوئی احترام نہیں کرتے۔ میں کسی بھی لیڈر کا قطعی احترام نہیں کرتا۔ انھوں نے ہمارے ساتھ

غداری کی ہے، دھوکا دیا ہے۔ انھوں نے کشمیریوں کی لاشوں پر اپنے سیاسی کریئر بنائے ہیں۔ ان کے پاس کوئی پلان نہیں۔ میں لشکر میں شامل ہوا کیونکہ مرنا چاہتا تھا۔ مجھ سے مرنے کی توقع کی جاتی ہے۔ میں نے یہ نہیں سوچا تھا کہ زندہ پکڑ لیا جاؤں گا۔"

"لیکن پہلے—اپنے مرنے سے پہلے— تم مارنا چاہتے تھے...؟"

اعجاز نے ناگا کی آنکھوں میں دیکھا۔

"ہاں۔ میں اپنے لوگوں کے قاتلوں کو مارنا چاہتا تھا۔ کیا یہ غلط ہے؟ آپ چاہیں تو یہ بات لکھ سکتے ہیں۔"

اشفاق میر کمرے میں آ دھمکا، چہرے پر کشادہ مسکراہٹ سجائے، لیکن اس کی بے مسکراہٹ آنکھیں ایک آدمی سے دوسرے آدمی پر گردش کر رہی تھیں، یہ اندازہ لگانے کی کوشش میں کہ ان کے درمیان کیا کیا گزر رہا ہے۔

"بس؟ خوش؟ اس نے تعاون کیا نا؟ چھاپنے سے پہلے پلیز مجھ سے وہ حقائق کنفرم کر لیں جو اس نے بتائے ہیں۔ بہرحال، ہے تو دہشت گرد ہی۔ میرا دہشت گرد بھائی۔"

اور ایک مرتبہ پھر اس نے پرمسرت قہقہہ لگایا اور گھنٹی بجائی۔ بھاری بھرکم پولیس والا لوٹ آیا، اعجاز کو اس نے اپنے بازوؤں میں اٹھایا اور لے کر چلا گیا۔

جب ناشتہ بھاری بھرکم ٹرے میں سمیٹ کر واپس لے جایا جا چکا تو ناگا اور تلو کو بخوشی (لیکن کہے بغیر) جانے کی اجازت دے دی گئی۔ پلیٹوں میں ناشتہ اَن چھوا رہا، فوجی صفیں محفوظ رہیں۔

احدوس کی جانب لوٹتے ہوئے، دم گھونٹنے والی مسلح جپسی کی پچھلی نشست پر بیٹھے ناگا نے تلو کا ہاتھ پکڑ رکھا تھا۔ تلو نے بھی اس کا ہاتھ پکڑ رکھا تھا۔ ناگا کو ان حالات کا شدت سے احساس تھا جن میں اُنسیت کا یہ عارضی تبادلہ ہو رہا تھا۔ وہ تلو کا زلزلہ، اس کی جلد کے نیچے چھپی موٹر کو محسوس کر سکتا تھا۔ اس کے باوجود، اِس عورت کے ہاتھ کو اپنے ہاتھ میں لینا، دنیا کی تمام عورتوں کے مقابلے میں، اسے کہیں

زیادہ نا قابلِ بیان خوشی عطا کر رہا تھا۔

جیپ کے اندر بد بو نا قابلِ برداشت تھی۔ لوہے، بارود، بالوں کے تیل، خوف اور خیانت سے بنا بدبودار شربت۔ اس کے معمول کے مسافر وہ نقاب پوش مخبر تھے جو 'کیٹس' (بلیاں) کہلاتے ہیں۔ کورڈن اینڈ سرچ آپریشنز کے دوران، گھیرے گئے محلے کے بالغ مردوں کو گھیر کر مسلح جیپسی کے سامنے سے گزارا جاتا تھا، وادیِ کشمیر میں خوف کی اسی ہمہ جا موجود علامت کے سامنے سے۔ چھپا ہوا کیٹ لوہے کے پنجرے کے اندر سے سر ہلاتا یا آنکھیں جھپکاتا، اور قطار میں سے ایک آدمی ٹارچر کے لیے، 'لاپتا' کیے جانے لیے یا مارنے کے لیے الگ کر دیا جاتا۔ ظاہر ہے کہ ناگا یہ سب جانتا تھا، لیکن اس کے باوجود اس کی طمانیت کی شدت میں کمی نہیں آئی۔

جھلاّیا ہوا شہر پوری طرح بیدار تھا لیکن سونے کا مکر کیے تھا۔ خالی سڑکیں، بند بازار، شٹر بند دکانیں اور مقفل مکان، جیپ کی جالی دار کھڑکیوں کے سامنے سے گزرتے رہے — جنھیں مقامی لوگ 'موت کی کھڑکیاں' کہتے تھے، کیونکہ ان کے عقب سے جو شے ان کی طرف جھانکتی وہ یا تو فوجیوں کی بندوقیں ہوتی تھیں یا مخبر کی آنکھیں۔ آوارہ کتوں کے جھنڈ ننھے ننھے بھالوؤں کی مانند کاہلی سے ٹھک رہے تھے، ان کے بدن کے موٹے بال آنے والی سردیوں کے احساس سے گھنے ہونا شروع ہو گئے تھے۔ ٹرِگر دبانے کو تیار، چوکنے اور تناؤ میں گھرے سپاہیوں کے سوا، دور دور تک کسی انسان کا پتا نہ تھا۔ صبح کا اجالا پھیلنے پر کرفیو اٹھا لیا جائے گا اور سکیورٹی ہٹالی جائے گی تاکہ لوگ اپنے شہر پر چند گھنٹوں کے لیے پھر سے قابض ہو جائیں۔ وہ اپنے اپنے گھروں سے نکل کر لاکھوں کی تعداد میں جمع ہوں گے اور قبرستان کی جانب کوچ کریں گے۔ انھیں یہ احساس تک نہیں کہ ان کے دکھ اور غصے کا اظہار بھی اب فوجی حکمتِ عملی اور انتظامی منصوبے کا جز بن چکا ہے۔

ناگا منتظر رہا کہ تلو کچھ کہے۔ اس نے کچھ نہیں کہا۔ جب اس نے بات شروع کرنے کی کوشش کی تو تلو نے کہا، ''کیا ہم کیا یہ ممکن ہے۔ بات نہ کریں؟''

''گارسن نے بتایا تھا کہ انھوں نے ایک آدمی کو مار ڈالا ہے، کوئی کمانڈر گلریز... ان کا خیال ہے... یا مجھے نہیں معلوم کہ کس کا خیال ہے... گارسن کا خیال ہے... یا ہو سکتا ہے انھوں نے ہی اس سے

کہا ہو کہ وہ موسیٰ تھا۔ کیا یہ صحیح ہے؟ صرف اتنا ہی۔ مجھے صرف اتنا بتا دو؟''

ایک لمحے کے لیے تلو کچھ نہیں بولی۔ پھر وہ اس کی طرف مڑی اور براہِ راست اس کی آنکھوں میں دیکھا۔ وہ آنکھیں نہیں، ٹوٹے ہوئے کانچ کے ٹکڑے تھے۔

''پہچاننا ممکن نہ تھا۔''

ناگا جن دنوں پنجاب کی شورش پر لکھ رہا تھا تو اس نے دیکھا تھا، کافی مرتبہ، جب وہ تفتیشی مرکزوں سے باہر آتے تھے تو ان کے جسموں کی حالت کیا ہوتی تھی۔ چنانچہ تلو نے جو کہا اسے ناگا نے اپنے شک کی تصدیق سمجھا۔ وہ سمجھ گیا کہ تلو جن حالات سے گزری ہے، ان سے باہر آنے میں کچھ وقت لگے گا۔ وہ انتظار کرنے کو تیار تھا۔ جو کچھ گزرا تھا اس کے بارے میں وہ اپنے خیال کے مطابق بہت کچھ جانتا تھا— یا کم از کم اتنا ضرور کہ جتنا جاننے کی ضرورت تھی۔ اس بات کے لیے اس نے خود کو معاف کر دیا کہ تلو کا اندوہ اس کے لیے گہری تسکین کا ذریعہ بنا تھا۔

ناگا کے سوال کا تلو نے جو جواب دیا وہ کورا جھوٹ نہیں تھا۔ لیکن سچ بھی ہرگز نہ تھا۔ سچائی یہ تھی کہ اس نے وہ لاش دیکھی تھی۔ جس حال میں دیکھی تھی، اگر نہ جانتی کہ کس کی ہے، تو اس کی شناخت ناممکن تھی۔ لیکن وہ جانتی تھی کہ لاش کس کی ہے۔ بخوبی جانتی تھی کہ وہ موسیٰ نہیں۔

اس ناسچائی، نیم سچائی یا ایک بٹا دس سچائی (یا وہ سچائی کا جو بھی جز ہو) کے اعتراف کے ساتھ، بیریئر گر گئے اور بلا سفارت خانہ کی مملکت کی سرحدیں بند ہو گئیں۔ شیراز کا واقعہ، ایک ختم ہو چکے موضوع کی مانند بند کر دیا گیا۔

جب وہ دہلی لوٹے تو تلو اس حال میں نہ تھی کہ اسے نظام الدین بستی میں اس جگہ تنہا چھوڑا جائے جسے ناگا 'اسٹور روم' کہا کرتا تھا۔ چنانچہ ناگا نے تلو سے کہا کہ وہ کچھ عرصے کے لیے اس کے چھوٹے سے فلیٹ میں رہنے آجائے جو اس کے والدین کے گھر کی چھت پر بنا تھا۔ آخرش جب اس نے تلو کا 'ہیئر کٹ' دیکھا تو کہا کہ یہ اس پر واقعی بچ رہا ہے، اور یہ کہ جس نے بھی یہ کیا ہے اسے ہیئر ڈریسر بن جانا چاہیے۔ اس پر وہ مسکرانے لگی۔

چند ہفتوں بعد ناگا نے تلو سے پوچھا کہ کیا وہ اس سے شادی کرے گی۔ جواب میں اس نے ہاں

کہہ کر اسے مسرور کر دیا۔ جلد ہی شادی کی یہ تقریب، جس سے اس کے والدین خاصے نالاں تھے، باقاعدہ انجام پذیر ہوئی۔ 1996 میں کرسمس کے دن ان کی شادی ہو گئی۔

اگر تلو کو آڑ کی ضرورت تھی، تو ایمبیسڈر شوشنکر ہری ہرن کی بہو بننے سے بہتر، وہ بھی ڈپلومیٹک اینکلیو میں رہائشی پتے کے ساتھ، کوئی اور آڑ نہیں ہو سکتی تھی۔

اس زندگی کو اس نے چودہ برس تک مجتمع رکھا اور پھر اچانک، وہ مزید نہ برداشت کر سکی۔ ایسا کیوں ہوا، اس کی بہت ساری وجہیں بیان کی جاسکتی ہیں، لیکن ان میں سب سے اہم اس کا ہلکان ہو جانا تھا۔ وہ ایسی زندگی جیتے جیتے تھک چکی تھی جو اصل میں اس کی نہیں تھی، وہ بھی ایک ایسے پتے پر جہاں اسے نہیں ہونا چاہیے تھا۔ ستم ظریفی یہ تھی کہ جب اس کے ذہن نے اُچٹنا شروع کیا، تب وہ ناگا کی محبت میں پہلے سے کہیں زیادہ مبتلا تھی۔ لیکن یہ اس کا اپنا وجود تھا جس نے اسے تھکا دیا تھا۔ وہ اپنی الگ تھلگ دنیا کو الگ تھلگ رکھنے کی صلاحیت کھو بیٹھی تھی — ایک ایسا ہنر جسے بہت سے لوگ ذہنی صحت کا سنگِ بنیاد سمجھتے ہیں۔ اس کے دماغ کے ٹریفک نے، یوں لگتا تھا گویا ٹریفک لائٹ کے اصولوں کو ماننا چھوڑ دیا ہے۔ اس کا نتیجہ نہ تھمنے والے شور، چند بری ٹکّروں اور بالآخر چکّا جام کی صورت میں ظاہر ہوا تھا۔

اب مڑ کر ماضی دیکھتے ہوئے ناگا کو اندازہ ہو رہا تھا کہ برسوں سے وہ اپنے تحت الشعور میں بیٹھے اس خوف کے ساتھ جی رہا تھا کہ تلو اس کی زندگی میں سے بس یوں گزر رہی ہے جیسے اونٹ صحرا سے گزرتا ہے۔ یہ کہ ایک دن وہ یقیناً اسے چھوڑ جائے گی۔

اس کے باوجود، جب سچ مچ ایسا ہوا تو اس پر یقین کرنے میں ناگا کو کچھ وقت لگا۔

اس کا پرانا دوست آر سی اس کی مدد کو آیا، جس نے ہمیشہ یہ مانا تھا کہ انٹیلی جنس بیورو میں کام کرنے اور پوچھ تاچھ کے ٹرانسکرپٹ پڑھتے رہنے سے آدمی میں فطرتِ انسانی کو سمجھنے کی بے مثال صلاحیت پیدا جاتی ہے، اس سے بھی گہری سمجھ جس کے حصول کی توقع کسی مبلغ، شاعر یا نفسیاتی معالج سے کی جاتی ہے۔

''کہتے ہوئے افسوس ہے، لیکن صحیح کہتا ہوں، اسے ضرورت ہے دوز وردار تھپڑ لگانے کی۔ تمھاری

جو یہ ماڈرن اپروچ ہے، یہ ہمیشہ کام نہیں آتی۔ ایٹ دی اینڈ آف دی ڈے، ہیں تو ہم سب جانور ہی۔ اس کی ضرورت پڑتی ہے کہ ہمیں ہماری 'الف واؤ قاف الف تے' یاد دلائی جائے۔ چیزیں ذرا صاف ہو جائیں تو دونوں پارٹیز کا دور تک ساتھ دیں گی۔ اس طرح تم اس پر احسان ہی کرو گے جس کے لیے ایک نہ ایک دن وہ تمھاری شکرگذار ہوگی۔ میرا یقین کرو، تجربے کی بنیاد پر کہہ رہا ہوں۔" آرسی اکثر اپنی آواز جملے کے درمیان میں نیچی کر لیتا تھا، اور کسی بھی لفظ کے ہجے کرنے لگتا تھا، جیسے کسی تخئیلی ٹوہ لینے والے کی آنکھ میں دھول جھونک رہا ہو جسے ہجے کرنا نہیں آتے۔ لوگوں کا ذکر ہو ہمیشہ 'پارٹیز' کہہ کر کرتا تھا۔ اپنے سارے مشوروں اور بصیرتوں کے لیے 'ایٹ دی اینڈ آف دی ڈے' اس کا پسندیدہ فقرہ تھا۔ بالکل اسی طرح جب کسی کی تحقیر مقصود ہوتی تو وہ ہمیشہ 'وِد آل ڈِیو ریسپکٹ' سے اپنی بات شروع کرتا تھا۔

آرسی نے ناگا کو ڈانٹا کہ اس نے تلو کو بچے پیدا کرنے سے انکار کیوں کرنے دیا۔ اس نے کہا کہ بچے اسے شادی کے بندھن میں اس طرح باندھے رکھتے کہ کوئی اور نہیں باندھ سکتا۔ وہ کھچڑی مونچھوں والا ایک ناٹا، اور عورتوں جیسا نرم و نازک مرد تھا۔ اس کی ایک چھوٹی سی، نرم و نازک بیوی تھی، اور ایک چھوٹی سی، نرم و نازک، نوعمر بیٹی جو مولکولر بائیولوجی پڑھ رہی تھی۔ وہ چھوٹے چھوٹے، نرم و نازک کھلونوں کا مثالی خاندان لگتے تھے۔ اس لیے اس کی طرف سے ملنے والا اس قدر مردانہ مشورہ ناگا کے لیے بھی، جو اسے برسوں سے جانتا تھا، حیرانی کا باعث تھا۔ ناگا حیرت سے سوچنے لگا کہ اُن زوردار تھپڑوں کی نوعیت کیا ہوگی اور کتنے وقفے سے لگائے جاتے ہوں گے جو مسز آرسی کو اپنی اوقات میں رکھتے ہوں گے۔ بظاہر تو وہ نرم خو اور اپنی تقدیر پر پوری طرح شاکر نظر آتی تھیں— شوپیسوں سے بھرے ہوئے گھر اور کسی حد تک بھدے زیوروں اور مہنگی کشمیری شالوں کے کلیکشن کے ساتھ۔ ناگا تصور نہیں کر سکا مسز آرسی سچ مچ کسی چھپے ہوئے غصے کا آتش فشاں ہیں جسے قابو میں رکھنے کے لیے وقت بہ وقت زوردار تھپڑوں کی ضرورت پڑتی ہے۔

آرسی نے، جسے بلیوز کا سنگیت پسند تھا، ناگا کے لیے ایک نغمہ چلایا۔ یہ بلی ہولیڈے کا گیت 'No Good Man' تھا:

I'm the one who gets
The run-around,

I oughta hate him
And yet
I love him so
For I require
Love that's made of fire.

(میں ہی ہوں کہ جسے رملتی ہے بے وفائی
چاہیے کہ اس سے کروں نفرت رلیکن رکرتی ہوں محبت یوں
ضرورت ہے مجھے راک ایسی محبت کی رجو آتش سے بنی ہو)

آرسی نے I oughta hate him کی جگہ All the hittin سنا۔ نفرت کی جگہ پیٹنا سنا۔

وہ بولا، ''عورتوں کو، ساری عورتوں کو۔ کوئی مستثنیٰ نہیں۔ سمجھ گئے؟''

تلو ہمیشہ ہی ناگا کو بلی ہالیڈے کی یاد دلاتی رہتی تھی۔ وہ عورت خود اتنی زیادہ نہیں، جتنی اس کی آواز۔ اگر کسی کے لیے ایسا ممکن تھا کہ اپنی آواز سے ناگا میں ہلچل پیدا کرے تو صرف تلو تھی جو بلی ہالیڈے کی آواز جیسا جادو جگاتی تھی۔ اس میں اسی طرح کا لوچ، اور دل کی دھڑکنیں ساکت کر دینے والی، قاتل ناگہانیت تھی۔ آرسی کو اندازہ نہیں تھا کہ اپنے نکتے کی وضاحت کے لیے اس نے بلی ہالیڈے کو استعمال کر کے کون سا تار چھیڑ دیا ہے۔

ناگا میں اور جو بھی خامیاں ہوں لیکن مار پیٹ کے معاملے میں نہایت شائستہ تھا۔ ایک صبح البتہ اس نے اپنی بیوی کو تھپڑ مار دیا۔ کچھ قائل ہو کر نہیں، دونوں ہی کو اس کا احساس تھا۔ لیکن ہاتھ اٹھا ہی دیا۔ پھر ناگا نے اسے بازوؤں میں بھر لیا اور رو پڑا۔ ''مت جاؤ، پلیز نہ جاؤ۔''

اُس دن تلو دروازے پر جا کھڑی ہوئی اور ناگا کو ڈرائیور کے ساتھ آفس جاتے دیکھتی رہی۔ وہ یہ نہ دیکھ سکی کہ پچھلی سیٹ پر بیٹھا ہوا ناگا سارے رستے روتا رہا۔ حالانکہ ناگا رونے دھونے والا آدمی نہیں تھا۔ (بعد میں اس رات جب وہ پرائم ٹائم کے ایک ٹی وی مباحثے میں قومی تحفظ پر بطور مہمان مقرر نظر آیا تو اپنی نجی تکلیف کے کوئی آثار اس کے چہرے پر نہ تھے۔ وہ اپنی حاضر جوابی کے ساتھ مستعد نظر آ رہا تھا اور اس نے حقوقِ انسانی پر بولنے والی عورت کی بولتی بند کر دی تھی جو کہہ رہی تھی کہ نیا ہندوستان فاشزم کی طرف بڑھ رہا ہے۔ ناگا کے لاجواب دلائل پر اسٹوڈیو میں موجود بہ احتیاط بلائے گئے سامعین، جو

باسلیقہ طلبہ اور بلند ارادوں والے نوجوان پیشہ وروں پر مشتمل تھے، منھ دبا کر ہنسنے لگے۔ ایک اور مہمان، جو مونچھوں اور تمغوں سے لیس ایک ریٹائرڈ، سالخوردہ فوجی جنرل تھا، اور جو نیشنل سکیورٹی پر ہونے والی تمام بحثوں میں ہر ٹی وی اسٹوڈیو میں زہر اگلنے اور احمق پن جھاڑنے کے لیے بالضرور ٹھونسا جاتا تھا، ہنسنے اور تالی بجانے لگا۔)

تلو نے شہر کے نواح کی طرف جانے والی بس پکڑ لی۔ وہ میلوں تک پھیلے شہر کے کوڑے کرکٹ کے پہاڑ کے قریب سے گزری، جو پلاسٹک کی چمکیلی تھیلیوں سے بنا تھا اور چیتھڑے لٹکائے نادار بچوں کی فوج اس میں سے اپنے کام کی چیزیں بین رہی تھی۔ آسمان چیل کوّوں کی کالی آندھی بنا ہوا تھا، جو اپنے تمغے پانے کے لیے بچوں، سؤروں اور کتوں کے ریوڑوں سے مسابقت کر رہے تھے۔ دور فاصلے پر، کوڑے سے لدے ہوئے ٹرک آہستہ روی سے چکر کاٹتے ہوئے کوڑے کے پہاڑ کی جانب آ رہے تھے۔ کوڑے کی ڈھیتی ہوئی چوٹیوں سے اندازہ کیا جا سکتا تھا کہ جمع ہونے والے انبار کا حجم کتنا زیادہ تھا۔

اس نے ندی کے پشتے کی طرف جانے والی دوسری بس پکڑ لی۔ ایک پل پر اتر گئی اور دیکھنے لگی کہ ایک آدمی، پانی کی پرانی بوتلوں اور پلاسٹک کی جیری کینوں سے بنے رافٹ پر چڑھا غلیظ، سست رو اور گندی ندی کو پار کر رہا ہے۔ بھینسیں بڑی مستی سے سیاہ پانی میں اتر رہی تھیں۔ سڑک کی پٹری پر خوانچہ فروش فیکٹریوں کے خالص سیال میں اگے ہوئے تازہ تربوز، خربوزے اور چکنے سبز کھیرے ککڑیاں بیچ رہے تھے۔

اس نے تیسری بس میں ایک گھنٹہ گزارا اور چڑیا گھر پر اتر گئی۔ وہ دیر تک بورنیو کے گبن بندر کو دیکھتی رہی جو اپنے کشادہ، خالی باڑے میں بند تھا، اور ایک اونچے درخت سے چمٹا ہوا جھبریلے نقطے جیسا یوں لگ رہا تھا جیسے اس کی زندگی کا سارا انحصار اسی درخت پر ہو۔ درخت کے نیچے زمین پر وہ چیزیں بکھری پڑی تھیں جو اس کی توجہ پانے کے لیے تماشابین اس پر پھینکتے تھے۔ گبن کے باڑے کے باہر سیمنٹ سے بنا گبن کی ہیئت کا کوڑے دان لگا تھا، اور ہپو، آبی گینڈے کے باڑے کے باہر ہپو کی ہیئت کا کوڑے دان۔ سیمنٹ کے ہپو کا منھ کھلا ہوا تھا جو کوڑے سے مچاچچ بھرا تھا۔ اصلی ہپو اپنے گندے کیچڑ

بھرے تالاب میں لوٹیں لگا رہا تھا۔ اس کا چست، چوڑا، غبارے جیسا دھڑ گیلے ٹائر کے رنگ کا تھا، اور اس کے گلابی، پھولے ہوے پپوٹوں میں دھنسی چندھی، چوکنی آنکھیں پانی کی سطح سے باہر۔ پلاسٹک کی بوتلیں اور سگریٹ کے خالی پیکٹ اس کے اردگرد تیر رہے تھے۔ ایک آدمی نے اپنی ننھی سی بیٹی کو، جس نے رنگین چمکدار فراک پہن رکھی تھی اور جس کی آنکھوں میں کاجل کے ڈورے تھے، تالاب میں جھکایا۔ اس نے ہپو کی طرف اشارہ کیا اور بولا، ''مگرمچھ۔'' ''مگل مچ،'' اس کی ننھی بچی نے اپنی دلکشی نمایاں کرتے ہوے کہا۔ شور مچاتے لڑکوں کی ایک منڈلی آئی اور اس نے باڑے کے اندر سیمنٹ کے کناروں سے پرے، ہپو کے تالاب میں ریزر بلیڈ پھینکنے شروع کر دیے۔ جب بلیڈ ختم ہو گئے تو انھوں نے تلو سے پوچھا کہ کیا وہ ان کا ایک فوٹو کھینچ سکتی ہے۔ ان میں سے ایک نے، جس کی ساری انگلیوں میں انگوٹھیاں تھیں اور کلائیوں میں اُڑے رنگ کے لال دھاگے بندھے تھے، اسے فوٹو لینے کا زاویہ سمجھایا اور اپنا فون اس کے ہاتھ میں تھما کر، دوڑ کر فریم میں چلا گیا۔ اس نے اپنے ساتھیوں کے کندھوں پر بازو ٹکائے اور دو انگلیوں سے جیت کا نشان V بنا لیا۔ جب تلو نے فون لوٹایا تو انھیں مبارکباد دی کہ پنجرے میں قید ہپو کو ریزر بلیڈ کھلانا واقعی بڑی بہادری کا کام ہے۔ اس تذلیل کو سمجھنے میں انھیں ذرا وقت لگا۔ جب ان کی سمجھ میں آ گیا تو وہ چڑیا گھر میں ہر جگہ تلو کا پیچھا کرتے رہے اور دہلی کے مخصوص چھچھورے انداز میں ''اوئے حبشی میڈم، اوئے حبشی میڈم'' الاپتے رہے۔ ان کے طنز کسنے کی وجہ یہ نہیں تھی کہ ہندوستان کے حساب سے اس کی جلد کی رنگت انوکھی تھی، بلکہ اس لیے کہ اپنے ہاؤ بھاؤ اور رکھ رکھاؤ میں وہ انھیں ایسی 'حبشی' نظر آئی جو اپنی حیثیت سے ذرا بلند تھی۔ ایسی حبشی جو واضح طور پر کوئی ملازمہ یا مزدور نہیں تھی۔

سانپ گھر کے ہر پنجرے میں ہندوستانی پہاڑی اژدہے بند تھے۔ سانپ گھوٹالا۔ سانبھر ہرنوں کے باڑے میں گائیں بند تھیں۔ ہرن گھوٹالا۔ سائبیریائی باگھوں کے باڑے میں مزدور عورتیں سیمنٹ کی بوریاں لے جا رہی تھیں۔ سائبیریائی باگھ گھوٹالا۔ پرندہ گھر میں زیادہ تر وہ پرندے تھے جنھیں آپ درختوں پر روزانہ دیکھتے ہیں۔ پرندہ گھوٹالا۔ گندھک جیسے پروں والے 'کوکاتو' طوطوں کے پنجرے کے پاس ایک نوجوان نے تلو کے قریب کھڑے ہو کر بظاہر کوکاتو کو گانا سنانا شروع کر دیا۔ بالی وُڈ کے ایک معروف گانے کی دُھن میں اس نے اپنے ہی بول ڈھال لیے تھے:

دنیا ختم ہو جائے گی
جدائی ختم نہیں ہوگی
اس کا مقصد دُگنی بے عزتی کرنا تھا کیونکہ تلو اس سے کم از کم دُگنی عمر کی تھی۔

گلابی پیلیکن، ماہی خور پرندوں کے حصار کے باہر تلو کو اپنے فون پر ایک ٹیکسٹ میسج ملا:

Organic Homes on NH24 Ghaziabad
1 BHK 15 L*
2 BHK 18 L*
3 BHK 31 L*
Booking starting at Rs 35000
For Discount call 91-103-957-9-8

نکاراگوا کا خاک رنگ بوڑھا تیندوا، جیگوار، اپنے پنجرے کی دھول بھری دہلیز پر ٹھوڑی ٹکائے بیٹھا تھا۔ وہ گھنٹوں سے اسی طرح بیٹھا تھا، ہر شے سے انتہائی لاتعلق۔ شاید برسوں سے۔

تلو نے خود کو اسی جیسا محسوس کیا۔ خاک رنگ، بوڑھی اور انتہائی لاتعلق۔

شاید وہ 'وہی' تھی۔

شاید کسی دن تلو کے اپنے نام پر بھی ایک مہنگی کار ہوگی۔

❄

جب تلو نے گھر چھوڑا تو اپنے ساتھ کچھ خاص سامان لے کر نہیں گئی۔ شروع میں ناگا سمجھ نہ سکا، بلکہ وہ خود بھی نہ سمجھ سکی کہ اس نے گھر چھوڑ دیا ہے۔ تلو نے اسے بتایا تھا کہ اس نے آفس کے لیے ایک جگہ کرائے پر لی ہے۔ یہ نہیں بتایا تھا کہ کہاں لی ہے۔ (گارسن ہوبارٹ نے بھی نہیں بتایا)۔ شروع میں کئی مہینوں تک وہ آتی جاتی رہی۔ بعد میں زیادہ وقت کے لیے جاتی اور کم وقت کے لیے آتی رہی، اور پھر آہستہ آہستہ آنا بالکل چھوڑ دیا۔

نئے نویلے غیر شادی شدہ آدمی کے طور پر ناگا نے اپنی زندگی خود کو کام میں غرق کر کے اور غم انگیز عشق بازیوں میں الجھ کر شروع کر دی۔ ٹی وی پردہ جتنا نظر آتا تھا اس کی وجہ سے ایک طرح کا 'سیلیبرٹی' بن گیا تھا (رسالوں اور اخباروں کی زبان میں) جو لوگوں کی نظر میں بذاتِ خود ایک پروفیشن تھا۔ ریستورانوں میں اور ایرپورٹوں پر اکثر اجنبی لوگ اس کے پاس چلے آتے اور آٹوگراف مانگتے۔ ان میں سے اکثر کو ٹھیک سے پتا بھی نہ ہوتا کہ وہ کون ہے، یا کیا کرتا ہے، یا وہ جانا پہچانا کیوں لگ رہا ہے۔ ناگا ان دنوں اس قدر بیزار تھا کہ انکار کی زحمت بھی نہیں کرتا تھا۔ اپنی عمر کے دوسرے لوگوں کے برعکس وہ اب بھی دبلا پتلا تھا اور اس کے سر پر گھنے بال تھے۔ 'کامیاب' سمجھے جانے کے سبب طرح طرح کی عورتیں اس کی رسائی میں تھیں۔ ان میں سے بعض سنگل اور اس سے بہت کم عمر تھیں، اور بعض اس کی ہم عمر یا بڑی، بعض شادی شدہ اور تنوع کی متلاشی، یا طلاق شدہ جو دوسرے موقعے کی تلاش میں تھیں۔ ریس میں سب سے آگے ایک پتلی دبلی، طرحدار بیوہ تھی، عمر پینتیس کے لگ بھگ، دودھیا سفید جلد اور چمکدار بال — کسی چھوٹے سے رجواڑے کی چھوٹی سی راجکماری — جو ناگا کی ماں کو اپنی گزری جوانی کی یاد دلاتی تھی، اور وہ اپنے بیٹے سے زیادہ اس پر فدا تھیں۔ انھوں نے شہزادی اور پرنس چارلس، اس کے چی ہوا ہوا کتے کو دعوت دی کہ مہمان بن کر ان کی نچلی منزل میں آ رہیں، جہاں سے وہ اوپر کی چوٹی سر کرنے کے مشترکہ منصوبے بنا سکتی تھیں۔

ان کے عشق کو ابھی چند مہینے گزرے تھے کہ راجکماری نے ناگا کو 'جان' پکارنا شروع کر دیا۔ اس نے گھر کے ملازموں کو سمجھایا کہ انھیں 'بائی سا' کہا کریں، جیسا کہ راجپوت راج گھرانوں کی روایت تھی۔ اپنے خاندانی شاہی باورچی خانے کی خفیہ خاندانی ترکیبوں سے وہ ناگا کے لیے طرح طرح کے کھانے تیار کرتی۔ اس نے نئے پردے، کشیدہ کاری کے کشن اور فرش کے لیے خوبصورت دریاں منگوائیں۔ شدید لاپروائی کے شکار اپارٹمنٹ کو اس نے ایک پیارا، دلکش، نسوانی ٹچ دیا۔ اس کی توجہ ناگا کی زخمی انا پر مرہم کا کام کرتی تھی۔ حالانکہ ناگا اس کے جذبات کا اسی گرم جوشی سے جواب نہیں دیتا تھا جس کا اظہار وہ کرتی تھی، لیکن ایک تھکے ہوے وقار کے ساتھ وہ انھیں قبول کر لیتا تھا۔ وہ تقریباً بھول چکا تھا کہ جوڑے میں مرکزِ توجہ بننا کیسا لگتا ہے۔ اس کے باوجود، چھوٹے کتوں کی طرف اس کا جو عمومی

جھکاؤ تھا، اس کے سبب اسے پرنس چارلس سے بے اندازہ انسیت ہوگئی۔ وہ اسے مقامی پارک میں پابندی سے لے جانے لگا، جہاں وہ طشتری کے سائز کی فرسبی، جو اس نے آن لائن آرڈر دے کر منگائی تھی، اس کے لیے پھینکتا۔ پرنس چارلس اپنی طشتری فرسبی ڈھونڈتا اور اپنے قد کی طرح نیچی جھاڑیوں پر لڑھکتا پڑھکتا، اسے لیے ہوئے ناگا کے پاس لوٹ آتا۔ ناگا نے اس دوران کئی ڈنر دیے جن میں راجکماری نے میزبانی سنبھالی۔ آرسی اس سے سحر زدہ ہوگیا اور ناگا سے اس نے اصرار کیا کہ اب وقت ضائع نہیں کرنا چاہیے، اور بچہ پیدا کرنے کی عمر کے رہتے اس سے شادی کر لینی چاہیے۔

ناگا نے، جو ابھی تک حواس باختہ اور آرسی کے تباہ کن مشوروں کی زد میں تھا، راجکماری سے پوچھا کہ کیا وہ آزمائشاً ساتھ رہنے میں ساتھ دے گی۔ راجکماری نے ہاتھ آگے بڑھایا اور نرمی سے اس کے بے ترتیب ابروؤں کو اپنی انگلی اور انگوٹھے کے درمیان دباتے ہوئے سیدھا کرنے لگی۔ اس نے کہا کہ اس سے زیادہ خوشی کی بات اور کون سی ہوگی، لیکن اس کے یہاں آنے سے پہلے وہ اس کے گھر کو تلو کی 'چی' (چھایا) سے آزاد کرنا چاہتی ہے، جو وہاں اب بھی منڈلا رہی ہے۔ ناگا کی اجازت سے اس نے ثابت لال مرچیں آگ پر بھونیں اور دھواں اگلتے ہوئے تانبے کے برتن کو ہر کمرے میں گھمایا۔ وہ نزاکت سے کھانس رہی تھی اور اپنے چمکیلے بالوں کو کڑوے دھویں سے دور رکھتے ہوئے اس نے اپنی آنکھیں سختی سے بند کر رکھی تھیں۔ جب مرچوں سے دھواں نکلنا بند ہوگیا تو اس نے کوئی منتر پڑھا اور مرچوں کو برتن سمیت باغ میں گاڑ آئی۔ پھر اس نے ناگا کی کلائی پر لال دھاگا باندھا اور خوشبودار مہنگی موم بتیاں جلائیں اور ہر کمرے میں ایک ایک شمع رکھ دی تاکہ جل کر ختم ہوجائیں۔ اس نے ایک درجن بڑے سائز کے گتے کے کارٹن خریدے تاکہ ناگا اس میں تلو کا سامان بند کردے اور انھیں تہہ خانے میں رکھ آئے۔ جب وہ تلو کی الماری صاف کر رہا تھا (جس میں اس کی خوشبو بڑی بے شرمی سے بسی تھی) تو تلو کی ماں کی موٹی سی میڈیکل فائل، جو کوچین کے لیک ویو ہاسپٹل کی تھی، ناگا کے ہاتھ لگ گئی۔

اس کی اور تلو کی شادی کو اتنے برس بیت چکے تھے لیکن ناگا اس کی ماں سے کبھی نہیں ملا تھا۔ تلو ان کے متعلق کبھی بات نہیں کرتی تھی۔ وہ سرسری باتیں یقیناً جانتا تھا۔ ان کا نام مریم آئپ تھا۔ ان کا تعلق

سیرین عیسائیوں کے ایک قدیم رئیس گھرانے سے تھا جس پر براوقت پڑا تھا۔اس خاندان کی دونسلوں کے لوگوں نے — ان کے والد اور بھائی نے — آکسفورڈ میں اعلیٰ تعلیم پائی تھی اور خود ان کی تعلیم نیلگری کے ایک ہل اسٹیشن اوٹا کمنڈ کے ایک کانونٹ میں اور پھر مدراس کے ایک کرسچین کالج میں ہوئی تھی۔ اس کے بعد اپنے والد کے بیمار پڑنے کی وجہ سے وہ کیرالہ میں اپنے آبائی شہر لوٹنے پر مجبور ہوگئی تھیں۔ ناگا کو معلوم تھا کہ اپنا اسکول قائم کرنے سے پہلے وہ ایک مقامی اسکول میں انگریزی کی ٹیچر تھیں۔ان کا قائم کردہ اسکول بعد میں بہت کامیاب ہائی اسکول بنا جو تعلیم کے تخلیقی جدید طریقوں کے لیے مشہور ہوا۔ دہلی میں کالج آنے سے پہلے تلو نے اسی اسکول میں تعلیم پائی تھی۔تلو کی ماں کے بارے میں اس نے چند اخباروں میں مضامین پڑھے تھے جن میں یہ بتایا گیا تھا کہ ان کی گود لی ہوئی ایک بیٹی ہے جو دہلی میں رہتی ہے۔آرسی نے (جس کا کام ہر ایک کے متعلق ہر بات جاننا اور پھر ہر ایک کو یہ بتانا تھا کہ وہ ہر ایک کے بارے میں ہر بات جانتا ہے) ایک بار اخبار کے تراشوں کی ایک فائل ناگا کے لیے تیار کر کے یہ کہتے ہوئے اسے دی تھی، ''تمھاری ساس تو کمال کی چیز ہے، یار۔'' یہ مضامین کئی برس کی اشاعتوں پر محیط تھے — بعض ان کے اسکول، طریقۂ تعلیم اور اس کے خوبصورت کیمپس کے بارے میں تھے۔اور بعض ان سماجی اور ماحولیاتی تحریکوں کے بارے میں جن کی انھوں نے رہنمائی کی تھی، یا ان انعامات سے متعلق تھے جو انھوں نے حاصل کیے تھے۔ان سے ایک ایسی عورت کی کہانی سامنے آتی تھی جس نے اپنی ابتدائی زندگی میں سخت مشکلوں کا سامنا کیا اور ان سے گزر کر اس منزل تک پہنچی تھیں — ایک ایسی مثالی فیمنسٹ جو کبھی کسی بڑے شہر میں منتقل نہیں ہوئی، بلکہ انھوں نے مشکل راستہ چنا اور اپنے روایت پسند، چھوٹے سے آبائی قصبے میں رہ کر جدوجہد جاری رکھی۔ان میں بتایا گیا تھا کہ کس طرح سے وہ دھونس باز گروہوں کے خلاف لڑیں، اور کس طرح آخر میں انھی لوگوں سے عزت اور تعریف و تحسین پائی جنھوں نے انھیں ستایا تھا، اور کس طرح نوجوان عورتوں کی ایک پوری نسل ان سے متاثر ہو کر اپنے اپنے خوابوں اور آرزوؤں کی تلاش میں نکل پڑی۔

جو بھی تلو کو جانتا تھا، اس پر عیاں تھا کہ تلو اس عورت کی گود لی ہوئی بیٹی نہیں ہے جس کی تصویریں ان مضامین کے ساتھ شائع ہوئی ہیں۔حالانکہ ان دونوں کی رنگت ایک دوسرے سے بے حد مختلف تھی،

لیکن ان کے خدوخال میں بے انتہا مشابہت تھی۔

ناگا تھوڑا بہت جو بھی جانتا تھا، اس کی بنیاد پر اس نے اندازہ لگایا کہ اچھی خاصی پہیلی جیسی کوئی بات ہے جو اخباری مضامین سے غائب ہے — مارکیز کے ماکوندو جنون جیسی کوئی داستان، ادب کے مطلب کا مواد، صحافت کے مطلب کا نہیں۔ ناگا نے حالانکہ کبھی کہا نہیں، لیکن محسوس کیا کہ اپنی ماں کے تئیں تلو کا رویہ تعزیری اور نامعقول تھا۔ تلوا گر ان کی حقیقی بیٹی تھی جس کا اعتراف وہ لوگوں کے سامنے نہیں کر سکتی تھیں، تو ناگا کی رائے میں یہ بات بھی اتنی ہی سچ تھی کہ ایک روایتی فرقے کی عورت کے لیے آزاد زندگی کا انتخاب کرنا، شادی سے صرف اس لیے انکار کر دینا کہ وہ اس بچی کو پھر سے اپنا سکے جو بغیر شادی کے پیدا ہوئی تھی — چاہے وہ اسے نیکوکاری کی نقاب میں کیوں نہ چھپائے اور بچی کی گود لینے والی ماں بننے کا مکھوٹا کیوں نہ لگائے — ایک بے پناہ حوصلے اور محبت کا عمل تھا۔

ناگا نے دیکھا کہ سارے اخباروں میں تلو سے متعلق جو پیراگراف تھا، وہ ہر مضمون میں ایک جیسا طے شدہ تھا: ''سسٹر اسکولاسٹیکا نے مجھے فون کر کے بتایا کہ کوئی قلی عورت ایک نوزائیدہ بچی کو باسکٹ میں رکھ کر ماؤنٹ کارمیل یتیم خانے کے باہر چھوڑ گئی تھی۔ انھوں نے پوچھا کہ کیا میں اسے گود لینا چاہوں گی۔ میرے گھر والے اس کے سخت خلاف تھے۔ لیکن میں نے سوچا کہ اگر گود لے لوں تو میں اس کو ایک نئی زندگی دے سکتی ہوں۔ وہ ایک سیاہ فام بچی تھی، جیسے کوئلے کا چھوٹا سا ٹکڑا۔ وہ اتنی ننھی تھی کہ میری ہتھیلی پر جیسے فٹ ہو گئی، اس لیے میں نے اس کا نام تلوتما رکھ دیا، جس کے معنی سنسکرت زبان میں 'تل کا بیج' ہوتے ہیں۔''

یہ بات تلو کے لیے تکلیف دہ رہی ہوگی، ناگا نے سوچا، لیکن تلو کو چاہیے تھا کہ وہ اپنی ماں کے نقطۂ نظر سے دیکھنے کی صلاحیت پیدا کرتی — ان کے لیے اپنی بچی کو خود سے دور کرنا ضروری تھا، تاکہ اسے واپس لا سکیں، اپنا سکیں، محبت دے سکیں۔

ناگا کے مطابق، تلو کی انفرادیت، اس کے انوکھے پن اور ندرت کا اعزاز — اس بات سے قطع نظر کہ آپ کس دبستان کو مانتے ہیں، قدرت کو یا تربیت کو — دونوں ہی کا اعزاز اس کی ماں کو جاتا تھا۔ لیکن وہ براہِ راست یا بالواسطہ کچھ نہیں کہہ سکتا تھا، ان میں میل ملاپ نہیں کرا سکتا تھا۔

چنانچہ اپنی ماں سے برسوں تک دور رہنے کے بعد جب تلو کو چین جا کر اسپتال میں ان کی دیکھ بھال کرنے کو بخوشی راضی ہوگئی تو ناگا حیران رہ گیا۔ اس نے سوچا (حالانکہ اسے یاد نہیں آیا کہ تلو نے کبھی اس موضوع پر کسی تجسس کا اظہار کیا ہو) کہ وہ شاید اس امید میں جا رہی ہے کہ کچھ حقائق معلوم کر سکے، شاید بسترِ مرگ پر کیا گیا کوئی اعتراف، خود اپنے بارے میں، اور یہ کہ اس کا باپ حقیقتاً کون تھا۔ اس کا خیال درست نکلا۔ لیکن اس کام میں ذرا تاخیر ہوگئی تھی۔

❄

جب تک تلو کو چین پہنچی، اس کی ماں کے پھیپھڑوں کی مسلسل خرابی کے سبب ان کے خون میں کاربن ڈائی آکسائڈ بڑھ چکی تھی، جس سے ان کے دماغ میں سوزش رہنے لگی تھی، اور جس کے سبب ان کا ذہن حد سے زیادہ الجھ گیا تھا۔ اس پر مستزاد یہ کہ مسلسل دوائیں لینے اور آئی سی یو میں زیادہ دنوں تک رہنے سے ان میں نفسیاتی گرہ پڑ گئی جس کے متعلق ڈاکٹروں کا کہنا تھا کہ یہ ایسے باحیثیت اور پر اعتماد لوگوں کو متاثر کرتی ہے جو خود کو اچانک بے یار و مددگار اور ان لوگوں کے رحم و کرم پر پاتے ہیں جنھیں انھوں نے خود کبھی حقیر سمجھا تھا۔ اسپتال کے عملے کے علاوہ ان کے غصے اور پریشانیوں کا نشانہ ان کے پرانے وفادار نوکر اور اسکول کے وہ استاد بھی بنتے تھے جو اسپتال کی ڈیوٹی پر باری باری آتے تھے۔ وہ اسپتال کے برآمدوں میں منڈلاتے رہتے اور چند گھنٹوں کے وقفے سے چند منٹ کے لیے آئی سی یو میں جا کر اپنی پیاری اَمِچی کو دیکھنے کی اجازت پاتے تھے۔

جس دن تلو آئی اس دن اس کی ماں کھل اٹھیں۔

''میں ہر وقت کھجاتی رہتی ہوں،'' انھوں نے استقبال کرنے کے انداز میں کہا۔ ''وہ کہتا ہے کہ کھجلی آنا اچھی بات ہے، لیکن میں زیادہ برداشت نہیں کر سکتی۔ اس لیے میں نے کھجلی کی دوا لے لی ہے۔ تم کیسی ہو؟''

انھوں نے اپنی گہری جامنی پڑ چکی باہیں، جن میں سے ایک میں ڈرپ لگی ہوئی تھی، تلو کو یہ دکھانے کے لیے اٹھائیں کہ کھلی ہوئی نسوں کی لامتناہی تلاش میں ڈاکٹروں نے سوئیاں چبھا چبھا کر ان

کی جلد کا کیا حال کر دیا ہے۔ان کی زیادہ ترنسیں ناکارہ اور بند ہو چکی تھیں، اوران کی جامنی پڑ چکی جلد کے نیچے ان کا جامنی جال بکھرا ہوا تھا۔

''پھر وہ اپنی آستین پھاڑے گا اور اپنے زخم دکھا کر کہے گا، 'یہ زخم مجھے یومِ کرسپین پر ملے تھے۔' یہ یاد ہے تم کو؟ میں نے تمھیں یاد کرایا تھا۔''

''ہاں۔''

''اگلی لائن کون سی ہے؟''

'''بزرگ لوگ بھولتے ہیں۔ بہر حال سب کچھ بھلا دیا جائے گا۔لیکن وہ احساسِ برتری کے ساتھ یاد رکھے گا کہ اس دن اس نے کیا کارنامے انجام دیے تھے۔'''

تلو بھول چکی تھی کہ یہ اسے یاد ہے۔شیکسپیئر اس کے حافظے میں کسی کارنامے کی طرح کم اور موسیقی کی طرح زیادہ محفوظ تھا، کسی پرانی دُھن کی طرح جو یاد رہ گئی ہو۔

اپنی ماں کی حالت دیکھ کر اسے صدمہ ہوا تھا، لیکن ڈاکٹر خوش تھے اور انھوں نے کہا کہ اس کی ماں نے اسے پہچان لیا، یہ ایک بڑا افاقہ ہے۔اس دن انھوں نے تلو کی ماں کو پرائیویٹ روم میں منتقل کر دیا جس کی کھڑکی کھارے پانی کے تالاب اور ناریل کے درختوں کے سامنے کھلتی تھی، جن کی شاخیں تالاب میں جھکی تھیں اور برسات کی طوفانی ہوائیں ان کے درمیان سے گزرتی تھیں۔

ان کی حالت میں یہ سدھار عارضی ثابت ہوا۔ آنے والے دنوں میں بزرگ خاتون اپنے دوروں اور صحیح الدماغی کے وقفوں کے بیچ ڈوبتی ابھرتی رہیں، اور وہ تلو کو ہمیشہ پہچانتی بھی نہ تھیں۔ ہر نیا دن ان کی بیماری کے دورانیے میں ایک غیر متوقع نیا باب ہوتا تھا۔انھوں نے نت نئی، انوکھی حرکتیں اور غیر منطقی مشاغل اختیار کرنے شروع کر دیے۔ اسپتال کا عملہ، ڈاکٹر، نرسیں اور نوکر بھی کمال مہربانی سے پیش آتے اور ان کی باتوں کو دل پر نہیں لیتے تھے۔ وہ بھی انھیں اَمّی ہی کہتے اور غصے یا بدخواہی کا کوئی تاثر دیے بغیر ان کا بدن پونچھتے، ان کی نیپی بدلتے اور ان کے بال سنوارتے۔ بلکہ سچ تو یہ ہے کہ وہ جتنی تباہی پھیلاتیں، وہ ان سے اتنی ہی محبت کرتے تھے۔

تلو کی آمد کے چند دن بعد اس کی ماں پر ایک عجب سا فتور طاری ہو گیا۔ وہ گویا ذات پات کی

تفتیش پر مصر ہو گئیں۔ جو بھی ان کی عیادت کو آتا، وہ اس کی ذات، برادری، گوتر پوچھنے پر اصرار کرنے لگیں۔ اگر کوئی جواب میں کہتا کہ وہ سیرین عیسائی ہے تو اتنا بتانا کافی نہیں ہوتا تھا۔ وہ جاننا چاہتیں کہ وہ 'مارتھوما' ہے، 'یاکوبا' ہے یا 'چرچ آف ساؤتھ انڈیا' سے ہے، یا پھر 'کناہ' (C'naah) سے۔ اگر کوئی 'ہندو' ہوتا اور بتاتا کہ وہ 'ایژوا' ہے تو ان کے لیے یہ جاننا ضروری ہو جاتا کہ وہ 'تیا' ہے یا 'چیکوار'۔ اگر بتاتا کہ شیڈولڈ کاسٹ ہے تو جاننا ضروری ہو جاتا کہ وہ 'پرَیا' ہے، 'پُلَیّا' ہے، 'پراوَن' ہے یا 'اُلادَن'۔ کیا وہ بنیادی طور پر ناریل توڑنے والی ذات کا ہے؟ کیا اس کے اجداد جنازہ برداروں کی ذات سے تھے، یا میلا ڈھونے والی، یا دھوبی یا پھر چوہے پکڑنے والی ذات سے؟ ان کی ضد مخصوص پیشے کو جاننے کی ہوتی، اور جاننے کے بعد ہی اسے یہ اجازت دیتیں کہ ان کو ہاتھ لگائے۔ اگر وہ سیرین عیسائی ہوتا تو پوچھتیں کہ خاندانی نام کیا ہے؟ کس کے بھتیجے کی شادی کس کی بھابھی کی بھانجی سے ہوئی تھی؟ کس کے دادا کی شادی کس کے پردادا کی بہن کی بیٹی سے ہوئی تھی؟

''سی او پی ڈی،'' نرسوں نے تلو کے چہرے کے بدلتے تاثرات دیکھ کر مسکرا کر کہا۔ ''پریشان نہ ہوں۔ اس بیماری میں ایسا ہی ہوتا ہے۔'' اس نے لغت میں تلاش کیا: Chronic Obstructive Pulmonary Disease. نرس نے تلو کو بتایا کہ یہ ایسی بیماری ہے جو بے ضرر بزرگ نانیوں کے رویوں کو کوٹھے کی نائیکا جیسا بنا سکتی ہے اور چرچ کے بشپ سے شرابی کی سی گالیاں دلوا سکتی ہے۔ بہتر ہوگا کہ ان کی کسی بات کو ذاتی سطح پر نہ لیا جائے۔ وہ نرسیں بڑی شگفتہ مزاج تھیں، صاف گو اور پروفیشنل۔ ان میں سے ہر لڑکی ایسی ملازمت پانے کی منتظر تھی جو اسے خلیجی ممالک پہنچا دے، یا پھر انگلینڈ یا امریکہ، جہاں وہ ملیالی نرسوں کے اعلیٰ فرقے کا حصہ بن جائے۔ وہ دن آنے تک، وہ لیک ویو اسپتال میں شافی تتلیوں کی مانند اڑتی پھرتی تھیں۔ وہ تلو کی دوست بن گئیں اور انھوں نے فون نمبروں اور ای میل پتوں کا باہم تبادلہ کیا۔ بعد میں وہ برسوں تک ان کی واٹس ایپ کرسمس کی مبارک بادیں اور ملیالی نرسوں کے گردشی لطیفے وصول کرتی رہے گی۔

جیسے جیسے بزرگ خاتون کا مرض شدت اختیار کرتا گیا، انھیں قابو میں رکھنا مشکل ہوتا گیا۔ نیند ان کا ساتھ چھوڑ گئی اور وہ کئی کئی رات بیدار رہنے لگیں۔ ان کی پتلیاں پھیل گئیں، آنکھوں میں وحشت بھر

گئی۔ وہ ہر وقت خود سے، یا جو بھی ان کی بات سننے کو تیار ہو جائے اس سے باتیں کرتیں۔ لگتا تھا کہ جیسے اپنے خیال میں اس طرح مسلسل چوکنی رہ کر وہ موت کو چکما دے سکتی ہیں۔ چنانچہ مسلسل باتیں کرتی رہتی تھیں، کبھی جھگڑالو، کبھی خوش کن اور پر لطف۔ وہ پرانے گیت، بھجن، کرسمس کیرول اور اونم تیوہار پر کشتیوں کی دوڑ کے گیت گایا کرتیں۔ کانونٹ اسکول والی اپنی بے عیب انگریزی میں وہ شیکسپیئر کی قرأت کرتیں۔ جب غصہ آتا تو اپنے آس پاس ہر شخص کو ملیالی میں سڑک چھاپ آوارہ لونڈوں کی سی ایسی گالیاں دیتیں کہ کوئی بھی نہ سمجھ پاتا کہ ان کے طبقے اور تربیت والی عورت نے یہ گالیاں کس طرح (اور کہاں) سیکھی ہوں گی۔ جیسے تیسے دن گھٹتے گئے اور ان میں مزید جارحیت آتی گئی۔ ان کی بھوک بے تحاشا بڑھتی گئی اور وہ نرم ابلے ہوئے انڈے اور پائن ایپل پیسٹری ایسے ندیدے پن سے ہڑپ کرتیں جیسے وہ پیرول پر چھوٹی ہوئی مجرم ہوں۔ اپنی جسمانی قوت کے محفوظ ذخیرے کو انھوں نے اس طرح کھنگال کر باہر نکالا کہ ان کی عمر کی عورت کے لیے ایسا کرنا کسی جن کے کارنامے سے کم نہ تھا۔ وہ نرسوں اور ڈاکٹروں سے لڑ پڑتیں، اپنی نسوں سے پورٹ اور سرنجیں نکال پھینکتیں۔ ان کو نیند کے انجکشن بھی نہیں دیے جا سکتے تھے کیونکہ اس سے ان کے پھیپھڑے متاثر ہو جاتے۔ بالآخر انھیں پھر سے آئی سی یو میں منتقل کر دیا گیا۔

اس سے ان کا غصہ مزید بڑھ گیا اور ان کی نفسیاتی وحشت میں اضافہ ہو گیا۔ ان کی آنکھوں میں چالاکی اور خوف ابھر آئے اور وہ ہر وقت فرار کے منصوبے باندھنے لگیں۔ وہ نرسوں اور ملازموں کو رشوت کی پیشکش کرتیں۔ ایک نوجوان ڈاکٹر سے انھوں نے وعدہ کیا کہ اگر وہ بھاگنے میں ان کی مدد کرے تو وہ اپنا اسکول اور اس کا میدان اس کے نام کر دیں گی۔ دوبارہ وہ اپنے اسپتالی گاؤن میں ہی نکل کر کوریڈور تک جا پہنچیں۔ اس واقعے کے بعد دو نرسوں کو ان پر مستقل نظر رکھنے اور ضرورت پڑنے پر زبردستی بستر میں رکھنے کی ذمہ داری دے دی گئی۔ جب انھوں نے اپنے آس پاس کے سب لوگوں کو تھکا مارا تو ڈاکٹروں نے کہا کہ اسپتال ان کی چوبیس گھنٹے دیکھ بھال کے لیے نرسیں نہیں دے سکتا اور یہ کہ انھیں زبردستی جسمانی طور پر روکنا اور بستر سے باندھنا پڑے گا۔ سب سے قریبی رشتہ دار ہونے کی وجہ سے انھوں نے تلو سے اس فارم پر دستخط کرنے کو کہا جس کے مطابق انھیں ایسا کرنے کی اجازت مل جاتی۔ تلو

نے ان سے آخری موقع دینے کو کہا تا کہ وہ خود اپنی ماں کو شانت کرنے کی کوشش کر سکے۔ ڈاکٹر آمادہ ہو گئے، ذرا بے دلی سے ہی سہی۔

آخری بار جب تلو نے اسپتال سے ناگا کو فون کیا تو اس نے بتایا تھا کہ ڈاکٹروں نے اسے آئی سی یو میں اپنی ماں کے قریب رہنے کی خصوصی اجازت دے دی ہے کیونکہ انھیں شانت کرنے کا بالآخر اس نے ایک طریقہ ڈھونڈ لیا ہے۔ ناگا کا خیال تھا کہ اس نے تلو کی آواز میں نہ صرف ہنسی کی جھلک بلکہ انسیت بھی محسوس کی تھی۔ تلو نے بتایا تھا کہ اس نے ایک سیدھا سادہ اور قابلِ عمل حل ڈھونڈ نکالا ہے۔ وہ اپنی ماں کے بستر کے قریب کرسی پر ایک نوٹ بک لے کر بیٹھ جاتی اور وہ اسے لامختتم نوٹس املا کراتی تھیں۔ کبھی وہ خط لکھواتیں: **ڈیڑ پیرنٹ کوما اگلی لائن... میرے علم میں یہ بات آئی ہے کہ... کیا تم نے ڈیر پیرنٹ کے بعد کوما لگا دیا تھا یا نہیں؟** بیشتر اوقات وہ کوری بڑبڑاہٹ ہی ہوتی۔ تلو نے بتایا تھا کہ املا لکھوانے سے اس کی ماں کو شاید یہ محسوس ہوتا تھا کہ وہ اب بھی اپنے جہاز کی کپتان ہیں، اب بھی کسی چیز کی انچارج ہیں، اور اس کی وجہ سے وہ خاصی راحت محسوس کرتی تھیں۔

ناگا سمجھ نہیں پا رہا تھا کہ تلو کس کے متعلق باتیں کر رہی ہے، اور اسی لیے اس نے تلو سے کہا کہ وہ خود خاصی حد تک ہذیانی لگ رہی ہے۔ وہ ہنس پڑی اور بولی تھی کہ جب وہ ان نوٹس کو دیکھے گا تو سمجھ جائے گا۔ اس وقت اپنا حیرت زدہ ہونا ناگا کو یاد تھا کہ آخر تلو کس قسم کی انسان ہے کہ اپنی ماں کے ساتھ اس کے بہترین رشتے اس وقت قائم ہوے جب وہ آئی سی یو میں بسترِ مرگ پر پڑی ہذیان میں مبتلا تھیں، جب کہ خود تلو نے، ان کی بیٹی نے، اسٹینوگرافر کا بہروپ بھر لیا تھا۔

لیکن انجام کار، لیک ویو اسپتال میں کچھ بھی ان کے حق میں درست نہ ہوا۔ تلو اپنی ماں کی تدفین کے بعد لوٹ آئی، انتہائی لاغر اور تنہائی پسند بن کر۔ اپنی ماں کی موت کی خبر اس نے اختصار کے ساتھ اور تقریباً غیر جذباتی انداز میں دی۔ دہلی لوٹنے کے بعد، چند ہفتوں کے اندر اس نے اپنے مضطرب گشت کرنے شروع کر دیے۔

ناگا نے یہ نوٹس کبھی نہیں دیکھے تھے۔

❄

اس صبح، جب ناگا تلو کی الماری میں رکھی اس میڈیکل فائل کی بے مقصد ورق گردانی کر رہا تھا تو اسے ان میں بعض نوٹس نظر آئے۔ یہ تلو کی تحریر میں تھے، نوٹ بک سے پھاڑے گئے لائن دار صفحے، جنھیں تہہ بنا کر اسپتال کے بلوں، دواؤں کے نسخوں، آکسیجن کے سچوریشن چارٹوں اور بلڈ گیس ٹیسٹ کے نتیجوں کے درمیان رکھ دیا گیا تھا۔ انھیں پڑھتے ہوئے ناگا کو احساس ہوا کہ جس عورت سے اس نے شادی کی تھی وہ اس کے بارے میں کتنا کم جانتا ہے۔ اور آئندہ بھی کتنا کم جان پائے گا:

9/7/2009

گملوں کے پودوں کا خیال رکھنا، وہ گر سکتے ہیں۔

اور تہہ کا وہ نشان— کمبل میں پڑی وہ شکن— مجھے ان سب کو ہرانا ہوگا۔

اس سے تمھارے بارے میں کیا نتیجہ نکالیں میڈم ایمبیسڈ ر عمارت سازپَر یالڑکی؟

نیلے کپڑوں والے وہ لوگ، میلا ڈھونے والے۔ کیا وہ تمھارے رشتہ دار ہیں؟

جہاں تک مجھے معلوم ہے پولوس کی اور کِڈ پھولوں سے نبھ نہیں رہی۔ وہ انھیں مار رہا ہے۔ یہ کوئی پَر یا مسئلہ ہوسکتا ہے۔

بیجو یا ریجو سے کہو کہ اب وہ ذمہ داری لے لیں۔

کیا تم نے رات میں کتوں کی آوازیں سنیں؟ یہ ذیابیطس کے مریضوں کی ٹانگیں لینے آتے ہیں جو کاٹ کر پھینک دی جاتی ہیں۔ مجھے ان کے ہونکنے کی آوازیں سنائی دیتی ہیں، وہ لوگوں کے بازو اور ٹانگیں لے کر بھاگ جاتے ہیں۔ کوئی ان سے نہیں کہتا کہ ایسا نہ کرو۔

کیا یہ کتے تمھارے ہیں؟ یہ لڑکے ہیں یا لڑکیاں؟ لگتا ہے کہ انھیں میٹھی چیزیں پسند ہیں۔

کیا تم میرے لیے جوجوب حلوہ لاسکتی ہو؟

نیلی رنگت والے لوگوں کو چاہیے کہ ہمارے آس پاس منڈلانا بند کردیں۔

ہمیں بہت محتاط رہنا چاہیے، تمھیں اور مجھے۔ تم یہ بات جانتی ہو، کیا ایسا نہیں ہے؟

انھوں نے میرے آنسوؤں کی پیمائش کی ہے۔ نمک اور پانی کی حد تک وہ درست ہیں۔ میری آنکھیں خشک ہوگئی ہیں، چنانچہ مجھے چاہیے کہ انھیں دھوتی رہوں اور آنسو بنانے کے لیے سارڈین کھاؤں۔ سارڈین مچھلیاں آنسوؤں سے لبریز ہوتی ہیں۔

چیک کے کپڑوں والی اس لڑکی کو لاٹری میں غضب کی کامیابی ملے گی۔

چلو، چلیں۔

ریجو سے کہو کہ کار لے آئے۔ میں یہ کر نہیں سکتی۔ کرنا نہیں چاہتی۔

ہیلو! آپ سے مل کر بڑا اچھا لگا۔ یہ میری پوتی ہے۔ اسے قابو میں نہیں کیا جاسکتا۔ برائے مہربانی اس جگہ کو صاف کرادیجیے۔

ریجو جیسے ہی آئے گا، ہم کار لے کر بھاگ نکلیں گے۔ گھڈّی لے جاؤ۔ ٹٹّی چھوڑ دو۔

تم ابھی یہاں آؤ۔ مجھ سے سرگوشی کرو۔ میں جام میں پھنسی ہوں۔ کیا تم بھی پھنسی ہو؟

ہم لوگ گھڈّی پر بیٹھیں گے اور یہاں سے کھسک لیں گے۔

مجھے جانی واکر دو۔ کیا وہ ہمارے اوپر چڑھا ہے؟

میں صرف دو چادریں لوں گی۔ لیکن ہماری ٹانگیں کیا کریں گی؟

کیا وہاں گھوڑا ابھی ہوگا؟

میرے اور تتلیوں کے درمیان ایک بڑی جنگ چھڑ چکی ہے۔

کیا تم، جلد سے جلد پرنسی، نائسی اور دوستوں کے ساتھ چلی جاؤ گی؟ پیتل کا گلدان، وائلن اور ٹانکے ساتھ لے جانا۔ ٹٹی اور کالا چشمہ چھوڑ جانا اور ٹوٹی ہوئی کرسیوں کو بھول جانا، وہ ہمیشہ یہیں منڈلاتی رہتی ہیں، آتی جاتی رہتی ہیں۔

تمھاری ٹٹی صاف کرنے میں وہ مدد کرے گی، چیک کے کپڑوں والی وہی لڑکی۔ اس کا باپ کوڑا لینے جلد ہی آنے والا ہوگا۔ میں نہیں چاہتی وہ تمھارے ساتھ پکڑا جائے۔ میرا خیال ہے ہمیں چلے جانا چاہیے، بس۔

جب تم ان پردوں کے پیچھے دیکھتی ہو تو کیا تمھیں لگتا ہے کہ وہاں لوگوں کی بھیڑ ہے؟ مجھے لگتا ہے کہ ہے۔ وہاں ایک طرح کی بو تو یقیناً ہے۔ بھیڑ کی بو۔ ہلکی سی سڑنے کی بو، سمندر جیسی۔

میرا خیال ہے کہ تم اپنی ساری نظمیں اور سارے منصوبے ایلس کُٹّی کے پاس چھوڑ دو۔ وہ بدصورتی کی حد تک بدصورت ہے۔ میں اس کی ایک تصویر اپنے پاس رکھنا چاہتی ہوں تا کہ اس پر ہنس سکوں۔ میں اتنی ہی کمینی ہوں۔

بشپ مجھے میرے تابوت میں دیکھنا چاہے گا۔ یہ خاصا سکون بخش ہے کیونکہ میرے جنازے کے لیے ہے۔ میں نے کبھی نہیں سوچا تھا کہ میں وہاں پہنچ سکوں گی۔ کیا بارش ہو رہی ہے، کیا دھوپ نکلی ہے، کیا اندھیرا ہے، کیا دن ہے، کیا رات ہے؟ کیا کوئی مجھے بتانے کی مہربانی کرے گا؟

اب دفع ہو جاؤ۔

اور اِن گھوڑوں کو باہر نکالو۔

میرا خیال ہے اِس لڑکی کو لے جانا اور اس کی ہر چیز نکال باہر کرنا کمینی حرکت ہے۔

اٹھ جاؤ!!!

میں باہر جارہی ہوں۔ تم جو جی چاہے کرو۔ تم پر ایسی ہی مار پڑے گی۔

سب سے شرمناک بات یہ ہے کہ تم اِدھر اُدھر کہتی پھرتی ہو کہ تم تلوتما آئیپ ہو، جبکہ تم نہیں ہو۔ میں تمھیں اپنے بارے میں کچھ بھی نہیں بتاؤں گی، نہ ہی تمھارے بارے میں۔

میں اب یہاں کھڑی ہو جاؤں گی اور کہوں گی، ''یہ کرو، وہ کرو۔'' اور تمھاری کیا مجال کہ انکار کرو۔ کل سے تمھیں تنخواہ نہیں ملے گی۔ کیا تم نے یہ لکھ لیا؟ میں ہر بار تم پر جرمانہ لگاؤں گی۔

جاؤ اور سب سے کہہ دو کہ ''یہی میری ماں ہے، مِس مریم آئیپ، اور اس کی عمر ایک سو پچاس برس ہے۔''

کیا ان کے پاس تمام گھوڑوں کے لیے دوا ہے؟

کیا تم نے کبھی غور کیا کہ لوگ جب جماہی لیتے ہیں تو کس طرح گھوڑوں جیسے لگتے ہیں؟

اپنے دانتوں کی دیکھ بھال سختی سے کرو، اور کسی کو بھی اپنے دانت اکھاڑنے مت دو۔

بعض اوقات وہ لوگ تمھیں رعایت دینے کی پیشکش کرتے ہیں، اور یہ احمق پن ہے۔

ہر چیز کی جانچ کرلو اور پھر ہم چلیں گے۔

اور پھر حنّا ہے۔ میں اس کی مقروض ہوں اور مجھے کیتھڑ لگے سارے بچوں کے اوپر سے کود کر جانا ہے۔

یہاں کتنے سارے کیتھڑ ہیں اور ہر کوئی کافی خوش تھا کہ مسز آئیپ اب بھگت رہی ہیں۔ لیکن

یہ لڑکی کتنی اچھی ہے۔ تم نے میرا کیتھٹر نہیں نکالا۔ اس لڑکی نے نکالا۔ یہ ایک معقول پریا لڑکی ہے۔ تم بھول چکی ہو کہ پریا بن کر کیسے رہا جاتا ہے۔

کوئی ادھر آیا اور کوئی اور آیا اور کوئی اور آیا۔

صدمے کی سب سے بڑی بات یہ ہے کہ تم اپنا حکم ہر ایک پر چلا رہی ہو۔ لیکن میں لوگوں سے توقع کرتی ہوں کہ وہ میرا حکم مانیں۔

لیکن اِن چارج تو میں ہوں۔ چارج سے باہر آنا بڑا مشکل ہے، بے شک تمھیں پتا چل جائے گا۔ اَنّما ہماری برادری کی سب سے خاموش مزاج مخلوق ہے۔

یہ اَنّما کون ہے جو شرلاک ہومز اور شرلاک ہومز کا کردار کھیلتی ہے؟ وہ دونوں کا کردار ایک وقار کے ساتھ کھیلتی ہے۔ وہ میری ہیڈ ٹیچر تھی جو بڑی خوبصورتی سے مرگئی۔ وہ اپنے گھر گئی اور میرے لیے کھانسی لے کر آئی۔

ہیلو ڈاکٹر، یہ میری بیٹی ہے جسے گھر میں ہی پڑھایا گیا ہے۔ وہ خاصی کمینی ہے۔ آج گھڑ دوڑ میں وہ بہت خراب رہی۔ لیکن میں بھی خاصی خراب تھی۔ ہم نے سب کو لتیڑا۔

میں نے اپنی زندگی احمقانہ کام کرتے گزاری۔ میں نے ایک بچی پیدا کی۔ وہی۔

اور گندے کپڑوں اور گندے کیتھٹر والا وہ لڑکا اور میں ایک گندی ندی میں گھٹنوں تک بیٹھے رہے۔

محسوس کرتی ہوں کہ میں ہیجڑوں میں گھری ہوئی ہوں۔ ایسا ہے؟

موسیقی... اس میں کیا گڑبڑ ہے؟ مجھے اب قطعی یاد نہیں آتا۔

اس آواز کو سنو... یہ آکسیجن ہے۔ بلبلے بن بن کر مر رہی ہے۔ میری آکسیجن ختم ہوتی جا رہی ہے۔ لیکن مجھے پروا نہیں کہ ختم ہو رہی ہے یا بڑھ رہی ہے۔

میں سونا چاہتی ہوں۔ مرنا مجھے اچھا لگے گا۔ میرے پاؤں گرم پانی میں لپیٹ دو۔

میں اب سونا چاہوں گی۔ میں اجازت نہیں مانگ رہی ہوں۔

کچھ ایسا لگ رہا ہے، ہپف ہپف ہپف۔ کٹک! کٹک! کٹک!

یہ میرا انجن ہے۔

جب لوگ مرتے ہیں تو 'کلاؤڈ' سے منسلک ہو جاتے ہیں اور اس طرح ساری جانکاری ہمیں مل جاتی ہے۔ پھر وہ تمھیں تمھارا بل تھما دیتے ہیں۔

میری رقم کہاں ہے؟

شریانوں میں لگا پورٹ تو بس یسوع مسیح کی کیل ہے۔ تکلیف نہیں دیتی۔

میں تو محض چھوٹی سی پُتلی ہوں۔

مجھے اپنے کولھے پسند ہیں۔ پتا نہیں ڈاکٹر ورگیز ان کو تصویر میں سے کاٹنا کیوں چاہتے ہیں۔

ساکت پھول کبھی نہیں مرجھاتے۔ وہ ہمہ وقت کہیں آس پاس ہی رہتے ہیں۔ میرا خیال ہے ہمیں گلدانوں کی بات کرنی چاہیے۔

کیا تم نے سفید پھول کی آواز سنی؟

ناگا کو جو کچھ ملا وہ صرف نمونہ تھا۔ سارے جمع شدہ نوٹ، اگر اسپتال کے کوڑے کے ساتھ نہ چلے گئے ہوتے تو ان کی کئی جلدیں تیار ہو سکتی تھیں۔

❄

ایک ہفتے کی مسلسل اسٹینوگرافی کے بعد، صبح کے وقت تھکی ہوئی تلو اپنی ماں کے بستر کے قریب اس کرسی کی

پشت پر اپنے ہاتھ ٹکائے کھڑی تھی جس پر وہ عموماً بیٹھا کرتی تھی۔ آئی سی یو میں یہ دن کا مصروف ترین وقت تھا۔ سب ڈاکٹر راؤنڈ پر تھے، نرسیں اور ملازم مصروف تھے، وارڈ کی صفائی چل رہی تھی۔ مریم آپ کے لیے خصوصاً یہ بڑی غلیظ صبح تھی۔ ان کا چہرہ لال بھبھوکا ہو رہا تھا اور ان کی آنکھوں میں بخار کی چمک تھی۔ انھوں نے اپنا اسپتالی گاؤن اوپر کھسکا رکھا تھا اور نپی پہنے لیٹی تھیں۔ ان کی ٹانگیں چھڑی کی مانند سیدھی اور ترچھی پھیلی ہوئی تھیں۔ جب وہ چیخیں تو ان کی آواز مردوں کی طرح بھاری تھی۔

''پَر یالوگوں سے کہو کہ میری ٹٹی صاف کرنے کا وقت ہو گیا۔''

تلو کے خون نے اپنی شاہراہ کو چھوڑ دیا اور جنگل کی پاگل پگڈنڈیوں پر بہہ نکلا۔ اس کرسی نے، جس کے سہارے وہ کھڑی ہوئی تھی، بلا انتباہ خود کو بلند کیا اور زمین پر دے پٹخا۔ لکڑی کے اڑتے پرخچوں کی آواز پورے وارڈ میں گونج گئی۔ سوئیاں رگوں سے کود نکلیں۔ اپنی اپنی ٹرے میں رکھی دواؤں کی بوتلیں جھنجھنا اٹھیں۔ کمزور دلوں نے اپنی اپنی ایک ایک دھڑکن گم کر دی۔ تلو نے اس گونج کو اپنی ماں کے بدن میں سفر کرتے دیکھا، پیروں سے سر کی جانب، جیسے لاش کے اوپر کفن ڈھکا جا رہا ہو۔

اسے بالکل اندازہ نہیں تھا کہ وہ کتنی دیر اسی عالم میں وہاں کھڑی رہی، یا ڈاکٹر ورگیز کے آفس میں اسے کون لے کر گیا۔

ڈاکٹر جیکب ورگیز، جو 'کریٹکل کیئر'، انتہائی نگہداشت کے صدرِ شعبہ تھے، چار سال پہلے تک امریکی فوج میں ڈاکٹر تھے۔ کویت کی جنگ کے دوران وہ اپنے یونٹ کے کریٹکل کیئر میں سیکنڈ اِن کمانڈ تھے، اور جب ان کی مدتِ کار ختم ہو گئی تو وہ کیرالہ لوٹ آئے تھے۔ حالانکہ انھوں نے اپنی زندگی کا بیشتر حصہ امریکہ میں گزارا تھا لیکن ان کی بولی میں امریکی لہجے کا ذرہ بھر بھی اثر نہ تھا۔ یہ ایک غیر معمولی بات تھی کیونکہ کیرالہ میں لوگ یہ لطیفہ سناتے ہیں کہ امریکی لہجہ اختیار کرنے کے لیے بس امریکی ویزا کے لیے درخواست دینا کافی ہوتا ہے۔ ڈاکٹر ورگیز کی کسی بات سے یہ اشارہ نہیں ملتا تھا کہ وہ ایک ایسے مقامی سیرین عیسائی ہونے کے علاوہ کچھ اور بھی ہیں جس نے اپنی ساری عمر کیرالہ ہی میں گزاری ہے۔ وہ تلو کی طرف دیکھ کر نرمی سے مسکرائے اور کافی لانے کا حکم دیا۔ ان کا تعلق اسی شہر سے تھا جہاں کی مریم

آئپ تھیں اور وہ شاید ساری پرانی افواہوں اور سرگوشیوں سے واقف تھے۔ ان کے آفس میں ایرکنڈیشنگ کی سروس کی جارہی تھی اس لیے اس کے شورشرابے نے کمرے کے عجب سے بوجھل پن کو دور کردیا تھا۔مکینک کی طرف تلو اس طرح غور سے دیکھ رہی تھی جیسے اس کی زندگی کا سارادارومدار اسی پر ہو۔ سبز ٹیونک اور پائجاموں میں ملبوس مرد عورتیں سرجیکل ماسک لگائے، آپریشن تھیٹر کے سلیپر پہنے، کوریڈور میں بے آواز چل پھر رہے تھے۔ ان میں سے بعض کے سرجیکل دستانوں پر خون لگا ہوا تھا۔ ڈاکٹر ورگیز نے اپنے نزدیک کے چشمے کے پیچھے سے تلو کی طرف دیکھا، اور اس طرح بغور اس کا مطالعہ کرنے لگے جیسے کسی بیماری کی شناخت کررہے ہوں۔ شاید ایسا ہی تھا۔ ایک پل میں انھوں نے میز پر ہاتھ آگے بڑھایا اور تلو کا ہاتھ اپنے ہاتھ میں لے لیا۔ وہ یہ نہیں جان سکتے تھے کہ وہ ایک ایسی عمارت کو راحت دینے کی کوشش کررہے ہیں جس پر بجلی گر پڑی ہے۔ اس میں ایسا کچھ نہیں بچا تھا جسے راحت دی جاسکے۔ جب ان کی کافی ختم ہوگئی اور تلو کی کافی اَن چھوئی رکھی رہی، تو انھوں نے تجویز رکھی کہ آئی سی یو کو چلا جائے اور یہ کہ تلو اپنی ماں سے معافی مانگے۔

''تمھاری ماں زبردست عورت ہیں۔ تمھیں سمجھنا چاہیے کہ گندے الفاظ وہ خود نہیں بولتیں۔''

''اوہ۔ تو پھر کون بولتا ہے؟''

''کوئی اور۔ ان کی بیماری۔ ان کا خون۔ ان کی تکلیف۔ ہماری تربیت، ہمارے تعصّبات، ہماری تاریخ...''

''تو پھر میں کس سے معافی مانگوں؟ تعصب سے؟ یا تاریخ سے؟''

لیکن پھر وہ کوریڈور میں ان کے پیچھے پیچھے آئی سی یو جانے کے لیے چل پڑی تھی۔

ان کے وہاں پہنچنے سے پہلے تلو کی ماں کوما میں جا چکی تھیں۔ وہ سماعت سے پرے، تاریخ سے پرے، تعصب سے پرے، معافی سے پرے جا چکی تھیں۔ تلو بستر پر سمٹ کر بیٹھ گئی اور اپنا چہرہ اپنی ماں کے قدموں پر رکھے رہی، جب تک کہ وہ ٹھنڈے نہ پڑ گئے۔ ٹوٹی ہوئی کرسی انھیں یوں دیکھ رہی تھی جیسے وہ کوئی اداس فرشتہ ہو۔ تلو حیران تھی کہ اس کی ماں کس طرح جان گئی تھیں کہ کرسی کیا کرے گی۔ انھیں کیسے پتا چلا ہوگا؟

ٹوٹی ہوئی کرسیوں کو بھول جاؤ، یہ ہمیشہ آس پاس منڈلایا کرتی ہیں۔

مریم آئپ اگلے دن علی الصبح فوت ہوگئیں۔

سیرین کرسچین چرچ ان کے تجاوزات کے لیے انھیں معاف کرنے کو تیار نہ ہوا اور ان کی تدفین سے صاف انکار کر دیا۔ چنانچہ ان کی آخری رسوم، جن میں ان کے اسکول کے بیشتر اساتذہ، چند شاگرد اور ان کے والدین شریک ہوے، بجلی کے سرکاری شمشان گھر میں ادا کی گئیں۔ تلو ان کی راکھ دہلی لے کر آ گئی۔ اس نے ناگا سے کہا کہ اسے بہت توجہ سے یہ سوچنا ہے کہ اس کا کیا جائے۔ اس سے زیادہ اس نے کچھ نہیں بتایا۔ ناگا کو جہاں تک یاد تھا، جس کلش میں ان کی راکھ تھی وہ اس کے کام کی میز پر رکھا رہتا تھا۔ حال ہی میں ناگا کا دھیان گیا تھا کہ کلش غائب ہو چکا ہے۔ وہ یقین سے نہیں کہہ سکتا تھا کہ کیا تلو کو کوئی مناسب جگہ مل گئی تھی جہاں اس نے راکھ کو بہا دیا ہو (یا بکھیر دیا ہو، یا دفنا دیا ہو)، یا پھر وہ اس کے ساتھ اس کے نئے گھر میں منتقل ہو گئی تھی۔

❄

ناگا فرش پر بیٹھا میڈیکل فائل کا معائنہ کر رہا تھا کہ راجکماری اس کے پاس چلی آئی۔ وہ اس کے پیچھے کھڑی ہوگئی اور اس کے شانے کے اوپر سے نوٹس کو بہ آوازِ بلند پڑھنے لگی۔

''شریانوں میں لگا پورٹ تو بس یسوع مسیح کی کیل ہے۔'... 'کیا تم نے سفید پھول کی آواز سنی؟' تم یہ کیا بکواس پڑھ رہے ہو، جان؟ یہ پھولوں نے کب سے بولنا شروع کر دیا؟''

ناگا یوں ہی بیٹھا رہا اور بہت دیر تک کچھ نہیں بولا۔ وہ گہرے خیالوں میں ڈوبا ہوا لگ رہا تھا۔ پھر وہ اٹھ کھڑا ہوا اور اس کے خوبصورت چہرے کو اپنے ہاتھوں کے پیالے میں لے لیا۔

''آئی ایم سو سوری...''

''کس لیے، جان؟''

''یہ نہیں چلنے والا...''

''کیا؟''

''ہمارا۔''

''لیکن وہ تو جا چکی۔ وہ تمھیں چھوڑ گئی ہے۔''

''وہ چھوڑ گئی ہے۔ ہاں وہ چھوڑ گئی ہے لیکن وہ لوٹے گی۔ اسے لوٹنا ہوگا۔ وہ آئے گی۔''

راجکماری نے ترس بھری نظروں سے ناگا کی طرف دیکھا، اور آگے بڑھ گئی۔ جلد ہی ایک ٹی وی نیوز چینل کے چیف ایڈیٹر سے اس کی شادی ہوگئی۔ وہ ایک خوبصورت، خوش وخرم جوڑا کہلائے اور انھوں نے بہت سے صحت مند، خوش وخرم بچوں کو جنم دیا۔

❄

تلو نے جو کمرے کرائے پر لیے تھے وہ ایک بنگلے کی دوسری منزل پر تھے جن کے سامنے ایک سرکاری پرائمری اسکول تھا جو نسبتاً غریب بچوں سے بھرا رہتا تھا، اور نیم کا درخت تھا جو خاصے آسودہ حال طوطوں سے بھرا رہتا تھا۔ ہر صبح، اسمبلی میں، بچے چیخ چیخ کر 'ہم ہوں گے کامیاب' پورا گاتے۔ وہ بھی ان کے ساتھ گاتی تھی۔ ہفتے کے آخری دنوں میں اور چھٹی کے دن اسے بچے اور اسمبلی یاد آتی، اس لیے وہ ٹھیک سات بجے صبح کو یہ گیت خود ہی اپنے لیے گا لیتی۔ جس دن نہیں گاتی تو محسوس کرتی کہ یہ صبح گزشتہ دن کی ہی توسیع ہے، اور یہ کہ نیا دن ابھی نکلا ہی نہیں۔ صبح کے وقت اگر کوئی اس کے دروازے پر کان لگاتا تو اس کو گاتے ہوئے سن سکتا تھا۔

کوئی بھی اس کے دروازے پر کان لگاتا نہیں تھا۔

جس دن مس جبین کی سالگرہ اور بپتسمہ کی رسم منائی گئی، اسی دن دوسری منزل کے اپارٹمنٹ میں تلو کا چوتھا سال ختم ہوا اور یہ رات یہاں اس کی آخری رات بھی ثابت ہوئی۔ وہ حیران تھی کہ بچے ہوئے کیک کا کیا کرے۔ شاید چیونٹیاں محلے بھر سے اپنی رشتہ داروں کو بلائیں گی کہ وہ آکر دعوت اڑائیں، پھر یا تو اسے ختم کرلیں یا پھر کیک کے ذرے ذرے کو اٹھا کر ذخیرہ کرلیں۔

گرمی اٹھ کر کمرے میں چہل قدمی کرنے لگی۔ فاصلے پر ٹریفک غرّا رہا تھا۔ شہر گرج رہا تھا۔ بارش کا اتا پتا نہ تھا۔

چتی دار الّو اڑ گیا— گردن جھلانے، جھکانے اور اپنے مہذب طور طریقوں کی مشق کسی دوسری کھڑکی پر، کسی دوسری عورت کے سامنے کرنے کے لیے۔

جب اس نے غور کیا کہ الّو جا چکا ہے، تلو نے ناقابلِ بیان اداسی محسوس کی۔ اسے معلوم تھا کہ وہ بھی تھوڑی دیر میں رخصت ہو جائے گی، اور ہو سکتا ہے کہ اس سے اب کبھی ملاقات نہ ہو۔ یہ الّو اس کے لیے کوئی تھا۔ لیکن یقین سے نہیں کہہ سکتی تھی کہ کون۔ شاید موسیٰ۔ وہ جب بھی اس سے رخصت ہوتا تھا، اپنی مختصر پراسرار ملاقاتوں کے بعد، اپنے عجیب و غریب بھانت بھانت کے بھیس میں، کسی گمنام جگہ کا کوئی گمنام صاحب بن کر، تو وہ جانتی تھی کہ ہو سکتا ہے وہ اسے دوبارہ نہ دیکھ سکے۔ عموماً وہی تھا جو لاپتا ہو جاتا تھا، اور وہ تھی جو انتظار کیا کرتی تھی۔ اِس بار لاپتا ہونے کی اس کی باری تھی۔ تلو کے پاس اسے اطلاع دینے کا کوئی طریقہ نہ تھا کہ وہ کہاں جا رہی ہے۔ وہ موبائل فون استعمال نہیں کرتا تھا، اور جب بھی اسے فون کرتا، صرف لینڈ لائن پر کرتا تھا جس پر اب کوئی جواب نہ دیا جا سکے گا۔ اس رات اس کی شدید خواہش ہوئی کہ اس چتی دار الّو کو وہ اپنی (اپنی اور الّو، دونوں کی) رخصت کے غیر یقینی ہونے کی خبر کر دے۔ اس نے کاغذ کے چھوٹے سے پرزے پر ایک لائن گھسیٹی اور اسے کھڑکی پر باہر کے رخ چپکا دیا تاکہ الّو پڑھ سکے:

کون جان سکتا ہے لفظ الوداع سے، کہ کس طرح کی جدائی ہمارے مقدر میں ہے!

وہ اپنے بستر پر لوٹ آئی۔ وہ خود پر اور ادھار کے جملے کی بلاغت پر خوش تھی۔ لیکن پھر، فوراً ہی اسے شرم محسوس ہوئی۔ اوسیپ ماندلستام نے جب یہ لائن لکھی ہوگی تو اس کے ذہن میں اس سے کہیں زیادہ سنجیدہ باتیں رہی ہوں گی۔ وہ اسٹالن کی گولاگ سے مخاطب تھا۔ وہ الّوؤں سے بات نہیں کر رہا تھا۔ اس نے پرزہ ہٹا لیا اور پھر سے بستر پر لوٹ آئی۔

اس سے چند میل کے فاصلے پر، جہاں وہ جاگی پڑی تھی، ایک رات پہلے ایک ٹرک نے تین

آدمیوں کو کچل دیا تھا، وہ لہرا کر سڑک سے اتر گیا تھا۔ ڈرائیور کو شاید نیند آ گئی تھی۔ ٹی وی پر بتایا گیا تھا کہ اس سال گرمیوں میں بے گھر لوگ بڑی تعداد میں بھاری ٹریفک والی سڑکوں کے کنارے سونے لگے ہیں۔ ان کی دریافت تھی کہ گزرنے والے ٹرکوں اور بسوں سے نکلتے ڈیزل کے بھبکے مچھروں کو بھگانے کی موثر دوا ہیں اور ڈینگو بخار کی وبا سے محفوظ رکھتے ہیں جو شہر میں سیکڑوں لوگوں کی جانیں لے چکا تھا۔

وہ ان آدمیوں کے بارے میں سوچنے لگی: شہر میں نووارد مہاجرین، پتھر کاٹنے والے لوگ جو پیشگی کرایہ دے کر بُک شدہ جگہ پر سونے کے لیے آتے ہیں، جس کا کرایہ دھوئیں کے بھبکوں کی کثافت کو جانچ کر اور اسے مچھروں کے قابلِ قبول حجم سے تقسیم دے کر طے کیا جاتا تھا۔ جامع الجبرا، جو کسی نصابی کتاب میں آسانی سے نہیں ملنے والا۔

کنسٹرکشن سائٹ پر دن بھر کام کر کے وہ آدمی تھکے ہارے لوٹے تھے، پتھر کاٹنے کے سبب پتھروں کی دھول سے، اور ایسے کثیر منزلہ شاپنگ سینٹروں اور رہائشی املاک کے فرش بچھانے سے، جو شہر کے چاروں طرف تیزی سے بڑھتے ہوئے جنگل کی طرح نمودار ہو رہے تھے، ان کی پلکیں اور پھیپھڑے آلودہ ہو چکے تھے۔ انھوں نے اپنے نرم اور گھسے ہوئے گچھے ڈھلواں پشتے کی سخت گھاس پر پھیلائے تھے جو جگہ جگہ کتوں کی ٹٹی اور اسٹین لیس اسٹیل کے مجسموں سے داغدار تھی — عوامی آرٹ کے نمونے، پامنانی گروپ کے اسپانسر شدہ، جو میڈیم کے طور پر اسٹین لیس اسٹیل استعمال کرنے والے کٹنگ ایج آرٹسٹوں کو اس امید میں بڑھاوا دے رہا تھا کہ یہ آرٹسٹ اس طرح اسٹیل کی صنعت کو فروغ دیں گے۔ یہ مجسمے اسٹیل کے نطفوں جیسے لگ رہے تھے، یا شاید اسٹیل کے غبارے بنائے گئے ہوں۔ کچھ واضح نہ تھا۔ جو بھی سمجھیے، وہ بشاش لگ رہے تھے۔ آدمیوں نے اپنی اپنی آخری بیڑی سلگائی۔ دھوئیں کے چھلے رات میں گم ہو گئے۔ سڑک کی نیون لائٹ کی روشنی میں گھاس نیلی نظر آ رہی تھی اور آدمی سرمئی۔ کچھ چھیڑ چھاڑ اور کچھ ہنسی مذاق کا ماحول تھا، کیونکہ ان میں سے دو آدمی دھوئیں کے چھلے بنا رہے تھے لیکن تیسرا نہیں بنا سکا تھا۔ اسے سلیقہ نہ تھا اور سیکھنے میں ہمیشہ سب سے پیچھے رہتا تھا۔

نیند ان کے پاس چلی آئی، جلد اور آسانی سے، جیسے دولت کروڑپتیوں کے پاس چلی آتی ہے۔

اگر وہ مرضِ ٹرک سے نہ مرتے تو پھر مر جاتے:

(الف)ڈینگو بخار سے

(ب) گرمی سے

(ج) بیڑی کے دھویں سے، یا

(د) پتھروں کی دھول سے

یا شاید نہیں۔ ہوسکتا ہے کہ وہ ترقی کر کے بن جاتے:

(الف) کروڑ پتی

(ب) سُپر ماڈل، یا

(ج) بیورو چیف

کیا اس کی کوئی اہمیت تھی کہ جس گھاس پر وہ سوئے ہوے تھے، اسی میں مخلوط ہو گئے؟ کس کے لیے اس کی اہمیت تھی؟ جن کے لیے اس کی اہمیت تھی، کیا ان کی بھی کوئی اہمیت تھی؟

ڈیر ڈاکٹر

ہمیں کچل دیا گیا ہے۔ کیا اس کا کوئی علاج ہے؟

احترام کے ساتھ،

بیرو، جے رام، رام کشور

تِلو مسکرائی اور اس نے آنکھیں بند کر لیں۔

لاپروا مادرچود کہیں کے! کس نے ان سے کہا تھا کہ ٹرک کے راستے میں آئیں؟

وہ بیتاب تھی کہ بعض باتوں کو کس طرح اَنجان کر دے، بعض مخصوص باتوں کو جنھیں وہ جانتی تھی لیکن جاننے کی خواہش نہ رکھتی تھی۔ مثلاً یہ کہ جب لوگ پتھروں کی دھول کے سبب مر جاتے ہیں تو ان کے پھیپھڑے آگ میں جلنے سے انکار کر دیتے ہیں۔ ان کے بدن جل کر خاک ہو جاتے ہیں، لیکن

پھیپھڑوں کی شکل کے پتھر کے دوٹکڑے ثابت رہ جاتے ہیں۔اس کے دوست ڈاکٹر آزاد بھارتیہ نے، جو جنتر منتر کی پٹری پر رہتے تھے، اسے اپنے بڑے بھائی جتین وائی کمار کے بارے میں بتایا تھا جو گرینائٹ کی کان میں مزدوری کرتے تھے۔ وہ پینتیس برس کی عمر میں مر گئے تھے۔انھوں نے بتایا تھا کہ ان کی آتما کی مکتی کے لیے انھیں کس طرح چتا پر ثابت رہ گئے پھیپھڑوں کو لوہے کی سلاخ سے توڑنا پڑا تھا۔انھوں نے بتایا کہ انھیں یہ کرنا پڑا، اس کے باوجود کرنا پڑا کہ وہ کمیونسٹ تھے اور آتماؤں میں یقین نہیں رکھتے تھے۔

یہ کام انھوں نے اپنی ماں کی خوشی کے لیے کیا تھا۔

انھوں نے بتایا تھا کہ ان کے بھائی کے پھیپھڑے جھلملا رہے تھے کیونکہ ان میں سلیکا پتھر کے ذرے بھرے ہوئے تھے۔

ڈیر ڈاکٹر

کوئی خاص بات نہیں۔ میں تو صرف ہیلو کہنا چاہتا ہوں۔ اصل میں — کہنے کو ایک بات ہے بھی۔ ذرا تصور کیجیے کہ اگر اپنی ماں کو خوش کرنے کے لیے آپ کو اپنے بھائی کے پھیپھڑے چکنا چور کرنے پڑیں! کیا آپ اسے ایک نارمل انسانی عمل کہیں گے؟

اس نے حیرت سے سوچا کہ بنا مکتی کی آتما، چتا پر رکھا آتما کی شکل کا پتھر، دیکھنے میں کیسا لگتا ہوگا۔ شاید تارا مچھلی جیسا۔ یا کوئی کنکھجورا۔ یا چتی دار پتنگا، زندہ بدن اور پتھر کے پروں والا— بے چارہ پتنگا— دغا کا شکار، انھیں چیزوں سے دبایا گیا جن کا مقصد اڑنے میں اس کی مدد کرنا تھا۔

مس جبین دوم نیند میں کلبلائی۔

اپنے ذہن کو مرکوز رکھو، اغوا کار نے بچی کی پسینے میں بھیگی پیشانی کو تھپتھپاتے ہوئے خود کو سمجھایا، ورنہ چیزیں تمھارے ہاتھ سے نکل جائیں گی۔ اس کی سمجھ میں نہیں آ رہا تھا کہ اتنے

سارے لوگوں میں آخر اسی نے، جو کبھی بچے نہیں چاہتی تھی، کیوں اس بچی کو اٹھایا اور بھاگ آئی۔ لیکن یہ ہو چکا تھا۔ کہانی میں اس کا کردار لکھا جا چکا تھا۔ لیکن اس نے خود نہیں لکھا تھا۔ پھر کس نے؟ کسی نے۔

ڈیر ڈاکٹر

اگر آپ چاہیں تو مجھ میں اِنچ اِنچ تبدیلی کر سکتے ہیں۔ میں صرف ایک کہانی ہوں۔

مس جبین خوش مزاج بچی تھی اور لگ رہا تھا کہ تلو جو بے نمک سوپ اور ابلی سبزیوں کی غذا اس کے لیے تیار کرتی تھی، اسے پسند آتی ہے۔ ایسی عورت ہوتے ہوئے بھی جسے بچوں سے کوئی واسطہ نہیں پڑا تھا، تلو اس کے ساتھ حیرانی کی حد تک سہولت محسوس کر رہی تھی اور اعتماد کے ساتھ اس کی دیکھ بھال کر رہی تھی۔ ایک دو بار جب مس جبین روئی تو اسے چپ کرانے میں اسے مطلق دیر نہ لگی۔ بہترین طریقہ جو تلو کو سوجھا (پیٹ بھرانے سے علاوہ) یہ تھا کہ وہ مس جبین کو بندوقی رنگ کے ان پانچ پلّوں کے ساتھ فرش پر بٹھا دیتی جنھیں لال بالوں والی کتیا کامریڈ لالی نے پانچ ہفتوں پہلے اس کے دروازے کے چبوترے پر جنم دیا تھا۔ لگ رہا تھا کہ فریقین (پلّوں اور مس جبین) کو آپس میں بہت کچھ کہنا سننا ہے۔ دونوں مائیں گہری دوست تھیں۔ چنانچہ ان کی یہ محفلیں عمومی طور پر کامیاب رہتیں۔ جب سب تھک جاتے تو تلو ان پلّوں کو چبوترے پر جوٹ کے بورے پر رکھ آتی، اور کامریڈ لالی کو پیالے میں تھوڑا سا دودھ اور روٹی دے دیتی۔

دن کے وقت، کہ جب تلو نے کیک پر موم بتی جلائی اور مس جبین کا نام طے کرنے کے بعد وہ اسے کمرے بھر میں رقص کراتے ہوئے 'ہیپی برتھ ڈے' گنگنا رہی تھی، نچلی منزل کی کرایہ دار انکتا نے فون کیا۔ اس نے بتایا کہ صبح ایک کانسٹبل اسے (تلو کو) ڈھونڈتا ہوا آیا تھا اور پوچھ رہا تھا کہ کیا اسے (انکتا کو) اس بلڈنگ میں کسی نئی بچی کی آمد کا علم ہے۔ وہ جلدی میں تھا اور ایک اخبار چھوڑ گیا ہے جس میں پولیس نے ایک روٹین نوٹس چھپوایا ہے۔ انکتا نے یہ اخبار اپنے آدمی باسی غلام بچے کے ہاتھ اوپر بھیج دیا۔ اس میں لکھا تھا:

اغوا کا نوٹس DP/1146

نئی دہلی 110001

عوام کو اطلاع دی جاتی ہے کہ ایک نامعلوم بچی/ ولدیت نامعلوم/ رہائش نامعلوم/ جس کے بدن پر کپڑے نہیں ہیں، کوئی جنتر منتر، نئی دہلی پر چھوڑگیا تھا۔ بعد میں پولیس کو اطلاع دی گئی، لیکن جاے واردات پر پولیس فورس کے پہنچنے سے پہلے ہی اس بچی کو کسی نامعلوم فرد/افراد نے اغوا کر لیا۔ سیکشنز 361, 362, 365, 366A اور سیکشنز 367 اور 369 کے ایف آئی آر درج کرلی گئی ہے۔ ساری یا کیسی بھی اطلاع کے لیے براے مہربانی ہاؤس اسٹیشن آفیسر، پارلیمنٹ اسٹریٹ پولیس اسٹیشن، نئی دہلی، سے رابطہ کریں۔ بچی کی تفصیلات اس طرح ہیں:

نام: نامعلوم، باپ کا نام: نامعلوم، پتا: نامعلوم، عمر: نامعلوم، لباس: بدن پر کپڑے نہیں۔

فون پر انکتا کی آواز ایک طرح کی برتری اور ناپسندیدگی کا احساس کرا رہی تھی۔ لیکن تلو کے ساتھ یہ اس کا عمومی رویہ تھا۔ وہ ایسا رویہ اپناتی تھی جیسے کوئی شوہر والی عورت اپنے غرور اور احساسِ ظفرمندی میں کسی بے شوہر عورت سے بات کر رہی ہو۔ اس کے اس رویے کا بچی سے کچھ لینا دینا نہیں تھا۔ مس جبین کے بارے میں اسے کچھ علم نہ تھا۔ (خوش قسمتی سے گارسن ہوبارٹ نے تعمیر میں یہ خیال رکھا تھا کہ مکان کی دیواریں ٹھوس اور ساؤنڈ پروف ہوں۔) محلے پڑوس میں بھی کوئی کچھ نہ جانتا تھا۔ تلو اسے باہر لے کر نہیں گئی تھی۔ وہ خود بھی باہر زیادہ نہیں نکلی تھی، سواے ضرورت کے تحت اس وقت بازار جانے کے جب بچی سوئی ہوئی ہو۔ دکانداروں کو البتہ بچوں کی غذا کی اس غیر معمولی خریداری پر حیرانی ہوسکتی تھی لیکن تلو کا خیال تھا کہ پولیس کی تفتیش اتنی دور تک نہیں گئی ہوگی۔

جب تلو نے اخبار میں پولیس کا نوٹس پہلی مرتبہ پڑھا تو اس نے سنجیدگی سے نہیں لیا۔ لگتا تھا کہ یہ ایک معمول کی، سرکاری ضرورت کے تحت لاپروائی سے کی گئی خانہ پری ہے۔ لیکن دوسری مرتبہ پڑھنے پر

اسے اندازہ ہوا کہ یہ کسی بڑی مصیبت کا باعث بن سکتی ہے۔ خود کو سوچنے کا وقت دینے کے لیے اس نے نوٹس کو توجہ کے ساتھ ایک نوٹ بک میں نقل کیا، لفظ بہ لفظ، پرانے انداز کی خطاطی میں، اور پھر اس کے حاشیے کو انگوروں سے لدی بیلوں سے اس طرح سجایا جیسے یہ عہد نامۂ قدیم کے 'دس فرمان' ہوں۔ اس کی سمجھ میں نہیں آیا کہ پولیس نے اس کا پتا کس طرح نکال لیا اور دستک دیتی ہوئی کیونکر آ پہنچی۔ وہ جانتی تھی اسے کوئی منصوبہ بنانا چاہیے۔ لیکن اس کے پاس کوئی منصوبہ نہیں تھا۔ چنانچہ اس نے دنیا کے اس واحد آدمی کو فون کیا جس پر وہ یہ بھروسہ کرتی تھی کہ وہی اس کے مسئلے کو سمجھے گا اور کوئی ٹھوس مشورہ دے گا۔

ان کی دوستی کو چار سال سے زیادہ ہو چکے تھے، اس کی اور ڈاکٹر آزاد بھارتیہ کی۔ پہلی بار ان کی ملاقات کناٹ پلیس میں ہوئی تھی، جب وہ ایک موچی سے، جو اپنے ہنر اور چھٹکے پن کے لیے مشہور تھا، اپنے اپنے سینڈلوں کی مرمت کرانے کے انتظار میں کھڑے تھے۔ مرمت کرتے وقت اس کے ہاتھوں میں جوتا یا سلیپر ایسا لگتا جیسے کسی دیو پیکر کا ہو۔ جب وہ دونوں اس کے قریب اپنا اپنا ایک جوتا پہنے اور ایک جوتا اتارے ہوئے کھڑے تھے، ڈاکٹر بھارتیہ نے تلو سے یہ پوچھ کر (انگریزی میں) اسے حیران کر دیا کہ کیا اس کے پاس سگریٹ ہے۔ جواب میں اس نے بھی یہ کہہ (ہندی میں) انھیں حیران کر دیا کہ اس کے پاس سگریٹ نہیں لیکن بیڑی پیش کر سکتی ہے۔ چھٹکے موچی نے ان دونوں کو سگریٹ نوشی کے نتائج پر ایک لمبا چوڑا لیکچر دیا۔ اس نے انھیں بتایا کہ کس طرح اس کا باپ، جو مسلسل بیڑی پیتا تھا، کینسر کی وجہ سے مر گیا۔ اس نے اپنی انگلی سے اپنے باپ کے پھیپھڑوں کے ٹیومر کا خاکہ مٹی میں بنا کر دکھایا۔ ''وہ اتنا بڑا تھا۔'' ڈاکٹر بھارتیہ نے اس کو یقین دلایا کہ صرف جوتوں کی مرمت کرواتے وقت ہی وہ سگریٹ پیتے ہیں۔ بات چیت کا رخ سیاست کی جانب مڑ گیا۔ موچی نے اس وقت کے سیاسی ماحول کو گالیاں دیں، ہر دھرم اور مذہب کے خداؤں کو برا بھلا کہا، اور اپنی مذمتی تقریر کا اختتام جھک کر اپنے لوہے کے فرمے کو چوم کر کیا۔ اس نے کہا کہ یہی اکیلا دیوتا ہے جس پر اس کا ایمان ہے۔ جب تک ان کے جوتوں کے تلوں کی مرمت ختم ہوئی، موچی اور اس کے گاہک آپس میں دوست بن چکے تھے۔ ڈاکٹر بھارتیہ نے اپنے دونوں نئے دوستوں کو جنتر منتر اپنے پٹری والے گھر آنے کی دعوت دی۔ تلو وہاں گئی۔ اس کے بعد انھوں نے دوستی میں کبھی پیچھے مڑ کر نہیں دیکھا۔

وہ ہفتے میں دو بار یا اس سے زائد مرتبہ وہ ان سے ملتی تھی، اکثر شام کے وقت آتی اور پو پھٹے واپس جاتی۔ کبھی کبھی ان کے لیے پیٹ کے کیڑے صاف کرنے والی گولیاں لاتی، جنھیں وہ سب کی صحت کے لیے لازمی سمجھتی تھی، اور وہ اتنے اخلاق کا مظاہرہ کرتے کہ بھوک ہڑتال پر بیٹھے ہونے کے باوجود گولیاں کھا لیتے۔ تلو انھیں دنیادار آدمی سمجھتی تھی اور ان کا شمار اپنی معلومات کی حد تک، عاقل ترین اور دانا لوگوں میں کرتی تھی۔ وقت کے ساتھ وہ ان کے ایک صفحے کے اخبار ''مائی نیوز اینڈ مائی ویوز'' کی مترجم/نقل نویس اور ساتھ ہی پرنٹر/پبلشر بھی بن گئی، جسے وہ ہر مہینے نظرِ ثانی کے بعد اَپ ڈیٹ کرتے رہتے تھے۔ ڈاکٹر بھارتیہ اپنے اخبار کی ہر اشاعت کی آٹھ یا نو کاپیاں فروخت کرنے میں کامیاب ہو جاتے تھے۔ کل ملا کر یہ ایک زبردست میڈیا پارٹنر شپ تھی — سیاسی طور پر حساس، غیر مفاہمانہ اور ساری کی ساری گھاٹے میں۔

آٹھ دن سے زیادہ بیت چکے تھے کہ اِن میڈیا پارٹنرز کی ملاقات نہیں ہوئی تھی، تب سے جب مس جبین دوم ظہور پذیر ہوئی تھی۔ تلو نے جب ڈاکٹر بھارتیہ کو پولیس کے نوٹس کے بارے میں بتانے کے لیے فون کیا تو انھوں نے اپنی آواز نیچی کر کے سرگوشی میں تبدیل کر لی۔ انھوں نے کہا کہ موبائل فون پر انھیں کم سے کم بات کرنی چاہیے کیونکہ بین الاقوامی ایجنسیاں ان کی مستقل نگرانی کر رہی ہیں۔ لیکن احتیاط کے ان ابتدائی لمحوں کے بعد انھوں نے خوشی سے چہکنا شروع کر دیا۔ انھوں نے بتایا کہ کس طرح پولیس نے انھیں مارا پیٹا اور ان کے سارے کاغذات ضبط کر لیے۔ انھوں نے کہا کہ عین ممکن ہے وہیں سے انھیں سراغ ملا ہو (کیونکہ پمفلٹ کے آخر میں پبلشر کا نام اور پتا چھپا ہوا تھا)۔ یا تو یہی بات ہے یا پھر ان کے پلاسٹر پر جو چٹکیلے دستخط اس نے کیے تھے، اور جس کی تصویریں پولیس نے زبردستی کئی زاویوں سے اتاری تھیں، ان سے پتا چلا ہوگا۔ ''کسی اور نے ہری روشنائی سے اپنے دستخط، پتے کے ساتھ نہیں کیے تھے،'' انھوں نے اسے بتایا۔ ''اس لیے ان کی لسٹ میں تم ہی پہلی انسان ہوئیں۔ یہ بس معمول کی ہی تفتیش ہوگی۔'' اس کے باوجود انھوں نے مشورہ دیا کہ اسے فوری طرح پر مس جبین اور خود کو، عارضی طور پر ہی سہی، 'جنت گیسٹ ہاؤس اور کفن دفن مرکز' میں منتقل کر لینا چاہیے جو پرانی دلّی میں واقع ہے۔ انھوں نے بتایا کہ وہاں جس آدمی سے رابطہ کرنا ہے اس کا نام صدام حسین ہے، یا پھر بذاتِ خود اس کی مالکن ڈاکٹر انجم سے ملے جو نہایت اچھی انسان ہیں اور (مذکورہ رات کے) اس واقعے کے بعد بچی کے

بارے میں جاننے کے لیے ان سے کئی بار مل چکی ہیں۔ جو تعظیم من مانے ڈھنگ سے ڈاکٹر بھارتیہ نے خود کو بخش رکھی تھی (حالانکہ ان کی پی ایچ ڈی اب بھی التوا میں تھی)، اس کی وجہ سے جن لوگوں کو وہ پسند کرتے تھے انھیں بھی 'ڈاکٹر' کہتے تھے، اور اس کی اصل وجہ بس یہی تھی کہ وہ انھیں پسند کرتے تھے اور ان کا احترام کرتے تھے۔

تلو نے گیسٹ ہاؤس اور صدام حسین کا نام اس وزٹنگ کارڈ کی وجہ سے فوراً پہچان لیا جو سفید گھوڑے والے آدمی نے، جو جنتر منتر سے اس کا پیچھا کرتا ہوا گھر تک آیا تھا، اس کے لیٹر باکس میں (مذکورہ رات کو) چھوڑا تھا۔ جب اس نے صدام کو فون کیا تو اس نے بتایا کہ ڈاکٹر بھارتیہ اس کے رابطے میں ہیں، اور یہ کہ وہ (صدام) اس کے فون کا انتظار کر رہا تھا۔ اس نے کہا کہ اس کی رائے بھی وہی ہے جو ڈاکٹر بھارتیہ کی ہے، اور یہ کہ وہ ایک عملی منصوبے کے ساتھ اس کے پاس آئے گا۔ اس نے مشورہ دیا کہ جب تک وہ (صدام) نہ کہے اس وقت تک تلو بچی کو لے کر گھر سے باہر ہرگز نہ نکلے۔ اس نے کہا کہ سرچ وارنٹ کے بغیر پولیس اس کے گھر میں داخل نہیں ہو سکتی، لیکن اگر وہ گھر کی نگرانی کر رہے ہوں گے، جو عین ممکن ہے کہ کر رہے ہوں، اور اگر انھوں نے اسے بچی کے ساتھ سڑک پر پکڑ لیا تو پھر وہ جو چاہیں کر سکتے ہیں۔ فون پر اس کی آواز اور دوستانہ، سگھڑ انداز سے تلو کو اطمینان ہوا۔ اور صدام بھی اپنی جگہ اس کی باتوں سے مطمئن ہو گیا۔

چند گھنٹوں کے بعد اس نے تلو کو فون کر کے بتایا کہ انتظام کر لیا گیا ہے۔ منھ اندھیرے وہ اسے اس کے گھر سے لے گا، شاید صبح کے چار اور پانچ بجے کے درمیان، اس علاقے میں 'ٹرکوں کا داخلہ' بند ہونے سے پہلے۔ اگر گھر کی نگرانی کی جا رہی ہوگی تو آسانی سے پتا چل جائے گا کیونکہ اُس وقت سڑکیں خالی ہوتی ہیں۔ وہ اپنے ایک دوست کے ساتھ آئے گا جو دہلی کی میونسپل کارپوریشن کی گاڑی چلاتا ہے۔ وہ ایک گائے کی لاش اٹھانے کے لیے جائیں گے جو پلاسٹک کی بے شمار تھیلیاں کھانے کے سبب حوض خاص کے مرکزی کوڑا گھر میں مر گئی — پھٹ گئی ہے۔ اس کا گھر ان کے راستے سے زیادہ ہٹ کر نہیں ہے۔ اس نے بتایا کہ یہ ایک فول پروف پلان ہے۔ ''کوئی پولیس والا ایم سی ڈی کے کوڑے کے ٹرک کو کبھی نہیں روکتا۔'' اس نے ہنستے ہوے اپنی بات ختم کی۔ ''اگر تم اپنی کھڑکی کھلی رکھو گی تو ہم پر نظر پڑنے

سے پہلے ہماری سڑاندھ تم تک پہنچ جائے گی۔"

تو یوں ایک مرتبہ پھر وہ گھر چھوڑ کر جا رہی تھی۔

تلو نے کسی چور کی طرح اپنے گھر کا جائزہ لیا، اس حیرانی کے ساتھ کہ کیا لے جایا جائے اور کیا چھوڑ دیا جائے۔ اس کا پیمانہ کیا ہو؟ وہ چیزیں جن کی اسے ضرورت پڑ سکتی ہے؟ یا وہ چیزیں جنھیں اس طرح چھوڑ کر نہیں جانا چاہیے؟ یا دونوں؟ یا کچھ بھی نہیں؟ یہ بات اس کے ذہن میں مبہم سی تھی کہ اگر پولیس دروازہ توڑ کر اس کے گھر میں گھسی تو اس کے جرائم میں اغوا شاید سب سے معمولی جرم بن کر رہ جائے گا۔

اس کے اپارٹمنٹ میں سب سے زیادہ تباہ کن پھلوں کے ان رنگین کارٹنوں کا وہ انبار تھا جسے اس کے گھر پر، ایک ایک کر کے، کئی دن میں، ایک کشمیری پھل فروش نے پہنچایا تھا۔ ان میں وہ چیزیں تھیں جنھیں موسیٰ نے 'سیلاب کی بازیافتیں' کا نام دیا تھا، اس سیلاب کی بازیافتیں جس نے ایک سال پہلے سری نگر کو پاٹ کے رکھ دیا تھا۔

جب جہلم میں طغیانی آئی اور اس نے اپنے ساحل توڑ ڈالے، تو شہر غائب ہو گیا تھا۔ پوری کی پوری ہاؤسنگ کالونیاں پانی میں غرق ہو گئیں۔ فوجی کیمپ، ٹارچر سینٹر، اسپتال، عدالت کی عمارتیں، پولیس اسٹیشن — سبھی غرق ہو گئے۔ جہاں کبھی بازار ہوتے تھے وہاں ہاؤس بوٹیں تیر رہی تھیں۔ ہزاروں لوگ ڈھلواں چھتوں پر اور نسبتاً اونچی جگہوں پر بنائی گئی عارضی پناہ گاہوں میں جو کھم اٹھا کر مدد کے منتظر تھے، جو اُن تک کبھی نہیں پہنچی۔ ڈوبا ہوا شہر اپنے آپ میں ایک منظر تھا۔ ڈوبی ہوئی خانہ جنگی اپنے آپ میں ایک واقعہ تھی۔ آرمی نے ٹی وی والوں کی خاطر ہیلی کاپٹر کے ذریعے بچاؤ کے شاندار کارنامے انجام دیے۔ لائیو بلیٹن میں نیوز اینکر رات دن حیرت ظاہر کرتے رہے کہ ہندوستان کی بہادر فوجیں احسان فراموش اور گستاخ کشمیریوں کے لیے کتنا کچھ کر رہی ہیں، جو درحقیقت بچائے جانے کے بالکل مستحق نہیں۔ جب سیلاب اترا تو اپنے پیچھے ایک ناقابلِ رہائش شہر چھوڑ گیا، کیچڑ میں دھنسا ہوا۔ دوکانوں میں کیچڑ، گھروں میں کیچڑ، بینکوں میں کیچڑ، ریفریجریٹر، الماریوں، کتابوں کے شیلفوں

میں کیچڑ بھری تھی۔ اور احسان فراموش، گستاخ عوام تھے جو بچائے بغیر بھی زندہ بچ گئے تھے۔

جن ہفتوں میں سیلاب آ کر اترا، تلوکوموسیٰ کی کوئی خبر نہیں ملی۔ اس کو یہ بھی پتا نہ تھا کہ وہ کشمیر ہی میں ہے یا نہیں۔ وہ یہ بھی نہیں جانتی تھی کہ وہ زندہ بچ گیا یا ڈوب گیا اور اس کی لاش بہہ کر کسی دور دراز ساحل سے جا لگی۔ ان راتوں میں، جب وہ اس کی خبر کی منتظر تھی، سونے کے لیے نیند کی گولیوں کی بھاری خوراک لے کر خود کو نیند کے حوالے کر دیتی تھی، لیکن دن کے وقت، جب وہ پوری طرح بیدار ہوتی، سیلاب کے خواب دیکھا کرتی۔ بارش اور تیز دھار پانی کے خواب دیکھتی جس میں کٹیلے تاروں کے لچھے، جھاڑیوں کے بھیس میں پڑے ہوتے۔ جن میں مچھلیوں کے بجائے مشین گنیں اپنی سنگینوں اور نالوں کے ساتھ پانی کی تیز لہروں پر جل پریوں کی دُموں کی مانند پانی کاٹتی ہوئی یوں تیرتیں کہ اندازہ بھی نہ ہوتا کہ ان کا نشانہ کس کی طرف ہے، اور یہ کہ جب گولی چلے گی تو کون مرے گا۔ فوجی اور مجاہدین زیرِ آب گتھم گتھا ہوتے، سلوموشن میں، جس طرح جیمز بانڈ کی پرانی فلموں میں ہوتا ہے۔ غلیظ پانی میں ان کی سانسیں بلبلے چھوڑتی ہوئی اوپر آتیں، جیسے وہ چاندی کی چمکیلی گولیاں ہوں۔ پریشر ککر (اپنی سیٹیوں سے جدا)، گیس ہیٹر، صوفے، کتابوں کے شیلف، میزیں، کچن کے برتن پانی میں یوں چکراتے کہ ایک بے قابو، مصروف سڑک کا تاثر ملتا۔ مویشی، کتے، یاک اور مرغے ہر جانب دائروں میں تیرتے نظر آتے۔ حلف ناموں، تفتیش کی تحریروں اور آرمی کی پریس ریلیزوں نے تہہ ہو کر خود کو کاغذ کی کشتیوں میں تبدیل کر لیا تھا اور بہتی ہوئی سلامتی کی طرف جا رہی تھیں۔ سیاسی لیڈر اور ٹی وی اینکر، جن میں عورت مرد دونوں شامل تھے، جو وادی سے بھی تھے اور مرکزی سرزمین سے بھی، سلمہ ستارے والے سوئمنگ سوٹوں میں اچھلتے کودتے اس طرح گزرتے جیسے گھوڑا مچھلیوں کی ہموار قطاریں ہوں، اور مہارت سے کوریوگراف کیے گئے آبی بیلے کی مشق کر رہے ہوں۔ وہ غوطے لگاتے، ابھرتے، چکر کاٹتے، پیر کے انگوٹھے کے بل کھڑے ہو کر رقص کرتے ہوئے ملبے سے معمور پانی میں بڑے خوش نظر آتے، کشادگی سے مسکراتے اور اپنے دانت اس طرح چمکاتے جیسے تیز دھوپ میں کٹیلے تار چمک رہے ہوں۔ خصوصاً ایک سیاسی لیڈر، جس کے نظریات نازی جرمنی کی شُتسٹافیل (نیم فوجی تنظیم Schutzstaffel) کے نظریات سے مختلف نہ تھے، پانی میں قلابازیاں کھا رہا تھا۔ چہرے پر فتح مندی لیے، کلف دار سفید دھوتی

میں ملبوس، جسے دیکھ کر لگتا تھا کہ واٹر پروف ہے۔

یہ خواب دن بدن، متواتر نظر آتے رہے، دن کے ڈراؤنے خواب، ہر بار نئی زیبائشوں کے ساتھ۔

ایک مہینہ گزر گیا، بالآخر موسیٰ کا فون آیا۔ اس کی آواز میں خوشی محسوس کر کے تلو کو بہت غصہ آیا۔ موسیٰ نے کہا کہ سری نگر میں کوئی ایسی محفوظ جگہ نہیں بچی جہاں وہ سیلاب سے بچی ہوئی اپنی 'بازیافتوں' کو رکھ سکے۔ اس نے پوچھا کہ کیا وہ انھیں اس کے فلیٹ میں تب تک رکھ سکتا ہے جب تک کہ شہر دوبارہ اپنے قدموں پر کھڑا نہ ہو جائے۔

رکھ سکتا ہے۔ یقیناً رکھ سکتا ہے۔

کشمیری سیب، جو خاص طور سے تیار کیے گئے کارٹنوں میں اس تک پہنچائے گئے، بہترین کوالٹی کے تھے۔ سرخ، کم سرخ، سبز، اور تقریباً سیاہ سیب — ڈیلیشیس، گولڈن ڈیلیشیس، عنبری، کالا مستانہ — ایک ایک دانہ کاغذ کے ٹکڑوں میں الگ الگ لپٹا ہوا۔ ہر کارٹن میں موسیٰ کا ایک شناختی کارڈ ایک گوشے میں لگا ہوا — گھوڑے کے سر کا ایک چھوٹا سا اسکیچ۔ ہر کارٹن میں ایک مصنوعی پیندا تھا۔ اور ہر مصنوعی پیندے کے نیچے اس کی 'بازیافتیں' محفوظ تھیں۔

تلو نے سبھی کارٹنوں کو پھر سے کھولا تا کہ یاد تازہ کر سکے کہ ان میں کیا کیا ہے، اور پھر طے کرے کہ ان کا کیا کرے — ساتھ لے جائے یا یہیں چھوڑ جائے؟ اپارٹمنٹ کی دوسری واحد چابی موسیٰ کے پاس تھی۔ گارسن ہوبارٹ محفوظ فاصلے پر افغانستان میں تعینات تھا۔ ویسے بھی اس کے پاس چابی نہیں تھی۔ چنانچہ، وہ جہاں تھے ان کو وہیں چھوڑ دینے میں کوئی بڑا خطرہ نہ تھا۔ جب تک کہ، جب تک کہ، جب تک کہ کیا ایسا موقع آ سکتا تھا کہ دروازہ توڑ کر پولیس اندر آ جائے؟

'بازیافتیں' چند ہی تھیں، اور ظاہر ہے کہ انھیں عجلت میں بھیجا گیا تھا۔ جب وہ پہنچیں تو ان میں سے بعض پر کیچڑ کی پپڑیاں جمی تھیں — ندی کی کثیف، کالی مٹی۔ بعض اچھی حالت میں تھیں اور ظاہر ہے کہ وہ سیلاب سے بچ گئی تھیں۔ ایک خراب شدہ البم تھی جس میں پانی کے دھبے پڑے ہوئے فیملی فوٹو گراف تھے جو بمشکل پہچانے جا رہے تھے۔ موسیٰ کی بیٹی مس جبین اوّل اور اس کی ماں عارفہ کی

تصویریں۔ پلاسٹک کے ایک زِپ لاک پیکٹ میں پاسپورٹوں کا ڈھیر تھا— کل ملا کر سات پاسپورٹ، دو ہندوستانی اور پانچ دوسرے ملکوں کی شہریت کے — عِیاذ خریف (موسیٰ ایک لبنانی کبوتر)، ہادی حسن محسنی (موسیٰ ایک ایرانی دانشور اور رہنما)، فارس علی حلبی (موسیٰ ایک شامی گھڑ سوار)، محمد نبیل السالم (موسیٰ ایک قطری رئیس)، احمد یاسر القاسمی (موسیٰ، بحرین کا ایک امیر آدمی)۔ کلین شیو موسیٰ، کھچڑی داڑھی والا موسیٰ، لمبے بالوں اور صفاچٹ داڑھی والا موسیٰ، چھوٹے بالوں اور چھوٹی داڑھی والا موسیٰ۔ تلو نے پہلے نام، عیاذ خریف کو پہچان لیا کہ یہ موسیٰ کو ہمیشہ ہی بہت پسند تھا، اور کالج کے دنوں میں وہ دونوں اس پر خوب ہنستے تھے کیونکہ اس کے معنی تھے ''ایسا کبوتر جو خزاں کے موسم میں پیدا ہوا ہو۔'' اس میں تبدیلی کر کے تلو ان کے لیے استعمال کیا کرتی تھی جن پر اسے غصہ آتا تھا— گانڈو خریف۔ گانڈو جو خزاں کے موسم میں پیدا ہوا۔ (تلو بچپن سے ہی بے حد گلوج تھی، اور جب اس نے ہندی سیکھنی شروع کی تو نئی نئی سیکھی ہوئی گالیوں کو ایک ایسی بنیاد کے طور پر استعمال کر کے اسے مزہ آتا تھا جس پر اس نے اپنی کام چلاؤ زبان کی عمارت کھڑی کی تھی۔)

پلاسٹک کے ایک اور پیکٹ میں مٹی میں سنے ہوئے کریڈٹ کارڈ تھے جن پر پاسپورٹوں کے مطابق نام درج تھے، چند بورڈنگ پاس اور ایرلائن ٹکٹ تھے — اس زمانے کی باقیات جب ایرلائن ٹکٹوں کا وجود ہوتا تھا۔ ٹیلیفون کی پرانی ڈائریاں تھیں جو نام، پتوں اور نمبروں سے بھری ہوئی تھیں۔ ان میں سے ایک کی پشت پر موسیٰ نے ایک انگریزی گیت کا بند ترچھا کر کے لکھا تھا:

Dark to light and light to dark
Three black carriages, three white carts,
What brings us together is what pulls us apart,
Gone our brother, gone our heart.

تاریکی سے روشنی اور روشنی سے تاریکی
کالی ہیں تین گاڑیاں، ٹھیلے سفید تین
لاتا قریب جو ہمیں، کرتا وہی ہے دور
بھائی ہمارا کیا گیا، دل لے گیا ہے چھین!

وہ کس کا غم منا رہا تھا؟ وہ نہیں جانتی تھی۔شاید ایک پوری نسل کا۔

انگریزی میں لکھا ایک ادھورا خط تھا، نیلے رنگ کے اِن لینڈ لیٹر فارم پر۔اس کا مخاطب کوئی نہیں تھا۔موسیٰ شاید خود کو ہی یہ چٹھی لکھ رہا تھا... یا شاید اس کو (تلو کو)، کیونکہ اس کی ابتدا اس نے اردو اشعار سے کی تھی اور پھر اس کا ترجمہ کرنے کی کوشش کی تھی، جو وہ تلو کے لیے اکثر کیا کرتا تھا:

دنیا کی محفلوں سے اکتا گیا ہوں یا رب
کیا لطف انجمن کا، جب دل ہی بجھ گیا ہو
شورش سے بھاگتا ہوں، دل ڈھونڈتا ہے میرا
ایسا سکوت جس پہ تقریر بھی فدا ہو

اس کے نیچے موسیٰ نے لکھا تھا:

میں نہیں جانتا کہ کہاں رکوں، یا کس طرح چلوں۔ میں اس وقت رکتا ہوں جب نہیں رکنا چاہیے۔اور تب چلتا ہوں جب مجھے رک جانا چاہیے۔بہت تکان ہے۔لیکن بغاوت بھی ہے۔آج کل یہ دونوں مل کر میری تعریف متعین کرتی ہیں۔دونوں مل کر میری نیند چراتی ہیں، اور دونوں مل کر میری روح کو تازگی دیتی ہیں۔بہت سارے مسئلے سامنے ہیں، جن کا کوئی حل نظر نہیں آتا۔دوست ہیں جو دشمن بن گئے ہیں۔اگر اعلانیہ نہیں تو خاموش، کم سخن دشمن۔لیکن منتظر ہوں کہ میرا کوئی دشمن بھی کبھی دوست میں بدل جائے۔کوئی امید نظر نہیں آتی۔لیکن پُر امید رہنے کا ڈھونگ کیے جانا تنہا وقار ہے جو ہمارے پاس باقی رہ گیا ہے...

وہ نہیں جانتی تھی کہ اس کی مراد کن دوستوں سے ہے۔

وہ جانتی تھی کہ یہ بات کسی معجزے سے کم نہیں کہ موسیٰ اب تک زندہ ہے۔ان اٹھارہ برسوں میں، جو 1996 کے بعد گزرے، موسیٰ نے ایسی زندگی گزاری تھی جس میں ہر رات ہزار خنجروں کی رات تھی۔

''وہ مجھے دوبارہ کیونکر مار سکتے ہیں؟'' اگر وہ تلو کو تشویش میں مبتلا محسوس کرتا تو کہا کرتا تھا۔''تم پہلے ہی میرے جنازے میں شریک ہو چکی ہو۔تم پہلے ہی میری قبر پر پھول چڑھا چکی ہو۔اس سے زیادہ وہ میرے ساتھ کیا کر سکتے ہیں؟ میں کھڑی دوپہر کی پرچھائیں ہوں۔میرا کوئی وجود نہیں۔'' آخری بار

جب موسیٰ اس سے ملا تھا تو اس نے کچھ کہا تھا، رسان سے، مذاق میں، لیکن آنکھوں میں شکستہ دل لیے ہوے۔ سن کر تلو کا خون منجمد ہو گیا تھا۔

''آج کل، کشمیر میں، کوئی بھی، فقط اس لیے مارا جا سکتا ہے کہ وہ بچ کیوں گیا ہے۔''

جنگ میں دشمن ہمت نہیں توڑ سکتے، موسیٰ نے تلو سے کہا تھا، صرف دوست توڑ سکتے ہیں۔

ایک اور کارٹن میں ایک شکاری چاقو تھا اور نو عدد موبائل فون — ایسے انسان کے حساب سے جو موبائل استعمال نہیں کرتا، یہ تعداد بہت زیادہ تھی — چھوٹی اینٹوں کے سائز کے پرانے فون، چھوٹے سائز کے نوکیا فون، ایک سام سنگ اسمارٹ فون اور دو آئی فون۔ جب یہ پہنچائے گئے، مٹی میں لتھڑے ہوے، تو فوسِل شدہ چاکلیٹ کی ٹکیوں جیسے لگ رہے تھے۔ لیکن اب، مٹی ہٹنے کے بعد، صرف پرانے اور ناقابلِ استعمال نظر آ رہے تھے۔ سخت اور زرد پڑ چکے اخبار کے تراشوں کا ایک پلندہ تھا، جس کے پہلے تراشے میں اس وقت کے وزیرِ اعلیٰ کا ایک بیان چھپا تھا جس کے نیچے کسی نے لائن کھینچ رکھی تھی:

> یہ نہیں ہو سکتا کہ ہم مستقل طور پر سارے قبرستان کھودتے پھریں۔ جو لوگ گمشدہ ہیں، ہم ان کے رشتہ داروں سے اگر مخصوص اطلاعات نہیں تو کم از کم عمومی رہنمائی چاہتے ہیں۔ ان کے لاپتہ رشتہ داروں کے کس جگہ دفن ہونے کے امکانات زیادہ ہیں؟

تیسرے کارٹن میں ایک پستول تھا، چند کھلی ہوئی گولیاں، دوا کی گولیوں کی ایک شیشی (اسے نہیں معلوم تھا کہ گولیاں کیسی ہیں، البتہ اس کی حالت سے وہ ایک عالمانہ اندازہ لگا سکتی تھی — کوئی ایسی گولی جس کا نام C سے شروع ہوتا ہے) اور ایک نوٹ بک، جو لگتا یہ تھا کہ سیلاب کی تخریب سے بچی رہ گئی ہے۔ تلو نے نوٹ بک اور اس کی تحریر سے پہچان لیا کہ اس کی اپنی ہے، لیکن پھر بھی اس کے سارے مشمولات کو اس نے تجسس کے ساتھ اس طرح پڑھا جیسے یہ کسی اور نے تحریر کیے ہوں۔ اِن دنوں اسے اپنا دماغ بھی 'بازیافت' جیسا ہی لگتا تھا — کیچڑ میں لتھڑا ہوا۔ صرف دماغ ہی نہیں، بلکہ وہ خود بھی، سالم کی سالم، اپنے آپ کو بازیافت ہی محسوس کرتی تھی — کیچڑ میں لتھڑی بازیافتوں کا ڈھیر، جسے بلا ترتیب

یکجا کر دیا گیا تھا۔

جب تلو اپنی ماں اور ڈاکٹر آزاد بھارتیہ کی اسٹینو گرافر بنی، اس سے بہت پہلے وہ ایک فل ٹائم ملٹری انتظامیہ کی ایک عجیب، پارٹ ٹائم اسٹینو گرافر تھی۔ شیراز والے واقعے کے بعد جب وہ دہلی لوٹی اور اس نے ناگا سے شادی کر لی، اس کے بعد وہ ایک جنون کے سے عالم میں کشمیر جاتی رہی تھی، ماہ بہ ماہ، سال بہ سال، جیسے کوئی ایسی شے تلاش کر رہی ہو جسے اپنے پیچھے چھوڑ گئی تھی۔ ان مسافرتوں کے دوران موسیٰ سے ملاقات کم ہی ہوتی تھی (جب وہ ملتے تو زیادہ تر دہلی میں ہی ملتے تھے)۔ لیکن جب وہ کشمیر میں ہوتی تو وہ اپنے اوجھل آشیانے سے اس کی نگہداری کیا کرتا تھا۔ وہ جانتی تھی کہ وہ نیک دل اور مونس لوگ جو نہ جانے کہاں سے چلے آتے، اس کے ساتھ گھومتے، اس کے ساتھ سفر کرتے، یا اسے اپنے گھر بلاتے تھے، موسیٰ کے ہی لوگ تھے۔ وہ اسے خوش آمدید کہتے اور ایسی باتیں بتاتے جو شاید وہ خود سے بھی نہیں کہتے ہوں گے، صرف اسی وجہ سے کہ وہ موسیٰ سے محبت کرتے تھے — یا کم از کم اس کے تصور سے، ایک ایسے آدمی سے جسے وہ جانتے تھے کہ پرچھائیوں میں سے ایک پرچھائیں ہے۔ موسیٰ کو معلوم نہ تھا کہ وہ کس شے کی تلاش میں ہے، وہ خود بھی نہیں جانتی تھی۔ لیکن ڈیزائن اور ٹائپوگرافی کے کام سے جو کچھ وہ کماتی تھی، تقریباً ساری رقم انھیں سفروں پر خرچ کر دیتی تھی۔ بعض اوقات وہ عجیب وغریب تصویریں کھینچتی۔ عجیب عجیب باتیں لکھ رکھتی۔ وہ کہانیوں کا کاٹھ کباڑ اور ناقابلِ فہم یادگاری اشیا جمع کرتی جو بظاہر فضول معلوم ہوتی تھیں۔ کوئی شے، کوئی موضوع ایسا نہ تھا جو اس کی دلچسپی کا نہ ہو۔ اس کا کوئی طے شدہ مقصد نہیں تھا، کوئی پروجیکٹ نہیں تھا۔ وہ کسی اخبار یا رسالے کے لیے نہیں لکھ رہی تھی، کوئی کتاب نہیں لکھ رہی تھی، فلم نہیں بنا رہی تھی۔ وہ ان چیزوں پر کوئی توجہ نہیں دیتی تھی جنھیں بیشتر لوگ اہم سمجھتے ہیں۔ برسہا برس گزرنے کے ساتھ اس کا عجیب وغریب، بوسیدہ آرکائیو عجیب ڈھنگ سے خطرناک ہوتا گیا۔ یوں لگتا تھا کہ یہ خزینہ سیلاب کی 'بازیافتوں' کا نہیں بلکہ کسی اور طرح کی تباہی کا محفوظ خانہ ہے۔ جبلی احساس سے اس نے یہ سب ناگا کی نظروں سے چھپا کر رکھا تھا، اور اپنی کسی پیچیدہ منطق سے، جسے وہ محسوس تو کر لیتی تھی لیکن سمجھتی نہیں تھی، اس نے اپنے خزینے کی تنظیم کی تھی۔ ان میں سے کسی کا بھی، حقیقی دنیا کے حقیقی دلائل کے داؤ پیچوں سے کوئی تعلق نہ تھا۔ لیکن اس سے کوئی فرق نہیں پڑتا۔

سچ یہ ہے کہ وہ کشمیر کے سفر پر اپنے پریشان دل کو سکون پہنچانے جاتی تھی، اور ایسے گناہ کے کفارے کے لیے جو اس نے نہیں کیا تھا۔

اور کمانڈر گلریزی کی قبر پر تازہ پھول چڑھانے کے لیے۔

جو نوٹ بک موسیٰ نے اپنی 'بازیافتوں' کے ساتھ بھیجی تھی، اسی کی تھی۔ یہ ضرور کسی سفر کے دوران وہیں چھوٹ گئی ہوگی۔ اس کے شروع کے چند صفحے اس کی اپنی کی تحریروں سے بھرے تھے، باقی سب خالی تھے۔ جب اس نے پہلا صفحہ دیکھا تو مسکرا پڑی:

چھوٹے بچوں کے لیے انگریزی قواعد اور انشا کی

ریڈرز ڈائجسٹ بک

مؤلفہ ایس۔ تلوتما

وہ اپنے لیے ایش ٹرے اٹھا لائی اور فرش پر آلتی پالتی مار کر بیٹھ گئی، اور کتاب پوری پڑھنے تک مسلسل سگریٹ پیتی رہی۔ اس میں چند کہانیاں، اخباروں کے تراشے اور کچھ یادداشتیں تھیں:

بوڑھا آدمی اور اس کا بیٹا

جب منظور احمد گنائی مجاہد بن گیا تو فوجی اس کے گھر گئے اور اس کے خوبصورت اور سجیلے باپ عزیز گنائی کو اٹھا لیا۔ اس کو حیدر بیگ تفتیشی مرکز میں رکھا گیا۔ منظور احمد گنائی نے مجاہد کے طور پر ڈیڑھ سال تک کام کیا۔ اس کا باپ ڈیڑھ سال تک قید میں رہا۔

جس دن منظور احمد گنائی مارا گیا، فوجیوں نے مسکراتے ہوئے اس کے باپ کی کوٹھری کا دروازہ کھولا۔ "جناب، آپ آزادی چاہتے تھے نا؟ مبارک ہو آپ کو۔ آپ کی خواہش پوری ہوگئی۔ آپ کی آزادی آ گئی۔"

گاؤں کے لوگ مقتول لڑکے کے لیے اتنا نہیں روئے تھے جتنا اس شکستہ ڈھانچے کو دیکھ کر روئے جو چیتھڑے لٹکائے، آنکھوں میں وحشت لیے باغیچے کی طرف سے بھاگا چلا آ رہا

تھا، اور جس کی داڑھی اور سر کے بال پچھلے ڈیڑھ سال میں تراشے نہیں گئے تھے۔

شکستہ ڈھانچہ بروقت پہنچا تھا اور دفن کیے جانے سے پہلے اپنے بیٹے کے چہرے سے کفن ہٹا کر اسے بوسہ دینے میں کامیاب ہو گیا تھا۔

سوال نمبر 1: گاؤں کے لوگ شکستہ ڈھانچے کے لیے زیادہ کیوں روئے؟

سوال نمبر 2: ڈھانچہ شکستہ کیونکر ہوا؟

خبریں

کشمیر گائیڈ لائن نیوز سروس

راجوری میں درجنوں مویشیوں نے لائن آف کنٹرول (ایل او سی) پار کی

کم از کم 33 مویشی، جن میں 29 بھینسیں بھی شامل ہیں، سرحد پار کر کے جموں اور کشمیر کے راجوری ضلع کے نوشیرا سیکٹر کی پاکستانی سمت میں داخل ہو گئے۔

کشمیر گائیڈ لائن نیوز سروس کے مطابق مویشیوں نے کلسیاں سب سیکٹر سے لائن آف کنٹرول پار کی۔ ''مویشی، جو رام سروپ، اشوک کمار، چرن داس، وید پرکاش اور دیگر لوگوں کی ملکیت تھے، لائن آف کنٹرول کے قریب گھاس چر رہے تھے کہ چرتے چرتے سرحد پار کر گئے''۔ یہ اطلاع مقامی لوگوں نے کشمیر گائیڈ لائن نیوز سروس کو دی۔

صحیح جواب پر نشان لگائیں:

سوال نمبر 1: مویشیوں نے لائن آف کنٹرول کیوں پار کی؟

(الف) تربیت پانے کے لیے

(ب) چوری چھپے داخلے کی مہمات سر کرنے کے لیے

(ج) دونوں میں سے کوئی نہیں۔

بے عیب قتل (ج کی کہانی)

یہ واقعہ میرے ملازمت سے استعفیٰ دینے سے چند برس پہلے کا ہے۔ شاید سنہ 2000 یا 2001 کی بات ہے۔ اس وقت میں ڈپٹی سپرنٹنڈنٹ آف پولیس تھا اور مٹّن میں تعینات تھا۔

ایک رات کوئی ساڑھے گیارہ بجے رات کو ایک نزدیکی گاؤں سے ہمارے پاس فون آیا۔ فون کرنے والا اس گاؤں کا باشندہ تھا لیکن اپنا نام نہیں بتا رہا تھا۔ اس نے بتایا کہ گاؤں میں کسی کا قتل ہو گیا ہے۔ چنانچہ ہم چل پڑے، میں اور میرے باس، ایس پی۔ جنوری کا مہینہ تھا۔ نہایت سرد۔ ہر طرف برف۔

ہم گاؤں پہنچے۔ تمام لوگ اپنے اپنے گھروں میں تھے۔ دروازے بند تھے۔ بتیاں بجھی تھیں۔ برفباری بند ہو چکی تھی۔ رات کا آسمان صاف تھا۔ پورا چاند۔ چاندنی برف پر منعکس ہو رہی تھی۔ ہر چیز بالکل واضح دیکھی جا سکتی تھی۔

ہم نے ایک آدمی کی لاش دیکھی، ایک تنومند، مضبوط آدمی کی۔ وہ برف میں پڑا تھا۔ قتل تازہ تازہ ہوا تھا۔ برف پر خون کا تالاب بنا تھا۔ لاش ابھی گرم تھی۔ برف سے اب بھی بھاپ اٹھ رہی تھی۔ وہ اس طرح پڑا تھا جیسے اسے پکایا جا رہا ہو...

اسے دیکھ کر اندازہ لگایا جا سکتا تھا کہ گلا کاٹے جانے کے بعد بھی وہ کوئی تیس میٹر تک گھسٹتا ہوا دستک دینے کے لیے ایک گھر کے دروازے تک پہنچا تھا۔ لیکن ڈر کے مارے کسی نے بھی دروازہ نہیں کھولا، اس لیے خون بہتے بہتے اسے مرنا پڑا۔ جیسا کہ میں نے بتایا ہے، وہ ایک تنومند، مضبوط آدمی تھا، اس لیے خون بہت بہا تھا۔ وہ پٹھانی سوٹ — شلوار قمیص میں تھا۔ اس نے کیموفلاژ بلٹ پروف جیکٹ، اور بارودی پیٹی پہن رکھی تھی جو گولے بارود سے بھری ہوئی تھی۔ ایک AK-47 اس کے قریب پڑی تھی۔ ہمیں کوئی شک نہ تھا کہ وہ جنگجو ہے — لیکن اسے مارا کس نے تھا؟ اگر آرمی نے یہ کیا ہوتا تو ظاہر ہے کہ انھوں نے لاش وہاں سے اٹھا لی ہوتی اور فوراً اس شکار کے دعویدار ہوتے۔ اگر مجاہدین کے مخالف گروہ نے یہ کام کیا ہوتا تو وہ اس کے ہتھیار لے گئے ہوتے۔ یہ قتل ہمارے لیے ایک بڑا معما بن گیا۔

ہم نے گاؤں والوں کو گھیر کر جمع کر لیا اور ان سے پوچھ تاچھ کی۔ کسی نے قبول نہیں کیا کہ اس نے کچھ دیکھا یا سنا ہے، یا کچھ جانتا ہے۔ ہم لاش اٹھا کر اپنے ساتھ مٹن پولیس اسٹیشن لے گئے۔ وہاں سے میرے ایس پی نے راشٹریہ رائفل (آر آر) کیمپ کے کمانڈنگ آفیسر کو فون کیا — قریبی آرمی کیمپ میں — اور پوچھا کہ کیا انھیں اس سلسلے میں کچھ معلوم ہے۔ انھیں بھی کچھ پتا نہ تھا۔

لاش کو شناخت کرنا مشکل نہ تھا۔ وہ ایک معروف، بہت سینئر جنگجو کمانڈر تھا۔ اس کا تعلق حزب سے تھا۔ حزب المجاہدین سے۔ لیکن کسی نے بھی قتل کی ذمہ داری نہیں لی۔ چنانچہ، بالآخر آرمی کمانڈنگ آفیسر اور میرے ایس پی نے دعویٰ کرنے کا فیصلہ کیا۔ انھوں نے اعلان کیا کہ کورڈن اینڈ سرچ آپریشن کے دوران، جو آر آر اور جے کے پی (جموں اینڈ کشمیر پولیس) نے مشترکہ طور پر انجام دیا، یہ جنگجو مڈبھیڑ میں مارا گیا۔

قومی پریس میں یہ کہانی ان الفاظ میں شائع ہوئی: **ایک زبردست گولی باری میں، جو کئی گھنٹے جاری رہی، ایک خطرناک جنگجو مارا گیا۔ یہ آپریشن مشترکہ طور پر راشٹریہ رائفلز اور جموں اینڈ کشمیر پولیس کے ذریعے، فلاں میجر اور فلاں سپرنٹنڈنٹ آف پولیس کی سربراہی میں انجام پذیر ہوا۔**

ہم دونوں کو، آر آر اور جے کے پی کو، سندیں دی گئیں اور مشترکہ طور پر نقد انعام دیا گیا۔ ہم نے جنگجو کی لاش اس کے اہلِ خانہ کے حوالے کر دی اور ان سے نرمی اور احتیاط کے ساتھ پوچھا کہ کیا انھیں کچھ اندازہ ہے کہ قتل کس نے کیا ہوگا۔ ہمیں کامیابی نہیں ملی۔

سات دن کے بعد، ایک اور گاؤں میں، حزب کے ایک اور جنگجو کی سر کٹی لاش ملی۔ یہ اس آدمی کا سیکنڈ اِن کمانڈ تھا جس کی لاش ہمیں پہلے ملی تھی۔ حزب نے قتل کا ذمہ لے لیا۔ نجی طور پر انھوں نے یہ بات پھیلنے دی کہ اسے اپنے کمانڈر کے قتل اور وہ پچیس لاکھ روپے چرانے کے جرم میں قتل کیا گیا ہے جو کاڈر میں بانٹنے کے لیے تھے۔

قومی اخباروں میں جو کہانی شائع ہوئی وہ اس طرح تھی:

مجاہدین نے ایک بے گناہ شہری کا سر کاٹ کر وحشیانہ قتل کیا۔

سوال نمبر 1: اس کہانی کا ہیرو کون ہے؟

منظر—اوّل

ترال کے نوٹیفائیڈ ایریا میں۔ نوڈل نام کا ایک گاؤں۔ 1993 کا زمانہ۔ گاؤں مجاہدین سے پٹا پڑا ہے۔ یہ ایسا گاؤں ہے جسے 'آزاد' کرالیا گیا ہے۔ فوج اس کی باہری سرحد پر ڈیرا ڈالے ہوئے ہے، لیکن فوجی گاؤں میں داخل ہونے کی ہمت نہیں کرتے۔ مکمل بندش ہے۔ کوئی بھی گاؤں والا آرمی کیمپ تک نہیں آتا۔ فوجیوں اور دیہاتیوں کے مابین کسی بھی قسم کا تبادلہ نہیں ہوتا۔

اس کے باوجود، کیمپ کی کمان سنبھالنے والے افسر کو مجاہدین کی ہر نقل و حرکت کا علم رہتا ہے۔ کون سا گاؤں والا تحریک کی حمایت کرتا ہے، کون سا نہیں کرتا، کون مجاہدین کو بخوشی غذا اور رہائش فراہم کرتا ہے، کون نہیں کرتا۔

کئی دن تک گہری نظر رکھی جاتی ہے۔ ایک بھی آدمی کیمپ نہیں جاتا۔ ایک بھی فوجی گاؤں میں داخل نہیں ہوتا۔ اس کے باوجود، خبریں آرمی تک پہنچتی رہتی ہیں۔

بالآخر مجاہدین گاؤں کے ایک چکنے بیل کو دیکھتے ہیں جو پابندی سے کیمپ جاتا ہے۔ وہ بیل کو روک کر چیک کرتے ہیں۔ اس کے سینگوں میں بندھے ہوئے تعویذوں کی قطار کے ساتھ (جو اسے بیماری، بری نظر اور نامردی سے بچانے کے لیے باندھے گئے ہیں)، خبروں کی چھوٹی چھوٹی پڑیاں بھی بندھی ہوئی ہیں۔

دوسرے دن مجاہدین بیل کے سینگوں میں ایک آئی ای ڈی (بم) باندھ دیتے ہیں۔ جب وہ کیمپ پہنچتا ہے، تو دھماکا کر دیتے ہیں۔ کوئی بھی نہیں مرتا۔ بیل بری طرح زخمی ہو جاتا ہے۔ گاؤں کا قصائی اسے حلال کرنے کی تجویز رکھتا ہے تاکہ گاؤں کے لوگ کم از کم گوشت کی دعوت اڑا سکیں۔

مجاہدین فتویٰ جاری کرتے ہیں۔ یہ مخبر بیل ہے۔ کسی کو اس کا گوشت کھانے کی اجازت نہیں۔ آمین۔

سوال نمبر 1: اس کہانی کا ہیرو کون ہے؟

مخبر— دوئم

اسے لوگوں کی تحقیر کرنا اچھا لگتا تھا، کیونکہ ایسا کرنے سے وہ انسانی خواص سے محروم ہوتا تھا۔ خود کو انسانی خواص سے محروم کرنے کا عمل میری بنیادی فطرت ہے۔

— ژاں ژینے

شادمانی کے مرض سے مجھے ابھی شفا نہیں ملی۔

— انا اخماتووا

سوال نمبر 1: اس کہانی کا ہیرو کون ہے؟

کنوارا

آرمی کیمپ پر فدائین کے حملے کا منصوبہ عین آخری لمحوں میں ترک کر دیا گیا، کسی اور نے نہیں بلکہ خود فدائین نے کیا۔ یہ فیصلہ اس لیے کیا گیا کہ عابد احمد عرف عابد سوزوکی، اس ماروتی سوزوکی کا ڈرائیور جس میں وہ جا رہے تھے، سچ مچ بہت بری گاڑی چلا رہا تھا۔ چھوٹی سی کار بری طرح بائیں طرف لہرائی، پھر دائیں طرف، جیسے کسی کو ڈاج دے رہی ہو۔ لیکن سڑک خالی تھی، اور ایسی کوئی شے وہاں نہ تھی جسے ڈاج دیا جاتا۔ جب عابد سوزوکی کے ساتھیوں نے (جن میں سے کوئی بھی گاڑی چلانا نہیں جانتا تھا) پوچھا کہ معاملہ کیا ہے، تو اس نے بتایا کہ حوریں اُن سب کو جنت میں لے جانے کے لیے آئی تھیں۔ وہ ننگی تھیں اور بونٹ پر ناچ رہی تھیں۔ اس سے اس کا دھیان بھٹک رہا تھا۔

یہ طے کرنے کا کوئی طریقہ نہ تھا کہ حوریں کنواری تھیں یا نہیں۔
لیکن عابد سوزو کی یقیناً کنوارا تھا۔

سوال نمبر 1: عابد سوزو کی گاڑی خراب کیوں چلا رہا تھا؟
سوال نمبر 2: آپ کسی مرد کے کنوار پن کا تعین کس طرح کریں گے؟

دلیر

محمود بڈ گام کا ایک درزی تھا۔ اس کی سب سے بڑی تمنا یہ تھی کہ بندوقوں کے ساتھ پوز بنا کر فوٹو کھنچوائے۔ آخر کار اسکول کے زمانے کا اس کا ایک دوست، جو مجاہدین کی ایک تنظیم میں شامل ہو گیا تھا، اسے اپنے خفیہ ٹھکانے پر لے گیا اور اس کے خواب کو سچ کر دکھایا۔ نگیٹو لے کر محمود سری نگر لوٹ آیا اور ان کے پرنٹ تیار کرانے کے لیے تاج فوٹو اسٹوڈیو پہنچا۔ ہر پرنٹ پر اس نے پچیس پیسے کی رعایت طے کر لی۔ جب وہ فوٹو لینے کے لیے پہنچا تو بارڈر سکیورٹی فورس نے تاج فوٹو اسٹوڈیو کے گرد گھیرا ڈال دیا اور فوٹوؤں کے پرنٹ کے ساتھ اسے رنگے ہاتھوں پکڑ لیا۔ اسے کیمپ لے جایا گیا اور کئی دن تک ٹارچر کیا گیا۔ اس نے کوئی خبر نہیں اُگلی۔ اسے دس سال قید کی سزا سنائی گئی۔

وہ مجاہد کمانڈر جس نے فوٹو گرافی سیشن کا اہتمام کیا تھا، چند مہینوں بعد گرفتار ہو گیا۔ اس کے پاس دو AK-47 اور گولیوں کے کئی راؤنڈ پکڑے گئے تھے۔ وہ دو مہینوں کے بعد رہا کر دیا گیا۔

سوال نمبر 1: اس سب کا کیا فائدہ ہوا؟

کریئر ساز

لڑکے کو ہمیشہ ہی کچھ بننے کی خواہش تھی۔ اس نے چار مجاہدین کو رات کے کھانے پر بلایا اور

نیند کی گولیاں ان کے کھانے میں ملا دیں۔ جب وہ سو گئے، اس نے آرمی کو فون کر دیا۔ انھوں نے مجاہدین کو قتل کر دیا اور گھر کو آگ لگا دی۔ آرمی نے لڑکے سے وعدہ کیا تھا کہ اسے دو کنال زمین دیں گے، اور ڈیڑھ لاکھ روپے۔ انھوں نے صرف پچاس ہزار روپے دیے اور آرمی کیمپ کے باہر بنے کوارٹروں میں رہنے کے لیے جگہ دے دی۔ انھوں نے اس سے کہا کہ اگر وہ یومیہ مزدور بنے رہنے کے بجائے ان کے یہاں مستقل ملازمت پانا چاہتا ہے تو اسے دو غیر ملکی مجاہدین لانے ہوں گے۔ اس نے ان کے لیے ایک 'زندہ' پاکستانی مجاہد کا انتظام کر دیا لیکن ایک اور کو ڈھونڈنے میں اسے دقت ہو رہی تھی۔ ''بد قسمتی سے آج کل بزنس مندا ہے،'' اس نے پ الف سے کہا۔ ''حالات کچھ ایسے چل رہے ہیں کہ آپ کسی کو بھی مار کر اب یہ بہانہ نہیں کر سکتے کہ یہ غیر ملکی مجاہد ہے۔ اس لیے میری نوکری مستقل نہیں ہو سکے گی۔''

پ الف نے پوچھا کہ اگر ریفرنڈم ہوا تو وہ کس کے حق میں ووٹ دے گا، ہندوستان کے یا پاکستان کے؟

''ظاہر ہے، پاکستان کے۔''

''کیوں؟''

''کیونکہ یہ ہمارا ملک ہے۔ لیکن پاکستانی مجاہدین اس طریقے سے ہماری مدد نہیں کر سکتے۔ اگر میں انھیں مار کر اچھی نوکری پا سکوں تو اس سے میری مدد ہوتی ہے۔''

اس نے پ الف کو بتایا کہ جب کشمیر پاکستان کا حصہ بن جائے گا تو وہ (پ الف) اس میں زندہ نہیں رہ سکے گا لیکن وہ (لڑکا) رہے گا۔ لیکن یہ صرف کہنے کی بات ہے کیونکہ وہ جانتا ہے کہ وہ (لڑکا) جلد ہی مار دیا جائے گا۔

سوال نمبر 1: لڑکے کو کس کے ہاتھوں مارے جانے کی توقع تھی؟

(الف) آرمی کے

(ب) مجاہدین کے

(ج) پاکستانیوں کے

(د) اس گھر کے مالکان کے ہاتھوں جو جلا دیا گیا تھا۔

نوبل انعام یافتہ

منوہر مٹو کشمیری پنڈت تھا جو دوسرے ہندوؤں کے چلے جانے کے بعد بھی وادی میں ہی رہائش پذیر رہا۔ وہ اندر ہی اندر تھک چکا تھا اور اپنے مسلم دوستوں کے اس طنز سے اسے گہری چوٹ لگتی تھی کہ کشمیر کے سارے ہندو، کسی نہ کسی طرح، بنیادی طور پر ہندوستان کی غاصب فوجوں کے ایجنٹ ہیں۔ منوہر ہندوستان مخالف ہر مظاہرے میں شامل ہوتا تھا اور اس نے 'آزادی!' کے نعرے دوسروں سے زیادہ بلند آواز میں لگائے تھے۔ لیکن لگتا ہے کسی چیز نے اس کی مدد نہیں کی۔ ایک موقع ایسا آیا کہ وہ ہتھیار اٹھا کر حزب میں شامل ہونے کے بارے میں سوچنے لگا، لیکن بالآخر ارادہ ترک کر دیا۔ ایک دن اسکول کے زمانے کا ایک پرانا دوست عزیز محمد، جو انٹیلی جنس افسر تھا، یہ بتانے کے لیے اس کے گھر آیا کہ وہ اس کے لیے تشویش میں مبتلا ہے۔ اس نے کہا کہ اس نے اس کی (مٹو کی) نگرانی کی فائل دیکھی ہے۔ اس میں تجویز کیا گیا ہے کہ اس شخص پر نظر رکھی جائے کیونکہ اس نے 'ملک مخالف رجحانات' کا مظاہرہ کیا ہے۔

جب مٹو نے یہ خبر سنی تو اس کا چہرہ چمک اٹھا اور اس کا سینہ فخر سے پھول گیا۔

''تم نے مجھے نوبل پرائز دے دیا ہے!'' اس نے اپنے دوست سے کہا۔

وہ اپنے دوست عزیز محمد کو کیفے عربیکا لے گیا اور اس کے لیے کافی اور کوئی پانچ سو روپے قیمت کی پیسٹریاں خریدیں۔

ایک سال کے بعد کسی نامعلوم بندوق بردار نے اسے (مٹو کو) کافر ہونے کے جرم میں گولی مار دی۔

سوال نمبر 1: مٹو کو گولی کیوں ماری گئی؟

(الف) کیونکہ وہ ہندو تھا

(ب) کیونکہ وہ آزادی چاہتا تھا

(ج) کیونکہ اس نے نوبل انعام جیتا

(د) مندرجۂ بالا میں کوئی نہیں

(ہ) مندرجۂ بالا سبھی۔

سوال نمبر 2: نا معلوم بندوق بردار کون ہوسکتا تھا؟

(الف) کوئی اسلام پرست دہشت گرد جس کا خیال تھا کہ سارے کافروں کو مار دینا چاہیے۔

(ب) غاصبین کا ایجنٹ جو لوگوں کی سوچ کو اس راہ پر لگانا چاہتے تھے کہ سارے اسلام پرست

دہشت گردوں کا خیال ہے کہ سارے کافروں کو مار دینا چاہیے۔

(ج) مندرجۂ بالا میں کوئی نہیں۔

(د) کوئی ایسا آدمی جو چاہتا تھا کہ اس گتھی کو حل کرنے کی کوشش میں ہر شخص پاگل ہو جائے۔

خدیجہ کا کہنا ہے...

کشمیر میں جب ہم صبح کو جاگتے ہیں اور ''گڈ مارننگ'' (صبح بخیر) کہتے ہیں تو ہماری مراد اصل میں ''گڈ مورننگ'' (ماتم بخیر) ہوتی ہے۔

زمانے کے انداز بدلے گئے

بیگم دل افروز ایک جانی مانی موقع پرست خاتون تھیں، جو وقت کے ساتھ بدل جانے میں لفظ بہ لفظ یقین رکھتی تھیں۔ جب تحریک اٹھان پر محسوس ہوتی، اوپر، مزید اوپر، تو وہ اپنی کلائی

گھڑی میں وقت آدھا گھنٹہ بڑھا کر پاکستانی اسٹینڈرڈ ٹائم کے مطابق کر لیتی تھیں۔ جب غاصب فوجیں اپنی گرفت مضبوط کر لیتیں تو وہ پھر سے انڈین اسٹینڈرڈ ٹائم کے مطابق وقت سیٹ کر لیتی تھیں۔ وادی میں لوگ کہا کرتے تھے، ''بیگم دل افروز کی گھڑی اصل میں گھڑی نہیں، اخبار ہے۔''

سوال نمبر 1: اس کہانی سے کیا سبق ملتا ہے؟

اپریل فول کا دن، 2008: اصل میں یہ اپریل فول کی رات ہے۔ ساری رات چھٹ پٹ خبریں آتی رہتی ہیں، جو موبائل فونوں پر گردش کرتی رہتی ہیں: بانڈی پورہ کے ایک گاؤں میں انکاؤنٹر۔ بی ایس ایف اور ایس ٹی ایف کا کہنا ہے کہ انھیں خصوصی اطلاع ملی تھی کہ گاؤں چھٹی بانڈی کے ایک گھر میں مجاہد موجود ہیں — لشکرِ طیبہ کا چیف آف آپریشنز اور دیگر۔ کریک ڈاؤن کیا گیا۔ انکاؤنٹر ساری رات چلا۔ آدھی رات گزرنے کے بعد آرمی نے اعلان کیا کہ آپریشن کامیاب رہا۔ انھوں نے بتایا کہ دو مجاہد مارے گئے۔ لیکن پولیس کا کہنا ہے کہ ایک بھی لاش نہیں ملی۔

میں پ کے ساتھ بانڈی پورہ گئی۔ ہم علی الصباح روانہ ہوے۔

سری نگر سے بانڈی پورہ جانے والی گھماؤ دار سڑک سرسوں کے کھیتوں سے گزرتی ہے۔ وُلر جھیل آئینے سی شفاف اور عمیق ہے۔ لمبی، پتلی کشتیاں اس پر اس طرح ناز دکھا رہی ہیں جیسے فیشن ماڈل ہوں۔ پ نے بتایا کہ حال ہی میں آرمی 'سد بھاونا' کے تحت اکیس بچوں کو نیوی کی کشتی پر پکنک کے لیے لے جایا جا رہا تھا۔ کشتی الٹ گئی۔ اکیس کے اکیس بچے ڈوب گئے۔ جب بچوں کے والدین نے احتجاج کیا تو ان پر گولیاں چلائی گئیں۔ جو خوش نصیب تھے، مارے گئے۔

وہ کہتے ہیں کہ بانڈی پورہ 'آزاد' کرایا جا چکا ہے۔ اسی طرح جیسے کبھی سوپور آزاد تھا۔

جیسے شوپیان اب بھی ہے۔ بانڈی پورہ کے عقب میں اونچے اونچے پہاڑ ہیں۔ جب ہم وہاں پہنچے تو پتا چلا کہ کریک ڈاؤن ابھی تک جاری ہے۔

گاؤں والوں نے بتایا کہ کریک ڈاؤن گزشتہ روز ساڑھے تین بجے دن میں شروع ہوا تھا۔ بندوق کی نوک پر لوگوں کو گھروں سے باہر نکلنے پر مجبور کیا گیا۔ انھیں اپنے گھر کھلے چھوڑنے پڑے۔ چائے جو ابھی پی نہیں گئی، کتابیں کھلی ہوئیں، ہوم ورک ادھورا، کھانا آگ پر رکھا ہوا، پیاز تلی جاتی ہوئی، کٹے ہوئے ٹماٹر اس میں ڈالے جانے کے منتظر۔

ایک ہزار سے زیادہ فوجی تھے، گاؤں والوں نے بتایا۔ بعض نے کہا، چار ہزار تھے۔ رات میں دہشت محدب ہو کر بڑی نظر آتی ہے۔ یہ ضرور چنار کے درخت ہوں گے جو فوجیوں جیسے لگ رہے ہوں گے۔ جیسے جیسے کریک ڈاؤن کھنچتا گیا، اور صبح ہوئی، تب تک صرف گولیوں کی اکا دکا آوازیں ہی نہیں تھیں جو لوگوں کو چیر رہی تھیں بلکہ نسبتاً نرم آوازیں بھی — ان کی الماریاں کھولے جانے کی، نقدی اور زیور چرائے جانے کی، کرگھے توڑے جانے کی آوازیں۔ باڑوں میں ان کے مویشیوں کے زندہ بھونے جانے کی آوازیں۔

ایک شاعر کے بھائی کا بڑا سا گھر مسمار کر دیا گیا۔ وہ اب ملبے کا ڈھیر بن چکا تھا۔ کوئی لاش نہیں ملی۔ مجاہدین بچ نکلے تھے۔ یا شاید تھے ہی نہیں۔

لیکن آرمی اب بھی کیوں موجود تھی؟ فوجی اپنی مشین گنوں، بیلچوں اور مورٹر لانچروں کے ساتھ ہجوم کو قابو میں کر رہے تھے۔

مزید خبریں:

قریب ہی کے ایک پٹرول پمپ سے دو نوجوانوں کو اٹھا لیا گیا ہے۔

ہجوم میں تناؤ پھیل جاتا ہے۔

آرمی پہلے ہی اعلان کر چکی تھی کہ اس نے چھٹی بانڈی میں دو دہشت گردوں کو مار گرایا ہے۔ چنانچہ اب اسے دو لاشیں پیش کرنی تھیں۔ لوگ جانتے ہیں کہ حقیقی زندگی کس طرح چلتی ہے۔ بعض دفعہ اسکرپٹ پہلے ہی لکھ دیا جاتا ہے۔

''اگر ان لڑکوں کی لاشیں تازہ جلی ہوئی ہوں گی تو ہم آرمی کی کہانی تسلیم نہیں کریں گے۔''

گو انڈیا ! گو بیک!

جاؤ انڈیا! واپس جاؤ!

گاؤں کے لوگوں کی نظر ایک فوجی پر پڑتی ہے جو گاؤں کی مسجد پر کھڑا ہوا ان کی طرف دیکھ رہا ہے۔ مقدس جگہ پر بھی اس نے جوتے نہیں اتارے ہیں۔ لوگ واویلا مچانے لگتے ہیں۔ بندوق کی نال آہستگی سے بلند ہوتی ہے اور نشانہ باندھتی ہے۔ فضا سکڑنے لگتی ہے اور تناؤ ہو جاتا ہے۔

شاعر کے بھائی کے سابق مکان کی طرف سے گولی چلنے کی آواز آتی ہے۔ یہ اعلان ہے۔ آرمی واپس جانے والی ہے۔ گاؤں کی سڑک اتنی کشادہ نہیں کہ ہم اور وہ اس پر ایک ساتھ چل سکیں۔ چنانچہ انھیں راستہ دینے کے لیے ہم گھروں کی دیواروں سے چپک جاتے ہیں۔ فوجی قطار در قطار گزرنے لگتے ہیں۔ ہوٹنگ کی آوازیں ان کا پیچھا کرتی ہیں، جیسے ہوا سیٹی بجاتی ہوئی گاؤں کی سڑک سے گزر رہی ہو۔ آپ فوجیوں کے غصے اور احساسِ توہین کو محسوس کر سکتے ہیں۔ آپ ان کی بے بسی بھی محسوس کر سکتے ہیں۔ لیکن ایک لمحے میں سب کچھ بدل سکتا ہے۔

انھیں بس اتنا ہی کرنا ہے کہ گھومیں اور گولی چلا دیں۔
لوگوں کو بس اتنا ہی کرنا ہے کہ لیٹیں اور مر جائیں۔

جب آخری فوجی بھی چلا گیا، لوگ جلے ہوئے مکان کے ملبے پر چڑھ گئے۔ ٹین کی چادریں جو اس کی چھت ہوتی تھیں، اب بھی سلگ رہی ہیں۔ ایک جلا ہوا ٹرنک کھلا پڑا ہے، اس میں سے شعلے اب بھی لپک رہے ہیں۔ اس کے اندر آخر ایسا کیا تھا جو اتنی خوبصورتی سے جل رہا ہے؟

لوگ ملبے کی چھوٹی سی، دھواں اگلتی پہاڑی پر کھڑے ہو جاتے ہیں اور نعرے لگاتے ہیں:

ہم کیا چاہتے؟

آزادی!

اور وہ لشکر کو پکارتے ہیں:

آئیوا! آئیوا!

لشکرِ طیبہ!

مزید خبر آتی ہے:

مدثر نذیر کو ایس ٹی ایف نے اٹھالیا۔

اس کے والد آتے ہیں۔ ان کا سانس پھول رہا ہے۔ ان کا چہرہ راکھ ہو رہا ہے۔ موسمِ بہار کا ایک خزاں رسیدہ پتا۔ وہ ان کے لڑکے کو کیمپ لے گئے ہیں۔

''لڑکا مجاہد نہیں۔ وہ پچھلے سال احتجاج کے دوران زخمی ہو گیا تھا۔''

''وہ کہہ رہے ہیں کہ اگر اپنے بیٹے کو واپس چاہتے ہو تو اپنی بیٹی کو ہمارے پاس بھیج دو۔ ان کا کہنا ہے کہ وہ ایک OGW ہے — اوور گراؤنڈ ورکر۔ یہ کہ وہ چیزیں ٹرانسپورٹ کرنے میں حزب کے ایک آدمی کی مدد کرتی ہے۔''

ہوسکتا ہے وہ کرتی ہو، ہوسکتا ہے نہیں کرتی ہو۔ جو بھی ہو، اس کا کام تو تمام سمجھو۔

میں چیزیں ٹرانسپورٹ کرنے میں کسی حزب والے کی مدد کروں گی۔

اور پھر وہ (حزب والا) مجھے اس لیے قتل کر دے گا کہ میں میں ہوں۔

ایک بری، بے پردہ عورت۔

انڈین

انڈین؟

جو بھی ہو

ایسا ہی ہوتا ہے۔

کچھ نہیں

میں اب کوئی ایسی مہذب کہانی لکھنا چاہوں گی جس میں کچھ زیادہ واقع نہیں ہوتا، پھر بھی لکھنے کے لیے بہت کچھ ہوتا ہے۔ یہ کام کشمیر میں نہیں کیا جا سکتا۔ جو کچھ یہاں ہوتا ہے وہ مہذب نہیں۔ یہاں اس قدر خون ہے کہ اچھا ادب لکھا ہی نہیں جا سکتا۔

سوال نمبر 1: کشمیر مہذب جگہ کیوں نہیں ہے؟

سوال نمبر 2: اچھے ادب کے لیے خون کی قابلِ قبول مقدار کتنی ہونی چاہیے؟

❄

نوٹ بک کا آخری اندراج ایک آرمی پریس ریلیز تھی، جسے ایک صفحے پر چپکا دیا گیا تھا:

پریس انفارمیشن بیورو (ڈفینس وِنگ)

پبلک ریلیشنز آفس، حکومتِ ہند

وزارتِ دفاع، سری نگر

بانڈی پورہ کی لڑکیاں سیاحت پر روانہ

بانڈی پورہ، 27 ستمبر: آج کا دن ایرِن گاؤں اور دردپورہ ضلع بانڈی پورہ کی 17 لڑکیوں کی زندگی کا ایک اہم دن ہے، کیونکہ آج ان کا ٹور 13 دن کی اسدبھاونا یاترا کے لیے آگرہ، دہلی اور چنڈی گڑھ کے لیے روانہ ہوا، جسے مسز سونیا مہرا اور برگیڈیئر انل مہرا، کمانڈر 81 ماؤنٹین بریگیڈ نے فِشری گراؤنڈز، ایرن وِلیج سے روانہ کیا۔ 14راشٹریہ رائفلز کے افسروں کے علاوہ، علاقے کی دو بزرگ عورتیں اور دو پنچ بھی لڑکیوں کے ساتھ ہیں۔ وہ آگرہ، دہلی اور چنڈی گڑھ میں تاریخی اور تعلیمی اہمیت کے مقامات کی سیر کریں گی۔ انھیں پنجاب اور اپنے صوبے کے گورنر سے گفتگو

کرنے کا شرف بھی حاصل ہوگا۔

برگیڈیئر انل مہرا، کمانڈر 81 ماؤنٹین بریگیڈ نے یاترا کے شرکا سے خطاب کرتے ہوے کہا کہ انھیں جو شاندار موقع حاصل ہوا ہے اس کا وہ پورا فائدہ اٹھائیں۔ انھوں نے یہ بھی کہا کہ دوسرے صوبوں کی ترقی کا باریک بینی سے مشاہدہ کریں اور خود کو امن کی سفیر سمجھیں۔ انھیں گرم جوشی کے ساتھ رخصت کرنے کے لیے اس موقعے پر کرنل پرکاش سنگھ نیگی، کمانڈنگ آفیسر، 14 راشٹریہ رائفلز، دونوں گانووں کے منتخبہ سرپنچ اور یاترا میں شامل سبھی لڑکیوں کے والدین موجود تھے۔ ان کے علاوہ مقامی لوگ بھی بڑی تعداد میں موجود تھے۔

''چھوٹے بچوں کی انگریزی قواعد اور انشا کی ریڈرز ڈائجسٹ بک'' کی طوالت دو بیڑیاں اور چار سگریٹیں پینے کے مساوی تھی۔ ظاہر ہے کہ مطالعے اور پینے کی رفتار میں تال میل بٹھانے کے بعد، کہ یہ دونوں کام نسبتاً متغیر ہیں۔

تلو آپ ہی آپ مسکرائی، پریس ریلیز میں بیان کی گئی اسی طرح کی ایک اور سدبھاونا یاترا کو یاد کر کے جس کا اہتمام آرمی نے کمال مہربانی سے سری نگر کے فوجی یتیم خانے 'مسکان' کے لڑکوں کے لیے کیا تھا۔ موسیٰ نے پیغام بھیجا تھا کہ تلو اس سے لال قلعے پر ملے۔ اس بات کو گزرے کوئی دس برس ہو گئے ہوں گے۔ تب وہ ناگا کے ساتھ ہی رہتی تھی۔

اس موقعے پر موسیٰ، جس کی جرآت مندی اپنے عروج پر تھی، اس گروپ کا سویلین نگراں تھا۔ تاج محل دیکھنے کے لیے آگرہ جاتے وقت وہ دہلی سے گزر رہے تھے۔ جب وہ دہلی میں تھے تو یتیموں کو قطب مینار، لال قلعہ، انڈیا گیٹ، راشٹرپتی بھون، پارلیمنٹ ہاؤس، برلا ہاؤس (جہاں گاندھی کو گولی ماری گئی)، تین مورتی (جہاں نہرو رہتے تھے)، اور 1 صفدر جنگ روڈ (جہاں اندرا گاندھی کو اس کے سکھ محافظوں نے گولی ماری) دکھانے کے لیے لے جایا گیا۔ موسیٰ کی شناخت ناممکن تھی۔ وہ خود کو ظہور احمد کہتا تھا اور ضرورت سے زیادہ مسکراتا تھا، اور اس نے ایک انکساری بھرا، احمقانہ اور خوشامدانہ رویہ

اختیار کر رکھا تھا۔

وہ اور تلو اجنبیوں کی طرح ملے جو لال قلعے کے ساؤنڈ اینڈ لائٹ شو میں محض اتفاق سے ایک اندھیری بنچ پر پاس پاس آ بیٹھے تھے۔ باقی زیادہ تر تماشا بین غیر ملکی تھے۔ ''یہ ہمارے اور سکیورٹی فورسز کے درمیان باہمی تعاون کا معاملہ ہے،'' موسیٰ نے اس سے سرگوشی میں کہا تھا۔ ''بعض دفعہ، اس قسم کے معاملوں میں، پارٹنرز کو پتا نہیں ہوتا کہ وہ پارٹنر ہیں۔ آرمی کا خیال ہوتا ہے کہ وہ بچوں کو اپنی دھرتی ماں سے محبت کرنا سکھا رہی ہے۔ اور ہم سوچتے ہیں کہ ہم انھیں اپنے دشمن کو پہچاننا سکھا رہے ہیں، تا کہ جب اس نسل کی جنگ کی باری آئے تو ان کا انجام حسن لون جیسا نہ ہو۔''

ایک چھوٹا سا یتیم لڑکا جس کے کان بڑے بڑے تھے، موسیٰ کی گود میں آ چڑھا، اس نے موسیٰ کو ہزار بار چوما اور پھر ساکت بیٹھ کر، تقریباً تین انچ کے فاصلے سے اپنی تیز، بے تاثر نظروں سے تلو کی طرف دیکھنے لگا۔ موسیٰ کا رویہ اس کے تئیں سخت اور بے حسی کا تھا۔ لیکن تلو نے اس کے چہرے کے عضلات کو لرزتے دیکھا، اور ایک لمحے کے لیے اس کی آنکھیں آبدیدہ ہو گئیں۔ تلو نے اس لمحے کو نظر انداز کر دیا۔

''حسن لون کون ہے؟''

''وہ میرا پڑوسی تھا۔ بڑا اچھا لڑکا تھا۔ ایک برادر۔''

کسی کو 'برادر' کہنا موسیٰ کے لیے اس کی تعریف کا اعلیٰ ترین درجہ تھا۔

''وہ جنگ میں شامل ہونا چاہتا تھا۔ لیکن جب ہندوستان کے پہلے سفر پر بمبئی گیا اور اس نے وی ٹی اسٹیشن پر بھیڑ دیکھی، اسے دیکھ کر اس نے اپنا ارادہ وہیں ترک کر دیا۔ جب وہ لوٹا تو کہنے لگا، 'بھائیو، کیا تم نے دیکھا ہے کہ وہ کتنی تعداد میں ہیں؟ ہمارا کوئی چانس ہی نہیں! میں ہاتھ اٹھاتا ہوں۔' اور اس نے سچ مچ سب کچھ چھوڑ دیا۔ اب وہ کپڑے کا چھوٹا موٹا کاروبار کرتا ہے۔''

موسیٰ نے اندھیرے میں ایک کشادہ مسکراہٹ کے ساتھ، اپنے دوست حسن لون کی یاد میں، اپنی گود میں بیٹھے ہوئے بچے کے سر پر بہ آواز بلند بوسہ دیا۔ ننھا بچہ سامنے نظریں جمائے رہا، کسی چراغ کی مانند ٹمٹماتا ہوا۔

ساؤنڈٹریک پر 1739 کا ذکر تھا۔ بادشاہ محمد شاہ رنگیلا کو دہلی کے تختِ طاؤس پر بیٹھے تقریباً تیس برس گزر چکے تھے۔ وہ ایک دلچسپ بادشاہ تھا۔ وہ زنانہ لباس اور جڑاؤ چپلیں پہن کر ہاتھیوں کی لڑائی دیکھتا تھا۔ اس کی سرپرستی میں مینیاتوری مصوری کا ایک نیا دبستان قائم ہوا تھا جس میں کھلی جنسیت اور دیہی مناظر کی عکاسی ہوتی تھی۔ لیکن یہ صرف جنس زدگی اور عیش پرستی نہیں تھی۔ کتھک کے عظیم رقاص اور قوال اس کے دربار میں اپنے اپنے فن کا مظاہرہ کرتے تھے۔ اسی کے دور میں صوفی عالم شاہ ولی اللہ نے فارسی میں قرآن کا ترجمہ کیا۔ خواجہ میر دردؔ اور میر تقی میرؔ کی غزلیں چاندنی چوک کے چائے خانوں میں سنائی جاتی تھیں:

لے سانس بھی آہستہ کہ نازک ہے بہت کام
آفاق کی اس کارگہِ شیشہ گری کا

پھر، تبھی گھوڑوں کی ٹاپوں کی آواز۔ ننھا لڑکا موسیٰ کی گود میں کھڑا ہو گیا اور یہ دیکھنے کے لیے پیچھے گھوما کہ آواز کہاں سے آ رہی ہے۔ یہ نادر شاہ کی گھڑسوار فوج تھی جو ایران سے سرپٹ دوڑتی دہلی کی طرف بڑھ رہی تھی، اپنے راستے میں پڑنے والے تمام شہروں کو تاراج کرتی ہوئی۔ تختِ طاؤس پر بیٹھا بادشاہ بے فکر تھا۔ اس کا خیال تھا کہ شاعری، موسیقی اور ادب میں جنگ کا معمولی پن رکاوٹ نہیں بننا چاہیے۔ ساؤنڈٹریک پر زنان خانے میں عورتوں کی ہنسی۔ رقص کرتی لڑکیوں کے گھنگرووں کی آواز۔ درباری ہیجڑے کی بلاشبہ، ناز بھری، بھاری ہنسی۔

شو کے بعد یتیم بچوں اور ان کے محافظوں نے وہ رات وِشویُوا کیندر، واقع ڈپلومیٹک اینکلیو کی ایک اقامت گاہ میں گزاری۔ اتفاق سے یہ تِلو (اور ناگا) کے گھر کے قریب، سڑک کے دوسرے سرے پر واقع تھی۔

جب تِلو گھر پہنچی، ناگا ٹی وی چلائے سو چکا تھا۔ اس نے ٹی وی بند کیا اور اس کے پہلو میں لیٹ گئی۔ اس رات اس نے خواب میں ایک گھماؤ دار ریگستانی سڑک دیکھی جس کے گھماؤ دار ہونے کا کوئی جواز نہ تھا۔ وہ اور موسیٰ اس سڑک پر چلے جا رہے تھے۔ سڑک کے ایک جانب بسیں کھڑی تھیں اور

دوسری جانب پانی کے جہاز کے مال بردار ڈبے — جن میں سے ہر کنٹینر میں ایک ایک دروازہ لگا ہوا تھا اور اس پر پھٹا پرانا ریشمیں پردہ پڑا تھا۔ ان میں سے بعض دروازوں پر طوائفیں کھڑی تھیں اور بعض پر فوجی سپاہی۔ لمبے قد کے صومالی سپاہی۔ بری طرح پٹے ہوئے لوگ باہر نکالے جا رہے تھے اور زنجیروں میں بندھے لوگ اندر لے جائے جا رہے تھے۔ موسیٰ سفید کپڑوں والے ایک آدمی سے بات کرنے کو رکا۔ وہ اس کا کوئی پرانا دوست لگ رہا تھا۔ موسیٰ اس کے پیچھے کنٹینر میں داخل ہو گیا، جبکہ تلو باہر منتظر کھڑی رہی۔ جب وہ باہر نہیں آیا تو اس کی تلاش میں وہ اندر چلی گئی۔ کمرے میں روشنی سرخ تھی۔ کنٹینر کے ایک کونے میں ایک مرد اور ایک عورت بستر پر جنسی اختلاط میں مشغول تھے۔ وہاں آئینے کے ساتھ بڑی سی ڈریسنگ ٹیبل بھی تھی۔ موسیٰ کمرے میں نہیں تھا، لیکن اس کا عکس آئینے میں نظر آ رہا تھا۔ وہ اپنے بازوؤں کے بل چھت سے لٹکا ہوا تھا، اور گول گول چکر کھا رہا تھا۔ کمرے میں بہت سا ٹالکم پاؤڈر تھا، موسیٰ کی بغلوں میں بھی۔

تلو کی آنکھ کھل گئی، وہ حیران تھی کہ جہاز پر کیسے پہنچ گئی۔ وہ دیر تک ناگا کی طرف دیکھتی رہی، اور ایک لمحے کے لیے اس پر کچھ ایسا احساس حاوی ہو گیا جو محبت جیسا لگ رہا تھا۔ یہ اس کی سمجھ میں نہیں آیا اور اس پر اس نے کچھ بھی کیا نہیں۔

❄

اس نے حساب لگایا کہ اس بات کو پورے تیس برس گزر چکے ہیں جب وہ سب — ناگا، گارسن ہوبارٹ، موسیٰ اور وہ — پہلی بار ''نارمن، اِز دیٹ یو؟'' کے سیٹ پر ملے تھے۔ اور وہ اب تک ایک دوسرے کے گرد ایک عجیب انداز میں گردش کیے جا رہے تھے۔

آخری ڈبہ جو اس نے دیکھا، پھلوں کا کارٹن اور سیلاب کی 'بازیافت' نہیں تھا۔ یہ ہیولٹ پیکارڈ پرنٹر کارٹرج کا چھوٹا سا کارٹن تھا جس میں امریک سنگھ سے متعلق وہ کاغذات رکھے تھے جو موسیٰ امریکہ کے سفر سے لوٹتے وقت اس کے پاس چھوڑ گیا تھا۔ اس نے دوبارہ یہ چیک کرنے کے لیے کہ اس کے

حافظے نے خطا نہیں کی ہے، ڈبے کو کھولا۔ اس کو صحیح یاد تھا۔ تصویروں کا ایک لفافہ تھا، اور اخبار کے تراشوں کا ایک فولڈر جس میں امریک سنگھ کی خودکشی سے متعلق رپورٹیں تھیں۔ ایک رپورٹ میں سنگھ خاندان کے کلووِس والے گھر کی تصویر بھی چھپی تھی جس کے باہر پولیس کی گاڑیاں کھڑی تھیں اور پولیس والے نوگوزون (No Go Zone) کے اندر جمع ہو رہے تھے جو انھوں نے پیلے فیتے سے نشان زد کر رکھی تھی، جیسی آپ ٹی وی سیریلوں اور جرائم کی فلموں میں دیکھتے ہیں۔ اِن سیٹ میں زیگزیس (Xerxes) کی تصویر تھی، کیمرے والے اس روبوٹ کی جسے کیلیفورنیا کی پولیس نے گھر میں داخل ہونے سے پہلے اندر بھیجا تھا تاکہ دیکھ سکیں کہ ان پر حملہ کرنے کو کوئی اندر موجود تو نہیں۔ اخبار کے تراشوں کے علاوہ ایک فائل اور تھی جس میں امریکہ میں پناہ لینے کے لیے امریک سنگھ اور اس کی بیوی کی درخواستوں کی نقلیں تھیں۔ موسیٰ نے مزاحیہ انداز میں اسے تفصیل کے ساتھ بتایا تھا کہ یہ فائل اسے کس طرح ملی۔ وہ ایک وکیل کے ساتھ جا کر، جس نے ویسٹ کوسٹ میں سیاسی پناہ کے سیکڑوں مقدمے لڑے تھے — اور جو ایک 'برادر' کا دوست تھا — کلووِس میں ایک سوشل ورکر سے ملا تھا جو امریک سنگھ کا معاملہ دیکھ رہا تھا۔ یہ سوشل ورکر کمال کا آدمی تھا، موسیٰ نے بتایا تھا۔ بوڑھا اور بیمار، لیکن اپنے کام کے تئیں نہایت وفادار۔ وہ سوشلسٹ رجحان رکھتا تھا اور حکومت کی امیگریشن پالیسی سے سخت نالاں تھا۔ اس کے چھوٹے سے دفتر میں فائلوں کی قطاریں لگی ہوئی تھیں — ایسے سیکڑوں لوگوں کے قانونی ریکارڈ جن کی اس نے امریکہ میں سیاسی پناہ پانے میں مدد کی تھی۔ ان میں زیادہ تر سکھ تھے جو 1984 کے بعد ہندوستان سے فرار ہو کر آئے تھے۔ وہ پنجاب میں پولیس کے مظالم کی کہانیوں سے، گولڈن ٹیمپل پر فوجی حملے اور 1984 میں سکھوں کے اس قتلِ عام سے واقف تھا جو اندرا گاندھی کے قتل کے بعد ہوا تھا۔ اس کا ذہن ایک مخصوص دور میں محصور تھا اور وہ حالاتِ حاضرہ سے واقف نہ تھا۔ اس نے پنجاب اور کشمیر کو باہم جوڑ رکھا تھا اور مسٹر اور مسز امریک سنگھ کو اُسی نظر سے دیکھتا تھا — مظالم کا شکار ایک اور سکھ خاندان۔ اس نے اپنی میز پر آگے جھک کر سرگوشی میں بتایا تھا کہ یہ ٹریجڈی اس لیے ہوئی کہ امریک سنگھ اور اس کی بیوی ریپ کے معاملے سے ابھر نہیں سکے تھے جس کی اذیت سے پولیس کسٹڈی کے دوران مسز امریک سنگھ کو گزرنا پڑا تھا۔ اس نے مسز امریک سنگھ کو قائل کرنے کی کوشش کی تھی کہ اس کا ذکر کرنے سے پناہ پانے کی امید

بہت بڑھ جائے گی۔ لیکن وہ اس کا اقرار کرنے کو تیار نہیں ہوئی، اور جب اس نے یہ مشورہ دیا کہ تسلیم کرنے یا اس پر بات کرنے میں کوئی نقصان نہیں تو وہ سخت مضطرب ہوگئی تھی۔

''وہ سادہ اور نیک دل لوگ تھے، دونوں ہی۔ انھیں بس تھوڑی سی کاؤنسلنگ کی ضرورت تھی۔ انھیں اور ان کے بچوں کو،'' ان کے کاغذات کی نقلیں موسیٰ کے حوالے کرتے ہوئے اس نے کہا تھا۔ ''تھوڑی سی کاؤنسلنگ اور چند اچھے دوست۔ بس ذرا سی مدد ہو جاتی تو آج وہ زندہ ہوتے۔ لیکن اِس عظیم ملک سے اتنی تھوڑی سی توقع کرنا اِس کے ساتھ بڑی زیادتی ہوگی۔ ہے نا؟''

پرنٹر کارٹرج کے کارٹن کے پیندے میں سب سے نیچے ایک موٹی، پرانے انداز کی لیگل فائل تھی جس کے بارے میں تلو کو بالکل یاد نہیں تھا کہ پہلے دیکھا ہے یا نہیں۔ اس میں کھلے ہوئے، غیر مجلد صفحات تھے، شاید پچاس ساٹھ صفحے جنھیں گتے کے بورڈ پر جمع کر کے لال فیتے اور سفید ڈوری سے باندھا گیا تھا۔ یہ تقریباً بیس سال پرانے، جالب قادری کیس کے گواہوں کے بیانات تھے۔

غلام نبی رسول، ولد مشتاق نبی رسول، ساکن بربرشاہ، پیشہ محکمۂ سیاحت میں ملازمت، عمر 37 سال کا بیان جو سیکشن 161/CrPC کے تحت درج کیا گیا۔

گواہ درج ذیل بیان دیتا ہے:

میں سری نگر میں بربرشاہ کا باشندہ ہوں۔ 8-03-1995 کو میں نے ایک فوجی دستے کو دیکھا جو پَرے پورہ میں تعینات تھا۔ فوجی وہاں گاڑیوں کی تلاشی لے رہے تھے۔ ایک فوجی ٹرک اور ایک مسلح گاڑی بھی وہاں کھڑے تھے۔ لمبے قد کا ایک سکھ فوجی افسر جو بہت سے وردی پوش فوجیوں سے گھرا ہوا تھا، تلاشی کروا رہا تھا۔ ایک پرائیویٹ ٹیکسی بھی وہاں کھڑی تھی۔ ٹیکسی کے اندر کئی سویلین لوگ لال کمبل میں لپٹے بیٹھے تھے۔ دہشت کے مارے میں اس منظر سے ذرا فاصلے پر کھڑا رہا۔ پھر میں نے ایک سفید ماروتی کار کو آتے دیکھا۔ جالب قادری کار چلا رہا تھا اور اس کی بیوی پسنجر سیٹ پر بیٹھی تھی۔ جالب قادری کو دیکھ کر لمبے فوجی افسر نے اس کی

گاڑی رکوائی اور اسے باہر نکالا۔ دھکے دے کر انھوں نے اسے مسلح گاڑی میں سوار کرا دیا اور پھر ساری گاڑیاں، جن میں پرائیویٹ ٹیکسی بھی شامل تھی، ایک قطار بنا کر بائی پاس کے رستے چلی گئیں۔

رحمت بجاڈ، ولد عبدالکلام بجاڈ، ساکن کرسو راجباغ، سری نگر، پیشہ محکمۂ زراعت، عمر 32 سال کا بیان جو سیکشن 161/CrPC کے تحت درج کیا گیا۔

گواہ درج ذیل بیان دیتا ہے:

میں کرسوراجباغ کا باشندہ ہوں اور محکمۂ زراعت میں فیلڈ اسسٹنٹ آفیسر کے طور پر کام کرتا ہوں۔ آج 27-03-1995 کو میں اپنے گھر میں تھا کہ میں نے باہر شور کی آواز سنی۔ میں باہر نکلا اور دیکھا کہ لوگ ایک لاش کے گرد جمع ہیں جو ایک بورے میں ٹھنسی ہوئی تھی۔ یہ لاش جہلم فلڈ چینل کے مقامی نوجوانوں نے دریافت کی تھی۔ لڑکوں نے بورے میں سے لاش کو نکالا۔ میں نے دیکھا کہ وہ جالب قادری کی لاش تھی۔ میں اسے پہچانتا ہوں کیونکہ پچھلے بارہ سال سے وہ ہمارے محلے میں ہی رہائش پذیر تھا۔ جانچ پرکھ کے بعد میں نے درج ذیل چیزیں شناخت کیں:

1. خاکی رنگ کا اونی سویٹر
2. سفید شرٹ
3. سلیٹی پتلون
4. سفید بنیان

علاوہ ازیں، اس کی دونوں آنکھیں غائب تھیں۔ اس کے ماتھے پر خون کے دھبے تھے۔ لاش سکڑ گئی تھی اور سڑ چکی تھی۔ پولیس آئی اور اس نے لاش کو اپنے قبضے میں لے لیا اور ایک کسٹڈی میمو تیار کیا جس پر میں نے دستخط کیے۔

معروف احمد ڈار، ولد عبدالاحد ڈار، ساکن کرسو راجباغ، سری نگر، پیشہ بزنس، عمر 40 سال کا بیان جو سیکشن 161/CrPC کے تحت درج کیا گیا۔

گواہ درج ذیل بیان دیتا ہے:

میں کرسو راجباغ کا باشندہ ہوں اور تجارت سے وابستہ ہوں۔ 27-03-1995 کو میں نے جہلم فلڈ چینل کے ساحل کی طرف سے شور کی آواز سنی۔ میں وہاں پہنچا اور دیکھا کہ جالب قادری کی لاش ایک بورے میں ٹھنسی ہوئی بند پر پڑی ہے۔ میں اس لیے پہچان گیا کہ مرحوم پچھلے بارہ سال سے میرے محلے کا ہی باشندہ تھا اور ہم محلے کی ایک ہی مسجد میں نماز پڑھتے تھے۔ مرحوم کے بدن پر درج ذیل کپڑے تھے:

1. خاکی رنگ کا اونی سویٹر
2. سفید شرٹ
3. سلیٹی پتلون
4. سفید بنیان

علاوہ ازیں، اس کی دونوں آنکھیں غائب تھیں۔ اس کے ماتھے پر خون کے دھبے تھے۔ لاش سکڑ گئی تھی اور سڑ چکی تھی۔ پولیس آئی اور اس نے لاش کو اپنے قبضے میں لے لیا اور ایک کسٹڈی میمو تیار کیا جس پر میں نے دستخط کیے۔

محمد شفیق بھٹ، ولد عبدالعزیز بھٹ، ساکن گاندر بل، پیشہ معمار، عمر 30 سال کا بیان جو سیکشن 161/CrPC کے تحت درج کیا گیا۔

گواہ درج ذیل بیان دیتا ہے:

میں گاندر بل کا باشندہ ہوں۔ پیشے سے معمار ہوں اور حالیہ محمد ایوب ڈار کے گھر، واقع کُرسو راجباغ میں کام کر رہا ہوں۔ آج، 27-03-1995 کو میں صبح کے کوئی 6:30 بجے منھ دھونے کے لیے جہلم فلڈ چینل پر گیا۔ میں نے پانی میں ایک لاش تیرتی دیکھی جو بورے میں بند تھی۔

ایک بازو اور ایک ٹانگ باہر نظر آ رہے تھے۔ ڈر کے مارے میں نے کسی کو بھی نہیں بتایا۔ اس کے بعد میں محمد شبیر وار کے گھر بطور معمار مزدوری کرنے چلا گیا۔ میں نے بورے میں بند وہی لاش دیکھی جسے جہلم فلڈ چینل کے نوجوانوں نے دریافت کیا تھا۔ لاش سڑ چکی تھی اور بھیگی ہوئی تھی۔ لاش کے بدن پر درج ذیل کپڑے تھے:

1. خاکی رنگ کا اونی سویٹر
2. سفید شرٹ
3. سلیٹی پتلون
4. سفید بنیان

علاوہ ازیں، اس کی دونوں آنکھیں غائب تھیں۔ اس کے ماتھے پر خون کے دھبے تھے۔ لاش سکڑی ہوئی تھی اور سڑ چکی تھی۔ پولیس آئی اور اس نے لاش کو اپنے قبضے میں لے لیا اور ایک کسٹڈی میمو تیار کیا جس پر میں نے دستخط کیے۔

مرحوم کے بھائی محمد پرویز احمد قادری، ولد الطاف قادری، ساکن اَوَنتی پورہ، پیشہ اکیڈمی آف آرٹس، کلچر اینڈ لینگویجز میں ملازمت، عمر 35 سال کا بیان جو سیکشن 161/CrPC کے تحت درج کیا گیا۔

گواہ درج ذیل بیان دیتا ہے:

میں اَوَنتی پورہ کا باشندہ اور مرحوم جالب قادری کا بھائی ہوں۔ آج لاش کی شناخت اور پوسٹ مارٹم کے بعد میں پولیس سے اپنے بھائی جالب قادری کی لاش کو لے گیا۔ پولیس نے اِنجری میمو اور لاش کی رسید الگ سے فائل کی۔ دونوں میموز کا مواد پڑھ کر مجھے سنایا گیا، میں جس کے درست ہونے کی توثیق کرتا ہوں۔

مشتاق احمد خان عرف عثمان عرف بھائی ٹوٹھ، ساکن جموں سٹی، عمر 30

سال کا بیان جو سیکشن 164/CrPC کے تحت 12.06.95کو درج کیا گیا۔

گواہ درج ذیل بیان دیتا ہے:

جناب، میں نانبائی ہوں۔ میری دوکان راول پورہ میں تھی اور میں 91-1990 کے دوران میں فوجیوں کو بریڈ سپلائی کیا کرتا تھا۔ پھر کشمیر میں حالات بگڑ گئے اور فوجیوں کو بریڈ سپلائی کرنے کی وجہ سے مجاہدین مجھے دھمکیاں دینے لگے۔ کیونکہ میرے بزنس کا انحصار صرف اسی پر تھا اس لیے میں نے اپنی بیکری بند کر دی اور اُوڈی میں واقع اپنے آبائی گاؤں چلا گیا۔ وہاں میرے قیام کے تین مہینے بعد مجاہدین نے میری بیوی کو ستانا شروع کر دیا۔ صرف اتنا ہی نہیں، وہ میری پندرہ سالہ بہن کو بھی زبردستی اٹھا کر لے گئے اور اسے اپنے ایک ساتھی سے شادی کرنے پر مجبور کیا۔ ان حالات کی وجہ سے میں نے اپنا آبائی گاؤں بھی چھوڑ دیا اور سری نگر لوٹ آیا جہاں مگرمل میں ایک گھر کرائے پر لے کر رہنے لگا۔ کچھ عرصے کے بعد جموں وکشمیر لبریشن فرنٹ (JKLF) کے مجاہد وہاں آپہنچے اور مجھے اپنا کاڈر بننے پر مجبور کیا۔ بعد میں مجاہدین کے مختلف تنظیموں کی آپسی لڑائیوں کے دوران 'العمر' کے مجاہدین نے مجھے اٹھا لیا اور میں دو برس تک ان سے وابستہ رہا۔ پھر سکیورٹی فورسز نے مجھے پریشان کرنا شروع کر دیا اور میرے بچوں کو اٹھا لیا۔ اسی وجہ سے میں نے آئی بی کے سامنے سرنڈر کر دیا اور اپنی AK-47 ان کے حوالے کر دی۔ مجھے بارہ مولہ میں آٹھ مہینے تک قید رکھا گیا اور پھر رہا کر دیا گیا، لیکن یہ پابندی لگا دی گئی کہ ہر پندرہ دن میں آئی بی کو رپورٹ کروں۔ میں نے تین مہینے تک ایسا ہی کیا لیکن پھر اس خوف کی وجہ سے فرار ہو گیا کہ اگر کسی نے مجھے آئی بی کے ساتھ دیکھ لیا تو میری زندگی خطرے میں پڑ جائے گی۔ سری نگر میں ایک آدمی، جس کا نام احمد علی بھٹ عرف کوبرا تھا، مجھ سے ملا اور اس نے میری ملاقات کوٹھی باغ پولیس اسٹیشن کے ڈپٹی ایس پی سے کرائی جس نے مجھے اپنے ساتھ کر لیا اور کام کرنے کے لیے اسپیشل آپریشنز گروپ SOG کے پاس راول پورہ کیمپ بھیج دیا۔ کوبرا اور پرواز بھٹ اخوانی تھے اور کیمپ میں میجر امریک سنگھ کے ساتھ کام کرتے تھے۔ انھوں نے میجر امریک سنگھ کو میرے خلاف بھڑکا دیا اور ان سے کہا کہ میں تمام

مجاہدین کو جانتا ہوں اور ان کی گرفتاری میں مجھے مدد کرنی چاہیے۔ ایک دن میجر امریک سنگھ مجھے اپنے ساتھ لے کروزیر باغ میں مجاہدین کے ایک خفیہ ٹھکانے پر ریڈ ڈالنے گئے، جہاں دو مجاہد پکڑے گئے اور 40,000 روپیہ ادا کرنے کے بعد چھوٹ گئے۔ میں نے میجر امریک سنگھ کے ساتھ مہینوں کام کیا ہے اور ان کے ہاتھوں درج ذیل لوگوں کے خاتمے کا گواہ رہا ہوں:

1. غلام رسول وانی
2. باسط احمد کھانڈے، جو سینچری ہوٹل میں کام کرتا تھا
3. عبدالحفیظ پیر
4. اِشفاق وازا
5. ایک سکھ درزی جس کا نام کلدیپ سنگھ تھا۔

ان سب کے نام تب سے لاپتا لوگوں کی فہرست میں درج ہیں۔

اس کے بعد مارچ 1995 میں ایک موقعے پر امریک سنگھ اور ان کا ایک دوست سلیم گوجری، جو میری طرح سرنڈر کرنے والا مجاہد تھا اور کیمپ میں اکثر آتا رہتا تھا، ایک آدمی کو اٹھا کر لائے جس نے کوٹ، سفید شرٹ اور ٹائی اور سلیٹی پتلون پہن رکھی تھی۔ اس وقت سکھن سنگھ، بلبیر سنگھ اور ڈاکٹر بھی موجود تھے۔ کوٹ پتلون والا آدمی بہت پڑھا لکھا تھا۔ وہ ان سے یہ بحث کر رہا تھا کہ ''تم نے مجھے کیوں گرفتار کیا ہے اور یہاں کیوں لائے ہو۔'' اس پر میجر امریک سنگھ کو طیش آ گیا اور انھوں نے اسے بڑی بے دردی سے پیٹا اور ایک الگ کمرے میں لے گئے۔ اسے وہاں بند کر کے آئے اور کہنے لگے، ''جانتے ہو یہ آدمی مشہور وکیل جالب قادری ہے۔ ہم نے اسے گرفتار کیا ہے کیونکہ جو کوئی بھی آرمی کو بدنام کرتا ہے اور مجاہدین کی مدد کرتا ہے، بخشا نہیں جائے گا، اس کی حیثیت کچھ بھی کیوں نہ ہو۔'' اسی شام میں نے اس کمرے سے چیخ پکار کی آوازیں سنیں جس میں جالب قادری کو بند کیا گیا تھا۔ اس کے بعد میں نے اسی کمرے سے گولیاں چلنے کی آواز سنی۔ میں نے بعد میں دیکھا کہ ایک بورا گاڑی میں لادا جا رہا ہے۔

چند دن بعد جب جالب قادری کی لاش ملی اور اس کی خبر اخباروں میں چھپی تو میجر امریک سنگھ نے پچھتاوے کے ساتھ مجھ سے کہا کہ انھوں نے غلط کیا تھا اور انھیں جالب قادری کو مارنا نہیں چاہیے تھا، لیکن اس سلسلے میں وہ مجبور تھے کیونکہ دوسرے افسروں نے یہ کام ان کے اور سلیم گوجری کے ذمے کیا تھا۔ جب انھوں نے یہ بات مجھ سے کہی تو میں نے اپنی زندگی کے لیے خطرہ محسوس کیا۔

پھر سلیم گوجری اور اس کے ساتھیوں، محمد رمضان، جو غیر قانونی طور پر آنے والا ایک بنگلہ دیشی تھا، منیر ناصر حجام اور محمد اکبر لاوے نے کیمپ آنا چھوڑ دیا۔ میجر امریک سنگھ نے سکھن سنگھ اور بلبیر سنگھ کی گاڑیوں کے ساتھ مجھے بھی بھیجا کہ انھیں تلاش کر کے کیمپ لے آئیں۔ سلیم گوجری ہمیں بڈگام میں ایک دکان پر بیٹھا ملا۔ ہم نے اس سے پوچھا کہ وہ ایک ہفتے سے کیمپ کیوں نہیں آیا۔ اس نے کہا کہ وہ ریڈ ڈالنے میں مصروف تھا اور یہ کہ وہ اگلے دن آئے گا۔ دوسرے دن وہ اپنے تینوں ساتھیوں کے ساتھ آیا۔ وہ ایک ایمبیسیڈر ٹیکسی میں آئے تھے۔ دروازے پر ہی ان کے ہتھیار رکھوا لیے گئے۔ امریک سنگھ نے ان سے کہا کہ ایسا اس لیے کیا گیا کہ کیمپ کے سی او دورے پر آنے والے ہیں۔ اس کے بعد میجر امریک سنگھ، سلیم گوجری اور اس کے ساتھی کمپاؤنڈ میں کرسیوں پر بیٹھ گئے اور پینے لگے۔ دو گھنٹے کے بعد میجر امریک سنگھ سلیم گوجری اور اس کے ساتھیوں کو ڈائننگ روم میں لے گئے۔ میں برآمدے میں تھا۔ سکھن سنگھ، بلبیر سنگھ، ایک میجر اشوک اور ڈاکٹر نے سلیم گوجری اور اس کے ساتھیوں کو رسیوں سے باندھ دیا اور دروازہ بند کر لیا۔ اگلے دن ان کی لاشیں، ٹیکسی ڈرائیور ممتاز افضل ملک کی لاش کے ساتھ پامپور کے ایک کھیت سے برآمد ہوئیں۔ اس کے بعد میں نے اپنی بیوی اور بچوں کو اپنے ایک دوست کے گھر منتقل کر دیا جو بائی پاس پر رہتا ہے۔ پھر میں بچ کر جموں چلا گیا۔ اس سے آگے مجھے کچھ معلوم نہیں۔

❄

تلو نے فائلیں اور تصویروں کا لفافہ واپس کارٹن میں رکھ دیا اور اسے میز پر رکھا چھوڑ دیا۔ یہ قانونی کاغذات تھے اور ان میں کچھ بھی ایسا نہ تھا جسے رکھنا جرم ہو۔

اس نے موسیٰ کی 'بازیافتیں' — بندوق، چاقو، سارے فون، پاسپورٹ، بورڈنگ پاس اور باقی سب چیزیں پلاسٹک کے ایئر ٹائٹ ڈبوں میں ڈالیں اور انھیں اپنے فریزر میں لگا دیا۔ ایک ڈبے میں اس نے صدام حسین کا وزٹنگ کارڈ ڈالا تاکہ موسیٰ کو پتا چل جائے کہ اسے کہاں پہنچنا ہے۔ اس کا ریفریجریٹر پرانے طرز کا تھا — ویسا ہی جسے اگر وقفے وقفے سے ڈی فروسٹ نہ کیا جائے تو اس میں برف کی تہیں جم جاتی ہیں۔ اسے معلوم تھا کہ اگر وہ جانے سے پہلے اس کا ٹیمپریچر کم کر دے تو یہ مجرمانہ ثبوت برف کے تودوں میں بدل جائیں گے۔ اس کی منطق یہ تھی کہ جو بازیافتیں تباہ کن سیلاب سے بچ گئی ہیں ان میں یقیناً کوئی خاص قوت ہے۔ وہ اس چھوٹے موٹے برفانی طوفان کو بھی جھیل لیں گی۔

اس نے ایک چھوٹا سا بیگ تیار کیا۔ کتابیں، بچی کا سامان، کمپیوٹر، ٹوتھ برش۔ اور اپنی ماں کی راکھ کا کلش۔

آخری فیصلہ جو ابھی کرنا باقی تھا، یہ تھا کہ کیک اور غباروں کا کیا کیا جائے۔

وہ بستر پر لیٹ گئی، وہ سارے کپڑے پہنے اور جانے کو تیار تھی۔

رات کے تین بج رہے تھے۔

صدام حسین کی آمد کے کوئی آثار (یا سڑاندھ) کہیں نہیں تھے۔

اوٹر کے کاغذات پڑھنا اس کی غلطی تھی۔ بڑی غلطی۔ وہ ایسا محسوس کر رہی تھی جیسے اسے تارکول کے پیپے میں بند کر دیا گیا ہو، اور اس کے ساتھ ان تمام لوگوں کو بھی جنھیں اس نے مارا تھا۔ وہ امریک سنگھ کی بو بھی محسوس کر سکتی تھی۔ اور اس کی وہ سرد، سپاٹ آنکھیں دیکھ سکتی تھی، جب وہ کشتی میں اس کے سامنے بیٹھا تھا اور اس کی جانب گھور رہا تھا۔ وہ اس کا ہاتھ اپنی کھوپڑی پر محسوس کر سکتی تھی۔

بستر جس پر وہ لیٹی تھی، دراصل بستر نہ تھا، بلکہ سیمنٹ کے سرخ فرش پر بچھا ہوا گدا تھا۔ کیک کے ریزے اٹھائے ہوئے چیونٹیاں تیزی سے ہر طرف آ جا رہی تھیں۔ گرمی گدے میں جذب ہو گئی تھی اور

چادر اسے اپنی جلد پر کھردری محسوس ہو رہی تھی۔ چھپکلی کا ایک بچہ فرش پر ڈگمگاتا ہوا آگے بڑھا۔ وہ چند فٹ کے فاصلے پر رک گیا، اس نے اپنا بڑا سا سر اچکایا اور اپنی چمکدار، بڑی بڑی آنکھوں سے تلو کو دیکھا۔ تلو نے بھی جواباً اس کی طرف دیکھا۔

''چھپ جاؤ!'' اس نے سرگوشی کی۔ ''سبزی خور آرہے ہیں۔''

اس نے ایک مرا ہوا مچھر اسے پیش کیا، مردہ مچھروں کے اس ڈھیر میں سے اٹھا کر جو اس نے کاغذ کے ایک سادہ صفحے پر جمع کر رکھے تھے۔ اس نے مچھر کی لاش، اپنے اور چھپکلی کے درمیان آدھے فاصلے پر رکھ دی۔ پہلے تو چھپکلی نے اسے نظر انداز کیا، اور جب تلو نے نظر ہٹالی تو لپک کر اسے ہڑپ کر گئی۔

مجھے اصل میں جو ہونا چاہیے تھا، اس نے سوچا، **وہ ہے چھپکلیوں کی رازق۔**

نیون لائٹ کی تیز روشنی چاند کے بھیس میں کھڑکی سے اندر آئی۔ چند ہفتے پہلے، رات کو ایک ڈھلواں فلائی اوور سے پیدل گزرتے ہوئے، جس پر ضرورت سے زیادہ روشنیاں تھیں، دو آدمیوں کی باتیں اس کے کان میں پڑی تھیں جو اپنی سائیکلیں ساتھ لیے پیدل چل رہے تھے: ''اس شہر میں اب رات کا سہارا بھی نہیں ملتا۔''

وہ بالکل ساکت لیٹی تھی، جیسے کسی مردہ گھر میں کوئی لاش۔

اس کے بال بڑھ رہے تھے۔

اس کے ناخن بھی۔

اس کے سر کے بال جھک سفید تھے۔

اس کی ٹانگوں کے بیچ بالوں کا تکون سُن کالا۔

اس کا کیا مطلب ہوا؟

کیا وہ بوڑھی ہے یا اب بھی جوان؟

کیا وہ مر چکی ہے یا اب بھی زندہ؟

اور پھر، اپنے سر کو جنبش دیے بغیر، اسے پتا چل گیا کہ وہ آگئے۔ وہی سانڈ۔ روشنی کے مقابل ان

کے بڑے بڑے سروں اور بے عیب سینگوں کی پرچھائیاں درانتیوں جیسی لگ رہی تھیں۔ وہی دونوں۔ رات کے رنگ کے۔ جو کبھی رات ہوا کرتی تھی اس سے چرائے ہوے رنگ کے۔ ان کی نم پیشانیوں پر ابھرے ہوے بال سر پر بندھے جامدانی کے رومالوں جیسے لگ رہے تھے۔ ان کی گیلی، مخملی ناکیں چمکیں، اور انھوں نے اپنے جامنی ہونٹ سکوڑے۔ انھوں نے کوئی آواز نہیں نکالی۔ انھوں نے اسے کبھی نقصان نہیں پہنچایا تھا، صرف دیکھتے تھے۔ جب وہ کمرے میں اِدھر اُدھر دیکھ رہے تھے، ان کی آنکھوں کی سفیدی ہلالوں جیسی لگ رہی تھی۔ وہ متجسس نہیں لگ رہے تھے، نہ کچھ خاص سنجیدہ۔ وہ ایسے ڈاکٹروں کی مانند تھے جو مریض کو دیکھتے وقت مرض کی تشخیص پر باہم متفق ہونے کی کوشش کر رہے ہوں۔

کیا تم اپنا اسٹیتھسکوپ لانا پھر بھول گئے؟

ان کی موجودگی میں وقت کی کیفیت ہی الگ ہوتی تھی۔ وہ نہیں بتا سکتی تھی کہ وہ کتنی دیر اس کی جانب دیکھتے رہے۔ اس نے پلٹ کر ان کی طرف قطعاً نہیں دیکھا۔ ان کے جانے کی خبر اسے تب ہوئی جب وہ روشنی جو انھوں نے روک رکھی تھی، پھر سے کمرے کو منور کرنے لوٹ آئی۔

جب اسے یقین ہو گیا کہ وہ جا چکے تو وہ کھڑکی تک آئی اور انھیں سکڑ کر سڑک سطح سے ملتے اور جاتے ہوے دیکھتی رہی۔ بانکے چھورے۔ ٹھگوں کی جوڑی۔ ان میں سے ایک نے اپنی ٹانگ کتے کی طرح اٹھائی اور ایک کار کی کھڑکی پر موتنے لگا۔ نہایت اونچا کتا۔ اس نے بتی جلائی اور لفظ insouciant کو ڈھونڈا۔ لغت میں لکھا تھا: بے فکرا، لاابالی، لاپروا۔ وہ لغات اپنے بستر کے پاس ہی رکھتی تھی، مینار کی صورت ڈھیر لگا کر۔

اس نے ریم سے کاغذ کا سادہ صفحہ نکالا اور چھلی ہوئی نکیلی پنسلوں سے بھرے کافی مگ میں سے ایک پنسل نکالی، اور لکھنا شروع کر دیا:

ڈیئر ڈاکٹر

میں ایک عجیب وغریب سائنسی مظہر کی گواہ ہوں۔ میرے فلیٹ کے باہر، سروس لین میں دو سانڈ رہتے ہیں۔ دن میں وہ خاصے نارمل نظر آتے ہیں، لیکن رات میں بڑھ کر کافی اونچے ہو

جاتے ہیں— میرے خیال میں لفظ ''بالیدہ'' استعمال کرنا چاہیے— اور میری دوسری منزل کی کھڑکی سے مجھے تکتے رہتے ہیں۔ جب وہ پیشاب کرتے ہیں تو اپنی ٹانگیں کتوں کی طرح اٹھالیتے ہیں۔ پچھلی رات (کوئی آٹھ بجے)، جب میں بازار سے لوٹ رہی تھی، ان میں سے ایک مجھ پر غرایا۔ اس کا مجھے پکا یقین ہے۔ میرا سوال یہ ہے: کیا یہ ممکن ہے کہ وہ جینیاتی طور پر موڈیفائیڈ سانڈ ہوں، جن میں کتے یا بھیڑیے کی بالیدگی والے جین ڈالے گئے ہوں، اور یہ لیب سے نکل بھاگے ہوں؟ اگر ایسا ہے، تو کیا یہ سانڈ ہیں یا کتے؟ یا پھر بھیڑیے؟

میں نے کبھی مویشیوں پر کیے گئے اس قسم کے تجربات کے بارے میں نہیں سنا۔ کیا آپ نے سنا ہے؟ میں اس بات سے واقف ہوں کہ انسانی بالیدگی کے جین ٹراؤٹ مچھلیوں میں ڈالے گئے ہیں جس سے وہ دیوپیکر ہو جاتی ہیں۔ جو لوگ ان عظیم الجثہ مچھلیوں کی پیداوار کرتے ہیں، ان کا کہنا ہے کہ وہ یہ کام غریب ملکوں کے عوام کو غذا فراہم کرنے کے لیے کر رہے ہیں۔ میرا سوال یہ ہے کہ ان دیوپیکر مچھلیوں کو غذا کون فراہم کرے گا؟ انسانی بالیدگی کے جین سوٗروں میں بھی استعمال کیے گئے ہیں۔ میں نے اس تجربے کا نتیجہ دیکھا ہے۔ یہ ایک منقلب بھینگا جانور ہے جو اس قدر وزنی ہے کہ کھڑا بھی نہیں ہو سکتا اور اپنا وزن سہار نہیں سکتا۔ اسے تختوں کے سہارے کھڑا کرنا پڑتا ہے۔ یہ خاصی کراہت انگیز بات ہے۔

اِن دنوں کچھ بھی یقین کے ساتھ نہیں کہا جا سکتا کہ کیا کوئی سانڈ دراصل کتا ہے، یا مکئی کی کوئی بالی اصل میں سوٗر کی ٹانگ ہے یا گائے کے گوشت کا پارچہ۔ لیکن شاید سچی جدّت کا یہی راستہ ہو؟ بہرحال، کوئی گلاس آخر خارپشت کیوں نہ کہلائے؟ اور جھاڑیوں کی باڑھ آخر رہنمائے اخلاق رسالہ کیوں نہ کہلائے؟ وغیرہ، وغیرہ۔

آپ کی مخلص

تلوتما

پس نوشت: مجھے پتا چلا ہے کہ مرغی پالن کی صنعت میں کام کرنے والے سائنسداں مرغیوں میں سے مادریت کا شعور نکال پھینکنے کی کوشش کر رہے ہیں تا کہ انڈے سینے کی ان کی خواہش کو

کم یا بالکل ختم کیا جا سکے۔ ان کا مقصد، ظاہر ہے، یہ ہے کہ مرغیاں اپنا وقت غیر ضروری چیزوں پر ضائع کرنا بند کر دیں، اور اس طرح انڈے پیدا کرنے کی کارکردگی میں اضافہ ہو سکے۔ میں یہ سوچ کر حیران ہوں کہ اسی طرح کی مداخلت (جس سے میری مراد مادریت کا شعور نکال دینے سے ہے) اگر ''موج'' — لاپتہ کشمیریوں کی ماؤں — پر کی جائے تو کیا اس سے کوئی فائدہ ہوگا؟ فی الحال وہ ناکارہ، بنجر یونٹ ہیں، بے امید امید کی جبری غذا پر جی رہی ہیں، اپنے کچن گارڈنوں میں یوں ہی کچھ کچھ کرتی پھرتی ہیں، اور سوچتی ہیں کہ کیا اگائیں اور کیا پکائیں، اس امید کے ساتھ کہ ان کے بیٹے شاید لوٹ آئیں۔ میرے خیال میں آپ اس سے اتفاق کریں گے کہ بزنس کا یہ ایک خراب ماڈل ہے۔ کیا آپ کوئی بہتر ماڈل تجویز کر سکتے ہیں؟ ایک قابلِ عمل، حقیقت پسندانہ (حالانکہ میں حقیقت پسندی کی بھی مخالف ہوں) فارمولا جس سے امید کی ایک موثر مقدار طے ہو سکے؟ ان کے معاملے میں تین متبادلات ہو سکتے ہیں: موت، لاپتا ہونا اور عائلی محبت۔ محبت کی دیگر صورتیں، بالفرض وہ اگر واقعی موجود ہیں، موزوں ومناسب نہیں اور انھیں نظر انداز کر دینا چاہیے۔ ظاہر ہے، خدا کی محبت کو چھوڑ کر۔ (اس میں کہنے کی کوئی بات ہی نہیں۔)

پسِ پس نوشت: میں جا رہی ہوں۔ نہیں جانتی کہ کہاں جا رہی ہوں۔ یہ بات مجھے امید سے لبریز کر رہی ہے۔

جب اس نے اپنا خط پورا کر لیا تو احتیاط سے تہہ کیا اور اپنے پرس میں رکھ لیا۔ اس نے کیک کے ٹکڑے کیے، انھیں ایک باکس فائل میں بھرا اور فرج میں رکھ دیا۔ پھر ایک ایک کر کے غبارے کھولے اور انھیں الماری میں بند کر دیا۔ اس نے ٹی وی چالو کیا لیکن آواز بند کر دی۔ ٹی وی پر ایک آدمی اپنے ابرو فروخت کر رہا تھا۔ وہ پانچ سو ڈالر کی ابتدائی پیشکش مسترد کر چکا تھا۔ بالآخر، چودہ سو ڈالر میں وہ انھیں الیکٹرک شیور سے صاف کرانے پر آمادہ ہو گیا۔ اس کے چہرے پر ایک مضحکہ خیز، جھینپی ہوئی مسکراہٹ

تھی۔ وہ *The Wacky Wabbit* فلم کا ایلمر فڈ (Elmer Fudd) جیسا نظر آ رہا تھا۔

صبحِ کاذب۔
صدام حسین اب بھی لاپتا۔
اغوا کار نے ذرا بے صبری سے اپنی کھڑکی سے باہر جھانکا۔

اس کے فون پر ایک ٹیکسٹ میسج:
آئیے انتر راشٹریہ یوگا دِوَس پر تالاب کے کنارے گرو ہنومنت بھاردواج کے دوارا کینڈل لائٹ یوگ اور سادھنا کے لیے ہم سب جمع ہوں۔

اس نے کھٹا کھٹ جواب لکھا:
برائے مہربانی، جمع نہ ہوں۔

اسکول کے گیٹ کے قریب، جس پر ایک تصویری نرس ایک تصویری بچے کو پولیو کا ایک تصویری انجکشن لگا رہی تھی، چند اونگھتی ہوئی عورتیں جو قریب ہی تعمیر کی جا رہی سڑک پر کام کرنے والی مہاجر مزدور تھیں، ایک چھوٹے سے بچے کے گرد حلقہ ڈالے کھڑی تھیں، جو ایک کھلے ہوئے مین ہول کے کنارے بیٹھا یوں لگ رہا تھا جیسے لفظ کے بعد لگا ہوا کاما۔ عورتیں اپنے بیلچوں اور پھاوڑوں کے سہارے کھڑی اپنے ستارے کی کارکردگی کے ظہور میں آنے کی منتظر تھیں۔ کاما کی آنکھیں ایک عورت پر جمی ہوئی تھیں۔ اپنی ماں پر۔ روح نے اسے حرکت دی۔ ایک چھوٹا سا تالاب بن گیا۔ زرد پتّہ۔ اس کی ماں نے اپنا پھاوڑا ایک طرف رکھا اور بسلیری کی پرانی بوتل کے گدلے پانی سے اس کے چوتڑ دھوئے۔ بچے ہوئے پانی سے اس نے اپنے ہاتھ دھوئے، اور زرد پتّے کو مین ہول میں بہا دیا۔ شہر بھر میں کوئی چیز ایسی نہ تھی جو اِن عورتوں کی ملکیت ہو۔ زمین کا چھوٹا سا ٹکڑا نہیں، جھونپڑ پٹی میں جھگّی نہیں، سروں پر ٹین کی چادر

نہیں۔سیوریج سسٹم تک نہیں۔لیکن اس وقت انھوں نے ایک براہِ راست، غیرروایتی ذخیرہ جمع کیا تھا، سسٹم میں براہِ راست ایکسپریس ڈیلیوری۔ ہوسکتا ہے کہ یہی شے شہر میں قدم جمانے کی ابتدا کی علامت بن جائے۔کاما کی ماں نے اسے اپنے بازوؤں میں سمیٹا، پھاوڑے کو کندھے پر لٹکایا،اور چھوٹا سایہ کارواں آگے بڑھ گیا۔

سڑک خالی ہوگئی۔

اور پھر صدام حسین نمودار ہوا، جیسے داخل ہونے سے پہلے وہ ان عورتوں کے جانے کا ہی منتظر رہا ہو۔اس ترتیب میں:

آواز

منظر

بو(سڑاندھ)

پیلے رنگ کا میونسپل ٹرک سروس لین کی طرف مڑ گیا اور چند گھروں کے فاصلے پر رک گیا۔پسنجر سیٹ سے کود کر صدام حسین باہر نکلا (اسی آن بان کے ساتھ جیسے وہ اپنی گھوڑی سے اچھل کر اترتا تھا)، نظر پہلے ہی تلو کی بلڈنگ کی دوسری منزل کی کھڑکی کا جائزہ لیتی ہوئی۔تلو نے اپنا سر باہر نکالا اور اشارہ کیا کہ دروازہ کھلا ہے،اور وہ اوپر آجائے۔

وہ اسے دروازے پر ملی، ایک بھرے ہوئے سوٹ کیس، بچی اور اسٹرابیری کیک سے بھرے ہوئے فائل باکس کے ساتھ۔کامریڈ لالی نے دروازے کے چبوترے پر صدام کا استقبال ایسے کیا جیسے اپنے بچھڑے ہوئے عاشق سے اس کی ملاقات ہورہی ہو۔اس نے اپنے سر کو ساکت رکھا اور باقی بدن کو دونوں پہلوؤں سے ہلایا۔کان سپاٹ کیے،نظریں دلربائی سے ترچھی کرکے۔

''کیا یہ تمھاری ہے؟'' ایک دوسرے سے متعارف ہونے کے بعد صدام نے تلو سے پوچھا۔''ہم اسے بھی اپنے ساتھ لے جاسکتے ہیں۔ جہاں ہم جارہے ہیں وہاں کافی جگہ ہے۔''

''اس کے بچے بھی ہیں۔''

''ارے، مسئلہ کیا ہے...؟''

اس نے نرمی کے ساتھ پلّوں کو بوری پر سے ہٹایا، بوری کا منھ کھولا اور انھیں اندر ڈال دیا — کلکیاتے، کسمساتے ہوئے بینگنوں کا گچھا۔ تلو نے دروازے کو تالا لگایا اور چھوٹا سا یہ جلوس مارچ کرتا ہوا سیڑھیوں سے اتر کر سڑک پر آ گیا۔

صدام بھرا ہوا سوٹ کیس اور پلّوں کی بوری اٹھائے ہوئے۔

تلو بچی کو اور باکس فائل کو لیے ہوئے۔

اور کامریڈ لالی اپنی نو دریافت محبت کے پیچھے ایک بے شرم وفاداری سے چلتی ہوئی۔

ڈرائیور کا کیبن اتنا کشادہ تھا جیسے کسی ہوٹل کا چھوٹا سا کمرہ۔ ڈرائیور نیرج کمار اور صدام حسین پرانے دوست تھے۔ صدام (پیش بینی اور چھوٹی سے چھوٹی تفصیل پر توجہ دینے کا ماہر) نے پھلوں کی ایک خالی پیٹی ٹرک کے دروازے کے قریب رکھ دی۔ عارضی سیڑھی۔ کامریڈ لالی کود کر اندر داخل ہو گئی۔ اس کے پیچھے تلو اور مس جبین دوئم۔ وہ سیٹ کے پیچھے جا بیٹھیں، ریکسین کے سرخ سفری بستر پر، جس پر طویل سفر کے دوران ڈرائیور اس وقت سوتے ہیں جب وہ تھک جاتے ہیں اور معاون ڈرائیور وِیل سنبھالتا ہے۔ (میونسپلٹی کے کوڑے کے ٹرک لمبے سفر پر کبھی نہیں جاتے، بہرحال سفری بستر ان میں پھر بھی ہوتے ہیں۔) صدام سامنے، پسنجر سیٹ پر جا بیٹھا۔ پلّوں کی بوری اس نے اپنے پیروں کے قریب رکھ لی، ہوا کے لیے اس کا منھ کھولا، دھوپ کا چشمہ آنکھوں پر چڑھایا، پسنجر والا دروازہ دو بار پٹخا، بس کنڈکٹر کی طرح، اور پھر وہ چل پڑے۔

پیلا ٹرک شہر کی سڑکوں پر کھڑکھڑاتا ہوا چل پڑا، اپنے پیچھے پھٹی ہوئی گائے کی بدبو کے بھبکے چھوڑتا ہوا۔ اسی طرح کے ایک اور سفر کے برعکس جو صدام نے اسی طرح کی گاڑی میں پچھلی بار کیا تھا، اس بار وہ میونسپل ٹرک میں تھا، ملک کی راجدھانی کے اندر۔ گجرات کے للا کو تخت نشین ہونے میں ابھی ایک سال باقی تھا، بھگوا طوطے ابھی اپنے وقت کی بولی لگا رہے تھے، اپنی باری کے انتظار میں۔ اس لیے، عارضی طور پر ہی سہی، سب خیریت تھی۔

کھڑکھڑاتا ہوا ٹرک کاروں کی مرمت کی دکانوں کی قطار کے قریب سے گزرا، جن کے باہر

گریس میں لتھڑے ہوئے آدمی اور کتے اب بھی سوئے ہوئے تھے۔

ایک بازار، اس کے بعد سکھوں کا گردوارا، اور ایک اور بازار سے گزر۔ اب ایک اسپتال سے گزر، باہر مریض اور ان کے اہلِ خانہ سڑک پر ڈیرے ڈالے ہوئے۔ 24X7 کیمسٹوں کی دوکانوں پر لگی بھیڑ کے نزدیک سے گزر۔ پھر ایک فلائی اوور کے اوپر سے گزر، سڑک کی روشنیاں اب بھی روشن۔

گارڈن سٹی کے قریب سے گزر، ہرے بھرے مناظر والے گول چکر۔

ٹرک جیسے جیسے آگے بڑھا، باغیچے غائب ہوتے گئے، سڑکیں اوبڑ کھابڑ اور گڑھے دار ہوتی گئیں۔ سوئے ہوئے جسموں کی وجہ سے پٹریوں پر لوگوں کی بھیڑ بڑھتی گئی۔ کتے، بکرے، گائیں، انسان۔ کھڑے ہوئے سائیکل رکشے ایک دوسرے کے پیچھے اس طرح انبار لگائے ہوئے جیسے کسی سانپ کے ڈھانچے میں ہڈیوں کی صف۔

بدبو چھوڑتا ہوا ٹرک پتھر کی بوسیدہ محرابوں کے نیچے سے راستہ بناتا لال قلعے کی فصیل کے قریب سے گزرا۔ پھر پرانے شہر کے کنارے کنارے چلتا ہوا 'جنت گیسٹ ہاؤس اور کفن دفن مرکز' جا پہنچا۔

انجم ان کی منتظر تھی— پر جوش مسکراہٹ قبروں کے کتبوں کے درمیان سے چمکتی ہوئی۔

اس نے شاندار لباس پہنا تھا، اپنے پر شکوہ دنوں کا سلمہ ستارے والا ساٹن کا لباس۔ اس نے میک اپ کیا تھا، لپ اسٹک لگائی تھی۔ بالوں کو رنگا تھا اور اپنی موٹی، لمبی، کالی چوٹی میں سرخ پراندہ گوندھا تھا۔ اس نے تِلو اور مس جبین کو کس کر بازوؤں میں بھر لیا اور کئی مرتبہ دونوں کو چوما۔

انجم نے 'ویلکم ہوم' پارٹی کا اہتمام کیا تھا۔ جنت گیسٹ ہاؤس کو غباروں اور جھنڈیوں کی جھالروں سے سجایا گیا تھا۔

اپنے شاندار ملبوسات میں سجے جو مہمان موجود تھے، یہ تھے: زینب، اٹھارہ برس کی فربہ دوشیزہ، اب مقامی پولی ٹیکنیک میں فیشن ڈیزائن پڑھ رہی تھی۔ سعیدہ (ساڑی میں سادگی سے ملبوس، خواب گاہ کی استاد ہونے کے علاوہ اب ایک این جی او کی سربراہ بھی تھی جو ٹرانس جینڈر لوگوں کے حقوق کے لیے کام کرتی تھی)، نمو گورکھپوری (جو میوات سے ڈرائیو کر کے آئی تھی، اور پارٹی کے لیے تین کلو تازہ مٹن

لائی تھی)، حسین وجمیل عشرت (جس نے اپنے قیام کی مدت میں توسیع کرلی تھی)، روشن لال (جن کا چہرہ اب بھی جذبات سے عاری تھا)، امام ضیاالدین (جنھوں نے مس جبین کو اپنی داڑھی سے گدگدایا، پھراسے دعا دی اور دعا پڑھی)۔ استاد حمید نے ہارمونیم بجایا اور راگ تلک کمود میں اس کا استقبال کیا:

اے ری سکھی مورا پیا گھر آئے

باغ لگا اس آنگن کو

صدام اور انجم تلو کو اس کا کمرہ دکھانے لے گئے جو انھوں نے گراؤنڈ فلور پر تیار کیا تھا۔ اس میں اسے کامریڈ لالی اور اس کی فیملی، مس جبین اور احلام باجی کی قبر کے ساتھ رہنا تھا۔ پایل گھوڑی باہر کھڑکی سے بندھی ہوئی تھی۔ کمرہ جھنڈیوں اور غباروں کی جھالروں سے سجایا گیا تھا۔ یہ ان کی سمجھ سے پرے تھا کہ ایک عورت کے لیے، حقیقی عورت، دنیا سے آنے والی — اور صرف دنیا سے نہیں بلکہ ساؤتھ دہلی کی دنیا سے آنے والی عورت کے لیے انھیں کیا اہتمام کرنا چاہیے۔ چنانچہ انھوں نے بیوٹی پارلر ٹائپ کا سامان لاکر سجا دیا تھا — سیکنڈ ہینڈ فرنیچر مارکیٹ سے لائی ہوئی ایک ڈریسنگ ٹیبل جس پر بڑا سا آئینہ لگا تھا۔ دھات کی ایک ٹرالی جس پر لیکیے نیل پالش کی کئی رنگوں کی شیشیاں اور لپ اسٹکیں، ایک کنگھا اور ہیئر برش، رولرز، ہیئر ڈرائر اور شیمپو کی شیشی رکھی تھی۔ نمو گورکھپوری اپنا زندگی بھر کا جمع شدہ فیشن میگزینوں کا اثاثہ اپنے میوات والے گھر سے اٹھالائی تھی، جس کا اونچا سا ڈھیر اس نے بڑی سی کافی ٹیبل پر لگا دیا تھا۔ پلنگ کے برابر میں کھٹولا تھا جس پر ایک بڑا سا ٹیڈی بیئر تکیے کے اوپر رکھا تھا۔ (یہ متنازع موضوع کہ مس جبین دوم کہاں سوئے گی اور ممی کون کہلائے گی — بڑی ممی یا چھوٹی ممی نہیں، صرف ممی — بعد میں اٹھایا جائے گا۔ یہ جھمیلا آسانی سے حل ہو جائے گا کیونکہ تلو انجم کے ان مطالبات کو بخوشی مانتی جائے گی۔) انجم نے تلو سے احلام باجی کا تعارف کرایا، کچھ یوں جیسے احلام باجی ابھی زندہ ہوں۔ اس نے ان کے کارنامے اور فتوحات بیان کیں اور شاہجہان آباد کے بعض درخشاں لوگوں کی فہرست گنوائی جنھیں دنیا میں لانے میں انھوں نے مدد کی تھی — اکبر میاں نانبائی جو فصیل بند شہر میں سب سے اچھے شیرمال بناتے ہیں، جبار بھائی درزی، صبیحہ علوی جس کی بیٹی نے حال ہی میں اپنے گھر کی پہلی منزل کے کمرے میں بنارسی ساڑی ایمپوریم شروع کیا ہے۔ انجم اس طرح بول رہی تھی جیسے یہ ایسی دنیا ہے جس

سے تلو پہلے ہی واقف ہے، ایک ایسی دنیا جس سے ہر کسی کو واقف ہونا چاہیے؛ درحقیقت، واحد دنیا جو شناسائی کے قابل ہے۔

اپنی زندگی میں پہلی بار تلو نے محسوس کیا کہ اس کے بدن میں اتنی گنجائش ہے کہ اس میں اس کے تمام اعضا سما سکتے ہیں۔

جس قصبے میں تلو نے پرورش پائی تھی اس میں کھلنے والا پہلا ہوٹل 'ہوٹل انجلی' کہلاتا تھا۔ سڑک کے ہورڈنگ پر اس دلچسپ نئی پیش رفت کا جو اشتہار لگا تھا، اس پر لکھا تھا: *Come to Anjali for the Rest of Your Life.* (اپنی بقیہ زندگی کے لیے انجلی میں تشریف لائیں)۔ 'ریسٹ آف لائف' میں چھپی ذو معنویت غیر ارادی تھی، لیکن بچپن میں اس کے ذہن میں ہمیشہ یہ تصور آتا تھا کہ ہوٹل انجلی ان بے گمان مہمانوں کی لاشوں سے بھرا ہوا ہے جنھیں سوتے میں قتل کر دیا گیا ہو اور جو اپنی بقیہ زندگی (مرنے کے بعد کی) وہیں رہیں گے۔ جنت گیسٹ ہاؤس کے معاملے میں تلو نے محسوس کیا کہ یہاں وہ ٹیگ لائن نہ صرف مناسب ہوتی بلکہ راحت فزا بھی۔ فطری طور پر اسے احساس ہو گیا کہ بالآخر اسے ایک گھر مل گیا ہے، اپنی بقیہ زندگی کے لیے۔

اجالا ہونا شروع نہ ہوا تھا کہ دعوت شروع ہوئی۔ انجم نے سارا دن خریداری کی تھی (گوشت، کھلونے اور فرنیچر) اور ساری رات کھانا پکایا تھا۔

کھانے کے مشمولات یہ تھے:

مٹن قورمہ

مٹن بریانی

بھیجے کا سالن

کشمیری روغن جوش

بھنی ہوئی کلیجی

شامی کباب

نان

تندوری روٹی

شیرمال

فیرنی

تربوز، کالے نمک کے ساتھ۔

قبرستان کے آس پاس کے نشہ خور اور بے گھر لوگ دعوت اور جشن میں شریک ہونے کے لیے چلے آئے۔ پایل نے اچھی خاصی مقدار میں فیرنی سڑپی۔ ڈاکٹر آزاد بھارتیہ ذرا دیر سے پہنچے، لیکن انھوں نے بہت سی شاباشیاں اور محبتیں اس لیے سمیٹیں کہ فرار اور گھر واپسی میں انھوں نے اچھا تال میل بٹھایا تھا۔ ان کی غیر میعادی بھوک ہڑتال گیارھویں سال، تیسرے مہینے اور پچیسویں دن میں داخل ہو چکی تھی۔ انھوں نے کچھ نہیں کھایا، بس پیٹ کے کیڑے نکالنے والی دوا کی گولی اور ایک گلاس پانی پر اکتفا کیا۔

چند کباب اور تھوڑی سی بریانی میونسپل افسروں کے لیے اٹھا کر الگ رکھ دی گئی، جو دن میں کسی وقت یقیناً آئیں گے۔

''یہ لوگ بالکل ہم ہیجڑوں جیسے ہیں،'' انجم نے ہنستے ہوئے محبت سے کہا۔ ''کہیں کوئی تقریب ہو تو سونگھ لیتے ہیں اور اپنا حصہ لینے چلے آتے ہیں۔''

بیرو اور کامریڈ لالی نے ہڈیوں اور بچے کھچے کھانے کی دعوت اڑائی۔ زینب نے پلّوں کو الگ کر کے ایسی جگہ رکھ دیا تھا جہاں بیرو کی رسائی نہ ہو، اور ان کے ساتھ کھیلتے اور صدام حسین کے ساتھ ناز و ادا سے فلرٹ کرتے ہوئے گھنٹوں گزار دیے۔

مس جبین دوئم ایک گود سے دوسری گود میں منتقل ہوتی رہی، اسے گلے لگایا گیا، چوما گیا اور حد سے زیادہ کھلایا پلایا گیا۔ اس طرح اس نے اپنی بالکل نئی زندگی کی شروعات ایک ایسے مقام سے کی، جہاں اس جیسی ہی، لیکن ایک بالکل دوسری دنیا میں، اٹھارہ سال پہلے، اس کی نوعمر جدِ امجد مس جبین اوّل نے اپنی زندگی کا سفر ختم کیا تھا۔

ایک قبرستان میں۔

ایک اور قبرستان۔ بس ذرا ہٹ کر شمال کی جانب۔

اور انھوں نے میرا یقین نہیں کیا، محض اس لیے کہ جانتے تھے
کہ میں نے جو کچھ کہا، سچ ہے۔

— جیمز بالڈوِن

9

مِس جبین اوّل کی بے وقت موت

جب وہ اتنی بڑی ہوئی تھی کہ ضد کر سکے، اس کا اصرار تھا کہ اسے مس جبین پکارا جائے۔ یہی واحد نام تھا جس سے وہ سنتی تھی۔ ہر شخص کو اسے اسی نام سے بلانا پڑتا تھا، اس کے والدین کو، دادی دادا کو، اور ہمسایوں کو بھی۔ وہ بھی عمر سے پہلے ہی 'مس' کے اسی فیٹِش، اسی فیشن کی پجارن بن گئی تھی جو وادیِ کشمیر میں شورش کے ابتدائی برسوں میں ذہنوں پر قابض ہوا تھا۔ خصوصاً شہر کی فیشن ایبل لڑکیاں اچانک خود کو 'مس' کہلوانے پر مصر ہونے لگی تھیں۔ مس مومن، مس غزالہ، مس فرحانہ۔ یہ بھی اس دور کے بہت سے بتوں میں سے ایک تھا۔ خون سے دھندلائے ان برسوں میں، ایسی وجوہ سے جو کسی کی سمجھ میں پوری طرح نہیں آ رہی تھیں، لوگ کچھ ایسے ہو گئے جسے محض ان کی فیٹش پرستی ہی کہا جا سکتا ہے۔ 'مس' کے علاوہ دیگر فیٹش نرس بننے، پی ٹی (فزیکل ٹریننگ) انسٹرکٹر بننے اور رولر اسکیٹنگ (roller-skating) کرنے کے تھے۔ چنانچہ، چیک پوسٹوں، پناہ گاہوں، ہتھیاروں، گولوں، بارودی سرنگوں، کاسپیر گاڑیوں، کٹیلے تار کے گچھوں، فوجیوں، شورش گروں، رجعتی شورش گروں، جاسوسوں، خصوصی کار گزاروں، ڈبل ایجنٹوں، ٹرپل ایجنٹوں، نیز سرحد کے دونوں طرف کی ایجنسیوں کی طرف سے ملنے والے نوٹوں کے سوٹ کیسوں کے ساتھ ساتھ وادی نرسوں، پی ٹی معلموں اور رولر اسکیٹروں سے بھری

پڑی تھی اور یقیناً 'مسوں' سے بھی۔

انھی میں ایک مس جبین تھی، جو اتنے عرصے زندہ نہ رہ سکی کہ نرس یا رولر اسکیٹر بن پاتی۔

مزارِ شہدا میں، جہاں اسے پہلے دفن کیا گیا، خام لوہے کے سائن بورڈ پر، جو صدر دروزے پر محرابی شکل میں لگا ہوا تھا، لکھا تھا (دو زبانوں میں): ہم نے اپنا آج تمھارے کل کے لیے قربان کر دیا۔ یہ اب زنگ خوردہ ہو چکا ہے، اس کا سبز رنگ پھیکا پڑ چکا ہے، اس کی نازک خطاطی روشنی کے ننھے سوراخوں کے سبب جھڑ چکی، لیکن اب بھی موجود ہے، اتنا عرصہ گزرنے کے باوجود۔ نیلے آسمان اور آری کے دندانوں جیسے برفیلے پہاڑوں کے پس منظر میں جالی دار لیس کے ٹکڑے جیسا سائن بورڈ۔

یہ اب بھی موجود ہے۔

مس جبین اس کمیٹی کی ممبر نہیں تھی جس نے طے کیا تھا کہ سائن بورڈ پر کیا لکھا جائے۔ لیکن وہ اس پوزیشن میں بھی نہیں تھی کہ اس فیصلے پر اعتراض کرتی۔ مس جبین نے اتنے سارے 'آج' بھی بچا کر نہیں رکھے تھے کہ انھیں 'کل' داؤ پر لگاتی، لیکن پھر، ابدی انصاف کا الجبرا اتنا بے رحم کبھی نہیں تھا۔ اس طرح، اپنی مرضی کے بغیر ہی وہ تحریک کی سب سے کم عمر شہید بن گئی۔ اسے اپنی ماں، بیگم عارفہ یسوی کے پہلو میں دفنایا گیا۔ ماں اور بیٹی ایک ہی گولی سے مری تھیں۔ گولی بائیں کنپٹی سے مس جبین کے سر میں داخل ہوئی اور اس کی ماں کے دل میں جا کر ٹھہر گئی تھی۔ اس کی آخری تصویر میں گولی کا زخم موسمِ سرما کے کھلے ہوئے گلاب جیسا لگ رہا تھا جسے اس کی بائیں کنپٹی پر سجا دیا گیا تھا۔ گلاب کی چند پتیاں اس کے کفن پر بکھری ہوئی تھیں، سفید کفن پر، جس میں اسے دفنانے سے پہلے لپیٹا گیا تھا۔

مس جبین اور اس کی ماں کو پندرہ دوسرے لوگوں کے ساتھ دفنایا گیا تھا۔ اس طرح اس دن کے قتلِ عام میں مرنے والوں کی کل تعداد سترہ ہو گئی تھی۔

جب یہ جنازے اٹھے اس وقت تک مزارِ شہدا خاصا نیا تھا، لیکن اس میں بھیڑ بڑھتی جا رہی تھی۔ بہرحال، انتظامیہ کمیٹی نے شورش کی ابتدا ہی سے اپنے کان زمین سے لگا کر رکھے تھے اور آنے والے دنوں کا انھوں نے حقیقت پسندانہ اندازہ لگایا تھا۔ قبروں کا خاکہ انھوں نے احتیاط سے، منظّم ڈھنگ سے اس طرح بنایا تھا کہ فراہم جگہ کا زیادہ سے زیادہ استعمال ہو سکے۔ ہر شخص یہ بات سمجھتا تھا کہ

شہیدوں کی لاشوں کو اجتماعی قبرستانوں میں دفنانا کیوں اس قدر اہم ہے، بجاے اس کے کہ انھیں (ہزاروں کی تعداد میں) پرندوں کے دانے کی طرح پہاڑوں پر، یا ان فوجی کیمپوں اور ایذا گھروں کے اطراف میں بکھرنے دیا جائے جو وادی بھر میں جنگلی گھاس کی طرح پھیل گئے تھے۔ جب جھڑپیں شروع ہوئیں اور غاصب طاقتوں نے اپنی گرفت مضبوط کر لی تو عوام کے نزدیک اپنے مرنے والوں کو یکجا کرنا بھی اپنے آپ میں مزاحمت کا ایک عمل بن گیا۔

پہلا شخص جسے قبرستان میں ابدی آرام کے لیے اتارا گیا، ایک گمنام شہید تھا جس کا جنازہ آدھی رات کو لایا گیا تھا۔ اس قبرستان میں جو ابھی قبرستان نہیں تھا، اسے ساری رسومات اور عزت واحترام کے ساتھ، سوگواروں کے ایک دل گرفتہ گروہ کے سامنے دفنایا گیا تھا۔ اگلی صبح، جب کہ تازہ قبر پر شمعیں جلائی گئیں، تازہ گلاب کی پتیاں بکھیری گئیں اور ان ہزاروں لوگوں کی موجودگی میں جو مسجدوں میں جمعے کی نماز کے بعد کیے گئے اعلانات کے نتیجے میں جمع ہوے تھے، تازہ نمازِ جنازہ پڑھائی گئی، انتظامیہ کمیٹی نے اسی وقت زمین کے ایک بڑے قطعے پر، جو کسی چھوٹی سی چراگاہ کے برابر تھا، حصار بندی کا کام شروع کر دیا۔ چند دن بعد اس پر سائن بھی لگا دیا گیا: **مزارِ شہدا**۔

افواہ یہ اڑی تھی کہ جس گمنام شہید کو اس رات دفنایا گیا — بانی کی لاش کو — وہ دراصل لاش نہیں بلکہ خالی پٹھو بیگ تھا۔ برسوں بعد ایک نوجوان سنگ باز نے، جو جنگِ آزادی کی نئی نسل کے جیالوں میں سے تھا، اور جس نے یہ کہانی سن رکھی تھی اور اس سے پریشانی محسوس کر رہا تھا، اس (مبینہ) منصوبے کے (مبینہ) ماسٹر مائنڈ سے پوچھا تھا: ''لیکن جناب، جناب کیا اس کے معنی یہ نہیں ہوے کہ ہماری تحریک کی بنیاد جھوٹ پر قائم ہے؟'' بے چین ہوا تھے ماسٹر مائنڈ کا (مبینہ) جواب تھا، ''تم لڑکوں کے ساتھ پریشانی کی بات یہی ہے کہ تمھیں بالکل اندازہ نہیں کہ جنگیں کس طرح لڑی جاتی ہیں۔''

سچ ہے کہ بہت سے لوگ یہ مانتے تھے کہ شہید پٹھو بیگ والی افواہ ان بے شمار افواہوں میں سے ایک تھی جو بادامی باغ ملٹری ہیڈکوارٹر واقع سری نگر کے 'ریومرز وِنگ' یعنی شعبۂ افواہ کے ذریعے گڑھی جاتی اور پھیلائی جاتی تھیں؛ غاصب طاقتوں کا ایک اور ہتھکنڈا جو وہ تحریک کو بدنام کرنے، لوگوں کو بے آرام کرنے، شکوک میں مبتلا کرنے اور اپنی ہی نظروں میں بے اعتبار کرنے کو استعمال کرتی تھیں۔

افواہ تھی کہ واقعی ایک شعبۂ افواہ موجود ہے جس کا انچارج میجر رینک کا کوئی افسر ہے۔ ایک افواہ یہ تھی کہ ناگالینڈ (جو شمال مشرق میں خود ایک اور قبضے کا شکار ہے) کی ایک خطرناک بٹالین ہے، داستانوی قسم کے خنزیر خوروں اور سگ خوروں پر مشتمل، جو کبھی کبھی انسانی گوشت سے بھی لطف اندوز ہوتے ہیں، خاص طور سے 'بوڑھوں' کے گوشت سے۔ جاننے والے ایسا ہی بتاتے تھے۔ ایک اور افواہ یہ تھی کہ اگر کوئی ایک توانا الّو، جس کا وزن کم از کم تین کلو یا زیادہ ہو (اس علاقے میں الّو اس سے آدھے وزن کے ہوتے ہیں، موٹے تازے الّو بھی)، پہنچائے (نامعلوم آدمی کو، نامعلوم پتے پر)، تو وہ دس لاکھ روپے کا انعام جیت سکتا ہے۔ لوگوں نے باز، عقاب، چھوٹے الّو اور ان کی نسل کے ہر قسم کے پرندے پکڑنا شروع کر دیے تھے۔ وہ انھیں چوہے، چاول اور منقہ کھلاتے، اسٹیرائڈ کے انجکشن لگاتے، اور ہر گھنٹے میں تول کر دیکھتے، حالانکہ انھیں یہ تک معلوم نہ تھا کہ یہ پرندے کس کے حوالے کرنے ہیں۔ سنکیوں کا کہنا تھا کہ یہ بھی آرمی کا کام ہے، جو ہر وقت ایسے طریقے ڈھونڈتی رہتی ہے جس سے بھولے بھالے لوگوں کو مشغول اور گڑبڑیاں کرنے سے دور رکھ سکے۔ افواہیں پھیلتی تھیں، اور پھر ان کی تردید میں افواہیں پھیلتی تھیں۔ ایسی افواہیں جو سچ ہو سکتی تھیں، اور ایسی سچائیاں جنھیں صرف افواہ ہونا چاہیے تھا۔ مثال کے طور پر یہ واقعی سچ تھا کہ آرمی کے 'حقوقِ انسانی سیل' کا سربراہ برسوں سے لیفٹیننٹ کرنل اسٹالن تھا — کیرالہ کا ایک خوش فکرا، ایک پرانے کمیونسٹ کا بیٹا۔ (افواہ یہ تھی کہ 'مسکان' بنانے کا آئیڈیا اسی کا تھا — ملٹری کے 'سد بھاونا کیندروں' کا ایک سلسلہ جس کا مقصد بیواؤں، نیم بیواؤں، یتیموں، نیم یتیموں کی بازآبادکاری تھا۔ تلملائے ہوئے لوگ جو آرمی پر یتیموں اور بیواؤں کی سپلائی جاری رکھنے کا الزام لگاتے تھے، 'سد بھاونا' کے ان یتیم خانوں اور سلائی مرکزوں کو آئے دن جلاتے رہتے تھے۔ مرکز دوبارہ بنا دیے جاتے، پہلے سے زیادہ بڑے، بہتر، شاندار اور موافق تر۔)

البتہ، مزارِ شہدا کے معاملے میں اس سوال کا کوئی خاص نتیجہ برآمد نہیں ہوا کہ پہلی قبر میں بیگ ہے یا لاش۔ ٹھوس سچائی یہ تھی کہ ایک نسبتاً نیا قبرستان، تشویش کن رفتار سے، اصلی لاشوں سے بھرتا جا رہا تھا۔

شہادت وادیِ کشمیر میں لائن آف کنٹرول سے چوری چھپے داخل ہوئی تھی، چاندنی میں نہائے

پہاڑی درّوں کے راستے سے، جن پر فوج تعینات تھی۔ شہادت ایک کے بعد ایک رات کو برف کی نیلی چوٹیوں کے گرد دھاگوں کی طرح لپٹے تنگ، پتھریلے رستوں پر چل کر آتی رہی، وسیع وعریض گلیشیئروں اور کمر کمر تک اونچی برف کے میدانوں سے گزرتی ہوئی۔ یہ ان لڑکوں پر سے گزری جنھیں پھسلواں برف پر گولیوں کا نشانہ بنایا گیا، جن کی لاشیں ایک خوفناک، برف کی منجمد جھانکی پر سجی تھیں، سرد رات کے آسمان میں تیرتے ہوے زرد چاند اور تاروں کی ستم گر نظروں کے نیچے، جو اس قدر نیچے محسوس ہوتے تھے کہ ہاتھ بڑھا کر چھولیں۔

شہادت جب وادی میں داخل ہوئی تو سطحِ زمین کے نزدیک ہی رہی اور اخروٹ کے باغیچوں، زعفران کے کھیتوں، سیبوں، باداموں اور چیری کے باغوں میں رینگتی ہوئی دھند کی طرح پھیل گئی۔ اس نے جنگ کے الفاظ ڈاکٹروں اور انجینئروں، طالب علموں اور مزدوروں، درزیوں اور بڑھئیوں، بنکروں اور کسانوں، چرواہوں اور طباخوں، شاعروں اور مغنیوں کے کانوں میں پھونکے۔ انھوں نے بغور سنا، اور پھر اپنی کتابیں اور سازوسامان، اپنی سوئیاں، اپنی چھینیاں، اپنی چھڑیاں، اپنے ہل، اپنی کلہاڑیاں اور مسخروں نے اپنی زرق برق پوشاکیں ایک طرف رکھ دیں۔ انھوں نے اپنے کرگھے ساکت کر دیے جن پر وہ خوبصورت ترین قالین اور ایسی نرم و نازک شالیں بنا کرتے تھے جو دنیا نے کہیں نہیں دیکھی تھیں۔ پھر اپنی گٹھیلی، حیران انگلیوں سے انھوں نے ان کلاشنکوفوں کی نالیں چھو کر دیکھیں جو ملنے آنے والے اجنبی انھیں چھونے دیتے تھے۔ وہ اِن نئے مغنّیوں کے پیچھے پیچھے بلندیوں پر واقع چراگاہوں اور پہاڑی سبزہ زاروں میں چلے گئے جہاں تربیتی کیمپ لگائے جا چکے تھے۔ جب ان کے ہاتھوں میں بندوقیں تھما دی گئیں، جب ان کی انگلیاں ٹِرگر کے گرد حلقہ زن ہوگئیں اور انھوں نے پہلی بار بہت دھیرے سے ان کی سختی کو محسوس کیا، جب انھوں نے مشکلات کا اندازہ کر لیا اور مان لیا کہ یہ ایک قابلِ عمل متبادل ہے، تب جا کر انھوں نے اپنی محکومی کے غصے اور شرمندگی کو، جس کا بار وہ برسہا برس سے، سیکڑوں سال سے اٹھا رہے تھے، اپنے جسموں میں دوڑنے دیا اور اپنی رگوں کے خون کو دھوئیں میں تبدیل ہو جانے دیا۔

کہرا چکراتا رہا، اندھا دھند بھرتی کی مہم میں۔ اس نے کالا بازاری کرنے والوں، شہزوروں،

بدمعاشوں اور دھوکے بازوں کے کانوں میں سرگوشیاں کیں۔ انھوں نے بھی بغور سنا، اپنے منصوبے از سرِ نو باندھنے سے پہلے۔ انھوں نے اپنی شاطر انگلیاں اپنے حصے کے دستی بموں کے سرد، دھاتی گومڑوں پر پھیریں، جو بڑی فراخدلی سے یوں بانٹے جا رہے تھے جیسے بقرعید کے بہترین گوشت کے پارچے ہوں۔ انھوں نے اپنی قتل وغارت گری اور نئے گھوٹالوں پر اللہ اور آزادی کی زبان کا پیوند لگایا۔ خوب پیسہ کمایا، جائیدادیں اور عورتیں کمائیں۔

ظاہر ہے عورتیں۔

عورتیں، بے شک۔

اس طرح شورش شروع ہوگئی۔ موت ہر جانب تھی۔ موت ہر شے تھی۔ کریئر۔ آرزو۔ خواب۔ شاعری۔ عشق۔ خود جوانی بھی۔ موت جینے کا بس ایک اور قرینہ بن گئی۔ قبرستان اگ آئے، پارکوں اور چراگاہوں میں، چشموں اور ندیوں کے ساحلوں پر، کھیتوں اور جنگلوں کے سبزہ زاروں میں۔ قبروں کے کتبے زمین سے یوں اگنے لگے جیسے چھوٹے بچوں کے دانت۔ ہر گاؤں، ہر بستی کا الگ الگ قبرستان بن گیا۔ جہاں نہیں بنا، لوگ اس پر پریشان تھے کہ کہیں انھیں دشمنوں کا شراکت دار نہ سمجھا جائے۔ دور دراز کے سرحدی علاقوں میں، لائن آف کنٹرول کے نزدیک، جس رفتار اور تسلسل سے لاشیں برآمد ہو رہی تھیں، اور ان میں سے بعض کا جو حال ہوتا تھا، اس سے نمٹنا آسان نہ تھا۔ ان میں سے بعض بوریوں میں بھر کر بھیجی جاتیں، بعض پلاسٹک کی چھوٹی تھیلیوں میں، گوشت کے چند لوتھڑوں، بالوں اور دانتوں کی صورت میں۔ موت کے رسد رساں ان کے ساتھ پرزے نتھی کر کے بھیجتے: ایک کلو، پونے تین کلو، پانچ سو گرام۔ (جی ہاں، ان حقائق میں سے ایک حقیقت جنھیں اصل میں فقط افواہ ہونا چاہیے تھا۔)

سیاح چلے گئے۔ صحافی چلے آئے۔ ہنی مون منانے والے چلے گئے۔ فوجیں چلی آئیں۔ عورتیں انگلیوں کے نشان پڑی، مڑی تڑی، آنسوؤں سے نرم پڑ چکی پاسپورٹ سائز تصویروں کا جنگل اپنے ہاتھوں میں اٹھائے پولیس اسٹیشنوں اور فوجی کیمپوں کے ارد گرد جوق در جوق دیکھی جانے لگیں: ''مہربانی کریں جناب، کیا آپ نے میرے لڑکے کو دیکھا ہے؟ کیا آپ نے میرے شوہر کو دیکھا ہے؟ کیا میرا بھائی اتفاق سے آپ کے ہاتھوں سے گزرا ہے؟'' اور ان جنابوں نے اپنے سینے پھلائے اور

اپنی مونچھوں کو تاؤ دیا، اور اپنے تمغوں پر انگلیاں پھیریں، اور ان کا جائزہ لینے کے لیے اپنی آنکھیں سکوڑیں، یہ دیکھنے کے لیے کہ کس کی شدید مایوسی کو تباہ کن امید میں بدلنے سے فائدہ ہوگا (''دیکھوں گا کیا کرسکتا ہوں'')، اور یہ امید کس کے لیے، کتنی سود مند ہوگی (دام/دعوت/سیکس/ٹرک بھرا اخروٹ؟)۔

قید خانے کھچا کھچ بھر گئے، ملازمتیں بھاپ بن کر اڑ گئیں۔ گائیڈ، دلال، ٹٹوؤں کے مالک (اور ان کے ٹٹو)، دربان، بیرے، رسپشنسٹ، برف کی گاڑیاں کھینچنے والے، سستے زیور بیچنے والے بساطی، گل فروش اور جھیل کے کشتی بان مزید نادار اور خالی پیٹ ہوتے گئے۔

فقط گورکن تھے جنھیں ذرا بھی سکون نہ تھا۔ ہر وقت کام کام کام۔ اوورٹائم اور نائٹ شفٹ کے لیے زائد اجرت کا سوال ہی نہیں۔

مزارِ شہدا میں، مس جبین اور اس کی ماں ایک دوسرے کے پہلو میں دفن تھیں۔ اپنی بیوی کے کتبے پر موسیٰ یسوی نے لکھوایا تھا:

عارفہ یسوی

۱۲/ستمبر ۱۹۶۸ء - ۲۲/دسمبر ۱۹۹۵ء

موسیٰ یسوی کی زوجہ

اور اس کے نیچے یہ:

اب وہاں خاک اڑاتی ہے خزاں

پھول ہی پھول جہاں تھے پہلے

اس کے قریب ہی، مس جبین کے کتبے پر لکھا تھا:

مس جبین

۲/جنوری ۱۹۹۲ء - ۲۲/دسمبر ۱۹۹۵ء

عارفہ اور موسیٰ یسوی کی عزیز بیٹی

اور اس کے نیچے، نہایت چھوٹے لفظوں میں موسیٰ نے کتبہ نویس نقاش سے وہ لکھوایا جسے بیشتر لوگ ایک شہید کے کتبے کے لیے نامناسب قرار دیں گے۔ اس نے کتبے کو ایسی جگہ لگوایا جہاں اسے معلوم تھا کہ سردیوں میں وہ برف کے نیچے کم دبے گا اور باقی سال لمبی گھاس اور نرگس کے پھول اسے چھپائے رہیں گے۔ لگ بھگ۔ اس نے لکھا:

اکھ دَلیلا وَن

یَتہ منز نہ کانہہ بَلای آسہِ

نہہ آس سو کُنہِ جنگلس منز روزان

یہ وہ الفاظ تھے جو مس جبین رات کو قالین پر اس کے قریب لیٹ کر بولتی تھی، اپنی کمر مخمل کے ایک بوسیدہ گاؤ تکیے پر ٹکائے (دھلا ہوا، مرمت شدہ، پھر دھلا ہوا)، اپنا ہی پھرن پہنے ہوئے (دھلا ہوا، مرمت شدہ، پھر دھلا ہوا)، ٹی کوزی کی مانند چھوٹا سا (فیروزی رنگ کا، گلے اور آستینوں پر ہلکے گلابی رنگ کے کڑھے ہوئے بیل بوٹوں کے ساتھ)، اپنے ابا کے لیٹنے کی ہو بہو نقل کرتی — بائیں ٹانگ مڑی ہوئی، دائیں پنڈلی بائیں گھٹنے پر، اور اس کی ننھی سی مٹھی اپنے ابا کی بڑی سی مٹھی میں۔ **اکھ دَلیلا وَن** ۔ مجھے کہانی سناؤ۔ اور پھر کہانی خود ہی شروع کر دیتی، اور کرفیو زدہ تاریک اداس رات میں اس کی کلکاریاں رقص کرتی دریچے سے باہر نکلتیں اور ہمسایوں کو جگا دیتیں۔ **یَتہ منز نہ کانہہ بَلای آسہِ نہہ آس سو کُنہِ جنگلس منز روزان** ! کہیں کوئی چڑیل نہیں تھی، اور وہ کسی بھی جنگل میں نہیں رہتی تھی۔ مجھے ایک کہانی سناؤ، اور کیا ہم اس میں سے چڑیل اور جنگل کی بکواس کو کاٹ سکتے ہیں؟ کیا تم مجھے کوئی اصلی کہانی سنا سکتے ہو؟

گرم علاقوں کے ٹھٹھرے ہوئے فوجیوں نے، جو اُن کی بستی کے اطراف میں برفیلے ہائی وے پر گشت لگا رہے تھے، اپنے کان کھڑے کر لیے، اور اپنی بندوقیں تیار کر لیں۔ کون ہے بے؟ یہ کیا آواز ہے؟ رک جاؤ! ورنہ گولی مار دیں گے! وہ دور دراز علاقوں سے آئے تھے اور کشمیری زبان میں رکو یا گولی مار دیں گے اور کون ہے کے ہم معنی الفاظ نہیں جانتے تھے۔ ان کے پاس بندوقیں تھیں، اس لیے جاننے کی ضرورت بھی نہیں تھی۔

ان میں سب سے کم عمر، ایس مروگیسن نے، جو ابھی بمشکل بالغ ہوا تھا، کبھی اتنی سردی محسوس نہیں کی تھی، اس نے برفباری کبھی نہیں دیکھی تھی اور منجمد ہوا میں سانس چھوڑنے سے جو شکلیں بنتی تھیں ان سے اب بھی سحر زدہ ہوتا تھا۔ ''دیکھو!'' اس نے رات کے اپنے پہلے گشت کے دوران، منھ پر دو انگلیاں رکھ کر ایک خیالی سگریٹ کا کش لیتے ہوے اور نیلے دھویں کی زلف چھوڑتے ہوے کہا تھا۔ ''مفت کی سگریٹ!'' اس کے سانولے چہرے پر سفید مسکراہٹ رات میں تیری اور پھر اپنے ساتھیوں کے بیزار چہروں پر تحقیر کے آثار دیکھ کر ماند پڑ گئی۔ ''لگے رہو رجنی کانت،'' ان میں سے ایک نے اس سے کہا۔ ''پورا پیکٹ پی ڈالو۔ جب وہ لوگ سر اڑا دیں گے تو پھر سگریٹیں اتنا مزہ نہیں دیں گی۔''

وہ لوگ۔

وہ لوگ بالآخر اس تک پہنچ ہی گئے۔ جس مسلح جیپ میں وہ جا رہا تھا، وہ ہائی وے پر، کپواڑہ کے نزدیک اڑا دی گئی۔ وہ اور دو اور فوجی سڑک کے کنارے زخموں سے چور اپنی جانیں گنوا بیٹھے۔

اس کی لاش تابوت میں رکھ کر تمل ناڈو کے تنجاور ضلعے میں اس کے گاؤں بھیج دی گئی، ساتھ ہی ایک دستاویزی فلم Saga of Untold Valour (اَن کہی بہادری کی داستان) کی ڈی وی ڈی بھی، ہدایت کار میجر راجو، پیشکش وزارتِ دفاع۔ فلم میں ایس مروگیسن کہیں نہیں تھا، لیکن اس کے گھر والوں کا خیال تھا کہ تھا، کیونکہ وہ فلم کبھی نہ دیکھ سکے۔ ان کے پاس ڈی وی ڈی پلیئر ہی نہیں تھا۔

جب ایس مروگیسن (جو 'اچھوت' تھا) کی لاش داہ سنسکار کے لیے شمشان لے جائی جانے لگی تو اس کے گاؤں میں ونّیار لوگوں نے (جو 'اچھوت' نہیں تھے) اسے اپنے گھروں کے سامنے سے گزرنے سے روک دیا۔ چنانچہ شَو یاترا کو اچھوتوں کے الگ شمشان تک پہنچنے کے لیے، جو گاؤں کے کوڑا گھر کے قریب تھا، گاؤں کے گرد باہر کا چکردار راستہ گھوم کر جانا پڑا۔

کشمیر میں جن باتوں کا ایس مروگیسن دل ہی دل میں مزہ لیتا تھا، ان میں ایک یہ تھی کہ گوری جلد والے کشمیری بعض دفعہ ہندوستانی فوجیوں کی سانولی رنگت کا مذاق اڑاتے اور 'چمار نسل' کہہ کر ان پر طنز کستے تھے۔ اسے اپنے ان ساتھیوں کی تلملاہٹ پر مزہ آتا تھا جو خود کو اعلیٰ ذات کا سمجھتے تھے اور اسے 'چمار' کہنے سے پہلے سوچتے تک نہ تھے، جیسا کہ شمالی ہند کے لوگ عموماً سارے دلتوں کو کہتے ہیں، یہ سوچ

بغیر کہ سامنے والا اچھوتوں کی بہت سی ذاتوں میں سے کس ذات کا ہے۔ کشمیر دنیا کی ایسی چند جگھوں میں سے ہے جہاں گوری جلد والے لوگوں پر سانولی جلد والے لوگوں کی حکومت رہی ہے۔ اس الٹ پھیر نے کشمیریوں کی اس بے ہودہ گوئی کو ایک طرح کا اخلاقی جواز فراہم کر دیا تھا۔

ایس مروگیسن کی بہادری کی یاد میں آرمی نے سپاہی ایس مروگیسن کا سیمنٹ کا مجسمہ اس کے گاؤں کے داخلے پر لگوانے کے لیے مالی امداد بھیجی۔ مجسمے میں وہ اپنی رائفل کندھے پر لٹکائے، فوجی وردی پہنے کھڑا تھا۔ اس کی نوجوان بیوہ اکثر اس کی طرف اشارہ کر کے اپنی بچی کو دکھایا کرتی، جو اپنے باپ کی موت کے وقت چھ مہینے کی تھی۔ 'اپّا'، مجسمے کی طرف ہاتھ لہرا کر وہ کہا کرتی۔ بچی مسکراتی، اور اپنی ماں کی ہو بہو نقل میں، چھوٹی سی کلائی میں چوڑی کی طرح پڑے ہوئے بل کے ساتھ اپنا ہاتھ لہراتی۔ 'اپّا اپّا اپّا اپّا اپّا اپّا اپّا اپّا'، وہ مسکراتے ہوئے کہتی۔

'اچھوت' کا مجسمہ گاؤں کے دروازے پر لگنے سے گاؤں کے سب لوگ خوش نہیں تھے۔ خاص طور سے ایسے 'اچھوت' کا جو ہتھیار بند تھا۔ ان کا خیال تھا کہ اس سے غلط پیغام ملتا ہے، یہ لوگوں کے ذہنوں کو بگاڑتا ہے۔ مجسمہ لگنے کے تین ہفتے بعد ہی اس کے کندھے پر رکھی رائفل غائب ہو گئی۔ سپاہی ایس مروگیسن کے گھر والوں نے شکایت درج کرانے کی کوشش کی، لیکن پولیس نے یہ کہہ کر کیس درج کرنے سے انکار کر دیا کہ رائفل گر گئی ہوگی، یا گھٹیا سیمنٹ کی وجہ سے ٹوٹ گئی ہوگی— جو کہ اکثر ہوتا ہے، اور یہ کہ اس کا الزام کسی کو نہیں دیا جا سکتا۔ ایک مہینے کے بعد مجسمے کے ہاتھ توڑ دیے گئے۔ ایک مرتبہ پھر پولیس نے کیس درج کرنے سے انکار کر دیا، البتہ اس بار وہ یوں منھ دبا کر ہنسے جیسے انھیں سب کچھ معلوم ہو، اور انھوں نے کوئی جواز پیش کرنے کی بھی پروا نہیں کی۔ ہاتھوں کے کٹنے کے دو ہفتے بعد سپاہی ایس مروگیسن کے مجسمے کا سر کاٹ دیا گیا۔ چند دن تناؤ رہا۔ آس پاس کے گاؤوں کے ان لوگوں نے جن کا تعلق مروگیسن کی ذات سے تھا، احتجاجی جلسہ کیا۔ انھوں نے مجسمے کے نیچے بیٹھ کر رِلے (relay) بھوک ہڑتال شروع کر دی۔ مقامی عدالت نے کہا کہ معاملے کی جانچ پڑتال کے لیے مجسٹریٹ کی سربراہی میں ایک کمیٹی بنائی جائے گی۔ اس دوران اس نے صورتِ حال کو جوں کا توں برقرار رکھنے کا حکم دیا۔ بھوک ہڑتال ختم ہو گئی۔ مجسٹریٹی کمیٹی کبھی نہیں بنی۔

بعض ملکوں میں فوجی سپاہی دوبار مرتے ہیں۔

بے سر مجسمہ گاؤں کے دروازے پر موجود رہا۔ البتہ اس میں اب اس شخص کی کوئی شباہت نہ تھی جس کی یاد میں یہ نصب کیا گیا تھا، البتہ اب یہ اپنے عہد کی زیادہ سچی علامت بن گیا تھا، جو بصورتِ دیگر نہ بن پاتا۔

ایس مروگیسن کی بیٹی اس کی جانب بدستور ہاتھ ہلایا کرتی:

''اپّا اپّا اپّا اپّا اپّا اپّا اپّا...''

وادیِ کشمیر میں جنگ جیسے جیسے بڑھتی گئی، قبرستان اُن کثیر منزلہ پارکنگوں کی طرح عام ہوتے گئے جو میدانی علاقوں میں پھیلتے ہوئے شہروں میں بن رہی تھیں۔ جب جگہ کی کمی پڑ جاتی تو قبریں ڈبل ڈیکر کر دی جاتیں، سری نگر کی ان بسوں کی طرح جو لال چوک اور بُلوارڈ کے درمیان سیاحوں کو لاتی لے جاتی تھیں۔

خوش قسمتی سے، مس جبین کی قبر کو یہ جبر برداشت نہیں کرنا پڑا۔ برسوں بعد، جب حکومت نے اعلان کیا کہ شورش پر قابو پالیا گیا ہے (حالانکہ اسے یقینی بنانے کے لیے پانچ لاکھ کی فوجیں وہیں پڑاؤ ڈالے رہیں)، جب مجاہدین کے سارے اہم گروہ آپس میں لڑنے لگے (یا لڑا دیے گئے)، جب میدانی علاقوں سے آنے والے یاتری، سیاح اور ہنی مون منانے والے جوڑے برف سے کھیلنے کے لیے وادی میں لوٹنے لگے (سلیج گاڑیوں پر، برف کے اونچے ڈھلانوں پر چڑھتے اور اترتے ہوئے چیخنے چلّانے کو، جنھیں سابق مجاہد چلا رہے ہوتے)، جب جاسوس اور مخبر اپنے ہینڈلروں کے ہاتھوں مار دیے گئے (صفائی اور بے حد احتیاط کے خیال سے)، جب غداروں کو امن کے شعبے میں کام کرنے والی ہزاروں رضا کار تنظیموں نے دن کی ریگولر نوکریوں میں جذب کر لیا، جب مقامی بزنس مین جنھوں نے آرمی کو کوئلہ اور اخروٹ کی لکڑی سپلائی کر کے بے تحاشا پیسہ کمایا تھا، تیزی سے فروغ پا رہے میزبانی کے سیکٹر میں پیسہ لگانے لگے (جو بصورتِ دیگر 'امن کے عمل میں لوگوں کو کھپانے والے' سمجھے جاتے تھے)، جب سینئر بینک مینیجروں نے وہ لادعویٰ رقمیں ہڑپ کر لیں جو مرنے والے مجاہدین کے کھاتوں میں پڑی

ہوئی تھیں، جب ٹارچر کے مرکز سیاست دانوں کے شاندار بنگلوں میں تبدیل کر دیے گئے، جب شہیدوں کے قبرستان ذرا بدحال ہو گئے اور شہید ہونے والوں کی تعداد ذرا گھٹ گئی (اور خودکشی کرنے والوں کی تعداد بے انتہا بڑھ گئی)، جب انتخابات عمل میں آ چکے اور جمہوریت کا اعلان ہوا، جب جہلم میں پانی بڑھا اور اتر گیا، جب شورش پھر بڑھی اور پھر کچل دی گئی، اور پھر بڑھی اور پھر کچل دی گئی، اور پھر بڑھی — یہ سب ہونے کے باوجود مس جبین کی قبر سنگل ڈیکر ہی رہی۔

خوش قسمتی کا قرعہ اس کے ہاتھ آیا تھا۔ اس کی قبر خوبصورت تھی جس کے اطراف میں جنگلی پھول کھلتے تھے اور اس کی ماں اس کے قریب تھی۔

جس قتلِ عام میں مس جبین ماری گئی، وہ پچھلے دو مہینوں میں شہر کا دوسرا قتلِ عام تھا۔

جو سترہ لوگ اس دن مرے تھے، ان میں سے سات مس جبین اور اس کی ماں کی طرح ہی کھڑے ہوئے تماشابین تھے (ان کا معاملہ، تکنیکی اعتبار سے بیٹھ کر دیکھنے والوں کا تھا)۔ وہ اپنی بالکنی میں سے دیکھ رہی تھیں۔ مس جبین، جسے ہلکا سا بخار تھا، اپنی ماں کی گود میں بیٹھی تھی، جبکہ ہزاروں سوگوار عثمان عبداللہ کا جنازہ اٹھائے، جو ایک مقبول یونیورسٹی لیکچرر تھا، شہر کی سڑکوں سے گزر رہے تھے۔ اسے گولی ماری گئی تھی، جس کے لیے حکام نے دعویٰ کیا تھا کہ کسی نامعلوم بندوق بردار نے ماری ہے، حالانکہ اس کی شناخت کھلا راز تھی۔ عثمان عبداللہ تحریکِ آزادی کا ایک نمایاں نظریہ ساز تھا، اس کے باوجود مجاہدین کے اُس نئے ابھرتے ہوئے سخت گیر گروہ نے اسے کئی بار دھمکیاں دی تھیں جو لائن آف کنٹرول سے ہو کر آیا تھا، نئے اسلحے سے لیس تھا اور سخت گیر نظریات کا حامل تھا، جس سے عثمان عبداللہ نے کھلے عام نااتفاقی ظاہر کی تھی۔ عثمان عبداللہ کا قتل اس بات کا اعلان تھا کہ کشمیر میں جس ہم آہنگی کی وہ نمائندگی کر رہا ہے، اسے برداشت نہیں کیا جائے گا۔ ملنساری اور پرانے زمانے کے طور طریقوں کے لیے اب کوئی گنجائش نہیں۔ مقامی آستانوں کے مقامی صوفیوں اور ولیوں سے عقیدت کے لیے اب کوئی گنجائش نہیں۔ نئے مجاہدین نے اعلان کیا تھا، بے وقوفیاں اب اور نہیں۔ اب کوئی ولی، طرفدار صوفی سنت نہیں۔ صرف اللہ ہے، وحدہٗ لاشریک۔ صرف قرآن ہے۔ پیغمبر محمد ہیں (صلی اللہ علیہ وسلم)۔ نماز کا

صرف ایک ہی طریقہ ہے، شریعت کی ایک ہی تشریح اور آزادی کی ایک ہی تعریف — جو یوں تھی:

آزادی کا مطلب کیا؟

لا الہ الا اللہ

اس پر کوئی بحث نہیں ہوسکتی تھی۔ مستقبل میں، سارے اختلافات گولیوں کے ذریعے حل ہونے تھے۔ شیعہ مسلمان نہیں ہیں۔ اور عورتوں کو ڈھنگ کا لباس پہننا سیکھنا ہوگا۔

ظاہر ہے عورتوں کو۔

عورتوں کو، بے شک۔

اس سے عام لوگوں میں بے آرامی پھیل گئی۔ وہ اپنے آستانوں سے محبت کرتے تھے — خصوصاً حضرت بل سے، جس میں مقدس نشانی تھی — موئے مبارک، پیغمبر محمد کا بال۔ 1963 کی سردیوں میں جب یہ گم ہوگیا تو لاکھوں لوگ سڑکوں پر روتے پھرے تھے۔ اور ایک مہینے بعد جب مل گیا (اور متعلقہ اربابِ اختیار نے اس کے اصلی ہونے کی تصدیق کردی) تو لاکھوں لوگوں نے خوشیاں منائی تھیں۔ لیکن جب سخت گیر اپنی مسافرتوں سے لوٹ کر آئے تو انھوں نے اعلان کردیا کہ مقامی صوفیوں سے عقیدت کو دل میں اور بال کو زیارت گاہ میں رکھنا کفر ہے۔

سخت گیروں کے اس نظریے نے وادی کو الجھن میں ڈال دیا۔ لوگ جانتے تھے کہ جس آزادی کی وہ آرزو کرتے ہیں، جنگ کے بغیر نہیں ملے گی۔ اور وہ یہ بھی جانتے تھے کہ سخت گیر ہر اعتبار سے بہتر مجاہد ہیں۔ انھوں نے بہترین تربیت پائی ہے، وہ بہتر ہتھیار رکھتے ہیں، اور شریعت کے مطابق اونچی شلوار پہنتے ہیں اور لمبی داڑھیاں رکھتے ہیں۔ لائن آف کنٹرول سے انھیں زیادہ حمایت اور زیادہ پیسہ ملتا ہے۔ ان کے آہنی، بے لچک ایمان نے انھیں منظّم کیا ہے، بنیاد پرست بنایا ہے، اور انھیں دنیا کی دوسری سب سے بڑی فوجی قوت سے ٹکرانے کو تیار کیا ہے۔ وہ مجاہد جو خود کو 'سیکیولر' کہتے تھے، کم سخت گیر تھے، زیادہ تن آسان تھے، زیادہ طرحدار تھے، زیادہ شان وشوکت والے تھے۔ وہ شاعری کرتے تھے، نرسوں اور رولر اسکیٹرس سے عشق لڑاتے تھے، اور کاندھوں پر اپنی رائفلیں بے پروائی سے لٹکا کر سڑکوں پر گشت کرتے تھے۔ لیکن لگتا نہیں تھا کہ ان کے پاس وہ سب ہے جو جنگ جیتنے کے لیے لازمی ہے۔

لوگ ان کم سخت گیروں سے محبت کرتے تھے۔ لیکن سخت گیروں سے خوف کھاتے اور ان کا احترام کرتے تھے۔ ایک دوسرے کی طاقت کو توڑنے کے لیے ان دونوں میں جھڑپیں ہوئیں، جن میں سیکڑوں لوگوں کی جانیں تلف ہوئیں۔ بالآخر کم سخت گیروں نے جنگ بندی کا اعلان کر دیا، روپوشی سے باہر آئے اور گاندھی وادی طریقے سے اپنی جدوجہد جاری رکھنے کا عزم کیا۔ سخت گیروں نے اپنی لڑائیاں جاری رکھیں اور آنے والے برسوں میں ایک ایک کر کے شکار کر لیے گئے۔ جب ایک مارا جاتا تو اس کی جگہ لینے دوسرا آ جاتا تھا۔

عثمان عبداللہ کے قتل کے چند مہینے بعد، اس کا قاتل (جانا مانا نامعلوم بندوق بردار) آرمی کے ہاتھوں گرفتار ہوا اور مارا گیا۔ لاش، جو گولیوں سے بنے سوراخوں اور سگریٹ کے داغوں سے چھدی ہوئی تھی، اس کے گھر والوں کے حوالے کر دی گئی۔ قبرستان کی انتظامیہ کمیٹی نے، معاملے پر طویل غور و خوض کے بعد فیصلہ کیا کہ وہ بھی شہید ہے اور مزارِ شہدا میں دفنائے جانے کا حقدار۔ اسے انھوں نے قبرستان کے دوسرے سرے پر دفن کیا، شاید اس توقع میں کہ عثمان عبداللہ اور اس کے قاتل کو جتنا دور رکھا جائے، اس سے انھیں حیاتِ مابعد میں آپسی لڑائی سے روکا جا سکے گا۔

جنگ جیسے جیسے بڑھتی رہی، وادی کے نرم رویے والے آہستہ آہستہ سخت گیر ہوتے گئے اور سخت رویے والے مزید سخت گیر۔ ہر رویے میں مزید شاخیں بنتی گئیں۔ سخت گیر گروہوں کی جگہ مزید سخت گیر گروہ آتے گئے۔ عام لوگ، بالکل معجزانہ طور پر، ان سب کو مشغول رکھنے کے لیے سب کی حمایت کرتے رہے، سب کو پھسلاتے رہے، اور اپنے پرانے طور طریقوں پر، جنھیں بے وقوفی سمجھا گیا تھا، چلتے رہے۔ موئے مبارک کی حکمرانی بلاتوقف جاری رہی۔ اور اس کے باوجود کہ لوگ سخت گیری کی تیز رو لہروں پر تیر رہے تھے، وہ پہلے سے زیادہ تعداد میں، اپنے دکھڑے رونے اور ٹوٹے ہوئے دلوں کا بوجھ ہلکا کرنے آستانوں پر جاتے رہے۔

اپنی بالکنی کے محفوظ فاصلے سے مس جبین اور اس کی ماں جنازے کے جلوس کو آتے دیکھ رہی تھیں۔ پوری گلی کی دوسری عورتوں اور بچوں کی طرح، جو اپنے قدیم گھروں کی لکڑی کے چھجوں پر ہجوم کیے تھیں، مس جبین اور عارفہ نے بھی ایک کٹورے میں تازہ گلاب کی پتیاں تیار رکھی تھیں، تاکہ جب

عثمان عبداللہ کا جنازہ نیچے سے گزرے تو اس پر پھول برسائیں۔ سردی سے بچانے کے لیے مس جبین کو دو سویٹر اور اونی دستانے پہنائے گئے تھے۔ سر پر اس نے چھوٹا سا سفید اونی حجاب اوڑھ رکھا تھا۔ ہزاروں لوگ آزادی! آزادی! کے نعرے لگاتے پتلی سی گلی میں داخل ہونا شروع ہوے۔ مس جبین اور اس کی ماں نے بھی نعرے لگائے۔ البتہ ہمیشہ کی شرارتی مس جبین بیچ بیچ میں آزادی! کی جگہ ماتا جی! کا نعرہ لگا دیتی تھی — کیونکہ دونوں لفظوں کا آہنگ ایک سا تھا، اور کیونکہ اسے معلوم تھا کہ جب جب وہ ایسا کرتی ہے تو اس کی ماں اس کی طرف دیکھتی ہے، اور مسکراتی ہے، اور اسے چومتی ہے۔

جلوس کو بارڈر سیکیورٹی فورس کی چھبیسویں بٹالین کے بڑے سے بنکر کے نزدیک سے گزرنا تھا۔ وہ اس جگہ سے سو گز سے بھی کم فاصلے پر تعینات تھی جہاں عارفہ اور مس جبین بیٹھی تھیں۔ مشین گنوں کی تھوتھنیاں لکڑی اور ٹین کی چادروں سے بنے مٹ میلے بوتھ کی لوہے کی جالی دار کھڑکی سے باہر نکلی ہوئی تھیں۔ بنکر کے چاروں طرف ریت کی بوریوں اور لچھے دار کٹیلے تاروں کا حصار تھا۔ آرمی کی جاری کردہ اولڈ مونک اور ٹرپل ایکس رَم کی خالی بوتلیں دو دو کے جوڑوں میں کٹیلے تار سے لٹکی ہوئی تھیں، اور گھنٹیوں کی طرح باہم ٹکرا رہی تھیں — الارم کا ایک قدیم لیکن موثر طریقہ۔ تاروں سے ذرا سی بھی چھیڑ چھاڑ انھیں بھڑکانے کے لیے کافی تھی۔ دیش سیوا میں شراب کی بوتلیں۔ اس پر مستزاد فائدہ یہ کہ پرہیزگار مسلمانوں کی سفاکانہ توہین اس میں مضمر تھی۔ بنکر کے فوجی ان آوارہ کتوں کو کھانا کھلاتے تھے جنھیں مقامی لوگ دھتکار دیتے تھے (جیسا کہ دیندار مسلمانوں سے توقع کی جاتی ہے)، چنانچہ یہ کتے ایک ایڈیشنل حفاظتی گھیرا بن گئے تھے۔ وہ چاروں طرف بیٹھے تھے، چوکنے تھے، لیکن خوفزدہ نہیں۔ جلوس جیسے ہی بنکر کے قریب پہنچا، اس کے اندر قید فوجی پرچھائیوں میں مدغم ہو گئے، سردیوں کی یونیفارم اور بلٹ پروف جیکٹوں کے اندر ٹھنڈا پسینہ ان کی پشتوں پر بہنے لگا۔

اچانک ایک دھماکا۔ بہت زوردار نہیں، لیکن اتنا تیز اور اتنے قریب ضرور کہ اندھی دہشت پیدا کر دے۔ فوجی بنکر سے باہر آ گئے، پوزیشن لی، اور اپنی لائٹ مشین گنوں سے نہتی بھیڑ پر جو تنگ گلی میں ٹھنسی ہوئی تھی، سیدھا فائر کھول دیا۔ گولی انھوں نے مارنے کے لیے ہی چلائی تھی۔ لوگ پلٹ کر بھاگنے لگے، اس کے باوجود گولیوں نے ان کا پیچھا کیا اور بھاگتی ہوئی پیٹھوں، سروں اور ٹانگوں میں دھنسنے لگیں۔ چند

خوفزدہ فوجیوں نے اپنے ہتھیار ان لوگوں کی طرف موڑ لیے جو کھڑکیوں اور چھجوں سے دیکھ رہے تھے، اور اپنی میگزینیں لوگوں اور ریلنگوں، دیواروں اور کھڑکیوں میں خالی کر دیں۔ مس جبین اور اس کی ماں عارفہ پر بھی۔

عثمان عبداللہ کے تابوت اور تابوت اٹھانے والوں کو گولی لگی۔ تابوت ٹوٹ کر کھل گیا اور دوبارہ قتل ہونے والی اس کی لاش سڑک پر گر پڑی، عجیب سے انداز میں مڑی تڑی، برف جیسے سفید کفن میں لپٹی، زخمیوں اور مرنے والوں کے درمیان دوبار مری ہوئی لاش۔

بعض کشمیری بھی دوبار مرتے ہیں۔

جب سڑک بالکل خالی ہوگئی تو گولی باری رک گئی، اور وہاں صرف زخمیوں اور مرنے والوں کے اجسام پڑے رہ گئے۔ اور جوتے بھی۔ ہزاروں جوتے۔

اور کان پھاڑنے والا وہ نعرہ، جسے لگانے والا کوئی بھی نہیں بچا تھا:

جس کشمیر کو خون سے سینچا! وہ کشمیر ہمارا ہے!

قتلِ عام کے بعد کی ضابطے کی کارروائی تیز اور ماہرانہ تھی — مشق کے سبب ماہرانہ۔ ایک گھنٹے کے اندر اندر لاشوں کو اٹھا کر پولیس کنٹرول روم کے مردہ گھر پہنچا دیا گیا، اور زخمیوں کو اسپتال۔ سڑک کو پانی کے پائپ سے دھویا گیا، خون براہِ راست کھلی نالیوں میں بہا دیا گیا۔ دکانیں کھل گئیں۔ حالات کے نارمل ہونے کا اعلان کر دیا گیا۔ (نارمل ہونا ہمیشہ ہی ایک اعلان ہوتا تھا۔)

بعد میں تحقیق ہوا کہ دھما کا برابر والی سڑک پر، مینگوفروٹی کے ایک خالی کارٹن پر کار کے چڑھنے کے سبب ہوا تھا۔ کسے الزام دیا جائے؟ مینگوفروٹی (فریش 'این' جوسی) کا پیکٹ سڑک پر کس نے چھوڑا تھا؟ انڈیا نے یا کشمیر نے؟ یا پاکستان نے؟ کس نے اس پر کار چڑھائی تھی؟ قتلِ عام کے اسباب کا پتا لگانے کے لیے ایک ٹربیونل بنا دیا گیا۔ حقائق کبھی طے نہیں کیے جا سکے۔ کسی کو موردِ الزام نہیں ٹھہرایا گیا۔ یہ کشمیر تھا۔ یہ خطا کشمیر کی تھی۔

زندگی چلتی رہی۔ موت چلتی رہی۔ جنگ چلتی رہی۔

❄

جن لوگوں نے موسیٰ یسوی کو اپنی بیوی اور بیٹی کو دفناتے دیکھا، انھوں نے دیکھا کہ اس دن وہ کس قدر خاموش تھا۔ اس نے غم ظاہر نہیں کیا۔ وہ اپنے آپ میں گم اور بکھرا ہوا لگ تھا، جیسے حقیقتاً وہاں موجود ہی نہ ہو۔ شاید یہی بات تھی جو آخر کار اس کی گرفتاری کا سبب بنی۔ یا ہوسکتا ہے اس کے دل کی دھڑکن اس کا سبب ہو۔ ایک بے گناہ شہری کے لیے یہ شاید حد سے زیادہ تیز یا مدھم تھی۔ بدنام چیک پوسٹوں پر فوجی بعض دفعہ نوجوان مردوں کے سینوں پر کان لگاتے اور ان کے دل کی دھڑکنیں سنتے تھے۔ افواہ تھی کہ بعض فوجی اپنے پاس اسٹیتھسکوپ بھی رکھتے ہیں۔ ''اِس آدمی کا دل آزادی کے لیے دھڑک رہا ہے،'' وہ کہتے، اور بہت تیز یا مدھم دھڑکنے والے اس دل کے میزبان بدن کے لیے بس اتنا ہی کافی تھا کہ اسے کارگو، پاپا-ٹو، یا شیراز سنیما کی سیر پر بھیج دیا جائے— وادی کے سب سے خوفناک تفتیشی مرکز۔

موسیٰ کو چیک پوسٹ پر گرفتار نہیں کیا گیا۔ تدفین کے بعد اس کے گھر سے اٹھایا گیا۔ یہ دن ایسے نہ تھے کہ اپنی بیوی اور بیٹی کے جنازے پر کسی کی انتہائی خاموشی کی طرف کوئی توجہ ہی نہ دی جائے۔

شروع میں، ظاہر ہے کہ ہر شخص خاموش اور سہما ہوا تھا۔ جنازے کا جلوس موت کی خاموشی اوڑھے، کیچڑ بھرے اداس شہر میں سانپ کی طرح رینگتا ہوا گزر رہا تھا۔ واحد آواز جو سنی جاسکتی تھی، بغیر موزوں والے ہزاروں جوتوں کی پچ پچ پچ تھی جو مزارِ شہدا کی طرف جانے والی گیلی، چاندی جیسی سڑک سے آ رہی تھی۔ نوجوانوں نے سترہ جنازے اپنے کاندھوں پر اٹھا رکھے تھے۔ سترہ + ایک، جو کہ دوبارہ قتل کیے گئے عثمان عبداللہ کا جنازہ تھا، اور جو ظاہر ہے کہ دفتروں میں دوبار درج نہیں کیا جاسکتا تھا۔ چنانچہ، ٹین کے سترہ + ایک تابوت سڑکوں سے موجزن گزرے، سردیوں کے سورج کی جانب پلکیں جھپکاتے ہوئے۔ بلند و بالا کوہساروں کے حلقے سے، جو شہر کو گھیرے ہوئے تھا، اگر کوئی نیچے شہر کی جانب دیکھتا تو اسے یہ جلوس چیونٹیوں کی ایسی قطار کی مانند نظر آتا جو چینی کے سترہ + ایک دانے اٹھائے، اپنی

رانی چیونٹی کی غذا لیے بانبی کی طرف جارہی ہوں۔ شاید تاریخ یا انسانی تنازعات کے طالبِ علم کے نزدیک اس چھوٹے سے جلوس کا مطلب کچھ یوں ہوگا: چیونٹیوں کی ایک قطار جو کسی اونچی میز سے گرنے والے غذائی ریزوں کو لے کر بھاگ رہی ہے۔ جنگوں کی تاریخ میں یہ ایک چھوٹی سی جنگ تھی۔ اس پر کسی نے کچھ خاص توجہ نہیں دی۔ چنانچہ یہ چلتی رہی، چلتی رہی۔ چنانچہ یہ دسیوں برس پر محیط ہوتی گئی، اپنی بے لگام آغوش میں لوگوں کو سمیٹتی گئی۔ اس کی سفاکیاں اتنی ہی فطری ہوتی گئیں جتنے فطری بدلتے ہوے موسم ہوتے ہیں۔ ہر موسم طرح طرح کی مخصوص خوشبوؤں اور پھلوں پھولوں کے ساتھ، زیاں اور تجدید کے، انتشار اور امن کے، شورش اور انتخابات کے اپنے اپنے دور کے ساتھ۔

سردیوں کی اس صبح چیونٹیاں چینی کے جو دانے لے کر جارہی تھیں، ان میں سب سے چھوٹے دانے کا نام، ظاہر ہے، مس جبین تھا۔

جو چیونٹیاں جلوس میں شامل ہونے سے گھبرا رہی تھیں، قطاروں میں سڑک کے کنارے، پرانی پڑ چکی مٹیالی برف کے پھسلواں کناروں پر کھڑی تھیں، اپنے اپنے پھرنوں کی حرارت کے اندر بازو سینے پر لپیٹے، پھرن کی آستینوں کو ہوا میں پھڑپھڑاتی ہوئی۔ ایک ہتھیار بند شورش کے قلب میں بے بازو، بے ہتھیار لوگ۔ جو لوگ اتنے خوفزدہ تھے کہ گھروں سے باہر بھی نہیں نکل رہے تھے، اپنے دریچوں اور چھجوں سے جھانک رہے تھے (حالانکہ اس کے جوکھم کو بھی وہ شدت سے محسوس کررہے تھے)۔ ہر شخص واقف تھا کہ وہ ان فوجیوں کی بندوقوں کی نگاہوں کے گھیرے میں ہے جنھوں نے شہر بھر میں مورچے سنبھال رکھے ہیں — چھتوں پر، پلوں پر، کشتیوں پر، مسجدوں پر، پانی کی ٹنکیوں پر۔ انھوں نے ہوٹلوں پر، اسکولوں پر، دکانوں اور بعض گھروں پر بھی قبضہ کررکھا ہے۔

اس صبح سردی بڑی شدید تھی۔ برسوں بعد جھیل پر برف جمی تھی، اور پیش گوئی کی گئی تھی کہ مزید برف باری ہوگی۔ درختوں کی عریاں، دھبے دار شاخیں آسمان کی طرف اس طرح اٹھی تھیں جیسے ماتم دار سینہ کوبی کے عالم میں منجمد ہو گئے ہوں۔

قبرستان میں سترہ+ایک قبریں تیار کی جا چکی تھیں۔ صاف ستھری، تازہ، گہری۔ ہر قبر کی مٹی کا

انبار اس کے پہلو میں لگا تھا، گہرے رنگ کی چاکلیٹ کا اہرام۔ ایک جتھا وہ خون آلود آہنی اسٹریچر لے کر پہلے ہی پہنچ گیا تھا جن پر پوسٹ مارٹم کے بعد لاشیں گھر والوں کو لوٹائی گئی تھیں۔ وہ درختوں کے تنوں کے سہارے یوں کھڑے کر دیے گئے تھے جیسے کوہستانی گوشت خور درخت کے بڑے بڑے خون آشام آہنی پتّے ہوں۔

جلوس جیسے ہی قبرستان کے دروازوں سے اندر داخل ہونا شروع ہوا، پریس والوں کا ایک جمگھٹ، جو اپنے اپنے بلاک میں تیار کھڑے اتھلیٹوں کی مانند اپنے بدن پھڑکا رہا تھا، قطاریں توڑ کر تیزی سے آگے بڑھا۔ تابوت نیچے اتارے گئے، کھولے گئے، اور برفیلی زمین پر ایک قطار میں لگا دیے گئے۔ ہجوم نے پریس والوں کے لیے بہ احترام جگہ بنا دی۔ اسے معلوم تھا کہ صحافیوں اور فوٹوگرافروں کے بغیر اس قتلِ عام کا نشان مٹا دیا جائے گا اور مرنے والے سچ مچ مر جائیں گے۔ چنانچہ، لاشیں ان کو پیش کر دی گئیں، توقع اور غم و غصے کے ساتھ۔ موت کی ضیافت۔ سوگوار رشتہ دار جو پیچھے ہٹ گئے تھے، انھیں فریم میں آنے کے لیے کہا گیا۔ ان کے غم کو محفوظ کرنا ضروری تھا۔ آنے والے برسوں میں جب جنگ ایک طرزِ زندگی بن جائے گی، کشمیر کے غم و اندوہ اور زیاں کے اس موضوع پر کتابیں اور فلمیں اور تصویری نمائشیں مرتب کی جائیں گی۔

موسیٰ ان میں سے کسی تصویر میں نہیں ہوگا۔

اس موقعے پر، مس جبین سب سے زیادہ توجہ کا مرکز تھی۔ کیمرے اس پر مرکوز ہو گئے، کسی بے چین بھالو کی طرح چَڑ چَڑ چَڑ کلک کرتے ہوے۔ تصویروں کی اس فصل میں ایک تصویر مقامی کلاسک بن گئی۔ یہ اخباروں اور رسالوں میں، نیز حقوقِ انسانی کی ان رپورٹوں کے سرورق پر برسوں تک بار بار چھپتی رہی جنھیں کوئی نہیں پڑھتا تھا، اور جن پر اس طرح کے عنوانات ہوتے تھے: **برف میں خون، اشکوں کی وادی، کیا غم و اندوہ کا کبھی خاتمہ نہیں ہوگا؟**

مرکزی ملک میں، واضح اسباب سے، مس جبین کی تصویر اتنی مقبول نہیں ہوئی۔ غم و اندوہ کے بازار کی فہرستوں میں بھوپالی لڑکا، یونین کاربائیڈ گیس لیک کا شکار، اس سے بہت آگے ہی رہا۔ بہت سے مشہور فوٹوگرافر اس مرنے والے لڑکے کی تصویر کے کاپی رائٹ کے دعویدار تھے جو ملبے کی قبر

میں گردن تک دبا ہوا تھا، اس کی تکتی ہوئی، دھندلی آنکھیں زہریلی گیس نے اندھی کردی تھیں۔ اس خوفناک رات میں کیا کچھ پیش آیا تھا، اس کی کہانی وہ آنکھیں کچھ اس طرح سناتی تھیں کہ کوئی اور نہ سنا سکتا تھا۔ وہ دنیا بھر کی میگزینوں کے چمکیلے صفحوں پر سے تک رہی تھیں۔ آخر میں، ظاہر ہے کہ اس سب کی کوئی اہمیت نہ رہی۔ کہانی شعلے کی مانند لپکی اور بجھ گئی۔ تصویر کے کاپی رائٹ پر شروع ہونے والی جنگ البتہ برسوں تک جاری رہی، لگ بھگ اتنی ہی تندی سے جتنی تندی سے گیس لیک میں تباہی کا شکار ہونے والے ہزاروں لوگوں کے لیے ہرجانے کی جنگ لڑی گئی تھی۔

بے چین بھالو تتر بتر ہو گئے، اور مس جبین صحیح سالم، بے نُچی، گہری نیند میں سوئی ہوئی نمودار ہوئی۔ اس کا موسمِ گرما کا گلاب اب بھی اپنی جگہ پر موجود تھا۔

میّتوں کو جیسے ہی قبروں میں اتارا جانے لگا، ہجوم نے دعائیں پڑھنی شروع کر دیں:

رَبِّ اشْرَحْ لِیْ صَدْرِیْ. وَیَسِّرْلِیْ اَمْرِیْ.
وَاحْلُلْ عُقْدَةً مِّنْ لِّسَانِیْ. یَفْقَهُوْا قَوْلِیْ.
اے پروردگار، میرا سینہ کھول دے۔ اور میرے کام کو میرے لیے آسان کر دے۔
اور میری زبان کی گرہ سلجھا دے، تاکہ لوگ میری بات سمجھ سکیں۔

چھوٹے، کمر تک آتے بچّے، عورتوں کے الگ حصے میں اپنی ماؤں کے موٹے اونی لباسوں میں گھٹن کا شکار، زیادہ کچھ دیکھنے میں ناکام، بمشکل سانس لیتے ہوئے، اپنی ہی سطح کے لین دین میں مشغول تھے: تم مجھے اپنا بے کار گرینیڈ دے دو، میں تمھیں کارتوس کے چھ خول دوں گا۔

ایک عورت کی تنہا آواز عرش کی جانب چلی۔ مضطرب، بلند، خالص درد کسی سلاخ کی مانند عرش کو چیرتا چلا گیا:

روں ہی ہے یہ زمیں! رو رہا ہے آسماں...

ایک اور عورت کی آواز اس میں شامل ہوگئی، اور پھر ایک اور کی:

رو رہی ہے یہ زمیں! رو رہا ہے آسماں!

کچھ دیر کے لیے پرندوں نے چہچہانا بند کر دیا، اور موتیوں جیسی آنکھوں والے پرندے انسانی نغمے کو سننے لگے۔ آوارہ کتے چیک پوسٹوں سے بغیر جانچ پڑتال کے گزر گئے، ان کے دلوں کی دھڑکنیں پتھر کی طرح ساکت تھیں۔ لائن آف کنٹرول کے دونوں طرف پرواز کرتی چیلیں اور گدھ گرم ہوا کے منطقے میں کاہلی سے چکر کاٹ رہے تھے، انسانوں کے اس چھوٹے سے دھبے کا مذاق اڑانے کو جو نیچے جمع ہو گیا تھا۔

جب آسمان نوحہ سرائی سے معمور تھا، جیسے کوئی شے سلگ اٹھی۔ نوجوان لڑکے ہوا میں اچھلنے لگے، جیسے سلگتے ہوئے کوئلوں میں اچانک شعلے بھڑک اٹھے ہوں۔ اونچے، اور اونچے وہ اچھلے، جیسے ان کے پیروں کے نیچے اسپرنگ ہو، اور زمین تنی ہوئی ترپال۔ انھوں نے اپنے اندوہ کو زرہ بکتر کی مانند پہن لیا، ان کا غصہ ان کے جسموں پر بارودی پیٹی کی مانند لٹکا ہوا تھا۔ یہ وہ لمحہ تھا جب وہ ناقابلِ شکست ہو گئے، شاید اس لیے کہ وہ اس طرح مسلح تھے، یا شاید اس لیے کہ انھوں نے موت کی زندگی کو گلے لگانے کا فیصلہ کر لیا تھا، یا شاید اس لیے کہ وہ جان گئے تھے کہ وہ مر چکے ہیں۔

مزارِ شہدا کو گھیرے ہوئے فوجیوں کو واضح ہدایات تھیں کہ وہ کسی بھی صورت میں گولی نہ چلائیں۔ ان کے مخبروں کو (بھائی، عم زاد، باپ، چچا، ماموں، بھانجے، بھتیجے)، جو بھیڑ میں مل گئے تھے اور اتنے ہی جوش و خروش سے چیخ چیخ کر نعرے لگا رہے تھے جیسے بقیہ لوگ (اور شاید صداقت سے لگا رہے تھے) صاف ہدایتیں دی گئی تھیں کہ وہ ہر ایک ایسے نوجوان کی تصویر، اور اگر ممکن ہو تو وڈیو فراہم کرائیں گے جو غصے کے طوفان پر سوار، ہوا میں اچھلا تھا اور جس نے خود کو شعلوں میں تبدیل کر لیا تھا۔

جلد ہی ان کے دروازوں پر دستک دی جائے گی، یا چیک پوائنٹ پر ایک طرف کر لے جایا جائے گا۔

کیا تم فلاں فلاں ہو؟ فلاں فلاں کے بیٹے؟ فلاں فلاں کام کرتے ہو؟

دھمکی اکثر و بیشتر اس سے آگے نہیں بڑھتی تھی— بس اتنی ہی ہلکی پھلکی، اتنی ہی سرسری تفتیش۔ کشمیر میں، بعض اوقات کسی کی زندگی کا ڈھرا بدلنے کے لیے اس کا بائیو ڈیٹا اس کے منہ پر مار دینا ہی کافی ہوتا تھا۔

اور بعض اوقات کافی نہیں بھی ہوتا تھا۔

وہ اپنے معمول کے وقتِ ملاقات پر موسیٰ کے لیے آئے، صبح کے چار بجے۔ وہ جاگا ہوا تھا، اپنی میز پر بیٹھا خط لکھ رہا تھا۔ اس کی ماں برابر والے کمرے میں تھیں۔ وہ ان کے رونے کی آواز سن رہا تھا، اور اپنی بہنوں اور دوسری رشتہ داروں کی آوازیں جو انھیں دلاسا دے رہی تھیں۔ مس جبین کا پیارا روئی بھرا (اور پھٹا ہوا)، سبز رنگ دریائی گھوڑا— اپنی V جیسی مسکراہٹ اور گلابی پیچ ورک کے دل کے ساتھ — اپنی مخصوص جگہ پر رکھا تھا، گاؤ تکیے کے سہارے، اپنی ننھی سی ماں اور سوتے وقت کی اس کی معمول کی کہانی کا منتظر (اَ کھ دلیلا وَن...)۔ موسیٰ نے گاڑی کی آواز سنی۔ اپنی پہلی منزل کی کھڑکی سے اس نے گاڑی کو گلی میں مڑتے اور اپنے گھر کے دروازے پر رکتے دیکھا۔ مسلح جیپ سے فوجیوں کو اترتے دیکھ کر اس نے کچھ بھی محسوس نہیں کیا، نہ غصہ اور نہ ہی گھبراہٹ۔ اس کے والد، شوکت یسوی (موسیٰ اور اس کے دوستوں کے لیے گوڈزیلا) بھی بیدار تھے، اور سامنے کے کمرے میں قالین پر آلتی پالتی لگائے بیٹھے تھے۔ وہ عمارت سازی کے ٹھیکیدار تھے اور ملٹری انجینئرنگ سروسز کے ساتھ کام کرتے تھے، انھیں بلڈنگ مٹیریل سپلائی کرتے اور عمارتیں تیار کرنے کا کام کرتے تھے۔ انھوں نے اپنے بیٹے کو آرکیٹیکچر کی تعلیم کے لیے دہلی اسی امید میں بھیجا تھا کہ وہ ان کے بزنس کی توسیع میں مدد کرے گا۔ لیکن جب 1990 میں تحریک شروع ہوئی اور گوڈزیلا فوج کے لیے ہی کام کرتے رہے تو موسیٰ نے ان سے بالکل ہی قطع تعلق کر لیا۔ بیٹا ہونے کے فرض اور اپنے خیال میں حکام کے ساتھ شراکت کے مزے لوٹنے کے احساسِ جرم کے درمیان پھنسے ہوے موسیٰ کے لیے اپنے باپ کے ساتھ ایک ہی چھت کے نیچے رہنا مشکل تر ہوتا جا رہا تھا۔

لگتا تھا کہ شوکت یسوی کو فوجیوں کے آنے کی توقع تھی۔ وہ ذرا بھی پریشان نہیں لگ رہے تھے۔

''امریک سنگھ نے بلایا ہے۔تم سے بات کرنا چاہتے ہیں۔کچھ بھی نہیں۔پریشان نہ ہونا۔صبح ہونے سے پہلے وہ تمھیں چھوڑ دیں گے۔''

موسیٰ نے جواب نہیں دیا۔اس نے گوڈزیلا کی طرف نظر تک اٹھا کر نہ دیکھا۔جس انداز سے اس نے اپنے کندھے اچکا رکھے تھے اور اس کی کمر جس طرح تنی ہوئی تھی، اس سے اس کی کراہت عیاں تھی۔وہ دو مسلح فوجیوں سے گھرا صدر دروازے سے باہر نکلا اور جا کر گاڑی میں بیٹھ گیا۔اسے ہتھکڑی نہیں لگائی گئی، نہ سر پر غلاف منڈھا گیا۔جپسی چکنی، برفیلی سڑکوں پر دوڑنے لگی۔برفباری پھر سے شروع ہو چکی تھی۔

شیراز سنیما بہت سی بیرکوں اور افسروں کے کوارٹروں کے مرکز میں تھا، جنونِ خوف کے پیچیدہ پھندوں میں محصور — چاروں طرف لچھے دار کٹیلے تاروں کے دو حصار ایک اتھلی، ریتیلی خندق کے گرد ڈالے گئے تھے؛ چوتھا اور سب سے اندر کا حصار ایک بلند چہار دیواری کا تھا جس کے اوپر کانچ کے ٹوٹے ٹکڑے کنگوروں کی طرح لگائے گئے تھے۔ٹین کی چادروں کے پھاٹک کے دونوں طرف واچ ٹاور تھے جن میں مشین گنیں لیے فوجی کھڑے تھے۔موسیٰ کو لے کر جپسی سبھی چیک پوسٹوں سے تیزی سے گزرتی گئی۔ظاہر ہے کہ ان کی آمد متوقع تھی۔کمپاؤنڈ سے گزر کر وہ براہِ راست صدر دروازے پر جا پہنچی۔

سنیما کی لابی میں تیز روشنیاں تھیں۔پلاسٹر آف پیرس سے بنی ہوئی سفید آرائشی چھت کی نفیری نما جھالر پر ننھے ننھے شیشوں کا پچی کاری کا کام تھا، جو یوں لگ رہا تھا جیسے شادی کا بہت بڑا ایک اوندھا رکھا ہوا اور یہ جھالر اس کی آئسنگ ہو۔جھلملاتے ہوئے سستے قسم کے فانوسوں کی روشنی اس سے مزید بڑھ گئی تھی۔سرخ قالین گھسا ہوا اور بوسیدہ تھا، اور سوراخوں میں سے سیمنٹ کا فرش نظر آرہا تھا۔گردش کرتی باسی ہوا میں بارود، ڈیزل اور پرانے کپڑوں کی بدبو تھی۔کسی زمانے میں سنیما ہال کا ایک سنیک بار ہوتا تھا، وہ اب ٹارچر کرنے والوں اور ٹارچر ہونے والوں کے استقبال اور اندراج کا کاؤنٹر تھا۔اس پر ابھی تک ان چیزوں کے اشتہار لگے تھے جو اَب اسٹاک میں نہ تھیں — کیڈ بری فروٹ اینڈ نٹ چاکلیٹ، کئی ذائقوں کی کوالٹی آئس کریمیں، چوکو بار، اورنج بار، مینگو بار۔پرانی فلموں کے رنگ اڑے

پوسٹر (چاندنی، میں نے پیار کیا، پرندہ اور عمر مختار کی لوئن آف دی ڈیزرٹ)، اس زمانے کی یادگار فلمیں جب اللہ ٹائیگرس نے فلموں پر پابندی نہیں لگائی تھی اور سینما ہال بند نہیں کرائے تھے، اب بھی دیواروں پر لگے تھے۔ ان میں سے بعض پر پان کی لال پچکاریاں تھیں۔ بندھے ہوئے، ہتھکڑی لگے لڑکے قطاروں میں فرش پر مرغوں کی طرح بیٹھے تھے۔ ان میں سے بعض کو اس بری طرح زدوکوب کیا گیا تھا کہ لڑھک گئے تھے، بمشکل زندہ تھے لیکن اب بھی گڑمڑی بنے، بیٹھے ہوئے لگ رہے تھے، کیونکہ ان کی کلائیاں ان کی پنڈلیوں سے بندھی ہوئی تھیں۔ فوجی دندناتے پھر رہے تھے، قیدیوں کو اندر لاتے تھے، دوسرے قیدیوں کو پوچھ تاچھ کے لیے لے جاتے تھے۔ دھیمی آوازیں، جو آڈیٹوریم کے بڑے بڑے چوبی دروازوں کے پیچھے سے آ رہی تھیں، شاید کسی پُرتشدد فلم کے گنگ کر دیے گئے ساؤنڈ ٹریک کی ہوں گی۔ سیمنٹ کے کنگارو اپنی بے کیف مسکراہٹ اور اپنی تھیلیوں کے کوڑے دانوں کے ساتھ، جن پر 'یوز می' لکھا تھا، اِس کنگارو کورٹ پر نگراں تھے۔

موسیٰ اور اس کے محافظوں کو استقبال یا اندراج کی رسمی کارروائی کے لیے نہیں روکا گیا۔ زنجیروں میں بندھے، مار کھائے لوگوں کی تعاقب کرتی نظروں کے سامنے سے وہ شاہانہ شان سے سیدھے کشادہ، چکردار زینے کی طرف بڑھ گئے جو بالکنی کی سیٹوں — کوینز سرکل (Queen's Circle) — کی سمت جاتا تھا، اور پھر وہاں سے ایک اور تنگ زینے کی طرف جو پروجیکشن روم تک پہنچتا تھا اور جسے توسیع دے کر آفس میں بدل دیا گیا تھا۔ موسیٰ کو احساس تھا کہ اس ڈرامے کا یوں اسٹیج کیا جانا بھی سوچا سمجھا فیصلہ ہوگا، معصومانہ نہیں۔

میجر امریک سنگھ ایک میز کے پیچھے سے موسیٰ کے استقبال کو اٹھا، جس پر اس کے جمع شدہ نادر قسم کے پیپر ویٹ بکھرے ہوئے تھے — کانٹوں والے چتی دار بحری گھونگھے، پیتل کی مورتیاں، بحری جہاز اور کانچ کے گولوں میں بند بیلے کرتی رقاصائیں۔ وہ سانولے رنگ کا، بے حد دراز قد آدمی تھا — کوئی چھ فٹ، دو انچ کا — عمر پینتیس کے آس پاس۔ اس رات اس کا منتخبہ اوتار ایک سکھ کا تھا۔ داڑھی کے خط کے اوپر اس کے رخساروں کی جلد پر بڑے بڑے ابھرواں نشان تھے، بالوشاہی کی سطح کی مانند اُپاڑدار۔ اس کی گہری سبز پگڑی نے، جو اس کے کانوں کے گرد اور پیشانی پر کسی ہوئی تھی، اس کی آنکھوں کے

گوشوں کو کھینچ دیا تھا اور ابروؤں کو اوپر کی جانب اٹھا دیا تھا، جس سے وہ نیند کے خمار میں لگتا تھا۔ جو لوگ اس سے ذرا بھی واقف تھے، یہ جانتے تھے کہ اسے نیند کے خمار میں سمجھنا ایک خطرناک غلطی ہوگی۔ وہ میز کے گرد گھوم کر سامنے آیا اور اشتیاق کے ساتھ موسیٰ کا استقبال کیا، تشویش اور محبت کے ساتھ۔ جو فوجی موسیٰ کو لے کر آئے تھے، انھیں واپس جانے کا حکم دیا گیا۔

''السلام علیکم حضور... براے مہربانی تشریف رکھیں۔ آپ کیا لیں گے؟ چائے یا کافی؟''

اس کا لہجہ سوال اور حکم کے بین بین تھا۔

''کچھ نہیں۔ شکریہ۔''

موسیٰ بیٹھ گیا۔ امریک سنگھ نے سرخ انٹرکام کا رسیور اٹھایا اور چائے کے ساتھ افسروں والے بسکٹ لانے کا حکم دیا۔ اس کے لحیم شحیم وجود کے سامنے یہ میز کافی چھوٹی اور غیر متناسب لگ رہی تھی۔

یہ ان کی پہلی ملاقات نہیں تھی۔ موسیٰ پہلے بھی کئی بار اس سے مل چکا تھا، کہیں اور نہیں، بلکہ اپنے ہی گھر میں، جہاں امریک سنگھ گوڈزیلا سے ملنے چلا آتا تھا، جسے اس نے اپنی دوستی کا تحفہ عطا کرنے کا فیصلہ کیا تھا — ایک ایسی پیشکش جسے ٹھکرانے کی آزادی گوڈزیلا کو نہیں تھی۔ امریک سنگھ کے دو تین بار آنے کے بعد موسیٰ کو اپنے گھر کے ماحول میں زبردست تبدیلی کا احساس ہوا۔ یہ زیادہ پرسکون ہو گیا۔ تلخ سیاسی بحثیں جو موسیٰ اور اس کے باپ کے درمیان ہوتی تھیں، ختم ہو گئیں۔ لیکن موسیٰ نے محسوس کر لیا کہ گوڈزیلا کی اچانک مشکوک ہو چکی آنکھیں اسے مسلسل گھیرے رہتی ہیں، جیسے اس کا جائزہ لینے کی کوشش کر رہی ہوں، اسے تولنے کی، اس کی گہرائی ناپنے کی۔ ایک سہ پہر کو، اپنے کمرے سے اتر کر آتے ہوے، سیڑھیوں پر موسیٰ کا پیر پھسلا، پھسلنے کے عین درمیان میں اس نے خود کو سنبھالا اور زمین پر پیروں کے بل آ کھڑا ہوا۔ گوڈزیلا نے، جو اس مظاہرے کو دیکھ رہے تھے، موسیٰ کو ٹوکا۔ انھوں نے اپنی آواز اونچی نہیں کی لیکن وہ غصے میں تھے اور موسیٰ ان کی کنپٹیوں پر تنی ہوئی رگوں کی دھڑکن کو محسوس کر سکتا تھا۔

''اس طرح سے اترنا تم نے کب سیکھا؟ کس نے تمھیں اس طرح اترنا سکھایا؟''

انھوں نے ایک کشمیری باپ کی پینی فطری تشویش کے ساتھ اپنے بیٹے کا جائزہ لیا۔ انھوں نے اس میں غیر معمولی چیزوں کو تلاش کرنا چاہا — ٹرِگر والی انگلی پر کوئی گٹا، نکیلے، سخت جلد والے گھٹنے اور

کہنیاں، یا 'ٹریننگ' کا کوئی اور نشان جو اس نے مجاہدین کے کیمپوں میں پائی ہو۔ انھیں کوئی سراغ نہ ملا۔ انھوں نے موسیٰ سے امریک سنگھ کی دی ہوئی تشویش ناک خبروں کے بارے میں پوچھنے کا فیصلہ کیا — 'لوہے' سے بھرے ان بکسوں کے بارے میں جو گاندربل میں ان کے خاندانی باغیچوں میں لائے، لے جائے گئے تھے۔ پہاڑوں کے ان سفروں کے بارے میں جو موسیٰ نے کیے تھے، خاص 'دوستوں' سے اس کی ملاقاتوں کے بارے میں۔

''تمھیں ان سب کے بارے میں کیا کہنا ہے؟''

''اپنے دوست میجر صاحب سے ہی پوچھیے۔ وہ آپ کو بتائیں گے کہ نان ایکشن ایبل، ناکارہ انٹیلی جنس ایسی ہی ہے جیسے کوڑے کا ڈھیر،'' موسیٰ نے جواب دیا۔

''ژے چھوئے مرنوئے، اسہِ سارنی تہِ مارنا وَکھ۔ تمھیں تو مرنا ہی ہے، اپنے ساتھ ہم سب کو بھی مرواؤ گے۔'' گوڈزیلا نے کہا۔

اگلی مرتبہ جب امریک سنگھ آیا تو گوڈزیلا نے اصرار کیا کہ موسیٰ بھی موجود رہے۔ اس موقعے پر وہ پلاسٹک کے پھولدار دسترخوان کے گرد آلتی پالتی لگا کر بیٹھے، جب کہ موسیٰ کی ماں نے انھیں چائے پیش کی۔ (موسیٰ نے عارفہ سے کہا تھا کہ جب تک ملاقاتی رخصت نہ ہو جائے وہ اور مس جبین نیچے نہ آئیں۔) امریک سنگھ گرم جوشی اور برادرانہ رفاقت کے جذبے میں بھیگا جا رہا تھا۔ اپنی کمر گاؤتکیے پر ٹکائے وہ پھیل کر بے تکلفی سے بیٹھ گیا۔ اس نے چند احمقانہ، گندے سکھ لطیفے سنتا سنگھ اور بنتا سنگھ کے بارے میں سنائے، اور دوسروں سے زیادہ زور زور سے ان پر خود ہی ہنستا رہا۔ اور پھر کچھ یوں ظاہر کرتے ہوئے کہ اس کی بیلٹ حسبِ خواہش کھانے سے اسے روک رہی ہے، اس نے اپنی بیلٹ کھولی، جس کے ہولسٹر میں پستول کو لگے رہنے دیا۔ اگر اس کی منشا یہ اشارہ کرنے کی تھی کہ وہ اپنے میزبانوں پر بھروسا کرتا ہے اور ان کے ساتھ آرام سے ہے، تو اس کا اثر الٹا ہوا۔ جالب قادری کا قتل ہونا ابھی باقی تھا، لیکن مسلسل ہونے والی قتل اور اغوا کی دیگر وارداتوں کے متعلق ہر کوئی جانتا تھا۔ تکلیف دہ پستول کیک اور نمکین کی پلیٹوں، اور نون چائے کے تھرمس فلاسکوں کے درمیان پڑا رہا۔ امریک سنگھ آخرکار، ڈکاروں کے درمیان تعریفیں کرتا ہوا، جانے کے لیے اٹھا تو وہ پستول اٹھانا بھول گیا، یا ایسا ظاہر کیا کہ بھول گیا

ہے۔ گوڈ زیلا نے اٹھایا اور اس کے حوالے کر دیا۔

بیلٹ پھر سے باندھتے ہوئے امریک سنگھ براہِ راست موسیٰ کی آنکھوں میں آنکھیں ڈال کر ہنسا۔

''بڑا اچھا ہوا جو تمھارے ابا نے یاد رکھا۔ سوچو کہ کورڈن اینڈ سرچ کے دوران اگر یہ یہاں مل جاتا تو کیا ہوتا۔ مجھے تو چھوڑو، خدا بھی تمھاری مدد نہیں کر سکتا تھا۔ ذرا تصور کرو۔''

ہر کوئی فرمانبرداری سے ہنسا۔ موسیٰ نے دیکھا کہ امریک سنگھ کی آنکھوں میں ہنسی کا شائبہ تک نہ تھا۔ لگتا تھا کہ یہ آنکھیں روشنی جذب تو کرتی ہیں لیکن منعکس نہیں کرتیں۔ وہ غیر شفاف، اتھلی، سیاہ ٹکیں تھیں جن میں چمک یا تابانی نام کو بھی نہ تھی۔

وہی غیر شفاف آنکھیں اس وقت شیراز کے پروجیکشن روم میں، پیپر ویٹوں سے بھری میز کے دوسری طرف سے موسیٰ کی جانب دیکھ رہی تھیں۔ یہ ایک غیر معمولی منظر تھا— میز پر بیٹھا ہوا امریک سنگھ۔ یہ واضح تھا کہ اسے ذرا بھی اندازہ نہیں کہ اس میز کو شوپیسوں کی کافی ٹیبل بنانے کے علاوہ اور کیا کرے۔ یہ اس طرح لگائی گئی تھی کہ وہ اپنی کرسی پر بیٹھے بیٹھے پیچھے گھوم کر دیوار میں بنی چھوٹی سی مستطیل کھڑکی سے، جو کبھی پروجیکشن والے کی کھڑکی تھی لیکن اب جاسوسی کا سوراخ — مرکزی ہال کی سرگرمیوں پر نظر رکھ سکے۔ تفتیش کی کوٹھریوں تک پہنچنے کا راستہ وہیں سے تھا، ان دروازوں سے جن کے سرخ، نیون سے چمکتے ہوئے سائنوں پر لکھا تھا: باہر، EXIT (اور بعض اوقات ان کی مراد بھی یہی ہوتی تھی)۔ اسکرین پر اب بھی پرانے فیشن کا مخملی گچھوں والا سرخ پردہ پڑا ہوا تھا— ویسا ہی جو پرانے زمانے میں پائپڈ میوزک، مثلاً 'پاپ کورن' اور 'بے بی ایلیفنٹ واک' کی دھن بجاتے وقت اٹھتا تھا۔ اسٹال والی سستی کرسیاں ہٹا کر ایک گوشے میں ڈھیر کر دی گئی تھیں، اور خالی جگہ میں انڈور بیڈمنٹن کورٹ بنا دیا گیا تھا جہاں تناؤ کا شکار فوجی اپنی جھنجلاہٹ نکال سکتے تھے۔ اس وقت بھی ریکٹ پر شٹل کاک کے ٹکرانے کی دھیمی آوازیں امریک سنگھ کے کمرے تک آ رہی تھیں۔

''میں نے تمھیں یہاں اس لیے بلوایا ہے تاکہ معافی مانگ سکوں اور جو کچھ ہوا ہے اس پر ذاتی طور پر اپنا گہرا دکھ جتا سکوں۔''

کشمیر میں زنگ کا زہر اتنا گہرا بیٹھ چکا تھا کہ امریک سنگھ کو واقعی احساس نہ تھا کہ کتنی ستم ظریفی ہے کہ ایک ایسے شخص کو، جس کی بیوی اور بیٹی کو حال ہی میں گولی ماری گئی ہے، اس طرح مسلح گارڈوں کی معیت میں صبح کے چار بجے جبراً اٹھا کر ایک تفتیشی مرکز میں لایا جائے، اور وہ بھی صرف تعزیت پیش کرنے کے لیے۔

موسیٰ کو معلوم تھا کہ امریک سنگھ گرگٹ ہے، اور یہ کہ اپنی پگڑی کے نیچے وہ صرف 'مونا' ہے— اس کے سکھ کیش لمبے نہیں۔ سکھ مت کے خلاف، بال کٹوانے کی یہ انتہائی بدعت اس نے بہت عرصہ پہلے کی تھی۔ موسیٰ نے اسے گوڈزیلا سے فخریہ کہتے سنا تھا کہ ایک شورش مخالف مہم کے دوران وہ کس طرح ضرورت کے مطابق خود کو ہندو، سکھ یا پنجابی بولنے والا پاکستانی مسلمان بنا کر پیش کرتا تھا۔ وہ یہ بتاتے ہوئے زور زور سے ہنس رہا تھا کہ کس طرح 'ہمدردوں' کو شناخت کرنے اور انھیں پکڑنے کے لیے وہ اور اس کے ساتھی شلوار قمیص پہن کر— 'خان سوٹ' میں —رات کے اندھیرے میں گاؤں والوں کے دروازوں پر دستکیں دیتے اور خود کو پاکستانی مجاہد ظاہر کر کے آسرا مانگتے تھے۔ اگر ان کا استقبال کیا جاتا تو دوسرے دن کس طرح انھیں اوورگراؤنڈ ورکرز (overground workers) کہہ کر گرفتار کر لیا جاتا تھا۔

''نہتے گاؤں والے آخر کس طرح ایسے گروہ کو منع کر سکتے تھے جن کے پاس ہتھیار ہوں اور آدھی رات کو وہ ان کے دروازوں پر دستک دیں تو وہ مجاہد ہیں یا ملٹری کے لوگ، اس سے کیا فرق پڑتا؟'' موسیٰ پوچھے بغیر نہ رہ سکا۔

''ارے، ان کے استقبال میں چھپی گرمی کو جانچنے کے ہمارے اپنے طریقے ہیں،'' امریک سنگھ نے کہا تھا۔ ''ہمارے اپنے تھرمامیٹر ہیں۔''

ہو سکتا ہے۔ لیکن تمھیں کشمیری منافقت کی گہرائی کا اندازہ نہیں، موسیٰ نے اپنے دل میں سوچا لیکن کہا نہیں۔ تمھیں بالکل اندازہ نہیں کہ ہم جیسی قوم، جو ہم جیسے تاریخی اور جغرافیائی حالات میں زندہ بچ گئی ہو، اپنے غرور کو چھپانا سیکھ گئی ہے۔ دوغلاپن ہمارا واحد ہتھیار ہے۔ تم نہیں جانتے کہ جب ہمارے دل ٹوٹے ہوئے ہوتے ہیں تب بھی ہم کس قدر آب و تاب سے مسکراتے ہیں۔ جن سے ہم محبت کرتے ہیں ان پر کتنا غصہ نکال سکتے ہیں، اور جن سے نفرت کرتے ہیں ان کو کتنی فراخ دلی سے گلے

لگاتے ہیں۔ تمھیں کچھ اندازہ نہیں کہ ہم تمھارا استقبال کتنی گرم جوشی سے کرتے ہیں لیکن درحقیقت ہم سب یہ چاہتے ہیں کہ تم چلے جاؤ۔ یہاں تمھارا تھرما میٹیر خاصا ناکارہ ہے۔

لیکن دیکھنے کا یہ ایک نظریہ تھا۔ دوسری جانب، اس مخصوص لمحے میں، ہوسکتا ہے کہ موسیٰ ہی نادان ہو۔ کیونکہ امریک سنگھ نے اس خوفناک 'سرزمینِ جنگ' (dystopia) کی بخوبی پیمائش کررکھی تھی جس میں وہ سرگرمِ عمل تھا— ایسی سرزمین جس کے باشندوں کے لیے کوئی سرحدیں نہ تھیں، وفاداریاں نہ تھیں، اور اس پاتال کی کوئی انتہا نہ تھی جس میں وہ گر رہی تھی۔ جہاں تک کشمیری ذہنیت کا تعلق ہے، اگر کوئی ایسی چیز ہے تو، امریک سنگھ نہ تو اس کی تفہیم کا متلاشی تھا اور نہ بصیرت کا۔ اس کے نزدیک یہ ایک کھیل تھا، ایک شکار، جس میں اس کے صید کی ذہانت خود صیاد کی ذہانت کے مقابل نبردآزما تھی۔ وہ خود کو سپاہی نہیں، کھلاڑی سمجھتا تھا، جس نے اسے بشاش دل بنا دیا تھا۔ میجر امریک سنگھ ایک جواری تھا، خطروں کا کھلاڑی افسر، خوفناک تفتیش کار، اور بشاش، سفاک قاتل۔ اسے اپنے کام میں بڑا مزہ آتا تھا، اور مسلسل ایسے طریقے ڈھونڈتا رہتا تھا جن سے اپنی تفریح کو دوبالا کرسکے۔ وہ چند مخصوص مجاہدین کے رابطے میں تھا، جو بعض دفعہ اس کی وائرلیس فریکوئنسی سے منسلک ہوجاتے، یا وہ اُن کی فریکوئنسی سے، اور پھر وہ ایک دوسرے پر اسکولی لڑکوں کی طرح طنز کستے۔ ''ارے یار، میری حیثیت ایک معمولی ٹریول ایجنٹ سے زیادہ کیا ہے؟'' ان سے یہ کہنا اسے اچھا لگتا تھا۔ ''تم جہادیوں کے لیے کشمیر تو بس ایک پڑاؤ ہے۔ ہے نا؟ تمھاری اصل منزل تو جنت ہے جہاں تمھاری حوریں تمھارا انتظار کررہی ہیں۔ میں یہاں تمھارے سفر کو آسان بنانے کے لیے ہی تو ہوں۔'' وہ خود کو 'جنت ایکسپریس' کہتا تھا۔ اور اگر وہ انگریزی میں بات کررہا ہو (جس کا مطلب تھا کہ وہ نشے میں ہے)، تو پھر اس کا ترجمہ کرکے 'پیراڈائز ایکسپریس' کہا کرتا تھا۔

اس کا ایک معروف جملہ یہ تھا: **دیکھو میاں، میں بھارت سرکار کا لنڈ ہوں، اور میرا کام ہے چودنا۔**

کہتے ہیں کہ تفریح کی اپنی بے لگام جستجو میں ایک بار اس نے ایک ایسے مجاہد کو چھوڑ دیا تھا جسے اس

نے بڑی دقتوں کے بعد ڈھونڈا اور پکڑا تھا۔ صرف اس وجہ سے چھوڑا تھا کہ اسے دوبارہ پکڑنے کے ہیجان کو ایک بار پھر محسوس کرنا چاہتا تھا۔ اپنی اسی فطرت کے عین مطابق تھا اس کے ذاتی رہنمائے شکار رسالے کا مفسدانہ متن، جس پر عمل کرتے ہوئے اس نے اظہارِ معذرت کے لیے موسیٰ کو شیراز بلوایا تھا۔ چند مہینوں پہلے امریک سنگھ نے موسیٰ کو، شاید درست ہی، ایک امکانی سطح پر اپنے اہم دشمن کے طور پر شناخت کیا تھا، ایک ایسا شخص جو اس کا قطعی متضاد تھا، اور پھر بھی اس میں وہ ہمت اور دانش تھی کہ جوکھم لے سکے اور شاید شکار کی نوعیت کو اس قدر بدل ڈالے کہ طے کرنا مشکل ہو جائے کہ صید کون ہے اور صیاد کون۔ یہی سبب تھا کہ جب امریک سنگھ کو موسیٰ کی بیوی اور بیٹی کی موت کا پتا چلا تو اسے بڑی مایوسی ہوئی۔ وہ موسیٰ کو یہ بتانا چاہتا تھا کہ اس معاملے سے اس کا کوئی تعلق نہیں۔ یہ کہ یہ ایک غیر متوقع، اور اس کی رائے میں یہ موسیٰ کے ساتھ ناروا زیادتی ہے، امریک سنگھ کے منصوبے کا حصہ ہرگز نہیں۔ شکار کا کھیل جاری رہے، اس کے لیے اس نے اپنے شکار پر یہ معاملہ واضح کرنا ضروری سمجھا تھا۔

شکار کرنا امریک سنگھ کا واحد جنون نہیں تھا۔ اس کے شوق مہنگے تھے، اور طرزِ زندگی ایسا جو وہ اپنی تنخواہ سے نہیں گزار سکتا تھا۔ چنانچہ اس نے دوسرے کاروباری امکانات کا پورا فائدہ اٹھایا تھا، جو ایک عسکری قبضے کے تحت فاتحین کے خیمے میں ہونے کے سبب اسے فراہم تھے۔ اغوا اور جبری وصولی کے کاروبار کے علاوہ وہ پہاڑوں پر خراد کے ایک کارخانے اور وادی میں فرنیچر کے بزنس کا بھی (بیوی کے نام پر) مالک تھا۔ وہ جتنا بے رحم تھا، اتنا ہی فراخدل بھی تھا، اور چوبی نقاشی کی کافی ٹیبلز اور اخروٹ کی لکڑی کی کرسیوں جیسے مہنگے تحفے ان لوگوں کو دیتا رہتا تھا جنھیں وہ پسند کرتا، یا جن کی اسے ضرورت ہوتی تھی۔ (گوڈزیلا کو دو سائڈ ٹیبلز اسی طرح زبردستی ملی تھیں۔) امریک سنگھ کی بیوی لولین کور پانچ بہنوں میں چوتھی تھی — تولین، ہرپریت، گرپریت، لولین اور ڈمپل — اپنے حسن کے لیے مشہور، اور دو چھوٹے بھائی۔ ان کا تعلق سکھوں کے اس اقلیتی فرقے سے تھا جو صدیوں پہلے وادی میں آبسا تھا۔ اس کے والد معمولی کسان تھے جن کے پاس اپنے بڑے سے خاندان کی کفالت کے ذرائع معمولی تھے، یا تقریباً صفر کے برابر۔ لوگ کہتے ہیں کہ وہ اتنے غریب تھے کہ ایک بار اسکول جاتے ہوئے جب ایک لڑکی کا پاؤں پھسل گیا اور اس کے ہاتھ میں سے ٹفن کیریئر گر پڑا، جس میں ان کا لنچ ہوتا تھا، تو بھوکی

بہنوں نے گرے ہوے کھانے کو سڑک پر سے اٹھا کر کھالیا تھا۔ جب لڑکیاں بڑی ہوئیں تو ہر قسم کے مرد اُن کے گرد بھڑوں کی مانند منڈلانے لگے، طرح طرح کی پیشکشیں لیے ہوے، جن میں شادی کی پیشکش کسی کی بھی نہیں ہوتی تھی۔ چنانچہ ان کے والدین اپنی ایک بیٹی کی شادی (جہیز کے بغیر) میدانی علاقے کے ایک سکھ، اور وہ بھی آرمی افسر سے کر کے پھولے نہیں سمائے تھے۔ شادی کے بعد، سری نگر اور آس پاس کے مختلف کیمپوں میں امریک سنگھ کے تبادلوں کے دوران، لولین آفیسرز کوارٹرز میں کبھی منتقل نہیں ہوئی۔ کیونکہ سنتے ہیں (افواہ تھی) کہ کام پر اس کے ساتھ ایک اور عورت تھی، ایک اور 'بیوی'، سینٹرل ریزرو پولیس کی ایک رفیقِ کار، اے سی پی پنکی، جو فیلڈ آپریشنز پر عموماً اس کے ساتھ ہوتی تھی اور کیمپوں میں تفتیش کے اجلاسوں میں بھی۔ ہفتہ واری تعطیل میں جب امریک سنگھ اپنی بیوی اور گود کے بیٹے سے ملنے کے لیے اپنے پہلی منزل کے فلیٹ پر آتا تھا، جو سری نگر میں سکھوں کی ایک چھوٹی سی کالونی جواہر نگر میں واقع تھا، تو گھریلو تشدد اور مدد کے لیے اس کی بیوی کی گھٹی گھٹی چیخوں کے بارے میں اس کے پڑوسی آپس میں کانا پھوسی کرتے تھے۔ لیکن کسی نے کبھی دخل دینے کی ہمت نہیں کی تھی۔

امریک سنگھ حالانکہ مجاہدین کا شکار اور خاتمہ بڑی بے رحمی سے کرتا تھا، لیکن اصل میں وہ ان کا احترام کرتا تھا— یا کم از کم ان میں سے بہترین لوگوں کا— ایک طرح سے کینہ بھری تحسین کے جذبے کے ساتھ۔ لوگ جانتے تھے کہ وہ بعض مجاہدین کی قبروں پر اظہارِ عقیدت کے لیے بھی گیا تھا، جب کہ ان میں سے بعض کو اس نے خود مارا تھا۔ (ایک کو بندوق سے غیر سرکاری سلامی تک ملی تھی۔) ایسے لوگ جن کی وہ ذرا بھی عزت نہیں کرتا تھا، بلکہ دراصل نفرت کرتا تھا، حقوقِ انسانی کے کارکنان تھے— زیادہ تر وکیل، صحافی اور اخباروں کے مدیر۔ اس کے نزدیک وہ ایسے موذی تھے جو اپنی مسلسل شکایتوں اور فریادوں سے اس کے شاندار کھیل کے اصولوں کو خراب اور مسخ کرتے رہتے تھے۔ امریک سنگھ کو جب بھی ان میں سے کسی کو اٹھانے اور 'بے اثر' کرنے کی اجازت دے دی جاتی ('یہ اجازتیں' کبھی انھیں مارنے کے احکامات کی صورت میں نہیں ملتی تھیں، بلکہ عموماً نہ مارنے کے حکم کے فقدان کی صورت میں) تو وہ اپنے فرائض کی انجام دہی میں بڑی مستعدی کا مظاہرہ کرتا تھا۔ جالب قادری کا معاملہ الگ تھا۔ حکم صرف اتنا دیا گیا تھا کہ ڈرا دھمکا کر اسے بند کر دو۔ لیکن معاملہ الٹ گیا۔ جالب قادری نے نڈر ہونے کی

غلطی کی۔ پلٹ کر جواب دینے کی غلطی۔ امریک سنگھ بعد میں اس پر پچھتایا تھا کہ اس نے خود پر سے قابو کھو دیا اور اس پر اور زیادہ پچھتایا تھا کہ اس کے نتیجے میں اسے اپنے ایک دوست اور شریکِ کار، اخوان والے سلیم گوجری کا صفایا کرنا پڑا۔ انھوں نے، یعنی اس نے اور سلیم گوجری نے، ایک دوسرے کے ساتھ اچھا وقت گزارا تھا، اور بہت سی مہموں میں ساتھ ساتھ کام کیا تھا۔ لیکن اسے معلوم تھا کہ اگر سلیم اس کی جگہ ہوتا تو وہ بھی اس کے ساتھ بالکل یہی سلوک کرتا۔ اور امریک سنگھ یقیناً اس صورتِ حال کو بخوبی سمجھ پاتا۔ یا اس نے خود کو یہی سمجھا لیا تھا۔ اس نے اب تک جو کچھ کیا تھا اس میں سلیم گوجری کا قتل ایسا تھا جس نے اس کے دل کو جھٹکا دیا تھا۔ سلیم گوجری دنیا کا واحد شخص تھا جس کے تئیں وہ، اپنی بیوی لولین سمیت، کوئی ایسا جذبہ رکھتا تھا جو مبہم طور پر محبت سے شباہت رکھتا تھا۔ اسی جذبے کے اعتراف میں، جب وقت آیا تو اس نے اپنے دوست کو خود ہی گولی ماردی۔

البتہ وہ ایسا نہیں تھا کہ غم کو دل سے لگا کر بیٹھ جائے، اس لیے ایسی کیفیتوں سے جلد ہی نکل آتا تھا۔ موسیٰ کے سامنے، میز کے دوسری جانب بیٹھا ہوا میجر معمول کے مطابق اپنے آپے میں تھا، گھمنڈ اور خود اعتمادی سے بھرا ہوا۔ اسے فیلڈ سے ہٹا کر ڈیسک جاب دے دیا گیا تھا، بے شک، لیکن حالات اس کے حق ابھی بگڑنا شروع نہیں ہوے تھے۔ وہ اب بھی بعض اوقات فیلڈ میں جاتا تھا، ایسے آپریشنوں پر جو کسی خاص جنگجو یا اوور گراؤنڈ ورکر کے معاملات سے متعلق ہوں۔ وہ معقول حد تک مطمئن تھا کہ نقصان کو اس نے قابو میں کر لیا ہے اور اب خطرے سے باہر ہے۔

'افسروں والے بسکٹ' اور چائے آ گئی۔ بسکٹ لانے والے کے نمودار ہونے سے پہلے موسیٰ نے اپنی پشت کی جانب دھات کی ٹرے پر پیالیوں کے کھڑکھڑانے کی مدھم آواز سنی تھی۔ بیرے اور موسیٰ نے ایک دوسرے کو فوراً پہچان لیا، لیکن ان کے تاثرات بے نیازی کے اور مبہم رہے۔ امریک سنگھ دونوں کو غور سے دیکھتا رہا۔ کمرے میں اچانک حبس بڑھ گیا۔ سانس لینا ناممکن ہو گیا، بس ایک ڈھونگ ہی رہ گیا۔

جنید احمد شاہ، حزب المجاہدین کا ایریا کمانڈر تھا، جو چند مہینے پہلے اس وقت پکڑا گیا تھا جب اس نے بہت عمومی لیکن مہلک غلطی کی تھی اور آدھی رات کو اپنی بیوی اور گود کے بیٹے سے ملنے سوپور میں اپنے گھر چلا گیا تھا جہاں فوجی اس کے منتظر تھے۔ وہ ایک دراز قد، پھرتیلا آدمی تھا جو اپنی خوبصورتی کے لیے،

نیز اپنی بہادری کے حقیقی اور مشکوک، دونوں طرح کے کارناموں کی وجہ سے مشہور تھا اور لوگ اس سے محبت کرتے تھے۔ کسی زمانے میں اس کے کندھوں تک لمبے بال اور گھنی، سیاہ داڑھی ہوتی تھی۔ اس وقت وہ کلین شیو تھا، سر کے بال نہایت چھوٹے تھے، فوجی کٹ۔ اس کی بے چمک، دھنسی ہوئی آنکھیں اپنے گہرے، سلیٹی حلقوں میں سے اسے دیکھ رہی تھیں۔ وہ ٹریک سوٹ کے ایک بوسیدہ پائجامے میں تھا جو اس کی پنڈلیوں کو صرف آدھا ہی ڈھک رہا تھا۔ وہ اونی موزے، آرمی کے جاری کردہ پی ٹی شوز، کیڑوں کی کھائی ہوئی سرخ رنگ کی سنہری بٹن لگی ویٹروں والی جیکٹ پہنے تھا جو نہایت چھوٹی تھی اور اس میں وہ مضحکہ خیز لگ رہا تھا۔ اس کے ہاتھوں پر طاری لرزے کے سبب ٹرے میں رکھی ہوئی کراکری رقص کر رہی تھی۔

''ٹھیک ہے، اب دفع ہو جاؤ۔ یہاں کیوں منڈلا رہے ہو؟'' امریک سنگھ نے جنید سے کہا۔

''جی جناب! جے ہند!''

جنید نے سلامی دی اور کمرے سے چلا گیا۔ امریک سنگھ موسیٰ کی طرف پلٹا، ہمدردی کی تصویر بنا ہوا۔

''تمھارے ساتھ جو کچھ ہوا، ایسا دنیا میں کسی انسان کے ساتھ نہ ہو۔ تم گہرے صدمے میں ہو گے۔ یہ لو، کریک جیک لو۔ تمھارے لیے بہت اچھے ہیں۔ ففٹی ففٹی۔ ففٹی پرسینٹ سگر، ففٹی پرسینٹ سالٹ۔''

موسیٰ نے جواب نہیں دیا۔

امریک سنگھ نے اپنی چائے ختم کی۔ موسیٰ نے چھوئی بھی نہیں۔

''تمھارے پاس انجینئرنگ کی ڈگری ہے۔ ایسا ہی ہے نا؟''

''نہیں۔ آرکی ٹیکچر کی۔''

''میں تمھاری مدد کرنا چاہتا ہوں۔ تم جانتے ہو کہ آرمی کو ہمیشہ انجینئروں کی تلاش رہتی ہے۔ کام بہت زیادہ ہے۔ اچھا پیسہ ملتا ہے۔ سرحد کی باڑیں، یتیم خانوں کی تعمیر، اور اب تھوڑے بہت تفریحی مراکز اور نوجوانوں کے لیے جم وغیرہ کھولنے کے منصوبے بھی بنائے جا رہے ہیں۔ اس جگہ کو بھی مرمت کی ضرورت ہے... میں تمھیں چند اچھے ٹھیکے دلوا سکتا ہوں۔ تمھارا ہم پر کم سے کم اتنا قرض تو ہے ہی۔''

موسیٰ نے نظریں اٹھائے بغیر، ایک بحری گھونگھے کے کانٹے کو اپنی شہادت کی انگلی سے چھوکر دیکھا۔

''میں حراست میں ہوں، یا پھر مجھے جانے کی اجازت ہے؟''

وہ چونکہ اوپر نہیں دیکھ رہا تھا، اس لیے اس نے غصے کا وہ شفاف پردہ نہیں دیکھا جو امریک سنگھ کی آنکھوں پر آن گرا تھا، بالکل اتنی ہی خاموشی اور تیزی سے جیسے کوئی بلی نیچی دیوار پر سے کود پڑے۔

''تم جا سکتے ہو۔''

جب موسیٰ اٹھا اور کمرے سے نکلا تو امریک سنگھ بیٹھا رہا۔ اس کی گھنٹی کے جواب میں جو آدمی آیا اسے امریک سنگھ نے حکم دیا کہ موسیٰ کو باہر چھوڑ آئے۔

نیچے، سنیما کی لابی میں ٹارچر بریک چل رہا تھا۔ بڑی سی، بھاپ اگلتی ہوئی کیتلیوں سے فوجیوں کو چائے دی جا رہی تھی۔ لوہے کی بالٹیوں میں ٹھنڈے سموسے، ہر ایک کے لیے دو دو۔ موسیٰ نے لابی پار کی، اس بار بندھے ہوئے، مضروب، خون بہتے زخمی لڑکوں میں سے ایک لڑکے سے نظریں ملیں، جس سے وہ اچھی طرح واقف تھا۔ اسے معلوم تھا کہ اس لڑکے کی ماں کیمپ سے کیمپ، پولیس اسٹیشن سے پولیس اسٹیشن جاتی رہی، اپنے بیٹے کو پاگلوں کی طرح ڈھونڈنے۔ شاید اس کی ساری عمر یوں ہی گزر جاتی۔

چلو کوئی اچھی بات تو نکلی اس رات کے بطن سے، خوفناک ہی سہی، موسیٰ نے سوچا۔

وہ دروازے سے تقریباً باہر نکل چکا تھا جب امریک سنگھ سیڑھیوں پر نمودار ہوا، خوشی سے دمکتا ہوا، خوش خلقی بشرے سے ٹپکتی ہوئی۔ اس شخص سے بالکل مختلف جسے موسیٰ نے پروجیکشن روم میں چھوڑا تھا۔ اس کی آواز پوری لابی میں گونج اٹھی۔

''ارے حضور! ایک چیز میں بالکل بھول گیا تھا!''

ہر شخص نے — ایذا دہندگان اور ایذا کے شکاروں نے — ایک ساتھ — اس کی طرف نظر گھمائی۔ ایک مکمل احساس کے ساتھ کہ سامعین کی توجہ پوری طرح اس کی طرف ہے، امریک سنگھ چستی سے سیڑھیوں سے اترا، ایک مسرور میزبان کی طرح جو اپنے ایسے مہمان کو وداع کرنے آیا ہو جس کی صحبت سے وہ بے حد لطف اندوز ہوا ہو۔ اس نے موسیٰ کو محبت سے گلے لگایا اور اس کے ہاتھ میں ایک

پیکٹ تھما دیا جو پہلے سے ہی اس کے ہاتھ میں تھا۔

''یہ تمھارے ابا کے لیے ہے۔ ان سے کہنا کہ میں نے خاص طور سے انھی کے لیے منگوائی ہے۔''

یہ ریڈ اسٹیگ وِسکی کی بوتل تھی۔

لابی میں سناٹا چھا گیا۔ سب لوگ، سامعین اور ڈرامے کے مرکزی کردار اسکرپٹ سمجھ گئے کہ آگے کیا ہونے والا ہے۔ اگر موسیٰ تحفہ ٹھکرا دیتا ہے تو یہ امریک سنگھ کے خلاف کھلا اعلانِ جنگ ہوگا، اس صورت میں موسیٰ کو مردہ ہی سمجھو۔ اگر وہ قبول کرتا ہے تو اس سے امریک سنگھ اس کی سزائے موت کا پروانہ مجاہدین کے ہاتھ میں تھما دے گا۔ کیونکہ وہ جانتا تھا کہ یہ خبر باہر جائے گی، اور مجاہدین کے سارے گروہ، ان کے آپس میں جو بھی اختلافات ہوں، اس پر متفق ہیں کہ غاصب طاقتوں کے دوستوں اور ان سے ساز باز رکھنے والوں کی سزا صرف موت ہی ہے۔ اور وِسکی پینا — چاہے پینے والا ساز باز نہ بھی رکھتا ہو — ایک غیر اسلامی حرکت ہے۔

موسیٰ سنیک بار کی طرف بڑھا اور وِسکی کی بوتل اس نے کاؤنٹر پر رکھ دی۔

''میرے والد شراب نہیں پیتے۔''

''ارے اس میں چھپانے کی کیا بات ہے؟ اس میں شرم کی کوئی بات نہیں۔ تمھارے والد یقیناً پیتے ہیں! تم بھی یہ اچھی طرح جانتے ہو۔ میں نے یہ بوتل خاص طور سے انھی کے لیے خریدی ہے۔ خیر کوئی بات نہیں۔ میں خود ہی انھیں دے دوں گا۔''

ابھی تک مسکراتے ہوئے امریک سنگھ نے اپنے آدمیوں کو حکم دیا کہ وہ موسیٰ کے پیچھے جائیں اور اسے بحفاظت گھر پہنچا دیں۔ حالات نے جو رخ اختیار کیا تھا، اس پر وہ خوش تھا۔

پو پھٹنے لگی تھی۔ کبوتر جیسے سلیٹی رنگ کے آسمان پر گلاب کے کھلنے کا نشان۔ ساکت سڑکوں سے پیدل گزرتا ہوا موسیٰ اپنے گھر پہنچا۔ جپسی ایک محفوظ فاصلے سے اس کے پیچھے چلتی رہی، اس کا ڈرائیور ہر چیک پوسٹ کو اپنے واکی ٹاکی پر موسیٰ کو گزرنے دینے کی ہدایات دیتا رہا۔

جب موسیٰ گھر میں داخل ہوا، اس کے کندھوں پر برف جمی تھی۔ لیکن یہ ٹھنڈ اس ٹھنڈ کے مقابلے

میں کچھ بھی نہیں تھی جو اس کے اندر جمع ہو رہی تھی۔ جب اس کے والدین اور بہنوں نے اس کا چہرہ دیکھا تو اس کے پاس جا کر یہ پوچھنے کی ہمت نہ کر سکے کہ وہاں کیا ہوا۔ وہ سیدھا اپنی میز پر پہنچا اور اس خط کو لکھنا شروع کر دیا جو اس نے فوجیوں کے آنے سے پہلے شروع کیا تھا۔ وہ اردو میں لکھ رہا تھا۔ تیزی سے لکھ رہا تھا، جیسے آخری کام پورا کر رہا ہو، جیسے وہ ٹھنڈ کے خلاف جدوجہد کر رہا ہو اور اس سے قبل کہ حرارت اس کے بدن سے نکل جائے، شاید ہمیشہ کے لیے، اسے یہ خط لازماً ختم کرنا ہو۔

یہ خط مس جبین کے نام تھا۔

بابا جاناں!

کیا تم سوچتی ہو کہ میں تمھیں یاد کروں گا؟ تم غلطی پر ہو۔ میں تمھیں کبھی یاد نہیں کروں گا، کیونکہ تم ہر دم میرے ساتھ ہو اور رہوگی۔

تم چاہتی تھیں کہ میں تمھیں حقیقی کہانیاں سناؤں، لیکن میں اب نہیں جانتا کہ حقیقت کیا ہوتی ہے۔ جو کچھ پہلے حقیقی ہوتا تھا وہ اب پریوں کی کہانی جیسا بچکانہ لگتا ہے — ویسی ہی کہانیاں جو میں تمھیں سنایا کرتا تھا، ویسی ہی کہانیاں جو تم برداشت نہیں کر پاتی تھیں۔ جو بات میں یقین سے جانتا ہوں یہ ہے: ہمارے کشمیر میں جو لوگ مر چکے ہیں، ہمیشہ زندہ رہیں گے۔ اور جو زندہ ہیں وہ مر چکے ہیں، جینے کا بس ڈھونگ ہے۔

اگلے ہفتے ہم تمھارا شناختی کارڈ بنوانے کی کوشش کرنے والے تھے۔ جیسا کہ تم جانتی ہو، جاناں، اب ہمارے کارڈ ہم سے زیادہ اہم ہیں۔ کارڈ ہی ہر شخص کے لیے اس کی سب سے قیمتی ملکیت ہے۔ یہ کارڈ خوبصورت ترین بنت والے قالین سے بھی زیادہ اہم ہے، یا سب سے نرم، سب سے گرم شال سے بھی زیادہ، یا سب سے بڑے باغ سے بھی زیادہ، یا ہماری وادی میں چیریوں اور اخروٹوں کے سارے باغوں سے بھی زیادہ قیمتی۔ کیا تم اس کا تصور کر سکتی ہو؟ میرے شناختی کارڈ کا نمبر M 108672J ہے۔ تم نے مجھے بتایا تھا کہ یہ لکی نمبر ہے کیونکہ اس میں ایم فور مِس اور جے فور جبین شامل ہے۔ اگر ایسا ہے تو پھر یہ جلد ہی مجھے

تمھارے اورتمھاری امی جان کے پاس لے آئے گا۔ اس لیے جنت میں اپنا ہوم ورک کرنے کو تیار رہنا۔ تمھارے لیے اس کی کیا اہمیت ہوگی اگر میں تم کو یہ بتاؤں کہ ایک لاکھ لوگ تمھارے جنازے میں آئے تھے؟ تم جو صرف 59 تک ہی شمار کرسکتی تھیں؟ کیا میں نے شمار کرنا کہا؟ میرا مطلب تھا چلاّنا— تم کہ جو صرف 59 تک ہی چلاّ سکتی تھیں۔ مجھے امید ہے تم جہاں بھی ہوگی، چلا نہیں رہی ہوگی۔ تمھیں نرمی کے ساتھ بولنا سیکھنا ہے، کسی خاتون کی طرح، کم ازکم کبھی کبھی تو۔ میں تمھیں ایک لاکھ کا مطلب کیسے سمجھاؤں؟ اتنی بڑی تعداد ہے یہ۔ کیا ہم موسموں کے حساب سے اس کو سمجھنے کی کوشش کریں؟ موسمِ بہار میں درختوں پر کتنے پتّے ہوتے ہیں، ذرا سوچو۔ اور جب برف پگھل جاتی ہے تو تم نالوں میں کتنی ساری کنکریاں دیکھ سکتی ہو۔ ذرا سوچو کہ سبزہ زاروں میں لالے کے کتنے پھول کھلتے ہیں۔ اس سے تمھیں موٹا سا اندازہ ہوجائے گا کہ بہار کے موسم میں ایک لاکھ کا کیا مطلب ہوتا ہے۔ خزاں کے موسم میں یہ اتنے ہی ہوں گے جتنے چنار کے وہ پتے جو یونیورسٹی کیمپس میں ہمارے قدموں کے نیچے اس دن چرمرائے تھے جب میں تمھیں سیر کے لیے لے گیا تھا (اور تم اس بلّی سے ناراض ہوئی تھیں جس نے تم پر بھروسا نہیں کیا اور تمھاری دی ہوئی روٹی لینے سے انکار کر دیا تھا۔ ہم سب کچھ کچھ اسی بلی جیسے ہوتے جارہے ہیں، جاناں۔ ہم کسی پر بھروسا نہیں کر سکتے۔ جو روٹی وہ ہمیں دیتے ہیں، بڑی خطرناک ہے کیونکہ یہ ہمیں غلاموں اور چاپلوس نوکروں میں بدل دیتی ہے۔ تم شاید ہم سبھی سے ناراض ہوجاؤ گی)۔ خیر، ہم تعداد کے بارے میں بات کر رہے تھے۔ ایک لاکھ۔ سردیوں کے موسم میں ہمیں برف کے ان ریزوں کے بارے میں سوچنا پڑے گا جو آسمان سے گرتے ہیں۔ یاد ہے، ہم کس طرح گنا کرتے تھے؟ تم انھیں کس طرح پکڑنے کی کوشش کیا کرتی تھیں؟ اگر اتنے ہی لوگ ہوں گے تو ہم انھیں ایک لاکھ کہیں گے۔ تمھارے جنازے میں سڑک لوگوں سے اسی طرح ڈھک گئی تھی جیسے برف سے ڈھکتی ہے۔ کیا تم اب اس کی تصویر دیکھ سکتی ہو؟ گڈ۔ اور یہ تو صرف لوگوں کی بات ہے۔ میں تمھیں اس ریچھ کے بارے میں نہیں بتاؤں گا جو پہاڑ سے اتر کر آیا تھا، اس ہنگول ہرن کے بارے میں

نہیں بتاؤں گا جو جنگلوں میں سے دیکھ رہا تھا۔ وہ برفانی تیندوا جو برف میں اپنے قدموں کے نشان چھوڑ جاتا ہے، اور وہ چیلیں جو آسمان میں چکر کاٹ رہی تھیں اور ہر چیز پر نگراں تھیں۔ کل ملاکر، کافی شاندار منظر تھا۔ تم دیکھتیں تو خوش ہوتیں۔ مجھے معلوم ہے، بھیڑ بھاڑ تمھیں اچھی لگتی ہے۔ تم بہرحال شہری مزاج والی لڑکی بننے والی تھیں۔ اتنی بات شروع سے ہی صاف تھی۔ اب تمھاری باری ہے۔ مجھے بتاؤ کہ—

بیچ جملے میں وہ سردی سے ہار گیا۔ اس نے لکھنا چھوڑ دیا، خط کو تہہ کیا اور اپنی جیب میں رکھ لیا۔ اس نے اسے کبھی پورا نہیں کیا، لیکن ہمیشہ اپنے ساتھ رکھا۔

اسے معلوم تھا، اب اس کے پاس زیادہ وقت نہیں۔ اسے امریک سنگھ کی اگلی چال کا توڑ ڈھونڈنا ہوگا، اور وہ بھی جلد ہی۔ زندگی جسے وہ پہلے جانتا تھا، ختم ہو چکی۔ اسے معلوم تھا کہ کشمیر نے اسے نگل لیا ہے، اور اب وہ کشمیر کی انتڑیوں کا حصہ ہے۔

دن اس نے ان معاملات کو نمٹاتے گزارا جنھیں وہ حل کر سکتا تھا— سگریٹ کے وہ ادھار چکاتے جو اس کے پاس جمع ہو گئے تھے، کاغذات تلف کرتے، ان چیزوں کو جمع کرتے جو اسے عزیز تھیں یا جو ضروری تھیں۔ اگلی صبح جب یسوی خاندان اپنا غم منانے کو بیدار ہوا، موسیٰ رخصت ہو چکا تھا۔ اپنی ایک بہن کے نام اس نے ایک پرزہ چھوڑا تھا، اس مضروب لڑکے کے بارے میں جسے اس نے شیراز میں دیکھا تھا، اس کی ماں کے نام اور پتے کے ساتھ۔

اس طرح اس کی روپوشی کی زندگی شروع ہوگئی۔ ایسی زندگی جو پورے نو مہینے پر ختم ہوئی— حمل کی طرح۔ فرق صرف اتنا تھا، کم از کم کہنے کی حد تک، کہ اس کے نتائج حمل سے یکسر مختلف تھے۔ یہ ختم ہوئی ایک قسم کی موت پر، ایک قسم کی زندگی کے بجائے۔

مفرور کے طور پر موسیٰ کے دن جگہیں بدلنے میں کٹنے لگے، لگاتار دو راتوں تک وہ ایک ہی مقام پر کبھی نہیں رکا۔ اس کے اردگرد ہمیشہ بہت سے لوگ ہوتے تھے— جنگل کے خفیہ ٹھکانوں پر، تاجروں کی

شاندار کوٹھیوں میں، دکانوں میں، کوٹھریوں میں، گوداموں میں — تحریک کا جہاں جہاں بھی محبت اور وفاداری سے استقبال ہوتا تھا، وہاں وہاں۔ اس نے ہتھیاروں کے بارے میں ہر قسم کی جانکاری حاصل کی، کہاں سے خریدیں، کس طرح لے جائیں، کہاں چھپایا جائے، کس طرح استعمال کیا جائے۔ اس کے بدن کے ان حصوں پر سچ مچ گٹّے پڑ گئے جہاں اس کے باپ نے واہموں کی طرح تصور کیا تھا — گھٹنوں اور کہنیوں پر، اور ٹِرگر والی انگلی پر۔ وہ بندوق لے کر چلتا تھا، لیکن کبھی استعمال نہیں کی۔ اپنے ہم سفروں کے ساتھ، جو سب کے سب عمر میں اس سے بہت چھوٹے تھے، اس کا محبت کا ویسا ہی رشتہ تھا جیسا کہ گرم خون والوں کا آپس میں ہوتا ہے، جو ایک دوسرے کے لیے بہ خوشی جان دینے کو تیار رہتے ہیں۔ ان کی زندگیاں مختصر تھیں۔ ان میں سے بہت سے مارے گئے، یا جیلوں میں ڈال دیے گئے، یا انھیں اس قدر ٹارچر کیا گیا کہ ان کے دماغ الٹ گئے۔ دوسروں نے ان کی جگہ لے لی۔ مار ڈالنے کی یکے بعد دیگرے کوششوں سے موسیٰ بچتا چلا گیا۔ پرانی زندگی سے اس کے رشتے بتدریج (اور دانستہ) مٹتے گئے۔ کوئی نہیں جانتا تھا کہ اصل میں وہ کون ہے۔ کسی نے کبھی پوچھا بھی نہیں۔ اس کے گھر والوں کو اس کا کچھ اتا پتا نہ تھا۔ وہ کسی مخصوص تنظیم کا رکن نہ تھا۔ ایک غلیظ جنگ کے قلب میں، ایک ایسی درندگی کے خلاف جسے تصور میں لانا بھی مشکل تھا، اس نے ہر ممکن کوشش کی کہ اس کے ساتھی انسانیت کے عکس ہی کو پکڑے رہیں، اور اس شے میں نہ بدل جائیں جس سے وہ نفرت کرتے تھے اور جس کے خلاف لڑ رہے تھے۔ اسے کامیابی ہمیشہ نہیں ملتی تھی۔ نہ ہمیشہ ناکام ہوتا تھا۔ اس نے پس منظر میں مل جانے، یا ہجوم میں گم ہو جانے کا فن سیکھ لیا تھا، زیرِ لب بولنے اور اپنے خیالات کو چھپانے کا فن، اپنے رازوں کو اتنی گہرائی میں دفن رکھنے کا فن کہ خود بھی بھول گیا تھا کہ وہ ان سے واقف ہے۔ اس نے بے نیازی کا ہنر سیکھ لیا، بوریت کو برداشت کرنے اور اسے دوسروں پر تھوپنے کا ہنر سیکھ لیا۔ وہ بہت کم بولتا تھا۔ خاموشی کی اس حکمرانی سے تنگ آ کر اس کے اعضا، رات میں، رات کے جھینگروں کی بولی میں ایک دوسرے سے سرگوشیاں کرتے تھے۔ اس کی تلّی اس کے گردوں سے رابطہ کرتی تھی۔ اس کا پینکریاس سناٹے کے خلا میں اس کے پھیپھڑوں سے سرگوشیاں کرتا تھا:

سلام

کیا میری آواز سن رہے ہو؟
کیا تم ابھی اپنی جگہ موجود ہو؟

وہ سرد تر ہوتا گیا، زیادہ خاموش۔ اس کے سر پر رکھا گیا انعام بہت جلد بڑھ گیا — ایک لاکھ سے بڑھ کر تین لاکھ۔ جب نو مہینے پورے ہوئے، تو تلو کشمیر آئی۔

❄

تلو وہیں تھی جہاں وہ بیشتر شاموں کو ہوا کرتی تھی، حضرت نظام الدین اولیا کی درگاہ کے گرد و پیش کی تنگ گلیوں کے ایک چائے خانے میں، جہاں وہ کام کے بعد گھر لوٹتے ہوئے رکی تھی، کہ ایک نوجوان اس کے پاس آیا، تصدیق کی کہ کیا اس کا نام ایس۔ تلوتما ہے، اور اس کے ہاتھ میں ایک پرزہ تھما دیا۔ لکھا تھا: گھاٹ نمبر 33، ایچ بی شاہین، ڈل جھیل۔ پلیز 20 تاریخ کو آؤ۔ کہیں دستخط نہ تھے، بس ایک گوشے میں گھوڑے کے سر کا ایک چھوٹا سا پنسل اسکیچ۔ جب اس نے نظریں اوپر اٹھائیں، پیغام لانے والا غائب ہو چکا تھا۔

اس نے نہرو پلیس کے آرکی ٹیکچر آفس سے، جہاں وہ کام کرتی تھی، دو ہفتے کی چھٹی لی، جموں کی ٹرین پکڑی، اور جموں سے صبح سویرے سری نگر جانے والی بس میں سوار ہو گئی۔ وہ اور موسیٰ کچھ عرصے سے رابطے میں نہ تھے۔ وہ گئی، کیونکہ ان کے درمیان ایسا ہی تھا۔

وہ کشمیر پہلے کبھی نہیں گئی تھی۔

سہ پہر ڈھلنے لگی تھی جب بس اس لمبی سرنگ سے باہر آئی جو پہاڑوں کے اندر سے نکالی گئی ہے، اور ہندوستان اور کشمیر کے درمیان واحد رابطہ ہے۔

وادی میں خزاں کا موسم بے لحاظ فراوانی کا موسم ہوتا ہے۔ زعفران کے کھلے ہوئے پھولوں کی کاسنی دھند کے اوپر دھوپ ترچھی پڑ رہی تھی۔ باغیچے پھلوں سے لدے ہوئے تھے، چنار کے درختوں میں آگ لگی تھی۔ تلو کے ہم سفر، جو بیشتر کشمیری تھے، ہوا میں موجود خوشبوؤں کو الگ الگ پہچان رہے تھے،

اور نہ صرف یہ کہ بس کی کھڑکیوں سے گزرنے والے جھونکوں سے بتا سکتے تھے کہ کون سی خوشبو سیب کی ہے، کون سی ناشپاتی کی، اور کون سی دھان کی پکی ہوئی فصل کی، بلکہ یہ بھی بتا سکتے تھے کہ کس کے سیبوں، کس کی ناشپاتیوں اور کس کے دھان کے قریب سے وہ گزر رہے ہیں۔ ایک اور بُو تھی جسے وہ سب بخوبی پہچانتے تھے۔ دہشت کی بو۔ اس نے ہوا کو ترش بنا دیا تھا اور ان کے جسموں کو پتھر۔

شور کرتی، کھڑکھڑاتی ہوئی بس اپنے ساکت، خاموش مسافروں کو لیے ہوئے جیسے جیسے وادی میں اترتی گئی، تناؤ زیادہ مرئی ہوتا گیا۔ ہر پچاس میٹر کے فاصلے پر، سڑک کے دونوں طرف، بھاری ہتھیاروں سے لیس فوجی بالکل الرٹ اور خوفناک حد تک تناؤ میں کھڑے تھے۔ کھیتوں میں، باغیچوں کے اندر، پلوں اور پلیوں پر، دکانوں اور بازاروں میں، چھتوں پر، فوجی ہی فوجی تھے، ایک دوسرے کو کوَر کیے ہوئے، ایک ایسی زنجیر کی صورت میں جو تمام راستے، پہاڑوں کی بلندیوں تک چلی گئی تھی۔ داستانوی وادیِ کشمیر کے ہر حصے میں، لوگ جو کچھ بھی کر رہے ہوں — چل رہے ہوں، نماز پڑھ رہے ہوں، نہا رہے ہوں، لطیفے سنا رہے ہوں، اخروٹ چھیل رہے ہوں، عاشقی کر رہے ہوں، یا گھر جانے کے لیے بس پکڑ رہے ہوں — وہ ایک نہ ایک فوجی کی رائفل کے گھیرے میں تھے۔ اور چونکہ وہ ایک نہ ایک فوجی کی رائفل کے گھیرے میں تھے، وہ جو بھی کر رہے ہوں — چل رہے ہوں، نماز پڑھ رہے ہوں، نہا رہے ہوں، لطیفے سنا رہے ہوں، اخروٹ چھیل رہے ہوں، عاشقی کر رہے ہوں، یا گھر جانے کے لیے بس پکڑ رہے ہوں — وہ ایک جائز نشانہ تھے۔

ہر چیک پوائنٹ پر سڑک پر افقی روک لگا کر راستہ بند کر دیا گیا تھا، جن میں لوہے کی اتنی کیلیں تھیں کہ ٹائر کے چیتھڑے اڑا سکتی تھیں۔ بس ہر چیک پوائنٹ پر رکتی تھی، ساری سواریوں کو اترنا پڑتا تھا اور اپنے بیگ لے کر تلاشی کے لیے قطار میں کھڑے ہونا پڑتا تھا۔ فوجی بس کی چھت پر چڑھ کر سامان کھنگالتے تھے۔ مسافر اپنی آنکھیں نیچی کیے کھڑے رہتے تھے۔ چھٹے یا ساتویں چیک پوائنٹ پر ایک مسلح جپسی، جس میں کھڑیوں کی جگہ درزیں تھیں، سڑک کے کنارے کھڑی ہوئی تھی۔ جپسی میں نظروں سے چھپے ہوئے کسی شخص سے بات کرنے کے بعد، ایک چمچماتے، اکڑ دکھاتے ہوئے نوجوان افسر نے مسافروں کی قطار میں سے تین نوجوانوں کو کھینچا — **تم، تم اور تم**۔ انھیں دھکے دے کر فوجی ٹرک

میں چڑھا دیا گیا۔ وہ بلا احتجاج چلے گئے۔ مسافروں نے اپنی نظریں نیچی ہی رکھیں۔

جب تک بس سری نگر پہنچی، روشنی رخصت ہونے لگی تھی۔

ان دنوں اندھیرا ہوتے ہی سری نگر پر مردنی چھا جاتی تھی۔ دکانیں بند، سڑکیں خالی۔

بس اسٹاپ پر ایک آدمی تلو کے برابر میں چلنے لگا اور اس کا نام پوچھا۔ وہاں سے وہ ہاتھوں ہاتھ گزرتی رہی۔ بس اسٹاپ سے ایک آٹو رکشا اسے بُلوارڈ لے گیا۔ جھیل کو اس نے ایک شکارے پر پار کیا جس میں بیٹھنے کی نہیں، صرف نیم دراز ہونے کی سہولت تھی۔ چنانچہ وہ چمکیلے پھولوں والے تکیوں کے سہارے نیم دراز ہوگئی، جیسے شوہر کے بغیر ہنی مون منا رہی ہو۔ شاید اسی کمی کو پورا کرنے کے لیے ملاح کے چپوؤں کے پانکھ، جو گھاس پوس کو دھکیل رہے ہیں، دل کی شکل کے ہیں، اس نے سوچا۔ جھیل پر موت کا سا سناٹا طاری تھا۔ پانی میں آہنگ سے چلتے چپوؤں کی آوازیں شاید وادی کے دل کی مضطرب دھڑکنیں تھیں۔

پلِف

پلِف

پلِف

دوسرے کنارے پر ہاؤس بوٹیں ایک دوسرے سے لگی کھڑی تھیں— ایچ بی شاہین، ایچ بی جنت، ایچ بی کوین وکٹوریا، ایچ بی ڈربی شائر، ایچ بی سنو ویو، ایچ بی ڈیزرٹ بریز، ایچ بی زم زم، ایچ بی گلشن، ایچ بی نیو گلشن، ایچ بی گلشن پیلیس، ایچ بی مینڈلے، ایچ بی کلفٹن، ایچ بی نیو کلفٹن— سب میں اندھیرا چھایا ہوا تھا اور سب کی سب خالی تھیں۔

ایچ بی کا مطلب ہے ہاؤس بوٹ، کشتی بان نے تلو کو بتایا۔

ایچ بی شاہین ان میں سب سے چھوٹی تھی اور سب سے خستہ حال۔ شکارا جیسے ہی اس کے قریب رکا، ایک چھوٹا سا آدمی، جو پنڈلیوں تک لمبے، پرانے براؤن پھرن میں غائب تھا، تلو کے استقبال کو باہر نکلا۔ بعد میں معلوم ہوا کہ اس کا نام گلریز ہے۔ اس نے تلو کو اس طرح سلام کیا جیسے اسے اچھی طرح جانتا ہو، جیسے وہ زندگی بھر یہیں رہی ہو، اور فی الحال بازار سے سامان خرید کر لوٹی ہو۔ اس کا بڑا سا سر اور عجیب

پتلی گردن اس کے چوڑے اور مضبوط کاندھوں پر رکھے تھے۔ جب وہ تلو کو ایک چھوٹے سے ڈائننگ روم سے گزار کر، قالین بچھی تنگ راہداری سے ہوتا ہوا بیڈ روم تک لایا تو تلو کو بلونگڑوں کی میاؤں میاؤں سنائی دی۔ گلریز نے سر گھما کر ایک درخشندہ مسکراہٹ پھینکی، کسی مغرور باپ کی طرح۔ اس کی زمردیں، طلسمی آنکھوں میں چمک تھی۔

تنگ کمرہ، اس میں بچھے ڈبل بیڈ سے ذرا ہی بڑا تھا، جس پر کشیدہ کاری کا پلنگ پوش بچھا تھا۔ سائڈ ٹیبل پر پلاسٹک کی پھول دار ٹرے میں مہین جالی دار بھرت کا جگ، دو رنگین گلاس اور چھوٹا سا سی ڈی پلییر رکھا ہوا تھا۔ فرش پر بچھے گھسے ہوئے قالین پر نقش ونگار بنے تھے، الماری کے دروازوں پر موٹی نقاشی تھی، لکڑی کی چھت نیشکر نما 'کھتوں بندی' کی تھی، ردّی دان پاپیے ماشے (Papier-mâché) کا تھا اور اس پر مہین پیچیدہ نقش ونگار بنے تھے۔ تلو نے چاروں طرف نظریں گھما کر دیکھا کہ کوئی ایسی جگہ دیکھنے کو ملے جو مرصع، منقش، کشیدہ کاری کی یا نقاشی کی نہ ہو۔ جب ایسا کچھ نظر نہ آیا تو اس کے اندر بے چینی کا طوفان اٹھنے لگا۔ اس نے چوبی دریچے کھولے، لیکن وہ چند فٹ کے فاصلے پر کھڑی دوسری ہاؤس بوٹ کے بند دریچوں کے سامنے کھلے۔ دونوں کے بیچ میں جو پانی تھا اس میں سگریٹ کے ٹوٹے اور خالی پیکٹ تیر رہے تھے۔ اس نے اپنا بیگ رکھ دیا اور باہر پورچ میں چلی گئی۔ اس نے سگریٹ سلگائی اور آسمان میں ابھرنے والے اوّلیں تاروں کے سبب جھیل کی آئینے جیسی سطح کو چاندی میں بدلتے ہوئے دیکھنے لگی۔ پہاڑوں پر برف، رات ہو جانے کے باوجود، کچھ دیر کے لیے فاسفورس کی مانند چمکتی رہی۔

اگلے روز سارا دن انتظار کرتے کرتے وہ گلریز کو صاف ستھرے فرنیچر کی دھول جھاڑتے، اور بوٹ کے پیچھے، ساحل پر اگے اپنے سبزی کے کھیت میں اودے بینگنوں اور بڑے پتوں والے 'ہا کھ' ساگ سے باتیں کرتے دیکھتی رہی۔ سادہ سا لنچ کھلانے کے بعد اس نے تلو کو اپنا جمع شدہ اثاثہ دکھایا جو ایک پیلے رنگ کے بڑے سے ایرپورٹ ڈیوٹی فری شاپنگ بیگ میں رکھا ہوا تھا، اور جس پر لکھا تھا: **سی! بائی! فلائی!**، دیکھو! خریدو! اڑ جاؤ!۔ اس نے سب سامان ایک ایک کر کے نکالا اور کھانے کی میز پر لگا دیا۔ یہ اس کی اپنی نوعیت کی وِزِٹرس بُک تھی: پولو آفٹر شیو لوشن کی ایک خالی شیشی، بہت سی ایرلائنوں کے پرانے بورڈنگ پاس، چھوٹی سی ایک دوربین، دھوپ کا چشمہ جس کا ایک شیشہ جھڑ چکا

تھا، انگلیوں کے نشان پڑی ’لونلی پلینیٹ‘ گائیڈ بک، کنطاس ایرلائن کا ٹوائلٹ بیگ، چھوٹی سی ٹارچ، مچھر بھگانے کے لیے جڑی بوٹی والی دوا کی شیشی، دھوپ جذب کرنے والے لوشن کی شیشی، ہیضے کی ایکسپائرڈ گولیوں کا ایک سلور پتّا، مارکس اینڈ اسپنسرز کا نیلے رنگ کا لیڈیز نِکر جو سگریٹ کے ایک پرانے ڈبے میں ٹھنسا ہوا تھا۔ نِکر کو نرم سگار کی طرح گول لپیٹ کر واپس ڈبے میں رکھتے ہوئے وہ ہنسا اور آنکھیں شرارت سے چمکائیں۔ تلو نے اپنا سلنگ بیگ ٹٹولا اور اس میں سے اسٹرابیری کی شکل کی ربڑ اور ایک شیشی نکالی جس میں کلچ پینسل کے سرمے رکھے رہتے تھے، اور انھیں اس کی جمع پونجی میں شامل کر دیا۔ گلریز نے خوشی کے ساتھ شیشی کا ڈھکنا گھما کر کھولا اور پھر بند کر دیا۔ معاملے پر تھوڑی دیر غور و خوض کرنے کے بعد اس نے ربڑ کو پلاسٹک کے تھیلے میں ڈالا اور شیشی کو اپنی جیب میں رکھ لیا۔ وہ کمرے سے باہر چلا گیا اور پوسٹ کارڈ سائز کی اپنی ایک تصویر لیے ہوئے لوٹا جو اس کی بوٹ کے آخری سیاح نے اسے کھینچ کر دی تھی، اور جس میں اس نے بلی کے دو بچے اپنے ہتھیلیوں پر بٹھا رکھے تھے۔ اس نے یہ تصویر اپنے دونوں ہاتھوں میں پکڑ کر تلو کی طرف باقاعدہ یوں بڑھائی جیسے وہ بطور انعام اسے سندِ کارکردگی نواز رہا ہو۔ تلو نے جھک کر قبول کیا۔ لین دین مکمل ہوا۔

بات چیت کے دوران، جس میں تلو کی جھجکتی ہوئی ہندی کو اس کی اٹکتی ہوئی اردو سے سابقہ پڑا تھا، تلو نے اندازہ لگایا کہ گلریز بار بار جس ’مُز کاک‘ کا ذکر کیے جا رہا ہے وہ اصل میں موسیٰ ہے۔ اس نے اردو کے ایک اخبار کا تراشہ نکالا جس میں ان سب لوگوں کی تصویریں چھپی تھیں جنھیں اسی دن گولی لگی تھی جس دن مس جبین اور اس کی ماں کو لگی تھی۔ اس نے ایک چھوٹی سی لڑکی اور ایک جوان عورت کی طرف اشارہ کرتے ہوئے اخبار کے تراشے کو کئی بار چوما۔ جھلکیوں کو جوڑ جوڑ کر تلو نے بتدریج ایک بیانیہ تیار کر لیا: وہ عورت موسیٰ کی بیوی تھی، اور وہ بچی ان کی بیٹی۔ تصویریں اس قدر خراب چھپی تھیں کہ ان کے خد و خال پہچاننا اور یہ سمجھنا کہ وہ کیسی نظر آتی ہوں گی، ناممکن تھا۔ اپنا عندیہ واضح کرنے کے لیے کہ بات تلو کی سمجھ میں آ جائے، گلریز نے اپنی ہتھیلیوں کا تکیہ بنا کر اس پر اپنا سر ٹکایا، بچوں کی طرح آنکھیں بند کیں اور پھر آسمان کی طرف اشارہ کیا۔

وہ جنت میں جا چکی ہیں۔

تلو کو معلوم نہیں تھا کہ موسیٰ شادی شدہ ہے۔

اس نے کبھی بتایا نہیں تھا۔

کیا اسے بتانا چاہیے تھا؟

کیوں بتانا چاہیے تھا؟

اور تلو اس کا برا کیوں مانے؟

وہ خود ہی تو اس کی زندگی سے دور چلی گئی تھی۔

لیکن اس نے برا مانا۔

اس لیے نہیں کہ اس نے شادی کی تھی، بلکہ اس لیے کہ بتایا نہیں تھا۔

اس کے بعد سارا دن ایک اوٹ پٹانگ ملیالی تک بندی اس کے ذہن میں پھندے کی طرح اٹکی رہی۔ یہ ایک ننھی سی، نیکر والی بچہ فوج کا بارش کا ترانہ تھا — خود بھی انھی میں شامل — وہ کیچڑ کے گڈھوں میں پیر پٹخ پٹخ کر ناچتے اور موسلا دھار بارش میں، ندی کے سرسبز ساحل پر قطار باندھے، چلا چلا کر ایک ساتھ گاتے:

ڈم ! ڈم! پٹّالم

سارِنڈے وِیٹِل کلیانم

آنا پِنڈم چورو

اَٹّا وَروتدو اُپیری

کوڑی تیٹم چمَنڈی

ڈم! ڈم! ڈم! فوجی دستہ دھما دھم

زمیندار کے گھر بیاہ جھما جھم

چاول ہاتھی لید کے!

کن سلائیاں تلی ہوئی!

مسالے مرغی بیٹ کے!

اس کی سمجھ میں خاک نہ آیا۔ جو کچھ ابھی ابھی معلوم ہوا تھا، اس کا ردِ عمل کیا اس سے بھی زیادہ غیر مناسب ہوسکتا تھا؟ پانچ سال کی ہونے کے بعد یہ تک بندی اسے کبھی یاد نہیں آئی تھی۔ اب کیوں یاد آئی؟

شاید تلو کے اپنے دماغ میں بارش ہو رہی تھی۔ شاید یہ ایک ایسے ذہن کی خود کو بچانے کی حکمت عملی تھی جو اگر اُس کے اور موسیٰ کے ڈراؤنے خوابوں کو باہم جوڑنے والے پیچیدہ تانے بانے کو سمجھے کی کوشش کرنے کی بیوقوفی کرتا تو بالکل ہی بند ہو جاتا۔

کوئی ایسا ٹور گائیڈ آس پاس نہ تھا جو تلو کو بتاتا کہ کشمیر میں ڈراؤنے خواب ہرجائی ہوتے ہیں۔ وہ اپنے مالک سے بے وفائی کرتے ہیں، آوارہ پن سے دوسروں کے خوابوں پر لد جاتے ہیں، کسی فصیل کو تسلیم نہیں کرتے، چھاپہ ماری کے بہترین فنکار ہوتے ہیں۔ کوئی فصیل، کوئی باڑھ ان کو قابو میں نہیں رکھ سکتی۔ کشمیر میں ان ڈراؤنے خوابوں کے ساتھ بس آپ ایک ہی کام کر سکتے ہیں کہ انھیں پرانے دوستوں کی طرح گلے لگالیں، اور پرانے دشمنوں کی طرح سنبھالیں۔ ظاہر ہے اس کو یہ سیکھنا ہی ہوگا۔ جلد ہی۔

وہ ہاؤس بوٹ کے داخلی پورچ میں گدے دار بنچ پر بیٹھ گئی اور اپنی آمد کے بعد دوسرے دن کا سورج غروب ہوتے دیکھتی رہی۔ ایک کالی مچھلی جھیل کی تہہ سے ابھری اور اس نے پانی پر بنے پہاڑوں کے عکس کو نگل لیا۔ سارے کا سارا۔ گلریز ڈنر کے لیے میز لگا رہا تھا (دو لوگوں کے لیے، ظاہر ہے کہ اسے کچھ معلوم تھا) کہ اچانک موسیٰ خاموشی سے بوٹ کے پچھلے حصے سے داخل ہوا۔

''سلام۔''

''سلام۔''

''تم آگئیں؟''

''بے شک۔''

''کیسی ہو؟ سفر کیسا رہا؟''

''ٹھیک۔ تمھارا؟''

''ٹھیک۔''

تلو کے ذہن میں گونجتی تک بندی پھیل کر راگ بن گئی۔

''سوری۔ مجھے زیادہ دیر ہو گئی۔''

اس نے مزید وضاحت نہیں کی۔ تھوڑا سا دبلا لگنے کے سوا وہ کچھ زیادہ نہیں بدلا تھا، اس کے باوجود اسے پہچاننا تقریباً ناممکن تھا۔ اس نے ٹھوڑی پر تھوڑے سے بال رکھ لیے تھے جو تقریباً داڑھی جیسے تھے۔ اس کی آنکھیں یوں لگ رہی تھیں جیسے ان کا رنگ بیک وقت ہلکا بھی ہو گیا ہو اور گہرا بھی، جیسے انھیں دھویا گیا ہو، جس سے ایک رنگ ہلکا پڑ گیا ہو اور دوسرا نہیں۔ اس کی کتھئی سبز پتلیوں کے گرد کالے رنگ کا ایک گھیرا طواف ڈالے ہوئے تھا جو تلو کو بالکل یاد نہ تھا۔ تلو نے دیکھا کہ اس کے نقوش — جو دنیا میں بس اسی کے تھے — کسی حد تک غیر واضح اور دھندلے ہو چکے ہیں۔ وہ اپنے گرد و پیش میں اپنے معمول سے کہیں زیادہ مدغم ہو رہا تھا۔ لیکن اس کا کوئی تعلق اس ہمہ جا موجود براؤن پیرہن سے نہ تھا جو اس کے جسم پر پھڑ پھڑا رہا تھا۔ اس نے اپنی اونی ٹوپی اتاری تو تلو نے دیکھا کہ اس کے بالوں میں چاندی کی موٹی پٹیاں ابھر آئی ہیں۔ موسیٰ نے دھیان دیا کہ تلو نے دھیان دیا، اور اپنی نجل انگلیاں اپنے بالوں میں پھیریں۔ مضبوط، گھوڑے کی تصویر بنانے والی انگلیاں، بندوق کا گھوڑا دبانے کی انگلی پر پڑے ہوئے گٹّے کے ساتھ۔ موسیٰ کی بھی اتنی ہی عمر تھی جتنی تلو کی تھی۔ اکتیس برس۔

ایک خاموشی دونوں کے درمیان پھولی، اور پھر سکڑتی گئی، جیسے ہارمونیم کے پردے پھول اور پچک کر کوئی ایسی خاموش دھن بجا رہے ہوں جسے صرف وہی دونوں سن سکتے تھے۔ موسیٰ کو معلوم تھا، وہ جانتی ہے کہ وہ جانتا ہے کہ وہ جانتی ہے۔ ان کے درمیان ایسا ہی تھا۔

گلریز ٹرے میں چائے لے آیا۔ اس کے ساتھ بھی کچھ زیادہ علیک سلیک نہیں ہوئی، حالانکہ یہ واضح تھا کہ ان میں قربت ہے، محبت بھی۔ موسیٰ اس کو 'گل کاک' کہتا تھا، اور کبھی مُـــت بھی۔ موسیٰ اس کے کان کے لیے ڈراپ لایا تھا۔ کان کی دوا نے ماحول کی برف پگھلا دی، جیسا کہ صرف کان کی دوا ہی کر سکتی ہے۔

''اس کے کان میں انفیکشن ہے، اور وہ ڈرا ہوا ہے۔ دہشت زدہ۔'' موسیٰ نے وضاحت کی۔

''اس کو درد ہے؟ سارا دن تو ٹھیک ہی لگتا رہا۔''

''نہیں، درد کا ڈر نہیں۔ اس کو درد نہیں ہے۔ گولی لگنے کا ڈر ہے۔ اس کا کہنا ہے کہ اسے ٹھیک سے سنائی نہیں دیتا، اور اس پر پریشان ہے کہ چیک پوسٹ پر جب وہ 'رکو!' کہیں گے تو ہو سکتا ہے اسے سنائی نہ دے۔ کبھی کبھی وہ یہ کرتے ہیں کہ پہلے گزرنے دیتے ہیں اور پھر رکنے کے لیے کہتے ہیں۔ اور اگر نہیں سنا تو...''

کمرے میں دباؤ کو محسوس کر کے (اور محبت کو بھی)، اور اس احساس کے ساتھ کہ وہ اس دباؤ کو کم کرنے میں حصہ ادا کر سکتا ہے، گلریز ڈرامائی انداز میں فرش پر گھٹنوں کے بل بیٹھ گیا، اور اپنا گال موسیٰ کی گود میں اس طرح ٹکا دیا کہ اس کا گوبھی جیسا بڑا سا کان، دوا کے قطرے ڈلوانے کے لیے اوپر کی سمت تھا۔ اس کی دونوں گوبھیوں میں دوا ڈالنے اور روئی کے پھوئے لگا کر دوا کو روکنے کے بعد موسیٰ نے شیشی اس کے حوالے کر دی۔

''سنبھال کر رکھنا۔ جب میں یہاں نہ ہوں، اِن سے کہنا۔ یہ ڈال دیں گی؛'' اس نے کہا۔ ''یہ میری دوست ہیں۔''

گلریز کو پلاسٹک کی ڈاٹ والی اس چھوٹی سی شیشی پر جتنا ناز تھا، جتنا زیادہ وہ محسوس کر رہا تھا کہ اس کی مناسب ترین جگہ سی! بائی! فلائی! والی وِزِٹرس بک ہے، پھر بھی اس نے یہ امانت تلو کے ہاتھ میں تھما دی، اور اس کی طرف دیکھ کر خوشی سے مسکرایا۔ ایک لمحے کے لیے وہ خود بہ خود ایک خاندان بن گئے۔ ابّا بھالو، امی بھالو، ننھا بھالو۔

ننھا بھالو سب سے زیادہ خوش تھا۔ ڈنر کے لیے اس نے پانچ قسم کا گوشت تیار کیا: گوشتابہ، رِستا، مرچی قورمہ، شامی کباب، چکن یخنی۔

''اتنا سارا کھانا۔'' تلو نے کہا۔

''گائے، بکرا، مرغا، بھیڑ... صرف غلام ہی ایسا کھاتے ہیں؛'' موسیٰ نے اس کی پلیٹ میں بدسلیقگی کی حد تک زیادہ کھانا ڈالتے ہوئے کہا۔ ''ہمارے پیٹ قبرستان ہیں۔''

تلو کو یقین نہیں آ رہا تھا کہ ننھے بھالو نے اکیلے ہی اتنا سامانِ دعوت تیار کیا ہے۔

''وہ سارا دن تو بینگنوں سے باتیں کرتا رہا اور بلی کے بچوں سے کھیلتا رہا۔ میں نے اسے کچھ بھی

پکاتے نہیں دیکھا۔"

"تمھارے آنے سے پہلے ہی اس نے تیار کرلیا ہوگا۔ وہ بہترین کھانے پکاتا ہے۔اس کے باپ ایک پیشہ ور'وازا'، باورچی تھے، گوڈزیلا کے گاؤں میں۔"

"وہ یہاں بالکل اکیلا کیوں ہے؟"

"وہ اکیلا نہیں ہے۔اس کے اردگرد بہت سی آنکھیں ہیں، اور کان ہیں، اور دل ہیں۔لیکن وہ گاؤں میں نہیں رہ سکتا... یہ اس کے لیے بہت خطرناک ہوگا۔گل کاک ایسا ہے کہ ہم اسے 'مُت' بھی کہتے ہیں، مست، باؤلا— وہ اپنی ہی دنیا میں مگن رہتا ہے، اپنے اصولوں کے ساتھ۔ کچھ کچھ تمھاری طرح، کچھ باتوں میں۔" موسیٰ نے تلو کی طرف دیکھا، سنجیدگی سے، مسکرائے بغیر۔

"تمھارا مطلب ہے، احمق، گاؤں کا گاؤدی؟" تلو نے بھی اس کی طرف دیکھا، مسکرائے بغیر ہی۔

"میرا مطلب ہے ایک خاص طرح کا انسان، دعاؤں سے نوازا ہوا۔"

"کس کی دعاؤں سے؟ نوازنے کا کوئی بگڑیل، سالا بیہودہ طریقہ؟

"ایک خوبصورت روح سے نوازا ہوا۔ یہاں ہم اپنے مت، مست باولوں کا احترام کرتے ہیں۔"

کافی عرصے سے موسیٰ نے اس قسم کی جچی تلی گالی نہیں سنی تھی، خصوصاً کسی عورت سے۔ یہ کسی جھینگر کی مانند اس کے جکڑے ہوئے دل پر دھیرے سے اتری، اور حافظے کو تھوڑا ٹھوکا لگا گئی کہ وہ تلو سے کیوں، کس طرح اور کتنی محبت کرتا تھا۔اس خیال کو اس نے اپنے محافظ خانے کے اسی مقفل حصے میں واپس بھیجنے کی کوشش کی جہاں سے یہ نکل آیا تھا۔

"دو سال پہلے ہم اسے کھو ہی بیٹھے تھے۔اس کے گاؤں میں کورڈن اینڈ سرچ آپریشن چل رہا تھا۔مردوں سے کہا گیا کہ باہر نکل کر میدان میں قطار لگا لیں۔گل فوج کے استقبال کے لیے نکل بھاگا، اس کا کہنا تھا کہ یہ پاکستانی فوج ہے جو انھیں آزاد کرانے آئی ہے۔ وہ گا رہا تھا اور 'جیوے جیوے پاکستان!' کے نعرے لگا رہا تھا۔ وہ ان کے ہاتھ چومنا چاہتا تھا۔انھوں نے اس کی ران پر گولی ماری، رائفل کے دستوں سے پیٹا اور خون بہتے مرنے کے لیے برف میں چھوڑ گئے۔اس سانحے کے بعد وہ ہذیانی ہوگیا۔ جب بھی کسی فوجی کو دیکھتا، بھاگنے کی کوشش کرتا تھا، جو ظاہر ہے سب سے خطرناک بات

ہے۔اس لیے میں اسے اپنے ساتھ رہنے کے لیے سری نگر لے آیا۔لیکن اب ہمارے گھر میں شاذ ہی کوئی رہتا ہے— میں اب وہاں نہیں رہتا— اس لیے وہ بھی وہاں رکنا نہیں چاہتا۔ میں نے اسے یہ نوکری دلوادی۔ یہ ہاؤس بوٹ ایک دوست کی ہے۔ یہ یہاں محفوظ ہے۔اس کو باہر جانے کی ضرورت نہیں۔اس کا کام یہاں آنے والے سیاحوں کے لیے کھانا بنانا ہے، حالانکہ اب یہاں بمشکل ہی کوئی سیاح آتا ہے۔ضرورت کا سامان اسے یہیں پہنچا دیا جاتا ہے۔واحد خطرہ بس یہی ہے کہ بوٹ اتنی پرانی ہوچکی ہے کہ ڈوب سکتی ہے۔

''واقعی؟''

موسیٰ مسکرایا۔

''نہیں۔ یہ خاصی محفوظ ہے۔''

وہ گھر جس میں 'شاذ ہی کوئی رہتا' تھا، ڈنر ٹیبل پر اپنی جگہ آ بیٹھا۔ تیسرا مہمان، کسی غلام کی سی خونخوار بھوک والا۔

''کشمیر میں لگ بھگ سارے مستوں کو مار دیا گیا ہے۔ وہی تھے جنھیں سب سے پہلے مارا گیا، کیونکہ وہ نہیں جانتے کہ حکم کیسے مانیں۔شاید اسی لیے ہمیں ان کی ضرورت ہے۔ یہ سکھانے کے لیے کہ آزاد کیسے رہا جائے۔''

''یا کس طرح مارے جائیں؟''

''یہاں یہ ایک ہی بات ہے۔صرف مُردے ہی آزاد ہیں۔''

موسیٰ نے تلو کے ہاتھ کی طرف دیکھا، جو میز پر رکھا ہوا تھا۔ وہ اسے اپنے ہاتھ سے زیادہ پہچانتا تھا۔وہ اب بھی چاندی کی وہی انگوٹھی پہنے ہوئے تھی جو موسیٰ نے اسے دی تھی، برسوں پہلے، جب وہ کوئی اور تھا۔اس کی درمیانی انگلی پر اب بھی روشنائی کا نشان تھا۔

گلریز، جسے بخوبی احساس تھا کہ اس کے بارے میں بات ہو رہی ہے، میز کے آس پاس منڈلاتا رہا، گلاس اور پلیٹیں بار بار بھرتا رہا، اپنے پھرن کی دونوں جیبوں میں میاؤں میاؤں کرتا ایک ایک بلونگڑا

رکھے ہوے۔ بات چیت کے ایک وقفے کے دوران اس نے ان کا تعارف کرایا: آغا اور خانم۔ دھاری دار، سرمئی رنگ والا آغا تھا۔ کالی اور سفید رنگ والی خانم تھی۔

''اور سلطان؟'' موسیٰ نے مسکراتے ہوے اس سے پوچھا۔ ''وہ کیسا ہے؟''

جیسے وہ اشارے کا ہی منتظر ہو، گلریز کے چہرے پر بادل چھا گئے۔ اس کا جواب کشمیری اور اردو کے ملغوبے میں ایک طویل گالی جیسا تھا۔ تلو اس کا آخری جملہ ہی سمجھ سکی: ''ارے اس بے وقوف کو اگر یہاں منٹری (ملٹری) کے ساتھ رہنا نہیں آتا تھا، تو پھر وہ سالا اس دنیا میں آیا ہی کیوں تھا؟''

اس میں شک نہیں کہ گلریز نے یہ جملہ مصیبت کے مارے باپ یا کسی پڑوسی کو اپنے لیے کہتے سنا ہوگا، اور سلطان کے خلاف، وہ جو بھی تھا، شکایت کے طور پر سنبھال کر رکھ لیا تھا۔

موسیٰ زور سے ہنسا، گلریز کو پکڑا اور اس کی پیشانی چومی۔ گل مسکرایا۔ مسرور بھُتنا۔

''سلطان کون ہے؟'' تلو نے پوچھا۔

''بعد میں بتاؤں گا۔''

ڈنر کے بعد وہ سگریٹ پینے اور ٹرانزسٹر پر خبریں سننے کے لیے پورچ میں چلے گئے۔

تین مجاہد مارے گئے تھے۔ کرفیو کے باوجود بارہمولہ میں بڑے پیمانے پر احتجاج ہوا تھا۔

اماوس کی رات تھی، بالکل اندھیری۔ پانی اتنا سیاہ تھا جیسے تیل کا چیکٹ۔

جھیل کے اطراف میں بلوارڈ پر بنے سب ہوٹل بیرکوں میں بدل دیے گئے تھے، کٹیلے تاروں میں لپٹے ہوے، ریت کے بوروں سے لدے اور حملے کے لیے تیار۔ ڈائننگ روم فوجی کوارٹروں میں بدل چکے تھے، ریسیپشن دن کے لاک اپ میں اور گیسٹ روم تفتیشی مرکزوں میں۔ نہایت محنت سے تیار کشیدہ کاری کے بھاری پردوں کے پیچھے اور نادر قالینوں میں ان نوجوانوں کی چیخیں دب جاتی تھیں جن کے اعضاے تناسل بجلی کے ننگے تاروں سے چھوئے جاتے تھے اور جن کی مقعدوں میں پیٹرول ڈالا جاتا تھا۔

''کیا جانتی ہو آج کل یہاں کون آیا ہوا ہے؟ گارسن ہوبارٹ۔ کیا تم اس کے رابطے میں رہیں

کبھی؟''

''نہیں، کچھ برسوں سے تو نہیں ہوں۔''

''وہ آئی بی کا ڈپٹی اسٹیشن ہیڈ ہے۔ یہ خاصی اہم پوسٹ ہے۔''

''کیا بات ہے! گڈ فار ہم!''

ہوا بند تھی۔ جھیل پرسکون تھی، بوٹ ساکت، سناٹا مضطرب۔

''کیا تم اُس سے محبت کرتے تھے؟''

''ہاں، کرتا تھا۔ میں تمھیں بتانا چاہتا تھا۔''

''کیوں؟''

موسیٰ نے اپنی سگریٹ ختم کی، ایک اور جلائی۔

''نہیں معلوم۔ وقار کا سا معاملہ ہے۔ تمھارے، میرے اور اس کے۔''

''پھر تم نے پہلے کیوں نہیں بتایا؟''

''نہیں جانتا۔''

''کیا ارینجڈ میرج تھی؟''

''نہیں۔''

تلو کے برابر میں بیٹھے ہوئے، اس کے پہلو میں سانس لیتے ہوئے، وہ خود کو ایسے خالی مکان کی طرح محسوس کر رہا تھا جس کی بند کھڑکیاں اور دروازے چرمرا کر تھوڑے سے کھل رہے ہوں، تاکہ اس میں قید روحوں کو تھوڑی سی ہوا لگ سکے۔ جب وہ دوبارہ بولا تو جیسے رات سے باتیں کر رہا تھا، پہاڑوں سے مخاطب تھا، سب کچھ بالکل نامرئی ہو چکا تھا، سوائے فوجی کیمپوں کی جھپکتی ہوئی روشنیوں کے، جو ہر سمت جھالر کی مانند کوہساروں پر یوں معلق تھیں جیسے کسی وحشت خیز جشن کے لیے تھوڑی سی سجاوٹ۔

''اس سے میری ملاقات بڑے ہی خوفناک حالات میں ہوئی تھی... خوفناک لیکن خوبصورت... صرف یہیں ایسا ہو سکتا ہے۔ یہ 1991 کا موسم بہار تھا۔ ہمارے انتشار کا سال۔ ہم میں سے ہر کوئی — میرے خیال میں گوڈزیلا کو چھوڑ کر — یہ سوچتا تھا کہ آزادی بس آنے ہی والی ہے، بس دل کی ایک

دھڑکن کے فاصلے پر ہے۔ ہر روز گولیاں چلتی تھیں، دھماکے ہوتے تھے، انکاؤنٹر میں قتل کیے جاتے تھے۔ مجاہدین کھلے عام سڑکوں پر گھومتے تھے، اپنے ہتھیاروں کو شان سے لہراتے ہوے...''

اپنی ہی آواز سے مضطرب ہو کر موسیٰ بھٹک گیا۔ وہ اپنی آواز سننے کا عادی نہ تھا۔ تلو نے بھی اس کی مدد کے لیے کچھ نہیں کیا۔ موسیٰ نے جو کہانی سنانی شروع کی تھی اس سے تلو کا ایک حصہ دور جا کھڑا ہوا تھا کیونکہ سننا مشکل تھا، اور موسیٰ کے ان عام باتوں کی جانب بھٹک جانے پر وہ ممنونیت محسوس کر رہی تھی۔

''خیر۔ اسی سال— جس سال میری اس سے ملاقات ہوئی— مجھے نوکری ملی تھی۔ یہ ایک بڑا معاملہ ہونا چاہیے تھا، لیکن نہیں تھا، کیونکہ اُن دنوں ہر چیز بند پڑی تھی۔ کچھ بھی نہیں چل رہا تھا... عدالتیں، کالج، اسکول... نارمل زندگی پوری طرح مفلوج ہو چکی تھی... میں تمھیں کیسے بتاؤں کیسی تھی... اتنا پاگل پن... کچھ بھی کرنے کی چھوٹ ... ہر طرف لوٹ مار، اغوا، قتل ... اسکول کے امتحانوں میں اجتماعی نقل۔ یہ سب سے مضحکہ خیز بات تھی۔ بالکل اچانک، جنگ کے عین وسط میں، ہر کوئی میٹرک پاس کرنا چاہتا تھا، کیونکہ اس سے انھیں حکومت سے سستے قرضے لینے میں مدد ملتی... میں واقعی ایک ایسے خاندان کو بھی جانتا ہوں جس میں تین پیڑھیوں کے لوگ، بیٹا، باپ اور دادا، سب ایک ساتھ اسکول کے فائنل امتحان میں بیٹھے تھے۔ ذرا سوچو۔ کسان، مزدور، پھل فروش، سب کے سب دو تین کلاسیں پڑھے ہوے، جو بمشکل پڑھنا جانتے تھے، امتحان میں بیٹھے، گائیڈ بکس سے انھوں نے نقلیں کیں، اور شاندار نمبروں سے پاس ہوے۔ انھوں نے صفحے کے کنارے پر بنا 'پلیز ٹرن اوور' کا نشان تک نقل کر دیا تھا— اشارہ کرتی ہوئی انگلی کا وہ نشان— یاد ہے؟ یہ ہماری اسکول کی نصابی کتابوں میں نچلے کونے پر بنا ہوتا تھا۔ آج بھی، جب کوئی بے وقوفی کرے تو توہین کی غرض سے اس سے کہا جاتا ہے: کیا نمتگ پاس ہو؟''

تلو سمجھ گئی کہ وہ جان بوجھ کر بھٹک رہا ہے، ایک ایسی کہانی کے گرد گردش کر رہا ہے جسے سنانا اس کے لیے اتنا ہی مشکل ہے— سخت مشکل— جتنا اس کے لیے سننا۔

''کیا تم 91' کے پاس ہو؟'' موسیٰ کی ہلکی سی ہنسی اپنے لوگوں کی خامیوں پر محبت سے لبریز تھی۔

اس کا یہی پہلو تلو کو ہمیشہ پیارا لگتا تھا، کہ وہ کس طرح مکمل طور پر اپنے لوگوں کا حصہ تھا، ان سے محبت کرتا، ان کا مذاق اڑاتا، ان کی شکایتیں کرتا، برا بھلا کہتا، لیکن خود کبھی ان سے فاصلہ نہیں بناتا تھا۔

شاید اس لیے پیارا لگتا تھا کہ اس نے خود کبھی کسی کو 'اپنے لوگ' کہنے کے بارے میں سوچا تک نہ تھا— سوچ ہی نہیں سکتی تھی۔ شاید سوائے اُن دو کتوں کے جو اس کے گھر کے سامنے چھوٹے سے پارک میں صبح ٹھیک چھ بجے آتے تھے اور وہ جا کر انھیں کھانا کھلاتی تھی، یا پھر ان آوارہ گردوں کو چھوڑ کر جن کے ساتھ وہ درگاہ نظام الدین کے قریب چائے خانے پر چائے پیتی تھی۔ لیکن سچ میں وہ بھی اپنے نہیں تھے۔

عرصہ پہلے اس نے موسیٰ کو 'اپنے لوگ' خیال کیا تھا۔ ان دونوں کے ملن سے کچھ عرصے کے لیے ایک عجیب وغریب ملک وجود میں آیا تھا، ایک جزائری جمہوریہ، جس نے بقیہ دنیا سے خود کو الگ کر لیا تھا۔ جس دن انھوں نے اپنے اپنے راستے جانے کا فیصلہ کیا، اس دن سے اس کے 'اپنے لوگ' کوئی نہیں تھے۔

''ہم لوگ ہزاروں کی تعداد میں آزادی کے لیے لڑ رہے تھے، اور مر رہے تھے، اور اس کے ساتھ ساتھ ہم اسی حکومت سے، جس سے لڑ رہے تھے، سستے قرضے لینے کی کوششیں بھی کر رہے تھے۔ ہم لوگ احمقوں اور مخبوط الحواس لوگوں کی وادی ہیں، اور ہم اس آزادی کے لیے لڑ رہے ہیں جس میں بے وقوفیاں کر سکیں اور—''

موسیٰ اپنی ہنسی کے درمیان میں ہی رک گیا، اور اس نے اپنے کان لگا دیے۔ کچھ فاصلے پر ایک گشتی بوٹ پھک پھک کرتی گزری۔ اس پر بیٹھے فوجی اپنی بڑی بڑی ٹارچوں کی روشنی سے پانی کی سطح کو بُہار رہے تھے۔ جب وہ چلے گئے، موسیٰ کھڑا ہو گیا۔ ''ہمیں اندر چلنا چاہیے، بابجاناں۔ سردی بڑھ رہی ہے۔''

محبت کی یہ اصطلاح کتنے فطری ڈھنگ سے اس کے ذہن سے نکل چکی تھی۔ بابا جاناں۔ میری محبوب۔ تلو کا دھیان اس طرف گیا، موسیٰ کا نہیں۔ سردی نہیں تھی، پھر بھی وہ اندر چلے گئے۔

گلریز ڈائننگ روم کے قالین پر سویا پڑا تھا۔ آغا اور خانم پوری طرح بیدار، اس کے اوپر اس طرح کھیل رہے تھے جیسے وہ تفریحی پارک ہو جو صرف انھی کے کھیلنے کے لیے تعمیر کیا گیا ہو۔ آغا اس کے گھٹنے کے خم میں چھپا ہوا تھا اور خانم اس کے کولھے کی بلندی پر مورچہ سنبھالے حملے کو تیار تھی۔

موسیٰ منقش، کشیدہ کاری کے نقش ونگار والے، جالی دار بیڈروم کے دروازے پر رک گیا اور بولا،

''اندر آ سکتا ہوں؟'' اور اس سے تلو کو چوٹ پہنچی۔

''غلاموں کے لیے ضروری نہیں کہ احمق پن بھی دکھائیں۔ کیا ایسا کرنا ضروری ہے؟'' وہ بستر کے سرے پر بیٹھ کر، پیچھے کی جانب نیم دراز ہوگئی، اپنی ہتھیلیوں کو سر کے نیچے رکھ کر، اور پیر فرش پر ہی رہنے دیے۔ موسیٰ اس کے برابر میں بیٹھ گیا اور اپنا ایک ہاتھ اس کے پیٹ پر رکھ دیا۔ تناؤ کا احساس کمرے سے ایک اَن چاہے اجنبی کی طرح غائب ہوگیا۔ ہر طرف اندھیرا تھا، سوائے راہداری سے آتی روشنی کے۔

''کیا میں تمھارے لیے ایک کشمیری نغمہ لگاؤں؟''

''نو۔ تھینکس مین۔ میں کوئی کشمیری قوم پرست نہیں ہوں۔''

''جلد ہی بن جاؤ گی۔ تین یا چار دن کے عرصے میں۔''

''وہ کیسے؟''

''بن جاؤ گی، کیونکہ تمھیں جانتا ہوں۔ جب تم دیکھ لوگی، جو دیکھنے والی ہو، اور سن لوگی جو سننے والی ہو، تمھارے پاس کوئی راستہ بچے گا نہیں۔ کیونکہ تم تم ہی ہو۔''

''کیا کوئی کنووکیشن ہونے والا ہے؟ مجھے ڈگری ملے گی؟''

''ہاں۔ اور تم شاندار نمبروں سے پاس ہو جاؤ گی۔ میں تمھیں جانتا ہوں۔''

''تم مجھے سچ مچ نہیں جانتے۔ میں وطن پرست ہوں۔ جب قومی پرچم کو دیکھتی ہوں تو میرے رونگٹے کھڑے ہو جاتے ہیں۔ اتنی جذباتی ہو جاتی ہوں کہ سیدھے سیدھے سوچ بھی نہیں سکتی۔ مجھے پرچموں اور فوجیوں سے محبت ہے، اور ان کے سارے تام جھام سے۔ کون سا نغمہ ہے؟''

''تمھیں پسند آئے گا۔ میں اسے کرفیو میں تمھارے لیے لے کر آیا تھا۔ یہ ہمارے لیے لکھا گیا تھا، تمھارے لیے اور میرے لیے۔ میرے گاؤں کے، لَس کون (Las Kone) نام کے ایک ساتھی نے لکھا تھا۔ تمھیں اچھا لگے گا۔''

''مجھے پورا یقین ہے، مجھے پسند نہیں آئے گا۔''

''کم آن۔ چانس تو دو۔''

موسیٰ نے اپنے پھرن کی جیب میں سے ایک سی ڈی نکالی اور اسے پلییئر میں لگا دیا۔ گٹار کے ابتدائی سروں کے بعد ہی تلو کی آنکھیں کھلی کی کھلی رہ گئیں۔

Trav'lling lady, stay awhile
until the night is over.
I'm just a station on your way,
I know I'm not your lover.

مسافر خاتون، ذرا ٹھہر تو جاؤ
جب تک کہ رات ختم نہ ہو جائے۔
پڑاو ہوں فقط اک تمھارے سفر کا
جانتا ہوں کہ عاشق نہیں ہوں تمھارا۔

'لینارڈ کوئین۔'

'ہاں۔ وہ خود بھی نہیں جانتا کہ وہ اصل میں کشمیری ہے۔ یا یہ کہ اس کا اصلی نام 'لَس کون' ہے۔'

Well I lived with a child of snow
when I was a soldier,
and I fought every man for her
until the night grew colder.

رہتا تھا ایک برفستانی لڑکی کے ساتھ
جب فوج میں سپاہی تھا میں
اور لڑتا رہا ہر آدمی سے اس کی خاطر
جب تک کہ رات سردتر نہ ہوگئی۔

She used to wear her hair like you
except when she was sleeping,
and then she'd weave it on a loom
of smoke and gold and breathing.

رکھتی تھی وہ بال اپنے تمھاری طرح
سوائے تب کہ جب سو رہی ہو

انھیں پھر وہ ایک کر گھے پہ بُنتی
بنا تھا جو دھویں، سونے اور سانسوں سے۔

And why are you so quiet now
standing there in the doorway?
You chose your journey long before
you came upon this highway.

اور اب تم اتنی خاموش ہو کیوں؟
در پہ اس طرح کیوں ہو کھڑی؟
خود ہی تو چنا تھا تم نے اپنا سفر
آنے سے بہت پہلے اس راہ پر

''اسے کیسے پتا چلا؟''

''دلِس کون سب جانتا ہے۔''

''کیا وہ بھی اپنے بال میرے جیسے رکھتی تھی؟''

''وہ مہذب عورت تھی، بابجاناں۔ مُت نہیں۔''

تلو نے موسیٰ کو چوم لیا، اور اسے اپنے قریب کھینچ کر، اور چھوڑے بغیر بولی، ''مجھ سے دور رہو، گندے، پہاڑی آدمی!''

''دُھلی دھلائی، دریائی عورت!''

''تمھیں نہائے ہوئے کتنے دن ہو گئے؟''

''نو مہینے۔''

نہیں۔ سیریسلی بتاؤ۔''

''شاید ایک ہفتہ؟ مجھے نہیں معلوم۔''

''سالا، گندا!''

موسیٰ کا غسل ایک بے اندازہ طویل وقت تک جاری رہا۔ لِس کون کے ساتھ ہم آواز ہو کر اس کے گنگنانے کی آواز تلو سن رہی تھی۔ وہ ننگے بدن ہی باہر آ گیا، کمر پر تولیہ لپیٹے ہوے۔ اس میں سے تلو کے صابن اور شیمپو کی خوشبو اٹھ رہی تھی۔ وہ ہنس پڑی۔

''تم میں سے تو گرمیوں کے گلاب جیسی خوشبو آ رہی ہے۔''

''میں سچ مچ خود کو گنہ گار محسوس کر رہا ہوں،'' موسیٰ نے مسکراتے ہوے کہا۔

''صحیح ہے۔ لگ بھی رہے ہو۔''

''اتنی فراخدلی سے ہفتوں تک جوؤں اور جونکوں کی میزبانی کرنے کے بعد میں نے انھیں گھر سے نکال دیا۔''

'جوؤں' نے اس کے دل میں موسیٰ کے لیے تھوڑی سی محبت اور جگا دی۔

وہ ہمیشہ ہی ایک دوسرے میں غیر حل شدہ (اور شاید لاینحل) معمے کی ٹکڑوں کی طرح فٹ ہو جاتے تھے — تلو کا دھواں موسیٰ کے ٹھوس پن میں، اس کی تنہائی موسیٰ کی اجتماعیت میں، اس کی بوالعجبی موسیٰ کی سادگی میں، اس کا لاابالی پن موسیٰ کے تحمل میں۔ اس کی خاموش مزاجی موسیٰ کی خاموش مزاجی میں۔

اور ظاہر ہے دوسرے حصے بھی تھے — ایسے حصے جو فٹ نہیں ہوتے تھے۔

اس رات ایچ بی شاہین میں جو کچھ گزرا وہ اظہارِ محبت کم اور مرثیہ زیادہ تھا۔ ان کے زخم اتنے پرانے اور اتنے نئے تھے، اتنے مختلف، اور شاید اتنے گہرے کہ ان کا بھرنا ممکن نہ تھا۔ لیکن ایک لمحے کے لیے وہ انھیں قمار بازی کے چڑھے ہوے قرضوں کی مانند یکجا کرنے اور اپنے اپنے درد کو باہم مساوی بانٹنے میں کامیاب ہو گئے تھے، اپنے اپنے زخموں کو کوئی نام دیے بغیر، اور یہ طے کیے بغیر کہ کون سا زخم کس کا ہے۔ ایک مختصر سے گریزاں لمحے کے لیے انھوں نے اپنی اپنی دنیا کو نظر انداز کر کے ایک اور ہی دنیا تخلیق کی تھی، اتنی ہی حقیقی۔ ایک ایسی دنیا جس میں مستوں کا کام حکم دینا تھا اور فوجیوں کو کان کی دوا کی ضرورت تھی تاکہ وہ ان کے احکامات کو صاف سن سکیں اور ٹھیک ٹھیک عمل کر سکیں۔

تلو کو معلوم تھا کہ بستر کے نیچے بندوق رکھی ہے۔ اس نے کوئی تبصرہ نہیں کیا۔ نہ اُس کے بعد ہی، جب موسیٰ کے گٹّے شمار کیے جا چکے۔ اور انھیں چوم لیا گیا۔ وہ اس کے اوپر یوں پھیلی لیٹی تھی، جیسے وہ گدّا ہو۔ ٹھوڑی اپنی باہم پھنسی ہوئی انگلیوں پر ٹکائے ہوے، اپنا غیر کشمیری دھڑ سری نگر کی رات کے حوالے کیے ہوے۔ موسیٰ کا سفر ایک طرح سے جہاں آ کر ختم ہوا تھا اس سے تلو کو قطعی حیرت نہیں ہوئی۔ اسے واضح طور پر برسوں پہلے کا وہ دن یاد تھا، 1984 کا دن (1984 کو کون بھول سکتا ہے؟) جب اخباروں میں یہ خبر چھپی تھی کہ مقبول بٹ نام کے ایک کشمیری کو، جو قتل اور غداری کے مقدمے میں قید تھا، دہلی کے تہاڑ جیل میں پھانسی دے دی گئی، اس کی لاش جیل کے صحن میں گاڑی گئی، اس خوف سے کہ اس کی قبر کہیں کوئی یادگار نہ بن جائے، کشمیر کے لیے نقطۂ اجتماع نہ بن جائے جہاں شورش میں پہلے ہی آنچ آنی شروع ہو چکی تھی۔ یہ خبر ان کے کالج میں کسی کے لیے بھی کوئی معنی نہ رکھتی تھی، نہ طلبہ کے لیے، نہ پروفیسروں کے لیے۔ لیکن اس رات موسیٰ نے تلو سے کہا تھا، رسان سے، سپاٹ لہجے میں، ''کسی دن سمجھ جاؤ گی کہ میرے لیے تاریخ کس لیے آج کے دن سے شروع ہوتی ہے۔'' حالانکہ اس کے الفاظ کی اہمیت تلو پر پوری طرح عیاں نہیں ہوئی تھی، لیکن جذبے کی جس شدت کے ساتھ انھیں ادا کیا گیا تھا، وہ احساس تلو کے ساتھ رہ گیا تھا۔

''راج ماتا کی کیسی گزر رہی ہے، کیرالہ میں؟'' موسیٰ نے چڑیا کے گھونسلے میں، جو اس کی محبوبہ کے بالوں کا روپ دھار چکا تھا، سرگوشی کرتے ہوے پوچھا۔

''نہیں جانتی۔ گئی نہیں۔''

''جانا چاہیے تھا۔''

''جانتی ہوں۔''

''وہ تمھاری ماں ہیں۔ وہ تم میں ہیں، تم ان میں۔''

''یہ صرف کشمیری نظریہ ہے۔ انڈیا میں الگ ہوتا ہے۔''

''صحیح میں۔ مذاق نہیں۔ تمھاری یہ بات اچھی نہیں بابجاناں۔ تمھیں جانا چاہیے تھا۔''

''جانتی ہوں۔''

موسیٰ نے اس کی ریڑھ کے دونوں طرف کے عضلات کے ابھاروں پر انگلیاں پھیریں۔ جو بات دُلار سے شروع ہوئی تھی، جسم کی جانچ پڑتال میں بدل گئی۔ ایک لمحے کے لیے وہ اپنے شکی مزاج باپ میں بدل گیا۔ اس نے اس کے شانوں اور بے چربی، مچھلی والے بازوؤں کا جائزہ لیا۔

''یہ سب کہاں سے؟''

''پریکٹس۔''

ایک لمحے کے لیے خاموشی رہی۔ تلو نے فیصلہ کیا کہ وہ موسیٰ کو نہیں بتائے گی کہ کون کون سے مرد اس کے پیچھے پڑے تھے، جو اس کے دروازے پر دن اور رات کی بے وقت ساعتوں میں دستکیں دیتے تھے، بشمول مسٹر ایس پی پی راجندرن کے، جو ایک ریٹائرڈ پولیس افسر تھا اور جس آرکی ٹیکچرل فرم میں وہ ملازم تھی، وہیں ایک انتظامی عہدے پر مامور تھا۔ اس کی خدمات انتظامی صلاحیتوں سے زیادہ سرکاری رابطوں کی وجہ سے حاصل کی گئی تھیں۔ آفس میں وہ کھلے عام اس کے ساتھ ہوسناکی کا رویہ اپناتا، فحش اشارے کرتا اور اکثر اس کی میز پر تحفے رکھ جاتا تھا، جنھیں وہ نظر انداز کر دیتی تھی۔ لیکن رات گئے، شاید شراب کا سہارا لے کر، وہ گاڑی لے کر نظام الدین چلا آتا اور اس کا دروازہ کھڑکھڑاتا اور چلّا چلّا کر کہتا تھا کہ وہ اسے اندر آنے دے۔ یہ بے حیائی اس کی اس سمجھ سے جنمی تھی کہ اگر معاملے نے طول پکڑا، لوگوں کی نظر میں، اور عدالت میں بھی، تو عورت کے برعکس اس کی بات کو زیادہ اہمیت دی جائے گی۔ پبلک سروس کا اس کا ایک شاندار ریکارڈ تھا، اسے بہادری کا تمغہ ملا تھا، جب کہ وہ تنہا عورت تھی، نازیبا لباس پہنتی اور سگریٹ پیتی تھی، اور ایسا کوئی اشارہ نہ ملتا تھا کہ وہ کسی 'شریف' خاندان کی ہے جو آ کر اس کی حمایت میں کھڑا ہوگا۔ تلو کو ان باتوں کا احساس تھا اور اس نے احتیاطی تدبیریں کر لی تھیں۔ اگر مسٹر راجندرن نے پھر کبھی قسمت آزمائی کی تو قبل اس کے کہ اسے پتا چلے کہ کیا ہوا، وہ اسے زمین میں دھونس سکتی تھی۔

تلو نے اس بارے میں کچھ نہیں کہا کیونکہ اسے لگا کہ موسیٰ جن حالات میں جی رہا ہے ان کے سامنے یہ چھوٹی اور معمولی باتیں ہیں۔ وہ پلٹا کھا کر اس پر سے اتر گئی۔

''مجھے سلطان کے بارے میں بتاؤ... وہی بے وقوف آدمی جس سے گلریز اتنا نالاں ہے۔ وہ

کون ہے؟''

موسیٰ مسکرایا۔

''سلطان؟ سلطان کوئی آدمی نہیں تھا۔ اور بے وقوف بھی نہیں تھا۔ بڑا چالاک بندہ تھا۔ وہ مرغا تھا، یتیم مرغا، جس کی پرورش گلریز تب سے کررہا تھا جب وہ چوزہ تھا۔ سلطان اس کا وفادار تھا، اور جہاں جہاں گلریز جاتا وہ بھی اس کے پیچھے جاتا تھا۔ وہ آپس میں گھنٹوں باتیں کیا کرتے تھے، جنھیں کوئی اور نہیں سمجھ سکتا تھا۔ وہ اپنے آپ میں ایک جوڑی تھے... جنھیں کوئی جدا نہیں کرسکتا تھا۔ سلطان علاقے بھر میں مشہور تھا۔ آس پاس کے دیہات کے لوگ اسے دیکھنے آتے تھے۔ اس کے بال و پر خوبصورت تھے، جامنی، زرد، سرخ۔ اور وہ اپنے علاقے میں ایک اکڑ کے ساتھ دندناتا پھرتا تھا، اصلی سلطان کی مانند۔ میں اسے اچھی طرح جانتا تھا... ہم سبھی جانتے تھے۔ وہ اس قدر... سرکشیدہ تھا، ہمیشہ کچھ یوں محسوس کراتا جیسے آپ اس کے مقروض ہوں... سمجھیں نا! ایک دن گاؤں میں ایک فوجی کپتان آیا، کچھ سپاہیوں کے ساتھ... اس نے خود کو کیپٹن جانباز بتایا تھا۔ مجھے نہیں معلوم اس کا اصلی نام کیا تھا... یہ لوگ ہمیشہ اپنے فلمی نام رکھتے ہیں... یہ لوگ کارڈن اینڈ سرچ وغیرہ کرنے نہیں آئے تھے... گاؤں والوں سے بات کرنے، انھیں تھوڑا سا ڈرانے دھمکانے، تھوڑی سی بدسلوکی کرنے... معمول کا کام۔ گاؤں کے سارے مردوں سے کہا گیا کہ چوک میں جمع ہو جائیں۔ گل کاک اور سلطان کی معروف جوڑی بھی پہنچی۔ سلطان پوری توجہ سے سن رہا تھا، جیسے وہ بھی انسان ہو، گاؤں کا کوئی بزرگ۔ کپتان کے ساتھ ایک کتا بھی تھا۔ بڑا سا جرمن شیفرڈ، پٹّے اور زنجیر میں بندھا۔ جب وہ اپنی دھمکیاں اور تقریر ختم کرچکا تو اس نے کتے کا پٹّا کھول کر کہا، 'جمی! فیچ!' جمی نے سلطان پر جھپٹا مارا اور مار گرایا۔ فوجی اسے اٹھا کر ڈنر کے لیے لے گئے۔ گل کاک کی دنیا ویران ہوگئی۔ وہ دنوں دن روتا رہا، مارے گئے رشتہ داروں کے لیے رونے والے لوگوں کی طرح۔ اس کے نزدیک سلطان رشتہ دار ہی تھا... کم نہیں۔ اور وہ سلطان سے ناراض تھا کیونکہ اس نے گل کاک کا بھروسا توڑا تھا، اس پر جوابی حملہ نہ کرکے، یا فرار نہ ہو کر— جیسے وہ کوئی مجاہد تھا جسے ایسی تدبیریں آنی چاہیے تھیں۔ اسی لیے گل اسے برا بھلا کہتا اور فریاد کرتا ہے، 'اگر تمھیں ملٹری کے ساتھ رہنا نہیں آتا تھا، تو پھر اس دنیا میں آئے ہی کیوں تھے؟'''

''تو پھر تم اسے یاد کیوں دلا رہے تھے؟ کمینی بات ہے...''

''گل میرا چھوٹا بھائی ہے، یار۔ ہم ایک دوسرے کے کپڑے پہنتے ہیں، ایک دوسرے پر جان سے زیادہ اعتبار کرتے ہیں۔ میں اس کے ساتھ کچھ بھی کرسکتا ہوں۔''

''اچھا نہیں کرتے موسیٰ کُتّن! انڈیا میں ہم لوگ ایسی حرکتیں نہیں کرتے...''

''ہمارا نام تک بھی ایک ہے...''

''مطلب؟''

''میں اسی کے نام سے پہچانا جاتا ہوں۔ کمانڈر گلریز۔ موسیٰ یسوی کے نام سے مجھے کوئی نہیں جانتا۔''

''اِٹس آل اے فکنگ مائنڈ فک۔'' (*It's all a fucking mindfuck.*)

''ششش ... کشمیر میں ہم ایسی زبان استعمال نہیں کرتے۔''

''انڈیا میں ہم تو کرتے ہیں۔''

''اب سونا چاہیے، بابجاناں۔''

''ہاں سونا چاہیے۔''

''لیکن اس سے پہلے ہمیں کپڑے پہن لینے چاہییں۔''

''کیوں؟''

''پروٹوکول۔ اصول۔ یہ کشمیر ہے۔''

اس معمولی مداخلت کے بعد، سونے کا سوال ہی نہیں رہا۔ تلو، پورے لباس میں، یہ سوچ کر تھوڑی سی پریشان کہ 'پروٹوکول' میں کیا کیا چھپا ہے، لیکن محبت کے قلعے میں محفوظ، اور پیار کرنے کے بعد مطمئن، وہ کہنی کے بل تھوڑی سی اونچی اٹھی۔

''مجھ سے بات کرو...''

''اور ابھی تک ہم جو کر رہے تھے اسے کیا کہتے ہیں؟''

''بات سے پہلے کی بات۔''

تلو نے اپنا رخسار اس کی چکّی داڑھی پر رگڑا اور لیٹ گئی، اپنا سر موسیٰ کے برابر میں تکیے پر رکھ کر۔

''میں تمھیں کیا کیا بتاؤں؟''

''ایک ایک چیز۔ کچھ بھی نہیں چھوڑنا ہے۔''

اس نے دو سگریٹیں جلائیں۔

''مجھے دوسری والی کہانی سناؤ... وہ جو خوفناک ہے اور خوبصورت بھی... محبت کی کہانی۔ اب اصلی کہانی سناؤ۔''

تلو کی سمجھ میں نہیں آیا کہ اس کی بات سن کر موسیٰ کو کیا ہوا کہ اس نے تلو کو کس کر پکڑ لیا، اور اس کی آنکھوں میں ایسی چمک پیدا ہو گئی جو آنسوؤں کی بھی ہو سکتی تھی۔ وہ نہیں سمجھ سکی کہ موسیٰ نے جب گنگنا کر 'اُکھ دلیلا وَن' کہا تو وہ کیا کہنا چاہتا تھا۔

اور پھر، تلو کو یوں پکڑ کر کہ جیسے اس پر ہی زندگی کا انحصار ہو، موسیٰ نے اسے مس جبین کے بارے میں بتایا، اور یہ کہ وہ خود کو مس جبین کہلوانے پر کیوں مصر تھی، یہ کہ رات کو کہانی سناتے وقت اس کے خاص مطالبات کیا کیا ہوتے تھے۔ اور اس کی دوسری شرارتیں۔ اس نے بتایا کہ عارفہ سے پہلی ملاقات کس طرح ہوئی — سری نگر میں، اسٹیشنری کی ایک دکان میں۔

''اس دن گوڈزی سے میرا زوردار جھگڑا ہوا تھا۔ میرے نئے بوٹوں کو لے کر۔ وہ بڑے پیارے بوٹ تھے — اب گل کاک انھیں پہنتا ہے۔ خیر... میں اسٹیشنری خریدنے جا رہا تھا، اور میں نے وہ بوٹ پہن رکھے تھے۔ گوڈزی نے مجھ سے کہا کہ انھیں اتار کر عام جوتے پہن لو، کیونکہ اچھے بوٹ والے نوجوانوں کو مجاہد کہہ کر گرفتار کر لیا جاتا ہے — اُن دنوں اتنا ہی ثبوت کافی تھا۔ بہرحال، میں نے ان کی بات ماننے سے انکار کر دیا۔ تب وہ بولے، 'جو جی میں آئے کرو، لیکن میری بات یاد رکھنا، یہ بوٹ مصیبت لائیں گے۔' ان کی بات صحیح نکلی... وہ مصیبت لائے — بڑی مصیبت، لیکن ویسی نہیں جس کی انھوں نے توقع کی تھی۔ میں ایک دکان پر جایا کرتا تھا، جے کے اسٹیشنری۔ وہ لال چوک میں تھی، جو شہر کا مرکز ہے۔ میں دکان کے اندر تھا کہ تبھی باہر سڑک پر دھماکہ ہوا۔ کسی مجاہد نے کسی فوجی پر گرینیڈ پھینکا تھا۔

میرے کانوں کے پردے گویا پھٹ گئے۔ دکان کے اندر ہر چیز چکنا چور ہوگئی، ہر طرف کانچ کے ٹکڑے بکھرے تھے، مارکیٹ میں افراتفری، ہر شخص چیخ چلّا رہا تھا۔ فوجیوں پر جنون سوار ہو گیا— ظاہر ہے۔ انھوں نے ہر دکان کو توڑ پھوڑ کر رکھ دیا۔ وہ اندر آئے اور جو بھی نظر آیا، اسے پیٹنا شروع کر دیا۔ میں فرش پر پڑا تھا۔ انھوں نے مجھے ٹھوکریں ماریں، رائفل کے دستوں سے پیٹا۔ مجھے بس اتنا یاد ہے کہ میں لیٹا ہوا اپنے سر کو بچانے کی کوشش کر رہا تھا، اور اپنے خون کو فرش پر پھیلتے دیکھ رہا تھا۔ میں زخمی تھا، بری طرح نہیں، لیکن اتنا ڈر گیا تھا کہ ہل بھی نہیں سکتا تھا۔ ایک کتا مجھے تک رہا تھا۔ لگتا تھا کہ اسے کافی ہمدردی محسوس ہو رہی ہے۔ جب اس کے ابتدائی صدمے سے باہر آیا تو میں نے اپنے پیروں پر کوئی بوجھ محسوس کیا۔ مجھے اپنے نئے بوٹ یاد آئے اور خیال آیا کہ وہ سلامت ہیں یا نہیں۔ جیسے ہی لگا کہ اب محفوظ ہوں، تو میں نے آہستہ سے اپنا سر اٹھایا، ہر ممکن احتیاط سے، تاکہ ایک نظر بوٹوں کو دیکھ لوں۔ اور میں نے وہ خوبصورت چہرہ دیکھا جو اُن کے اوپر رکھا ہوا تھا۔ ایسا لگا جیسے دوزخ میں آنکھ کھلی ہو اور میں نے اپنے جوتوں پر کسی فرشتے کو دیکھا ہو۔ وہ عارفہ تھی۔ وہ بھی ساکت تھی، اتنی ہی خوفزدہ کہ ہل بھی نہ سکے۔ پھر بھی وہ پرسکون رہی۔ وہ مسکرائی نہیں، اپنا سر بھی نہیں ہلایا۔ اس نے میری طرف بس دیکھا اور بولی، 'اَصل بوٹ'— 'بڑھیا بوٹ۔'— مجھے اس کی طمانیت پر یقین نہیں آیا۔ کوئی فریاد نہیں، چیخنا چلّانا نہیں، رونا دھونا نہیں— پوری طرح مطمئن۔ ہم دونوں ہنس پڑے۔ اس نے حال ہی میں ویٹرنری میڈیسن میں ڈگری لی تھی۔ جب میں نے اپنی امی سے کہا کہ میں شادی کرنا چاہتا ہوں تو وہ حیران رہ گئی تھیں۔ ان کا خیال تھا کہ میں کبھی شادی نہیں کروں گا۔ انھوں نے امید چھوڑ دی تھی۔"

تلو اور موسیٰ کے لیے ایک تیسرے محبوب کے بارے میں یہ عجیب وغریب باتیں کرنا اس لیے ممکن ہو سکا کیونکہ وہ بیک وقت محبوب اور سابق محبوب تھے، عاشق اور سابق عاشق تھے، بھائی بہن اور سابق بھائی بہن تھے، ہم جماعت اور سابق ہم جماعت تھے۔ وہ اتنے عجیب ڈھنگ سے ایک دوسرے پر اعتبار کرتے تھے کہ جانتے تھے، تکلیف ملنے کے باوجود جانتے تھے، کہ سامنے والے نے جس سے بھی محبت کی ہے وہ قابلِ محبت ہے۔ دل کے معاملوں میں، حفاظتی جال کا ان کا اپنا تہہ در تہہ جنگل تھا۔

موسیٰ نے تلو کو مس جبین اور عارفہ کی تصویر دکھائی جسے وہ اپنے بٹوے میں رکھتا تھا۔ عارفہ نے

چاندی کی کشیدہ کاری والا دودھیا سلیٹی پھرن پہن رکھا تھا، اور سفید حجاب۔ مس جبین اپنی ماں کا ہاتھ تھامے ہوئے تھی۔ اس نے ڈینم کا جمپ سوٹ پہن رکھا تھا جس کے بالائی حصے پر دِل کڑھا ہوا تھا۔ اس کے مسکراتے، سیب جیسے گالوں والے چہرے کے گرد سفید حجاب لپٹا ہوا تھا۔ تصویر واپس کرنے سے پہلے تلو اسے بہت دیر تک دیکھتی رہی۔ اس نے دیکھا کہ موسیٰ اچانک ہی بہت تھکا اور لٹا پٹا لگنے لگا۔ لیکن اس نے ذرا ہی دیر میں خود کو سنبھال لیا۔ اس نے بتایا کہ مس جبین اور عارفہ کس طرح ماری گئیں۔ امریک سنگھ کے بارے میں بتایا، اور جالب قادری کے قتل اور اس کے بعد ہونے والے قتل و غارت کے طویل سلسلے پر بات کی۔ اور شیراز میں امریک سنگھ کی دھمکی آمیز معافی کے بارے میں بھی۔

''جو کچھ میری فیملی کے ساتھ ہوا میں اسے کبھی ذاتی سطح پر نہیں لوں گا۔ لیکن ذاتی سطح پر اسے کبھی بھولوں گا بھی نہیں۔ یہ بھی بہت ضروری ہے۔''

وہ رات بھر باتیں کرتے رہے۔ گھنٹوں بعد، تلو نے دوبارہ فوٹو کی بات نکالی۔

''کیا اسے حجاب پہننا اچھا لگتا تھا؟''

''عارفہ کو؟''

''نہیں، تمھاری بیٹی کو۔''

موسیٰ نے کندھے اچکائے۔ ''یہی رواج ہے۔ ہمارا رواج۔''

''مجھے نہیں معلوم تھا کہ تم اس قدر رواجوں والے آدمی ہو۔ اگر میں تم سے شادی کرنے کو راضی ہو جاتی، تو کیا تم چاہتے کہ میں بھی حجاب پہنوں؟''

''نہیں بابجاناں۔ اگر تم شادی کو راضی ہو جاتیں تو پھر میں ہی حجاب پہنا کرتا، اور تم بندوق لیے روپوش ہو کر اِدھر اُدھر گھوم رہی ہوتیں۔''

تلو زور سے ہنس پڑی۔

''اور میری فوج میں کون لوگ ہوتے؟''

''نہیں جانتا۔ لیکن انسان تو ہرگز نہ ہوتے۔''

''حشرات کی پلٹن اور نیولوں کی بریگیڈ...''

تلو نے موسیٰ کو اپنی بیزار کن ملازمت، اور نظام الدین درگاہ کے قریب اسٹور روم میں اپنی پر جوش زندگی کے بارے میں بتایا۔ اس مرغے کے بارے میں بھی جو اس نے دیوار پر بنایا تھا... ''کیسا عجیب۔ شاید ٹیلی پیتھی کے ذریعے سلطان میرے پاس آیا تھا— **ٹیلی پیتھیکلی** یہی لفظ ہونا چاہیے نا؟'' (یہ موبائل فون سے پہلے کا زمانہ تھا، اس لیے دکھانے کے لیے اس کے پاس اس کی تصویر نہیں تھی۔) پھر اس نے سیکس کے جعلی حکیم، اپنے پڑوسی کے بارے میں بتایا، جو اپنی مونچھوں پر موم رگڑتا تھا اور جس کی دروازے پر کسی زمانے میں مریضوں کی لمبی قطار مستقل لگی رہتی تھی۔ اپنے ان آوارہ اور بھک منگے دوستوں کے بارے میں بتایا جن کے ساتھ وہ سڑک پر ہر صبح کو چائے پیتی تھی، اور جنھیں یقین تھا کہ وہ کسی ڈرگ مافیا کے لیے کام کرتی ہے۔

''میں ہنستی ہوں۔ ان کی بات رد نہیں کرتی۔ میں نے بات کو مبہم چھوڑ رکھا ہے۔''

''ایسا کیوں؟ یہ خطرناک ہے۔''

''نہیں۔ اس کا الٹ۔ یہ میرے لیے مفت کی سکیورٹی ہے۔ ان کا خیال ہے کہ مجھے مافیا کی سکیورٹی حاصل ہے۔ کوئی پریشان نہیں کرتا۔ چلو سونے سے پہلے کوئی نظم پڑھ لیں۔'' یہ ان کی پرانی عادت تھی، کالج کے زمانے سے ہی۔ ان میں سے ایک، کسی کتاب کا کوئی صفحہ کھولتا اور دوسرا پڑھتا تھا۔ اکثر یہ ہوتا تھا کہ نظم ان کے لیے، اور ان مخصوص لمحوں میں عجیب سی اہمیت اختیار کر جاتی تھی۔ شاعری کا رولیٹ۔ وہ گھسٹتی ہوئی بستر سے اٹھی اور اوسپ ماندلستام (Osip Mandelstam) کی ایک پتلی سی، پھٹی پرانی جلد لیے ہوے لوٹی۔ موسیٰ نے کتاب کھولی۔ تلو نے پڑھنا شروع کیا:

I was washing at night in the courtyard,
Harsh stars shone in the sky.
Starlight, like salt on an axe-head —
The rain-butt was brim-full and frozen.

رات کو میں صحن میں نہا رہا تھا
بڑے ستارے تھے آسماں میں جگمگ

کہکشاں، گویا کلہاڑی کی دھار پر نمک
'بارش کا ٹینک' لبالب تھا اور جما ہوا

'یہ 'رین بٹ' کیا ہے؟ نہیں جانتی... چیک کرنا چاہیے۔'

The gates are locked,
And the earth in all conscience is bleak.
There is scarcely anything more basic and pure
Than truth's clean canvas.

پھاٹک پر قفل ہیں پڑے ہوئے
اور دھرتی اپنے باطن میں ناامید
شاید ہی کوئی شے ہو، بنیادی اور خالص تر
سچ کے سادہ کینوس سے زیادہ

A star melts, like salt, in the barrel
And the freezing water is blacker,
Death cleaner, misfortune saltier,
And the earth more truthful, more aweful.

ستارہ پگھلتا ہے، نمک کی مانند، پیپے میں
اور منجمد ہوتا پانی ہے سیاہ تر
موت واضح تر، بدبختی نمکین تر،
اور دھرتی زیادہ سچی، زیادہ عجیب۔

''ایک اور کشمیری شاعر۔''

''روسی کشمیری،'' تلو نے کہا۔ ''اس کا انتقال جیل کے کیمپ میں ہوا، اسٹالن کے گلاگ کے زمانے میں۔ اس نے اسٹالن کا جو قصیدہ لکھا تھا، اسے زیادہ وفاداری سے لکھا ہوا نہیں سمجھا گیا۔''

نظم پڑھ کر اسے افسوس ہوا۔

وہ اچٹتی سی نیند سوئے۔ پو پھٹنے سے پہلے، نیم خوابی میں ہی، تلو نے باتھ روم سے موسیٰ کے پانی بہانے کی آوازیں سنیں، نہانے دھونے کی، برش کرنے کی (ظاہر ہے، تلو کے برش سے)۔ وہ اپنے بال سپاٹ کاڑھ کر باہر نکلا، اور پھرن پہن کر ٹوپی اوڑھ لی۔ تلو اس کو نماز پڑھتے دیکھتی رہی۔ اس نے اسے ایسا کرتے پہلے کبھی نہیں دیکھا تھا۔ وہ بستر میں اٹھ کر بیٹھ گئی۔ اس سے موسیٰ کے انہماک میں فرق نہیں آیا۔ وہ جب نماز پڑھ چکا تو اس کے قریب آیا اور بستر کے کنارے پر بیٹھ گیا۔

''کیا تم اس سے پریشان ہو گئیں؟''

''کیا ہونا چاہیے؟''

''یہ ایک بڑی تبدیلی ہے...''

''ہاں۔ نہیں۔ بس مجھے سوچنے پر مجبور کر رہی ہے۔''

''ہم یہ جنگ صرف اپنے جسموں کے بوتے پر نہیں جیت سکتے۔ ہمیں اپنی روحوں کو بھی بھرتی کرنا پڑتا ہے۔''

تلو نے دو سگریٹیں اور جلائیں۔

''جانتی ہو ہمارے لیے سب سے مشکل کام کیا ہے؟ کس شے سے لڑنا سب سے مشکل ہے؟ ترس سے۔ اپنے اوپر ترس کھانا ہمارے لیے بہت آسان ہوتا ہے... کتنی خوفناک باتیں ہمارے لوگوں پر گزری ہیں... ہر گھر کبھی نہ کبھی کسی جہنم سے گزرا ہے، لیکن اپنے اوپر رحم کھانا اس قدر... اتنا زیادہ مفلوج کر دیتا ہے۔ کتنی ذلت محسوس ہوتی ہے۔ آزادی سے بھی زیادہ اب یہ جنگ وقار کی جنگ ہے۔ اور اپنے وقار کو بچائے رکھنے کا ہمارے پاس ایک ہی طریقہ رہ گیا ہے کہ جوابی جنگ کریں۔ ہار ہی کیوں نہ جائیں۔ مر ہی کیوں نہ جائیں۔ لیکن ایسا کرنے کے لیے ہمیں، قوم کے طور پر — عام آدمی کے طور پر — ایک جنگجو طاقت بننا ہوگا... لشکر بننا ہوگا۔ ایسا کرنے کے لیے ہمیں خود کو غیر پیچیدہ بنانا ہوگا، اپنی معیار بندی کرنی ہوگی، خود کو محدود کرنا ہوگا... ہر کسی کو ایک ہی انداز میں سوچنا پڑے گا، اپنی ضرورتیں ایک جیسی کرنی پڑیں گی... ہمیں اپنی پیچیدگیوں کو، اپنے اختلافات کو، اپنی بے وقوفیوں کو، اپنی جزوی تفریق کو چھوڑنا ہوگا... ہمیں خود کو یک سمتی ذہن کا بنانا ہوگا... ایسا ہی یک پارچہ... ایسا ہی

احمق... جیسا وہ لشکر ہے جس سے ہمارا مقابلہ ہے۔ لیکن وہ پیشہ ور ہیں... اور ہم صرف عام آدمی۔ ہم پر اس قبضے کا سب سے برا پہلو یہی ہے... جو ہمیں اپنے ساتھ یہ سب کرنے کو مجبور کرتا ہے۔ یہ تخفیف، یہ معیار بندی، احمق بننے کا عمل...stupidification... کیا یہی لفظ ہے اس کے لیے؟''

''ہاں، ابھی ابھی بنا ہے۔''

''یہ اسٹوپڈی فکیشن، یہ ایڈیٹی فکیشن... idiotification... اگر ہم نے اسے حاصل کر لیا... تو اسی میں ہماری نجات ہے۔ یہ ہمیں ناقابلِ شکست بنا دے گا۔ پہلے یہ ہماری نجات بنے گا اور پھر... جب ہم جیت جائیں گے... ہماری تباہی کا باعث۔ پہلے آزادی۔ پھر کامل تباہی۔ یہی نقشہ ہے، ایسے ہی چلتا ہے۔''

تلو کچھ نہیں بولی۔

''سن رہی ہو؟''

''یقیناً۔''

''میں اتنی گہری بات کہہ رہا ہوں اور تم کچھ نہیں کہتیں؟''

تلو نے اس کی طرف دیکھا اور اپنے انگوٹھے سے اس کے سامنے کے ٹوٹے دانت کی الٹی V کو دبایا۔ موسیٰ نے اس کا ہاتھ پکڑ لیا اور اس کی چاندی کی انگوٹھی چوم لی۔

''مجھے خوشی محسوس ہوئی کہ تم اسے اب بھی پہنتی ہو۔''

''یہ پھنس گئی ہے۔ اگر چاہوں تو بھی اتار نہیں سکتی۔''

موسیٰ مسکرایا۔ وہ خاموشی سے سگریٹ پیتے رہے اور جب ختم کر چکے تو ایش ٹرے لے کر تلو کھڑکی تک گئی، ٹوٹوں کو پانی میں پھینکا تاکہ وہ تیرتے ہوئے دوسرے ٹوٹوں سے جا ملیں، اور بستر کی طرف لوٹنے سے پہلے اس نے ایک نظر آسمان پر ڈالی۔

''میں نے ابھی جو کیا، گندا کام تھا۔ سوری۔''

موسیٰ نے اس کی پیشانی کو چوما اور کھڑا ہو گیا۔

''تم جا رہے ہو؟''

’’ہاں۔ میرے لیے کشتی آنے والی ہے۔ پالک اور تربوزوں اور گاجروں اور کمل ککڑیوں کے کارگو کے ساتھ۔ میں ہانز (Haenz) بن جاؤں گا... تیرتے ہوئے بازار کا سبزی فروش۔ میں کمپٹیشن میں سیندھ لگاؤں گا، عورتوں سے بے رحمی سے مول بھاؤ کروں گا۔ اور اس افراتفری کے درمیان میں اپنی راہ پر نکل جاؤں گا۔‘‘

’’کب ملاقات ہوگی تم سے؟‘‘

’’کوئی تمھارے پاس آئے گا— خدیجہ نام کی ایک عورت۔ اس پر بھروسا کرنا۔ اس کے ساتھ چلی جانا۔ تم سفر میں رہوگی۔ میں چاہتا ہوں کہ تم سب کچھ دیکھو، سب کچھ جان لو۔ تم محفوظ رہوگی۔‘‘

’’کب ملاقات ہوگی تم سے؟‘‘

’’تمھاری توقع سے پہلے۔ میں تمھیں ڈھونڈ لوں گا۔ خدا حافظ، بابجاناں۔‘‘

اور وہ چلا گیا۔

صبح کو گلریز نے اس کے لیے کشمیری ناشتہ لگایا۔ مشکل سے چبنے والی لواسا روٹی، شہد اور مکھن کے ساتھ۔ قہوہ چینی کے بغیر، لیکن کترے ہوئے باداموں کے ساتھ، جنھیں پیالی کے پیندے میں سے چمچ سے نکال کر کھانا تھا۔ آغا اور خانم نے افسوسناک بدتمیزیاں دکھائیں۔ وہ ڈائننگ ٹیبل پر کود پھاند مچا رہے تھے، انھوں نے برتن گرائے، نمک بکھیر دیا۔ ٹھیک دس بجے خدیجہ اپنے دو ننھے بیٹوں کو ساتھ لیے ہوئے آ پہنچی۔ پھر سب نے شکارے کے ذریعے جھیل پار کی اور سرخ ماروتی 800 میں بیٹھ کر شہر کی طرف چل دیں۔

اگلے دس دن تک تلو وادیِ کشمیر میں سفر کرتی رہی۔ ہر دن اس کے ساتھ الگ الگ ساتھی ہوتے تھے۔ کبھی مرد، کبھی عورتیں، اور کبھی بال بچوں والے خاندان۔ آئندہ کئی برس تک کیے جانے والے اس قسم کے کئی سفروں میں یہ اس کا پہلا سفر تھا۔ اس نے بس سے سفر کیا، کبھی مشترکہ ٹیکسی سے، اور کبھی کار سے۔ اس نے ان جگہوں کی سیر کی جو ہندی سنیما کی وجہ سے مشہور ہو چکی تھیں — گل مرگ، سون مرگ، پہلگام، اور بیتاب وادی، جس کا نام اصل میں اس فلم کے نام پر پڑا تھا جس کی شوٹنگ یہاں ہوئی تھی۔ وہ ہوٹل جن میں فلمی ستارے قیام کرتے تھے، خالی پڑے تھے۔ ہنی مون کاٹیج بھی خالی پڑی تھیں

(اس کے ساتھیوں نے مذاقاً بتایا تھا کہ یہیں ان پر مظالم ڈھانے والے حمل میں آئے تھے)۔اس نے ان سبزہ زاروں کی سیر کی جہاں ایک سال پہلے چھ سیاحوں کو، جو امریکی، برطانوی، جرمن اور نارویجی تھے، الفاران نے اغوا کیا تھا۔ یہ ایک نوتشکیل شدہ تنظیم تھی اور اس کے بارے میں لوگ زیادہ نہیں جانتے تھے۔ان چھ سیاحوں میں سے پانچ قتل کر دیے گئے اور ایک بھاگ نکلا تھا۔ایک نارویجی نوجوان کا سر قلم کر دیا گیا تھا، جو شاعر اور رقاص تھا، اور اس کی لاش پہلگام کے سبزہ زار میں پھینک دی گئی تھی۔اس کے اغوا کار اسے مسلسل ایک جگہ سے دوسری جگہ منتقل کرتے رہے، اور مرنے سے پہلے وہ اپنی نظموں کے نشان لکیر کی مانند چھوڑتا چلا گیا تھا، کاغذ کے پرزوں پر لکھ لکھ کر، چپکے سے راہ گیروں کے حوالے کرتا ہوا۔

تلو نے لولاب وادی کا سفر کیا، جسے کشمیر کا خوبصورت ترین اور خطرناک ترین خطہ سمجھا جاتا تھا، کہ اس کے جنگل مجاہدین، افواج اور سرکش اخوانیوں سے بھرے پڑے تھے۔ وہ رفیع آباد کے قریب گمنام جنگلی راستوں پر چلی جو لائن آف کنٹرول کے ساتھ ساتھ تھے، پہاڑی ندیوں کے سرسبز ساحلوں سے گزری جہاں وہ چاروں ہاتھ پیروں کے بل جھک کر، پیاسے جانور کی مانند شفاف پانی پیتی تھی، جس کی ٹھنڈک سے اس کے ہونٹ نیلے پڑ جاتے تھے۔ وہ ایسے گاؤں میں گئی جو باغیچوں اور قبرستانوں سے گھرے ہوئے تھے، وہ دیہات کے گھروں میں مہمان بنی۔ موسیٰ بغیر اطلاع کے نمودار ہوتا اور غائب ہوتا رہتا تھا۔ وہ پہاڑ کی بلندی پر بنے پتھر کے ایک خالی حجرے میں آگ کے گرد بیٹھے، جسے بکروال چرواہے گرمیوں کے موسم میں تب استعمال کرتے تھے جب وہ میدانی علاقوں سے اپنی بھیڑیں لے کر آتے تھے۔ موسیٰ نے وہ راستہ دکھایا جہاں سے مجاہدین لائن آف کنٹرول پار کرتے تھے۔

''برلن میں دیوار تھی۔ ہمارے پاس دنیا کا سب سے اونچا پہاڑی سلسلہ ہے۔ اسے گرایا نہیں جا سکتا، لیکن یہ چڑھائی سے پار کیا جائے گا۔''

کپواڑہ کے ایک گھر میں، تلو کی ملاقات ممتاز افضل ملک کی بڑی بہن سے ہوئی، وہی نوجوان جو ٹیکسی چلاتا تھا اور اس دن اتفاق سے امریک سنگھ کے شریکِ جرم سلیم گوجری کو کیمپ پہنچانے گیا تھا جب انھیں قتل کیا گیا۔ اس نے بتایا کہ اس کے بھائی کی لاش ایک کھیت میں ملی اور جب اسے گھر لایا گیا تو اس کی مٹھیوں میں، جو موت کے تشنج سے بھنچی ہوئی تھیں، کس طرح مٹی بھری ہوئی تھی اور ان کی انگلیوں کے

بیچ سے سرسوں کے پھول اُگ آئے تھے۔

وادی کی سیر کر کے تلو جب ایچ بی شاہین لوٹی تو تنہا تھی۔ وہ اور موسیٰ ایک دوسرے کو الوداع کہہ چکے تھے، یوں ہی سرسری سی، شاید پھر ملیں یا نہ ملیں۔ تلو نے جلد ہی یہ جان لیا کہ ان معاملوں میں سرسری پن اور لطیفے سب سے سنگین باتیں ہیں، اور سنگینی عام طور سے لطیفوں کے ذریعے ہی ظاہر کی جاتی ہے۔ وہ علامتی زبان میں بات کرتے تھے، تب بھی جب اس کی ضرورت نہ ہوتی۔ امریک سنگھ 'اسپاٹر' کو اپنا کوڈ نام 'اوٹر' اسی طرح ملا تھا۔ (حالانکہ کنووکیشن کی کوئی رسمی تقریب نہیں ہوئی لیکن جسے وہ مذاقاً سند کہتے تھے، عطا کی گئی اور قبول کی گئی۔ تلو نے حالانکہ 'آزادی کا مطلب کیا؟ **لاالہ الااللہ**' کے نعرے کے لیے کوئی احترام ظاہر نہیں کیا لیکن اسے اب قطعی طور پر، اور درست ہی، 'حکومت دشمن' قرار دیا جا سکتا تھا۔) واپس آنے کے بعد اگلے روز، جب تلو نے گلریز کو دو لوگوں کے لیے میز لگاتے دیکھا تو سمجھ گئی کہ موسیٰ آئے گا۔

موسیٰ دیر رات کو آیا۔ وہ فکروں میں گھرا لگ رہا تھا۔ اس نے بتایا کہ شہر پر کوئی سنگین مصیبت ٹوٹی ہے۔ انھوں نے ریڈیو کھولا:

اخوانیوں کے ایک گروہ نے ایک لڑکے کو مار دیا تھا اور اس کی لاش 'لاپتہ' کر دی تھی۔ اس کے ردِ عمل میں ہونے والے احتجاجی مظاہروں میں چودہ لوگ مارے گئے تھے۔ تین مجاہد انکاؤنٹر میں مارے گئے تھے۔ تین پولیس اسٹیشنوں کو آگ لگا دی گئی تھی۔ اس دن مرنے والوں کی کل تعداد اٹھارہ تھی۔

موسیٰ نے عجلت میں کھانا کھایا، اور جانے کے لیے کھڑا ہو گیا۔ اس نے بدبدا کر گلریز کو بلا تصنع الوداع کہا اور تلو کی پیشانی پر بوسہ دیا۔

''خدا حافظ بابجاناں۔ ٹھیک سے جانا۔''

اس نے تلو سے کہا کہ وہ اندر ہی رہے اور اسے رخصت کرنے باہر نہ آئے۔ تلو نے نہیں سنا، اور اس کے ساتھ باہر نکل کر اس کھٹارا سے گھاٹ تک آ گئی جہاں لکڑی کی ایک چھوٹی کشتی اس کی منتظر تھی۔ موسیٰ کشتی پر چڑھا اور فرش پر سیدھا لیٹ گیا۔ کشتی بان نے گھاس کی بُنی ہوئی چٹائی اس کے اوپر بچھا دی، اور اس کے اوپر مہارت سے چند خالی ٹوکریاں اور سبزی کی کچھ بوریاں رکھ دیں۔ تلو کشتی کو اپنے عزیز

سامان کے ساتھ دور جاتے دیکھتی رہی۔ کشتی جھیل کے پار سڑک کی طرف نہیں گئی بلکہ ہاؤس بوٹوں کی لا مختتم قطار کے سہارے سہارے، فاصلے میں گم ہوگئی۔

کشتی کے پیندے میں لیٹے اور خالی ٹوکریوں سے ڈھکے موسیٰ کا خیال تلو پر کچھ اثر کر گیا۔ اسے اپنا دل پہاڑی آبجو میں پڑے ہوئے سرمئی پتھر جیسا لگ رہا تھا— کوئی برفیلی سی چیز اس کے اوپر سے گزر گئی۔

وہ سونے کے لیے لیٹ گئی، الارم لگا کر، تا کہ جموں کے لیے صبح کی بس بروقت پکڑ سکے۔ خوش قسمتی سے اس نے کشمیری پروٹوکول کا احترام کیا تھا، اس لیے نہیں کہ وہ ایسا کرنا چاہتی تھی، بلکہ اتنی تھکی ہوئی تھی کہ کپڑے اتارنے کی سکت اس میں نہیں بچی تھی۔ وہ گل کاک کی کھٹر پٹر اور گنگنانے کی آوازیں سن رہی تھی۔

ایک گھنٹہ نہیں گزرا تھا کہ اس کی آنکھ کھل گئی— اچانک نہیں، بلکہ بتدریج، نیند کی لہروں پر تیرتی ہوئی— پہلے کسی آواز سے اور پھر اس کے خاموش ہو جانے کے سبب۔ پہلے انجنوں کی پھک پھک سے جو ہر طرف سے آتی ہوئی محسوس ہو رہی تھی۔ پھر جب وہ بند کر دیے گئے، تو اچانک چھانے والے سناٹے کے سبب۔

موٹر بوٹیں۔ بہت ساری۔

ایچ بی شاہین ڈول رہی تھی۔ خفیف سی۔

وہ مصیبت سے نمٹنے کو ابھی تیار ہی ہوئی تھی کہ اس کے منقش، کشیدہ کاری والے، جالی دار بیڈ روم کے دروازے کو کسی نے لات مار کر کھول دیا اور کمرہ بندوق بردار فوجیوں سے بھر گیا۔

اگلے چند گھنٹوں میں جو کچھ ہوا وہ یا تو بہت جلد ہوا، یا بہت دھیرے۔ وہ بتا نہیں سکتی تھی کہ جلد یا دھیرے۔ تصویر صاف تھی اور آواز جامع، لیکن جانے کیوں، دور کی۔ احساسات کہیں بہت پیچھے رہ گئے تھے۔ اس کے منھ میں کپڑا ٹھونس دیا گیا، ہاتھ باندھ دیے گئے اور کمرے کی تلاشی لی گئی۔ وہ اسے

راہداری سے ہانکتے ہوئے ڈائننگ روم میں لے آئے، جہاں وہ فرش پر پڑے گلریز کے قریب سے گزری جسے کم از کم دس آدمی لاتوں، گھونسوں سے مار رہے تھے۔

''کہاں ہے وہ؟''

''نہیں معلوم۔''

''تم کون ہو؟''

گلریز۔ گلریز۔ گلریز آبرو۔ گلریز آبرو۔

جتنی بار وہ سچ بولتا گیا، وہ اسے مزید بیرحمی سے پیٹتے گئے۔

اس کی فریادیں تلو کے بدن کو بھالے کی مانند چیرتی ہوئی گزر رہی تھیں اور ساری جھیل پر تیر رہی تھیں۔ جب اس کی نظریں باہر کے اندھیرے میں دیکھنے کی عادی ہوگئیں تو اس نے کشتیوں کا ایک بیڑا دیکھا جو فوجیوں سے بھرا ہوا سیاہ پانی پر رقصاں تھا، کورڈن اینڈ سرچ کا آبی مترادف۔ یہ کمان نما دو دائروں میں منقسم تھے۔ باہر والی کمان ایریا ڈومینیشن ٹیم کی تھی اور اندر والی کمان معاون ٹیم کی۔ معاون ٹیم کے فوجی اپنی کشتیوں میں کھڑے تھے، اور لمبے لمبے بانسوں کے سروں پر بندھے خنجروں سے پانی کو چھیدر رہے تھے — کام چلاؤ ہارپونوں سے پانی کی تلاشی میں منہمک تا کہ یقینی بنا سکیں کہ جس آدمی کے لیے آئے ہیں وہ زیرآب فرار نہ ہو جائے۔ (ہارون گاڑ — ہارون مچھلی — کے حالیہ، لیکن فی الفور شہرت پا چکے فرار سے وہ پہلے ہی کافی خوار ہو چکے تھے۔ ہارون اِس کے باوجود فرار ہو گیا تھا کہ چھاپہ مارنے والے گروہ نے اپنے خیال میں اسے وُلر جھیل کے خفیہ ٹھکانے پر گھیر لیا تھا۔ نکلنے کا واحد ممکنہ راستہ خود جھیل ہی تھی، جس میں میرین کمانڈوز کی ایک ٹیم اس کی منتظر تھی۔ لیکن ہارون گاڑ بچ گیا تھا، پانی میں کھر پتوار کے ڈھیر میں چھپ کر، سرکنڈے کے نرکل کو سانس لینے کے آلے کے طور پر استعمال کر کے۔ وہ گھنٹوں پانی کے اندر چھپا رہا — حتیٰ کہ اس کے حیران و پریشان متلاشی ہار کر چلے گئے تھے۔)

وہ کشتی جس میں حملہ آور ٹیم آئی تھی، لنگر ڈالے کھڑی تھی، انعام کے ساتھ اپنے مسافروں کی واپسی کی منتظر۔ آپریشن کا انچارج ایک دراز قد سکھ تھا جس نے گہری سبز پگڑی باندھ رکھی تھی۔ تلو نے

اندازہ لگایا، اور درست ہی لگایا، کہ وہ امریک سنگھ ہے۔ تلو کو دھکیل کر کشتی پر چڑھایا گیا اور بٹھا دیا گیا۔ اس سے کسی نے بات نہیں کی۔ آس پاس کی کسی بھی ہاؤس بوٹ سے کوئی یہ دیکھنے باہر نہ نکلا کہ کیا ہو رہا ہے۔ فوجیوں کی ایک چھوٹی ٹیم ان کی تلاشی پہلے ہی لے چکی تھی۔

تھوڑی دیر میں گلریز کو باہر لایا گیا۔ اس سے چلا نہیں جا رہا تھا، اس لیے اسے گھسیٹا جا رہا تھا۔ اس کا بڑا سا سر، جو اَب ایک غلاف سے ڈھکا تھا، آگے کو لڑھکا ہوا تھا۔ وہ تلو کے سامنے بٹھا دیا گیا۔ تلو اس کا غلاف، پھرن اور جوتے ہی دیکھ سکتی تھی۔ غلاف بھی غلاف نہ تھا، ایک بوری تھی جس پر سور یہ برانڈ باسمتی چاول کا اشتہار تھا۔ گل کاک خاموش تھا، اور بری طرح زخمی لگ رہا تھا۔ وہ سہارے کے بغیر سیدھا بھی نہیں بیٹھ سکتا تھا۔ دو فوجیوں نے اسے پکڑ کر سیدھا کر رکھا تھا۔ تلو سوچ رہی تھی، کاش وہ بے ہوش ہو چکا ہو۔

کارواں اسی سمت چل پڑا جدھر موسیٰ کی کشتی گئی تھی۔ تاریک، خالی ہاؤس بوٹوں کی لامختتم قطار کے پاس سے گزرا، اور پھر دائیں طرف، جدھر آبی سبزہ تھا۔

کسی نے بات نہیں کی اور کچھ دیر تک سناٹا چھایا رہا، صرف کشتی کے انجنوں کی دھیمی آواز اور بلونگڑوں کی شکایتی میاؤں میاؤں رات کے سناٹے کو چیرتی اور فوجیوں کو بے چین کر رہی تھی۔ لگتا تھا کہ یہ میاؤں میاؤں ان کی ہم سفر تھی لیکن کشتی پر کسی بلونگڑے کا اتا پتا نہ تھا۔ بالآخر اسے ڈھونڈ لیا گیا — خانم ڈھنڈورچی گلریز کی جیب میں مل گئی۔ ایک فوجی نے اسے جیب میں سے کھینچا اور جھیل کی طرف اچھال دیا، جیسے کوڑا کرکٹ ہو۔ وہ ہوا میں اڑی، چیختی ہوئی، دانت نکوسے ہوئے، چھوٹے چھوٹے پنجے پھیلائے، ساری ہندوستانی فوج کا اکیلے ہی مقابلہ کرنے کو تیار۔ وہ آواز نکالے بغیر ڈوب گئی۔ ایک اور بے وقوف کا خاتمہ جسے معلوم نہ تھا کہ 'منتر ی' کی حکمرانی میں کیسے جیا جائے۔ (اس کا بھائی آغا بچ گیا — تعاون کار، یا عام شہری، یا پھر مجاہد کے طور پر، یہ کبھی طے نہ ہو سکا۔)

آسمان میں چاند اونچائی پر تھا اور سرکنڈوں کے جنگل کے پیچھے ہاؤس بوٹوں کی پرچھائیوں کو تلو پہچان سکتی تھی، ان سے کہیں زیادہ چھوٹی بوٹیں جیسی سیاحوں کے لیے ہوتی ہیں۔ لکڑی کا ایک بوسیدہ ڈھانچہ جس کے سامنے کے حصے میں لکڑی کے بوسیدہ تختوں کی گزرگاہ تھی، جھیل کے ذرا ہی اوپر نکلے لکڑی کے سڑے گلے پایوں پر ٹکا ہوا تھا۔ یہ پانی کے عقب کا ایک شاپنگ آرکیڈ تھا جس نے برسوں

سے کسی گاہک کی صورت نہیں دیکھی تھی۔ دکانیں، جن میں ایک کیمسٹ کی دکان، اے ون لیڈیز اسٹور اور مقامی ہینڈی کرافٹ کے کئی 'ایمپوریم' تختے لگا کر بند کردیے گئے تھے۔ چپوؤں والی چھوٹی کشتیاں اس کے ساحل پر کھڑی تھیں جو ایسے دلدلی جزیرے کی مانند لگ رہا تھا جہاں لکڑی کے غارت شدہ مکانات چھترائے ہوئے تھے۔ خوف آگیں سناٹے میں، جو اِس دلدل پر چھایا ہوا تھا اور جو پوری طرح غیر آباد نہیں تھا، واحد آوازیں ریڈیو کی کھڑ پڑ اور نغموں کے وہ ٹکڑے تھے جو بیچ بیچ میں ان پر چھائیوں کی بند کھڑکیوں اور دروازوں کے پیچھے سے سنائی پڑ جاتے تھے۔ ان کی کشتی پانی میں بیٹھی ہوئی لگ رہی تھی۔ جھیل کا ایک حصہ آبی سبزے سے ڈھکا ہوا تھا، جس سے وہ نیم حقیقی لگ رہی تھی، جیسے کسی تاریک، سیال لان کو کاٹتے ہوئے گزر رہے ہوں۔ صبح کے وقت لگنے والے سبزی کے تیرتے بازار کا کوڑا کرکٹ ادھر ادھر تیر رہا تھا۔

تلو کا سارا دھیان موسیٰ کی چھوٹی سی کشتی پر تھا جسے اسی راستے سے گزرے ہوئے ابھی ایک گھنٹہ بھی نہیں گزرا تھا۔ اس کی کشتی میں انجن نہیں تھا۔

یا خدا، تو جو بھی ہو، جہاں بھی ہو، ہماری رفتار کم کردے۔ اسے نکل جانے کا وقت دے۔ سلو ڈاؤن سلوڈاؤنسلوڈاؤن سلوڈاؤنسلوڈاؤن سلوڈاؤنسلوڈاؤن سلوڈاؤن سلوڈاؤنسلوڈاؤن سلوڈاؤن۔

کسی نے اس کی دعا سنی اور جواب دیا۔ لیکن لگتا نہیں تھا کہ وہ خدا ہے۔

امریک سنگھ، جو اسی کشتی میں تھا جس میں تلو اور گلریز تھے، کھڑا ہو گیا اور اس نے محافظ کشتیوں کی طرف اشارہ کیا کہ وہ آگے نکل جائیں۔ جب وہ چلی گئیں تو اس نے اپنی کشتی کے ڈرائیور کو ہدایت دی کہ بائیں طرف مڑ جائے۔ پانی کا یہ راستہ اس قدر تنگ تھا کہ انھیں اپنی رفتار دھیمی کرنی پڑی اور وہ سرکنڈوں کے جھنڈ کے درمیان بمشکل راستہ بنا سکے۔ دس منٹ کے گھٹن بھرے سفر کے بعد وہ پھر سے کھلے پانیوں میں آگئے۔ ایک مرتبہ پھر بائیں طرف گھومے۔ ڈرائیور نے انجن بند کیا اور کشتی ٹھہر گئی۔ اس کے بعد جو کچھ ہوا وہ ایک جانی پہچانی مشق محسوس ہوئی۔ لگتا نہیں تھا کہ کسی کو بھی ہدایات کی ضرورت ہے۔ گلریز کو اٹھایا گیا اور پانی میں چند فٹ تک کھینچ کر کنارے لگا دیا گیا۔ ایک فوجی تلو کے ساتھ کشتی پر ہی رہا۔ امریک سنگھ سمیت باقی لوگ پانی میں چلتے ہوئے ساحل پر چلے گئے۔ تلو کو ایک بڑے سے،

ٹوٹے پھوٹے گھر کے خطوط نظر آرہے تھے۔ اس کی چھت بیٹھ چکی تھی اور اس کے شہتیروں کے ڈھانچے کے درمیان سے، جو رات کے پس منظر میں نمایاں ہو رہا تھا، چاند چمک رہا تھا — جیسے پسلیوں کے زاویائی ڈھانچے کے بیچ ایک روشن دل۔

گولی چلنے کی آواز اور اس کے بعد ہلکے سے دھماکے کی آواز نے زمین پر آشیاں بنانے والے پرندوں میں کھلبلی مچا دی۔ تھوڑی دیر کے لیے آسمان بگلوں، مرغابیوں، مرغ باراں اور ٹٹیریوں جیسے پرندوں سے بھر گیا جو یوں چیخ چلّا رہے تھے جیسے دن نکل آیا ہو۔ وہ صرف سوانگ بھر رہے تھے، اور جلد ہی پھر سے بیٹھ گئے۔ غاصبوں کے یہ نرالے اوقات اور ساؤنڈ ٹریک ان پرندوں کے لیے اب روز کا معمول تھے۔ جب فوجی لوٹ کر آئے تو گلریز نہیں تھا۔ لیکن وہ ایک بھاری اور بے ڈول بورا لیے ہوئے تھے جسے اٹھانے کے لیے ایک سے زیادہ آدمیوں کی ضرورت تھی۔

اس طرح وہ قیدی جو گل کاک آبرو کے نام سے کشتی سے روانہ ہوا تھا، اب ایک خوفناک مجاہد، کمانڈر گلریز کی لاش کی صورت میں لوٹا تھا، جسے پکڑنے اور مارنے کے بدلے میں اس کے قاتل تین لاکھ روپے کمائیں گے۔

اس دن مرنے والوں کی تعداد اب اٹھارہ + ایک ہو چکی تھی۔

❄

امریک سنگھ پھر سے بوٹ میں آ کر بیٹھ گیا۔ اس بار وہ سیدھے تلو کے سامنے بیٹھا تھا۔ ''تم جو کوئی بھی ہو، تم پر ایک دہشت گرد کی شریکِ جرم ہونے کا الزام ہے۔ البتہ اگر تم ہمیں سب کچھ بتا دو تو کوئی نقصان نہیں پہنچایا جائے گا،'' اس نے خوش مزاجی کے ساتھ ہندی میں کہا۔ ''خوب وقت لے لو۔ لیکن ہمیں ساری تفصیلات چاہییں۔ تم اسے کیسے جانتی ہو۔ کہاں کہاں گئی تھیں۔ کس کس سے ملیں۔ ہر بات۔ اچھی طرح سوچ لو۔ اور یہ بھی جان لو کہ یہ سب باتیں ہمیں معلوم ہیں۔ تم ہماری کوئی مدد نہیں کر رہی ہو۔ بلکہ ہم تمھیں آزما رہے ہیں۔''

وہی اتھلی، بے جذبہ، سیاہ آنکھیں جنھوں نے موسیٰ کے گھر میں پستول بھول جانے کا بہانہ کر کے

مسکرانے کا ڈھونگ کیا تھا، اس وقت چاندنی میں نہائی دلدل میں تلو کی طرف دیکھ رہی تھیں۔ اس کی نگاہ نے تلو کے خون میں کسی چیز کو ابھار دیا— ایک خاموش غصہ، ایک ضدی، مہلک جوش۔ ایک احمقانہ عزم، کہ کچھ بھی کیوں نہ ہو جائے، وہ کچھ نہیں بولے گی۔

خوش قسمتی سے اسے آزمایا نہیں گیا، اس کا موقع ہی نہیں آیا۔

کشتی کا سفر اگلے بیس منٹ تک جاری رہا۔ ایک درخت کے نیچے ایک مسلح جپسی اور ایک کھلا فوجی ٹرک کھڑا تھا، انھیں شیراز لے جانے کا منتظر۔ اس میں چڑھانے سے پہلے امریک سنگھ نے تلو کے منھ میں ٹھنسا ہوا کپڑا نکال دیا لیکن ہاتھ باندھے رکھے۔

سنیما کی لابی میں، جہاں اس وقت بھی کسی بس اڈے جیسی چہل پہل تھی، تلو کو اے سی پی پنکی کے حوالے کر دیا گیا، جسے نیند سے جگا کر اس اہم قیدی سے نمٹنے کے لیے بلایا گیا تھا۔ اس گرفتاری کا اندراج نہیں کیا گیا۔ انھوں نے قیدی سے اس کا نام تک نہیں پوچھا۔ اے سی پی پنکی اسے لے کر ریسیپشن کاؤنٹر کے قریب سے گزری جہاں نو مہینے پہلے موسیٰ نے امریک سنگھ کی ریڈ اسٹاگ وسکی کی بوتل چھوڑی تھی، پھر کیڈ بری چاکلیٹ اور کوالٹی آئس کریم کے اشتہاروں اور **چاندنی**، **میں نے پیار کیا**، **پرندہ** اور **لاین آف ڈیزرٹ** کے دھندلے پڑ چکے پوسٹروں کے قریب سے گزری۔ اپنا راستہ بندھے ہوئے، مضروب لوگوں کی تازہ ترین ٹولی اور سیمنٹ کے کنگارو کوڑے دانوں کے درمیان سے بناتی ہوئی وہ تھیئٹر میں داخل ہوئیں، عارضی بیڈمنٹن کورٹ کو پار کیا، اور اسکرین کے قریب ترین دروازے سے باہر نکل گئیں اور پھر ایک اور دروازے میں داخل ہوئیں جو ایک عقبی صحن میں کھلتا تھا۔ جب یہ عورتیں شیراز کے مرکزی تفتیشی سینٹر کی طرف جا رہی تھیں تو ایسی کئی نظریں تھیں جو محظوظ ہو رہی تھیں، اور کئی فحش جملے بڑبڑا کر کسے گئے تھے۔

عمارت کا یہ ایک الگ تھلگ حصہ تھا— ایک معمولی سا مستطیل کمرہ جس کی بنیادی خوبی اس کی بدبو تھی۔ ناگوار مٹھاس جیسی باسی خون کی بدبو، پیشاب اور پسینے کی بدبو پر مستزاد تھی۔ دروازے پر جو سائن لگا تھا اس پر حالانکہ 'انٹیروگیشن سینٹر' لکھا تھا، لیکن اصل میں یہ ٹارچر سینٹر تھا۔ کشمیر میں 'انٹیروگیشن' کوئی حقیقی زمرہ نہیں تھا۔ 'پوچھ تاچھ' کا مطلب تھا چند تھپڑ اور لاتیں گھونسے، اور 'انٹیروگیشن' کا مطلب تھا تشدد۔

کمرے میں صرف ایک دروازہ تھا، کھڑکی ایک بھی نہیں۔ اے سی پی پنکی ایک گوشے میں رکھی میز کی جانب بڑھ گئی۔ دراز میں سے اس نے ایک قلم اور چند کورے کاغذ نکالے اور انھیں میز پر پٹخ دیا۔

''بہتر ہوگا کہ ہم ایک دوسرے کا وقت برباد نہ کریں۔ لکھو۔ میں دس منٹ کے بعد لوٹوں گی۔''

اس نے تلو کے ہاتھ کھولے اور چلی گئی، اپنے پیچھے دروازہ بند کرتی ہوئی۔

قلم اٹھانے سے پہلے تلو نے اپنی انگلیوں کا سنّ پن ختم ہونے اور ان میں خون کا دوران لوٹنے کا انتظار کیا۔ لکھنے کی اوّلیں تین کوششیں ضائع ہوگئیں۔ اس کے ہاتھ اِس بری طرح لرز رہے تھے کہ وہ خود اپنی ہی تحریر نہیں پڑھ سکتی تھی۔ اس نے اپنی آنکھیں بند کرلیں اور سانسیں درست کرنے کے سبق یاد کیے۔ اس سے اسے کچھ مدد ملی۔ واضح حروف میں اس نے لکھا:

Please call Mr. Biplab Dasgupta, Deputy Station Head India Bravo.
Give him this message: G-A-R-S-O-N H-O-B-A-R-T

(برائے مہربانی، مسٹر بپلب داس گپتا، ڈپٹی اسٹیشن ہیڈ، انڈیا براوو کو فون کردیجیے۔ انھیں یہ پیغام دیجیے: گارسن ہوبارٹ۔)

اے سی پی پنکی کی واپسی کا انتظار کرتے ہوئے اس نے کمرے کا جائزہ لیا۔ شروع میں یہ اسے معمولی اوزاروں کے سائبان جیسا لگا، جس میں بڑھئی گیری کی چند میزیں، ہتھوڑے، پیچ کس، پلاس، رسّیاں، چھوٹے سائز کے پتھر یا سیمنٹ کے کھمبے، پائپ، گندے پانی کا ٹب، پیٹرول کے پیپے، دھات کی چمنیاں، تار، بجلی کے ایکسٹینشن بورڈ، تاروں کے لچھے، ہر سائز کے ڈنڈے، چند پھاوڑے اور کدالیں۔

ایک شیلف پر لال مرچوں کا مرتبان رکھا تھا۔ فرش پر سگریٹ کے ٹوٹے بکھرے ہوئے تھے۔ گزشتہ دس دنوں میں تلو نے اتنا کچھ سیکھ لیا تھا کہ وہ سمجھ گئی کہ ان معمولی چیزوں سے غیر معمولی کام لیے جا سکتے ہیں۔

اسے معلوم تھا کہ کشمیر میں ٹارچر کا سب سے پسندیدہ آلہ یہ کھمبے ہی ہیں۔ انھیں 'رولر' کی طرح

استعمال کیا جاتا تھا۔ باندھ کر زمین پر لٹائے گئے قیدیوں پر دو آدمی یہ بیلن چلاتے تھے، اور ان کے عضلات کو واقعی کچل دیتے تھے۔ بیشتر صورتوں میں اس 'رولر ٹریٹمنٹ' کے نتیجے میں گردے کام کرنا بند کر دیتے تھے۔ ٹب واٹر بورڈنگ، پانی میں غوطے دینے کے لیے تھا، پلاس سے ناخن کھینچے جاتے تھے، تاروں کا استعمال آدمیوں کے آلاتِ تناسل کو بجلی کے جھٹکے دینے کے لیے کیا جاتا تھا، پسی ہوئی مرچیں عموماً لوہے کی چھڑوں پر ملی جاتی تھیں جنھیں قیدیوں کے مقعد میں ٹھونسا جاتا تھا، یا پھر پانی میں ملا کر ان کے حلق سے اتارا جاتا تھا۔ (برسوں بعد، ایک اور عورت، امریک سنگھ کی بیوی لولین امریکہ میں پناہ کی اپنی درخواست میں ان طریقوں کے گہرے علم کا مظاہرہ کرے گی۔ یہی اوزاروں کی کوٹھری اس کا فیلڈ ریسرچ کا میدان تھی۔ فرق صرف اتنا تھا کہ یہاں وہ شکار کے طور پر نہیں آئی تھی، بلکہ ٹارچرر اِن چیف کی شریکِ حیات کے طور پر اس نے یہ سب اس وقت دیکھا تھا جب اسے اپنے شوہر کے آفس کی سیر کرائی گئی تھی۔)

اے سی پی پنکی میجر امریک سنگھ کے ساتھ واپس آئی۔ ان کی حرکات وسکنات سے، اور جس اپنائیت سے وہ ایک دوسرے سے مخاطب تھے، اس سے تلو نے فوراً اندازہ لگا لیا کہ ان کا رشتہ رفقائے کار سے بڑھ کر کچھ اور ہے۔ اے سی پی پنکی نے کاغذ کا وہ صفحہ اٹھایا جس پر تلو نے لکھا تھا، اور اس کو بلند آواز میں پڑھنے لگی، دھیرے دھیرے اور ذرا اٹک اٹک کر۔ واضح تھا کہ پڑھنا اس کا طرۂ امتیاز نہیں۔ امریک سنگھ نے کاغذ اس کے ہاتھ سے لے لیا۔ تلو نے اس کے تاثرات بدلتے دیکھے۔

''یہ تمھارا کون ہے، یہ داس گپتا؟''

''دوست۔''

''دوست؟ ایک ساتھ کتنے مردوں کے ساتھ سوتی ہو؟'' یہ اے سی پی پنکی تھی۔

تلو نے جواب نہیں دیا۔

''میں نے تم سے سوال پوچھا ہے۔ ایک ساتھ کتنے مردوں کے ساتھ سوتی ہو؟''

تلو کی خاموشی نے متوقع طور پر گالیوں کی بوچھار اگلوائی (جن میں تلو نے 'کالی'، 'رنڈی' اور 'جہادی' جیسے لفظوں کو پہچان لیا) اور سوال ایک مرتبہ پھر پوچھا گیا۔ تلو کی مسلسل خاموشی کا تعلق اس کے

حوصلے یا مزاحمت سے مطلق نہ تھا۔ کوئی اور چارہ نہ ہونے کی وجہ سے ایسا ہوا تھا۔ اس کا خون تھم چکا تھا۔

اے سی پی پنکی نے امریک سنگھ کے چہرے پر فاتحانہ مسکراہٹ دیکھی — ظاہر ہے کسی نہ کسی طرح وہ اس مزاحمت کا معترف ہوا تھا جس کا مظاہرہ کیا جا رہا تھا۔ اس کے تاثر میں اے سی پی پنکی نے جلدیں کی جلدیں پڑھ ڈالیں اور وہ سلگ اٹھی۔ امریک سنگھ کاغذ لے کر چلا گیا۔ دروازے پر پہنچ کر وہ پلٹا اور بولا:

''جو کچھ پتا لگا سکتی ہو، لگاؤ۔ بس چوٹ کے نشان نہ پڑیں۔ یہ ایک سینئر افسر ہے۔ وہی، جس کا نام اس نے لکھ کر دیا ہے۔ میں ذرا چیک کر لوں۔ ہو سکتا ہے کوری بکواس نکلے۔ لیکن تب تک نشان کوئی نہ پڑے۔''

'نشان نہ پڑنا' اے سی پی کے لیے ایک مسئلہ تھا۔ اس میدان میں اس کا کوئی تجربہ نہ تھا، کیونکہ وہ تربیت یافتہ ایذا رساں نہ تھی۔ اپنا فن اس نے میدانِ جنگ میں روا روی میں سیکھا تھا، اور 'نشان نہ پڑنا' ایسی رعایت نہ تھی جو کشمیریوں کو دی جا سکے۔ اس نے یقین نہیں کیا کہ امریک سنگھ کی ہدایات کا کوئی تعلق کسی سینئر افسر سے ہوگا۔ وہ امریک سنگھ کی نگاہوں کو پہچانتی تھی اور اسے معلوم تھا کہ کیا چیز اسے عورتوں کی طرف راغب کرتی ہے۔ خود کو یوں پابند کیے جاتے دیکھ کر اس کی انا کو چوٹ پہنچی جس سے اس کا غصہ کم نہیں ہوا۔ اس کے تھپڑوں اور ٹھوکروں نے (جو 'پوچھ تاچھ' کے زمرے میں آتے تھے) اس کی قیدی سے کچھ بھی نہیں اگلوایا، ایک بے تاثر، مردہ خاموشی کے سوا۔

بپلب داس گپتا کو ڈھونڈنے اور ڈاچی گام کے فوریسٹ گیسٹ ہاؤس میں اس سے ہاٹ لائن پر بات کرنے میں امریک سنگھ کو ایک گھنٹہ لگ گیا۔ یہ حقیقت کہ وہ گورنر کے ہفتہ واری لاؤ لشکر کا حصہ ہے، خطرے کی گھنٹی جیسی تھی۔ سوال ہی پیدا نہیں ہوتا کہ یہ عورت اسے جانتی ہو۔ اور بخوبی۔ لگتا تھا کہ انڈیا براوو کے ڈپٹی ڈائرکٹر کو بخوبی معلوم ہوگا کہ گارسن ہوبارٹ کا کیا مطلب ہے۔ لیکن امریک سنگھ کے اندر بیٹھے درندے نے اس کی جھجک محسوس کر لیا، بلکہ حد درجے دبّو پن کو بھی۔ وہ جانتا تھا کہ وہ کسی مصیبت میں بھی پھنس سکتا ہے، کسی بڑی آفت میں۔ لیکن اگر وہ اس عورت کو نقصان پہنچائے بغیر آزاد کر دے تو اس کے ٹلنے میں زیادہ تاخیر نہیں ہوگی۔ خود کو نکالنے کی منصوبہ بندی کا موقع اب بھی ہاتھ میں تھا۔ وہ

تیزی سے 'انٹیروگیشن سینٹر' کی طرف چلا، تا کہ مزید نقصان کو روکا جا سکے۔ اسے ذرا تاخیر ہو چکی تھی، لیکن حد سے زیادہ بھی نہیں۔

اے سی پی پنکی نے اپنے مسئلے کا ایک سستا، گھسا پٹا حل ڈھونڈ نکالا تھا۔ اس نے ازل سے جاری و ساری ایسی سزا دینے کا فیصلہ، جو 'عبرت کی مستحق' عورتوں کو دی جاتی ہے۔ اس کے انتقامی جذبے کا دہشت گردی مخالف سرگرمیوں یا کشمیر سے کوئی واسطہ نہ تھا، البتہ شاید اتنا ہی کہ یہ جگہ ہر طرح کے پاگل پن کا کارخانہ تھی۔

جس وقت امریک سنگھ تیزی سے کمرے میں داخل ہوا تو کیمپ کا نائی، محمد سبحان حجام باہر نکل رہا تھا۔

تلو ایک چوبی کرسی پر بیٹھی تھی اور اس کے ہاتھ کرسی سے بندھے ہوئے تھے۔ اس کے لمبے بال فرش پر پڑے تھے۔ بکھری ہوئی زلفیں جو اس کی نہیں رہ گئی تھیں، غلاظت اور سگریٹ کے ٹوٹوں میں مل چکی تھیں۔ سبحان حجام جب سر مونڈ رہا تھا تو اس سے سرگوشی میں اتنا کہنے میں کامیاب ہو گیا تھا، ''سوری میڈم، ویری سوری۔''

امریک سنگھ اور اے سی پی پنکی میں عاشقانہ تکرار ہوئی، جس کی نوبت لگ بھگ ہاتھا پائی تک پہنچ گئی۔ پنکی روٹھی ہوئی سی، لیکن ضد پر اڑی تھی۔

''دکھاؤ مجھے وہ کون سا قانون ہے جو بال کاٹنے کے خلاف ہے۔''

امریک سنگھ نے تلو کی رسیاں کھولیں اور کھڑے ہونے میں اس کی مدد کی۔ اس نے تلو کے کندھوں سے بال جھاڑنے کا بھی مظاہرہ کیا۔ اس نے اپنا بڑا سا ہاتھ تلو کی کھوپڑی پر سرپرستانہ انداز میں رکھا— قصائی کا آشیرباد۔ اس لمس کی عریانیت کو بھولنے میں تلو کو برسوں لگیں گے۔ اس کا سر ڈھکنے کے لیے اس نے کنٹوپ منگوایا۔ اس کے آنے کے انتظار کے دوران میں وہ بولا، ''جو کچھ ہوا، اس کے لیے افسوس ہے۔ یہ نہیں ہونا چاہیے تھا۔ ہم نے تمھیں آزاد کرنے کا فیصلہ کیا ہے۔ جو ہوا سو ہوا۔ اس بارے میں کچھ نہ بولنا۔ میں بھی نہیں بولوں گا۔ اگر تم بولو گی تو میں بھی بولوں گا۔ اور اگر میں بولا تو تم اور تمھارا افسر دوست کسی بڑی مصیبت میں پڑ جاؤ گے۔ دہشت گردوں سے ساز باز کوئی معمولی بات نہیں ہوتی۔''

کنٹوپ کے ساتھ پونڈز ڈریم فلاور ٹالک کا ایک چھوٹا سا گلابی ڈبہ بھی آیا۔ امریک سنگھ نے تلو

کے منڈے ہوئے سر پر پاؤڈر لگایا۔ کنٹوپ میں سے مری ہوئی مچھلی سے بھی بری سڑاندھ اٹھ رہی تھی۔ لیکن تلو نے اسے اپنے سر پر رکھنے دیا۔ وہ انٹیرو گیشن سینٹر سے باہر آئے، صحن کو پار کیا اور فائر اسکیپ سے ہوتے ہوئے ایک چھوٹے سے دفتر میں داخل ہو گئے۔ دفتر خالی تھا۔ امریک سنگھ نے بتایا کہ یہ اسپیشل آپریشنز گروپ کے اشفاق میر کا آفس ہے، جو کیمپ کا ڈپٹی کمانڈنٹ ہے۔ وہ ایک آپریشن کے سلسلے میں باہر گیا ہوا ہے، لیکن جلد ہی لوٹ آئے گا اور اسے اس شخص کے حوالے کر دے گا جسے بپلپ داس گپتا سر بھیج رہے ہیں۔

تلو نے نرمی کے ساتھ امریک سنگھ کی چائے، یہاں تک کہ پانی کی پیشکش بھی قبول کرنے سے انکار کر دیا۔ واضح طور پر اس مخصوص باب کے خاتمے کے لیے بے چین لگ رہا امریک سنگھ اسے کمرے میں چھوڑ کر چلا گیا۔ تلو نے اس کا یہ آخری دیدار کیا تھا، البتہ سولہ برس سے زیادہ عرصہ گزرنے کے بعد ایک دن اس نے صبح کا اخبار کھولا تو خبر پڑھی کہ امریک سنگھ نے امریکہ کے ایک چھوٹے شہر میں اپنی بیوی اور تین نوعمر بیٹوں کو گولی مار کر خودکشی کر لی ہے۔ اخبار میں جس فربہ چہرے، کلین شیو اور خوفزدہ آنکھوں والے آدمی کی تصویر چھپی تھی، تلو کو اس کا ربط اس آدمی سے بٹھانے میں دقت محسوس ہو رہی تھی جس نے گل کاک کو قتل کیا تھا، اور پھر بڑے شوق سے، بلکہ تقریباً فکرمندی کا مظاہرہ کرتے ہوئے اس کی کھوپڑی پر پاؤڈر لگایا تھا۔

وہ خالی دفتر میں انتظار کرتے ہوئے اس سفید بورڈ کو دیکھتی رہی جس پر ناموں کی ایک فہرست تھی اور ان کے سامنے لکھا تھا: (مارا جا چکا)، (مارا جا چکا)، (مارا جا چکا) اور دیوار پر ایک پوسٹر تھا جس کی عبارت یہ تھی:

اپنا ہی قانون مانتے ہیں ہم

خونخوار ہیں ہم

ہر روپ میں مہلک

لہروں کو باندھنے والے

طوفانوں سے کھیلنے والے

ٹھیک ہی اندازہ لگایا تم نے

ہم ہیں

وردی پوش مرد!

دو گھنٹے بعد ناگا دروازے میں داخل ہوا، اس کے پیچھے چہکتا ہوا اشفاق میر، اپنے کولون کی خوشبو کے ساتھ۔ اشفاق میر کو لشکر کے زخمی مجاہد کو پراپ بنا کر اپنا ناٹک دکھانے، آملیٹ اور کباب کا ناشتہ لگوانے، اور 'ہینڈ اوور' کی کارروائی پوری کرنے میں ایک گھنٹہ اور لگ گیا۔ اس ملاقات کے دوران ہمہ وقت، اور علی الصبح احدوس جانے کے لیے خالی سڑکوں سے گزرتے ہوے، جب کہ ناگا نے تلو کا ہاتھ تھام رکھا تھا، وہ صرف گل کاک کے بارے میں سوچ رہی تھی جس کا سر سوریہ برانڈ باسمتی چاول کے تھیلے میں بند آگے کو جھکا ہوا تھا (کسی وجہ سے تھیلے کے ہینڈل، خصوصاً ہینڈل، حد درجہ بدلحاظ لگ رہے تھے)، اور صرف موسیٰ کے بارے میں، ایک چھوٹی سی کشتی میں لیٹا، خالی ٹوکریوں سے ڈھکا، لامتناہی سفر پر گامزن۔

ناگا نے ہر طرح سے خیال رکھتے ہوے احدوس میں اپنے کمرے کے برابر میں تلو کے لیے ایک کمرہ بک کرا دیا تھا۔ اس نے تلو سے پوچھا کہ کیا وہ چاہے گی کہ ناگا اس کے ساتھ ٹھہرے (''خالص سیکولر بنیاد پر،'' اس نے کہا تھا)۔ جب تلو نے کہا کہ نہیں، تو ناگا نے اسے گلے لگایا اور نیند کی دو گولیاں دیں۔ (''یا پھر گانجے کے سُٹّے کو ترجیح دوگی؟ میرے پاس ایک تیار رکھا ہے۔'') اس نے ہاؤس کیپنگ اسٹاف کو بلایا اور تلو کے لیے دو بالٹی گرم پانی لانے کو کہا۔ اس کی عاطفت اور رحم دلی کا یہ پہلو دیکھ کر تلو خاصی متاثر ہوئی۔ اس سے پہلے کبھی اس پہلو سے تلو کا سابقہ نہیں پڑا تھا۔ وہ اس کے لیے استری کی ہوئی اپنی شرٹ اور پتلون چھوڑ گیا، کہ شاید وہ کپڑے بدلنا چاہے۔ اس نے تجویز رکھی کہ وہ دہلی کے لیے سہ پہر کی فلائٹ لے سکتے ہیں۔ تلو نے کہا کہ وہ اسے بعد میں بتا دے گی۔ وہ جانتی تھی کہ موسیٰ کا پیغام پائے بغیر وہ نہیں جا سکے گی۔ جا ہی نہیں سکتی۔ اور وہ جانتی تھی کہ پیغام کسی نہ کسی طرح آئے گا۔ وہ بستر میں لیٹی رہی، آنکھیں بند کرنے میں ناکام، پلکیں جھپکانے تک سے ڈری ہوئی، اس خوف سے کہ کوئی آسیب اس کی نظروں کے سامنے آجائے گا۔ اس کی شخصیت کا ایک حصہ، جسے وہ خود بھی پہچانتی نہ تھی، شیراز جا کر اے سی پی پنکی سے جم کر لڑنا چاہتا تھا۔ یہ ایسا ہی تھا جیسے سانپ نکل جانے کے بعد لکیر پیٹنا۔ اسے لگا کہ

یہ بھی گھٹیا اور معمولی بات ہے۔ اے سی پی پنکی فقط ایک متشدد اور ناخوش عورت تھی۔ وہ قتل کی مشین نہیں، اوٹر۔ تو پھر گمراہ کن انتقام کا یہ خیال ہی کیوں؟

اسے اپنے بالوں کی کمی کا احساس ہوا۔ آئندہ اس نے لمبے بال کبھی نہیں رکھے۔ گل کاک کی یاد میں۔

اس صبح کوئی دس بجے کے قریب، اس کے دروازے پر آہستہ سے، بمشکل سنائی دینے والی دستک ہوئی۔ اس کا خیال تھا کہ ناگا ہوگا، لیکن خدیجہ نکلی۔ وہ ایک دوسرے سے بمشکل واقف تھیں، لیکن دنیا میں کوئی نہیں تھا (سوائے موسیٰ کے) جسے دیکھ کر اسے اتنی خوشی ہوتی۔ خدیجہ نے جلدی جلدی بتایا کہ انھوں نے تلو کو کیسے ڈھونڈا۔ ''ہمارے بھی اپنے لوگ ہیں۔'' موجودہ معاملے میں، کورڈن اینڈ سرچ ٹیم سے وابستہ ایک کشتی بان، نیز تمام راستے ملنے والی ہاؤس بوٹوں کے لوگ شامل ہیں، جو بلا تاخیر خبریں بھیج رہے تھے۔ شیراز سنیما میں محمد سبحان حجام تھا اور احدوس میں ایک بیل بوائے۔

خدیجہ خبر لائی تھی۔ آرمی نے اعلان کیا تھا کہ ایک خوفناک مجاہد، کمانڈر گلریز پکڑا اور مارا گیا ہے۔ موسیٰ اب بھی سری نگر میں ہی تھا۔ وہ جنازے میں شرکت کرے گا۔ کئی گروہوں کے مجاہدین شریک ہوں گے اور کمانڈر گلریز کو بندوق سے وداعی سلامی دیں گے۔ باہر گھومنے میں انھیں کوئی خطرہ نہیں ہوگا کیونکہ سڑکوں پر لاکھوں لوگ ہوں گے۔ ایک اور قتلِ عام سے بچنے کے لیے فوج کو ہٹنا پڑے گا۔ تلو کو خدیجہ کے ساتھ خانقاہِ مولیٰ کے علاقے میں ایک محفوظ گھر میں جانا تھا جہاں تدفین کے بعد موسیٰ اس سے ملنے آئے گا۔ اس نے کہلوایا تھا کہ ملنا ضروری ہے۔ تلو کے لیے خدیجہ نئے کپڑے لائی تھی — شلوار قمیص، پھرن اور نیبوئی رنگ کا حجاب۔ خدیجہ کے لہجے کی رسانیت نے تلو کو ایک جھٹکے میں اس خود ترحمی کی دلدل سے نکال دیا جس میں اس نے خود کو دھنسنے دیا تھا۔ اس سے اسے یاد آیا کہ وہ ایسے لوگوں کے درمیان ہے جن کے نزدیک اس کی گزشتہ رات کی آزمائش روزمرہ کی بات تھی۔

گرم پانی آ گیا۔ تلو نہائی اور نئے کپڑے پہن لیے۔ خدیجہ نے اسے اپنے چہرے کے گرد حجاب لگانا سکھایا۔ اس سے اس میں ایک شاہانہ شان پیدا ہوگئی، حبشی ملکہ جیسی۔ اسے اچھا لگا، حالانکہ اپنے بالوں والے حلیے کو ہی وہ ترجیح دیتی۔ سابقہ بالوں کو۔ تلو نے ناگا کے دروازے میں ایک پرزہ کھسکا دیا جس پر لکھا تھا کہ وہ شام تک لوٹ آئے گی۔ دونوں عورتیں ہوٹل سے باہر آئیں اور شہر کی سڑکوں پر نکل

پڑیں، جو فقط مردے دفنانے کے لیے ہی جاگتی تھیں۔

جنازوں کا شہر دفعتاً بیدار ہو گیا، زندگی سے بھرپور، متحرک۔ ہر طرف چہل پہل تھی۔ ساری سڑکیں معاون ندیوں جیسی تھیں، لوگوں کی چھوٹی چھوٹی ندیاں، سب سمندر کے پاٹ کی جانب بہتی ہوئیں — مزارِ شہدا کی جانب۔ چھوٹے دستے، بڑے دستے، پرانے شہر کے لوگ، نئے شہر کے لوگ، دیہات سے آنے والے، دوسرے شہروں سے آنے والے، سب تیزی سے سمندر میں مدغم ہوتے جا رہے تھے۔ نہایت تنگ گلیوں میں بھی عورتوں اور مردوں کے جتھے، ننھے ننھے بچے تک آزادی! آزادی! کے نعرے لگا رہے تھے۔ راستے میں جگہ جگہ نوجوانوں نے پانی کی سبیلیں لگائی تھیں، اور دور دراز سے آنے والوں کے لیے کھانے کا اہتمام کیا تھا۔ پانی تقسیم کرتے ہوے، پلیٹوں میں کھانا لگاتے ہوے، کھاتے اور پیتے ہوے، سانس لیتے اور چلتے ہوے، ایسے ڈھول کی تال پر جسے صرف وہی سن سکتے تھے، وہ چلّائے جا رہے تھے: **آزادی! آزادی!**

لگتا تھا کہ خدیجہ کے ذہن میں اپنے شہر کی عقبی سڑکوں کا تفصیلی نقشہ محفوظ تھا۔ اس سے تلو بے حد متاثر ہوئی (کیونکہ خود اس میں ایسی کوئی صلاحیت نہ تھی)۔ وہ ایک لمبے، چکردار راستے پر چل پڑیں۔ آزادی کے نعرے ایک بازگشتی گونج میں بدل گئے جو کسی آنے والے طوفان کا پتا دے رہی تھی۔ (گارسن ہوبارٹ، گورنر کے مصاحبین کے ساتھ ڈاچی گام میں پھنسا ہوا، سڑکوں کے دوبارہ محفوظ ہونے تک شہر میں لوٹنے سے مجبور، ان آوازوں کو فون پر سن رہا تھا، جس کا رخ اس کے سیکرٹری نے سڑک کی جانب کر دیا تھا۔) مس جبین کی تدفین کے نو مہینے بعد اب ایک اور جلوس تھا۔ اس بار انیس جنازے تھے۔ ان میں ایک تابوت خالی تھا، اس لڑکے کے لیے جس کی لاش اخوانیوں نے چرا لی تھی۔ ایک تابوت میں نیلی آنکھوں والے ایک چھوٹے سے آدمی کی کٹی پھٹی لاش بھی تھی جو سلطان کے پاس جا رہا تھا، اپنے عزیز بیوقوف کے پاس، جنت کو۔

''میں جنازے میں شریک ہونا چاہوں گی،'' تلو نے خدیجہ سے کہا۔

''ہم چل سکتے ہیں۔ لیکن خطرہ ہے۔ ہمیں دیر ہو سکتی ہے۔ اور ہم ان کے پاس نہیں پہنچ سکیں گے۔ عورتوں کو قبروں کے پاس جانے کی اجازت نہیں۔ بعد میں وہاں جا سکتے ہیں، جب سب لوگ چلے

جائیں گے۔''

عورتوں کو اجازت نہیں۔ عورتوں کو اجازت نہیں۔ عورتوں کو اجازت نہیں۔

کیا قبروں کو عورتوں سے بچانے کے لیے، یا عورتوں کو قبروں سے؟

تلو نے پوچھا نہیں۔

پینتالیس منٹ تک ڈرائیو کرنے کے بعد خدیجہ نے اپنی کار کھڑی کی اور پھر وہ تیزی سے چلتی ہوئی تنگ اور چکردار گلیوں کے جال سے گزرنے لگیں، شہر کے ایک ایسے حصے میں جو کئی اعتبار سے باہم منسلک تھا— انڈر گراؤنڈ اور اوور گراؤنڈ، افقی اور آڑا ترچھا، گلیوں کے ذریعے اور چھتوں کے ذریعے اور خفیہ راستوں سے، جیسے وہ کوئی نامیاتی وحدت ہو۔ کوئی دیو پیکر کورل، یا چیونٹیوں کی بامبی۔

''شہر کا یہ حصہ اب بھی ہمارے قبضے میں ہے،'' خدیجہ نے کہا۔ ''فوج یہاں داخل نہیں ہو سکتی۔''

لکڑی کے ایک چھوٹے سے دروازے سے گزر کر وہ ایک خالی، سبز قالین والے کمرے میں داخل ہوئیں۔ ایک ترش رو نوجوان نے انھیں سلام کیا اور اندر لے گیا۔ دو کمروں سے تیزی سے گزرتے ہوے وہ تیسرے کمرے میں داخل ہوے۔ نوجوان نے ایک دروازہ کھولا جو کسی بڑی الماری کا حصہ لگ رہا تھا۔ یہ خفیہ دروازہ تھا جس میں سے ایک کھڑا، تنگ زینہ خفیہ تہہ خانے تک جاتا تھا۔ تلو خدیجہ کے عقب میں سیڑھیوں پر اتر گئی۔ کمرے میں فرنیچر نہ تھا۔ لیکن فرش پر چند گدے اور تکیے پڑے ہوے تھے۔ دیوار پر کیلنڈر تھا، لیکن دو برس پرانا۔ تلو کا بیک پیک ایک کونے میں رکھا تھا۔ کسی نے اسے اچ بی شاہین سے نکال لانے کا جوکھم اٹھایا تھا۔ ایک نوجوان لڑکی سیڑھیوں سے اتر کر اندر آئی اور اس نے جھالر والا پلاسٹک کا دسترخوان لگا دیا۔ ایک عمر دراز عورت ٹرے میں چائے اور پیالیاں، رسک کی پلیٹ اور ایک پلیٹ میں اسفنج کیک کے ٹکڑے لیے ہوے آئی۔ اس نے تلو کے چہرے کو اپنے ہاتھوں میں لیا اور اس کی پیشانی کو بوسہ دیا۔ کچھ زیادہ کہا سنا نہیں گیا، لیکن دونوں ماں بیٹیاں کمرے میں ہی موجود رہیں۔

جب تلو چائے پی چکی تو خدیجہ نے اس بستر کو تھپتھپایا جس پر وہ بیٹھی ہوئی تھیں۔

''سو جاؤ۔ انھیں یہاں پہنچنے میں کم سے کم دو یا تین گھنٹے لگ جائیں گے۔''

تلو لیٹ گئی اور خدیجہ نے اسے لحاف اڑھا دیا۔ اس نے ہاتھ بڑھایا اور لحاف کے اندر خدیجہ کا ہاتھ

پکڑلیا۔ آنے والے برسوں میں وہ گہری دوست بن جائیں گی۔ تلو کی آنکھیں بند ہونے لگیں۔ عورتوں کی آوازوں کی گنگناہٹ، جن کی باتیں اس کی سمجھ سے بالاتر تھیں، زخمی جلد پر مرہم جیسی لگ رہی تھی۔

جب موسیٰ آیا، وہ سوئی ہوئی تھی۔ وہ اس کے قریب پالتی لگا کر بیٹھ گیا اور دیر تک اس کے خوابیدہ چہرے کو نہارتا رہا، دل میں اس تمنا کے ساتھ کہ کاش وہ اسے ایک بہتر دنیا میں بیدار کر سکے۔ اسے معلوم تھا کہ اب طویل عرصے تک ان کی ملاقات نہ ہو سکے گی۔ اور وہ بھی تب جب قسمت ان کا ساتھ دے گی۔

وقت بہت کم تھا۔ جب کہ طوفان ابھی زوروں پر تھا، اور سڑکوں پر عوام کا قبضہ تھا، اس کی آڑ میں اسے نکل جانا تھا۔ اس نے تلو کو ہر ممکن نرمی کے ساتھ جگایا۔

''بابجاناں، جاگ جاؤ۔''

اس نے اپنی آنکھیں کھولیں اور موسیٰ کو اپنے قریب کھینچ لیا۔ کافی دیر تک کہنے کے لیے کچھ بھی نہ تھا۔ کچھ بھی نہیں۔

''میں ابھی اپنے جنازے میں شریک ہو کر آ رہا ہوں۔ میں نے خود کو اکیس گولیوں کی سلامی دی،'' موسیٰ نے کہا۔

اور پھر ایسی آواز میں، جو سرگوشی سے زیادہ بلند نہیں ہوئی کیونکہ جب بھی بلند ہوئی تو اپنی ہی ان باتوں کے بوجھ تلے ٹوٹ ٹوٹ گئی جو وہ اسے بتانے کی کوشش کر رہی تھی، تلو نے جو کچھ گزرا تھا اسے کہہ سنایا۔ وہ کچھ بھی بھولی نہیں تھی۔ ایک بھی جز نہیں، ایک بھی آواز نہیں۔ ایک بھی احساس نہیں۔ ایک بھی لفظ نہیں، جو کہا گیا یا نہیں کہا گیا۔

موسیٰ نے اس کے سر کو بوسہ دیا۔

''وہ نہیں جانتے کہ انھوں نے کیا کیا ہے۔ انھیں سچ مچ اندازہ نہیں۔''

اور پھر اس کے جانے کا وقت ہو گیا۔

''بابجاناں، غور سے سنو۔ جب تم دہلی واپس جاؤ گی تو تمھیں کسی بھی قیمت پر تنہا نہیں رہنا چاہیے۔ یہ حد سے زیادہ خطرناک ہوگا۔ دوستوں کے ساتھ رہو... شاید نا گا کے۔ یہ کہنے کے لیے تم مجھ سے نفرت کر سکتی ہو— لیکن یا تو شادی کر لو یا اپنی ماں کے پاس چلی جاؤ۔ تمھیں آڑ کی ضرورت ہے۔

کم ازکم کچھ عرصے کے لیے۔ جب تک ہم اوٹر سے نہ نمٹ لیں۔ ہم اس جنگ کو جیتیں گے، اور پھر ہم ساتھ ہوں گے، میں اور تم۔ میں حجاب پہنوں گا— حالانکہ اس میں بھی تم پیاری لگ رہی ہو— اور تم ہتھیار اٹھا سکو گی۔ او کے؟''

''او کے۔''

آگے چل کر ایسا نہیں ہوا، ظاہر ہے۔

جانے سے پہلے موسیٰ نے ایک بند لفافہ تلو کو دیا۔

''اسے ابھی نہیں کھولنا۔ خدا حافظ۔''

ان کی اگلی ملاقات میں ابھی پورے دو برس باقی تھے۔

سورج غروب نہیں ہوا تھا کہ اس سے پہلے ہی خدیجہ اور تلو مزارِ شہدا پہنچ گئیں۔ کمانڈر گلریز کی قبر دوسروں سے نمایاں نظر آ رہی تھی۔ اس کے اوپر بانس کا ایک ڈھانچہ کھڑا کیا گیا تھا۔ اسے سنہری سفید جھالروں سے سجا کر سبز جھنڈا لگایا گیا تھا۔ ایک عزیز مجاہدِ آزادی کا عارضی مزار، جس نے لوگوں کے کل کے لیے اپنا آج قربان کر دیا تھا۔ ایک آدمی جس کے چہرے پر آنسو بہہ رہے تھے، فاصلے پر کھڑا اس کی طرف دیکھ رہا تھا۔

''یہ ایک سابق مجاہد ہے،'' خدیجہ نے سرگوشی میں بتایا۔ ''برسوں تک جیل میں رہا۔ بیچارہ، غلط آدمی کے لیے رو رہا ہے۔''

''شاید نہیں،'' تلو نے کہا۔ ''گل کاک کے لیے ساری دنیا کو رونا چاہیے۔''

انھوں نے گل کاک کی قبر پر گلاب کی پتیاں بکھیریں اور شمع روشن کی۔ خدیجہ نے عارفہ اور مس جبین اوّل کی قبریں ڈھونڈیں اور ان کے لیے بھی ایسا ہی کیا۔ اس نے مس جبین کے کتبے کی عبارت تلو کو پڑھ کر سنائی:

مس جبین

۲؍جنوری ۱۹۹۲ء ۔ ۲۲؍دسمبر ۱۹۹۵ء

عارفہ اور موسیٰ یسوی کی عزیز بیٹی

اور اس کے نیچے تقریباً پوشیدہ کتبہ:

اَکھ دَلیلا وَن

یَتھ منز نہ کانھہ بَلای آسہِ

نھہ آس سو کُنہِ جنگلس منز روزان

خدیجہ نے تلو کے لیے اس کا ترجمہ کیا لیکن دونوں ہی کی سمجھ میں نہیں آیا کہ اس کا اصل مطلب کیا تھا۔

ماندلستام کی نظم جو اس نے موسیٰ کے ساتھ پڑھی تھی (اور چاہا تھا کہ کاش نہ پڑھی ہوتی)، کی آخری لائنیں تلو کے ذہن میں بے مہار تیرنے لگیں:

Death cleaner, misfortune saltier,
And the earth more truthful, more aweful.

موت واضح تر، بدبختی نمکین تر،
اور دھرتی زیادہ سچی، زیادہ عجیب۔

وہ احدوس لوٹ آئیں۔ جب تک تلو اپنے کمرے میں داخل نہیں ہوگئی، خدیجہ وہیں رہی۔ جب خدیجہ چلی گئی تو تلو نے ناگا کو یہ بتانے کے لیے فون کیا کہ وہ لوٹ آئی ہے اور اب سونے جا رہی ہے۔ موسیٰ کا دیا ہوا لفافہ کھولنے سے پہلے اس نے بلا وجہ ایک چھوٹی سی دعا مانگی (کون سے خدا سے، وہ خود بھی نہیں جانتی تھی)۔

لفافے میں ڈاکٹر کا لکھا ہوا کان کی دوا کا نسخہ اور گل کاک کی ایک تصویر تھی۔ وہ جنگی وردی یعنی خاکی شرٹ اور موسیٰ کے اصل بوٹ پہنے، کیمرے کی طرف مسکرا رہا تھا۔ اس کے دونوں کندھوں پر چمڑے کی خوبصورت کارتوس کی پیٹیاں لٹکی ہوئی تھیں، اور کولھے پر پستول کا ہولسٹر۔ وہ سر سے پیر تک ہتھیار بند تھا۔ کارتوس کی پیٹیوں کے ہر خانے میں ایک ایک ہری مرچ لگی تھی۔ اس کے پستول کے ہولسٹر میں تازہ پتوں والی رسیلی مولی تھی۔

تصویر کی پشت پر موسیٰ نے لکھا تھا: ''ہمارا عزیز کمانڈر گلریز۔''

آدھی رات کو تلو نے ناگا کے دروازے پر دستک دی۔ اس نے دروازہ کھولا اور اپنا بازو تلو کے گرد ڈال دیا۔ وہ رات انھوں نے ساتھ ساتھ گزاری، خالص سیکولر بنیادوں پر۔

❄

تلو نے لاپروائی برتی تھی۔

موت کی وادی سے وہ ایک ننھی سی جان لیے ہوے لوٹی تھی۔

اس کی اور ناگا کی شادی کو دو مہینے گزرے تھے کہ اسے پتا چلا کہ وہ حمل سے ہے۔ ان کی شادی ابھی اس مرحلے سے نہیں گزری تھی جسے وصل کہا جاتا ہے، اس لیے اس کے ذہن میں کسی شک کی گنجائش نہ تھی کہ بچے کا باپ کون ہے۔ اس نے امکانات پر غور کرنا شروع کر دیا۔ کیوں نہیں؟ اگر لڑکا ہوا تو گلریز۔ اور لڑکی ہوئی تو جبین۔ وہ خود کو ماں کے طور پر ویسے ہی تصور نہیں کر پا رہی تھی جیسے دلہن کے طور پر نہیں کر سکی تھی— حالانکہ وہ دلہن بن چکی تھی۔ اس نے ایسا کیا تھا اور جھیل گئی تھی۔ تو پھر یہ بھی کیوں نہیں؟

آخر میں اس نے جو فیصلہ کیا اس کا کوئی تعلق ناگا کے لیے اس کے جذبات یا موسیٰ کے لیے محبت سے نہ تھا۔ اس کا منبع کوئی اور ازلی نقطہ تھا۔ وہ یہ سوچ کر پریشان تھی کہ جس ننھی سی جان کو وہ جنم دے گی اسے عجیب اور خطرناک مچھلیوں سے بھرے اسی سمندر کا سامنا کرنا پڑے گا جس سے اپنی ماں کے ساتھ رشتے کے معاملے میں تلو کو خود گزرنا پڑا تھا۔ اسے یہ بھروسا نہیں تھا کہ وہ مریم آئپ سے بہتر ماں بن سکتی ہے۔ اس کی نظروں کے سامنے بالکل واضح تھا کہ وہ ان سے کہیں زیادہ خراب ماں نکلے گی۔ وہ اپنا وجود ایک بچے پر تھوپنا نہیں چاہتی تھی۔ اور اس کی بالکل خواہش مند نہ تھی کہ وہ اپنے وجود کی ایک ہو بہو نقل کو دنیا پر تھوپے۔

پیسہ ایک مسئلہ تھا۔ اس کے پاس تھوڑی سی رقم تھی، لیکن ناکافی۔ ناکافی حاضریوں کی بنیاد پر اسے نوکری سے برخاست کر دیا گیا تھا، اور دوسری ملازمت اسے ابھی ملی نہیں تھی۔ وہ ناگا سے پیسہ نہیں لینا چاہتی تھی۔ اس لیے سرکاری اسپتال چلی گئی۔

ویٹنگ روم ان پریشان حال عورتوں سے بھرا ہوا تھا جنھیں ان کے شوہروں نے اس وجہ سے

گھروں سے نکال دیا تھا کہ وہ حاملہ نہیں ہو سکی تھیں۔ یہاں وہ جانچ کرانے آئی تھیں۔ جب ان عورتوں کو پتا چلا کہ تلو وہاں حمل گروانے آئی ہے جسے ایم ٹی پی (Medical Termination of Pregnancy) کہا جاتا ہے، تو وہ اپنی مخاصمت اور کراہت کو چھپا نہ سکیں۔ ڈاکٹروں کا رویہ بھی ناپسندیدگی کا تھا۔ وہ ان کی تقریریں بے حسی سے سنتی رہی۔ جب اس نے ان سے صاف صاف کہا کہ وہ اپنا ارادہ نہیں بدلے گی تو ڈاکٹروں نے کہا کہ وہ اسے انیستھیٹک دوا نہیں دے سکتے، جب تک کہ اجازت نامے پر دستخط کرنے کے لیے کوئی اس کے ساتھ نہ ہو، ترجیحی طور پر بچے کا باپ۔ تلو نے ان سے بے ہوش کیے بغیر ہی ابارشن کرنے کو کہا۔ درد کے مارے وہ بے ہوش ہوگئی اور جنرل وارڈ میں اس کی آنکھ کھلی۔ بستر میں اس کے ساتھ کوئی اور بھی تھا۔ ایک بچہ جس کے گردوں میں خرابی تھی اور وہ درد سے چلّا رہا تھا۔ ہر بستر پر ایک سے زیادہ مریض پڑے تھے۔ فرش پر مریض تھے، اور عیادت گذار اور اہلِ خانہ بھی، جن کا جمگھٹا مریضوں کے گرد لگا تھا، اتنے ہی بیمار نظر آ رہے تھے۔ تھکے ہارے ڈاکٹر اور نرسیں اسی افراتفری کے درمیان اپنے کاموں میں مصروف تھے۔ لگتا تھا جیسے یہ عرصۂ جنگ کا وارڈ ہو۔ فرق صرف اتنا تھا کہ دہلی میں معمول کی جنگ کے سوا کوئی اور جنگ نہ تھی — غریبوں کے خلاف امیروں کی جنگ۔

تلو اٹھی اور لڑکھڑاتی ہوئی وارڈ سے باہر آ گئی۔ اسپتال کی گندی راہداریوں میں، جو بیماروں اور مرتے ہوئے لوگوں سے بھری پڑی تھیں، وہ راستہ بھٹک گئی۔ گراؤنڈ فلور پر اس نے ایک چھوٹے سے آدمی سے، جس کے بازو کی مچھلیاں کسی اور کی ملکیت معلوم ہوتی تھیں، اسپتال سے باہر نکلنے کا راستہ پوچھا۔ نکاس کے جس راستے کی طرف اس نے اشارہ کیا تھا وہ اسے اسپتال کے عقب میں لے گیا۔ یہاں مردہ گھر تھا، اور اس سے پرے ایک ویران مسلم قبرستان جو لگتا تھا کہ اب مستعمل نہیں۔

بڑے بڑے اور پرانے درختوں کی شاخوں سے چمگادڑیں یوں لٹکی ہوئی تھیں جیسے کسی پرانے احتجاج کی بے جان، سیاہ جھنڈیاں ہوں۔ آس پاس کوئی نہیں تھا۔ اپنے ذہن کو قابو میں کرنے کی کوشش میں تلو ایک ٹوٹی ہوئی قبر کے پاس بیٹھ گئی۔

ایک دبلا پتلا، گنجا آدمی، ویٹروں والا سرخ کوٹ پہنے، ایک پرانی بائیسکل چلاتا ہوا آیا۔ اس کی سائیکل کی عقبی سیٹ میں گیندے کے پھولوں کا چھوٹا سا گچھا دبا ہوا تھا۔ وہ ہاتھوں میں پھول اور جھاڑن

لیے ہوے ایک قبر پر پہنچا۔ جھاڑن سے صاف کرنے کے بعد اس نے قبر پر پھول رکھے، ایک منٹ تک خاموش کھڑا رہا اور پھر بہ عجلت چلا گیا۔

تلو قبر کے قریب پہنچی۔ جہاں تک وہ اندازہ لگا سکی، یہ تنہا قبر تھی جس کا کتبہ انگریزی میں کندہ تھا۔ یہ بیگم رینا ٹا ممتاز میڈم، رومانیہ کی بیلی ڈانسر کی قبر تھی جو دل ٹوٹنے سے مر گئی تھی۔

اور یہ آدمی روشن لال تھا جو روز بڈ ریسٹ او بار سے اس دن اپنی چھٹی پر تھا۔ تلو کی اس سے ملاقات سترہ سال کے بعد ہوگی، جب وہ مس جبین دوئم کے ساتھ اس قبرستان میں واپس آئے گی۔ ظاہر ہے کہ وہ انھیں پہچان نہیں پائے گی، نہ ہی قبرستان کو، کیونکہ تب تک یہ بھلا دیے گئے مرحومین کا اجاڑ مقام نہیں رہے گا۔

جب روشن لال چلا گیا تو تلو بیگم رینا ٹا ممتاز میڈم کی قبر پر لیٹ گئی۔ تھوڑی دیر روتی رہی اور پھر سو گئی۔ جب جاگی تو گھر جانے اور بقیہ زندگی کا سامنا کرنے کے لیے کچھ بہتر محسوس کر رہی تھی۔

اس کی بقیہ زندگی میں، نچلی منزل پر ہفتے میں کم از کم ایک بار، امبیسیڈ رشوشنکر اور ان کی بیوی کے ساتھ ڈنر کرنا بھی شامل تھا، جن کے نظریات سے، کشمیر سمیت ہر موضوع پر، تلو کے ہاتھ کانپنے لگتے تھے اور اس کی پلیٹ میں رکھے چھری کانٹے تھرتھرانے لگتے تھے۔

مرکزی سرزمین کا 'احمق بننے کا عمل'، stupidification رفتار پکڑتا جا رہا تھا، بے نظیر رفتار سے، اور اس کے لیے کسی فوجی تسلط کی بھی ضرورت نہ تھی۔

اور پھر موسم بدلتے گئے۔ ''یہ بھی ایک سفر ہے،'' م نے کہا،''اور اسے وہ ہم سے چھین نہیں سکیں گے۔''

— نادیژدا ماندلستام

10

بے پناہ شادمانی کی مملکت

آس پاس کی غریب تر علاقوں میں جلد ہی یہ خبر پھیل گئی کہ ایک ہوشیار عورت قبرستان میں رہنے آئی ہے۔ بستی کے لوگ جنت گیسٹ ہاؤس میں لگنے والی تلو کی کلاسوں میں اپنے بچوں کے نام لکھوانے آنے لگے۔ اس کے شاگرد اسے تلو میڈم پکارتے یا کبھی استانی جی۔ حالانکہ اسے اپنے اپارٹمنٹ کے سامنے والے اسکول میں صبح کو 'ہم ہوں گے کامیاب' گاتے ہوئے بچے یاد آتے تھے لیکن اس نے اپنے شاگردوں کو کسی بھی زبان میں یہ گیت نہیں سکھایا، کیونکہ وہ یقین سے نہیں کہہ سکتی تھی کہ 'کامیابی' کہیں بھی، کسی کا بھی افق ہے۔ لیکن وہ انھیں ریاضی، ڈرائنگ، کمپیوٹر گرافکس (معمولی فیس سے جمع شدہ رقم سے خریدے ہوئے تین سیکنڈ ہینڈ ڈیسک ٹاپوں پر)، تھوڑی سی بیسک سائنس، انگریزی اور سنکی پن سکھاتی تھی۔ اُن سے وہ اردو اور شادمانی کا تھوڑا سا فن سیکھتی تھی۔ وہ سارا دن کام کرتی اور، زندگی میں پہلی بار، پوری رات سونے لگی تھی۔ (مس جبین دوئم انجم کے ساتھ سوتی تھی۔) ہر گزرتے دن کے ساتھ تلو کے ذہن میں یہ احساس کم ہونے لگا جیسے وہ بھی موسیٰ کی 'بازیافتوں' میں سے ایک ہے۔ آئے دن اپنے اپارٹمنٹ جانے کے منصوبے بنانے کے باوجود وہ تب سے اب تک ایک بار بھی نہیں گئی تھی۔ گارسن ہوبارٹ کا پیغام ملنے کے بعد بھی نہیں جو اس نے انجم اور صدام حسین کے ہاتھ اس وقت بھیجا تھا جب وہ اس کے گھر سے اس کا کچھ سامان لینے گئے تھے (تجسس کے مارے یہ دیکھنے کو کہ یہ اجنبی عورت

جواُن کی زندگیوں میں ٹپک پڑی تھی، کس طرح رہتی تھی)۔تلواپنا کرایہ اس کے اکاؤنٹ میں بھیجتی رہی، جس کے بارے میں اس کا خیال تھا کہ جب تک اپنا سارا سامان نہیں نکال لیتی تب تک کرایہ واجب الادا ہے۔ جب چند مہینے گزر گئے اور موسیٰ کی طرف سے کوئی خبر نہیں ملی تو اس نے اس پھل فروش کے پاس موسیٰ کے لیے پیغام چھوڑا جو اس کی 'بازیافتیں' تلو کے پاس لاتا تھا۔ پھر بھی کوئی خبر نہیں آئی۔ اس کے باوجود، موسیٰ کی موت کی اچانک خبر سننے کے مستقل خوف کا بوجھ، جو برسوں تک اس کے ساتھ رہا، کسی حد تک ہلکا ہو گیا تھا۔ اس لیے نہیں کہ اس کی محبت کم ہو گئی تھی، بلکہ اس لیے کہ قبرستان کے پائمال فرشتوں نے، جواُن کی پائمال ذمہ داریوں پر نگراں تھے، دونوں دنیاؤں کا درمیانی دروازہ کھول رکھا تھا (غیر قانونی طور پر، صرف ایک جھری)، تاکہ موجود اور مرحوم لوگوں کی روحیں باہم ملتی رہیں، کسی تقریب میں شامل مہمانوں کی طرح۔ اس نے زندگی کے استقرار کو کم کر دیا تھا اور موت کی قطعیت کو بھی۔ کسی طرح، ہر بات کو برداشت کرنا قدرے آسان ہو گیا تھا۔

تلو کی ٹیوشن کی کلاسوں کی کامیابی اور مقبولیت سے حوصلہ پا کر، استاد حمید نے ایک بار پھر ان طلبہ کو موسیقی سکھانی شروع کر دی تھی جن میں وہ امکان دیکھتے تھے۔ انجم ان اسباق میں اسی طرح شامل ہوتی جیسے وہ نماز کے لیے پکارنے والی اذان ہوں۔ گاتی وہ اب بھی نہیں تھی، لیکن اسی طرح گنگناتی جیسے اس وقت گنگنایا کرتی تھی جب وہ زینب گھوس کو گانا سکھانے کی کوشش کر رہی تھی۔ مس جبین دوئم (جو تیزی سے بڑھ رہی تھی، شرارتی ہوتی جا رہی تھی اور لاڈ میں بگاڑی جا رہی تھی) کی پرورش میں انجم اور تلو کی مدد کرنے کے بہانے سے زینب اپنی سہ پہریں، شامیں اور کبھی کبھی راتیں بھی قبرستان میں گزارنے لگی تھی۔ اصلی وجہ — جو کسی سے چھپی نہیں تھی — صدام حسین کے ساتھ اس کا سر پھرا عشق تھا۔ پولی ٹیکنیک کا کورس وہ مکمل کر چکی تھی اور اب ایک فربہ، چھوٹی سی فیشنِستا بن چکی تھی جو آرڈر پر عورتوں کے لباس تیار کرتی تھی۔ وراثت میں اسے نمّو گورکھپوری کے سارے پرانے فیشن میگزین، نیز وہ سب ہیئر کرلرز اور کاسمیٹکس ملے تھے جو تلو کی پہلی آمد کے موقعے پر استقبال کے لیے اس کے کمرے میں سجائے گئے تھے۔ صدام حسین نے اپنے عشق کا اعلانِ بلا اقرار اس طرح کیا تھا کہ اس نے زینب کو اپنی انگلیوں اور پیروں کے ناخنوں پر بصد ناز سرخ نیل پالش لگانے دی تھی۔ اس دوران وہ کھی کھی کرتے

رہے تھے۔ اس نے نیل پالش ہٹائی نہیں، حتیٰ کہ وہ خود ہی پپڑیاں بن بن کر اتر گئی تھی۔

زینب اور صدام، دونوں نے مل کر قبرستان کو چڑیا گھر میں بدل دیا تھا— زخمی جانوروں سے بھری کشتیِ نوح۔ ایک مور تھا جس سے اڑا نہیں جاتا تھا، اور ایک مورنی جو شاید اس کی ماں تھی، جو اسے چھوڑ کر نہ جاتی تھی۔ تین بوڑھی گائیں، جو سارا دن سوتی رہتی تھیں۔ ایک دن زینب آٹو رکشہ سے آئی، کئی پنجروں میں تین درجن بجریگر لیے ہوئے، جنھیں بیہودگی سے چمکیلے رنگوں سے رنگا گیا تھا۔ ایک چڑی مار سے یہ اس نے غصے کے عالم میں خرید لیے تھے، جو اپنی سائیکل کے عقبی حصے میں ان کا انبار لگائے پرانے شہر میں گھوم رہا تھا۔ انھیں یوں رنگی حالت میں آزاد نہیں کیا جا سکتا کیونکہ شکاری پرندے انھیں لمحہ بھر میں تاڑ لیتے ہیں، صدام نے اسے بتایا۔ چنانچہ ان کے لیے اس نے ایک اونچا سا ہوادار پنجرہ بنا دیا جو دو قبروں کی چوڑائی کے برابر تھا۔ پرندے اس میں اچھل کود مچاتے رہتے اور رات کو جگنوؤں کی طرح چمکتے تھے۔ ایک چھوٹا سا کچھوا تھا— متروکہ پالتو کچھوا— جو صدام کو ایک پارک میں ملا تھا، اور جس کے ایک نتھنے میں تنپتیا گھاس کا تنکا گھسا ہوا تھا، اب کیچڑ بھرے ایک گڈھے میں اس کا اپنا مسکن تھا۔ پایل گھوڑی کے ساتھی کے طور پر اب ایک لنگڑا گدھا اس کے پاس تھا۔ وہ مہیش کہلاتا تھا۔ مہیش ہی کیوں، کوئی نہیں جانتا تھا۔ بیرو بوڑھا ہوتا جا رہا تھا لیکن اس کی اور کامریڈ لالی کی اولادیں کئی گنا بڑھ چکی تھیں، اور اب یہ پلّے ہر جگہ اینڈتے پھرتے تھے۔ کئی بلیاں آئیں اور چلی گئیں۔ اسی طرح جیسے جنت گیسٹ ہاؤس میں مہمان آتے جاتے رہتے تھے۔

گیسٹ ہاؤس کے عقب میں سبزیوں کا کھیت بھی خوب پھل پھول رہا تھا، قبرستان کی زرخیر مٹی کے طفیل، کیونکہ وہ دنیا کے قدیم ترین کھاد گھر کا سرچشمہ تھی۔ حالانکہ کسی کو بھی سبزی خوری سے کوئی خاص دلچسپی نہ تھی (زینب کو سب سے کم)، اس کے باوجود بینگن، پھلیاں، مرچیں، ٹماٹر اور کئی قسم کی لوکیاں اگائی جاتی تھیں، جو قبرستان سے ملحق سڑک سے گزرنے والے بھاری ٹریفک کے دھویں اور زہریلے بھبکوں کے باوجود کئی طرح کی مکھیوں اور تتلیوں کو کھینچ لانے کا باعث تھیں۔ جو نشہ خور ذرا صحت مند تھے انھیں باغیچے اور جانوروں کی دیکھ بھال کے لیے ملازم بھرتی کر لیا گیا تھا۔ لگتا تھا کہ کام سے انھیں وقتی راحت ملی ہے۔

انجم نے یہ شوشہ چھوڑا کہ جنت گیسٹ ہاؤس میں ایک سوئمنگ پول بھی ہونا چاہیے۔ ’’کیوں نہیں؟‘ وہ بولی، ’’سوئمنگ پول صرف امیروں کے پاس ہی کیوں ہوتے ہیں؟ ہمارے کیوں نہ ہوں؟‘‘ جب صدام نے اس کی توجہ دلائی کہ پانی سوئمنگ پول کا بنیادی عنصر ہوتا ہے، اور اس کا فقدان ایک بڑا مسئلہ ہوگا، تو اس پر انجم نے کہا کہ سوئمنگ پول کو پانی کے بغیر بھی غریب لوگ تعریفی نظروں سے دیکھیں گے۔ اس نے چند فٹ گہرا ایک سوئمنگ پول کھدوایا، ایک بڑے سے حوض کے سائز کا، اور اس میں نیلے رنگ کے باتھ روم ٹائل لگوائے۔ اس کا خیال درست نکلا۔ لوگوں نے اس کی تعریف کی۔ وہ اسے دیکھنے آتے تھے اور دعائیں دیتے تھے کہ ایک دن انشااللہ یہ صاف ستھرے نیلے پانی سے بھرا ہوگا۔

توکل ملا کر اس پرانے قبرستان میں ایک عوامی سوئمنگ پول، ایک عوامی چڑیا گھر، ایک عوامی اسکول کے ساتھ زندگی بہ حسن وخوبی چل پڑی تھی۔ البتہ ’دنیا‘ کے متعلق ایسا نہیں کہا جا سکتا تھا۔

انجم کے پرانے دوست گپتا جی بغداد سے، یا اس کا جو کچھ بھی بچا تھا، لوٹ آئے تھے۔ ساتھ میں جنگ اور قتلِ عام کی، بمباری اور مظالم کی خوفناک داستانیں لائے تھے — ایک پورے خطے کی، جسے جان بوجھ کر اور منصوبہ بند طریقے سے زمینی جہنم میں تبدیل کیا جا رہا تھا۔ وہ اس پر شکر گذار تھے کہ وہ زندہ بچ گئے اور لوٹنے کے لیے ان کے پاس ایک گھر موجود ہے۔ مزید بلاسٹ والز بنانے کی ان کے دل میں کوئی خواہش نہیں بچی تھی، بلکہ کسی بھی طرح کے کام دھندے کے لیے نہیں۔ وہ یہ دیکھ کر خوش ہوئے کہ عراق جاتے وقت وہ جو ایک لٹی پٹی اور مایوس انجم چھوڑ گئے تھے، اب شاداب اور خوش وخرم ہے۔ وہ اور انجم گھنٹوں ساتھ بیٹھے رہتے، چھوٹے موٹے معاملات پر باتیں کرتے، ٹی وی پر پرانی ہندی فلمیں دیکھتے، اور توسیع وتعمیر کے نئے نئے منصوبے باندھا کرتے (گپتا جی کی نگرانی میں ہی سوئمنگ پول تعمیر ہوا تھا)۔ مسز گپتا بھی دنیاوی عشق سے تائب ہو کر اپنا سارا وقت اپنے پوجا گھر میں بھگوان کرشن کی صحبت میں گزارتی تھیں۔

داخلی محاذ پر جہنم قریب آتا جا رہا تھا۔ گجرات کا للا بھاری ووٹوں سے الیکشن جیت چکا تھا اور اب وزیرِ اعظم تھا۔ لوگ اسے دیوتا مانتے تھے اور چھوٹے چھوٹے قصبوں میں مندر بننا شروع ہو چکے تھے جن میں پردھان مورتی اسی کی لگائی جاتی تھی۔ اس کے ایک بھکت نے ایک دھاری دار سوٹ اسے تحفے میں

دیا تھا جس کے ریشے کی بنت میں للا للا للا لکھا ہوا تھا۔ ملاقات کو آنے والے سربراہانِ مملکت کا استقبال کرتے وقت وہ یہی سوٹ پہنتا تھا۔ ملک کے عوام سے وہ ہر ہفتے ریڈیو نشریات کے ذریعے براہِ راست جذباتی خطاب کیا کرتا تھا۔ اس نے صفائی ستھرائی، سووَچھتا اور ملک کے لیے قربانیاں دینے کا پیغام ملک بھر میں پھیلایا، کسی حکایت، کسی لوک کتھا کے ذریعے، یا پھر کسی طرح کی لاٹ پر کھدوا کر۔ اس نے اجتماعی یوگا کی مشقیں کمیونٹی پارکوں میں کرانے کو رواج دیا۔ مہینے میں کم از کم ایک مرتبہ وہ کسی غریب بستی کا دورہ کرتا اور اپنے ہاتھ سے سڑکوں کی جھاڑو دیتا تھا۔ جیسے جیسے اس کی مقبولیت بلندیوں کو چھوتی گئی، وہ مخبوط الحواس اور سڑی ہوتا گیا۔ وہ کسی پر اعتماد نہیں کرتا تھا اور نہ کسی سے مشورہ لیتا تھا۔ وہ تنہا رہتا، تنہا کھاتا اور کسی سے میل جول نہیں رکھتا تھا۔ اپنی ذاتی حفاظت کے خیال سے اس نے غیر ممالک سے غذا چکھنے والے ماہرین اور محافظوں کی خدمات حاصل کیں۔ اس کے اعلانات ڈرامائی نوعیت کے ہوتے تھے اور وہ انتہا پسندانہ فیصلے کرتا جن کے اثرات دور تک پہنچتے تھے۔

جو سنگٹھن اسے اقتدار میں لایا تھا، شخصیت پرستی کے مسلک کو بری نظر سے دیکھتا تھا، اور تاریخ کے ساتھ اس کا کھیل لمبا تھا۔ وہ اس کی حمایت کرتا رہا، لیکن خاموشی سے اس کے جانشین کی تربیت بھی کرنے لگا۔

بھگوا طوطوں کو، جو وقت آنے پر اپنی بازی کے منتظر تھے، کھلی چھوٹ دے دی گئی۔ وہ یونیورسٹی کیمپسوں اور عدالتوں پر حملے کرنے لگے، موسیقی کی محفلوں میں دخل اندازی کرنے، سنیما ہال توڑنے پھوڑنے اور کتابیں جلانے لگے۔ درسیات کے لیے طوطوں کی ایک کمیٹی بنائی گئی تاکہ تاریخ کو دیومالائی کتھاؤں میں، اور دیومالائی کتھاؤں کو تاریخ میں بدلنے کا کام باقاعدگی سے شروع ہو سکے۔ لال قلعے کے ساؤنڈ اینڈ لائٹ شو کو نظرِ ثانی کے لیے ورکشاپ کے حوالے کیا گیا۔ جلد ہی صدیوں کی مسلم حکمرانی کو شاعری، موسیقی، عمارت سازی سے عاری کر دیا جائے گا، اور اسے تلواروں کی جھنکار اور خون منجمد کر دینے والے جنگی نعروں تک محدود کر دیا جائے گا، جس کا عرصہ بھاری ہنسی کی اُس آواز سے بس ذرا ہی زیادہ ہوگا جس پر استاد کلثوم بی نے اپنی امیدیں ٹکائی تھیں۔ بقیہ وقت میں ہندوتوا کی شان و شوکت کی کہانی بیان کی جائے گی۔ ہمیشہ کی طرح، تاریخ ویسے ہی مستقبل کا الہام ہوگی، جیسے ماضی کا مطالعہ ہوا

کرتی ہے۔

غنڈوں کے چھوٹے چھوٹے گروہ جو خود کو 'ہندو دھرم کے رکشک' بتاتے تھے، گاؤں دیہاتوں سے نپٹ رہے تھے، اور ہر ممکن فائدہ اٹھا رہے تھے۔ سیاستداں بننے کے شائقین اپنے کریئر کا آغاز نفرت اگلتی تقریروں سے، یا مسلمانوں کو مارنے پیٹنے کے منظر فلما کر اور یوٹیوب پر اَپ لوڈ کر کے کر رہے تھے۔ ہندوؤں کی ہر تیرتھ یاترا اور مذہبی تیوہار اب ایک اشتعال انگیز فتح کے جلوس میں بدل چکا تھا۔ مسلح نگراں دستے یاتریوں اور تیوہار منانے والوں کے ساتھ ٹرکوں اور موٹر سائیکلوں پر سوار نکلتے تھے، اور پرامن بستیوں میں فساد کھڑا کرنے کے بہانے ڈھونڈتے تھے۔ بھگوا جھنڈوں کے بجائے اب وہ فخریہ قومی جھنڈا لہراتے تھے — ایک ویسا ہی دھوکا جو انھوں نے مسٹر اگروال اور اس کے فربہ گاندھی وادی ماسکوٹ سے جنتر منتر پر سیکھا تھا۔

پوتر گائے اب ایک راشٹریہ نشان بن چکی تھی۔ حکومت گائے کے مُوت کو فروغ دینے (ڈرنک اور ڈٹرجنٹ، دونوں طرح سے) کی مہمات کی پشت پناہی کر رہی تھی۔ لِلا کے مضبوط قلعوں سے یہ خبریں آنے لگی تھیں کہ گائے کھانے یا گائے مارنے کا الزام لگا کر لوگوں کو برسرِ عام کوڑے لگائے جا رہے ہیں یا پیٹ پیٹ کر انھیں قتل کیا جا رہا ہے۔

ان کارروائیوں کا اندازہ کر کے عراق میں رہنے کے اپنے حالیہ تجربے کی بنیاد پر دنیادار گپتا جی کی سوچی سمجھی رائے یہ تھی کہ ان کارروائیوں کا نتیجہ آخر میں بلاسٹ والز کے لیے مارکیٹ تیار کرنے کی صورت میں ہی نکلے گا۔

ہفتے کے آخری دنوں میں جب نمو گورکھپوری آئی تو اس نے چار واسطوں سے سنی یہ کہانی تمام تر باریکیوں کے ساتھ (بعینہٖ) سنائی کہ کس طرح اس کے ایک پڑوسی کے دوست کے ایک رشتہ دار کو گائے مارنے اور کھانے کا الزام لگا کر ایک بھیڑ نے اسے اس کے گھر والوں کے سامنے ہی پیٹ پیٹ کر ہلاک کر دیا۔

''بہتر ہوگا کہ جو بوڑھی گائیں تمھارے پاس ہیں، انھیں یہاں سے بھگا دو،'' اس نے کہا۔ ''اگر یہاں مر گئیں — 'اگر' نہیں بلکہ مریں گی ہی یقیناً — تو یہ لوگ کہیں گے کہ تم نے انھیں مار دیا، اور پھر تم

سب کا کام تمام سمجھو۔اب ان کی نظریں اس پراپرٹی پر لگی ہوں گی ۔ یہ لوگ آج کل یہی کرتے ہیں۔کسی پر بھی گائے خوری کا الزام لگاتے ہیں، اور پھر اس کے گھر پر، اس کی زمین پر قبضہ کرلیتے ہیں، اور اسے شرنارتھی کیمپ بھیج دیتے ہیں۔ یہ سارا معاملہ پراپرٹی کا ہے، گائے وائے کا نہیں۔ تمھیں بہت سنبھل کر رہنا ہوگا۔'

''سنبھل کر کیسے؟'' صدام چلّا کر بولا۔''ان حرامیوں سے بچ کر رہنے کا ایک ہی طریقہ رہ گیا ہے کہ جینا چھوڑ دو۔اگر انھوں نے طے کرلیا کہ ماریں گے تو ماریں گے ہی، چاہے سنبھل کر رہو یا مت رہو، چاہے گائے ماری جائے یا نہ ماری جائے، چاہے گائے کی طرف تم نے دیکھا تک نہ ہو۔'' ایسا پہلی بار ہوا تھا کہ انھوں نے اسے یوں بے قابو ہوتے دیکھا تھا۔ سب کو جھٹکا لگا۔اس کی کہانی کسی کو معلوم نہ تھی۔انجم نے بتائی ہی نہ تھی۔ رازوں کو چھپانے کے معاملے میں وہ اولمپک چیمپیئن سے کم نہ تھی۔

یومِ آزادی پر، جو سالانہ رسم بن چکا تھا، اپنا دھوپ کا چشمہ لگائے صدام انجم کے ساتھ کار کے سرخ صوفے پر بیٹھا لال قلعے پر گجرات کے للا کی بھڑکاؤ تقریر اور گجرات میں عوامی احتجاج کے ایک بڑے مظاہرے کے درمیان چینل بدلتا رہا۔ ہزاروں دلت، اُونا نام کے ایک ضلع میں اکٹھے ہوئے تھے، ان پانچ دلتوں کو کوڑے لگانے کے خلاف جنھیں سڑک پر روک کر اس لیے مارا پیٹا گیا تھا کہ ان کے ٹرک میں گائے کی لاش تھی۔گائے کو انھوں نے مارا نہیں تھا۔ وہ تو صرف لاش لے جا رہے تھے، جس طرح ایک بار، برسوں پہلے صدام کے باپو لے جا رہے تھے۔ان کی جو تذلیل کی گئی تھی اسے ناقابلِ برداشت پاکر ان پانچوں نے خودکشی کرنے کی کوشش کی تھی۔ایک کامیاب ہوگیا تھا۔

''انھوں نے پہلے مسلمانوں اور عیسائیوں کو ختم کرنے کی کوشش کی۔اب چماروں کے پیچھے پڑ گئے ہیں،'' انجم نے کہا۔

''بات اس کی الٹ ہے۔'' صدام بولا۔اس نے وضاحت نہیں کی کہ وہ کیا کہنا چاہتا ہے۔لیکن یہ دیکھ کر بہت جوش میں لگ رہا تھا کہ احتجاج میں تقریر کرنے والے لوگ ایک کے بعد یہ عزم کر رہے تھے کہ وہ اب اعلیٰ ذات کے ہندوؤں کے لیے کبھی گایوں کی لاشیں نہیں اٹھائیں گے۔ٹی وی پر جو نہیں دکھایا گیا، یہ تھا کہ غنڈوں کے جتھے مقامِ احتجاج کے قریب ہائی وے پر مورچہ سنبھالے کھڑے تھے اور

ہجوم کے منتشر ہونے پر احتجاج کرنے والوں پر حملے کی تیاری میں تھے۔

زینب کی ایک تیز چیخ نے انجم اور صدام کی یومِ آزادی پر ٹی وی دیکھنے کی رسم میں خلل ڈال دیا۔ وہ باہر دھلے ہوئے کپڑے پھیلا رہی تھی۔ صدام دوڑ کر باہر نکلا۔ اس کے پیچھے، پریشان انجم قدرے کم رفتار سے باہر آئی۔ جو کچھ انھوں نے دیکھا وہ حقیقت ہے، کوئی واہمہ نہیں، یہ یقین کرنے میں انھیں تھوڑا سا وقت لگا۔ زینب، جس کی نگاہیں آسمان کی طرف اٹھی تھیں، مبہوت اور دہشت زدہ تھی۔

ایک کوّا بیچ ہوا میں معلق تھا۔ اس کا ایک بازو پنکھے کی مانند پھیلا ہوا تھا۔ پروں والا مسیح، ایک نادیدہ صلیب پر تر چھا لٹکا ہوا۔ ہزاروں بے چین، نیچی اڑان بھرتے کووں سے آسمان بھر گیا۔ ان کی بے چین کائیں کائیں میں شہر بھر کی بقیہ آوازیں ڈوب گئیں۔ ان سے اوپر کے منطقے میں خاموش چیلیں چکر کاٹ رہی تھیں، شاید متجسس، لیکن عندیہ ناقابلِ فہم۔ مصلوب کوّا بالکل ساکت تھا۔ بہت جلد لوگوں کی ایک چھوٹی سی بھیڑ کارروائی دیکھنے کو جمع ہو گئی، موت کی حد تک ڈری ہوئی، منجمد کوّوں سے متعلق اوہام کی اہمیت سے ایک دوسرے کو آگاہ کرتی ہوئی۔ اس پر بحث شروع ہو گئی کہ یہ بدشگونی، یہ خوفناک لعنت جو اُن پر مسلط ہوئی ہے، کیا کیا اثر دکھائے گی۔

جو کچھ ہوا تھا، کوئی راز نہ تھا۔ اڑان بھرتے ہوئے کوے کے ایک بازو میں پتنگ کی نادیدہ ڈور اٹک گئی تھی جو قبرستان کے قدیم برگدوں کی شاخوں میں، ایک سرے سے دوسرے سرے تک الجھی ہوئی تھی۔ مجرم — بینگنی رنگ کا پتنگ — ایک درخت کے پتوں کے بیچ میں سے احساسِ جرم کے ساتھ جھانک رہا تھا۔ پتنگ کی ڈور، جو مارکیٹ پر چھانے والے ایک حالیہ چینی برانڈ کی تھی، سخت، شفاف پلاسٹک سے بنی تھی جس کے اوپر پسے ہوئے شیشے کا لیپ تھا۔ یومِ آزادی کے پتنگ باز اس کا استعمال ایک دوسرے کے پتنگ کاٹنے کے لیے کرتے تھے۔ اس کی وجہ سے شہر میں کئی المناک حادثے پہلے ہی ہو چکے تھے۔

شروع میں کوے نے اس سے نکلنے کی جدوجہد کی، لیکن جلد ہی محسوس کر لیا کہ اس کی ہر جنبش کے ساتھ ڈور اس کے بازو میں مزید گہری اتر جاتی ہے۔ اس لیے وہ بالکل ساکت ہو گیا تھا، اور اپنے ڈھلکے ہوئے سر میں دھنسی اپنی پریشان، چمکیلی آنکھ سے نیچے جمع ہو چکے لوگوں کو دیکھ رہا تھا۔ ہر گزرتے لمحے کے

ساتھ آسمان اور زیادہ چیختے چلّاتے، پریشان کووں سے اور زیادہ بھرتا جا رہا تھا۔

صدام، جو صورتِ حال کا اندازہ کر کے فوراً چلا گیا تھا، اب رسی لیے ہوئے لوٹا جو اس نے پارسل والی ڈوریوں کے طرح طرح کے ٹکڑوں اور کپڑے سکھانے کی ڈوری کو باہم جوڑ کر تیار کی تھی۔ اس نے رسی کے ایک سرے پر پتھر کا ٹکڑا باندھا، اور آنکھیں سکیڑ کر اپنے دھوپ کے چشمے کے پیچھے سے سورج کی طرف دیکھا، جبلی طور پر پتنگ کی ڈور کی سمت کا اندازہ لگا کر اس نے پتھر کو آسمان کی طرف اچھالا، اس امید میں کہ اس سے ڈور میں پیچ پڑ جائے گا اور وہ پتھر کے وزن کے ساتھ نیچے آ جائے گی۔ کئی بار کی کوششوں اور کئی بار پتھروں کی ادلا بدلی کے بعد (پتھر کا اتنا ہلکا ہونا ضروری تھا کہ وہ آسمان میں زیادہ بلندی تک جا سکے، لیکن اتنا بھاری ہونا بھی ضروری تھا کہ ڈوری کے اوپر محراب بناتا ہوا جب وہ نیچے گرے تو اپنے ساتھ ڈور کو بھی ان شاخوں میں سے نکال لائے جن میں وہ اٹکی ہوئی تھی) آخر کار کامیابی مل گئی۔ جب ڈور نیچے گری تو پہلے تو کوے نے بھی اس کے ساتھ نیچے جھکولا کھایا، لیکن پھر جیسے کسی جادوئی ڈھنگ سے بچ نکلا اور اڑ گیا۔ آسمان ہلکا ہونے لگا، کائیں کائیں کم ہوتی گئی۔

حالات کے قابو میں ہونے کا اعلان کر دیا گیا۔

قبرستان میں کھڑے تماشا بینوں کے نزدیک، جو غیر معقول اور غیر سائنسی مزاج کے تھے (جن میں سارے لوگ شامل تھے، استانی جی سمیت)، یہ بات واضح ہو گئی کہ قیامت ٹل گئی اور اس کی جگہ اب رحمت نازل ہو گئی ہے۔

مین آف دی مومنٹ کا جشن منایا گیا، اسے گلے لگایا گیا، چوما گیا۔

صدام ایسا نہ تھا جو موقعے کو ہاتھ سے نکلنے دے، چنانچہ اس نے جان لیا تھا کہ موقع آ گیا۔

اس رات وہ انجم کے کمرے میں دیر سے داخل ہوا۔ وہ کروٹ لیے، کہنی کے بل اچکی ہوئی لیٹی تھی اور شفقت سے مس جبین دوئم کو دیکھ رہی تھی، جو گہری نیند میں تھی۔ (سوتے وقت سنائی جانے والی غیر مناسب کہانیوں کا مرحلہ ابھی دور تھا۔)

"ذرا سوچو تو،" انجم نے کہا، "اگر خدا کا کرم شامل نہ ہوتا تو یہ ننھی سی جان اس وقت کسی سرکاری

یتیم خانے میں پڑی ہوتی۔''

صدام نے اچھی طرح جانچ کر، احترام کے ساتھ، خاموشی کا ایک وقفہ گزر جانے دیا، اور پھر شادی کے لیے زینب کے ہاتھ کا باقاعدہ خواستگار ہوا۔ انجم نے اوپر دیکھے بغیر، تھوڑی سی تلخی کے ساتھ یوں جواب دیا جیسے اس کا کوئی پرانا درد جاگ اٹھا ہو۔

''مجھ سے کیوں کہہ رہے ہو؟ سعیدہ سے کہو۔ وہی اس کی ماں ہے۔''

''مجھے کہانی معلوم ہے۔ اسی لیے تم سے مانگ رہا ہوں۔''

انجم کو اچھا لگا، لیکن خوشی اس نے ظاہر نہ ہونے دی۔ بلکہ صدام کو سر سے پیر تک یوں دیکھا جیسے وہ کوئی اجنبی ہو۔

''کوئی ایک وجہ بتاؤ کہ زینب ایسے آدمی سے شادی کیوں کرے جو جرم کرنے کو تلا بیٹھا ہے اور عراق والے صدام حسین کی طرح پھانسی پر چڑھا دیا جائے گا؟''

''ارے یار، وہ سب ختم۔ ہَوا ہو چکا۔ میرے لوگ جاگ چکے ہیں،'' صدام نے اپنا موبائل فون نکالا اور صدام حسین کی پھانسی والی وِڈیو ڈھونڈی۔ ''یہ دیکھو۔ ڈلیٹ کرتا ہوں ابھی۔ تمھارے سامنے ہی۔ یہ دیکھو۔ یہ گئی۔ اس کی اب ضرورت نہیں مجھے۔ میرے پاس ایک نئی وِڈیو ہے۔ یہ دیکھو۔''

انجم بستر پر پلٹا کھا کر اٹھی اور چرمراتے بستر پر سیدھی ہو کر بیٹھتے ہوئے خوش دلی کے ساتھ منھ ہی منھ میں بڑبڑائی، ''یا اللہ، میں نے کون سا گناہ کیا ہے جو اس پاگل سے پالا پڑا ہے؟'' اس نے پڑھنے کا چشمہ آنکھوں پر لگا لیا۔

صدام نے اسے جو نیا وِڈیو دکھایا اس میں شروع میں کئی زنگ خوردہ باربردار ٹرک ایک انگریزی طرز کے پُروقار قدیم بنگلے کے صحن میں کھڑے تھے — جو گجرات کے ایک مقامی ڈسٹرکٹ کلکٹر کا دفتر تھا۔ ٹرکوں میں گایوں کی لاشوں اور ڈھانچوں کے ڈھیر لگے تھے۔ غضب ناک دلت نوجوانوں نے لاشوں کو ٹرکوں سے اتارا اور بنگلے کے ستون دار وسیع برآمدے میں پھینکنے لگے۔ گایوں کی لاشوں کی ایک خوفناک قطار انھوں نے ڈرائیووے میں لگائی، کلکٹر کی آفس ٹیبل پر سینگوں والا بڑا سا سر رکھا، اور گایوں کی سانپ جیسی آنتیں اس کی خوبصورت آرام کرسیوں کی کمر پر پشت پوش کی طرح لٹکا دیں۔

انجم نے حیرانی و پریشانی کے عالم میں وِڈیو کو دیکھا۔ موبائل فون سے نکلنے والی روشنی اس کے بے داغ سفید دانت پر منعکس ہو رہی تھی۔ یہ بات صاف تھی کہ یہ لوگ چیخ چلّا رہے تھے، لیکن مس جبین جاگ نہ جائے، اس خیال سے اس کی آواز بند کر دی گئی تھی۔

''وہ چلاّ چلاّ کر کیا کہہ رہے ہیں؟ کیا یہ گجراتی میں ہے؟'' اس نے صدام سے پوچھا۔

''تمھاری ماتا ہے، تم ہی اس کی دیکھ بھال کرو!'' صدام نے سرگوشی کی۔

''آئے ہائے! ان لڑکوں کے ساتھ اب نہ جانے کیا کریں گے وہ؟''

''کر ہی کیا سکتے ہیں بچارے گانڈو؟ اپنی ٹٹی تک تو دھو نہیں سکتے۔ اپنی ماتاؤں کو گاڑ نہیں سکتے۔ مجھے نہیں معلوم کہ کیا کریں گے۔ لیکن یہ ان کا مسئلہ ہے، ہمارا نہیں۔''

''تو اب؟'' انجم نے کہا۔ ''تم نے وِڈیو ڈلیٹ کر دی... اس کا مطلب ہوا کہ تم نے اس حرامی پولیس والے کو قتل کرنے کا ارادہ چھوڑ دیا؟'' یوں لگ رہا تھا جیسے اسے مایوسی ہوئی ہو۔ آواز میں تقریباً ناپسندیدگی تھی۔

''اب اسے مارنے کی ضرورت نہیں۔ تم نے یہ وِڈیو دیکھی — میرے لوگ جاگ گئے ہیں! وہ لڑ رہے ہیں! ایک سہراوت کیا ہے اب ہمارے لیے؟ کچھ بھی نہیں!''

''کیا تم اپنی زندگی کے سارے بڑے فیصلے موبائل فون وِڈیو کی بنیاد پر کرتے ہو؟''

''یار آج کل ایسے ہی چلتا ہے۔ دنیا ہی اب وِڈیو ہے۔ لیکن ذرا دیکھو کہ انھوں نے کیا کر ڈالا! یہ سچ مچ ہوا ہے۔ کوئی فلم نہیں۔ یہ ایکٹر نہیں ہیں۔ کیا دوبارہ دیکھو گی؟''

''ارے یہ سب اتنا آسان بھی نہیں ہے، بابو۔ وہ ان لڑکوں کو پیٹیں گے، انھیں خرید لیں گے... آج کل وہ اسی طرح کرتے ہیں... اور اگر انھوں نے اپنا یہ پیشہ چھوڑ دیا، تو کمائیں گے کہاں سے؟ کھائیں گے کیا؟ چلو، اس پر بعد میں سوچیں گے۔ کیا تمھارے پاس اپنے ابا کی کوئی اچھی سی تصویر ہے؟ ہم اسے اپنے ٹی وی روم میں ٹانگ سکتے ہیں۔''

انجم یہ مشورہ دے رہی تھی کہ صدام کے باپ کی ایک تصویر ذاکر میاں کے پورٹریٹ کے برابر میں ٹانگ دی جائے جو کرارے نوٹوں کی چڑیوں والی مالا کے ساتھ ٹی وی روم میں سجی تھی۔ صدام حسین کو

داماد ماننے کا یہ اس کا اپنا طریقہ تھا۔

سعیدہ بے حد خوش تھی، زینب پھولی نہیں سما رہی تھی۔ شادی کی تیاریاں شروع ہو گئیں۔ تلو میڈم سمیت سبھی کے کپڑوں کا ناپ لیا گیا جن کی ڈیزائننگ زینب کرے گی۔ شادی سے ایک مہینے پہلے صدام نے اعلان کیا کہ وہ سارے گھر کو ایک خصوصی دعوت کے لیے لے جائے گا۔ ایک سرپرائز۔ امام ضیاالدین اس قدر کمزور ہو چکے تھے کہ ان کے لیے جانا ممکن نہ رہا تھا، اور اس دن استاد حمید کے پوتے کی سال گرہ تھی۔ ڈاکٹر آزاد بھارتیہ نے کہا کہ دعوت کے لیے جو جگہ چنی گئی ہے وہ ان کے اصولوں کے خلاف ہے، اور ویسے بھی وہ کھانا نہیں کھا سکتے۔ چنانچہ پارٹی میں شامل ہونے والوں میں انجم، سعیدہ، نمو گورکھپوری، زینب، تلو، مس جبین دوئم اور خود صدام ہی بچے۔ ان میں سے کوئی اپنے خواب تک میں یہ اندازہ نہیں لگا سکتا تھا کہ صدام آخر ان کو کیا سرپرائز دینا چاہتا ہے۔

صدام کا ایک دوست نریش کمار ایک کروڑ پتی صنعت کار کے پانچ شوفروں میں ایک تھا، جس کا دہلی میں ایک محل نما گھر اور مہنگی کاروں کا ایک قافلہ تھا، حالانکہ دہلی میں وہ مہینے میں تین چار دن ہی گزارتا تھا۔ نریش کمار اپنے مالک کی چمڑے کی سیٹوں والی سلور مرسڈیز بینز لے کر قبرستان آ گیا، شادی سے پہلے دی جانے والی اس دعوت کے لیے مہمانوں کو لینے۔ زینب اگلی سیٹ پر صدام کی گود میں بیٹھی اور باقی سب پچھلی سیٹ پر بھنچ بھنچا کر بیٹھ گئیں۔ تلو کبھی یہ تصور تک نہیں کر سکتی تھی کہ دہلی کی سڑکوں پر مرسڈیز میں گھومنے کا مزہ لے گی۔ لیکن فوراً ہی اسے احساس ہو گیا کہ ایسا سوچنا محض اس کے تخیل کی تنگی ہے۔ کار نے رفتار پکڑی تو سواریاں چیخنے چلّانے لگیں۔ صدام نے نہیں بتایا کہ وہ انھیں کہاں لے جا رہا ہے۔ جب وہ پرانی دلّی کے آس پاس سے گزرنے لگے تو مارے اشتیاق کے باہر جھانکنے لگے، اس امید میں کہ شاید کچھ دوست اور شناسا چہرے انھیں دیکھ لیں۔ جب وہ ساؤتھ دہلی میں داخل ہوئے تو گاڑی اور اس کی سواریوں میں عدم مطابقت کے سبب بہت سی متجسس اور بعض اوقات مغضوب نگاہیں ان پر ڈالی گئیں۔ تھوڑا سا سہم کر انھوں نے کار کے شیشے چڑھا لیے۔ درختوں کی قطاروں والی ایک لمبی سڑک کے خاتمے پر وہ ایک ٹریفک سگنل پر رکے، جہاں ہیجڑوں کی ایک ٹولی سولہ سنگھار کیے بھیک مانگ رہی تھی—

بھیک تو بس تکنیکی طور، اصل میں کار کے شیشوں پر ہاتھ مار مار کر پیسوں کا مطالبہ کر رہی تھی۔ جتنی بھی کاریں سگنل پر کھڑی تھیں، سب کے شیشے چڑھے ہوے تھے۔ ان میں بیٹھے لوگ ہیجڑوں سے نظریں نہ ملانے کی ہر ممکن کوشش کر رہے تھے۔ جب سلور مرسڈیز پر نظر پڑی تو چاروں ہیجڑے اس کی طرف لپکے، دولت سونگھتے اور کسی اناڑی بدیسی کی توقع میں۔ لیکن یہ دیکھ کر حیران رہ گئے کہ ان کے ہلّہ بولنے سے پہلے ہی کھڑکیوں کے شیشے اتر گئے اور انجم، سعیدہ اور نمو گورکھپوری انھیں دیکھ کر مسکرائیں اور ان کی پھیلی ہوئی انگلیوں کے ساتھ بجتی تالیوں کے جواب میں تالیاں بجانے لگیں۔ یہ مڈبھیڑ فوراً ہی گپ شپ میں بدل گئی۔ وہ چاروں کس گھرانے سے ہیں؟ ان کی استاد کون ہے؟ اور استاد کی استاد کون؟ وہ چاروں مرسڈیز کی کھڑکیوں سے اندر جھک آئیں، کہنیاں گگر پر ٹکائے، اپنے کولھے فحش ڈھنگ سے ٹریفک کی جانب نکالے ہوے۔ لائٹیں جیسے ہی بدلیں، ان کے عقب کی کاریں بےچینی سے ہارن بجانے لگیں۔ جواب میں انھوں نے نوایجاد گالیوں کی بوچھار ماری۔ صدام نے انھیں سو روپے اور اپنا وزٹنگ کارڈ دیتے ہوے شادی کی دعوت دے ڈالی۔

''آپ لوگ ضرور آیئے گا۔''

وہ مسکرائے اور جھلائے ہوے ٹریفک کے درمیان سے مٹک مٹک کر آرام سے راستہ بناتے ہوے ہاتھ ہلا ہلا کر انھیں رخصت کیا۔ جب کار نے رفتار پکڑ لی تو سعیدہ نے کہا کہ چونکہ سیکس بدلنے کی سرجری سستی اور بہتر ہو رہی ہے، اور لوگوں کو آسانی سے فراہم ہے، اس لیے ہیجڑوں کا وجود جلد ہی ختم ہو جائے گا۔ ''جو کچھ ہم نے سہا ہے، اب کسی اور کو سہنا نہیں پڑے گا۔''

''تمھارا مطلب ہے انڈو پاک اب اور نہیں؟'' نمو گورکھپوری نے پوچھا۔

''یہ سب کچھ برا نہیں تھا،'' انجم نے کہا۔ ''میرا خیال ہے اگر ہم ختم ہو گئے تو افسوس کی بات ہوگی۔''

''سب برا ہی برا تھا،'' نمو گورکھپوری بولی۔ ''کیا ڈاکٹر مختار دھوکے باز کو بھول گئیں؟ تمھاری کتنی رقم اڑا لی تھی اس نے؟''

کار کشادہ اور تنگ، چکنی اور اوبڑ کھابڑ سڑکوں پر فولادی بلبلے کی مانند دو گھنٹے تک تیرتی رہی۔ وہ اپارٹمنٹ بلڈنگوں کے گھنے جنگلوں سے گزرے، کنکریٹ کے وسیع وعریض تفریحی پارک، عجیب وغریب ڈیزائن والے شادی گھر اور فلک بوس عمارتوں جیسی بلند مورتیاں آئیں، جن میں شِو کی مورتی کے بدن پر سیمنٹ کی چیتے کی کھال کا لنگوٹ اور گلے میں سیمنٹ کا کوبرا تھا اور ایک عظیم الجثہ ہنومان ایک میٹرو ٹریک پر چھایا ہوا تھا۔ وہ ایک ناممکن الپیشاب فلائی اوور پر سے گزر رہا، گیہوں کے کھیت کے برابر چوڑا، جس پر کاروں کی بیس قطاریں زناٹے سے گزرتی ہوئیں اور دونوں طرف فولاد اور کانچ کی مینار یں اگتی ہوئیں۔ لیکن جب وہ فلائی اوور سے اترنے کے لیے ایگزٹ روڈ پر آئے تو دیکھا کہ اس کے نیچے کی دنیا بالکل ہی مختلف ہے — کچی سڑکیں، کوئی لین نہیں، روشنی نہیں، بے ترتیب، جنگلی اور خطرناک، جس پر بسیں، ٹرک، سانڈ، رکشے، سائیکلیں، ٹھیلے اور پیدل لوگ جہد البقا میں مبتلا۔ ایک قسم کی دنیا، ایک دوسری ہی یکسر مختلف دنیا کے اوپر محوِ پرواز تھی، رکنے اور حال چال پوچھنے کی زحمت تک کیے بغیر۔

فولادی بلبلہ تیرتا رہا، وہ جھگی بستیوں اور صنعتی دلدلوں سے گزرا جہاں فضا میں زرد جامنی دھند چھائی ہوئی تھی، ریلوے لائنوں کے قریب سے گزرا جو کوڑے کرکٹ سے اٹی پڑی تھیں اور جن کے کنارے کنارے جھونپڑیوں کی قطاریں تھیں۔ آخر کار وہ اپنی منزل پر جا پہنچے۔ کنارا۔ جہاں دیہات بڑی تیزی سے، پھوہڑپن اور الم ناکی سے خود کو شہر میں بدلنے کی کوشش میں لگا تھا۔

ایک شاپنگ مال۔

جب کار انڈر گراؤنڈ پارکنگ میں داخل ہوئی، بم کی فوری چیکنگ کے لیے اس نے لباس کا دامن اٹھاتی لڑکی کی مانند اتراتے ہوئے اپنا بونٹ اور ڈِکی اٹھائی، اور کاروں بھرے بیسمنٹ میں اتری تو مرسڈیز کی سواریوں پر مکمل خاموشی چھائی رہی۔

جب وہ لوگ جھلملاتے ہوئے شاپنگ آرکیڈ میں داخل ہوئے تو صدام اور زینب بہت خوش اور پُرجوش نظر آرہے تھے، اس نئے ماحول سے ذرا بھی رعب کھائے بغیر۔ استانی جی سمیت باقی سب لوگ یوں لگ رہے تھے جیسے پورٹل پر پیر رکھ کر وہ کسی اور ہی کائنات میں داخل ہو گئے ہوں۔ یہ سیر ایک معمولی سے حادثے کے ساتھ شروع ہوئی — ایسکلیٹر پر چھوٹا سا مسئلہ۔ انجم نے اس پر چڑھنے سے انکار کر

دیا۔اس کی خوشامد درآمد اور حوصلہ افزائی میں اچھے خاصے پندرہ منٹ نکل گئے۔آخرکار،تلو نے مس جبین دوئم کو اپنی گود میں اٹھایا،صدام انجم کے کندھوں کے گرد اپنا بازو ڈالے سیڑھی پر اس کے برابر میں کھڑا ہوا، اور زینب اس سے اوپر والی سیڑھی پر،اس کی جانب چہرہ کر کے اور اس کے دونوں ہاتھ پکڑ کر کھڑی ہوئی۔ اس طرح ہر طرف سے تقویت پا کر،انجم ڈگمگاتی ہوئی اور' آئے ہائے!' کی چیخ کے ساتھ اس طرح اوپر پہنچی جیسے کسی خطرناک ایڈونچر اسپورٹ میں اپنی زندگی داؤ پر لگائے ہوئے ہو۔حیرت سے آئینہ بن کر گھومتے وقت،خریداروں اور دکانوں کی کھڑکیوں میں لگی پتلیوں کے مابین فرق کو سمجھنے کی کوشش کرتے ہوئے، یہ نمو گورکھپوری تھی جو سب سے پہلے اپنے حواس میں لوٹی۔اس نے لڑکیوں کی طرف تعریفی نظروں سے دیکھا جو شارٹس اور منی اسکرٹ پہنے، بھاری بھاری بھرکم شاپنگ بیگ اٹھائے ہوئے تھیں،اور دھوپ کے چشمے انھوں نے اپنے شیمپو شدہ،ڈرائیر سے سکھائے ہوئے بالوں کے اوپر کھسکا رکھے تھے۔

''انھیں دیکھو، جب میں جوان تھی تو ایسی ہی بننا چاہتی تھی۔مجھ میں واقعی بلا کا فیشن سینس تھا۔ لیکن کوئی سمجھ نہیں پاتا تھا۔میں وقت سے بہت آگے تھی۔''

ایک گھنٹے کی وِنڈو شاپنگ کے بعد،اور ایک بھی چیز خریدے بغیر،انھوں نے 'نینڈوز' ریستوراں میں لنچ کیا،جس میں تلا ہوا مرغ پلیٹ بھر بھر کر مل رہا تھا۔زینب کو نمو گورکھپوری کا خیال رکھنے کی ذمہ داری دی گئی اور صدام نے خود انجم کا خیال رکھا، کیونکہ دونوں ہی اس سے پہلے کبھی ریستوراں نہیں آئی تھیں۔انجم برابر والی میز پر بیٹھے چار افراد کے خاندان کو بے باک حیرت سے دیکھ رہی تھی— جس میں ایک بڑی عمر کا اور ایک جواں عمر جوڑا شامل تھا۔دونوں عورتوں نے، جو صاف لگ رہا تھا کہ ماں بیٹی ہیں، بے آستین، چھینٹ کے ٹاپ اور ٹراؤزرز پہن رکھے تھے۔ان کے چہروں پر میک اپ تھپا ہوا تھا۔ نوجوان مرد، جو لڑکی کا منگیتر لگ رہا تھا، اپنی کہنی میز پر ٹکائے بیٹھا تھا اور بار بار اپنے بازو کی (موٹی) مچھلیوں پر تعریفی نظریں ڈالتا جا رہا تھا جو اس کی چھوٹی آستینوں والی نیلی ٹی شرٹ میں سے ابھری ہوئی تھیں۔صرف بوڑھا آدمی تھا جو لگ رہا تھا کہ اسے مزہ نہیں آ رہا۔وہ جیسے کسی خیالی ستون کے پیچھے چھپ کر چوری چوری ہر طرف جھانک رہا تھا۔تھوڑے تھوڑے وقفے سے یہ لوگ بات چیت بالکل بند کر دیتے، اپنی مسکراہٹوں کو ساکت کر لیتے اور سیلفیاں لینا شروع کر دیتے تھے— مینو کے ساتھ، ویٹر

کے ساتھ، کھانے کے ساتھ اور ایک دوسرے کے ساتھ۔ ہر سیلفی کے بعد وہ اپنے فون ایک دوسرے کو تھماتے تاکہ دوسرے تصویر کو دیکھ لیں۔ ان کا دھیان ریستوراں میں کسی اور پر بالکل نہیں تھا۔

انجم کی دلچسپی انھی لوگوں میں تھی، اپنی پلیٹ کے کھانے سے کہیں زیادہ، جس سے وہ ذرا بھی متاثر نہیں ہوئی تھی۔ بل ادا کرنے کے بعد صدام نے رسمی انداز میں میز پر نظر ڈالی:

''آپ سب حیران ہو رہے ہوں گے کہ میں آخر سب کو اتنی دور چل کر یہاں کیوں لایا۔''

''ہمیں 'دنیا' دکھانے کے لیے؟'' انجم نے یوں جواب دیا جیسے یہ ٹی وی شو کا کوئی کوئز سوال ہو۔

''نہیں۔ آپ سب کو اپنے باپو سے ملوانے کے لیے۔ یہی وہ جگہ ہے جہاں وہ مرے تھے۔ بالکل اسی جگہ۔ جہاں یہ بلڈنگ کھڑی ہے۔ اس کے بننے سے پہلے یہاں ایک گاؤں تھا، گیہوں کے کھیتوں سے گھرا ہوا۔ ایک پولیس اسٹیشن تھا۔ ایک سڑک تھی...''

پھر صدام نے انھیں اپنے باپ پر گزری بپتا سنائی۔ اس نے بتایا کہ اس نے دولینہ پولیس اسٹیشن کے اسٹیشن ہاؤس آفیسر سہراوت کو قتل کرنے کی قسم کھائی تھی، اور یہ کہ اس نے اب یہ ارادہ ترک کیوں کر دیا ہے۔ وہ ایک ایک کر کے اس کا فون ایک دوسرے کو دیتے گئے اور ڈسٹرکٹ کلکٹر کے بنگلے میں مردہ گائیں پھینکنے کی وِڈیو دیکھتے گئے۔

''میرے باپو کی روح اب بھی یہیں بھٹک رہی ہوگی، اسی جگہ قید ہے۔''

ہر شخص نے ان کا تصور باندھنے کی کوشش کی — ایک دیہاتی چرم کار، تیز روشنیوں میں کھویا، مال سے باہر جانے کا راستہ تلاش کرتا ہوا۔

''یہ ان کا مزار ہے،'' انجم بولی۔

''ہندو دفن نہیں کیے جاتے۔ ان کے مزار نہیں ہوتے، بڑی ممی،'' زینب نے کہا۔

شاید یہ ساری دنیا کا مزار ہو، تلو نے سوچا لیکن کہا نہیں۔ شاید پتلیوں جیسے خریدار بھوت ہیں جو کچھ ایسا خریدنے کی کوشش کر رہے ہیں جو اَب معدوم ہو چکا۔

''یہ ٹھیک نہیں،'' انجم نے کہا۔ ''معاملے کو اس طرح نہیں چھوڑا جا سکتا۔ تمھارے والد کے جنازے کی رسمیں ٹھیک سے پوری ہونی چاہییں۔''

''ان کا اَنتم سنسکار ٹھیک سے ہی ہوا تھا،'' صدام نے کہا۔ انھیں ہمارے گاؤں میں جلایا گیا تھا۔ چتا کو آگ میں نے ہی دی تھی۔''

انجم قائل نہیں ہوئی۔ وہ صدام کے والد کے لیے کچھ اور کرنا چاہتی تھی جس سے ان کی روح کو سکون نصیب ہو۔ کافی دیر کے سوچ بچار کے بعد انھوں نے طے کیا کہ ان کے نام کی ایک قمیص وہ یہاں کی کسی دکان سے خریدیں (جس طرح درگاہوں میں لوگ چادر خریدتے ہیں) اور اسے پرانے قبرستان میں دفنا دیں تاکہ صدام اور زینب کے بچے جب بڑے ہوں تو وہ اپنے آس پاس اپنے دادا کی موجودگی محسوس کر سکیں۔

''مجھے ایک ہندو پرارتھنا یاد ہے،'' زینب نے اچانک کہا۔ ''کیا میں اسے یہاں ابا جان کی یاد میں پڑھ کر سناؤں؟''

سننے کے لیے ہر کسی نے کان لگا دیے۔ اور پھر، ایک فاسٹ فوڈ ریستوراں کی میز پر بیٹھ کر، اپنے مرحوم اور ہونے والے سسر کے لیے محبت کے رسمی اعلامیے کے طور پر زینب نے گایتری منتر پڑھا جو انجم نے اسے بچپن میں سکھایا تھا (کیونکہ اس کا ماننا تھا کہ بھیڑ میں گھر جانے پر یہ جان بچانے میں اس کی مدد کرے گا)۔

اوم بھُر بھوہ سواہہ
تَت سَوِتُر وَرینیَم
بھرگو دیوسیہ دھیمہی
دِھیو یونہ پرچودیات

(اے خدا، تو ہی زندگی دینے والا ہے/ہمارے دکھ درد کا خاتمہ کرنے والا ہے/خوشیوں کو دینے والا ہے/اے کائنات کے خالق/گناہوں کو ختم کرنے والی اعلیٰ ترین روشنی ہمیں عطا ہو/تو ہمارے ذہنوں کی صحیح سمت میں رہنمائی کر۔)

❄

صدام حسین کے والد کی دوسری بار رسمِ جنازہ کے موقعے پر تلو نے کچھ اور بھی رکھا، میز پر۔ واقعی کوئی

شے۔ وہ ایک چھوٹا سا کلش جس میں اس کی ماں کی استھیاں تھیں، اور کہنے لگی کہ وہ چاہتی ہے کہ اس کی ماں کو بھی پرانے قبرستان میں ہی دفنا دیا جائے۔ طے ہوا کہ اس دن دو لوگوں کی رسمِ جنازہ ادا کی جائے گی۔ اگر کوچین کے برقی شمشان میں جلائے جانے کو بھی شمار کیا جائے تو مریم آئپ کی بھی یہ دوسری رسمِ جنازہ ہوگی۔ صدام حسین نے قبریں کھودیں۔ ایک قبر میں جدید فیشن کی، مدراسی چیک کی قمیص اتاری گئی۔ دوسری میں استھیوں کا کلش۔ امام ضیاالدین نے اس بدعت پر پہلے تو کچھ آنا کانی کی لیکن آخر کار نماز پڑھانے کو آمادہ ہو گئے۔ انجم نے تلو سے پوچھا کہ کیا وہ اپنی ماں کے لیے کوئی عیسائی دعا پڑھنا چاہے گی۔ تلو نے بتایا کہ چرچ نے اس کی ماں کو دفن کرنے سے انکار کر دیا تھا، اس لیے کسی بھی طرح کی دعا چلے گی۔ جب وہ اپنی ماں کی قبر کے نزدیک کھڑی ہوئی، تو ایک سطر جو مریم آئپ نے آئی سی یو میں اپنی سرسامی بڑبڑاہٹوں کے دوران کئی بار دُہرائی تھی، تلو کو یاد آنے لگی:

میں محسوس کرتی ہوں کہ ہیجڑوں میں گھری ہوئی ہوں۔ کیا ایسا ہے؟

تب تو لگا تھا کہ یہ بھی ان گالیوں کا حصہ ہے جس کی بوچھار وہ آئی سی یو میں کرتی رہتی تھیں، ہے۔ لیکن اب اسے یاد کر کے تلو کانپ اٹھی۔ انھیں کیسے پتا چل گیا تھا؟ جب استھیوں کے کلش کو دفنا دیا گیا اور قبر میں مٹی بھر دی گئی تو تلو نے اپنی آنکھیں بند کر لیں اور شیکسپیئر کا ایک اقتباس جو اس کی ماں کو پسند تھا، دل ہی دل میں پڑھا۔ اور اس لمحے یہ دنیا جو پہلے ہی عجیب وغریب ہے، مزید عجیب ہوگئی:

And Crispin Crispian shall ne'er go by,
From this day to the ending of the world,
But we in it shall be remember'd—
We few, we happy few, we band of brothers;
For he to-day that sheds his blood with me
Shall be my brother; be he ne'er so vile,
This day shall gentle his condition;
And gentlemen in England now a-bed
Shall think themselves accurs'd they were not here,

And hold their manhoods cheap whiles any speaks
That fought with us upon Saint Crispin's day.

اور یومِ کرسپین وکرسپیئن اب کبھی نہیں گزرے گا
آج سے، دنیا کے روزِ آخر تک
ہمیں یاد کیے بغیر—
ہم چند لوگوں کو، چند شادماں لوگوں کو، ہم بھائیوں کے دستے کو؛
کیونکہ آج جو بھی میرے ساتھ خون بہائے گا
میرا بھائی بنے گا؛ وہ کتنا ہی پست کیوں نہ ہو،
آج کا دن اسے نجیب نہاد بنا دے گا؛
اور انگلینڈ کے شرفا جو ابھی بسترِ راحت میں ہیں
خود پر لعنت بھیجیں گے کہ وہ یہاں کیوں نہ تھے
اور اپنی مردانگی کو حقیر جانیں گے، تب تب جب ان کے سامنے ذکر ہوگا
ان لوگوں کا جو ہمارے ساتھ لڑے، سینٹ کرسپین کے دن۔

اس کی سمجھ میں یہ کبھی نہیں آیا تھا کہ اس کی ماں کو آخر یہ مردانہ، سپاہیانہ، عسکری اقتباس اتنا پسند کیوں تھا۔ لیکن تھا۔ جب تلو نے اپنی آنکھیں کھولیں تو یہ دیکھ کر چونک گئی کہ وہ رو رہی ہے۔

ایک مہینے بعد زینب اور صدام کی شادی ہوگئی۔ بھانت بھانت کے مہمان جمع ہوے— دہلی بھر سے آئے ہوے ہیجڑے (ان میں وہ نئے دوست بھی شامل تھے جن سے ان کی ملاقات ٹریفک لائٹ پر ہوئی تھی)، زینب کے دوست، جن میں سے بیشتر فیشن ڈیزائن کے طلبہ تھے، استانی جی کے کچھ شاگرد اور ان کے والدین، ذاکر میاں کے اہلِ خانہ، صدام حسین کے بہت سے پرانے ساتھی جو کریئر کے مختلف مرحلوں میں اس کے دوست بنے تھے— صفائی کرمچاری، مردہ گھر میں کام کرنے والے، میونسپل ٹرک ڈرائیور، سکیورٹی گارڈ۔ ظاہر ہے کہ ڈاکٹر آزاد بھارتیہ، ڈی ڈی گپتا اور روشن لال بھی موجود تھے۔

انور بھائی اور ان کی عورتیں، اور ان کا بیٹا جو اپنے کاسنی کروکس پیچھے چھوڑ چکا تھا، جی بی روڈ سے آئے۔ حسین وجمیل عشرت، جس نے مس جبین دوئم کو بچانے میں شاندار کردار ادا کیا تھا، اندور سے آئی۔ تلو اور ڈاکٹر آزاد بھارتیہ کا چھٹکا موچی دوست، جس نے اپنے باپ کے پھیپھڑوں کے ٹیومر کا خاکہ ڈھول میں کھینچ کر دکھایا تھا، تھوڑی دیر کے لیے آیا۔ بوڑھے ڈاکٹر بھگت بھی آئے — اب بھی سفید لباس میں، کلائی پر اب بھی تولیے والے بینڈ کے اوپر گھڑی باندھے ہوئے۔ ڈاکٹر مختار دھوکے باز کو دعوت نہیں دی گئی تھی۔ مس جبین دوئم کسی ننھی شہزادی کی مانند سجی ہوئی تھی۔ اس نے سر پر ٹیارا پہنا تھا اور گھیر دار پھولی ہوئی ڈریس اور پاؤں میں چوں چوں کرتے جوتے۔ نوجوان جوڑے کو ملنے والے تحفوں میں ان کا پسندیدہ تحفہ وہ بکری تھی جو نموگورکھپوری نے دی تھی۔ یہ نمو نے خصوصی طور پر ایران سے انھی کے لیے منگوائی تھی۔

استاد حمید اور ان کے شاگردوں نے گایا۔

سب نے رقص کیا۔

اس کے بعد انجم، صدام اور زینب کو لے کر حضرت سرمد کے پاس گئی۔ تلو، سعیدہ اور مس جبین دوئم بھی گئیں۔ یہ لوگ عطر اور تعویذ فروشوں، زائرین کے جوتوں کے رکھوالوں، اپاہجوں، بھکاریوں اور عید پر قربانی کے لیے فربہ کیے جاتے بکروں کے درمیان سے راستہ بناتے ہوئے آگے بڑھے۔

ساٹھ سال گزر چکے تھے کہ جب جہاں آرا بیگم اپنے بیٹے آفتاب کو لے کر حضرت سرمد کے پاس آئی تھیں اور ان سے کہا تھا کہ وہ انھیں اپنے بیٹے سے محبت کرنی سکھائیں۔ پندرہ سال گزر چکے تھے کہ جب انجم سفلی جادو اتروانے کے لیے گھوس کو ان کے پاس لائی تھی۔ ایک سال سے زیادہ گزر چکا تھا کہ مس جبین دوئم کو پہلی بار ان کی زیارت کرائی گئی تھی۔

جہاں آرا بیگم کا بیٹا ان کی بیٹی بن چکا تھا، اور گھوس اب دلہن تھی۔ لیکن ان باتوں کے علاوہ، کچھ بھی، کچھ زیادہ نہیں بدلا تھا۔ فرش لال تھا، دیواریں لال تھیں اور چھت لال تھی۔ حضرت سرمد کا خون دھویا نہیں جا سکا تھا۔

ایک پھونس آدمی، سر پر شہد کی مکھیوں کے دھڑ جیسی دھاریوں والی ٹوپی لگائے، التجا بھرے انداز میں اپنے ہاتھ میں پکڑی تسبیح کو سرمد کی طرف بڑھا رہا تھا۔ چھینٹ کی ساڑی پہنے ایک دبلی پتلی عورت

نے ایک سرخ چوڑی جنگلے میں باندھی اور پھر اپنے بچے کے سر کو زمین پر ٹکایا۔ تلو نے بھی مس جبین دوئم کے ساتھ یہی کیا، جسے لگ رہا تھا کہ یہ ایک دلچسپ کھیل ہے، اور غیر ضروری طور پر اسے بار بار دُہراتی رہی۔ زینب اور صدام نے جنگلے میں چوڑیاں باندھیں اور مخمل کی ایک نئی چادر، جو گوٹے کناری سے جھلملا رہی تھی، حضرت سرمد کے مزار پر چڑھائی۔

انجم نے فاتحہ پڑھی اور ان سے کہا کہ نئے جوڑے کو دعاؤں سے نوازیں۔

اور سرمد نے — جو بے پناہ شادمانی کے حضرت ہیں، بے قراروں کے صوفی ہیں، نامشخّص لوگوں کے راحت دہندہ ہیں، ایمان والوں کے درمیان کافر، اور کافروں کے درمیان ایمان والے ہیں — ایسا ہی کیا۔

تین ہفتے بعد پرانے قبرستان میں تیسری رسمِ جنازہ ادا کی گئی۔

❄

ایک صبح ڈاکٹر آزاد بھارتیہ ایک خط لیے ہوئے جنت گیسٹ ہاؤس آئے جس کے مخاطب وہ خود تھے۔ یہ خط ایک عورت نے انھیں دستی دیا تھا، جس نے اپنا نام پتا نہیں بتایا تھا، صرف اتنا کہا تھا کہ یہ خط بَستر کے جنگلوں سے آیا ہے۔ انجم کو قطعی معلوم نہ تھا کہ یہ جگہ کیا ہے یا کہاں ہے۔ ڈاکٹر آزاد نے اختصار کے ساتھ بستر، وہاں رہنے والے آدی باسی قبیلوں، مائننگ کمپنیوں کے بارے میں بتایا جو اُن کی زمینوں پر قبضہ کرنا چاہتی تھیں، اور ان ماؤوادی چھاپہ ماروں کے بارے میں بھی جو اُن سکیورٹی فوجوں کے خلاف لڑ رہے تھے جو کمپنیوں کے لیے زمینیں خالی کرانے پر تعینات تھیں۔ خط انگریزی میں لکھا گیا تھا، چھوٹی چھوٹی، بھنچی ہوئی تحریر میں۔ اس پر کوئی تاریخ نہ تھی۔ ڈاکٹر آزاد بھارتیہ نے بتایا کہ یہ مس جبین دوئم کی حقیقی ماں کی طرف سے آیا ہے۔

''پھاڑ کر پھینکو اسے،'' انجم دہاڑی۔ ''اپنی بچی کو پہلے پھینک گئی اور اب یہاں آ کر کہہ رہی ہے کہ وہ اصلی اماں ہے!'' صدام نے اسے خط پر جھپٹنے سے روکا۔

''چناما مت کیجیے،'' ڈاکٹر آزاد بھارتیہ کہنے لگے۔ ''وہ واپس نہیں آرہی ہے۔''

یہ ایک طویل خط تھا جو ورقوں کے دونوں طرف لکھا گیا تھا، جس میں کئی پیراگراف پورے کے پورے قلم زد کر دیے گئے تھے، اور جملے ایک دوسرے میں اس طرح گھسے ہوئے تھے جیسے کاغذ کی قلت رہی ہو۔ صفحوں کے درمیان چند خشک پھول تھے جو اِن کاغذوں کو موڑ توڑ کر گولی بنا دیے جانے کی وجہ سے مُرجھا گئے تھے۔ اسی گولی کی شکل میں خط ان تک پہنچا تھا۔ ڈاکٹر آزاد بھارتیہ نے خط پڑھا، اور جتنی عمدگی سے ممکن تھا، اس کا ترجمہ بھی کرتے گئے۔ ان کے سامعین میں انجم، تلو اور صدام حسین شامل تھے۔ اور مس جبین دوئم بھی، جو تمام کارروائی میں خلل ڈالنے کے لیے جو کچھ ممکن تھا، کر رہی تھی۔

ڈیر کامریڈ آزاد بھارتیہ گارو،

یہ میں آپ کو لکھ رہی ہوں کیونکہ میں نے جنتر منتر پر گزرے اپنے تین دنوں میں آپ کو بہت دھیان سے دیکھا تھا۔ اگر کسی کو پتا ہوگا کہ میری بیٹی اب کہاں ہے، تو میرا خیال ہے کہ وہ صرف آپ ہی ہو سکتے ہیں۔ میں ایک تیلگو عورت ہوں، اور معاف کریں کہ ہندی نہیں جانتی۔ میری انگریزی بھی اچھی نہیں۔ اس کے لیے بھی معافی۔ میں ریوتی ہوں، اور کمیونسٹ پارٹی آف انڈیا (ماؤئسٹ) کی فُل ٹائمر بن کر کام کرتی ہوں۔ جب یہ چٹھی آپ کو ملے گی، میں پہلے ہی ماری جا چکی ہوں گی۔

یہ سن کر انجم، جو آگے کو جھکی گہری توجہ سے سن رہی تھی، جھٹکے سے پیچھے ہو گئی۔ اس کے چہرے پر اطمینان کے آثار ظاہر ہوئے۔ لگتا تھا کہ اسے مزید دلچسپی نہیں رہی۔ لیکن ڈاکٹر آزاد بھارتیہ نے جیسے جیسے آگے پڑھا، اس کی دلچسپی پھر سے لوٹ آئی، اور باقی خط اس نے دخل انداز ہوئے بغیر سنا۔

میری کامریڈ سُگنا کو معلوم ہے کہ جب اسے میری موت کی خبر ملے گی تو وہ یہ چھٹی آپ تک پہنچا دے گی۔ جیسا کہ آپ جانتے ہیں ہم لوگوں پر پابندی ہے اور ہم انڈر گراؤنڈ ہیں۔ اور

میری طرف سے بھیجے جا رہے اس خط کو آپ انڈر گراؤنڈ کا بھی انڈر گراؤنڈ مان سکتے ہیں۔ اس لیے محفوظ راستوں سے آپ تک پہنچنے میں اسے کم سے کم پانچ یا چھ ہفتے لگیں گے۔ جب سے میں نے اپنی بچی کو وہاں، دہلی میں چھوڑا ہے، میری آتما پر بہت بوجھ ہے۔ میں سو نہیں سکتی، نہ مجھے آرام آتا ہے۔ میں اسے نہیں چاہتی، لیکن یہ بھی نہیں چاہتی کہ وہ تکلیفیں اٹھائے۔ اس لیے اگر آپ کو یہ معلوم ہو کہ وہ کہاں ہے، تو میں اس کی کہانی صاف صاف، تھوڑی سی آپ کو سنانا چاہتی ہوں۔ باقی کا فیصلہ آپ خود کرلیں گے۔ میں نے اس کا نام اُدَیہ رکھا تھا۔ تیلگو میں اس کے معنی سورج نکلنے کے ہوتے ہیں۔ میں نے اس کو یہ نام دیا کیونکہ وہ دَنڈَ کارنیہ کے جنگل میں سورج اگتے وقت پیدا ہوئی تھی۔ جس وقت وہ پیدا ہوئی، صاف کہوں تو میں نے اپنے دل میں اس کے لیے نفرت محسوس کی اور مجھے خیال آیا کہ اس کو ماردوں۔ میں سچ مچ یہ محسوس کررہی تھی کہ وہ میری نہیں ہے۔ وہ سچ مچ میری نہیں۔ سچ مچ اگر آپ اس کی کہانی پڑھیں جو میں نے یہاں لکھ دی ہے، میں اس کی ماں نہیں ہوں۔ ندی اس کی ماں ہے اور جنگل اس کا باپ۔ یہ اُدَیہ اور ریوتی کی کہانی ہے۔ میں، ریوتی، آندھر پردیش کے اُتّری گوداوری ضلعے کی رہنے والی ہوں۔ میری ذات سَیٹی بالیجا ہے جو پچھڑی ذاتوں میں شامل ہے۔ میری ماں کا نام اِندومتی ہے۔ وہ ایس ایس ایل سی اسکول پاس ہیں۔ میرے باپ سے ان کی شادی تب ہوئی تھی جب وہ اٹھارہ سال کی تھیں۔ باپ فوج میں کام کرتا تھا۔ وہ ماں سے بہت سال بڑا تھا۔ جب وہ چھٹیوں میں اپنے گھر آیا تھا تو اس نے ماں کو دیکھا تھا اور ان سے پریم کرنے لگا تھا کیونکہ ماں بہت گوری اور سندر ہے۔ سگائی کے بعد، لیکن بیاہ سے پہلے میرے باپ کا کورٹ مارشل ہوگیا کیونکہ وہ توپ خانے کے پاس سگریٹ پیتا پایا گیا تھا۔ وہ رہنے کے لیے اپنے گاؤں لوٹ آیا، جو ماں کے گاؤں کی طرف سے گوداوری ندی کے دوسرے کنارے پر ہے۔ اس کے پریوار کی ذات بھی یہی ہے، لیکن وہ لوگ ماں والوں سے زیادہ دھنوان ہیں۔ جب بیاہ کی رسمیں چل رہی تھیں، ان لوگوں نے میری ماں کو پنڈال سے اٹھا دیا اور زیادہ دہیج کی مانگ کری۔ میرے نانا کو قرضہ لینے کے لیے بھاگ دوڑ کرنی پڑی۔

تب جا کر وہ لوگ مانے اور بیاہ پورا ہوا۔ شادی کے بعد جلد ہی میرے باپ میں کچھ جنسی کج روی اور اذیت پسندی پیدا ہو گئی۔ وہ چاہتا تھا کہ ماں چھوٹا لباس پہنا کرے اور بال روم میں ناچنے جائے۔ جب ماں نے انکار کیا تو اس نے ماں کو بلیڈ سے کاٹا اور الزام لگایا کہ وہ اسے سنٹشٹ نہیں کر رہی ہے۔ کچھ مہینوں کے بعد اس نے ماں کو نانا کے گھر بھیج دیا۔ جب وہ پانچ مہینے کے حمل سے تھیں اور میں ان کے پیٹ میں تھی، تو ماں کے چھوٹے بھائی انھیں میرے باپ کے گاؤں پہنچانے کے لیے کشتی پر لے کر گئے۔ انھوں نے بہت اچھی ساڑی اور زیور پہنے تھے، اور مٹھائی سے بھرے ہوئے چاندی کے دو برتن اور اپنی ساس کے لیے پچیس ساڑیاں لے کر گئی تھیں۔ باپ گھر میں نہیں تھا۔ سسرال والوں نے دروازہ کھولنے سے انکار کر دیا، اور باہر نکل کر مٹھائی کے برتنوں میں ٹھوکریں ماریں۔ ماں کو بہت شرم آئی۔ واپسی کے راستے میں، آدھی ندی پار کر کے انھوں نے اپنے زیور اتارے اور ناؤ سے کود گئیں۔ اس سمے میں ان کے پیٹ میں پانچ مہینے کی تھی۔ ناؤ والے نے ان کی جان بچائی اور انھیں گھر لے کر آیا۔ میں اپنے نانا کے گھر میں پیدا ہوئی۔ حمل کے دنوں میں ماں کا پیٹ بہت پھولا ہوا تھا۔ انھیں لگ رہا تھا کہ جڑواں بچے ہوں گے۔ سفید رنگ کے، ان کے اور ان کے پتی جیسے۔ لیکن نکلی میں۔ میں کالی اور بھاری بھر کم تھی۔ میرا رنگ دیکھ کر ماں دو دن تک بے ہوش رہیں۔ لیکن اس کے بعد انھوں نے مجھے کبھی نہیں چھوڑا۔ سارا گاؤں باتیں بناتا تھا۔ باپ کے گھر والوں کو پتا چل گیا کہ میں کتنی کالی ہوں۔ انھیں اپنی ذات اور رنگ پر گھمنڈ تھا۔ انھوں نے کہا کہ میں ان میں سے نہیں بلکہ کوئی 'مالا' یا 'ماڈیگا' ہوں... پچھڑی ذات کی نہیں بلکہ شیڈیولڈ کاسٹ، اچھوت لڑکی۔ میری پرورش نانا کے گھر میں ہوئی۔ وہ مویشی پالن کے محکمے میں کام کرتے تھے۔ وہ کمیونسٹ تھے۔ ان کے گھر میں چھت کی جگہ چھپر تھا لیکن کتابیں بہت تھیں۔ جب نانا بوڑھے ہوئے تو اندھے بھی ہو گئے۔ میں تب اسکول میں تھی اور ان کو پڑھ کر سنایا کرتی تھی۔ میں 'السٹریٹڈ ویکلی'، 'کمپٹیشن سکسس ریویو' اور 'سوویت بھومی' پڑھتی تھی۔ میں نے ننھی کالی مچھلی کی کہانی بھی پڑھی تھی۔ ہمارے پاس پیپلز پبلشنگ ہاؤس کی بہت سی کتابیں

تھیں۔ باپ رات میں میری ماں کو پریشان کرنے نانا کے گھر آتا تھا۔ میں اس سے نفرت کرتی تھی۔ وہ رات کو گھر بھر میں سانپ کی طرح پھرتا تھا۔ ماں اس کے پیچھے پیچھے جاتیں۔ وہ ان کا بدن کاٹتا اور واپس بھیج دیتا۔ وہ انھیں پھر بلاتا اور وہ پھر سے چلی جاتیں۔ اس کے بعد وہ انھیں اپنے ساتھ لے گیا اور اپنے گاؤں میں پھر سے انھیں اپنے ساتھ رکھا۔ وہ پھر سے حاملہ ہوگئیں۔ میرے نانا کے گاؤں میں عورتیں پرارتھنا کرتی تھیں کہ ان کا دوسرا بچہ بھی کالا ہو، تاکہ میری ماں وفادار بیوی ثابت ہوسکیں۔ اس کے لیے انھوں نے مندر میں تیس کالے مرغوں کی بھینٹ چڑھائی۔ بھگوان کی کرپا سے میرا بھائی بھی کالا پیدا ہوا۔ لیکن باپ نے ماں کو پھر سے گھر بھیج دیا اور دوسری عورت سے بیاہ کرلیا۔ میں وکیل بننا اور اپنے باپ کو ہمیشہ کے لیے جیل کی سلاخوں کے پیچھے بھیجنا چاہتی تھی۔ لیکن میں جلد ہی کمیونزم اور انقلابی سوچ کے اثر میں آگئی۔ میں کمیونسٹ لٹریچر پڑھتی تھی۔ میرے نانا نے مجھے انقلابی گیت سکھائے اور ہم ساتھ ساتھ گاتے تھے۔ میری ماں اور نانی ناریل چراتی تھیں اور انھیں بیچ کر میرے اسکول کی فیس جمع کرتی تھیں۔ وہ میرے لیے چھوٹی چھوٹی چیزیں خریدتیں اور مجھے بہت فیشن ایبل رکھتی تھیں اور بہت سے لڑکے مجھے پسند کرتے تھے۔ انٹرمیڈیٹ پاس کرنے کے بعد میں میڈیکل میں داخلے کے امتحان میں بیٹھی اور میرا اسلیکشن ہوگیا۔ لیکن ہمارے پاس فیس کے لیے پیسے نہیں تھے۔ چنانچہ میں ورنگل کے گورنمنٹ ڈگری کالج میں داخل ہوگئی۔ وہاں آندولن بہت مضبوط تھا۔ جنگل کے اندر ہی نہیں، باہر بھی۔ میرے فرسٹ ایئر میں ہی کامریڈ نرملکّا اور کامریڈ لکشمی نے مجھے بھرتی کرلیا، وہ ہمارے ہوسٹل آتی تھیں اور لڑکیوں کو دشمن طبقے کے ذریعے استحصال اور ملک بھر میں پھیلی بھیانک غریبی کے بارے میں بتاتی تھیں۔ کالج کے سمے سے ہی میں پارٹی کی پارٹ ٹائمر ہوگئی اور بطور کوریئر کام کرنا شروع کردیا۔ اس کے بعد میں نے عورتوں کی تنظیم 'مہیلا سنگھم' میں کام کیا، جھگی جھونپڑیوں اور دیہات میں طبقاتی بیداری پھیلانے کا کام کیا۔ ہم لوگ سارے تلنگانہ میں پارٹی کے لیے ترسیل کا چینل بن گئی تھیں۔ ہم پارٹی کے کتابچے اور پمفلٹ لے کر بس کے ذریعے میٹنگوں میں جاتی تھیں۔

احتجاجی میٹنگوں میں گاتی تھیں اور ناچتی تھیں۔ میں نے مارکس، لینن اور ماؤ کو پڑھا اور ماؤواد کی قائل ہوگئی۔

اُن دنوں حالات بڑے خطرناک تھے۔ ساری پولیس، کوبرے، گرے ہاؤنڈ، آندھرا پولیس کا ہر طرف پہرہ تھا۔ سیکڑوں پارٹی ورکریوں ہی مار دیے گئے۔ پولیس اپنی زیادہ نفرت مہیلا کارکنوں پر نکالتی تھی۔ کامریڈ نرملّا کا جب ماری گئیں تو پولیس نے ان کا پیٹ چیر ڈالا اور سب کچھ باہر نکال دیا۔ کامریڈ لکشمی کو بھی صرف مارا نہیں، بلکہ کاٹ ڈالا، آنکھیں نکال لیں۔ ان کے لیے بہت بڑا پروٹسٹ ہوا تھا۔ ایک اور کامریڈ پدمکّا تھیں۔ انھیں گرفتار کر کے ان کے دونوں گھٹنے توڑ دیے تاکہ وہ چل نہ سکیں، اور انھیں اتنا مارا کہ ان کے گردے خراب ہو گئے، جگر خراب ہو گیا، اور بہت کچھ خراب ہوا۔ وہ اب جیل سے باہر آچکی ہیں اور 'اَمر ولا بندھو مِتر ولا سنگٹھن' میں کام کرتی ہیں۔ جہاں کہیں پارٹی کے لوگ مارے جاتے ہیں، اور ان کی فیملی غریب ہو، اور اپنے لوگوں کی لاش لانے کے لیے سفر کا خرچ نہ اٹھا سکتی ہو، تو یہی کامریڈ جاتی ہیں۔ ٹریکٹر میں، ٹیمپو میں، جو بھی ملے، اور لاش کو فیملی کے پاس لاتی ہیں، انتم سنسکار وغیرہ کے لیے۔ 2008 میں جنگل میں حالات اور زیادہ خراب ہو گئے۔ سرکار نے آپریشن گرین ہنٹ کا اعلان کر دیا۔ عوام کے خلاف جنگ کا۔ ہزاروں پولیس اور نیم فوجی دستے جنگلوں میں پڑے ہیں۔ وہ آدی باسیوں کو قتل کر رہے ہیں۔ گاؤں کو جلا رہے ہیں۔ کوئی بھی آدی باسی اپنے گھر میں یا گاؤں میں رک نہیں سکتے۔ رات میں وہ جنگل میں کھلے میں سوتے ہیں، کیونکہ رات میں پولیس آتی ہے۔ سو، دوسو، کبھی کبھی پانچ سو پولیس۔ وہ ہر چیز لے جاتے، ہر چیز جلا ڈالتے، ہر چیز چرا لیتے۔ مرغے، بکریاں، پیسہ۔ وہ چاہتے ہیں کہ آدی باسی جنگلوں کو خالی کر دیں تاکہ وہ وہاں اسٹیل نگری بنائیں اور کانوں کی کھدائی کریں۔ ہزاروں لوگ جیل میں ہیں۔ یہ ساری سیاست آپ باہر بھی پڑھ سکتے ہیں۔ یا پھر ہمارے میگزین 'پیپلز مارچ' میں۔ اس لیے میں آپ کو صرف اُڈیسہ کے بارے میں بتاؤں گی۔ گرین ہَنٹ شروع ہونے پر، پارٹی نے پی ایل جی اے — People's Liberation Guerilla Army میں بھرتیاں کرنے کی

پکار لگائی۔ اس وقت میں اور دو اور ساتھی ہتھیار چلانے کی ٹریننگ لینے بستر گئیں۔ میں نے وہاں چھ سال سے زیادہ کام کیا۔ اندر مجھے کبھی کبھی 'کامریڈ ماسے' کہا جاتا ہے۔ اس کے معنی ہیں، کالی لڑکی۔ مجھے یہ نام پسند ہے۔ لیکن ہم اپنے الگ الگ نام بھی رکھتے ہیں، ایک دوسرے سے بدل لیتے ہیں۔ میں حالانکہ پی ایل جی اے میں ہوں، لیکن میں کیونکہ پڑھی لکھی عورت ہوں اس لیے پارٹی مجھ سے باہر کا کام بھی کرواتی ہے۔ کبھی کبھی مجھے ورنگل، بھدراچلم یا کھمّم جانا پڑتا ہے۔ کبھی کبھی نارائن پور بھی۔ یہ سب سے خطرناک ہے کیونکہ اب گاؤوں اور شہروں میں بہت سارے مخبر ہیں جو ہمارے خلاف کام کرتے ہیں۔ اسی وجہ کر یہ ہوا کہ ایک بار جب میں باہر سے لوٹ رہی تھی، کڈور گاؤں میں مجھے اریسٹ کر لیا گیا۔ اس وقت میں نے ساڑی پہن رکھی تھی، اور چوڑیاں، پرس، اور موتیوں کی دو مالائیں۔ میں لڑ نہیں پائی۔ میری گرفتاری کو ظاہر نہیں کیا گیا۔ انھوں نے مجھے باندھ دیا، اور کلوروفارم سنگھا کر کسی جگہ لے گئے جسے میں نہیں جانتی۔ جب میری آنکھ کھلی، اندھیرا ہو چکا تھا۔ میں ایک کمرے میں تھی جس میں دو دروازے اور دو کھڑکیاں تھیں۔ یہ کوئی کلاس روم تھا۔ اس میں ایک بلیک بورڈ تھا، لیکن فرنیچر نہیں۔ یہ کوئی سرکاری اسکول تھا۔ جنگل کے اندر کے سارے اسکول اب پولیس کیمپ ہیں۔ کوئی شکشک، کوئی وِدیارتھی نہیں آتا۔ میں ننگی تھی۔ میرے آس پاس چھ پولیس والے تھے۔ ان میں سے ایک چاقو کی نوک سے میری کھال گود رہا تھا۔ 'تو خود کو بڑی ہیروئن سمجھتی ہے؟' اس نے مجھ سے کہا۔ اگر میں اپنی آنکھیں بند کرتی تو وہ مجھے تھپڑ مارتے تھے۔ دو نے میرے ہاتھ پکڑ رکھے ہیں، دو نے ٹانگیں۔ 'تیری پارٹی کے لیے ہم تجھے ایک تحفہ دینا چاہتے ہیں،' وہ سگریٹ پی رہے ہیں اور اپنی سگریٹوں سے مجھے داغ رہے ہیں۔

'تمھارے کامریڈ بہت شور کرتے ہیں! اب چلّاؤ اور دیکھو کہ کیا ہوتا ہے!' مجھے لگا کہ پدمکّا اور لکشمی کی طرح وہ مجھے بھی مار دیں گے۔ لیکن انھوں نے کہا، 'فکر مت کر کالی۔ ہم تجھے جانے دیں گے۔ جا اور جا کر انھیں بتا دے کہ ہم نے تیرے ساتھ کیا کیا ہے۔ تو بڑی ہیروئن ہے۔ تو انھیں کارتوس، ملیریا کی دوائیں، کھانا اور ٹوتھ برش پہنچاتی ہے۔ یہ سب ہمیں معلوم ہے۔ کتنی

معصوم لڑکیوں کو تو نے پارٹی میں بھرتی کروایا ہے؟ تو سب کو خراب کر رہی ہے۔ اب جا، اور جا کر کسی سے شادی کر لے۔ چپ چاپ گھر بسا۔ لیکن پہلے ہم تجھے شادی کا کچھ تجربہ کرا دیں گے۔' وہ مجھے کاٹتے رہے اور جلاتے رہے۔ لیکن میں بالکل نہیں رو رہی ہوں۔ 'تو چلّاتی کیوں نہیں؟ تیرے بڑے لیڈر آ کر تجھے بچا لیں گے۔ تم لوگ کیا چلّاتے نہیں ہو؟' پھر ایک آدمی نے زبردستی میرا منھ کھول دیا، اور ایک آدمی نے اپنا لنگ میرے منھ میں ڈال دیا۔ میں سانس نہیں لے پا رہی تھی۔ مجھے لگا کہ مر جاؤں گی۔ وہ میرے منھ پر پانی ڈالتے رہے۔ پھر ان سب نے کئی بار مجھے ریپ کیا۔ ان میں سے کوئی ایک اُدیہ کا باپ ہے۔ کون سا؟ میں کیسے بتا سکتی ہوں۔ میں بے ہوش تھی۔ جب دوبارہ آنکھ کھلی، میری ہر جگہ سے خون رِس رہا تھا۔ دروازہ کھلا ہوا تھا۔ وہ باہر سگریٹ پی رہے تھے۔ میری نظر اپنی ساڑی پر پڑی۔ دھیرے دھیرے کر کے میں نے اسے اٹھا لیا۔ پچھلا دروازہ تھوڑا سا کھلا ہوا تھا اور اس کے باہر دھان کا کھیت تھا۔ انھوں نے مجھے بھاگتے ہوئے دیکھ لیا۔ پہلے تو وہ میرے پیچھے دوڑے اور میں گر پڑی، لیکن پھر انھوں نے کہا، 'چھوڑو۔ اسے جانے دو۔' یہ جنگل کی بہت ساری عورتوں کا تجربہ ہے۔ یہ سوچ کر مجھے ہمت ملی۔ میں کھیتوں میں دوڑتی رہی۔ چاندنی رات تھی۔ میں ایک پکی سڑک پر پہنچ گئی۔ میں اس پر چلنے لگی۔ میرے پاس صرف ساڑی تھی۔ بلاؤز نہیں، پیٹی کوٹ نہیں۔ میں نے اس میں خود کو کسی طرح لپیٹ رکھا تھا۔ ایک بس آ گئی۔ میں اس میں چڑھ گئی۔ میں ننگے پیر تھی۔ خون بہہ رہا تھا۔ میرا چہرہ کدو جیسا ہو گیا تھا۔ دہانہ سوج کر بہت بڑا ہو گیا تھا کیونکہ انھوں نے اس پر بہت بار کاٹا تھا۔ بس خالی تھی۔ کنڈکٹر نے کچھ نہیں کہا۔ اس نے مجھ سے ٹکٹ کے لیے بھی نہیں کہا۔ میں کھڑکی کے پاس بیٹھ گئی۔ اور کلوروفارم کی وجہ سے مجھے نیند آ گئی۔ کھمم میں اس نے مجھے جگایا اور بولا، 'یہ آخری اسٹاپ ہے۔' میں بس سے اتر گئی۔ جب مجھے پتا چلا کہ یہ کھمم ہے، تو مجھے خوشی ہوئی کیونکہ یہاں میں ایک ڈاکٹر گوری ناتھ کو اچھی طرح جانتی ہوں جن کا ایک کلینک بھی ہے۔ میں وہاں گئی۔ میں شرابی کی طرح چل رہی تھی۔ میں نے ان کا دروازہ کھٹکھٹایا۔ ان کی بیوی نے دروازہ کھولا اور اس کی چیخ نکل گئی۔

میں اس کے بستر پر بیٹھ گئی۔ میں پاگل جیسی لگ رہی تھی۔ سگریٹ کے جلے سارے نشانوں پر چھالے پڑ چکے تھے، چہرے پر، چھاتی پر، چوچیوں پر، پیٹ پر۔ اس کا سارا بستر خون میں تربتر ہو گیا۔ ڈاکٹر گوری ناتھ آئے اور انھوں نے مجھے فرسٹ ایڈ دی۔ کلوروفارم کی وجہ سے میں لگاتار سوئے جا رہی ہوں۔ جب آنکھ کھلتی ہے تو بس روتی رہتی ہوں۔ میں جنگل میں اپنی کامریڈوں کے پاس جانا چاہتی ہوں۔ رینو، دمینتی اور نرمدا اکّا کے پاس۔ ڈاکٹر گوری ناتھ نے مجھے دس دن تک رکھا۔ اس کے بعد مجھے اندر کا ایک رابطہ مل گیا اور میں جنگل چلی گئی۔ میں بارہ کلومیٹر تک چلتی رہی۔ پھر ایک پی ایل جی اے اسکواڈ آ گیا اور ہم پانچ گھنٹے اور چلے اور ایک کیمپ پہنچے جہاں ڈسٹرکٹ کمیٹی کے ممبر موجود تھے۔ مین لیڈر کامریڈ پی کے نے میرے سارے حالات پوچھے۔ وہ اب زندہ نہیں۔ وہ بھی ایک انکاؤنٹر میں مارے گئے۔ میں نے انھیں سب بتایا، لیکن میں رو رہی تھی، ان کی کچھ سمجھ میں نہیں آیا۔ پہلے انھیں لگا کہ میں کسی پارٹی کامریڈ کی شکایت کر رہی ہوں۔ کامریڈ پی کے نے کہا، 'میں یہ بھاؤنا واؤنا کی بکواس نہیں سمجھتا۔ ہم سپاہی ہیں۔ مجھے رپورٹ کی طرح بتاؤ۔ بھاوناؤں کے بغیر۔ اس لیے میں نے انھیں رپورٹ بتائی۔ لیکن مجھے پتا نہیں، میری آنکھیں رو رہی ہیں۔ میں نے مہیلا کامریڈوں کو جانچ کے لیے اپنے زخم دکھائے۔ اس کے بعد وہ دو دن تک بیٹھ کر یہ سوچتے رہے کہ کیا کرنا چاہیے۔ پھر کمیٹی نے مجھے دوبارہ بلوایا اور کہا کہ میں باہر جاؤں اور 'ریوتی اتیاچار ویدی رکھ کمیٹی'، ریوتی ریپ مخالف کمیٹی بناؤں۔ اس کے علاوہ مجھے ایک اور پروگرام کی ذمہ داری دی گئی کہ ایک جھگی کالونی میں کام کروں جس میں دو ہزار لوگ تھے اور صرف دو ہینڈ پمپ۔ میں اتنی بیمار ہوں اور مجھے ہینڈ پمپوں کے لیے ایک ریلی کروانی ہے۔ مجھے اس پر یقین نہیں آیا۔ لیکن انھوں نے کہا کہ مجھے اپنی مدد خود کرنی چاہیے۔ لیکن میں باہر نہیں جا سکتی تھی کیونکہ تب تک چلنا میرے لیے ناممکن ہو گیا تھا۔ خون رک نہیں رہا تھا۔ مجھے دورے پڑ رہے تھے۔ میرے زخموں میں سیپٹک ہو گیا تھا۔ میں باہر نہیں جا سکتی تھی۔ میں اسکواڈ کے ساتھ مارچ نہیں کر سکتی تھی۔ مجھے پھر سے جنگل کے ایک گاؤں میں چھوڑ دیا گیا۔ تین مہینے کے بعد

میں چلنے کے قابل ہوگئی۔تب تک میں پیٹ سے ہو چکی تھی۔لیکن میں نے پروانہیں کی۔میں پھر سے پی ایل جی اے میں شامل ہوگئی۔لیکن جب پارٹی کو پتا چلا تو انھوں نے پھر سے مجھ سے باہر جانے کو کہا کیونکہ پی ایل جی اے میں عورتوں کو بچے پیدا کرنا منع ہے۔اُدیہ کے پیدا ہونے تک میں جنگل کے ایک گاؤں میں رہی۔جب میں نے اسے پہلی بار دیکھا تو بہت نفرت محسوس کی۔مجھے لگا جیسے چھ پولیس والے مجھے بلیڈ سے کاٹ رہے ہیں اور سگریٹ سے جلا رہے ہیں۔میں نے اسے مارنے کے بارے میں سوچا۔میں نے اپنی بندوق اس کے سر سے لگا دی لیکن گولی نہیں چلا سکی کیونکہ وہ ایک ننھی اور پیاری بچی تھی۔اُن دنوں عوام کے خلاف اس جنگ کے خلاف ایک بڑی مہم جنگل کے باہر چل رہی تھی۔دہلی کے بڑے بڑے گروپوں نے ایک جَن سنوائی کا اہتمام کیا تھا۔اتیاچار کا شکار آدی باسی لوگوں کو بلایا گیا تھا کہ وہ دہلی آ کر قومی میڈیا کے سامنے بات کریں۔پارٹی نے مجھ سے کہا کہ ان کے ساتھ، دوسرے مقامی وکیلوں اور کارکنوں کے ساتھ میں بھی دہلی جاؤں۔کیونکہ میرے ساتھ چھوٹی بچی تھی، اس لیے وہ ایک اچھی آڑ تھی۔میں تیلگو میں اچھی تقریر کرتی تھی اور سارے فیکٹ جانتی تھی۔دہلی میں ان کے پاس اچھے ترجمان تھے۔جن سنوائی کے بعد میں آدی باسی مظلوموں کے ساتھ تین دن کے لیے جنتر منتر پر پبلک پروٹسٹ میں شریک ہوئی۔میں نے وہاں بہت سے اچھے لوگ دیکھے۔لیکن میں ان کی طرح وہاں نہیں رہ سکتی۔

میری پارٹی ہی میری ماں اور باپ ہے۔کئی بار یہ غلط کام کرتی ہے۔غلط لوگوں کو مار دیتی ہے۔عورتیں اس لیے شامل ہوتی ہیں کہ وہ انقلابی ہوتی ہیں، لیکن اس لیے بھی کہ وہ گھر میں دی جانے والی تکلیفیں برداشت نہیں کرسکتیں۔پارٹی کہتی ہے کہ مرد اور عورت برابر ہیں، لیکن کبھی ایسا سمجھتے نہیں ہیں۔مجھے معلوم ہے کہ کامریڈ اسٹالن اور چیئرمین ماؤ نے بہت سے اچھے کام کیے ہیں، اور بہت سے برے کام بھی۔لیکن میں پھر بھی اپنی پارٹی نہیں چھوڑ سکتی۔میں اس سے باہر نہیں رہ سکتی۔جنتر منتر پر میں نے بہت سے اچھے لوگ دیکھے، اس لیے مجھے یہ خیال آیا کہ اُدیہ کو یہاں چھوڑ دوں۔میں آپ کی طرح اور ان لوگوں کی طرح نہیں بن سکتی۔

میں بھوک ہڑتال پر نہیں بیٹھ سکتی اور درخواستیں نہیں بھیج سکتی۔ جنگل میں پولیس ہر دن غریب لوگوں کو جلاتی، مارتی، ریپ کرتی ہے۔ باہر تم لوگ لڑنے اور مسئلے اٹھانے کے لیے موجود ہو۔ لیکن اندر بس ہم ہی ہیں۔ اس لیے میں دَنڈ کارنیہ جا رہی ہوں، میرا جینا اور مرنا اب میری بندوق کے ساتھ ہی ہے۔

یہ پڑھنے کے لیے شکریہ، کامریڈ۔

لال سلام!

ریوتی

❄

''لال سلام علیکم،'' خط ختم ہونے پر انجم نے بلا ارادہ، فطری ردِ عمل ظاہر کیا۔ شاید یہ ایک پوری سیاسی تحریک کی شروعات ہو سکتا تھا، لیکن انجم کا مقصد فقط اتنا ہی تھا جتنا کسی متاثر کن مذہبی تقریر کو سن کر 'آمین' کہنے کا ہوتا ہے۔

سارے سامعین نے، اپنے اپنے انداز میں، اپنے کچھ حصے، اپنی کچھ کہانی، اپنی انڈو پاک کو اس دور دراز کی اجنبی عورت کی کہانی میں پہچان لیا جو اَب زندہ بھی نہ تھی۔ اسی وجہ سے انھوں نے مس جبین دوئم کے گرد درختوں یا بالغ ہاتھیوں کے کسی جھنڈ کی مانند ایک ایسا مضبوط حصار ڈال دیا جس کے اندر وہ اپنی حقیقی ماں کے برعکس، حفاظت اور محبت کے ساتھ پرورش پائے گی۔

قبرستان کی پولت بیورو میں جو مسئلہ فوری غور و فکر کا موضوع بنا، یہ تھا کہ مس جبین دوئم کو کبھی اس خط کا علم ہونا چاہیے یا نہیں۔ جنرل سیکرٹری، انجم کے ذہن میں اس سلسلے میں کوئی ابہام نہ تھا۔ جس وقت کہ مس جبین دوئم انجم کی گود میں کھڑے ہو کر اس کی ناک کو مروڑ کر چہرے سے لگ بھگ اکھاڑے دے رہی تھی، تبھی انجم بولی، ''اپنی ماں کے بارے میں اسے علم یقیناً ہونا چاہیے۔ باپ کے بارے میں کبھی نہیں۔''

طے کیا گیا کہ تمام تر عزت و احترام کے ساتھ ریوتی کو بھی قبرستان میں دفن کر دیا جائے۔ لاش کی

غیر موجودگی میں اس کے خط کو قبر میں اتارا جائے گا۔ (ریکارڈ کے لیے تلو اس کی ایک فوٹو کاپی رکھے گی۔) انجم جاننا چاہتی تھی کہ کمیونسٹوں کی تدفین کی صحیح رسمیں کیا ہوتی ہیں۔ (اس نے 'لال سلامی' کا فقرہ استعمال کیا۔) جب ڈاکٹر آزاد بھارتیہ نے کہا کہ جہاں تک انھیں معلوم ہے ایسی کوئی خاص رسم نہیں ہوتی، تو اس نے ذرا تحقیر کے ساتھ کہا تھا، ''یہ کس طرح کی چیز ہے، پھر؟ یہ کیسے لوگ ہیں جو اپنی میّتوں کو دعاؤں کے بغیر چھوڑ دیتے ہیں؟''

دوسرے دن ڈاکٹر آزاد بھارتیہ ایک سرخ پرچم لے آئے۔ ریوتی کے خط کو ایک ڈبے میں بند کیا گیا اور پھر پرچم میں لپیٹ دیا گیا۔ جب اسے دفنایا جا رہا تھا، ڈاکٹر بھارتیہ نے 'دی انٹرنیشنل' ہندی میں گایا اور مٹھی باندھ کر لال سلامی دی۔ اور اس طرح مس جبین دوئم کی پہلی، دوسری یا تیسری ماں (یہ آپ کے نقطۂ نظر پر منحصر ہے کہ کون سی) کی آخری رسوم دوسری بار اختتام پذیر ہوئیں۔

پولت بیورو نے طے کیا کہ مس جبین دوئم کا پورا نام، اس دن کے بعد سے آئندہ تک، مس اُدَیہ جبین ہوگا۔ اس کی ماں کے کتبے پر یہ سادہ سی عبارت لکھوائی گئی تھی:

کامریڈ ماسے ریوتی

مس اُدَیہ جبین کی عزیز ماں

لال سلام

ڈاکٹر آزاد بھارتیہ نے مس اُدَیہ جبین سے — جو چھ باپوں اور تین ماؤں کی جائی تھی (مائیں جو روشنی کے دھاگے سے باہم منسلک تھیں) — مٹھی باندھ کر اپنی ماں کو آخری بار 'لال سلام' کرنے کو کہا۔

''... آل سلام،'' اس نے قلقل کرتی آواز میں دہرایا۔

11

مکان مالک

میں اب بھی یہیں ہوں۔ جیسا کہ بلا شبہ آپ نے اندازہ لگا لیا ہوگا۔ میں نشہ مکتی کیندر گیا ہی نہیں۔ یہ سلسلہ کوئی چھ مہینے تک چلتا، بند ہوتا رہا، پینے کا وہی دورہ جو میں نے اپنی آمد کے دن شروع کیا تھا۔ میں اب 'سوبر' ہوں— شاید مجھے 'فی الحال سوبر ہوں' فقرہ استعمال کرنا چاہیے۔ ایک سال سے زیادہ ہو گیا ہے کہ میں نے شراب کو ہاتھ نہیں لگایا۔ لیکن بہت دیر ہو چکی ہے۔ میری ملازمت نہیں رہی۔ چترا نے مجھے چھوڑ دیا ہے، رابعہ اور آنیہ مجھ سے بات نہیں کرتیں۔ لیکن عجیب بات ہے کہ ان میں سے کسی بات نے مجھے اتنا دکھ نہیں دیا جتنا میں نے تصور کیا تھا۔ میں نے اپنی تنہائی میں خوش رہنا سیکھ لیا ہے۔

پچھلے کچھ مہینوں سے، میں ایک بیراگی کی طرح جی رہا ہوں۔ نشے میں غرق رہنے کے بجائے میں اب مطالعے میں غرق رہتا ہوں۔ کاغذ کے ہر ٹکڑے کی ٹوہ میں سرگرداں رہنا ہی اب میرا شغل ہے — اس اپارٹمنٹ کی ہر فائل کی ہر دستاویز، ہر رپورٹ، ہر خط، ہر وِڈیو، ہر پوسٹ اِٹ پرچی، ہر تصویر کا مطالعہ۔ میرے خیال میں آپ یہ کہہ سکتے ہیں کہ اِس پروجیکٹ میں بھی میں نے کسی نشہ خور آدمی کے تمام اوصاف جمع کر دیے ہیں— جس سے مراد ہے ایسی ذہنی یک رخی جس میں شدید احساسِ جرم اور فضول کی پشیمانی شامل ہے۔ جب میں اس تمام، عجیب و غریب آرکائیو کا مطالعہ ایک بار کر چکا تو اپنی بھونڈی ٹوہ میں کچھ تبدیلی لانے کی غرض سے میں نے ان منتشر چیزوں میں کچھ منطق اور نظم و ضبط

ڈالنے کی کوشش کی۔ لیکن اس سے شاید یہ مزید بھونڈا ہو گیا۔ جو بھی ہو، میں نے کاغذات اور تصویروں کو پھر سے فائلوں میں لگا دیا ہے، اور انھیں کارٹنوں میں پیک کر دیا ہے تاکہ وہ جب بھی آئے — اگر آئے — تو انھیں آسانی سے لے جائے۔ میں نے نوٹس بورڈ اتار دیے ہیں اور یہ خیال رکھا ہے کہ تصویریں اور پرچیاں اس طرح پیک کروں کہ اگر وہ انھیں دوبارہ لگانا چاہے تو بغیر پریشانی کے، اسی اہتمام کے ساتھ لگا سکے۔ یہ سب بتانا اس لیے ضروری ہے کہ میں یہیں منتقل ہو گیا ہوں۔ اب یہیں رہنے لگا ہوں، اسی اپارٹمنٹ میں۔ جانے کے لیے میرے پاس کوئی دوسری جگہ نہیں۔ نچلی منزل کے فلیٹ کا کرایہ میری آمدنی کا بڑا حصہ ہے۔ تلو اب بھی میرے اکاؤنٹ میں کرائے کی رقم بھیجتی ہے، لیکن میرا ارادہ ہے کہ اگر وہ آئی، اور کبھی اس سے ملاقات ہوئی تو یہ رقم لوٹا دوں گا۔

مجھے اعتراف کرنا چاہیے کہ میری اس ٹوہ کا ایک اچھا نتیجہ نکلا ہے، وہ یہ کہ کشمیر کے بارے میں میری سوچ بالکل بدل گئی ہے۔ مجھے معلوم ہے کہ اب اس طرح کی بات کرنا ذرا گھٹیا پن اور سہولت پسندی ہے — یہ ان فوجی جنرلوں کی سی بات ہوئی جو ساری زندگی جنگوں میں ملوث رہتے ہیں اور ریٹائر ہونے کے بعد اچانک پرہیزگار، اینٹی نیوک امن پسند بن جاتے ہیں۔ ان میں اور مجھ میں واحد فرق یہ ہے کہ میں اپنی اس نئی رائے کو خود تک ہی محدود رکھوں گا۔ حالانکہ یہ آسان کام نہیں۔ اگر میں چاہتا، اور اگر میں اپنے پتّے صحیح طور پر کھیلتا، تو شاید اس سے کوئی بڑا فائدہ اٹھا لیتا۔ کہنا چاہیے کہ 'منھ کھولنے' کا فیصلہ کر کے میں کوئی سیاسی طوفان کھڑا کر سکتا ہوں، کیونکہ خبروں میں دیکھ رہا ہوں کہ چند برس کی پرفریب خاموشی کے بعد کشمیر ایک بار پھر پھٹ پڑا ہے۔

یہ حالات دیکھ کر کہہ سکتا ہوں کہ معاملہ اب یہ نہیں کہ سکیورٹی فورسز لوگوں پر حملے کر رہی ہیں۔ اب اس کا الٹا محسوس ہوتا ہے۔ لوگ — مجاہدین نہیں بلکہ عام لوگ — فوجیوں پر حملے کر رہے ہیں۔ ہاتھوں میں پتھر لیے سڑکوں پر اترے ہوئے بچے اب بندوق بردار فوجیوں کو دھول چٹا رہے ہیں۔ ڈنڈوں اور کدالوں سے مسلح دیہاتی لوگ پہاڑیوں سے اتر کر فوجی کیمپوں پر چڑھائی کر رہے ہیں۔ اگر فوجی ان پر گولی چلاتے ہیں اور چند لوگوں کو مار دیتے ہیں، تو احتجاج کچھ اور پھیل جاتا ہے۔ پیرا ملٹری اب پیلیٹ گن استعمال کر رہی ہے جس سے لوگ اندھے ہو جاتے ہیں — یہ انھیں مارنے سے بہتر ہے شاید۔

حالانکہ پی آر کے لحاظ سے بدتر۔ دنیا لاشوں کے ڈھیر دیکھنے کی عادی ہو چکی ہے۔ لیکن سیکڑوں کی تعداد میں ایسے لوگوں کے منظر کی عادی نہیں ہوئی ہے جو اندھے کر دیے گئے ہوں۔ میرے بھونڈے پن کے لیے معاف کیجیے، لیکن آپ اس کی بصری اپیل محسوس کر سکتے ہیں۔ خیر، اس سب کا بھی کوئی اثر ہوتا نہیں لگتا۔ جو لڑکے ایک آنکھ کھو چکے ہیں، دوسری کا خطرہ اٹھانے کے لیے سڑک پر اترنے کو تیار بیٹھے ہیں۔ اس قسم کے غیظ و غضب کا آپ کیا کریں گے؟

اس میں کوئی شک نہیں کہ ایک مرتبہ پھر ہم انھیں ہرا سکتے ہیں— ہرا دیں گے۔ لیکن یہ سب کہاں جا کر ختم ہوگا؟ جنگ؟ یا نیوکلیر جنگ؟ اس سوال کا مجھے یہی سب سے زیادہ حقیقت پسندانہ جواب محسوس ہوتا ہے۔ ہر شام جب میں خبریں دیکھتا ہوں، تو جہالت اور احمق پن کے اس مظاہرے پر تعجب کرتا ہوں۔ اور اس بات پر بھی کہ میں بھی ساری زندگی اسی کا حصہ بنا رہا۔ میں لکھنا چاہتا ہوں لیکن اخباروں میں کچھ لکھنے سے بڑی مشکل سے خود کو روکے ہوئے ہوں۔ میں نہیں لکھوں گا، کیونکہ اس سے میں خود کو مذاق کا موضوع بنا لوں گا— برخاست شدہ، پیکڑ، بیدار ضمیر معترض، وغیرہ وغیرہ۔

اب موسیٰ کے بارے میں یقیناً سب کچھ جانتا ہوں— ان معنوں میں کہ اب مجھے معلوم ہے کہ جب ہم یہ مانے بیٹھے تھے کہ وہ مر چکا، وہ مرا نہیں تھا۔ اس تمام عرصے میں وہ آس پاس ہی تھا، اور کہنے کی ضرورت نہیں کہ میری کرایہ دار، اس تمام عرصے میں اس بات سے یقیناً واقف تھی۔ بس ایک لمبے پاور کٹ کی دیر تھی کہ میں نے فریزر میں اس کی محفوظ چیزوں کا پتا لگا لیا۔

اس لیے اس رات کی میری خوشی کا تصور کیجیے کہ جب میرے دروازے میں چابی گھومی، موسیٰ اندر آیا، اور میں اسے دیکھ کر اتنا نہیں چونکا جتنا وہ مجھے دیکھ کر چونکا تھا۔ اس مڈبھیڑ کے چند ابتدائی لمحے بہت بھاری گزرے۔ وہ جانے لگا، لیکن میں نے اسے رکنے کو آمادہ کر لیا، کم از کم ایک کپ کافی ساتھ پینے کو۔ اسے دیکھ کر اچھا لگا تھا۔ آخری بار ہم نوجوانی کے زمانے میں ملے تھے۔ بلکہ تب لڑکے ہی تھے۔ اب بال میرے سر پر تقریباً ندارد تھے، اور اس کے بال سفید۔ جب میں نے اسے بتایا کہ میں اب بیورو کے ساتھ نہیں ہوں، تو وہ مطمئن ہو گیا۔ ہم نے وہ رات اور اگلی صبح، دن کا بیشتر حصہ ساتھ ساتھ گزارا۔ ہم نے بہت سی باتیں کیں— جب پلٹ کر اس ملاقات پر غور کرتا ہوں تو اس پر ذرا مضطرب ہو جاتا ہوں

کہ کتنی مہارت سے اس نے مجھے اپنا دل کھولنے پر آمادہ کرلیا تھا۔ یہ ایک خاموش فکرمندی اور تجسس جیسا کچھ تھا، بلکہ اسے تجسس کے بجائے تسلّی دینے والی بات کہنا چاہیے۔ شاید اسے یہ یقین دلانے کے جوش میں کہ میں اب 'دشمن' نہیں ہوں، بولنے کا بیشتر کام میں ہی کرتا رہا۔ میں یہ دیکھ کر متعجب تھا کہ وہ بیورو کے طرزِ کار سے کتنی گہری واقفیت رکھتا ہے۔ اس نے بعض افسروں کے بارے میں اس طرح بات کی جیسے وہ اس کے قریبی دوست ہوں۔ ایسا لگ رہا تھا جیسے میں اپنے کسی رفیقِ کار سے تبادلۂ خیال کر رہا ہوں۔ لیکن بات اتنے سکون سے، بلکہ تقریباً لاپروائی سے چل رہی تھی، بلکہ تقریباً گپ بازی جیسی عمومی باتیں، کہ اس کے جانے کے بعد ہی مجھے یہ احساس ہوسکا کہ کیا کچھ ہوگزرا۔ ہم نے واقعی سیاسی باتیں نہیں کی تھیں۔ اور ہم نے تلو کے بارے میں بھی بات نہیں کی تھی۔ کچن میں جو بھی سامان موجود تھا اسی سے اس نے میرے لیے لنچ بنانے کی تجویز رکھی۔ ظاہر ہے میں یہ جانتا تھا کہ اصل میں اس کا مقصد میرے فریزر پر ایک نظر ڈالنا ہے۔ وہاں اب کل ملا کر ایک کلو عمدہ گوشت کے سوا کچھ نہ تھا۔ میں نے اسے بتایا کہ اپارٹمنٹ کا سارا سامان، اس کے سارے پاسپورٹوں اور دوسرے ذاتی سامان سمیت، پیک کر کے تیار رکھا ہے، تاکہ تلو جب چاہے آکر لے جائے۔

ہم کشمیر کے موضوع کے گرد گھومتے رہے، لیکن مبہم انداز میں۔

''ہوسکتا ہے کہ آخر میں تم ہی درست نکلو،'' میں نے کچن میں اس سے کہا۔ ''تم درست ہو سکتے ہو، لیکن کبھی جیت نہیں سکو گے۔''

''میرا خیال ہے معاملہ اس کے برعکس ہے۔'' وہ برتن میں چمچ چلاتا ہوا مسکرایا، جس میں سے روغن جوش کی لذیذ خوشبو اٹھ رہی تھی۔ ''ہوسکتا ہے کہ ہم غلط نکلیں، لیکن جنگ تو ہم جیت چکے۔''

میں نے موضوع کو یہیں چھوڑ دیا۔ نہیں لگتا کہ اسے کچھ اندازہ تھا کہ زمین کے اس چھوٹے سے خطے پر قابض رہنے کے لیے حکومتِ ہند کس حد تک جاسکتی ہے۔ اس حد تک خونریزی کرسکتی ہے کہ نوے کی دہائی کا زمانہ اس کے آگے بچوں کا کھیل لگے گا۔ دوسری جانب، ہوسکتا ہے کہ مجھے ہی یہ اندازہ نہ ہو کہ کشمیری لوگ کس حد تک خودکشانہ اقدامات کرنے کو آمادہ ہیں۔ دونوں ہی صورتوں میں، بہت کچھ داؤ پر لگا تھا، پہلے سے کہیں زیادہ شدت سے۔ یا پھر ہوسکتا ہے کہ 'جیتنے' کے معنی ہم دونوں کے ہی نزدیک

الگ الگ ہوں۔

کھانا بہت لذیذ تھا۔ موسیٰ ایک عمدہ اور ماہر باورچی تھا۔ اس نے ناگا کے بارے میں پوچھا، ''میں نے اسے کچھ دن سے ٹی وی پر نہیں دیکھا۔ وہ خیریت سے تو ہے؟''

عجیب بات ہے کہ واحد شخص جس سے میں اپنی تنہائی کی نئی زندگی میں کبھی کبھار ملتا ہوں، ناگا ہی ہے۔ اس نے اپنے اخبار سے استعفیٰ دے دیا ہے اور اتنا خوش لگتا ہے جتنا میں نے اسے پہلے کبھی نہیں دیکھا تھا۔ یہ عجب ستم ظریفی ہے، لیکن ہوسکتا ہے کہ ہماری زندگیوں سے، اور ہماری معلوم دنیا سے، تلو کے اس طرح قطعی اور واضح طور پر چلے جانے نے ہم دونوں کو ہی آزاد کر دیا ہو۔ میں نے موسیٰ کو بتایا کہ میں اور ناگا پرانے زمانے کی موسیقی کے لیے ایک میوزک چینل کھولنے کا منصوبہ بنا رہے ہیں— جو ابھی منصوبہ ہی ہے —شاید ریڈیو چینل، یا ہوسکتا ہے پوڈ کاسٹ ہو۔ ناگا مغربی میوزک، راک این رول، بلوز، جاز پر کام کرے گا اور میں عالمی میوزک کروں گا۔ میرے پاس افغانی، ایرانی اور شامی فوک میوزک کا دلچسپ ذخیرہ موجود ہے اور میرا خیال ہے کہ وہ بہترین ذخیرہ ہے۔ جب میں یہ سب بتا چکا تو محسوس ہوا کہ میں اتھلی اور معمولی باتیں کر رہا ہوں۔ لیکن پھر لگا کہ موسیٰ واقعی دلچسپی محسوس کر رہا ہے۔ چنانچہ ہم نے اور تھوڑی دیر تک موسیقی کے بارے میں ہلکی پھلکی باتیں کیں۔

دوسرے دن اس نے مارکیٹ جا کر ایک چھوٹے ٹیمپو کا انتظام کیا اور دو آدمیوں نے اس میں کارٹن اور تلو کا بقیہ سامان لدوا دیا۔ لگتا تھا کہ اسے معلوم ہے کہ وہ کہاں ملے گی، لیکن اس نے کچھ بتایا نہیں، میں نے بھی پوچھا نہیں۔ البتہ ایک سوال تھا جو مجھے اس کے جانے سے پہلے پوچھنا تھا۔ ایک ایسی بات جسے جاننے کے لیے میں مرا جا رہا تھا، اس سے قبل کہ مزید تیس سال گزر جائیں۔ اگر میں نے اب نہیں پوچھا تو یہ سوال مجھے ساری زندگی ستانے والا تھا۔ مجھے پوچھنا ہی تھا۔ اور پوچھنے کا کوئی لطیف پیرایہ نہ تھا۔ یہ آسان کام نہ تھا، لیکن آخر کار میں نے سوال کر ہی ڈالا۔

''کیا امریک سنگھ کو تم نے مارا تھا؟''

''نہیں۔'' اس نے اپنی سبز چائے کی رنگت والی آنکھوں سے میری جانب دیکھا۔ ''میں نے نہیں مارا۔''

ایک لمحے تک وہ کچھ نہیں بولا، لیکن اس کی نظروں سے میں اندازہ لگا سکتا تھا کہ وہ میرا جائزہ لے رہا ہے، سوچ رہا ہے کہ اسے مزید کچھ کہنا چاہیے یا نہیں۔ میں نے کہا کہ میں نے اس کی پناہ کی درخواستیں دیکھی ہیں، اور امریکہ کی فلائٹ کے وہ بورڈنگ پاس بھی جن پر وہ نام درج ہے جو موسیٰ کے جعلی پاسپورٹوں میں ایک سے میل کھاتا ہے۔ میں نے کلووِس کی ایک ٹیکسی کمپنی کی رسید بھی دیکھی ہے۔ تاریخیں بھی میل کھاتی ہیں، اس لیے یہ جانتا ہوں کہ اس سارے معاملے سے اس کا کوئی نہ کوئی تعلق ہے، لیکن کیا تعلق ہے، یہ میں نہیں جانتا۔

''میں صرف جاننا چاہتا ہوں،'' میں نے کہا۔ ''اگر تم نے مارا ہے تو اس سے کوئی فرق نہیں پڑے گا۔ وہ موت کا حقدار تھا۔''

''میں نے اسے نہیں مارا۔ اس نے خود ہی خودکشی کی۔ لیکن ہم نے اسے خودکشی پر مجبور کیا تھا۔''

میری سمجھ میں خاک نہ آیا کہ اس کا کیا مطلب ہوا۔

''میں اس کی تلاش میں امریکہ نہیں گیا تھا۔ کسی اور کام سے گیا ہوا تھا۔ میں نے اخباروں میں خبر دیکھی کہ وہ اپنی بیوی پر حملہ کرنے کے جرم میں گرفتار ہوا ہے۔ اس کا رہائشی پتا سامنے آ گیا تھا۔ میں برسوں سے اس کی تلاش میں تھا۔ اس کے ساتھ مجھے بھی ایک حساب برابر کرنا تھا۔ ہم میں سے بہت سے لوگوں کو کرنا تھا۔ چنانچہ میں کلووِس گیا، کچھ تفتیش کی اور آخرکار وہ مجھے ایک ٹرک واشنگ گیراج میں مل گیا جہاں وہ اپنے ٹرک کی سروس کراتا تھا۔ جس قاتل کو ہم جانتے تھے، جالب قادری اور دوسرے بہت سے لوگوں کے قاتل کو، وہ اب بالکل مختلف آدمی تھا۔ اس کے پاس تحفظ اور عافیت کا وہ ساز وسامان نہیں تھا جس کے تحت وہ کشمیر میں کام کیا کرتا تھا۔ وہ خوفزدہ اور قلاش تھا۔ مجھے اس پر ترس آیا۔ میں نے اسے یقین دلایا کہ میں کوئی نقصان نہیں پہنچاؤں گا، اور یہ کہ میں صرف اتنا کہنے آیا ہوں کہ اس نے جو کچھ کیا تھا، ہم اسے وہ بھولنے نہیں دیں گے۔''

موسیٰ اور میں یہ باتیں سڑک پر کھڑے ہوئے کر رہے تھے۔ میں اسے رخصت کرنے کے لیے نیچے آیا تھا۔

''کچھ اور کشمیریوں نے بھی خبر پڑھی تھی۔ چنانچہ وہ بھی کلووس آ کر یہ دیکھنے لگے کہ کشمیر کا قصائی

اب کس حال میں رہتا ہے۔ان میں بعض صحافی تھے،بعض ادیب،بعض فوٹو گرافر اور وکیل... اور کچھ بس عام لوگ۔ وہ اس کی ورک پلیس پر ملتے،اس کے گھر پر، سپر مارکیٹ میں،سڑک پر ٹکرا جاتے،یا اس کے بچوں کے اسکول میں نظر آتے۔ ہر روز یہی ہوتا تھا۔وہ ہماری طرف دیکھنے کو مجبور تھا۔یاد رکھنے کو مجبور تھا۔اسی سے وہ پاگل ہونے لگا ہوگا شاید۔آخر کار اسی نے اسے خود کو تباہ کرنے پر آمادہ کیا۔تو... تمھارے سوال کا جواب یہی ہے نہیں،میں نے نہیں مارا۔''

موسیٰ نے آگے جو کچھ کہا،اسکول کے پھاٹک کے پاس کھڑے ہوکر،جس پر ایک دیو ہیکل نرس ایک بچے کو پولیو ویکسین دے رہی تھی،وہ... برف کے انجکشن کی مانند تھا۔اس وجہ سے اور بھی زیادہ کہ یہ اس نے اپنے معمول کے،شگفتہ لہجے میں کہا تھا،ایک دوستانہ اور تقریباً پُرمسرت مسکراہٹ کے ساتھ، جیسے مذاق میں کہہ رہا ہو۔

''ایک نہ ایک دن کشمیر بھی انڈیا کو خود کو اسی طرح تباہ کرنے پر مجبور کر دے گا۔ہوسکتا ہے تب تک تم لوگ ہم سب کو اندھا کر چکو،ہم میں سے ہر آدمی کو،اپنی پیلیٹ گنوں سے۔لیکن تمھارے پاس پھر بھی آنکھیں ہوں گی،یہ دیکھنے کے لیے کہ تم نے ہمارے ساتھ کیا کچھ کیا ہے۔تم ہمیں تباہ نہیں کر رہے ہو۔ بلکہ ہماری تعمیر کر رہے ہو۔تباہ تو تم خود کو خود ہی کر رہے ہو۔خدا حافظ،گارسن بھائی۔''

یہ کہہ کر وہ چلا گیا۔میں نے اسے پھر کبھی نہیں دیکھا۔

اگر اس کی بات صحیح نکلی تو؟ ہم نے بڑے بڑے ملکوں کو راتوں رات تباہ ہوتے دیکھا ہے۔کیا ہوگا اگر قطار میں اگلے ہم ہی ہوے؟ اس خیال سے میرے دل میں زمانے بھر کی اداسی سما جاتی ہے۔

اگر اس چھوٹی سی سیاہ عقبی سڑک سے کچھ معنی نکالے جائیں،تو شاید اُدھڑائی کا کام شروع ہو چکا۔ ہر شے اچانک خاموش ہو گئی ہے۔تعمیر کا سارا کام رک چکا ہے۔مزدور غائب ہو گئے ہیں۔ فاحشائیں کہاں ہیں؟ اور وہ ہم جنس پرست،اور فینسی کوٹوں والے وہ کتے؟ وہ مجھے یاد آرہے ہیں۔سب کچھ اتنی تیزی سے کیونکر غائب ہوسکتا ہے؟

مجھے یہاں کھڑے نہیں ہونا چاہیے،ماضی کی ہوک میں مبتلا کسی بوڑھے احمق کی مانند۔

حالات بہتر ہو جائیں گے۔ ان کو ہونا پڑے گا۔

گھر کی طرف لوٹتے ہوے میں سیڑھیوں پر اپنی ہیجان انگیز اور چرب زبان کرایہ دار انکتا سے بچنے میں کامیاب ہو جاتا ہوں اور خالی اپارٹمنٹ میں لوٹ آتا ہوں جس میں گتے کے ان کارٹنوں کے بھوت سدا سدا کے لیے منڈلاتے رہیں گے جو جا چکے ہیں، اور اُن کہانیوں کے بھوت بھی جو اِن کارٹنوں میں بند تھیں۔

اور اس عورت کی عدم موجودگی جس سے، اپنے ناتواں اور لڑکھڑاتے انداز میں محبت کرنے سے میں کبھی باز نہ آسکوں گا۔

میرا کیا ہوگا؟ میں خود بھی، تھوڑا بہت امریک سنگھ جیسا ہوں — بوڑھا، ورم زدہ، خوفزدہ، اور اس شے سے محروم جسے موسیٰ نے کس قدر بلاغت سے 'تحفظ اور عافیت کے ساز و سامان' سے تعبیر کیا تھا، اور جس کے تحت میں نے بھی زندگی بھر کام کیا ہے۔ کیا ہوگا اگر میں اس میں خود ہی تباہ ہو گیا؟

یہ ہوسکتا ہے — اگر موسیقی نے مجھے بچا نہیں لیا۔

مجھے ناگا سے رابطہ کرنا چاہیے۔ مجھے پوڈکاسٹ والے منصوبے پر کام شروع کر دینا چاہیے۔

لیکن پہلے مجھے ایک ڈرنک چاہیے۔

12

گوہِ کیوم

جنت گیسٹ ہاؤس میں یہ موسیٰ کی تیسری رات تھی۔ وہ تین دن پہلے یہاں آیا تھا، کسی ڈیلیوری مین کی طرح، ٹیمپو میں بھرے گتے کے کارٹنوں کے ساتھ۔ اس پر نگاہ پڑتے ہی استانی جی کے چہرے پر جو زندگی دوڑی، اسے دیکھ کر سب مسرور ہو گئے۔ تلو کے کمرے میں دیوار کے سہارے سارے کارٹنوں کا انبار لگا دیا گیا، جن سے وہ کمرہ جس میں وہ احلام باجی کے ساتھ رہتی تھی، پورا بھر گیا۔ جنت گیسٹ ہاؤس کے ساکنوں کے بارے میں جتنا جانتی تھی، تلو نے وہ سب موسیٰ کو بتایا۔ اس کے ساتھ اپنی آخری رات وہ بستر پر اس کے پہلو میں لیٹی تھی، اور اردو پر اپنی دسترس کا کمال دکھا رہی تھی۔ اپنی ایک نوٹ بک میں اس نے وہ شعر لکھ رکھا تھا جو اس نے ڈاکٹر آزاد بھارتیہ سے سیکھا تھا:

مر گئی بلبل قفس میں، کہہ گئی صیاد سے
اپنی سنہری گانڑ میں تو ٹھونس لے فصلِ بہار

''یہ کسی خودکش بمبار کے ترانے جیسا لگ رہا ہے،'' موسیٰ نے کہا۔

تلو نے اسے ڈاکٹر آزاد بھارتیہ کے بارے میں بتایا اور یہ بھی کہ یہ شعر کس طرح جنتر منتر پر پولیس کی پوچھ تاچھ کے نتیجے میں اُن کا جواب تھا (مذکورہ رات کی اگلی صبح، متعلقہ رات، وہ رات جس کا ذکر ہو چکا، وہ رات جس کا ذکر اب فقط 'رات'' کہہ کر کیا جائے گا)۔

''جب میں مروں،'' تلو نے ہنستے ہوئے کہا تھا، ''تو چاہوں گی کہ یہی شعر میرا کتبہ بنے۔''
احلام باجی نے بڑبڑا کر چند گالیاں دیں اور اپنی قبر میں کروٹ بدلی۔
موسیٰ نے نوٹ بک پر شعر کے سامنے والے صفحے پر نظر ڈالی۔
لکھا تھا:

How
to
tell
a
shattered
story?

By
slowly
becoming
everybody.

No.
By slowly becoming everything.

(کس طرح سنائی جائے، ایک ٹوٹی بکھری کہانی؟
دھیرے دھیرے ہر شخص میں ڈھل کر۔
نہیں۔
دھیرے دھیرے ہر شے میں ڈھل کر۔)

اس میں کچھ بات ہے جو قابلِ غور ہے، موسیٰ نے سوچا۔

اس سے وہ اپنی برسوں پرانی محبت کی جانب رخ موڑنے اور اسے بانہوں میں لینے پر مجبور ہو گیا، اس عورت کی جانب جس کا عجب پن اسے اس قدر عزیز ہو چکا تھا۔

تلو کے اس نئے گھر سے موسیٰ کو ممتاز افضل ملک کی کہانی یاد آ گئی، اسی نوجوان ٹیکسی ڈرائیور کی

جسے امریک سنگھ نے قتل کیا تھا، جس کی لاش ایک کھیت سے برآمد ہوئی تھی، اور جب اس کے گھر والوں کے حوالے کی گئی تو اس کی بند مٹھیوں میں مٹی تھی اور اس کی انگلیوں کے درمیان سے سرسوں کے پھول اُگ رہے تھے۔ یہ کہانی موسیٰ کے ساتھ ہمیشہ رہی — شاید اس لیے کہ اس میں اذیت اور امید، ایک ساتھ گندھے ہوئے تھے، اتنی پیچیدگی سے، کہ الگ نہیں کیے جاسکتے تھے۔

اگلی صبح موسیٰ کشمیر لوٹنے والا تھا، پرانی جنگ کے ایک نئے محاذ پر، جہاں سے وہ، اس بار کبھی نہیں لوٹ سکے گا۔ وہ اسی طرح مر جائے گا، جیسے اس نے چاہا تھا، اپنے اصل بوٹ پہنے پہنے۔ وہ اسی طرح دفنایا جائے گا، جیسے وہ چاہتا تھا — ایک بے چہرہ آدمی، ایک گمنام قبر میں۔ اس سے کم عمر نوجوان جو اس کی جگہ لے لیں گے، زیادہ سخت، زیادہ تنگ اور زیادہ بے رحم۔ وہ جو بھی جنگ لڑیں گے، اس میں ان کی جیت زیادہ متوقع ہوگی، کیونکہ ان کا تعلق ایسی نسل سے ہوگا جو کچھ نہیں جانتی، جنگ کے سوا۔

تلو کو خدیجہ کی طرف سے پیغام ملے گا — ایک تصویر، مسکراتے ہوئے نوجوان موسیٰ کی، گل کاک کے ساتھ۔ تصویر کی پشت پر خدیجہ لکھے گی: **کمانڈر گلریز اور کمانڈر گلریز اب ساتھ ساتھ ہیں۔**

موسیٰ کے گزر جانے پر تلو گہرا غم منائے گی، لیکن اپنے غم کے سبب تباہ نہیں ہوگی، کیونکہ وہ اسے مستقل طور پر خط لکھا کرے گی، اور اکثر اس سے ملاقاتیں کیا کرے گی، دروازے کی اسی جھری میں سے جو قبرستان کے پایمال فرشتوں نے اس کے لیے (غیر قانونی طور پر) کھول کر رکھی ہے۔

ان کے پنکھ مرغیوں کے دڑبے کے پینڈے کی مانند بدبودار نہیں تھے۔

آخری رات جب وہ دونوں ساتھ ساتھ تھے، موسیٰ اور تلو ایک دوسرے کے گرد بانہیں ڈال کر لپٹ کر سوئے تھے، جیسے ابھی ابھی ملے ہوں۔

اُس رات انجم بے چین تھی اور اسے نیند نہیں آرہی تھی۔ وہ قبرستان میں اِدھر اُدھر اپنی املاک کی جانچ کرتی پھر رہی تھی۔ وہ ذرا دیر کو بابے سلک کی قبر پر رکی اور اس پر فاتحہ پڑھی۔ پھر اس نے مس اُدَیہ جبین کو، جو اس کے کوٹھے پر ٹکی تھی، وہ کہانی سنائی کہ پہلی بار کس طرح اس کی نظریں بابے سلک پر جمی رہ گئی تھیں، جب وہ چتلی قبر کے چوڑی فروش سے اپنے لیے چوڑیاں خرید رہی تھی، اور پھر کس طرح وہ اس

کا تعاقب کرتے ہوئے گلی دکوتان تک گئی تھی۔ وہ جھکی اور بیگم رینا ٹا ممتاز میڈم کی قبر پر سے روشن لال کا ایک پھول اٹھا کر کامریڈ ماسے کی قبر پر رکھ دیا۔ تقسیمِ نو کے اس چھوٹے سے عمل کے سبب اس نے بہت بہتر محسوس کیا۔ اس نے جنت گیسٹ ہاؤس پر قناعت اور احساسِ تکمیل کے ساتھ نظر ڈالی۔ ترنگ میں اس نے طے کیا کہ مس اُدَیہ جبین کو آس پاس کے ماحول سے آشنا کرانے اور شہر کی روشنیاں دکھانے کی غرض سے آدھی رات کی مختصر سیر پر لے جائے گی۔

وہ مردہ گھر کے قریب سے گزری، اور اسپتال کی پارکنگ لاٹ سے ہوتی ہوئی سڑک پر آ گئی۔ اس وقت ٹریفک زیادہ نہیں تھا۔ پھر بھی، حفاظت کے خیال سے وہ فٹ پاتھ پر ہی رہی، اپنا راستہ کھڑے ہوئے سائیکل رکشوں اور سوئے ہوئے لوگوں کے درمیان سے بناتی ہوئی۔ ان کا سامنا ایک دبلے پتلے ننگے آدمی سے ہوا جس نے اپنی داڑھی میں کٹیلے تار کا ایک ٹکڑا اٹکا رکھا تھا۔ اس آدمی نے سلام کے انداز میں ایک ہاتھ بلند کیا، اور تیزی سے یوں گزر گیا جیسے دفتر پہنچنے میں اسے تاخیر ہو گئی ہو۔ جب مس اُدَیہ جبین نے کہا، 'ممی، سُوسُو!'' تو انجم نے اسے ایک اسٹریٹ لائٹ کے نیچے بٹھا دیا۔ اپنی ماں پر نگاہیں ٹکائے ہوئے اس نے مُوتا، اور پھر چوتڑ اٹھا کر اپنے بنائے ہوئے چھوٹے سے تالاب میں رات کے آسمان اور تاروں اور ہزار سالہ قدیم شہر کے عکس کو حیرانی سے دیکھا۔ انجم نے اسے گود میں اٹھایا، چوما اور گھر کی طرف چل دی۔

جب تک وہ لوٹ کر آئیں، روشنیاں بجھ چکی تھیں، اور ہر کوئی سو چکا تھا۔ ہر کوئی، گوہِ کیوم، گوبر کے کیڑے کے سوا۔ وہ پوری طرح بیدار تھا اور اپنی ڈیوٹی پر مستعد، پشت کے بل لیٹا اور ٹانگیں آسمان کی طرف اٹھائے ہوئے، کہ اگر آسمان گر پڑے تو وہ دنیا کو بچا سکے۔ وہ بھی جانتا تھا کہ آخر کار سب ٹھیک ہو جائے گا۔ ٹھیک ہو جائے گا، کیونکہ ہونا ہی ہے۔

کیونکہ مس جبین، مس اُدَیہ جبین کا ظہور ہو چکا۔

❄❄

شکریے

جن لوگوں کا میں یہاں ذکر کر رہی ہوں ان کی محبت اور رفاقت سے میں نے ایک قالین بُنا جس پر ان تمام برسوں میں، جو اس کتاب کو تحریر کرنے میں صرف ہوئے، میں نے سوچ بچار کیا، آرام کیا، خواب دیکھے، فرار ہوئی اور پرواز کی۔ میں ان سب کی شکر گزار ہوں:

جان بَرجر، جنھوں نے شروع کرنے میں مدد کی اور ختم ہونے کا انتظار کیا۔

مَینک آسٹن صوفی اور اعجاز حسین۔ وہ جانتے ہیں، کیوں۔ کہنے کی ضرورت نہیں۔

پرویز بخاری۔ مذکورہ بالا اسباب سے ہی۔

شوبنی گھوش، میری پیاری سرپھری، جس نے میری بساط کو بگاڑا۔

جاوید نقوی، میوزک، شرارتی شاعری اور پھولوں سے بھرے گھر کے لیے۔

استاد حمید، جنھوں نے مجھے سکھایا کہ موسیقی کے دوسُروں کے درمیان آپ کس طرح ہوا میں قلابازی لگا سکتے ہیں، زیرِ آب سانس لے سکتے ہیں، اور ساکت ہو کر اڑان بھر سکتے ہیں۔

دیا نِتا سنگھ، جن کے ساتھ میں نے ایک بار آوارہ گردی کی، اور ایک خیال سلگ اٹھا۔

منّی اور شکوری، جن کے ساتھ مینا بازار میں گھنٹوں گپیں ماریں۔

جھنجھانوی خاندان: صبیحہ اور نصیر الحسن، شاہینہ اور منیر الحسن، شاہجہان آباد میں ٹھکانہ فراہم کرنے کے لیے۔

ترون بھارتیہ، پرشانت بھوشن، محمد جنید، عارف ایاز پرّے، خرم پرویز، پرویز امروز، پی جی رسول، ارجن رینا، جیتندر یادو، اشوین دیسائی، جی این سائی بابا، رونا وِلسن، نندنی اوزا، شری پد دھر مادھیکاری، ہمانشو ٹھکر، نکھل ڈے، آنند، ڈی اون بُنشا، چِتا روپا پلِت، صبا نقوی اور ریورنڈ سنیل سردار، جن کی

بصیرتیں 'مملکت' ' کی بنیادوں میں کہیں نہ کہیں موجود ہیں۔

ساوتری اور روی کمار، ساتھ سفر کرنے کے لیے، اور بھی بہت سی باتوں کے لیے۔

جے جے (اوفوہ) لیکن وہ یہیں کہیں موجود لگتی ہے۔

ریپکا جان، چندر اُدے سنگھ، جواہر راجا، رِشبھ سنچیتی، ہرش بورا، مسٹر دلیش پانڈے اور اکشے سدامے، جنھوں نے مجھے جیل جانے سے بچائے رکھا (اب تک)۔

سوزانہ لی اور لی سیٹ ورہاگین، جو 'بے پناہ شادمانی کے عالمی سفیر' ' ہیں۔ ہیدر گوڈوِن اور فلیپہ سِٹرز جنھوں نے بیس کیمپ سنبھالے رکھا۔

ڈیوڈ ایلڈرِچ، جنھوں نے کتاب کے گرد پوش کا غیر معمولی ڈیزائن تیار کیا۔ دو کتابوں کا، بیس سال کے وقفے سے۔

آئرِس وائنسٹائن، بے عیب صفحات کے لیے۔

ایلی اسمتھ، سارا کاوَرڈ، ارپِتا باسو، جورج وَین، بنجامن ہیملٹن، ماریا میسی اور جینفر کُرڈیلا۔ مسودے کے دقت نظر قاری، شاندار کاپی ایڈیٹر، اور رموز واوقاف کی ٹرانس اٹلانٹک جنگوں کے شاندار ہیرو۔

پنکج مشرا، جو پہلے قاری ہیں، اب بھی۔

روبن ڈیسر اور سائمن پروسر۔ ڈریم ایڈیٹرز۔

میرے شاندار پبلشرز، سونی مہتا، میرو گوکھلے (اشاعت کے ساتھ ساتھ گھر کے کھانوں کے لیے)، ہانس یورگن بال مس، انتواں گلیمار، لوبجی بریبوسکی، خورخے ایرالڈے، ڈوروٹیا بروم برگ اور وہ تمام لوگ جن سے ذاتی طور پر کبھی ملاقات نہ ہو سکی۔

سُمن پریہار، محمد شومون، کرشنا بھوٹ اور اشوک کمار، جنھوں نے مشکل وقت میں میرے حوصلے بلند رکھے۔

سوزی کیو، چلتے پھرتے نفسیاتی معالج، عزیز دوست اور لندن کا بہترین ٹیکسی ڈرائیور۔

کرشنا تیواری، شرمیلا مترا اور دیپا ورما، بلا ناغہ پسینہ، ہوش مندی اور ہنسی کی خوراک دینے کے

لیے۔

جون کیوزیک، سُپر سویٹ ہارٹ۔

ایوا اینسلر اور بندیا تھاپر۔ میری عزیز۔

میری رائے، میری ماں کہ ان کی جیسی کوئی نہیں۔ بے مثال انسان۔

میرا بھائی ایل کے سی، میرے حواس کا محافظ، اور بھابھی میری۔ دونوں، میری طرح بچ گئے۔

گولک۔ گو۔ قدیم ترین دوست۔

متوا اور پیا۔ چھوٹی۔ جو میری ہیں اب بھی۔

ڈیوڈ گوڈوِن۔ فلائنگ ایجنٹ۔ ٹاپ مین۔ جس کے بغیر۔

اینٹونی آرنوف، کامریڈ، ایجنٹ، پبلشر، چٹان۔

پردیپ کرشن، برسوں کی محبت، اعزازی درخت۔

سنجے کاک۔ غار۔ ہمیشہ سے۔

اور

بیگمِ فلتھی جان اور ماٹی کے۔ لال۔ عزیز چوپائے۔

خصوصی اعتراف:

اقتباس جو گھُن پروفیسر اپنی گھُن کلاس میں بہ آوازِ بلند پڑھتا ہے، جان گرے کی *Straw Dogs* سے ماخوذ ہے۔

'Dark to light and light to dark' گیت یوا اینا گیکا (Ioanna Gika) کی نظم *Gone* سے لیا گیا ہے۔

'دنیا کی محفلوں سے اکتا گیا ہوں یا رب' علامہ اقبال کی نظم ہے۔

عارفہ یسوی کے کتبے پر لکھا ہوا شعر احمد فراز کا ہے۔

Permissions:

The epigraph on page 13: Nazim Hikmet, excerpt from 'On the Matter of Romeo and Juliet' from *Poems of Nazim Hikmet.* Translation copyright © 1994 by Randy Blasing and Mutlu Konuk. Reprinted with the permission of the publishers, Persea Books, Inc. (New York), www.perseabooks.com. All rights reserved.

The epigraph on page 111: Pablo Neruda, fragment from LXVI from *Libro de las Preguntas / The Book of Questions*, translated by William O'Daly. Copyright © 1974, Fundacion Pablo Neruda / Pablo Neruda and the Heirs of Pablo Neruda. Translation copyright © 1991, 2001 by William O'Daly. Reprinted with the permission of The Permissions Company, Inc., on behalf of Copper Canyon Press, www.coppercanyonpress.org.

The copyright on page 163: 'Muharram in Srinagar, 1992', from *The Country without a Post Office,* by Agha Shahid Ali. Copyright © 1997 by Agha Shahid Ali. Used by permission of W.W. Norton & Company, Inc.

The copyright on page 239: Taken from Our Lady of the Flowers by Jean Genet, translated by Bernard Frechtman. Copiright © Jean Genet, 1943, 1951, 1964, 1973. Translation Copiright © Bernard Frechtman, 1943, 1951, 1964, 1973. Reproduced by permission of Faber & Faber Ltd.

The song on page 263 is 'No Good Man', words and music by Irene Higginbotham, Dan Fisher and Sammy Gallop, copyright © 1944, Universal Music Corp. Universal/ MCA Music Limited. All rights reserved. International copyright secured. Used by permission of Music Sales Limited, copyright © 1945 (renewed), Sammy Gallop Music Company (ASCAP). All rights on behalf of Sammy Gallop Music Company administered by WB Music Corp.

The song on page 298 is 'Gone', words and music by Joanna Gikas, copyright © UPG Music Publishing, 2012. Universal/ MCA Music Limited. All rights reserved. International copyright secured. Used by permission of Music Sales Limited.

The epigraph on page 341: The publisher is grateful for permission to reproduce an extract from *The Fire Next Time* by James Baldwin, published by Penguin Classics, reprinted by permission of the Baldwin Estate.

The song on pages 398-99: taken from 'Winter Lady', words and music by Leonard Cohen, copyright © Sony/ATV Songs LLC 1966. Chrysalis Songs Limited. All Rights Reserved. International copyright secured.

The poem on page 408-09: Osip Mandelstam, *Selected Poems*, translated by James Greene. (Penguin Books; copyright © James Greene, 1989, 1991); by permission of Angel Books.

The epigraph on page 437: from *Hope Against Hope* by Nadezhda Mandelstam, translated by Max Hayward, published by Harvill Press. Reprinted by permission of The Random House Group Ltd. Copyright © Atheneum Publishers, 1970.